Robert Galbraith

Der Seidenspinner

Roman

Aus dem Englischen von
Wulf Bergner, Christoph Göhler
und Kristof Kurz

blanvalet

Die Originalausgabe erschien 2014 unter dem Titel
The Silkworm bei Sphere, An Imprint of Little, Brown Book Group, London.

Verlagsgruppe Random House FSC® N001967

3. Auflage
Taschenbucherstausgabe März 2016 bei Blanvalet,
einem Unternehmen der Verlagsgruppe Random House GmbH, München
Copyright © 2014 Robert Galbraith Limited
The moral right of the author has been asserted.

Umschlaggestaltung: www.buerosued unter Verwendung einer Originalvorlage
und einer Fotografie von Sian Wilson © Little Brown Book Group Limited 2014
Redaktion: Leena Flegler
Satz: Uhl + Massopust, Aalen
Druck und Bindung: GGP Media GmbH, Pößneck
Printed in Germany
ISBN 978-3-7341-0223-3

www.blanvalet.de

Für Jenkins,
ohne den …
Er kennt den Rest.

…Blut und Rache die Bühne, der Tod das Stück,
der Federkiel ein blutbeflecktes Schwert,
ein tragischer Kerl der Dichter auf hohem Kothurn,
dem nicht Lorbeer krönt sein Haupt, jedoch ein Kranz aus
sengend heißen Flammen.

THOMAS DEKKER, *DER EDLE SPANISCHE SOLDAT*

Frage:
Was nährt dich?

Antwort:
Unterbrochner Schlaf.

THOMAS DEKKER, *DER EDLE SPANISCHE SOLDAT*

»Strike«, sagte die heisere Stimme am anderen Ende der Leitung, »ich will schwer für Sie hoffen, dass jemand Berühmtes gestorben ist.«

Der große unrasierte Mann, der mit dem Telefon am Ohr durch die Finsternis vor der Morgendämmerung marschierte, musste grinsen.

»So was in der Richtung.«

»Es ist sechs Uhr früh, verdammt noch mal!«

»Halb sieben. Sie müssen schon kommen und es sich holen, wenn Sie es haben wollen«, sagte Cormoran Strike. »Ich bin ganz in der Nähe Ihrer Wohnung. Hier ist ein ...«

»Woher wissen Sie, wo ich wohne?«, verlangte die Stimme zu erfahren.

»Von Ihnen«, antwortete Strike und unterdrückte ein Gähnen. »Sie wollen die Wohnung doch verkaufen.«

»Oh. Gutes Gedächtnis«, sagte der andere halbwegs besänftigt.

»Das Café hier hat rund um die Uhr ...«

»Nein, verdammt. Kommen Sie später in meinem Büro vorbei und …«

»Culpepper, ich habe heute Morgen noch einen Termin mit einem anderen Klienten, und der zahlt besser als Sie. Außerdem war ich die ganze Nacht wach. Sie brauchen den Kram jetzt, wenn Sie was damit anfangen wollen.«

Ein Stöhnen. Strike hörte das Rascheln einer Bettdecke.

»Es ist hoffentlich wirklich heißes Material.«

»Das Smithfield Café in der Long Lane«, sagte Strike und legte auf.

Das leichte Humpeln wurde stärker, als er zum Smithfield Market hinunterging. Das Marktgebäude ragte wie ein Monolith in der Winterschwärze auf – ein gewaltiger, quaderförmiger viktorianischer Tempel des Fleisches, wo seit Jahrhunderten an jedem Werktag ab vier Uhr morgens tote Tiere angeliefert, zerlegt, verpackt und an Metzgereien und Restaurants in ganz London verkauft wurden. Stimmen waren durch das Dunkel zu hören, gebrüllte Befehle und das Brummen und Piepen zurücksetzender Lastwagen, aus denen die Kadaver ausgeladen wurden. Sowie er die Long Lane betrat, war er nur mehr einer von vielen dick vermummten Männern, die zielstrebig ihren Montagmorgengeschäften nachgingen.

Unter einem steinernen Greif, der über einer Ecke des Marktgebäudes wachte, standen mehrere Kuriere in neonfarbenen Westen und hielten Teebecher in den behandschuhten Händen. Auf der gegenüberliegenden Straßenseite glühten die Lichter des rund um die Uhr geöffneten Smithfield Café wie ein Kaminfeuer in der Dunkelheit – ein Unterschlupf voller Wärme und fettigem Essen, der gerade so groß war wie ein Schrank.

Eine Toilette gab es dort nicht, nur eine Vereinbarung mit dem Ladbrokes-Wettbüro einige Häuser weiter. Da die Buchmacher jedoch erst in drei Stunden öffnen würden, schlug Strike einen Umweg durch eine Seitengasse ein, wo er seine Blase – die er während der durchwachten Nacht bis zum Bersten mit schwachem Kaffee gefüllt hatte – in einem dunklen Hauseingang entleerte. Müde und hungrig trat er mit einer Vorfreude, wie sie nur ein Mann kennt, der seine körperlichen Grenzen überschritten hat, in das nach Eiern, Speck und Bratfett duftende Café.

Zwei Männer in Fleecepullovern und Regenjacken waren soeben von einem Tisch aufgestanden. Strike manövrierte seinen massigen Körper in die enge Nische und ließ sich mit einem zufriedenen Grunzen auf den harten Stuhl aus Holz und Metall fallen. Kaum hatte er bestellt, brachte ihm der italienische Inhaber des Cafés auch schon einen großen weißen Becher mit Tee, zu dem kleine dreieckige Butterbrote serviert wurden. Fünf Minuten später stand ein komplettes englisches Frühstück auf einem großen ovalen Teller vor ihm.

Strike fiel unter den stämmigen Männern, die in dem Café ein und aus gingen, nicht weiter auf. Er war groß, dunkel, hatte dichtes, kurzes, gelocktes Haar, das sich über der hohen, gewölbten Stirn bereits ein wenig lichtete, eine breite Boxernase und buschige Augenbrauen, die ihm ein mürrisches Aussehen verliehen. Bartstoppeln bedeckten sein Kinn, und er hatte Schatten wie Blutergüsse unter den dunklen Augen. Beim Essen starrte er gedankenverloren auf das Marktgebäude gegenüber. Der nächstgelegene Eingang – als Nummer zwei ausgeschildert – nahm im zunehmenden Tageslicht endlich Gestalt an, und ein strenges, uraltes, bärtiges Steingesicht über dem Torbogen starrte zu ihm zurück. Hatte es je einen Gott der Kadaver gegeben?

Er wollte sich gerade über seine Würstchen hermachen, als Dominic Culpepper eintrat. Der Journalist mit dem Teint eines Chorknaben war fast so groß wie Strike, aber deutlich schlanker. Sein Gesicht war seltsam asymmetrisch, als hätte es jemand gegen den Uhrzeigersinn verdreht, um seiner nahezu mädchenhaften Schönheit Einhalt zu gebieten.

»Ich hoffe, es lohnt sich«, sagte Culpepper und nahm Platz, zog die Handschuhe aus und sah sich beinahe misstrauisch in dem Café um.

»Wollen Sie was essen?«, fragte Strike, den Mund voll Wurst.

»Nein«, antwortete Culpepper.

»Sie hätten wohl lieber ein Croissant?«, fragte Strike und grinste.

»Sie können mich mal, Strike.«

Es war geradezu erbärmlich einfach, den einstigen Privatschuljungen auf die Palme zu bringen. Trotzig bestellte er sich einen Tee, wobei er den gleichgültigen Kellner mit »Kumpel« ansprach (wie Strike amüsiert bemerkte).

»Also?«, fragte Culpepper ungeduldig, sobald er den heißen Becher in seinen großen, blassen Händen hielt.

Strike griff in seine Manteltasche, zog einen Umschlag hervor und schob ihn über den Tisch. Culpepper nahm den Inhalt heraus und fing an zu lesen.

»Verdammte Scheiße«, flüsterte er nach einer Weile. Er blätterte fieberhaft durch die Seiten, von denen manche mit Strikes Handschrift bedeckt waren. »Wo zum Teufel haben Sie das her?«

Strike, der erneut den Mund voll Wurst hatte, tippte mit dem Finger auf ein Blatt, auf das eine Büroadresse gekritzelt war.

»Von seiner Assistentin höchstpersönlich. Sie ist stinksauer«, sagte er, nachdem er endlich geschluckt hatte. »Er hat sie gevögelt, genau wie die beiden anderen, von denen Sie ja bereits wissen. Sie hat erst jetzt begriffen, dass sie nicht die nächste Lady Parker sein wird.«

»Wie zur Hölle haben Sie *das* denn herausgefunden?« Aufgeregt sah Culpepper von den Papieren in seinen zitternden Händen zu Strike auf.

»Ermittlungsarbeit«, nuschelte Strike, der bereits auf dem nächsten Wurstbissen kaute. »Habt ihr das nicht auch mal so gemacht, ehe ihr das Ganze an Leute wie mich ausgesourct habt? Culpepper, die Frau macht sich Sorgen um ihre Zukunft auf dem Arbeitsmarkt. Deshalb will sie ungern in der Geschichte auftauchen, in Ordnung?«

Culpepper schnaubte verächtlich. »Daran hätte sie denken sollen, bevor sie das Zeug hier geklaut hat.«

Im Nu hatte Strike dem Journalisten die Blätter wieder entrissen.

»Sie hat gar nichts geklaut. Er hat ihr gestern Nachmittag aufgetragen, diese Unterlagen auszudrucken. Ihr einziges Vergehen war, sie mir zu zeigen. Culpepper, wenn Sie vorhaben, ihr Privatleben in der Presse breitzutreten, dann nehme ich den Kram hier sofort wieder an mich.«

»Scheiße.« Vergeblich schnappte er nach den Beweisen für einen schweren Fall von Steuerhinterziehung, die Strike in seiner behaarten Hand hielt. »Also gut, meinetwegen wird sie nicht erwähnt. Aber er wird sich zusammenreimen können, woher wir die Informationen haben. Er ist ja nicht völlig bescheuert.«

»Was soll er denn tun? Sie vor Gericht zerren, damit sie auch noch jede andere schmierige Sache auspackt, von der sie in den vergangenen fünf Jahren Wind bekommen hat?«

»Na schön«, sagte Culpepper und seufzte, nachdem er einen Augenblick darüber nachgedacht hatte. »Jetzt geben Sie schon her. Ich werde sie nicht erwähnen, aber mit ihr reden muss ich ja wohl, oder? Mich vergewissern, dass sie koscher ist.«

»Die *Unterlagen* sind koscher. Mit ihr müssen Sie nicht reden«, sagte Strike entschieden.

Die zitternde, verliebte, verratene Frau, von der sich Strike gerade erst verabschiedet hatte, durfte unter keinen Umständen allein mit Culpepper sprechen. Mit ihren wilden Rachegelüsten gegenüber dem Mann, der ihr eine Hochzeit und Kinder versprochen hatte, würde sie sich selbst und ihren Zukunftschancen irreparable Schäden zufügen. Strike hatte nicht lange gebraucht, um ihr Vertrauen zu gewinnen. Sie war knapp zweiundvierzig, und sie war der irrigen Annahme aufgesessen, schon bald die Mutter von Lord Parkers Kindern zu werden; stattdessen wurde sie jetzt von dem geradezu blutrünstigen Drang beherrscht, es ihm heimzuzahlen. Strike hatte stundenlang mit ihr zusammengesessen, sich die tragische Geschichte ihrer Verblendung angehört und sie dabei beobachtet, wie sie in ihrem Wohnzimmer weinend auf und ab marschiert war, sich auf dem Sofa vor- und zurückgewiegt und sich dabei die Fingerknöchel gegen die Stirn gepresst hatte. Schließlich hatte sie zugestimmt – zu einem Verrat, mit dem sie all ihre Hoffnungen zu Grabe tragen würde.

»Sie werden sie mit keinem Wort erwähnen«, sagte Strike. Er hielt die Unterlagen fest in seiner Faust, die doppelt so groß war wie die seines Gegenübers. »Verstanden? Es ist auch ohne sie eine verdammt heiße Story.«

Culpepper zögerte einen Moment, dann verzog er das Gesicht und gab nach.

»Schon gut, schon gut. Geben Sie her.«

Der Journalist stopfte die Unterlagen in die Innentasche seines Mantels und stürzte seinen Tee hinunter. Sein momentaner Zorn auf Strike schien zu verrauchen angesichts der verlockenden Aussicht, schon bald den Ruf eines Mitglieds des englischen Hochadels zu ruinieren.

»Lord Parker of Pennywell«, flüsterte er frohgemut. »Du bist wirklich und wahrhaftig am Arsch, Freundchen.«

»Das übernimmt doch sicher Ihr Arbeitgeber?«, fragte Strike, als die Rechnung auf ihrem Tisch landete.

»Ja, ja …«

Culpepper warf eine Zehnpfundnote daneben. Gemeinsam verließen die beiden Männer das Café. Sobald die Tür hinter ihnen zugefallen war, zündete sich Strike eine Zigarette an.

»Wie haben Sie sie zum Reden gebracht?«, fragte Culpepper, als sie durch die Kälte an den Motorrädern und Lieferwagen vorbeigingen, die noch immer vor dem Marktgebäude verkehrten.

»Ich hab ihr zugehört«, sagte Strike.

Culpepper warf ihm einen argwöhnischen Blick zu. »Alle anderen Privatschnüffler, mit denen ich zu tun habe, hacken sich normalerweise in irgendwelche Mailboxen ein.«

»Das ist illegal«, sagte Strike und blies Rauch in die Dämmerung.

»Aber wie …«

»Sie schützen Ihre Quellen und ich meine.«

Schweigend legten sie weitere fünfzig Meter zurück. Strikes Humpeln wurde mit jedem Schritt schlimmer.

»Das wird riesig … eine Riesensache«, verkündete Culpepper vergnügt. »Dieser scheinheilige alte Sack prangert die Gier der Konzerne an und hat selber zwanzig Millionen auf den Caymans gebunkert!«

»Immer gern zu Diensten«, sagte Strike. »Die Rechnung kommt per E-Mail.«

Culpepper bedachte ihn mit einem weiteren argwöhnischen Blick.

»Haben Sie das von Tom Jones' Sohn letzte Woche in der Zeitung gelesen?«

»Tom Jones?«

»Der walisische Sänger«, sagte Culpepper.

»Ach, der«, sagte Strike ohne große Begeisterung. »Ich kannte mal einen Tom Jones in der Army.«

»Haben Sie's gelesen?«

»Nein.«

»Schön langes Interview. Er behauptet, dass er seinen Vater nie persönlich getroffen und nie auch nur ein Sterbenswörtchen von ihm gehört hat. Ich wette, dass er weitaus mehr bekommen hat als das, was auf Ihrer Rechnung stehen wird.«

»Warten Sie's ab«, sagte Strike.

»Ich meine ja nur … Ein einziges kleines Interview, und Sie bräuchten ein paar Nächte lang mal keine Sekretärinnen zu verhören.«

»Culpepper, wenn Sie nicht damit aufhören«, sagte Strike, »muss ich aufhören, für Sie zu arbeiten.«

»Ich könnte die Story natürlich trotzdem bringen«, sagte Culpepper. »Der verlorene Sohn des Rockstars – ein Kriegsheld, der seinen Vater nie kennengelernt hat und jetzt als Privat…«

»Jemanden damit zu beauftragen, fremde Telefone anzuzapfen, ist ebenfalls illegal, soweit ich weiß.«

Am Ende der Long Lane blieben sie stehen und sahen einander an. Culpepper lachte verunsichert.

»Dann warte ich also auf Ihre Rechnung, ja?«

»Geht klar.«

Sie gingen in verschiedene Richtungen davon. Strike machte sich auf den Weg zur U-Bahn-Haltestelle.

»Strike!« Culpeppers Stimme hallte ihm durch die Dämmerung nach. »Haben Sie sie gevögelt?«

»Ich bin gespannt auf Ihre Story, Culpepper«, rief Strike müde zurück, ohne sich umzudrehen.

Er humpelte den dunklen U-Bahn-Eingang hinunter und verschwand aus Culpeppers Blickfeld.

2

Wie lange dauert das Duell? Ich kann nicht bleiben
Und werd es nicht! Ich bin ein viel gefragter Mann.

FRANCIS BEAUMONT UND PHILIP MASSINGER,
DER KLEINE FRANZÖSISCHE ANWALT

Die U-Bahn war bereits ziemlich voll: schlaffe, blasse, verkniffene, resignierte Montagmorgengesichter. Strike ergatterte einen freien Sitz gegenüber einer Blondine mit verquollenen Augen, deren Kopf ständig zur Seite kippte. Immer wieder schreckte sie aus dem Schlaf, setzte sich gerade auf und versuchte in der Befürchtung, ihre Haltestelle verpasst zu haben, die vorbeihuschenden Schilder auf den Bahnsteigen zu erfassen.

Der Zug ratterte und klapperte, während er Strike zu der schlecht isolierten, kargen Zweieinhalbzimmer-Dachgeschosswohnung brachte, die er sein Zuhause nannte. Todmüde und umgeben von all den leeren Schafsgesichtern, grübelte er über die Umstände nach, die für ihrer aller Existenz verantwortlich waren. Jede Geburt war bei genauerer Betrachtung reiner Zufall. Bei einhundert Millionen Spermien, die blind durch die Dunkelheit schwammen, war die Chance, eine bestimmte Person zu werden, verschwindend gering. Wie viele der Fahrgäste in diesem Wagen waren geplant gewesen, fragte er sich, vor Müdigkeit ganz benommen, und wie viele waren wie er selbst Unfälle?

In seiner Grundschulklasse hatte es ein Mädchen mit einem Feuermal im Gesicht gegeben, und Strike hatte immer eine geheime Verbindung zwischen ihnen verspürt. Beiden haftete seit ihrer Geburt ein unveränderliches Merkmal an, das sie von den anderen unterschied und für das sie nicht verantwortlich waren. Selbst sehen konnten sie es nicht, dafür aber alle anderen – und die hatten nicht einmal den Anstand, es höflich zu ignorieren. Die Faszination, die wildfremde Menschen ihm gegenüber gelegentlich empfanden, hatte der damals Fünfjährige auf seine Einmaligkeit und Einzigartigkeit zurückgeführt – bis er irgendwann begriff, dass man ihn lediglich als die Zygote eines berühmten Rocksängers betrachtete, als das zufällige Nebenprodukt des Fehltritts eines treulosen Prominenten. Strike war seinem leiblichen Vater nur zwei Mal begegnet. Jonny Rokeby hatte seine Vaterschaft erst nach einem DNS-Test anerkannt.

Dominic Culpepper stellte die Verkörperung der überheblichen Sensationsgier dar, die Strike immer dann entgegenschlug, wenn jemand den griesgrämigen Exsoldaten mit dem alternden Rockstar in Verbindung brachte, was dieser Tage nicht mehr allzu häufig vorkam – aber wenn doch, dann dachten alle sofort an Treuhandfonds und großzügige Geschenke, Privatjets und VIP-Lounges und die nie versiegende Freigiebigkeit eines Multimillionärs, und angesichts der Bescheidenheit seines Lebensstils und der endlosen Überstunden, die er machte, fragten sie sich dann: Was hatte Strike nur getan, um es sich mit seinem Vater zu verscherzen? War seine Armut nur vorgetäuscht, um Rokeby mehr Geld aus den Rippen zu leiern? Was hatte er mit den Millionen angestellt, die seine Mutter aus ihrem reichen Liebhaber herausgequetscht haben musste?

In solchen Augenblicken dachte Strike wehmütig an die

Army, an die Anonymität eines Berufsstandes, in dem die eigene Herkunft gegenüber der Befähigung und Pflichterfüllung so gut wie keine Rolle spielte. Das Persönlichste während seines Vorstellungsgesprächs bei der Special Investigation Branch war die Bitte gewesen, ob er wohl die beiden seltsamen Namen noch einmal wiederholen könne, die ihm seine übertrieben unkonventionelle Mutter aufgebürdet hatte.

Als Strike wieder aus dem Untergrund auftauchte, herrschte auf der Charing Cross Road bereits starker Verkehr. Die graue halbherzige Novemberdämmerung war immer noch voller düsterer Schatten. Erschöpft und todmüde bog er in die Denmark Street und sehnte sich nach einem kurzen Nickerchen, das er sich noch gönnen wollte, ehe um neun Uhr dreißig der erste Klient bei ihm auftauchte. Er winkte der jungen Verkäuferin im Gitarrenladen zu, mit der er hin und wieder auf der Straße eine Zigarette rauchte, schloss die schwarze Tür neben dem 12 Bar Café auf und nahm die schmiedeeiserne Wendeltreppe in Angriff, die sich um den Schacht eines defekten Aufzugs wand. Vorbei am Büro des Grafikdesigners im ersten Stock, vorbei an seinem eigenen Büro mit der gravierten Glastür im zweiten und hinauf auf den dritten und schmalsten Treppenabsatz, der zu seiner derzeitigen Behausung führte.

Der vorherige Bewohner, dem die Kneipe im Erdgeschoss gehörte, hatte sich ein anderes, komfortableres Quartier gesucht. Strike, der gezwungen gewesen war, mehrere Monate in seinem Büro zu übernachten, hatte die Gelegenheit beim Schopfe gepackt und die Wohnung gemietet. Er war dankbar dafür gewesen, seiner Obdachlosigkeit auf so einfache Weise ein Ende setzen zu können. Platz war unter den Dachbalken in jeder Hinsicht knapp bemessen, ganz besonders für einen Mann von eins zweiundneunzig. In der Dusche konnte er sich kaum umdrehen. Küche und Wohnzimmer gingen ungünstig ineinander über, und das Schlafzimmer war fast vollständig von einem Doppelbett ausgefüllt. Trotz der Proteste des Vermieters befanden sich noch immer mehrere Kisten mit Strikes Habseligkeiten auf dem Treppenabsatz.

Durch die kleinen Fenster hoch über der Denmark Street waren die Dächer der Nachbarhäuser zu erkennen. Das ständige Basswummern aus der Kneipe im Erdgeschoss war hier so weit gedämpft, dass Strike es mit seiner eigenen Musik größtenteils übertönen konnte.

Strikes angeborene Ordnungsliebe war unübersehbar: Das Bett war gemacht, das Geschirr sauber und alles an seinem Platz. Er hatte eine Dusche und eine Rasur nötig, doch das konnte warten; nachdem er seinen Mantel aufgehängt hatte, stellte er den Wecker auf neun Uhr zwanzig und streckte sich vollständig bekleidet auf dem Bett aus.

Binnen Sekunden war er eingeschlafen und nach einigen weiteren – zumindest kam es ihm so vor – wieder hellwach, weil jemand an seine Tür klopfte.

»Cormoran, tut mir leid, wirklich …«

Draußen stand seine Assistentin, eine hochgewachsene junge Frau mit langem rotblondem Haar. Ihre bedauernde Miene verwandelte sich bei seinem Anblick in einen Ausdruck milden Entsetzens.

»Alles in Ordnung?«

»Hab geschlafen … War die ganze Nacht unterwegs – zwei Nächte sogar.«

»Tut mir wirklich leid«, wiederholte Robin. »Aber es ist schon zwanzig vor zehn, und William Baker ist hier und will …«

»Scheiße«, murmelte Strike. »Der verdammte Wecker is' wohl … Ich brauch noch fünf Min…«

»Außerdem«, fiel Robin ihm ins Wort, »wartet eine Frau

auf Sie. Sie hat keinen Termin, und ich habe ihr gesagt, dass Sie keine Zeit für eine weitere Klientin haben, aber sie weigert sich zu gehen.«

Strike gähnte und rieb sich die Augen.

»Fünf Minuten. Machen Sie ihnen Tee oder so.«

Sechs Minuten später betrat der immer noch unrasierte, aber nach Zahncreme und Deodorant duftende und mit einem frischen Hemd bekleidete Strike das Vorzimmer, wo Robin an ihrem Computer saß.

»Na ja, besser spät als nie«, sagte William Baker mit einem steifen Lächeln. »Zum Glück haben Sie eine so gut aussehende Sekretärin, sonst hätte ich vor Langeweile längst das Weite gesucht.«

Strike sah, wie Robin vor Zorn errötete, sich abwandte und demonstrativ die Post sortierte. Baker hatte das Wort »Sekretärin« mit einem unverkennbar beleidigenden Unterton ausgesprochen. Der Geschäftsführer in dem makellosen Nadelstreifenanzug hatte Strike angeheuert, um zwei seiner Aufsichtsratsmitglieder durchleuchten zu lassen.

»Morgen, William«, sagte Strike.

»Keine Entschuldigung?«, murmelte Baker, die Augen zur Decke gerichtet.

Strike beachtete ihn nicht weiter, sondern wandte sich an die dünne Frau mittleren Alters, die in einem abgetragenen braunen Mantel auf dem Sofa saß: »Hallo, und wer sind Sie?«

»Leonora Quine«, antwortete sie. Strikes feines Ohr glaubte, einen vertrauten West-Country-Akzent zu hören.

»Ich habe heute Morgen einen sehr straffen Terminplan«, sagte Baker und marschierte, ohne dazu aufgefordert worden zu sein, schnurstracks in Strikes Büro. Als er bemerkte, dass Strike ihm nicht folgte, bekam seine aalglatte Fassade Risse. »Ich glaube kaum, dass Sie in der Army mit Unpünktlichkeit weit gekommen sind, Mr. Strike. Wenn ich Sie jetzt bitten dürfte?«

Strike schien ihn nicht zu hören.

»Was genau kann ich für Sie tun, Mrs. Quine?«, fragte er die schäbig gekleidete Frau auf dem Sofa.

»Also, es geht um meinen Mann...«

»Mr. Strike, ich habe in knapp einer Stunde einen Termin«, sagte William Baker, diesmal etwas lauter.

»...und Ihre Sekretärin hat gesagt, dass sie eigentlich keine Zeit mehr haben, aber ich wollte trotzdem warten.«

»Strike!«, bellte William Baker, als wollte er einen Hund zurückpfeifen.

»Robin«, knurrte der übermüdete Strike, der nun doch die Geduld verlor. »Schreiben Sie Mr. Baker eine Rechnung, und geben Sie ihm seine Akte. Sie ist auf dem neuesten Stand.«

»Wie bitte?« Fassungslos kehrte William Baker in das Vorzimmer zurück.

»Er hat Sie abgesägt«, bemerkte Leonora Quine zufrieden.

»Noch haben Sie Ihren Auftrag nicht erfüllt«, sagte Baker. »Sie sagten, es gebe noch mehr...«

»Das kann jemand anderes für Sie erledigen. Jemand, dem es nichts ausmacht, blöde Wichser als Klienten zu haben.«

Die Atmosphäre im Büro kühlte merklich ab. Mit versteinerter Miene holte Robin Bakers Akte aus dem Schrank und hielt sie Strike hin.

»Wie können Sie es *wagen*...«

»Hier steht massenhaft brauchbares Zeug drin, das vor Gericht Bestand haben wird«, sagte Strike und reichte die Akte an den Firmenchef weiter. »Sie ist Ihr Geld wert.«

»Sie haben Ihren Auftrag...«

»Er hat die Schnauze voll von Ihnen«, warf Leonora Quine ein.

»Wollen Sie wohl die Klappe halten, Sie dumme…«, begann Baker, machte dann jedoch schnell einen Schritt zurück, als Strike seinerseits einen Schritt auf ihn zutrat. Niemand sagte etwas. Der ehemalige Soldat schien auf einmal doppelt so viel Raum einzunehmen wie noch Sekunden zuvor.

»Bitte nehmen Sie in meinem Büro Platz, Mrs. Quine«, sagte Strike ruhig.

Sie tat wie geheißen.

»Glauben Sie wirklich, dass so eine Ihr Honorar bezahlen kann?«, spöttelte William Baker, der bereits auf dem Rückzug war und die Hand auf die Türklinke gelegt hatte.

»Wenn ich den Klienten leiden kann«, sagte Strike, »ist mein Honorar Verhandlungssache.«

Er folgte Leonora Quine in sein Büro und zog die Tür mit Nachdruck hinter sich zu.

3

... und diese Bürden ganz allein zu schultern ...

THOMAS DEKKER, *DER EDLE SPANISCHE SOLDAT*

»Unangenehmer Kerl, was?«, bemerkte Leonora Quine, als sie sich auf den Stuhl vor Strikes Schreibtisch setzte.

»Ja«, pflichtete ihr Strike bei und ließ sich schwer auf den Platz gegenüber fallen. »Stimmt.«

Sie musste um die fünfzig sein, obwohl sie ein beinahe faltenfreies, rosiges Gesicht hatte und das Weiß in ihren blassblauen Augen makellos war. Zwei Haarkämme aus Kunststoff verhinderten, dass ihr das dünne, ergrauende Haar ins Gesicht fiel, und sie blinzelte ihn durch eine altmodische Brille mit einem monströsen Plastikgestell an. Ihr Mantel mit den Schulterpolstern und den großen Knöpfen war zwar sauber, aber höchstwahrscheinlich in den Achtzigern gekauft worden.

»Es geht also um Ihren Mann, Mrs. Quine?«

»Ja«, sagte Leonora. »Er ist verschwunden.«

»Wie lange schon?«, fragte Strike und griff unwillkürlich nach einem Notizbuch.

»Zehn Tage«, sage Leonora.

»Haben Sie die Polizei verständigt?«

»Die hilft mir auch nicht weiter«, sagte sie ungeduldig, als hätte sie es satt, diese Tatsache immer wieder erläutern zu müssen. »Ich hab schon mal bei denen angerufen, und dann waren die stinksauer, weil er nur bei einer Freundin war. Manchmal haut Owen einfach ab. Er ist Schriftsteller«, sagte sie, als würde das sein Verhalten erklären.

»Es gab also schon früher solche Vorfälle?«

»Er ist ziemlich emotional«, sagte sie verdrießlich. »Ständig flippt er wegen irgendwas aus. Aber jetzt sind es schon volle zehn Tage, und ich weiß, dass er wirklich wütend ist, aber er muss wieder nach Hause kommen – wegen Orlando und weil ich auch noch anderes zu tun hab, und außerdem ...«

»Orlando?«, fragte Strike, dessen müdes Hirn an die Touristenmetropole in Florida dachte. Er hatte keine Zeit, nach Amerika zu reisen, und Leonora Quine in ihrem antiquierten Mantel sah auch nicht so aus, als könnte sie ihm das Flugticket bezahlen.

»Das ist unsere Tochter, Orlando«, sagte Leonora. »Jemand muss sich um sie kümmern. Im Moment passt eine Nachbarin auf sie auf, sonst hätte ich gar nicht kommen können.«

Es klopfte, und Robins goldener Blondschopf erschien in der Tür.

»Möchten Sie einen Kaffee, Mr. Strike? Sie, Mrs. Quine?«

Nachdem sie ihre Wünsche geäußert hatten und Robin wieder verschwunden war, fuhr Mrs. Quine fort: »Das Ganze wird nicht lange dauern, weil ich nämlich glaube, dass ich weiß, wo er ist. Aber ich krieg die Adresse nicht raus, und wenn ich irgendwo anrufe, geht niemand ans Telefon. Jetzt sind es schon zehn Tage«, wiederholte sie. »Er muss wieder nach Hause kommen.«

Wegen einer solchen Lappalie einen Privatdetektiv anzuheuern erschien Strike einigermaßen verschwenderisch – insbesondere da sie nicht gerade wohlhabend aussah.

»Wenn es sich nur um ein einfaches Telefonat handelt«, sagte er sanft, »dann bitten Sie doch eine Freundin oder ...«

»Edna kann das nicht machen«, fiel sie ihm ins Wort. Dieses indirekte Eingeständnis, nur eine einzige Freundin auf der Welt zu haben, ging Strike (der bei extremer Müdigkeit gelegentlich zu Sentimentalität neigte) unverhältnismäßig zu Herzen. »Owen hat allen gesagt, dass sie mir nicht verraten sollen, wo er steckt. Dafür«, sagte sie entschieden, »muss ein Mann her. Sie müssen sie dazu bringen, es Ihnen zu verraten.«

»Ihr Mann heißt also Owen, ja?«

»Ja«, antwortete sie. »Owen Quine. Er hat *Hobarts Sünde* geschrieben.«

Weder der Name noch der Buchtitel sagte Strike etwas.

»Und Sie haben eine Vermutung, was seinen Aufenthaltsort betrifft?«

»Ja. Wir waren neulich auf dieser Party, mit einer Horde Verlagsmenschen und so … Erst wollte er mich überhaupt nicht mitnehmen. ›Aber ich hab doch schon einen Babysitter‹, hab ich gesagt, ›ich komme mit.‹ Und da hab ich gehört, wie Christian Fisher Owen von diesem Schriftstellerrefugium erzählt hat. Ein Haus oder so, wo sie ungestört arbeiten können. ›Was ist das für ein Ort, von dem er da geredet hat?‹, hab ich Owen später gefragt. ›Das werd ich dir wohl kaum verraten‹, hat er gesagt. ›Das ist doch der ganze Witz an der Sache: dass man mal von der Frau und den Kindern wegkommt.‹«

Beinahe schien es, als wollte sie Strike dazu auffordern, ebenso über sie zu lachen, wie ihr Mann es getan hatte. Sie klang stolz, so wie manche Mütter vorgeben, auf die Ungezogenheiten ihrer Kinder stolz zu sein.

»Wer ist Christian Fisher?«, fragte Strike und zwang sich zur Konzentration.

»Ein Verleger. So ein junger, angesagter Typ.«

»Haben Sie schon mal versucht, Fisher anzurufen und ihn nach der Adresse dieses Refugiums zu fragen?«

»Ja, und zwar täglich, seit einer Woche. Aber sie sagen immer nur, dass sie es sich aufgeschrieben hätten und dass er zurückrufen würde. Hat er aber nicht. Ich glaube, dass Owen ihm verboten hat, mir zu verraten, wo er steckt. Aber bei *Ihnen* wird Fisher schon damit rausrücken. Ich weiß, dass Sie was taugen«, sagte sie. »Sie haben diese Lula-Landry-Sache geklärt, wo die Polizei keinen Schimmer hatte.«

Vor nicht einmal acht Monaten hatte Strike lediglich einen einzigen Klienten gehabt. Seine Detektei war dem Untergang geweiht, seine Aussichten trostlos gewesen. Dann hatte er der Staatsanwaltschaft gegenüber überzeugend darlegen können, dass ein berühmtes junges Model nicht Selbstmord begangen hatte, sondern von ihrem Balkon im dritten Stock gestoßen worden war. Der darauffolgende Medienrummel hatte das Geschäft ordentlich angekurbelt. Ein paar Wochen lang war er der bekannteste Privatdetektiv der Stadt gewesen. Jonny Rokeby war zu einer Fußnote in seinem Leben degradiert worden. Strike hatte sich aus eigener Kraft einen Namen gemacht – auch wenn es ein Name war, den die meisten Leute auf Anhieb nicht richtig verstanden und regelmäßig falsch buchstabierten…

»Entschuldigung, ich habe Sie unterbrochen«, sagte er und versuchte, sich wieder zu konzentrieren.

»Ach wirklich?«

»Ja.« Mit zusammengekniffenen Augen betrachtete Strike seine krakelige Handschrift auf den Seiten des Notizbuchs. »Sie sagten: ›wegen Orlando und weil ich auch noch anderes zu tun hab, und außerdem…‹«

»Ach ja«, sagte sie, »und außerdem passieren lauter komische Sachen, seit er weg ist.«

»Komische Sachen?«

»Scheiße«, bemerkte Leonora Quine trocken. »Durch den Briefschlitz.«

»Jemand hat Ihnen Fäkalien durch den Briefschlitz gesteckt?«, fragte Strike.

»Ja.«

»Nachdem Ihr Mann verschwunden ist?«

»Ja. Hund«, sagte Leonora, und Strike brauchte einen Sekundenbruchteil, ehe er begriff, dass sie damit den Urheber der Exkremente und nicht ihren Ehemann meinte. »Drei oder vier Mal schon. Immer nachts. Ist nicht gerade angenehm, am frühen Morgen auf so was zu stoßen. Und einmal stand eine merkwürdige Frau vor der Tür.«

Sie verstummte und wartete darauf, dass Strike nachhakte. Offensichtlich gefiel es ihr, ausgefragt zu werden. Strike wusste, dass viele einsame Menschen es genossen, im Zentrum der uneingeschränkten Aufmerksamkeit ihres Gesprächspartners zu stehen, und bemüht waren, das angenehme Erlebnis nach Möglichkeit zu verlängern.

»Wann stand diese Frau vor Ihrer Tür?«

»Letzte Woche. Sie wollte Owen sprechen. ›Er ist nicht da‹, hab ich gesagt. ›Richten Sie ihm aus, dass Angela gestorben ist‹, hat sie gesagt, und dann ist sie wieder gegangen.«

»Und die Frau war Ihnen völlig unbekannt?«

»Ich hab sie noch nie im Leben gesehen.«

»Kennen Sie eine Angela?«

»Nein. Aber Owens weibliche Fans sind manchmal ein bisschen komisch«, sagte Leonora in einem plötzlichen Anfall von Redseligkeit. »Eine hat ihm mal Briefe geschickt und Fotos von ihr, auf denen sie sich als eine von seinen Romanfiguren verkleidet hat. Die schreiben ihm, weil sie glauben, dass er sie versteht oder so. Wegen seinen Büchern. Ganz schön bescheuert, was?«, sagte sie. »Dabei hat er sich das alles doch nur ausgedacht.«

»Ist die Adresse Ihres Mannes denn allgemein bekannt?«

»Nein«, sagte Leonora. »Aber vielleicht war sie eine Schülerin oder so. Er gibt manchmal Schreibkurse.«

Die Tür ging erneut auf, und Robin betrat mit einem Tablett den Raum. Nachdem sie einen schwarzen Kaffee vor Strike und Tee vor Leonora Quine abgestellt hatte, zog sie sich wieder zurück und machte die Tür hinter sich zu.

»Aber sonst ist nichts Außergewöhnliches vorgefallen?«, fragte Strike. »Die Fäkalien und die Frau vor der Tür – das war alles?«

»Ich glaube, ich werde verfolgt. Eine große Frau mit schwarzen Haaren und hängenden Schultern«, sagte Leonora.

»Das ist aber nicht dieselbe Frau wie …«

»Nein, die vor meiner Tür war eher pummelig. Lange rote Haare. Die andere hat schwarze Haare und geht irgendwie gebückt.«

»Und Sie sind sich sicher, dass sie Ihnen gefolgt ist?«

»Ja, ich glaube schon. Ich hab sie jetzt schon zwei, drei Mal bemerkt. Sie ist nicht aus der Nachbarschaft, jedenfalls hab ich sie vorher noch nie gesehen, und ich wohne schon seit über dreißig Jahren in Ladbroke Grove.«

»Okay«, sagte Strike langsam. »Ihr Mann war also sehr wütend. Worüber hat er sich denn so aufgeregt?«

»Er hatte einen Mordsstreit mit seiner Literaturagentin.«

»Wissen Sie, worum es dabei ging?«

»Um sein neuestes Buch. Liz – das ist seine Agentin – hat ihm gesagt, es wär das beste, das er je geschrieben hätte, und dann urplötzlich, einen Tag später, lädt sie ihn zum Essen ein und sagt ihm, dass man es nicht veröffentlichen kann.«

»Warum hat sie ihre Meinung geändert?«

»Das müssen Sie *sie* fragen«, entgegnete Leonora und wirkte nun zum ersten Mal verärgert. »Natürlich hat er sich darüber aufgeregt. Kein Wunder! Er hat zwei Jahre lang an diesem Buch geschrieben. Er ist stocksauer nach Hause gekommen und in sein Arbeitszimmer marschiert und hat es sich geschnappt...«

»Hat sich was geschnappt?«

»Sein Buch, das Manuskript, seine Notizen, alles. Hat geflucht wie ein Bierkutscher und das ganze Zeug in seine Tasche gestopft und ist verschwunden. Seitdem hab ich ihn nicht mehr gesehen.«

»Hat er ein Handy? Haben Sie ihn mal angerufen?«

»Ja, natürlich, aber er geht nicht ran. Aber er geht nie ran, wenn er mal wieder seinen Rappel hat. Einmal hat er sein Handy aus dem Autofenster geworfen«, fügte sie hinzu, und wieder meinte Strike, in ihrer Stimme einen gewissen Stolz auf das Temperament ihres Mannes wahrzunehmen.

»Mrs. Quine«, sagte Strike. Was immer er gegenüber William Baker behauptet haben mochte – seine Großherzigkeit kannte Grenzen. »Ich will ehrlich sein: Meine Dienste sind nicht gerade billig.«

»Kein Problem«, sagte Leonora, ohne mit der Wimper zu zucken. »Die Rechnung geht an Liz.«

»Liz?«

»*Liz*, Elizabeth Tassel. Owens Agentin. Es ist ihre Schuld, dass er weg ist. Soll sie's doch von seinem Vorschuss abziehen. Er ist ihr bester Klient. Wenn ihr erst mal klar wird, was sie da angerichtet hat, wird sie ihn bestimmt zurückhaben wollen.«

In diesem Punkt war Strike nicht ganz so zuversichtlich wie Leonora. Er warf drei Zuckerwürfel in seinen Kaffee, stürzte ihn hinunter und dachte über sein weiteres Vorgehen nach. In gewisser Weise tat Leonora Quine ihm leid. Sie schien sich an die Eskapaden ihres launischen Mannes gewöhnt zu haben, hatte die Tatsache akzeptiert, dass niemand es für nötig hielt, sie zurückzurufen, und war zu dem Schluss gekommen, dass sie Hilfe nur erwarten konnte, wenn sie auch dafür bezahlte. Ungeachtet ihres leicht exzentrischen Verhaltens schien sie jedoch schonungslos ehrlich zu sein. Nichtsdestoweniger hatte er, seit sein Geschäft so unerwartet begonnen hatte zu florieren, nur noch lukrative Fälle angenommen. Jene wenigen, die in der Hoffnung zu ihm gekommen waren, er wäre durch seine eigenen persönlichen (und in der Presse weithin ausgewalzten) Schwierigkeiten empfänglich für ihre traurigen Geschichten und würde ihnen unentgeltlich unter die Arme greifen, waren auf taube Ohren gestoßen.

Leonora Quine hingegen, die ihren Tee fast ebenso schnell getrunken hatte wie Strike seinen Kaffee, war bereits aufgestanden, als hätten sie sich darauf geeinigt, dass er den Fall übernehmen würde.

»Ich muss wieder los«, sagte sie. »Ich will Orlando nicht so lange allein lassen. Sie vermisst ihren Daddy. Ich hab ihr gesagt, dass ich zu einem Mann gehe, der ihn finden wird.«

Vor noch gar nicht allzu langer Zeit hatte Strike mehreren reichen jungen Damen dabei geholfen, ihre Börsenmaklermänner loszuwerden, nachdem diese im Zuge der Finanzkrise in ihren Augen erheblich an Attraktivität eingebüßt hatten. Ein Ehepaar wieder zusammenzubringen erschien ihm verglichen damit als durchaus reizvolle Aufgabe.

»Also gut«, sagte er. Mit einem Gähnen schob er ihr sein Notizbuch zu. »Ich brauche Ihre Kontaktdaten, Mrs. Quine, und ein Foto Ihres Mannes wäre ebenfalls sehr hilfreich.«

In runden, kindlichen Buchstaben schrieb sie ihre Adresse auf. Die Frage nach einer Fotografie schien sie allerdings zu überraschen.

»Wozu brauchen Sie ein Foto? Er ist in diesem Refugium. Christian Fisher soll Ihnen sagen, wo das ist.«

Noch bevor der erschöpfte und müde Strike sich von seinem Schreibtisch erheben konnte, war sie auch schon durch die Tür. Er hörte noch, wie seine neue Klientin Robin zurief: »Danke für den Tee«, die Glastür zum Treppenhaus aufriss und mit leichtem Klirren wieder schloss.

4

Ein gewitzter Freund ist eine seltne Gunst...

WILLIAM CONGREVE, *DOPPELSPIEL*

Strike ließ sich auf das fast nagelneue Sofa im Vorzimmer fallen – eine unvermeidliche Investition, da das gebraucht er-
standene Modell, das zur ursprünglichen Büroausstattung gehört hatte, zu Bruch gegangen war. Der Kunstlederbezug, der
ihn im Möbelgeschäft noch so beeindruckt hatte, machte bei
jeder unbedachten Bewegung Furzgeräusche. Seine Assistentin – groß und kurvig, mit einem reinen, strahlenden Teint
und hellen graublauen Augen – musterte ihn eingehend über
den Rand ihres Kaffeebechers hinweg.

»Sie sehen fürchterlich aus.«

»Ich hab die ganze Nacht damit zugebracht, einer hysterischen Frau Details über die sexuellen und finanziellen Fehl-
tritte eines Mitglieds des englischen Hochadels aus der Nase
zu ziehen«, sagte Strike und gähnte herzhaft.

»Lord Parker?«, fragte Robin japsend.

»Genau der«, sagte Strike.

»Er hat...«

»Mit drei verschiedenen Frauen parallel geschlafen und Mil-
lionen am Fiskus vorbei ins Ausland geschafft«, sagte Strike.
»Wenn Sie keinen allzu empfindlichen Magen haben, sollten
Sie sich am Sonntag die *News of the World* genehmigen.«

»Wie um alles in der Welt haben Sie das herausgefunden?«

»Durch den Bekannten eines Bekannten eines Bekannten«, psalmodierte Strike.

Er gähnte wieder und riss den Mund dabei so weit auf, dass es regelrecht schmerzhaft aussah.

»Sie sollten sich hinlegen«, sagte Robin.

»Ja, sollte ich«, erwiderte Strike, machte jedoch keine Anstalten, sich zu bewegen.

»Außer Gunfrey um vierzehn Uhr haben Sie keine weiteren Termine.«

»Gunfrey«, seufzte Strike und rieb sich die Augen. »Warum sind eigentlich all meine Klienten Vollidioten?«

»Mrs. Quine kam mir nicht so vor.«

»Woher wissen Sie, dass ich ihren Fall angenommen habe?«

»Ich weiß es eben«, sagte Robin und konnte sich ein verschmitztes Grinsen nicht verkneifen. »Sie ist genau Ihr Typ.«

»Ein mittelaltes Relikt aus den Achtzigern?«

»Passt genau in Ihr Klientenschema. Außerdem wollten Sie Baker eins auswischen.«

»Hat ja auch geklappt, oder?«

Das Telefon klingelte. Immer noch mit einem Grinsen im Gesicht nahm Robin das Gespräch entgegen.

»Büro von Cormoran Strike«, sagte sie. »Oh. Hi.«

Es war ihr Verlobter Matthew. Sie warf ihrem Chef einen flüchtigen Seitenblick zu. Strike hatte die Augen geschlossen, den Kopf zurückgelehnt und die Arme vor der breiten Brust verschränkt.

»Hör mal«, sagte Matthew. Er klang nie besonders freundlich, wenn er von der Arbeit aus anrief. »Wir müssen unsere Feierabenddrinks von Freitag auf Donnerstag verschieben.«

»Oh Matt«, sagte sie und versuchte, nicht allzu enttäuscht und frustriert zu klingen.

Es war inzwischen das fünfte Mal, dass dieser spezielle Termin verschoben wurde. Von den drei beteiligten Personen hatte allein Robin noch kein einziges Mal Ort, Datum und Uhrzeit des Treffens geändert, sondern sich vielmehr mit jedem neuen Arrangement einverstanden erklärt.

»Warum?«, murmelte sie.

Plötzlich ertönte ein lautes Grunzen vom Sofa herüber. Strike war im Sitzen eingeschlafen. Sein massiver Schädel lehnte gegen die Wand, die Arme waren immer noch vor der Brust verschränkt.

»Am Neunzehnten geht die ganze Belegschaft hier einen trinken«, sagte Matthew. »Würde nicht gut aussehen, wenn ich mich da nicht blicken ließe.«

Sie widerstand dem Drang, ihn anzublaffen. Er arbeitete in einer großen Steuerkanzlei, tat manchmal aber so, als kämen die damit einhergehenden sozialen Verpflichtungen denen eines hochrangigen Diplomaten gleich.

Dabei war sie sich ziemlich sicher, den wahren Grund für die Terminverschiebung zu kennen. Bisher hatte Strike jedes geplante Treffen unter dem Vorwand eines dringenden Einsatzes abgesagt, der nur zu später Stunde stattfinden konnte. Obwohl seine Entschuldigungen stets plausibel geklungen hatten, war Matthew zunehmend verärgert gewesen. Er hatte es zwar nie laut ausgesprochen, doch Robin wusste, dass ihr Verlobter argwöhnte, Strike halte seine Zeit für zu wertvoll und seinen Job für zu wichtig, um sich mit Matthew abzugeben.

In den acht Monaten, seit sie für Cormoran Strike arbeitete, waren sich ihr Chef und Matthew nie persönlich begegnet. Selbst an jenem denkwürdigen Abend nicht, als Matthew sie aus der Notaufnahme abgeholt hatte, in die sie mit Strike gefahren war – ihren Mantel fest um die Stichwunde gewickelt, die ihm der in die Ecke getriebene Mörder beigebracht hatte. Als sie, zitternd und blutbefleckt, aus dem Krankenhaus getreten war, in dem sie Strike zusammenflickten, hatte Matthew das Angebot, ihren verletzten Chef kennenzulernen, rundheraus abgelehnt. Zu wütend war er über die ganze Sache gewesen, obwohl ihm Robin wieder und wieder beteuert hatte, dass sie selbst zu keinem Zeitpunkt in Gefahr gewesen sei.

Matthew war kategorisch dagegen gewesen, dass sie fest bei Strike arbeitete. Von Anfang an hatte er Argwohn gegen den Detektiv gehegt und aus seiner Abneigung gegen dessen Mittellosigkeit, Obdachlosigkeit und – in Matthews Augen – absurden Beruf keinen Hehl gemacht. Das bisschen, was ihm Robin über ihn erzählt hatte – Strikes Tätigkeit bei der Special Investigation Branch (der zivilen Ermittlungseinheit der britischen Militärpolizei), sein Tapferkeitsorden, der Verlust seines rechten Unterschenkels, seine Erfahrung auf hundert Gebieten, auf denen Matthew, der bis dahin der Experte in ihrer Beziehung gewesen war, wenig bis gar nicht bewandert war –, hatte (entgegen ihrer Hoffnung) nicht dazu beigetragen, eine Verbindung zwischen den beiden Männern herzustellen, sondern im Gegenteil die Kluft zwischen ihnen nur mehr vergrößert.

Strikes plötzlicher Ruhm und sein kometenhafter Aufstieg vom Versager zum erfolgreichen Detektiv hatten Matthews Vorbehalte weiter verstärkt. Zu spät hatte Robin begriffen, dass es überaus kontraproduktiv gewesen war, Matthew auf seine widersprüchlichen Aussagen hinzuweisen: »Erst beschwerst du dich, weil er keine Wohnung hat und arm ist, und jetzt passt es dir nicht, dass er berühmt ist und massenhaft Aufträge an Land zieht.«

Für Matthew – wie Robin sehr wohl bewusst war – bestand Strikes größte Missetat jedoch in dem hautengen Designerkleid, das er ihr nach seinem Krankenhausaufenthalt geschenkt hatte. Das Kleid war eigentlich als Zeichen seiner Dankbarkeit und als Abschiedsgeschenk gedacht gewesen, und sie hatte es Matthew voller Stolz und Freude vorgeführt, doch angesichts seiner Reaktion hatte sie es nicht gewagt, es auch nur ein einziges Mal zu tragen.

All das hoffte Robin bei einem persönlichen Treffen auszuräumen, doch Strikes wiederholte Absagen hatten Matthews Abneigung nur noch verstärkt. Zum letzten vereinbarten Termin war Strike gar nicht erst aufgetaucht. Seine Entschuldigung – er war gezwungen gewesen, einen Verfolger abzuschütteln, den der argwöhnische Ehemann einer seiner Klientinnen angeheuert hatte – war von Robin anstandslos akzeptiert worden, da sie natürlich mit den Einzelheiten jenes überaus komplizierten und hässlichen Scheidungsfalls vertraut gewesen war. Für Matthew war das Ganze jedoch lediglich ein weiterer Beweis für Strikes Geltungssucht und Überheblichkeit gewesen.

Nur mit Mühe hatte sie Matthew dazu bewegen können, einem neuerlichen Anlauf zuzustimmen. Er hatte Zeit und Ort des Treffens festlegen dürfen, doch jetzt, da Robin Strikes Einwilligung einmal mehr eingeholt hatte, wollte Matthew seinerseits den Termin verschieben. Sie kam nicht umhin, Absicht dahinter zu vermuten – womöglich war dies ein Versuch, Strike zu signalisieren, dass auch er andere Verpflichtungen hatte; dass auch er (wie Robin ihm schweren Herzens unterstellen musste) andere Leute nach Belieben hin- und herbeordern konnte.

»In Ordnung«, seufzte sie ins Telefon. »Ich frage Cormoran, ob er am Donnerstag Zeit hat.«

»Klingt nicht gerade so, als wäre es in Ordnung.«

»Matt, bitte, ich will jetzt nicht anfangen zu diskutieren. Ich frage ihn, okay?«

»Na dann, bis später.«

Robin legte auf. Strike hatte mittlerweile mächtig Fahrt aufgenommen und schnarchte jetzt wie ein Walross. Sein Mund stand weit offen, er hatte die Beine gespreizt, die Füße flach auf dem Boden und die Arme nach wie vor verschränkt.

Seufzend betrachtete sie ihren schlafenden Chef. Er hatte sich nie ablehnend über ihren Freund geäußert. Allein Matthew schien sich an Strikes Existenz zu stören und ließ keine Gelegenheit aus, um darauf hinzuweisen, dass Robin in einem der vielen anderen Jobs, die man ihr angeboten hatte, bedeutend mehr verdienen könnte, hätte sie sich nicht selbst für diesen hochstapelnden, hoch verschuldeten Privatdetektiv entschieden, der nicht in der Lage war, sie ihren Fähigkeiten entsprechend zu entlohnen. Ihr Haussegen könnte erheblich gerader hängen, wenn Matthew sich endlich ihrer Meinung über Cormoran Strike anschließen und ihn sympathisch finden, ja vielleicht sogar bewundern würde. Doch Robin war zuversichtlich. Sie mochte sie beide – warum also sollten sie einander nicht ebenfalls mögen?

Mit einem heftigen Grunzen wachte Strike auf. Er öffnete die Augen und blinzelte sie an.

»Ich hab geschnarcht«, stellte er fest und wischte sich über den Mund.

»Nicht sehr«, flunkerte sie ihn an. »Ähem, also, wäre es okay, wenn wir unsere Drinks von Freitag auf Donnerstag vorverlegen könnten?«

»Drinks?«

»Mit Matthew und mir«, sagte sie. »Wissen Sie noch? Im King's Arms in der Roupell Street. Ich hab's Ihnen aufgeschrieben«, sagte sie mit leicht aufgesetzter Unbefangenheit.

»Ach so, ja«, sagte er. »Freitag. Geht klar.«

»Nein, Matt will … Er kann am Freitag nicht. Wäre Donnerstag auch in Ordnung?«

»Ja, sicher«, kam es verschlafen zurück. »Ich glaub, ich leg mich noch ein bisschen aufs Ohr.«

»Wunderbar. Dann am Donnerstag. Ich schreibe es Ihnen noch mal auf.«

»Was ist am Donnerstag?«

»Die Drinks mit … Ach, nicht so wichtig. Schlafen Sie sich erst mal aus.«

Nachdem die Glastür zugefallen war, starrte sie gedankenverloren auf ihren Bildschirm und zuckte heftig zusammen, als die Tür wieder aufging.

»Robin, könnten Sie bitte einen Typen namens Christian Fisher anrufen? Sagen Sie ihm, wer ich bin, dass ich Owen Quine ausfindig machen muss und die Adresse des Schriftstellerrefugiums brauche, von dem er Quine erzählt hat.«

»Christian Fisher … Und wo erreiche ich ihn?«

»Mist«, murmelte Strike. »Das hab ich sie nicht gefragt. Ich bin wirklich voll neben der Spur. Er ist Verleger … irgendein junger, angesagter Verleger.«

»Kein Problem, das finde ich heraus. Gehen Sie schon und legen Sie sich hin.«

Sowie sich die Glastür zum zweiten Mal geschlossen hatte, rief Robin Google auf. Binnen dreißig Sekunden hatte sie herausgefunden, dass Christian Fisher der Gründer eines kleinen Verlags namens Crossfire war, der am Exmouth Market residierte.

Während sie die Nummer des Verlags wählte, musste sie wieder an die Hochzeitseinladung denken, die schon seit einer Woche in ihrer Handtasche schlummerte. Robin hatte Strike gegenüber das Datum ihrer Vermählung nicht einmal erwähnt – genauso wenig, wie sie Matthew eröffnet hatte, dass sie ihren Chef einladen wollte. Wenn das Treffen am Donnerstag einigermaßen glattging ...

»Crossfire«, meldete sich eine schrille Stimme, und Robin konzentrierte sich wieder auf die Arbeit.

5

Nichts gibt es, was auch so verdrießlich wäre,
als eines Menschen eigene Gedanken.

JOHN WEBSTER, *DIE WEISSE TEUFELIN*

Um zwanzig nach neun am selben Abend lag Strike in T-Shirt
und Boxershorts auf seiner Bettdecke, die Reste einer indischen Take-away-Mahlzeit neben sich auf einem Stuhl, und
las den Sportteil seiner Zeitung. Im Fernseher, den er vor sein
Bett gestellt hatte, liefen Nachrichten. Die Metallstange, die
ihm als Ersatz für seinen rechten Fuß diente, glänzte silbern
im Licht der billigen Schreibtischlampe, die auf einem Umzugskarton neben ihm stand.

Für Mittwochabend war in Wembley ein Freundschafts-
spiel zwischen England und Frankreich angesetzt, doch Strike
interessierte sich viel mehr für das Arsenal-Heimspiel gegen
die Spurs am Samstag. Er war seit seiner Kindheit Arsenal-
Fan, genau wie sein Onkel Ted. Warum Onkel Ted sich so
sehr für die Gunners begeisterte, obwohl er sein ganzes Leben
in Cornwall verbracht hatte, war Strike allerdings ein Rätsel.

Ein trüber Glanz, den die funkelnden Sterne nur mit Mühe
durchdringen konnten, erfüllte den Nachthimmel über dem
kleinen Fenster neben ihm. Obwohl er sich am Nachmittag
mehrere Stunden ausgeruht hatte, war er immer noch todmüde. Trotzdem wollte er sich mit der großen Portion Lamm-

Biryani und einem Pint Bier im Magen nicht sofort schlafen legen. Neben ihm lag ein Stück Papier, auf dem in Robins Handschrift zwei Termine notiert waren; sie hatte ihm den Zettel am Abend in die Hand gedrückt, als er das Büro verlassen hatte. Der erste Termin lautete:

Christian Fisher, morgen 9 Uhr, Crossfire Publishing, Exmouth Market EC1

»Warum will er mich denn persönlich sprechen?«, hatte Strike überrascht gefragt. »Ich brauche doch bloß die Adresse dieses Schriftstellerrefugiums, von dem er Quine erzählt hat.«

»Ich weiß«, hatte Robin geantwortet, »und das habe ich ihm auch gesagt, aber er hat darauf bestanden, Sie zu treffen, und morgen um neun vorgeschlagen. Ich konnte es ihm nicht ausreden.«

Was, dachte Strike und starrte konsterniert auf den Zettel, *habe ich mir dabei eigentlich gedacht?*

Erst hatte er sich am Morgen aus Müdigkeit von seinem Temperament überwältigen lassen und einen betuchten Klienten vom Hof gejagt, von dem bestimmt weitere Aufträge zu erwarten gewesen wären. Dann hatte er sich von Leonora Quine breitschlagen lassen, sie als Klientin anzunehmen – obwohl die Bezahlung alles andere als gesichert schien. Jetzt, da sie nicht mehr vor ihm saß, konnte er sich nur mehr undeutlich an jene Mischung aus Mitleid und Neugier erinnern, die ihn dazu veranlasst hatte, den Fall zu übernehmen. In der Stille seiner kalten, kahlen Dachkammer erschien ihm sein Versprechen, ihren eingeschnappten Ehemann wiederzufinden, ebenso wirklichkeitsfremd wie unverantwortlich. Versuchte er nicht, seine Schulden zu tilgen, um endlich mehr Freizeit zu haben und beispielsweise einen Samstagnachmittag im Stadion verbringen oder sonntags ausschlafen zu können? Endlich, nach monatelanger, fast ununterbrochener Arbeit, war er aus den roten Zahlen heraus, und seine Klienten strömten nicht mehr aufgrund der kurzlebigen Prominenz, die ihm zuteilgeworden war, sondern wegen einer diskreteren, weitaus wirkungsvolleren Mundpropaganda in sein Büro. Hätte er William Baker wirklich keine drei Wochen länger ertragen?

Und warum, fragte er sich, während er ein weiteres Mal Robins handgeschriebene Notiz überflog, wollte dieser Christian Fisher ihn so dringend persönlich treffen? Lag es womöglich an Strike selbst – weil er den Fall Lula Landry gelöst hatte oder (noch schlimmer) weil er Jonny Rokebys Sohn war? Den eigenen Bekanntheitsgrad richtig einzuschätzen war ein Ding der Unmöglichkeit. Eigentlich hatte Strike angenommen, dass sein unerwarteter Ruhm allmählich wieder verblasste. Es war eine anstrengende Zeit gewesen, doch inzwischen hatte er schon seit Monaten keinen Anruf mehr von einem Reporter erhalten, und es war auch nicht mehr bei jedweder Gelegenheit Lula Landrys Name im selben Atemzug gefallen wie sein eigener. Fremde sprachen ihn genau wie früher wieder mit »Cameron Strick« oder irgendeiner Variation davon an.

Andererseits besaß der Verleger möglicherweise Informationen über den verschwundenen Owen Quine, die er mit Strike zu teilen bereit war; warum er diese jedoch der Ehefrau des Schriftstellers vorenthalten hatte, war Strike schleierhaft.

Unter den Termin mit Fisher hatte Robin eine zweite Verabredung notiert:

Donnerstag, 18. November, 18.30 Uhr im King's Arms, 25 Roupell Street, SE1

Strike wusste genau, warum die Angaben so detailliert waren. Sie war fest entschlossen, dass er – war es der dritte oder vierte Versuch? – endlich ihren Verlobten kennenlernte.

Der ihm immer noch unbekannte Bilanzbuchhalter ahnte ja nicht, wie dankbar Strike für dessen Existenz und für den mit einem Saphir und Diamanten besetzten Ring war, der an Robins Finger funkelte. Er hielt Matthew zwar für einen Vollidioten (Robin hatte nicht die leiseste Ahnung, wie gut er sich an jede einzelne noch so beiläufige Bemerkung erinnern konnte, die sie über ihren Verlobten hatte fallen lassen), doch er stellte eine nützliche Barriere zwischen Strike und einer Frau dar, die ihn andernfalls womöglich aus dem Gleichgewicht hätte bringen können.

Strike hatte trotzdem nicht verhindern können, große Sympathie für Robin zu entwickeln – schließlich hatte sie in seinen schwersten Stunden zu ihm gehalten und ihm geholfen, das Ruder herumzureißen; genauso wenig konnte er die Tatsache leugnen, dass sie eine äußerst attraktive Frau war. Er war schließlich nicht blind. Ihre Verlobung erschien ihm wie ein Korken, der ein dünnes, stetiges Rinnsal verstopfte, das – hätte es ungehindert fließen können – Strikes Wohlbefinden nach und nach ausgehöhlt hätte. Er sah sich gegenwärtig in der Genesungsphase nach einer langen, turbulenten Beziehung, die ebenso geendet, wie sie begonnen hatte: mit einer Lüge. Er hatte nicht das geringste Bedürfnis, sein Singledasein aufzugeben, das er als angenehm und zweckdienlich empfand. Aus diesem Grund war er in den letzten Monaten auch bestrebt gewesen, jedweder emotionalen Verstrickung aus dem Weg zu gehen – trotz der Versuche seiner Schwester Lucy, Treffen mit unterschiedlichen Frauen zu arrangieren, die auf ihn wie der verzweifelte Bodensatz irgendwelcher Internetdating-Seiten gewirkt hatten.

Wenn Matthew und Robin erst einmal verheiratet wären, war es durchaus möglich, dass Matthew kraft seiner neuen Rolle seine frisch angetraute Braut dazu überredete, jenen Job aufzugeben, den er so offenkundig verabscheute (Strike hatte Robins zögerliche, ausweichende Reaktionen auf dieses Thema durchaus richtig interpretiert). Robin hätte ihn jedoch gewiss informiert, wenn der Hochzeitstermin bereits feststünde. Insofern schätzte er diese Gefahr zumindest im Augenblick als gering ein.

Mit einem weiteren lauten Gähnen faltete er die Zeitung zusammen, warf sie auf den Stuhl und widmete seine Aufmerksamkeit den Fernsehnachrichten. Ein Satellitenanschluss war der einzige Luxus, den er sich seit dem Einzug in die enge Dachwohnung gegönnt hatte. Durch das kleine tragbare Gerät, das jetzt auf einer Sky Box stand, hatte das bisher durch die schwache Zimmerantenne empfangene Fernsehbild deutlich an Schärfe gewonnen. Justizminister Kenneth Clarke gab soeben sein Vorhaben bekannt, die staatliche Prozesskostenhilfe um dreihundertfünfzig Millionen Pfund zu kürzen. Mit einem Schleier der Müdigkeit vor Augen verfolgte Strike, wie der rotwangige, korpulente Mann vor dem Parlament seine Intention kundtat, »die Menschen davon abzuhalten, bei jeder Gelegenheit einen Anwalt einzuschalten, und sie stattdessen zu geeigneteren Methoden der Konfliktlösung zu ermutigen«.

Womit er selbstverständlich durchblicken ließ, dass in erster Linie die Armen auf einen Rechtsbeistand verzichten sollten. Jene Schicht, die den Löwenanteil von Strikes Klientel bildete, würde sich auch weiterhin teure Anwälte leisten. Tatsächlich war er inzwischen fast ausschließlich im Auftrag der ewig misstrauischen und intrigierenden Reichen unterwegs. Er stellte die Informationen bereit, mit deren Hilfe ihre aalglatten Anwälte in schmutzigen Scheidungsprozessen und erbitterten Finanzstreitigkeiten üppigere Einigungen erzielen konnten. Ein steter Strom wohlhabender Klienten empfahl ihn an gleichermaßen wohlhabende Bekannte mit ähnlich langweiligen Problemen weiter. Das war der Dank dafür, dass er sich auf diesem Gebiet den Ruf eines Experten erarbeitet hatte – und auch wenn diese Arbeit ermüdend war, so war sie zumindest lukrativ.

Als die Nachrichten zu Ende gingen, stemmte er sich mühsam vom Bett auf, räumte die Überreste seiner Mahlzeit weg und schleppte sich steif in den kleinen Küchenbereich, um den Abwasch zu erledigen. In derlei Dingen ließ er die Disziplin nicht schleifen; von diesem in der Army erlernten Ausdruck der Selbstachtung war er auch in Zeiten größter Armut niemals abgewichen. Doch der militärische Drill war nicht der einzige Grund für seine Reinlichkeit. Schon als Kind war er sehr ordentlich gewesen. Auch hier hatte er sich seinen Onkel Ted zum Vorbild genommen, dessen Ordnungsliebe überall – vom Werkzeugkasten bis zum Bootshaus – unübersehbar gewesen war und einen offensichtlichen Gegensatz zu dem Chaos im Leben von Strikes Mutter Leda dargestellt hatte.

Zehn Minuten später – nachdem er auf der Toilette gewesen war, die durch die unmittelbare Nachbarschaft zur Dusche nie trocken wurde, und sich die Zähne geputzt hatte, was er aus Platzgründen über der Küchenspüle erledigte – kehrte er zu seinem Bett zurück, um die Prothese abzunehmen.

Die Nachrichten endeten mit der Wettervorhersage: Temperaturen um den Gefrierpunkt und Nebel. Strike klopfte sich ein wenig Puder auf den Stumpf seines amputierten Beins. Inzwischen waren die Schmerzen nicht mehr ganz so stark wie noch vor einigen Monaten, und ungeachtet der Tatsache, dass er sich heute ein komplettes englisches Frühstück sowie ein Abendessen vom Inder einverleibt hatte, war es ihm gelungen, ein wenig abzunehmen, seit er wieder für sich selbst kochte – was wiederum eine gewisse Entlastung seines Beins mit sich brachte.

Er richtete die Fernbedienung auf den Bildschirm, machte einer lachenden Blondine und ihrem Waschpulver den Garaus und kroch schwerfällig unter seine Bettdecke.

Sofern Owen Quine sich wirklich in diesem Schriftstellerrefugium befand, würde es ein Leichtes sein, ihn aufzuspüren. Selbstgefälliges Arschloch, dachte Strike, sich einfach mir nichts, dir nichts mit seinem ach so wertvollen Buch aus dem Staub zu machen…

Das verschwommene Bild eines wutschnaubenden Mannes, der mit einer Reisetasche über der Schulter davonstürmte, verschwand ebenso schnell aus Strikes Gedanken, wie es aufgetaucht war, und er glitt in einen höchst willkommenen tiefen und traumlosen Schlaf. Das leise Wummern einer Bassgitarre aus der Kneipe im Erdgeschoss wurde schon bald von seinem sägenden Schnarchen übertönt.

6

Oh Herr Plaudertasche, bey Ihnen ist alles sicher,
bekanntermaßen.

WILLIAM CONGREVE, *LIEBE FÜR LIEBE*

Eisiger Nebel waberte noch immer um die Gebäude am Exmouth Market, als Strike am folgenden Morgen um zehn
vor neun dort ankam. Die Straße war für London alles andere als typisch – dafür sorgten die Tische und Stühle auf den
Gehwegen vor den Lokalen, die pastellfarbenen Fassaden der
Häuser und das Gold, Blau und Backsteinrot der an eine Ba-
silika erinnernden Church of Our Most Holy Redeemer. Die
Kirche war ebenso in kalten Nebel gehüllt wie die vielen Ku-
riositätenläden und Straßencafés; fehlten nur noch der Geruch von Salzwasser und das klagende Kreischen der Möwen,
und er hätte sich nach Cornwall zurückversetzt gefühlt, wo
er die glücklichsten und ruhigsten Jahre seiner Kindheit verbracht hatte.

Ein kleines Schild auf einer unscheinbaren Tür neben einer Bäckerei wies auf die Büroräume von Crossfire Publishing
hin. Um Punkt neun Uhr drückte Strike auf den Klingelknopf.
Die Tür ging auf, und dahinter kam ein steiles, weiß getünch-
tes Treppenhaus zum Vorschein, das er mit einiger Mühe und
unter mehrfacher Zuhilfenahme des Handlaufs erklomm.

Auf dem obersten Absatz empfing ihn ein dünner, dandy-
hafter und bebrillter Mann von etwa dreißig Jahren. Er hatte

gewelltes, schulterlanges Haar und trug Jeans, eine Weste und ein Hemd mit Paisleymuster und leicht aufgerüschten Manschetten.

»Hi«, sagte er. »Ich bin Christian Fisher. Cameron, richtig?«

»Cormoran«, verbesserte ihn Strike unwillkürlich. »Aber ...«

Eigentlich hätte er noch sagen wollen, dass er nach Jahren des hartnäckigen Missverstehens auch auf den Namen Cameron hörte, doch Christian Fisher ließ ihn nicht zu Wort kommen: »Cormoran – wie der Riese aus Cornwall.«

»Stimmt genau«, sagte Strike verblüfft.

»Wir haben letztes Jahr ein Kinderbuch mit britischen Volksmärchen herausgegeben«, sagte Fisher. Er stieß eine weiße Doppeltür auf und führte Strike in ein unordentliches Großraumbüro. Die Wände waren mit Plakaten tapeziert und mit zahlreichen überquellenden Bücherregalen zugestellt. Eine nachlässig gekleidete, dunkelhaarige junge Frau sah neugierig auf, als Strike an ihr vorüberging.

»Kaffee? Tee?«, fragte Fisher, während er Strike in sein Büro führte – einen kleinen Nebenraum, von dem aus man eine hübsche Aussicht auf die verschlafene, nebelverhangene Straße hatte. »Ich kann Jade schnell runterschicken, damit sie uns was holt.« Strike lehnte mit der Begründung ab, soeben erst einen Kaffee getrunken zu haben, kam jedoch nicht umhin, sich zu fragen, weshalb Fisher mit einem bedeutend längeren Gespräch zu rechnen schien, als es die Umstände rechtfertigten. »Dann nur einen Latte, Jade«, rief Fisher durch die Tür. »Setzen Sie sich doch«, sagte er dann und wieselte vor den Bücherregalen an der Wand herum. »Hat der Riese Cormoran nicht auf dem St. Michael's Mount gelebt?«

»Richtig«, sagte Strike. »Und angeblich hat Jack ihn umgebracht – Jack mit der Bohnenranke.«

»Es muss hier irgendwo sein«, murmelte Fisher, der immer

noch die Regale absuchte. »*Volksmärchen der Britischen Inseln.* Haben Sie Kinder?«

»Nein«, sagte Strike.

»Ach so«, sagte Fisher. »Dann spare ich mir die Mühe.«

Lächelnd setzte er sich Strike gegenüber.

»Na schön. Darf ich fragen, wer Sie engagiert hat? Darf ich raten?«

»Tun Sie sich keinen Zwang an«, sagte Strike, der jeglicher Form von Spekulation aus Prinzip nicht abgeneigt war.

»Entweder Daniel Chard oder Michael Fancourt«, sagte Fisher, »hab ich recht?« Die Brillengläser verliehen seinen Augen einen konzentrierten, aufmerksamen Ausdruck.

Strike ließ sich seine Überraschung nicht anmerken. Michael Fancourt war ein bekannter Schriftsteller, der erst vor Kurzem einen wichtigen Literaturpreis verliehen bekommen hatte. Weshalb sollte er sich für den verschwundenen Quine interessieren?

»Leider falsch«, sagte Strike. »Es war Quines Frau Leonora.«

Fisher machte ein fast schon lächerlich verblüfftes Gesicht.

»Seine Frau?«, wiederholte er ungläubig. »Diese graue Maus, die aussieht wie Rose West? Weshalb sollte *die* denn einen Privatdetektiv anheuern?«

»Ihr Mann ist verschwunden. Seit elf Tagen.«

»Quine ist *verschwunden*? Aber... Aber dann...«

Das von Fisher mit so großer Vorfreude erwartete Gespräch schien einen gänzlich anderen Verlauf zu nehmen, als er sich erhofft hatte.

»Und wieso hat sie Sie zu mir geschickt?«

»Sie glaubt, dass Sie wissen, wo er steckt.«

»Woher zum Teufel soll ich das wissen?«, fragte Fisher mit ehrlichem Erstaunen. »So gut kenne ich ihn nun auch wieder nicht.«

»Mrs. Quine behauptet, dass Sie ihrem Mann auf einer Party von einem Refugium für Schriftsteller erzählt haben.«

»Ach *so*«, sagte Fisher. »Bigley Hall, richtig. Aber dort ist Owen ganz bestimmt nicht.« Sein Lachen verwandelte ihn in einen bebrillten Puck und offenbarte eine geradezu schlitzohrige Heiterkeit. »Dort würden sie Owen Quine nicht einmal aufnehmen, wenn er dafür bezahlte! Er ist ein notorischer Unruhestifter. Außerdem kann ihn eine der Betreiberinnen auf den Tod nicht leiden. Er hat ihren ersten Roman aufs Übelste verrissen. Das hat sie ihm nie verziehen.«

»Könnten Sie mir trotzdem die Nummer geben?«, fragte Strike.

»Ich hab sie eingespeichert«, sagte Fisher und zog ein Handy aus seiner Gesäßtasche. »Ich kann ja kurz anrufen...«

Er legte das Telefon zwischen sie beide auf den Schreibtisch und schaltete die Lautsprecherfunktion ein, damit Strike mithören konnte.

»Bigley Hall«, antwortete eine atemlose Frauenstimme, nachdem es eine geschlagene Minute lang geklingelt hatte.

»Hallo, spreche ich mit Shannon? Hier ist Chris Fisher von Crossfire.«

»Oh, hi, Chris, wie geht's?«

Die Tür zu Fishers Büro ging auf. Die dunkelhaarige Frau trat ein, stellte wortlos einen Latte vor Fisher ab und verschwand wieder.

»Shan«, sagte Fisher, nachdem sich die Tür geschlossen hatte, »ich wollte mich nur schnell erkundigen, ob Owen Quine bei euch aufgetaucht ist.«

»*Quine?*«

Selbst aus dieser einzelnen blechernen Silbe, die durch den mit Büchern vollgestellten Raum hallte, war Shannons Abscheu deutlich herauszuhören.

»Ja, hast du ihn in letzter Zeit mal gesehen?«

»Bestimmt seit über einem Jahr nicht mehr. Warum fragst du? Er hat doch nicht etwa vor hierherzukommen? Das will ich ihm nicht geraten haben.«

»Keine Sorge, Shan. Ich glaube, da hat seine Frau wohl irgendwas falsch verstanden. Bis bald!«

Fisher legte mitten in ihrem Abschiedsgruß auf. Offenbar konnte er es kaum erwarten, wieder mit Strike zu sprechen.

»Sehen Sie? Ich hab's Ihnen ja gesagt. Selbst wenn er wollte, würde man ihn in Bigley Hall niemals einlassen.«

»Hätten Sie das nicht auch seiner Frau sagen können?«

»Ach, *deshalb* ruft sie ständig an!«, rief Fisher, dem allmählich ein Licht aufging. »Ich bin davon ausgegangen, dass Owen sie dazu angestiftet hat.«

»Warum sollte er das tun?«

»Oh bitte«, sagte Fisher grinsend. Als Strike nicht zurückgrinste, schnaubte er kurz. »Wegen *Bombyx Mori* natürlich. Ich dachte, so was sieht Quine ähnlich – lässt seine Frau hier anrufen, um mich auszuhorchen.«

»*Bombyx Mori*«, wiederholte Strike und bemühte sich, weder einen zu inquisitorischen Ton anzuschlagen, noch allzu ahnungslos zu klingen.

»Ja, ich war der Meinung, Quine will mir auf den Zahn fühlen, ob ich es nicht doch veröffentlichen will. Seine Frau vorzuschicken wäre typisch für ihn. Wer immer *Bombyx Mori* jetzt noch herausbringen will – ich ganz bestimmt nicht. Wir sind ein kleiner Verlag. Wir können uns keine Gerichtskosten leisten.«

So zu tun, als wüsste er, wovon die Rede war, würde Strike nicht weiterbringen, also änderte er seine Taktik: »*Bombyx Mori* ist der Titel von Quines jüngstem Roman?«

»Ja«, sagte Fisher und nahm gedankenverloren einen Schluck

von seinem Latte macchiato. »Er ist also tatsächlich verschwunden? Ich hätte gedacht, dass er sich diesen Rummel auf gar keinen Fall entgehen lassen würde. Deshalb hat er das Buch doch überhaupt geschrieben, oder nicht? Ob er die Nerven verloren hat? Nein, das kann ich mir bei ihm nicht vorstellen.«

»Wie viele Bücher von ihm haben Sie denn schon veröffentlicht?«, fragte Strike.

Fisher sah ihn verdutzt an. »Kein einziges«, sagte er schließlich.

»Ich dachte …«

»Seine letzten drei – oder waren es vier? – sind bei Roper Chard erschienen. Nein, es war folgendermaßen: Ich habe Liz Tassel, seine Agentin, vor ein paar Monaten auf einer Party getroffen, und sie hat mir im Vertrauen erzählt – sie hatte schon ein paar Drinks intus –, sie gehe nicht davon aus, dass Roper Chard es noch sehr viel länger mit ihm aushalte. Daraufhin sagte ich, dass ich mir sein neues Manuskript ja mal ansehen könne. Inzwischen gehören Quines Bücher in die Kategorie ›So schlecht, dass sie schon wieder gut sind‹. Da hätte man marketingtechnisch womöglich irgendwas Unkonventionelles machen können. Außerdem«, sagte Fisher, »war *Hobarts Sünde* ein wirklich gutes Buch. Ich hatte ihn noch nicht völlig aufgegeben.«

»Hat sie Ihnen *Bombyx Mori* denn zugeschickt?«, fragte Strike vorsichtig und verfluchte sich dafür, Leonora Quine gestern so nachlässig befragt zu haben. Das hatte er nun davon, dass er vollkommen übermüdet Klienten empfing. Strike, der es gewohnt war, besser informiert zu sein als seine Gesprächspartner, kam sich unangenehm nackt vor.

»Ja, es kam vorletzten Freitag per Fahrradkurier«, sagte Fisher, und sein puckartiges Grinsen wurde noch boshafter. »Die arme Liz! Das war der größte Fehler ihres Lebens.«

»Wieso das?«

»Weil sie es ohne Zweifel nicht richtig gelesen hatte. Jedenfalls nicht komplett. Zwei Stunden nach Eintreffen des Manuskripts hatte ich eine panische Nachricht von ihr auf der Mailbox: ›Chris, mir ist ein Fehler unterlaufen, ich hab dir das verkehrte Manuskript geschickt. Bitte lies es nicht, sondern schick es mir sofort zurück. Ich bin im Büro und warte darauf.‹ So hatte ich Liz Tassel noch nie reden hören! Normalerweise kann sie einem richtig Angst machen – die hat echt Haare auf den Zähnen.«

»Und haben Sie es wieder zurückgeschickt?«

»Natürlich nicht«, sagte Fisher. »Ich habe fast den ganzen Samstag damit verbracht, es zu lesen.«

»Und?«, fragte Strike.

»Hat Ihnen das etwa niemand erzählt?«

»Erzählt…«

»Was in dem Manuskript steht«, erklärte Fisher. »Was Owen getan hat.«

»Was hat er denn getan?«

Fishers Grinsen verblasste, und er stellte seinen Kaffee ab. »Einige von Londons Topanwälten haben mir dringend davon abgeraten, darüber zu sprechen.«

»Und für wen arbeiten diese Anwälte?«, fragte Strike. »Nicht zufällig für Chard oder Fancourt?«, fügte er hinzu, als Fisher nicht antwortete.

»Nur für Chard«, sagte Fisher und tappte prompt in Strikes Falle. »Obwohl ich mir an Owens Stelle größere Sorgen wegen Fancourt machen würde. Der kann ein richtiges Arschloch sein und hat ein Gedächtnis wie ein Elefant – aber bitte zitieren Sie mich nicht«, fügte er hastig hinzu.

»Und dieser Chard?«, fragte der immer noch mehr oder minder ahnungslose Strike.

»Daniel Chard ist der Geschäftsführer von Roper Chard«, antwortete Fisher leicht ungeduldig. »Keine Ahnung, wie Owen darauf kommt, dass er den Mann, der seine Bücher verlegt, ungeschoren in die Pfanne hauen könnte. Aber so ist Owen eben: der arroganteste, größenwahnsinnigste Hurensohn, den man sich nur vorstellen kann. Er dachte wohl, seine Schilderung von Chard als …« Mit einem unbehaglichen Lachen hielt Fisher inne. »Ich rede mich noch um Kopf und Kragen! Sagen wir's mal so: Es überrascht mich, dass selbst ein Mann wie Owen ernsthaft glaubt, damit durchzukommen. Wahrscheinlich hat er die Nerven verloren, als er begriffen hat, dass alle ganz genau wussten, auf wen er da anspielt, und daraufhin das Weite gesucht.«

»Also geht es um Rufmord?«, fragte Strike.

»Bei einem fiktiven Text ist das immer so eine Sache«, entgegnete Fisher. »Wenn man die Wahrheit nur grotesk genug verzerrt … Nicht dass ich damit andeuten will«, beeilte er sich zu sagen, »dass Owen die Wahrheit geschrieben hätte! Jedenfalls ist es nicht *buchstäblich* die Wahrheit. Aber seine Figuren sind samt und sonders ziemlich leicht wiederzuerkennen. Da hat er ein paar Leuten ganz ordentlich einen übergezogen … Liest sich übrigens fast wie Fancourts frühe Sachen: literweise Blut, dieser kryptische Symbolismus … Manchmal weiß man wirklich nicht, worauf er hinauswill, aber man fragt sich natürlich unwillkürlich, was es mit diesem Sack auf sich hat. Oder mit dem Feuer.«

»Was es mit …«

»Nicht so wichtig – das sind nur Szenen aus dem Manuskript. Hat Ihnen Leonora gar nichts davon erzählt?«

»Nein«, sagte Strike.

»Merkwürdig«, sagte Christian Fisher. »Sie muss den Roman doch kennen. Ich habe Quine immer für die Sorte

Schriftsteller gehalten, der seiner Familie selbst beim Mittagessen mit seiner Arbeit auf die Nerven geht.«

»Wie kamen Sie darauf, dass Chard oder Fancourt einen Privatdetektiv engagiert haben könnten, obwohl Sie gar nicht wussten, dass Quine verschwunden ist?«

Fisher zuckte mit den Schultern. »Keine Ahnung. Ich dachte, sie wollten vielleicht herausfinden, was er mit dem Manuskript vorhat. Um ihn aufzuhalten oder um seinen neuen Verlag vorzuwarnen, dass sie ihn verklagen werden. Oder vielleicht, um irgendetwas über Owen auszugraben – um es ihm sozusagen in gleicher Münze heimzuzahlen.«

»Wollten Sie mich deshalb persönlich sprechen?«, fragte Strike. »Wissen Sie etwas über Quine?«

»Nein«, sagte Fisher und lachte. »Ich war bloß neugierig, worum es hier geht.«

Er sah auf die Uhr, drehte den Ausdruck eines Buchumschlags um, der vor ihm lag, und rückte seinen Stuhl ein Stück zurück.

»Danke, dass Sie sich die Zeit genommen haben«, sagte Strike, dem die subtilen Hinweise nicht entgangen waren, und stand auf. »Bitte rufen Sie mich an, wenn Owen Quine sich bei Ihnen meldet.«

Er reichte Fisher eine Visitenkarte. Stirnrunzelnd umrundete Fisher seinen Schreibtisch, um Strike nach draußen zu begleiten.

»Cormoran Strike ... *Strike* ... Den Namen hab ich doch schon mal gehört ...«

Dann fiel der Groschen. Fisher war mit einem Mal wie ausgewechselt, als hätte er seine Batterien ausgetauscht.

»Verdammt, Sie sind doch dieser Lula-Landry-Typ!«

Strike hätte sich wieder hinsetzen, einen Latte macchiato bestellen und mindestens die nächste Stunde lang Fishers ungeteilte Aufmerksamkeit genießen können – wenn er denn gewollt hätte. Stattdessen verabschiedete er sich ebenso höflich wie bestimmt und trat ein paar Minuten später allein auf die kalte, neblige Straße.

7

Bei meinem Leben, solche Lektüre war meine Sünde nie.

BEN JONSON, *JEDER NACH SEINEM TEMPERAMENT*

Als Strike Leonora Quine telefonisch mitteilte, dass sich ihr Ehemann nun doch nicht in jenem Schriftstellerrefugium befand, bekam sie es mit der Angst zu tun.

»Aber wo ist er dann?« Es klang, als wäre die Frage mehr an sie selbst denn an Strike gerichtet.

»Wo war er denn bisher, wenn er abgehauen ist?«, fragte Strike.

»In irgendwelchen Hotels«, antwortete sie. »Und einmal war er bei einer Frau – aber mit der hat er nichts mehr zu tun. *Orlando*«, gellte sie am Hörer vorbei, »leg das wieder *hin*, das gehört *mir*! Das gehört *mir*, hab ich gesagt. Was?«, rief sie in Strikes Ohr.

»Ich habe nichts gesagt. Soll ich denn weiter nach Ihrem Mann suchen?«

»Natürlich, wer soll ihn denn sonst finden? Ich muss hier bei Orlando bleiben. Fragen Sie Liz Tassel, die hat ihn schon mal aufgestöbert. Hilton«, schob sie unerwartet hinterher. »Einmal war er im Hilton.«

»Und in welchem?«

»Keine Ahnung, fragen Sie Liz. Sie hat ihn vergrault, also soll sie Ihnen verflucht noch mal auch helfen, ihn wiederzufinden. Wenn ich anrufe, geht sie nicht ran. Orlando, *leg das hin!*«

»Gibt es sonst noch jemanden, der ...«

»Nein, verdammt, sonst hätte ich denjenigen doch schon gefragt, oder nicht?«, blaffte Leonora. »Sie müssen ihn finden, Sie sind der Detektiv! *Orlando!*«

»Mrs. Quine, wir sollten ...«

»Nennen Sie mich Leonora.«

»Leonora, wir sollten die Möglichkeit in Betracht ziehen, dass sich Ihr Mann etwas angetan hat. Wir würden ihn bestimmt schneller finden, wenn wir die Polizei einschalteten«, sagte Strike. Angesichts des häuslichen Disputs am anderen Ende der Leitung hatte er die Stimme heben müssen.

»Das will ich nicht. Einmal war er eine ganze Woche weg, da hab ich dort angerufen, und dann war er nur bei dieser Freundin von ihm, und das hat ihnen ganz und gar nicht gefallen. Wenn ich das noch mal mache, wird er stinksauer. Außerdem würde Owen nie – *Orlando! Lass das!*«

»Die Polizei hat effektivere Fahndungsmethoden, und ...«

»Ich will keinen Aufstand machen, er soll einfach nur wieder nach Hause kommen ... Wo steckt er nur?«, jammerte sie. »Er hatte jetzt doch genug Zeit, um sich wieder abzuregen.«

»Haben Sie das jüngste Buch Ihres Mannes eigentlich gelesen?«, fragte Strike.

»Nein. Ich warte mit dem Lesen immer, bis seine Bücher gedruckt sind, mit einem richtigen Umschlag und so.«

»Hat er Ihnen etwas darüber erzählt?«

»Nein, er redet nicht gern über die Arbeit, wenn er – *Orlando, leg das w...*«

Er hätte nicht sagen können, ob sie versehentlich oder absichtlich aufgelegt hatte.

Der frühmorgendliche Nebel hatte sich mittlerweile gelichtet, und inzwischen hingen Regentropfen an seinem Büro-fenster. Jeden Moment würde die nächste Klientin eintref-fen – eine weitere scheidungswillige Frau, die wissen wollte, wo ihr Noch-Ehemann sein Vermögen versteckt hielt.

Er trat ins Vorzimmer. »Robin«, sagte er, »können Sie mir ein Bild von Owen Quine aus dem Internet ausdrucken, wenn Sie eins finden? Und rufen Sie bitte seine Agentin Elizabeth Tassel an, ob sie mir wohl kurz ein paar Fragen beantworten würde.«

Er wollte gerade in sein Büro zurückkehren, als ihm noch etwas einfiel. »Ach, und könnten Sie mal nachsehen, was ›Bombyx Mori‹ zu bedeuten hat?«

»Wie buchstabiert man das?«

»Wenn ich das wüsste«, sagte Strike.

Die Scheidungswillige traf pünktlich um halb zwölf ein – eine verdächtig jung aussehende Mittvierzigerin, die einen vib-rierenden Charme und einen moschusartigen Parfümgeruch verströmte, bei dem Robin das Vorzimmer immer ein we-nig beengter vorkam als sonst. Strike verschwand mit ihr in seinem Büro, und in den nächsten zwei Stunden waren nur mehr das sanfte Heben und Senken ihrer Stimmen über dem unaufhörlichen Prasseln des Regens und dem Klackern von Robins Fingern auf der Tastatur zu hören. Heimelige, ange-nehme Geräusche. Robin hatte sich inzwischen an die Heul-krämpfe, Wehklagen und sogar Schreianfälle gewöhnt, die hin und wieder aus Strikes Büro drangen. Am verdächtigsten war eine plötzliche Stille – wie einmal, als ein Klient buchstäblich in Ohnmacht gefallen war (und einen leichten Herzinfarkt erlitten hatte, wie sich später herausstellte), nachdem ihm die Fotos seiner Frau mit ihrem Liebhaber vorgelegt worden wa-ren, die Strike mit einem Teleobjektiv geschossen hatte.

Endlich verließen Strike und seine Klientin das Büro. Nachdem sie sich überschwänglich verabschiedet hatte, reichte Robin ihrem Chef ein großes Bild von Owen Quine, das sie auf der Internetseite des Bath Literature Festival gefunden hatte.

»Allmächtiger«, entfuhr es ihm.

Owen Quine war ein großer, käsiger und korpulenter Mann von etwa sechzig Jahren. Er hatte zerzaustes weißblondes Haar, einen spitzen Van-Dyke-Bart und zwei verschiedenfarbige Augen, was seinem Blick eine eigentümliche Intensität verlieh. Für das Foto hatte er sich in eine Art Wetterfleck aus Loden gehüllt, zu dem er einen federgeschmückten Filzhut trug.

»Ich glaube nicht, dass der lange inkognito bleiben kann«, bemerkte Strike. »Können Sie mir davon Kopien machen? Vielleicht müssen wir damit ein paar Hotels abklappern. Seine Frau sagt, dass er mal in einem Hilton abgestiegen ist, aber sie weiß nicht mehr, in welchem. Könnten Sie vielleicht herumtelefonieren und fragen, ob er irgendwo eingecheckt hat? Seinen richtigen Namen wird er höchstwahrscheinlich nicht benutzen, aber er ist ja leicht zu beschreiben … Ach, und haben Sie Elizabeth Tassel erreicht?«

»Sozusagen«, sagte Robin. »Ob Sie es glauben oder nicht, gerade als ich sie anrufen wollte, hat sie hier angerufen.«

»Sie hat angerufen? Warum?«

»Christian Fisher hat ihr wohl erzählt, dass Sie bei ihm waren.«

»Und?«

»Sie hat heute Nachmittag Termine, will Sie aber morgen um elf in ihrem Büro empfangen.«

»Ach, tatsächlich?«, gab Strike amüsiert zurück. »Das wird ja immer interessanter. Haben Sie sie gefragt, ob sie weiß, wo Quine steckt?«

»Ja. Sie behauptet, sie habe keinen Schimmer, will Sie aber trotzdem unbedingt sprechen. Sie klingt wie eine Oberlehrerin: ziemlich herrisch. Übrigens – ›*Bombyx mori*‹ ist der lateinische Name für den Seidenspinner.«

»Den *Seidenspinner*?«

»Ja, und wissen Sie was? Ich dachte immer, Seidenspinner wären Spinnen, die Netze aus Seide bauen. Dabei sind es Raupen. Und wissen Sie auch, wie man die Seide gewinnt?«

»Keine Ahnung.«

»Man kocht sie«, erklärte Robin, »und zwar bei lebendigem Leib, damit sie nicht fliehen können und ihre Kokons dabei beschädigen. Die Kokons sind nämlich aus Seide. Grausam, oder? Warum wollten Sie das überhaupt wissen?«

»Eigentlich wollte ich wissen, warum Owen Quine seinen Roman *Bombyx Mori* genannt hat«, sagte Strike. »Aber offen gestanden bin ich jetzt genauso schlau wie zuvor.«

Den Nachmittag verbrachte er mit ermüdendem Papierkram zu einem Überwachungsfall und in der Hoffnung auf besseres Wetter. Da er praktisch nichts Essbares mehr im Haus hatte, würde er wohl oder übel noch einmal vor die Tür gehen müssen. Nachdem Robin nach Hause gegangen war und während die Tropfen immer heftiger an sein Fenster prasselten, arbeitete Strike weiter. Schließlich zog er seinen Mantel an und ging durch den mittlerweile strömenden Regen die nasse, dunkle Charing Cross Road entlang zum nächsten Supermarkt, um sich mit Vorräten einzudecken. Er hatte in letzter Zeit zu oft auf Fast Food zurückgegriffen.

Mit prall gefüllten Einkaufstüten in beiden Händen machte er sich wieder auf den Heimweg – und betrat, einer spontanen Eingebung folgend, auf halber Strecke ein Antiquariat. Der Verkäufer hatte gerade schließen wollen und wusste auf Anhieb nicht, ob er ein Exemplar von *Hobarts Sünde* – Owen

Quines erstem und angeblich bestem Buch – vorrätig hatte, doch nachdem er etwas Unverständliches vor sich hin gebrummelt und einen fruchtlosen Blick auf seinen Computerbildschirm geworfen hatte, bot er Strike *Die Brüder Balzac* vom selben Autor an. Für zwei Pfund erwarb der müde, durchnässte und hungrige Strike die angestoßene gebundene Ausgabe und nahm sie mit nach Hause in seine Dachwohnung.

Doch erst nachdem er die Einkäufe verstaut und sich Nudeln gekocht hatte und die Nacht bereits kalt und dunkel vor seinem Fenster lauerte, streckte er sich auf seinem Bett aus und schlug das Buch des verschwundenen Schriftstellers auf.

Der Stil war schwülstig und überbordend, die Handlung gruselig und surreal. Zwei Brüder namens Varikozele und Vas waren in einem Gewölbe gefangen, in dem die Leiche ihres älteren Bruders allmählich in einer Ecke verweste. Zwischen alkoholgeschwängerten Streitgesprächen über Literatur, Loyalität und den französischen Schriftsteller Balzac versuchten sie, gemeinsam die Lebensgeschichte ihres verrottenden Bruders zu verfassen. Varikozele griff sich ständig an seine schmerzenden Hoden, was Strike wie eine plumpe Metapher für eine Schreibblockade vorkam, während Vas die meiste Arbeit verrichtete.

»Jetzt geht mir das Ganze langsam auch auf den Sack«, murmelte Strike nach fünfzig Seiten, legte das Buch beiseite und machte sich bereit für den mühseligen Prozess des Zubettgehens.

Doch die schwere, behagliche Müdigkeit des gestrigen Abends wollte sich nicht einstellen. Der Regen hämmerte gegen das Fenster seiner Dachkammer und bescherte ihm einen unruhigen Schlaf. Konfuse Träume von dräuenden Katastrophen füllten seine Nacht aus, und am Morgen wachte Strike mit einem mulmigen Gefühl auf, fast als wäre er verkatert. Der Regen trommelte immer noch gegen die Fensterscheibe, und als er den Fernseher einschaltete, erfuhr er, dass Cornwall von heftigen Überschwemmungen heimgesucht worden war; Menschen waren in ihren Autos eingeschlossen oder mussten aus ihren Häusern evakuiert und in Notunterkünfte verbracht werden.

Strike griff nach seinem Handy und wählte eine Nummer, die ihm so vertraut war wie sein eigenes Spiegelbild – eine Nummer, die zeit seines Lebens für Sicherheit und Stabilität gestanden hatte.

»Hallo?«, meldete sich seine Tante.

»Hier ist Cormoran. Geht's euch gut, Joan? Ich habe es gerade in den Nachrichten gesehen.«

»Uns geht's gut, mein Schatz, jedenfalls jetzt noch. Am schlimmsten ist es unten an der Küste«, sagte sie. »Hier regnet und stürmt es zwar, aber nicht annähernd so heftig wie in St. Austell. Ich hab's auch gerade im Fernsehen gesehen. Wie geht's dir, Corm? Ich hab schon seit einer Ewigkeit nichts mehr von dir gehört! Erst gestern Abend hab ich mit Ted über dich gesprochen. Wir wollten dich fragen, ob du an Weihnachten zu uns kommen willst, jetzt, da du wieder allein bist. Was hältst du davon?«

Mit dem Telefon in der Hand konnte er sich weder anziehen noch die Prothese anlegen. Sie unterhielten sich noch eine halbe Stunde lang – ein unaufhörlicher Schwall aus lokalem Klatsch mit unvermittelt eingestreuten persönlichen Fragen, auf die er lieber nicht eingehen wollte. Nach einem letzten Versuch, ihn über sein Liebesleben, seine finanzielle Lage und den Zustand seines amputierten Beins auszuhorchen, gab sie endlich auf, und sie verabschiedeten sich.

Verspätet, müde und gereizt betrat Strike das Büro. Er trug einen dunklen Anzug samt Schlips. Robin fragte sich, ob er nach seinem Termin bei Elizabeth Tassel womöglich mit der brünetten Scheidungskandidatin zum Mittagessen verabredet war.

»Haben Sie schon gehört?«

»Das Hochwasser in Cornwall?«, fragte Strike und schaltete den Wasserkocher ein. Seine erste Tasse Tee des Tages war kalt geworden, während er Joans Schilderungen gelauscht hatte.

»William und Kate haben sich verlobt.«

»Wer?«

»Prince William«, erklärte Robin amüsiert. »Und Kate Middleton.«

»Oh.« Strike war gänzlich unbeeindruckt. »Schön für sie.«

Bis vor wenigen Monaten hatte er selbst zum Kreis der Heiratswilligen gezählt. Er hatte weder eine Ahnung, wie weit die neuerliche Verlobung seiner Ex mittlerweile gediehen war, noch wollte er darüber nachdenken, wie sie enden würde. (Höchstwahrscheinlich nicht wie die Verlobung mit Strike, deren finaler Akt darin bestanden hatte, dass sie ihm das Gesicht zerkratzt und ihm ihren Verrat offenbart hatte, sondern vielmehr mit einer Hochzeit, wie er sie ihr niemals hätte bieten können. Eher schon würde sie derjenigen ähneln, die William und Kate zweifellos bald zu feiern gedachten.)

Erst nachdem Strike einen halben Becher Tee getrunken hatte, traute sich Robin, das düstere Schweigen zu brechen.

»Kurz bevor Sie gekommen sind, hat Lucy angerufen. Ich soll Sie an Ihr Geburtstagsessen am Samstag erinnern und Sie fragen, ob Sie jemanden mitbringen möchten.«

Im Handumdrehen sank Strikes Laune um noch ein paar Grade. Die Geburtstagseinladung seiner Schwester hatte er völlig vergessen.

»Ja, ja«, sagte er missmutig.

»Haben Sie am Samstag Geburtstag?«, fragte Robin.

»Nein.«

»Wann denn?«

Er seufzte. Er wollte weder Kuchen, Glückwunschkarten noch Geschenke. Doch sie sah ihn erwartungsvoll an.

»Am Dienstag«, sagte er schließlich.

»Dem Dreiundzwanzigsten?«

»Ja.«

Nach einer kurzen Gesprächspause hielt er es für angebracht, die höfliche Gegenfrage zu stellen.

»Und Sie?« Ihr kurzes Zögern machte ihn nervös. »Oh Gott, doch nicht etwa heute?«

Sie lachte.

»Nein, schon vorbei. Neunter Oktober. Keine Sorge, das war ein Samstag«, sagte sie, immer noch amüsiert über die Besorgnis in seinem Gesicht, »und ich hab auch wirklich keinen Blumenstrauß erwartet.«

Er lächelte zurück. Er hatte ein schlechtes Gewissen, weil er ihren Geburtstag verpasst und sie auch nie danach gefragt hatte, und ließ sich zu einer weiteren höflichen Bemerkung hinreißen: »Zum Glück haben Sie und Matthew noch keinen Hochzeitstermin festgelegt. Nicht dass Sie am selben Tag heiraten wie das königliche Brautpaar!«

»Oh«, sagte Robin und errötete, »der Termin steht mittlerweile fest.«

»Wirklich?«

»Ja, am … achten Januar. Ich hab Ihre Einladung hier«, sagte sie und beugte sich über ihre Tasche. (Sie hatte Matthew immer noch nicht gebeichtet, dass sie Strike einladen wollte – zu spät.) »Bitte sehr.«

»Am achten Januar?«, fragte Strike und nahm den silberfarbenen Umschlag entgegen. »Aber das ist ja in – wann? – sieben Wochen.«

»Ganz genau.«

Es folgte eine unbehagliche Pause. Strike kam nicht mehr darauf, was er sie eigentlich hatte fragen wollen. Doch dann fiel es ihm wieder ein. »Wie läuft's mit den Hilton-Hotels?« Er klopfte sich mit dem silberfarbenen Umschlag geschäftig auf die Handfläche.

»Ein paar habe ich schon angerufen. Unter seinem echten Namen hat er nirgends eingecheckt, und die Beschreibung hat auch niemand wiedererkannt. Hiltons gibt es wie Sand am Meer, und ich bin immer noch nicht ganz fertig mit meiner Liste. Was haben Sie denn nach Ihrem Termin mit Elizabeth Tassel vor?«, fragte sie so beiläufig wie nur möglich.

»Ich spiele einen Wohnungsinteressenten in Mayfair. Mir scheint, dass ein gewisser Gatte sein Vermögen flüssigmachen und außer Landes schaffen will, bevor die Anwälte seiner Frau ihn davon abhalten können«, sagte er und schob die ungeöffnete Hochzeitseinladung tief in die Manteltasche. »Also, ich bin dann mal weg, muss 'nen schlechten Autor suchen.«

8

Ich nahm das Buch, und so verschwand der Alte.

JOHN LYLY, *ENDYMION ODER DER MANN IM MOND*

Elizabeth Tassels Büro war nur eine U-Bahn-Haltestelle entfernt. Strike legte die Fahrt im Stehen zurück (obwohl ihn
derartige Kurzstrecken anstrengten, weil sie sein Bein belas-
teten und er ständig fürchten musste hinzufallen) und dachte
darüber nach, warum Robin ihm nicht zum Vorwurf gemacht
hatte, dass er den Fall Quine übernommen hatte. Natürlich
war sie nicht in der Position, ihrem Brötchengeber Vorhaltun-
gen zu machen. Andererseits hatte sie sich gegen eine weitaus
lukrativere Arbeitsstelle und für ihn entschieden. Es war also
ihr gutes Recht, eine Gehaltserhöhung zu erwarten, sobald er
seine Schulden abbezahlt hatte. Dass sie ihn niemals – auch
nicht wortlos – kritisierte, war äußerst ungewöhnlich; sie war
die einzige Frau in Strikes Leben, die nicht das Bedürfnis zu
verspüren schien, ihn zu bessern oder zu ändern. Seiner Erfahrung nach verlangten die meisten Frauen, dass man ihre
Bemühungen, ihr Gegenüber auf Teufel komm raus zu verändern, als Beweis ihrer Zuneigung begriff.

In sieben Wochen würde sie also heiraten. In sieben Wochen wäre sie Mrs. Matthew … Strike konnte sich beim besten Willen nicht an den Nachnamen ihres Verlobten erinnern,
sofern er ihn überhaupt je gekannt hatte.

Als er am Ausgang zur Goodge Street auf den Aufzug wartete, überkam ihn der plötzliche Drang, seine brünette, scheidungswillige Klientin anzurufen. Sie hatte ihm recht unmissverständlich signalisiert, dass sie gegen eine derartige Kontaktaufnahme nichts einzuwenden habe, doch sofort verwarf er den Gedanken wieder, sie heute Nacht in ihrem – wie er es sich vorstellte – großen, weichen und großzügig parfümierten Bett in Knightsbridge zu vögeln. Das wäre Wahnsinn – noch unverantwortlicher, als im Auftrag einer Klientin, die ihn höchstwahrscheinlich nicht bezahlen konnte, nach einer vermissten Person zu suchen.

Wieso dann verschwendete er seine Zeit auf Owen Quine?, fragte er sich, als er mit gesenktem Kopf durch den eiskalten Regen marschierte. Neugier, lautete die Antwort, die er sich nach kurzer Überlegung selbst gab – und womöglich noch etwas anderes, was weniger leicht zu greifen war. Während er im strömenden Regen die Store Street hinunterging und sich darauf konzentrierte, auf dem glitschigen Pflaster nicht auszurutschen, dachte er darüber nach, wie sehr die endlosen Variationen von Habgier und Rachsucht seiner betuchten Klienten ihm den detektivischen Appetit verdorben hatten. Eine vermisste Person dagegen – in so einem Fall hatte er schon ewig nicht mehr ermittelt. Es würde ihm große Befriedigung verschaffen, Quine wieder mit seiner Familie zu vereinen.

Elizabeth Tassels Literaturagentur befand sich in einer überraschend ruhigen Sackgasse mit Wohnhäusern aus dunklem Backstein, die von der geschäftigen Gower Street abging. Strike drückte auf einen Klingelknopf neben einer unscheinbaren Messingplakette. Ein kurzes Poltern ertönte, dann öffnete ein blasser junger Mann mit offenem Hemdkragen die Tür. Hinter ihm war eine mit einem roten Läufer ausgelegte Treppe zu erkennen.

»Sind Sie der Privatdetektiv?«, fragte er mit einer Mischung aus Angst und neugieriger Aufregung. Strike folgte ihm die Treppe hinauf, wobei er den abgewetzten Läufer volltropfte, und durch eine Mahagonitür in einen großen Büroraum, der früher womöglich einmal Flur und Wohnzimmer einer Wohnung dargestellt hatte.

Betagte Eleganz ging allmählich in Schäbigkeit über. Die Fenster waren beschlagen, und in der Luft hing abgestandener Zigarettenrauch. Eine Vielzahl vollgestopfter Bücherregale stand an den Wänden, und die vergilbte Tapete war fast restlos von gerahmten Cartoons und Karikaturen literarischer Persönlichkeiten bedeckt. Zwei schwere Schreibtische standen sich auf einem abgenutzten Teppich gegenüber. Keiner davon war besetzt.

»Darf ich Ihnen den Mantel abnehmen?«, fragte der junge Mann, als plötzlich eine dünne, furchtsam dreinblickende junge Frau hinter einem der Schreibtische aufsprang. Sie hielt einen schmutzigen Putzschwamm in der Hand.

»Ich krieg es nicht raus, Ralph!«, flüsterte sie verzweifelt.

»Verdammt«, murmelte Ralph gereizt. »Elizabeths altersschwache Töle hat unter Sallys Schreibtisch gekotzt«, erklärte er mit gedämpfter Stimme, während er Strike den durchnässten Crombie-Mantel abnahm und ihn an einen viktorianischen Kleiderständer neben der Tür hängte. »Ich sage ihr Bescheid, dass Sie da sind. Versuch's weiter«, riet er seiner Kollegin und ging zu einer weiteren Mahagonitür. Er öffnete sie einen Spaltbreit und schlüpfte hindurch.

»Liz, Mr. Strike ist jetzt da.«

Das Bellen eines Hundes ertönte, unmittelbar gefolgt von dem Husten eines menschlichen Wesens, tief und rasselnd wie aus der Kehle eines alten Kohlengrubenarbeiters. Dann rief eine heisere Stimme: »Halt ihn fest!«

Die Tür zum Büro der Literaturagentin ging auf und gab den Blick auf Ralph frei, der das Halsband eines Dobermanns umklammerte. Das Tier hatte offensichtlich trotz seines hohen Alters nichts von seiner Angriffslust eingebüßt. Hinter ihm stand eine große, stämmige Frau von etwa sechzig Jahren mit markanten, aber wenig ansprechenden Gesichtszügen. Der geometrisch perfekte stahlgraue Pagenkopf, das schwarze, streng geschnittene Kostüm und ein Hauch von scharlachrotem Lippenstift verliehen ihr die gewisse herrschaftliche Aura, mithilfe derer ältere, erfolgreiche Frauen oft ihre schwindenden sexuellen Reize kaschierten.

»Ralph, bring ihn ein bisschen raus«, sagte die Agentin und richtete ihre dunklen olivfarbenen Augen auf Strike. Der Regen prasselte nach wie vor gegen die Fensterscheiben. »Und vergiss die Plastiktüten nicht, er hat leichten Durchfall. Kommen Sie herein, Mr. Strike.«

Angewidert zerrte ihr Assistent den großen anubisköpfigen Hund aus dem Büro. Als der Dobermann an Strike vorbeikam, knurrte er vernehmlich.

»Sally, Kaffee«, befahl die Agentin der ängstlichen Frau, die es gerade noch geschafft hatte, den Schwamm verschwinden zu lassen. Sie sprang auf und schlüpfte durch eine Tür hinter ihrem Schreibtisch. Strike hoffte, dass sie sich vor der Zubereitung des Kaffees gründlich die Hände wusch.

Elizabeth Tassels stickiges Büro war eine Art Miniaturausgabe des großen Vorzimmers. Es roch nach Zigarettenrauch und altem Hund. Unter dem Schreibtisch stand ein mit einer Tweeddecke ausgelegter Hundekorb; an den Wänden hingen überall alte Fotos und Drucke. Auf einer der größeren Fotografien erkannte Strike einen hochbetagten Mann wieder: einen halbwegs bekannten Kinderbuchautor namens Pinkelman. Ob dieser noch am Leben war, entzog sich allerdings seiner Kenntnis. Wortlos deutete die Agentin auf den Stuhl vor ihrem Schreibtisch. Strike musste erst einen Stapel Papier und ein paar alte Ausgaben des *Bookseller* wegräumen, bevor er sich setzen konnte. Die Agentin angelte eine Zigarette aus einer Schachtel auf dem Schreibtisch, zündete sie mit einem Onyxfeuerzeug an, nahm einen tiefen Zug und brach dann in einen längeren rasselnden Hustenanfall aus.

»Also«, krächzte sie, als der Husten abgeklungen war und sie auf dem Ledersessel hinter dem Schreibtisch Platz genommen hatte, »Christian Fisher hat mir erzählt, dass Owen mal wieder abgetaucht ist.«

»Stimmt«, sagte Strike. »Er verschwand am selben Abend, als er sich mit Ihnen über sein Buch gestritten hat.«

Sie wollte wieder etwas sagen, doch die Worte gingen erneut in einem Hustenanfall unter. Grässliche, furchterregende Geräusche drangen aus der Tiefe ihres Oberkörpers. Strike wartete schweigend ab, bis auch dieser Anfall vorüber war.

»Klingt nicht gut«, sagte er, als sie wieder verstummt war und – unglaublicherweise – einen weiteren tiefen Zug von ihrer Zigarette genommen hatte.

»Grippe«, keuchte sie. »Ich werd sie einfach nicht los. Wann war Leonora bei Ihnen?«

»Vor zwei Tagen.«

»Kann sie sich das überhaupt leisten?«, krächzte sie. »Man sollte meinen, dass der Mann, der den Fall Landry gelöst hat, nicht gerade billig ist.«

»Mrs. Quine hat angedeutet, dass Sie mich bezahlen werden«, sagte Strike.

Ihre rauen Wangen liefen rot an, und die dunklen, vom vielen Husten tränenden Augen verengten sich zu Schlitzen.

»Tja, dann können Sie Leonora gleich ausrichten« – und ihre Brust bebte unter dem schwarzen Jackett, als sie mit einem erneuten Hustenreiz rang –, »dass ich keinen P-Penny berappen werde, um dieses Arschloch aufzuspüren. Er i-ist nicht länger mein Klient. Sagen Sie ihr ... Sagen Sie ihr ...«

Ein weiterer gewaltiger Hustenanfall brach sich Bahn.

Die Tür ging auf, und die dünne Assistentin trat ein. Sie kämpfte sichtlich mit einem schweren, mit Tassen und einer Cafetiere beladenen Holztablett, und Strike stand auf, um es ihr abzunehmen. Auf dem Schreibtisch war kaum Platz dafür. Das Mädchen versuchte, ihn freizuräumen, und stieß in ihrer Nervosität einen Papierstapel um.

Eine wütende Drohgebärde der hustenden Agentin ließ das arme Ding angsterfüllt das Weite suchen.

»N-Nichtsnutzige kleine ...«, keuchte Elizabeth Tassel.

Strike stellte das Tablett auf den Schreibtisch, ohne den Papieren am Boden weiter Beachtung zu schenken. Dann setzte er sich wieder. Die Agentin gehörte zu jener tyrannischen Sorte älterer Frauen, die es sich bewusst oder unbewusst zunutze machten, dass sie in jedem, der dafür empfänglich war, Kindheitserinnerungen an übermächtige, besitzergreifende Mütter weckten. Strike war gegen derartige Einschüchterungsversuche immun. Zum einen hatte ihn seine junge Mutter – allen sonstigen Unzulänglichkeiten zum Trotz – abgöttisch geliebt. Zum anderen war ihm die Verletzlichkeit dieses Drachens nicht entgangen: Das Kettenrauchen, die vergilbten Fotografien und der Hundekorb ließen auf eine empfindsamere, weniger selbstsichere Seite schließen, die ihren jungen Untergebenen offenbar bislang verborgen geblieben war.

Sobald sich ihr Husten wieder gelegt hatte, reichte er ihr eine Tasse, die er bereits mit Kaffee gefüllt hatte.

»Danke«, murmelte sie schroff.

»Sie haben Quine also die Zusammenarbeit aufgekündigt?«, fragte er. »Haben Sie ihm das während Ihres gemeinsamen Abendessens mitgeteilt?«

»Das weiß ich nicht mehr«, krächzte sie. »Das Ganze lief im Nu aus dem Ruder. Owen sprang mitten in diesem Restaurant auf, um mich umso heftiger anschreien zu können. Dann stürmte er hinaus, und ich durfte die Rechnung übernehmen. Für unser Gespräch gibt es garantiert eine Menge Zeugen, wenn Sie das nachprüfen wollen. Owen war sehr bedacht darauf, dass auch wirklich jeder seine kleine Szene mitbekam.«

Sie griff nach einer weiteren Zigarette und bot Strike nach kurzem Überlegen ebenfalls eine an. »Was hat Christian Fisher Ihnen erzählt?«, fragte sie, nachdem sie ihnen beiden Feuer gegeben hatte.

»Nicht viel«, sagte Strike.

»Ich will für Sie beide hoffen, dass das stimmt«, zischte sie.

Strike rauchte schweigend und trank seinen Kaffee. Elizabeth wartete ab, sichtlich neugierig auf weitere Informationen.

»Hat er *Bombyx Mori* erwähnt?«, fragte sie schließlich.

Strike nickte.

»Was hat er Ihnen darüber gesagt?«

»Dass zahlreiche Figuren einen hohen Wiedererkennungswert besitzen.«

Darauf folgte eine spannungsgeladene Pause.

»Das ist also seine Vorstellung davon, Stillschweigen zu bewahren. Hoffentlich hetzt Chard ihm seine Anwälte auf den Hals.«

»Haben Sie versucht, Quine zu erreichen, nachdem Sie ihn im … Wo haben Sie sich damals eigentlich zum Essen getroffen?«, fragte Strike.

»Im River Café«, röchelte sie. »Nein, ich habe nicht versucht, ihn zu erreichen. Es gibt nichts mehr zu sagen.«

»Und er hat Sie auch nicht kontaktiert?«

»Nein.«

»Laut Leonora haben Sie Quine gesagt, dass es das beste Buch sei, das er je geschrieben hat. Dann haben Sie Ihre Meinung geändert und sich geweigert, es zu vertreten.«

»*Was* hat sie behauptet? Das habe ich *nicht*... habe ich *nicht* ge...«

Es folgte der bisher schwerste Hustenkrampf. Strike verspürte das dringende Bedürfnis, der nach Luft ringenden Frau die Zigarette aus der Hand zu reißen. Endlich war der Anfall vorüber, und sie trank die Hälfte des heißen Kaffees in einem Zug, was ihr ein wenig Linderung zu verschaffen schien.

»Das habe ich *nicht* gesagt«, wiederholte sie mit festerer Stimme. »Das beste Buch, das er je geschrieben hat‹ – das hat er Leonora erzählt?«

»Ja. Was haben Sie denn tatsächlich gesagt?«

»Ich hatte die Grippe«, sagte sie heiser, ohne auf seine Frage einzugehen, »und lag eine Woche lang im Bett. Owen hat hier im Büro angerufen, um mir mitzuteilen, dass er seinen Roman beendet habe. Ralph sagte ihm, dass ich krank zu Hause liege, woraufhin er das Manuskript per Kurier direkt an meine Privatadresse geschickt hat. Ich musste aufstehen, um den Eingang zu quittieren. Typisch für ihn – ich hatte vierzig Fieber und konnte kaum gehen, aber das war ihm völlig egal. Sein Roman war fertig, und da erwartete er selbstverständlich, dass ich ihn mir *sofort* vornehmen würde.«

Sie nahm einen weiteren Schluck Kaffee.

»Ich habe das Manuskript auf den Tisch im Flur geworfen und bin schnurstracks zurück ins Bett gegangen. Doch dann hat Owen praktisch im Stundentakt angerufen, weil er wissen wollte, was ich davon halte. Er hat mich den ganzen Mittwoch und Donnerstag belästigt... und da habe ich etwas getan, was ich in den dreißig Jahren, in denen ich in dieser Branche arbeite, noch nie getan habe«, röchelte sie. »Ich wollte an jenem Wochenende einen Ausflug machen. Darauf hatte ich mich schon lange gefreut, und ich wollte ihn nicht absagen, und damit Owen mich im Urlaub nicht alle drei Minuten anrufen würde, hab ich ... damit er Ruhe gab ... und mir ging es immer noch richtig schlecht ... hab ich es eben überflogen.«

Sie nahm einen tiefen Zug von ihrer Zigarette. Es folgte der unvermeidliche Husten.

»Auf den ersten Blick war *Bombyx Mori* nicht schlechter als seine vorherigen Romane – womöglich sogar ein wenig besser. Die Grundanlage war nicht uninteressant und die Bildsprache durchaus faszinierend. Ein Gruselmärchen, eine pervertierte Version der *Pilgerreise*.«

»Haben Sie in den Abschnitten, die Sie gelesen haben, jemanden wiedererkannt?«

»Die Figuren schienen mir überwiegend symbolischer Natur zu sein«, sagte sie ausweichend. »Einschließlich seines hagiografischen Selbstporträts. Massenhaft p-perverser Sex ...« Sie hielt inne, um erneut zu husten. »Die übliche Mischung, dachte ich. Aber ich muss offen gestehen, ich h-habe es nicht sorgfältig gelesen.«

Strike sah ihr an, dass sie es nicht gewohnt war, Fehler einzugestehen.

»Ich ... Also, das letzte Viertel, das von Michael und Daniel handelt, habe ich wirklich nur überblättert. Ich warf einen kurzen Blick auf das Ende, das ziemlich grotesk und fast schon albern war ... Wenn ich nicht so krank gewesen wäre, wenn ich es gründlich gelesen hätte, dann hätte ich ihm natürlich sofort sagen können, dass er niemals damit durchkommen würde. Daniel ist ein ei-eigenwilliger Mann und überaus h-heikel« – wieder versagte ihr die Stimme, aber mit wilder Entschlossenheit versuchte sie, den Satz zu Ende zu bringen –, »und M-Michael ist der allerschlimmste... der allerschlimmste...« Dann wurde sie ein weiteres Mal von explosivem Husten heimgesucht.

»Was hätte Mr. Quine davon, ein Buch zu veröffentlichen, für das er verklagt werden könnte?«, fragte Strike, sowie sie sich wieder gefasst hatte.

»Ach, Owen glaubt, dass er im Gegensatz zu allen anderen nicht an soziale Normen gebunden ist«, antwortete sie barsch. »Er hält sich für ein Genie, ein Enfant terrible. Er ist regelrecht stolz darauf, wenn er irgendwo aneckt. Das findet er mutig und heroisch.«

»Was haben Sie mit dem Buch gemacht, nachdem Sie es überflogen hatten?«

»Ich habe Owen angerufen«, sagte sie und schloss für einen Augenblick die Augen, offensichtlich wütend auf sich selbst. »›Ja, wirklich ganz toll‹, habe ich gesagt. Dann habe ich Ralph gebeten, das verdammte Manuskript bei mir abzuholen, zwei Kopien zu machen und eine davon an Jerry Waldegrave, Owens Lektor bei Roper Chard, zu schicken... und die andere, G-Gott möge mir verzeihen, an Christian Fisher.«

»Warum haben Sie das Manuskript nicht einfach an Ihr Büro gemailt?«, fragte Strike neugierig. »Hatten Sie es nicht auf einem Memorystick gespeichert oder so?«

Sie drückte ihre Zigarette in dem überquellenden Aschenbecher aus.

»Owen benutzt ausschließlich die alte elektrische Schreibmaschine, auf der er *Hobarts Sünde* verfasst hat. Ich weiß nicht, ob das nur affektiertes Gehabe oder tatsächliche Dummheit ist. Was moderne Technologien angeht, ist er bemerkenswert rückständig. Vielleicht hat er es ja mal mit einem Laptop versucht und ist kläglich gescheitert – oder es ist einfach nur eine weitere seiner Marotten.«

»Und warum haben Sie das Manuskript gleich an zwei Verlage geschickt?«, fragte Strike, obwohl er die Antwort bereits kannte.

»Na ja, Jerry Waldegrave mag ein Heiliger und der netteste Mensch im Verlagsgeschäft sein«, antwortete sie und nippte an ihrem Kaffee, »aber selbst er war drauf und dran, mit Owen und seinen Launen die Geduld zu verlieren. Owens letztes Buch bei Roper Chard hat sich ausnehmend schlecht verkauft. Ich hielt es nur für vernünftig, ein zweites Eisen im Feuer zu haben.«

»Wann haben Sie erfahren, was tatsächlich in dem Buch steht?«

»Am Abend desselben Tages«, krächzte sie. »Ralph rief mich an. Er hatte die beiden Kopien verschickt und dann einen Blick ins Original geworfen. ›Liz, hast du es überhaupt gelesen?‹, hat er mich gefragt.«

Strike konnte sich die Bestürzung des blassen jungen Assistenten nur zu gut vorstellen – den Mut, den er für diesen Anruf hatte aufbringen müssen, die verzweifelten Diskussionen mit seiner Kollegin, bevor er den Entschluss gefasst hatte.

»Hatte ich nicht, musste ich gestehen ... zumindest nicht gründlich«, murmelte sie. »Er las mir ein paar Passagen vor, die mir entgangen waren, und ...«

Sie nahm das Onyxfeuerzeug in die Hand und spielte gedankenverloren damit herum. Dann sah sie zu Strike auf.

»Da geriet ich in Panik und rief sofort bei Christian Fisher an, landete aber nur auf seiner Mailbox. Ich hinterließ ihm die Nachricht, dass das Manuskript, das ich ihm geschickt hatte, nur ein Entwurf gewesen sei. Er solle es nicht lesen, ich hätte einen Fehler gemacht, und ob er es bitte so schnell ...

so schnell wie m-möglich zurückschicken könne. Dann versuchte ich es bei Jerry, aber auch den konnte ich nicht erreichen. Er hatte mit seiner Frau anlässlich ihres Hochzeitstags übers Wochenende verreisen wollen, und ich hoffte inständig, dass er keine Zeit finden würde, um es zu lesen. Auch ihm habe ich eine Nachricht hinterlassen – und dann habe ich Owen wieder angerufen.«

Sie zündete sich noch eine Zigarette an. Ihre großen Nasenlöcher weiteten sich, als sie inhalierte, und die Falten um ihren Mund wurden tiefer.

»Ich brachte keinen Ton heraus, aber selbst wenn – in seiner typischen Art ließ Owen mich vor lauter Selbstzufriedenheit ohnehin kaum zu Wort kommen. Er wollte sich mit mir zum Essen treffen und den Abschluss seines Romans feiern. Also zog ich mich an, schleppte mich ins River Café und wartete. Und dann kam Owen. Ausnahmsweise sogar pünktlich. Und er schwebte auf Wolke sieben. Er glaubte wirklich, er hätte etwas Mutiges, etwas Großartiges vollbracht. Noch ehe ich ihm widersprechen konnte, redete er auch schon über eine mögliche Verfilmung.«

Rauch quoll aus ihrem scharlachroten Mund – in Kombination mit den funkelnden schwarzen Augen erinnerte sie jetzt vollends an einen Drachen.

»Als ich ihm erklärte, dass sein Machwerk widerwärtig, infam und nicht zu veröffentlichen sei, sprang er auf, warf seinen Stuhl um und fing an zu schreien. Nachdem er mich sowohl auf professioneller als auch auf persönlicher Ebene beleidigt hatte, verkündete er lautstark, dass er es dann eben auf eigene Faust publizieren würde – als E-Book –, wenn ich nicht länger den Mut hätte, ihn zu vertreten. Dann stürmte er hinaus und ließ mich mit der Rechnung sitzen. Das z-zumindest«, knurrte sie, »w-war nichts U-Ungewöhn…«

Ihre Entrüstung löste den bis dato schlimmsten Hustenanfall aus. Strike befürchtete schon, sie könnte ersticken, und hatte sich bereits von seinem Stuhl erhoben, doch sie winkte ab. Als der Anfall vorüber war, saß sie mit tränenüberströmtem, puterrotem Gesicht da. Ihre Stimme knirschte wie Kies.

»Ich habe alle Hebel in Bewegung gesetzt, um den Schaden zu begrenzen. Mein Ausflug ans Meer war ruiniert. Ich hing das ganze Wochenende am Telefon und versuchte, Fisher und Waldegrave zu erreichen. Ich saß auf diesen verdammten Klippen in Gwithian fest und schickte eine Nachricht nach der anderen ab, sofern ich mal Empfang hatte ...«

»Stammen Sie ursprünglich von dort?«, fragte Strike mit leichtem Erstaunen, da er nicht den geringsten Anflug jenes Dialekts in ihrer Stimme vernommen hatte, den er aus seiner Kindheit in Cornwall kannte.

»Eine meiner Autorinnen lebt dort. Ich habe ihr irgendwann einmal erzählt, dass ich London seit vier Jahren nicht mehr verlassen hatte, woraufhin sie mich übers Wochenende eingeladen hat. Sie wollte mir all die wundervollen Schauplätze zeigen, an denen ihre Bücher spielen. W-Wirklich eine der schönsten Landschaften, die ich je gesehen habe, aber ich hatte ständig nur dieses v-verdammte *Bombyx Mori* im Kopf und überlegte, wie ich verhindern konnte, dass die anderen es lasen. Nachts habe ich kein Auge zugetan. Es war furchtbar ... Am Sonntagmittag rief endlich Jerry an. Er war übers Wochenende doch nicht weggefahren, und das Buch hatte er auch gelesen, da er, wie er behauptete, keine einzige meiner Nachrichten erhalten hatte. Er war wütend und empört. Ich versicherte ihm, dass ich alles in meiner Macht Stehende tun würde, um das verdammte Ding unter Verschluss zu halten ... Aber ich musste ihm natürlich beichten, dass ich es auch an Christian geschickt hatte. Da hat Jerry einfach aufgelegt.«

»Haben Sie ihm erzählt, dass Quine damit gedroht hatte, das Buch ins Internet zu stellen?«

»Nein, natürlich nicht«, sagte sie heiser. »Das hielt ich für eine leere Drohung. Was Computer angeht, ist Owen gänzlich unbeleckt. Trotzdem habe ich mir Sorgen gemacht...«

Sie verstummte.

»Sie haben sich Sorgen gemacht?«, hakte Strike nach.

Sie antwortete nicht.

»Diese Selbstverlagsgeschichte erklärt natürlich einiges«, bemerkte Strike beiläufig. »Leonora hat mir erzählt, dass er seine Kopie des Manuskripts und sämtliche Notizen mitgenommen hat, als er Hals über Kopf aufgebrochen ist. Ich habe mich schon gefragt, ob er es vielleicht verbrennen oder in einen Fluss werfen wollte. Aber es sieht mittlerweile eher so aus, als wollte er ein E-Book daraus machen.«

Diese Information schien Elizabeth Tassel nicht gerade zu besänftigen. »Er hat eine Freundin«, zischte sie mit zusammengebissenen Zähnen. »Sie haben sich bei einem seiner Schreibkurse kennengelernt. Sie publiziert ihre Machwerke im Internet. Das weiß ich, weil Owen mal versucht hat, mir ihre grottenschlechten erotischen Fantasyromane schmackhaft zu machen.«

»Haben Sie sie angerufen?«, fragte Strike.

»In der Tat. Ich wollte sie einschüchtern... ihr sagen, dass sie sich der Mittäterschaft strafbar machen würde, wenn sie sein Manuskript digitalisierte und ins Netz stellte.«

»Wie hat sie reagiert?«

»Ich konnte sie nicht erreichen, obwohl ich es mehrmals versucht habe. Vielleicht war es die falsche Nummer, keine Ahnung.«

»Haben Sie ihre Kontaktdaten?«, fragte Strike.

»Ralph hat ihre Visitenkarte. Ich habe ihn gebeten, es weiter bei ihr zu versuchen. *Ralph!*«, bellte sie.

»Er ist noch mit Beau unterwegs«, quietschte das ängstliche Mädchen aus dem Vorraum. Elizabeth Tassel verdrehte die Augen und stand mühsam auf.

»*Die* brauche ich wohl gar nicht erst zu fragen.«

Sobald sich die Tür hinter der Agentin geschlossen hatte, stand Strike auf, umrundete den Schreibtisch und beugte sich vor, um eine ganz bestimmte Fotografie genauer zu betrachten, wozu er allerdings erst das davorstehende Doppelporträt zweier Dobermänner beiseitenehmen musste.

Das betreffende, bereits ein wenig verblichene Farbfoto war so groß wie eine A4-Seite. Nach der Kleidung der vier Personen zu urteilen war das Bild vor mindestens fünfundzwanzig Jahren vor ebendiesem Gebäude aufgenommen worden.

Elizabeth war leicht wiederzuerkennen – die einzige Frau in der Gruppe, groß und nicht sonderlich hübsch, mit langem, windzerzaustem Haar und einem unvorteilhaften, tief taillierten Kleid in Dunkelrosa und Türkis. Sie wurde von zwei Männern flankiert: der eine schlank, blond, jung und extrem gut aussehend; der andere klein, blass, missmutig und mit einem Kopf, der viel zu groß für seinen Körper wirkte. Er kam Strike vage bekannt vor; womöglich hatte er ihn schon einmal in der Zeitung oder im Fernsehen gesehen.

Neben dem ihm unbekannten, aber möglicherweise berühmten Mann stand ein deutlich jüngerer Owen Quine. Er war der Größte der vier, trug einen zerknitterten weißen Anzug und eine Frisur, die man am ehesten als Kreuzung von Igelschnitt und Vokuhila beschreiben konnte. Unweigerlich musste Strike an einen fetten David Bowie denken.

Die Tür ging in den wohlgeölten Angeln auf. Strike versuchte gar nicht erst, seine Neugier zu verbergen. Stattdessen drehte er sich zu der Agentin um, die ein Blatt Papier vor sich hertrug.

»Das ist Fletcher«, sagte sie und richtete den Blick auf das Hundeporträt in Strikes Hand. »Er ist letztes Jahr gestorben.«

Er stellte das Foto ins Bücherregal zurück.

»Oh«, sagte sie, als der Groschen fiel. »Sie haben sich das andere Bild angesehen.«

Sie trat auf die vergilbte Aufnahme zu. Schulter an Schulter bemerkte Strike, dass sie über eins achtzig groß war. Sie roch nach John Player Specials und Arpège.

»Das war der Tag, an dem ich meine Agentur eröffnet habe. Meine ersten drei Klienten.«

»Wer ist das?«, fragte Strike und deutete auf den hübschen blonden Jüngling.

»Joseph North. Bei Weitem der Talentierteste der drei. Leider ist er jung verstorben.«

»Und wer ...«

»Michael Fancourt natürlich.« Sie klang überrascht.

»Er kam mir gleich so bekannt vor! Vertreten Sie ihn immer noch?«

»Nein. Ich dachte ...«

Obwohl sie den Satz nicht beendete, wusste Strike genau, was sie hatte sagen wollen: *Ich dachte, das wüsste mittlerweile jeder.* Gut möglich, dass das literarische London wusste, warum der berühmte Fancourt nicht länger ihr Klient war – Strike jedoch, der nicht in der Bücherwelt beheimatet war, hatte keine Ahnung.

»Und warum nicht?«, fragte er und setzte sich wieder.

Sie reichte ihm das Blatt Papier. Es war die Fotokopie einer fleckigen, abgegriffenen Visitenkarte.

»Vor Jahren musste ich mich zwischen Michael und Owen

entscheiden«, sagte sie. »Und in meiner unsäglichen D-Dumm-
heit« – wieder hustete sie, und ihre Stimme ging in einem gut-
turalen Krächzen unter – »entschied ich mich für Owen. Das
hier sind alle Kontaktdaten von Kathryn Kent, die ich habe«,
fügte sie energisch hinzu, um jede weitere Diskussion über Fancourt im Keim zu ersticken.

»Vielen Dank«, sagte er, faltete das Papier zusammen und
steckte es in seine Brieftasche. »Wissen Sie, wie lange sie
schon mit Quine zusammen ist?«

»Eine Weile… Er schleppt sie sogar auf Partys mit, da ist
er völlig schamlos. Und währenddessen sitzt Leonora mit Orlando zu Hause fest.«

»Und Sie haben wirklich keine Ahnung, wo er stecken
könnte? Leonora hat mir erzählt, dass Sie ihn bisher immer
aufgestöbert haben, wenn…«

»Ich habe Owen noch nie ›aufgestöbert‹«, zischte sie. »Üblicherweise ruft er mich nach einer Woche von irgendeinem
Hotel aus an und fragt nach einem Vorschuss – zumindest ist
das seine Bezeichnung für die Beträge, die ich ihm gelegentlich zukommen lasse –, um die Minibar-Rechnung begleichen
zu können.«

»Und Sie geben ihm das Geld?«, fragte Strike. Sie kam ihm
nicht gerade vor wie jemand, der sich leicht über den Tisch
ziehen ließ.

Ihr Gesicht schien eine Schwäche zu offenbaren, derer sie
sich schämte. Umso unerwarteter war ihre Antwort: »Haben
Sie Orlando schon kennengelernt?«

»Nein.«

Sie wollte schon fortfahren, überlegte es sich dann jedoch
anders. »Owen und ich kennen uns schon sehr lange«, sagte
sie stattdessen. »Wir waren gute Freunde… früher«, konsta-
tierte sie mit tiefer Bitterkeit.

»In welchen Hotels ist er denn bisher abgestiegen?«

»An jedes einzelne kann ich mich nicht erinnern. Einmal im Kensington Hilton. Im Danubius in St. John's Wood. Große, anonyme Hotels mit allerlei Annehmlichkeiten, die er zu Hause nicht hat. Von seiner Körperhygiene einmal abgesehen, ist Owen nicht gerade der Boheme zuzurechnen.«

»Anscheinend kennen Sie ihn ziemlich gut. Könnten Sie sich vorstellen, dass er ...«

Sie beendete seinen Satz mit dem Anflug eines höhnischen Lächelns: »...etwas Dummes getan hat? Natürlich nicht. Er würde die Welt niemals um das Genie eines Owen Quine berauben. Nein, er steckt irgendwo dort draußen und schmiedet finstere Pläne, um sich an uns allen zu rächen. Bestimmt ist er tödlich beleidigt, weil noch keine landesweite Großfahndung eingeleitet wurde.«

»Er erwartet eine Großfahndung, obwohl er es sich zur Gewohnheit gemacht hat, gelegentlich abzutauchen?«

»Aber ja«, sagte Elizabeth. »Er geht bei jeder seiner Eskapaden davon aus, dass sie Schlagzeilen macht. Das liegt wohl daran, dass es beim ersten Mal geklappt hat – das war vor vielen Jahren nach einem Streit mit seinem ersten Lektor. Damals gab es tatsächlich einen winzigen Skandal und ein gewisses Interesse vonseiten der Presse. Und darauf hofft er seitdem immer wieder.«

»Seine Frau hat angedeutet, dass es nicht in seinem Sinne wäre, wenn sie die Polizei verständigen würde.«

»Ich weiß wirklich nicht, wie sie darauf kommt«, sagte Elizabeth und nahm sich eine weitere Zigarette. »Für Owen sind Hubschrauber und Spürhunde doch das Mindeste, was diese Nation einem Mann von seiner Prominenz schuldig ist.«

»Also dann ... Vielen Dank, dass Sie sich Zeit für mich genommen haben«, sagte Strike und wollte schon aufstehen, doch Elizabeth Tassel hob eine Hand. »Aber nicht doch. Ich wollte Sie noch etwas fragen.«

Jetzt war er gespannt. Sie war es nicht gewohnt, andere um etwas zu bitten, so viel stand fest. Mehrere Sekunden lang widmete sie sich ihrer Zigarette, was einen weiteren mühevoll unterdrückten Hustenanfall zur Folge hatte.

»Diese ... Diese *Bombyx-Mori*-Geschichte hat mir sehr geschadet«, keuchte sie schließlich. »Ich wurde von der Roper-Chard-Jubiläumsfeier am Freitag wieder ausgeladen, und sie haben mir zwei Manuskripte, die ich ihnen angeboten hatte, ohne ein Dankeschön zurückgeschickt. Jetzt mache ich mir natürlich Sorgen um Pinkelmans neues Buch.« Sie deutete auf das Foto des alten Kinderbuchautors an der Wand. »Es geht das hässliche Gerücht um, dass ich mit Owen unter einer Decke stecken würde; dass ich ihn dazu angestiftet hätte, diesen alten Skandal um Michael Fancourt aufzuwärmen und Unruhe zu stiften, um eine teure Auktion um das Buch anzuzetteln. Ich gehe davon aus, dass Sie Owens Umfeld in nächster Zeit genauer beleuchten werden«, sagte sie und kam endlich zum Punkt. »Ich wäre Ihnen überaus dankbar, wenn Sie allen – insbesondere Jerry Waldegrave, wenn Sie ihn treffen sollten – mitteilen könnten, dass ich keine Ahnung hatte, was in dem Manuskript stand. Wenn ich nicht so krank gewesen wäre, hätte ich es nie und nimmer verschickt – schon gar nicht an Christian Fisher. Das war« – sie zögerte – »*fahrlässig*. Aber mehr auch nicht.«

Deshalb hatte sie ihn also unbedingt sprechen wollen. Keine unangemessene Gegenleistung für zwei Hoteladressen und die Kontaktdaten einer Mätresse, wie er fand.

»Das gebe ich gern weiter«, sagte Strike und stand auf.

»Danke«, sagte sie knapp. »Ich begleite Sie hinaus.«

Als sie das Büro verließen, empfing sie lautes Gebell. Ralph und der Dobermann waren von ihrem Spaziergang zurück. Der Assistent, dem das nasse Haar am Kopf klebte, konnte den grauschnäuzigen Hund nur mit Mühe im Zaum halten. Wieder knurrte das Tier Strike an.

»Er mag keine Fremden«, sagte Elizabeth Tassel nüchtern.

»Owen hat er sogar mal gebissen«, verkündete Ralph, als würde dies die Aggressivität des Tieres irgendwie entschuldigen.

»Oh ja«, sagte Elizabeth Tassel. »Leider ...«

Sie wurde von einem weiteren rasselnden, keuchenden Husten übermannt. Die drei übrigen Anwesenden ließen es schweigend über sich ergehen.

»Leider hat er's überlebt«, krächzte sie schließlich. »Es hätte uns allen viel Ärger erspart.«

Ihre Assistenten blickten schockiert drein. Strike gab ihr die Hand und verabschiedete sich reihum. Die Tür fiel ins Schloss, und damit verstummte auch das Knurren des Dobermanns.

9

Ist der Herr Wankelmut hier, Jungfer?

WILLIAM CONGREVE, *DER LAUF DER WELT*

Strike blieb am Ende der regennassen Gasse stehen und rief Robin an. Besetzt. Er lehnte sich an eine feuchte Mauer, schlug den Mantelkragen hoch und drückte alle paar Sekunden auf die Wahlwiederholungstaste. Dabei fiel sein Blick auf ein blaues Schild am gegenüberliegenden Haus – eine Gedenktafel für die Literaturmäzenin Lady Ottoline Morrell, die einst dort gewohnt hatte. Zweifellos war seinerzeit auch hinter diesen Mauern über skandalträchtige Schlüsselromane debattiert worden...

»Hi, Robin«, sagte Strike, als sie endlich abhob. »Ich werde mich verspäten. Könnten Sie Gunfrey Bescheid geben, dass ich für morgen ein Treffen mit der Zielperson vereinbart habe? Und sagen Sie Caroline Ingles, dass nichts weiter passiert ist und ich sie morgen anrufe, um sie auf den neuesten Stand zu bringen.«

Sobald er seine Termine neu arrangiert hatte, trug er ihr auf, im Danubius Hotel in St. John's Wood nachzufragen, ob Owen Quine dort residierte.

»Hat sich bei den Hiltons irgendetwas ergeben?«

»Nein, nichts«, sagte Robin. »Bis auf zwei habe ich alle angerufen. Wenn er dort irgendwo abgestiegen ist, dann unter falschem Namen und verkleidet – oder das Personal hat Tomaten auf den Augen. Dabei kann man ihn doch gar nicht übersehen – ganz besonders nicht, wenn er diesen Umhang trägt.«

»Haben Sie es schon im Hilton in Kensington versucht?«

»Ja. Fehlanzeige.«

»Egal, ich habe eine neue Spur: eine Geliebte namens Kathryn Kent, die ihre Romane im Selbstverlag publiziert. Vielleicht statte ich ihr heute noch einen Besuch ab. Später am Nachmittag werde ich nicht mehr ans Telefon gehen können; da beschatte ich Miss Brocklehurst. Wenn Sie mich brauchen, schicken Sie mir eine SMS.«

»Alles klar. Waidmannsheil!«

Doch es wurde ein eintöniges und ergebnisloses Unterfangen. Strike war einer ausnehmend gut bezahlten Privatsekretärin auf den Fersen, die von ihrem paranoiden Chef und Liebhaber verdächtigt wurde, nicht nur sexuelle Gefälligkeiten, sondern auch Geschäftsgeheimnisse mit einem Rivalen zu teilen. Miss Brocklehursts Behauptung, den Nachmittag zur Erbauung ihres Chefs für ein Waxing, eine Maniküre und den Besuch eines Sonnenstudios freigenommen zu haben, entsprach tatsächlich der Wahrheit. Fast vier Stunden lang beobachtete Strike den Eingang des Schönheitssalons durch das regennasse Fenster des Caffè Nero gegenüber, wobei er sich die Missgunst mehrerer Frauen mit Kinderwagen zuzog, die einen Ort für ein ungestörtes Schwätzchen gesucht hatten. Endlich tauchte die bratensoßenbraune und vermutlich vom Hals abwärts enthaarte Miss Brocklehurst wieder auf. Nachdem er ihr eine Weile gefolgt war, stieg sie in ein Taxi. Kurz bevor sie außer Sichtweite geriet, konnte Strike ebenfalls ein Taxi ergattern – bei diesem Wetter ein wahres Wunder. Die schleppende Verfolgungsjagd durch die verstopften, verregneten Straßen endete, wie aufgrund der eingeschlagenen Richtung kaum anders zu erwarten, vor der Wohnung des misstrauischen Vorgesetzten. Strike, der während der Fahrt heimlich Fotos geschossen hatte, befand sich mental bereits im Feierabend, als er die Taxifahrt bezahlte.

Obwohl es noch nicht einmal sechzehn Uhr war, dämmerte es bereits, und der unaufhörliche Regen wurde noch kälter. Weihnachtslichter funkelten ihm aus dem Fenster einer Trattoria entgegen, und seine Gedanken schweiften in Richtung Cornwall, dessen verführerischen Lockruf er in jüngster Zeit gleich dreimal vernommen hatte.

Wie lange war er schon nicht mehr in jenem idyllischen Küstenstädtchen gewesen, in dem er die beschaulichste Zeit seiner Kindheit verbracht hatte? Vier Jahre? Fünf? Seine Tante und seinen Onkel traf er nur, wenn sie – wie sie es bescheiden ausdrückten – »rauf nach London« kamen und sich bei seiner Schwester Lucy einquartierten, um die Vorzüge der Großstadt zu genießen. Bei ihrem letzten Besuch hatte sich Strike mit seinem Onkel im Emirates-Stadion ein Spiel gegen Manchester City angesehen.

Das Handy vibrierte in seiner Tasche – Robin, die wie immer akkurat seine Anweisungen befolgte, hatte ihm eine SMS geschrieben.

Mr. Gunfrey bittet um einen neuen Termin – morgen um 10 in seinem Büro. Außerdem weitere Neuigkeiten. Rx

Danke, schrieb Strike zurück.

Das kleine x, das ein Küsschen symbolisierte, verwendete er selbst ausschließlich in Nachrichten an seine Schwester oder an seine Tante.

In der U-Bahn dachte er über die nächsten Schritte nach. Der vermisste Quine war wie ein Juckreiz in seinem Gehirn;

dass der Schriftsteller so schwer zu fassen war, ärgerte ihn und weckte gleichzeitig seine Neugier. Er zog das Kärtchen, das Elizabeth Tassel ihm gegeben hatte, aus der Brieftasche. Unter dem Namen Kathryn Kent standen die Adresse einer Mietskaserne in Fulham sowie eine Telefonnummer. Am unteren Seitenrand waren zwei weitere Worte aufgedruckt: *Freie Autorin.*

In gewissen Londoner Vierteln kannte Strike sich besser aus als jeder Taxifahrer. Die hochklassigen Wohngegenden hatte er als Kind zwar nur selten besucht; der nomadische Lebensstil seiner verstorbenen Mutter hatte es jedoch mit sich gebracht, dass sie innerhalb der Hauptstadt ständig den Wohnsitz gewechselt hatten: Meistens waren es irgendwelche Bruchbuden oder Sozialwohnungen gewesen, gelegentlich auch – wenn ihr jeweils aktueller Partner es sich leisten konnte – ein wenig gehobenere Quartiere. Und so erkannte er auch Kathryn Kents Adresse wieder. Der Clement Attlee Court bestand aus mehreren alten Sozialwohnblocks, von denen die meisten sich inzwischen in Privatbesitz befanden. Hässliche rechteckige Backsteinbauten mit Balkonen auf jedem Stockwerk, nur wenige hundert Meter von den sündhaft teuren Anwesen des wohlhabenderen Teils von Fulham entfernt.

Zu Hause wartete niemand auf ihn, und er hatte während des langen Nachmittags im Caffè Nero eine Menge Kaffee und Backwaren zu sich genommen. Daher verzichtete er darauf, mit der Northern Line zu fahren, nahm stattdessen die District Line bis West Kensington und schlenderte in der Dämmerung die North End Road hinunter, vorbei an indischen Restaurants und kleinen Läden mit brettervernagelten Schaufenstern, die der Rezession zum Opfer gefallen waren. Als er den Wohnblock erreichte, war es bereits dunkel.

Das Stafford Cripps House war das der Straße am nächsten gelegene Hochhaus des Blocks und befand sich gleich hinter einem gedrungenen modernen Ärztezentrum. Der optimistische Architekt des Sozialwohnungskomplexes hatte – möglicherweise inspiriert von sozialistischem Idealismus – jede einzelne Wohnung mit einem winzigen Balkon ausgestattet. Hatte er tatsächlich geglaubt, dass die glücklichen Bewohner dort Blumenkästen aufhängen oder sich über das Geländer beugen würden, um ihren Nachbarn einen Gruß zuzuträllern? Augenscheinlich nutzte jeder von ihnen seinen Balkon als Abstellkammer: Alte Matratzen, Kinderwagen, Küchengroßgeräte und bergeweise schmutzige Kleidung waren dort den Elementen ausgesetzt – als hätte man die Rückwände großer, mit Gerümpel gefüllter Schränke entfernt, um ihren Inhalt der Öffentlichkeit zu präsentieren.

Mehrere Jugendliche in Kapuzenpullovern standen rauchend neben einer Reihe großer Plastikmüllcontainer. Argwöhnisch beäugten sie Strike, als er an der Gruppe vorbeiging. An seine Größe und Breite reichte keiner von ihnen heran.

»Ey, der Typ ist ja voll das Tier«, hörte Strike einen der Jugendlichen murmeln, bevor er den Hauseingang betrat, den wie zu erwarten defekten Lift links liegen ließ und die Betontreppe in Angriff nahm.

Kathryn Kents Wohnung befand sich im dritten Stock und war über einen langen, dem Wind ausgesetzten Laubengang zu erreichen. Im Gegensatz zu ihren Nachbarn hatte sie richtige Vorhänge an den Fenstern angebracht. Er klopfte an die Tür.

Keine Antwort.

Wenn Owen Quine hier war, schien er fest entschlossen zu sein, nicht in Erscheinung zu treten: Es brannte kein Licht; keine Bewegung war zu erkennen. Eine wütend aussehende Frau mit einer Zigarette im Mundwinkel steckte so blitzschnell, dass es fast komisch wirkte, den Kopf zur Tür der

Nachbarwohnung heraus. Nachdem sie Strike kurz gemustert hatte, verschwand sie wieder.

Ein schneidender Wind pfiff über den Gang. Strikes Mantel glänzte vor Nässe, doch dem kurzen, lockigen Haar auf seinem unbedeckten Haupt konnte der Regen nichts anhaben; es behielt sein Aussehen selbst bei stärkster Feuchtigkeitseinwirkung bei. Er steckte die Hände tief in die Taschen und ertastete einen steifen Briefumschlag, den er schon ganz vergessen hatte. Da die Außenbeleuchtung vor Kathryn Kents Wohnung defekt war, marschierte er zwei Türen weiter. Unter einer funktionierenden Glühbirne öffnete er den silberfarbenen Umschlag.

Mr. und Mrs. Ellacott
freuen sich, Sie anlässlich
der Hochzeit ihrer Tochter

Robin Venetia
mit
Mr. Matthew John Cunliffe

begrüßen zu dürfen.

Die Trauung findet am
Samstag, dem 8. Januar 2011,
um vierzehn Uhr
in der Church of St. Mary the Virgin in Masham
statt.

Anschließend gemütliches Beisammensein
in Swinton Park

Die Einladung verströmte die Unerbittlichkeit eines militärischen Befehls: Die Trauung wird zum festgelegten Zeitpunkt in der beschriebenen Art und Weise durchgeführt. Er und Charlotte waren nie so weit gekommen, cremefarbene Umschläge mit glänzend geprägter Schreibschrift in Auftrag zu geben.

Strike steckte die Einladung wieder in die Tasche und kehrte zu Kathryns unbeleuchteter Eingangstür zurück. Gedankenverloren starrte er auf den dunklen Asphalt der Lillie Road, in dem sich der bernsteinfarbene und rubinrote Schein der vorbeirauschenden Autoscheinwerfer und Rückleuchten spiegelte. Ständig änderte sich die Konstellation der vor dem Haus herumlungernden Jugendlichen: Einige verabschiedeten sich, andere kamen hinzu und bildeten neue Grüppchen.

Um halb sieben setzte sich der Trupp geschlossen in Bewegung. Strike beobachtete die Jugendlichen, bis sie fast außer Sichtweite waren. In entgegengesetzter Richtung kam ihnen eine Frau entgegen. Sie durchquerte den Lichtkegel einer Straßenlaterne, und eine volle, leuchtend rote Haarpracht blitzte unter einem schwarzen Regenschirm hervor.

Die Frau ging leicht zur Seite geneigt; in der Hand, die nicht den Schirm hielt, trug sie zwei schwere Einkaufstüten. Auf diese Entfernung wirkte sie mit den dichten Locken, die sie gelegentlich zurückwarf, nicht unattraktiv; ihr windzerzaustes Haar war ein echter Hingucker, und unter dem weiten Mantel ragten schlanke Beine hervor. Sie kam immer näher, und ohne sich seines neugierigen Blicks aus dem dritten Stockwerk bewusst zu sein, überquerte sie den asphaltierten Vorplatz und verschwand wieder aus seinem Sichtfeld.

Fünf Minuten später betrat sie den Laubengang, in dem Strike gewartet hatte. Aus der Nähe verriet die gespannte Vorderseite des zugeknöpften Mantels einen schweren, apfelförmigen Körper. Sie hielt den Kopf gesenkt und bemerkte

Strike erst, als sie nur noch drei Meter von ihm entfernt war. Als sie aufsah, starrte er in ein faltiges, leicht aufgedunsenes und wesentlich älteres Gesicht, als er erwartet hatte. Sie blieb wie angewurzelt stehen und schnappte nach Luft.

»*Du!*«

Aufgrund der defekten Beleuchtung konnte sie lediglich seine Silhouette ausmachen.

»Du verdammtes *Arschloch!*«

Die Tüten fielen zu Boden, mit einem Klirren ging Glas zu Bruch, und sie stürzte auf ihn zu und schwang dabei die zu Fäusten geballten Hände.

»Du Arschloch, du *Arschloch*! Das verzeih ich dir nie, *nie*! Hau bloß ab!«

Strike musste mehrere ungestüme Hiebe abwehren. Er trat einen Schritt von der kreischenden Frau zurück, deren Schläge die Deckung des einstigen Boxers nicht zu durchdringen vermochten.

»Wart's ab – Pippa wird dich umbringen, verdammt! Wart's nur ab ...«

Wieder öffnete sich die Tür zur Nachbarwohnung, und dieselbe Frau mit Zigarette im Mundwinkel spähte heraus.

»Hey!«, rief sie.

Aus ihrer Wohnung fiel Licht auf Strike und offenbarte seine wahre Identität. Mit einem gekeuchten Aufschrei taumelte die rothaarige Frau rückwärts.

»Was zum Teufel ist da los?«, wollte die Nachbarin wissen.

»Eine Verwechslung, nehme ich an«, sagte Strike besänftigend.

Die Nachbarin knallte die Tür zu, sodass der Detektiv und seine Angreiferin wieder im Dunkeln standen.

»Wer sind Sie?«, flüsterte sie. »Was wollen Sie?«

»Sind Sie Kathryn Kent?«

»*Was wollen Sie?*« Allmählich geriet sie in Panik. »Wenn Sie deshalb hier sind – damit hab ich nichts zu schaffen!«

»Wie bitte?«

»Wer sind Sie dann?«, fragte sie noch ängstlicher.

»Mein Name ist Cormoran Strike. Ich bin Privatdetektiv.«

Inzwischen hatte er sich an die Reaktionen der Menschen gewöhnt, die ihn aus heiterem Himmel auf ihrer Türschwelle antrafen. Kathryns verblüfftes Schweigen war durchaus typisch. Sie entfernte sich einen weiteren Schritt von ihm und wäre dabei beinahe über die Tüten am Boden gestolpert.

»Wer hat einen Privatdetektiv auf mich angesetzt? Das war *sie*, oder?«, fragte sie wütend.

»Ich wurde damit beauftragt, den Schriftsteller Owen Quine zu finden«, erklärte Strike. »Er wird seit fast zwei Wochen vermisst, und da Sie eine Bekannte von ihm sind ...«

»Nein, bin ich nicht«, sagte sie und bückte sich, um die klirrenden Tüten aufzunehmen. »Richten Sie ihr das aus. Von mir aus kann sie ihn behalten.«

»Sie haben nichts mehr miteinander zu tun? Dann wissen Sie wohl auch nicht, wo er steckt?«

»Es ist mir scheißegal, wo er steckt.«

Eine Katze stolzierte arrogant auf der Brüstung des Laubengangs entlang.

»Darf ich fragen, wann Sie ihn zuletzt ...«

»Nein, dürfen Sie nicht«, sagte sie mit einer zornigen Handbewegung, bei der eine der Tüten in ihrer Hand zusehends ins Schlenkern geriet. Strike zuckte zusammen, befürchtete er doch, dass die Katze – die sich nun auf derselben Höhe mit der wütenden Frau befand – von der Brüstung des Laubengangs und ins Jenseits befördert werden könnte. Das Tier fauchte und sprang vom Sims. Kathryn schickte ihm einen kurzen, gehässigen Tritt hinterher.

»Blödes Vieh!«, sagte sie. Die Katze huschte davon. »Würden Sie mich vorbeilassen? Ich möchte in meine Wohnung.«

Er trat ein paar Schritte von der Tür zurück, doch sie konnte ihren Schlüssel nicht finden. Nachdem sie ein paar unbehagliche Sekunden lang ihre Taschen abgeklopft hatte, war sie gezwungen, die Einkaufstüten zu ihren Füßen abzusetzen.

»Mr. Quine ist nach einem Streit mit seiner Agentin verschwunden. Es ging um sein neues Buch«, sagte Strike, während Kathryn in ihren Manteltaschen wühlte. »Da hab ich mich gefragt, ob Sie womöglich ...«

»Sein Buch interessiert mich einen Scheiß! Ich hab's nicht gelesen«, fügte sie hinzu. Ihre Hände zitterten.

»Mrs. Kent ...«

»Miss«, sagte sie.

»Miss Kent, Mr. Quines Frau behauptet, dass eine Unbekannte vor ihrer Tür gestanden und ihn habe sprechen wollen. Der Beschreibung nach ...«

Endlich hatte Kathryn Kent den Schlüssel gefunden, doch dann glitt er ihr aus den Fingern. Strike beugte sich vor und hob ihn für sie auf. Sie riss ihn ihm aus der Hand.

»Ich weiß nicht, wovon Sie reden.«

»Sie wollten ihm letzte Woche nicht zufällig einen Besuch abstatten?«

»Wenn ich's Ihnen doch sage: Ich weiß nicht, wo er steckt. Ich weiß gar nichts«, zischte sie, rammte den Schlüssel ins Schloss und drehte ihn herum. Dann hob sie die beiden klirrenden Tüten auf, die, wie Strike bemerkte, aus einem Baumarkt in der Nähe stammten.

»Sieht schwer aus.«

»Neues Schwimmerventil«, blaffte sie ihn an.

Und damit schlug sie ihm die Tür vor der Nase zu.

10

Verdone:
Wir sind gekommen, um zu kämpfen.

Cleremont:
Kämpfen sollt ihr Herren auch,
und nicht zu knapp; doch vorher geht noch ein
paar Schritte...

FRANCIS BEAUMONT UND PHILIP MASSINGER,
DER KLEINE FRANZÖSISCHE ANWALT

Als Robin am nächsten Morgen mit einem nutzlosen Regenschirm in der Hand die Haltestelle hinter sich ließ, war sie
verschwitzt und fühlte sich unwohl. Nach Tagen strömenden
Regens, in denen es in der U-Bahn nach nasser Kleidung gerochen hatte, die Bürgersteige glitschig und die Fenster mit
dicken Tropfen übersät gewesen waren, hatte sie der plötzliche Umschwung hin zu Sonnenschein und trockenem Wetter
überrascht. Die Laune anderer mochte sich durch das Ende
der Regengüsse und der tiefgrauen Wolken gebessert haben –
ihre nicht. Matthew und sie hatten sich heftig gestritten.

Sie öffnete die Glastür, in die Strikes Name und Berufsbe-
zeichnung eingraviert waren, und stellte beinahe erleichtert
fest, dass ihr Chef hinter verschlossener Tür in seinem Büro
saß und telefonierte. Sie hatte das unbestimmte Gefühl, sich
erst sammeln zu müssen, bevor sie ihm gegenübertrat. Er war
das Thema ihres Streits am Vorabend gewesen.

»Du hast ihn zu unserer Hochzeit eingeladen?«, hatte Matthew sie angefahren.

Aus Angst, Strike könnte die Einladung bei ihrer Verabredung am heutigen Abend erwähnen, hatte sie ihren Verlobten einweihen wollen – um zu vermeiden, dass Strike Matthews Unmut zum Opfer fiel.

»Seit wann laden wir irgendwelche Leute ein, ohne einander Bescheid zu sagen?«, hatte er wissen wollen.

»Ich wollte es dir ja sagen. Ich dachte, ich hätte es dir gesagt…«

In diesem Augenblick war Robin auf sich selbst wütend geworden. Noch nie zuvor hatte sie Matthew angelogen.

»Er ist mein Chef, da wird er doch eine Einladung erwarten!«

Was nicht ganz stimmte; sie vermutete, dass es Strike einerlei war, ob er an der Hochzeitsfeier teilnahm oder nicht.

»Wie auch immer, ich möchte, dass er kommt«, sagte sie. Zumindest das entsprach der Wahrheit. Sie wollte ihr Arbeitsleben, das ihr mehr Freude bereitete denn je, mit ihrem Privatleben, das sich momentan mit Händen und Füßen dagegen wehrte, zu einer befriedigenden Einheit zusammenführen. Sie wollte Strike inmitten der Gratulantenschar sehen, wollte die Gewissheit, dass er ihrer Vermählung mit Matthew seinen Segen gab. (Seinen Segen? Wie kam sie nur auf die Idee, auf seinen Segen angewiesen zu sein?)

Natürlich war ihr klar gewesen, dass Matthew nicht erfreut sein würde, doch sie hatte gehofft, dass die beiden Männer sich zu diesem Zeitpunkt bereits kennen- und schätzen gelernt hätten. Es war schließlich nicht ihre Schuld, dass dazu bislang keine Gelegenheit gewesen war.

»Als ich Sarah Shadlock einladen wollte, hast du ein Riesentheater gemacht«, hatte Matthew gesagt – ein Schlag, der nach Robins Empfinden eindeutig unter die Gürtellinie gegangen war.

»Na, dann lad sie doch ein!«, hatte sie wütend entgegnet, »auch wenn das nicht annähernd das Gleiche ist. Immerhin hat sich Cormoran nie an mich rangemacht – da brauchst du gar nicht so höhnisch zu lachen!«

Der Streit war in vollem Gang gewesen, als Matthews Vater angerufen hatte: Der Schwächeanfall, den seine Mutter in der vergangenen Woche erlitten hatte, hatte sich als leichter Schlaganfall entpuppt.

Nach dieser Nachricht hatten sie und Matthew ihr kleinliches Geplänkel über Strike als unangebracht erachtet. Sie hatten sich in einem unbefriedigenden Zustand der theoretischen Versöhnung schlafen gelegt – beide, wie Robin genau wusste, mit ordentlich Wut im Bauch.

Es war fast Mittag, als Strike endlich sein Büro verließ. Diesmal trug er keinen Anzug, sondern einen schmutzigen, löchrigen Pullover, Jeans und Turnschuhe. Sein Gesicht war mit den dichten Bartstoppeln bedeckt, die unweigerlich sprossen, sobald er sich nicht alle vierundzwanzig Stunden rasierte. Schlagartig waren Robins Sorgen vergessen, und sie starrte ihn an: Selbst an jenen Tagen, da Strike in seinem Büro genächtigt hatte, war seine Erscheinung nie so verwahrlost gewesen.

»Ich hab ein bisschen wegen der Ingles-Sache rumtelefoniert und ein paar Nummern im Longman-Fall in Erfahrung gebracht«, teilte er Robin mit und reichte ihr die entsprechenden altmodischen Aktendeckel aus braunem Karton, deren Rücken handschriftlich mit fortlaufenden Nummern versehen waren. Während seiner Zeit bei der Special Investigation Branch hatte er ähnliche Mappen benutzt. Sie waren sein bevorzugtes Medium zum Sammeln und Ordnen von Informationen geblieben.

»Ist diese Aufmachung … Absicht?«, fragte sie und starrte auf die vermeintlichen Schmierölflecken über den Knien seiner Jeans.

»Ja. Wegen Gunfrey. Lange Geschichte.«

Strike machte ihnen Tee, danach sprachen sie die aktuellen Fälle durch. Der Detektiv brachte Robin auf den neuesten Stand und erteilte ihr weitere Rechercheaufträge.

»Was ist mit Owen Quine?«, fragte Robin, als sie ihren Becher entgegennahm. »Was hat seine Agentin gesagt?«

Strike ließ sich auf dem Sofa nieder, das sein übliches Flatulenzgeräusch von sich gab, und berichtete von den Einzelheiten des Gesprächs mit Elizabeth Tassel sowie von seinem Besuch bei Kathryn Kent.

»Als sie mich gesehen hat, hat sie mich garantiert mit Quine verwechselt, wetten?«

Robin lachte. »*So* dick sind Sie nun auch wieder nicht!«

»Herzlichen Dank auch, Robin«, sagte er trocken. »Als sie irgendwann bemerkte, dass ich nicht Quine war, aber noch nicht wusste, wer ich wirklich bin, hat sie gerufen: ›Damit hab ich nichts zu schaffen!‹ Was könnte das bedeuten?«

»Keine Ahnung … aber«, fügte sie schüchtern hinzu, »ich hab mich gestern ein bisschen über Kathryn Kent schlaugemacht.«

»Wie das?«, fragte Strike verblüfft.

»Na ja, Sie haben doch gesagt, dass sie Schriftstellerin sei und ihre Romane im Selbstverlag vertreibe«, rief Robin ihm in Erinnerung. »Also habe ich mich im Internet auf die Suche gemacht, und« – nach zwei Mausklicks hatte sie eine Webseite geöffnet – »sie hat einen Blog.«

»Gut gemacht!«, sagte Strike, stemmte sich erfreut vom Sofa hoch und umrundete den Schreibtisch, um über Robins Schulter hinweg auf den Bildschirm sehen zu können.

Die amateurhafte Webseite war mit »Mein literarisches Leben« überschrieben und mit Abbildungen von Federkielen und einem äußerst schmeichelhaften Porträt von Kathryn geschmückt, das nach Strikes Dafürhalten mindestens zehn Jahre alt sein musste. Die Blogeinträge waren wie ein Tagebuch nach Datum sortiert.

»Sie lässt sich lang und breit darüber aus, dass die traditionellen Verlage ein gutes Buch selbst dann nicht erkennen, wenn man es ihnen über den Kopf schlägt«, erklärte Robin und scrollte langsam nach unten, damit er mitlesen konnte. »Sie hat drei Teile einer – wie sie es nennt – erotischen Fantasyserie geschrieben: die Melina-Saga. Man kann sie sich auf den Kindle laden.«

»Nein danke, keine weiteren schlechten Bücher. Die Brüder Blödsack haben mir völlig gereicht«, sagte Strike. »Schreibt sie auch was über Quine?«

»Jede Menge«, sagte Robin. »Vorausgesetzt, dass er der Mann ist, den sie Den Berühmten Autor oder kurz DBA nennt.«

»Ich bezweifle, dass sie gleich mit zwei Schriftstellern ins Bett steigt«, sagte Strike. »Das ist er ganz bestimmt. ›Berühmt‹ ist allerdings ein bisschen hoch gegriffen, finde ich, oder hatten Sie schon mal von Quine gehört, bevor Leonora hier hereingeschneit ist?«

»Nein«, gestand Robin. »Hier ist er, sehen Sie? Das ist der Eintrag vom zweiten November.«

Heut Abend tolles Gespräch mit DBA über den Unterschied zwischen Handlung und Erzählung; das ist nämlich nicht dasselbe. Für die Neugierigen unter euch:- Handlung ist das, was passiert, und Erzählung ist das, was man den Lesern mitteilt und wie man es ihnen mitteilt.

Hier ein Beispiel aus meinem zweiten Roman »Melinas Opfer«.

Auf dem Weg zu den Wäldern von Hardenell hob Lendor sein erhabenes Profil, um zu erblicken, wie weit es bis dort noch war. Sein wohlgeformter Körper, gestählt durch regelmäßiges Reiten und Bogenschießen…

»Scrollen Sie mal nach oben«, sagte Strike, »vielleicht kommt noch mehr über Quine.« Robin befolgte seine Anweisung, bis sie auf den Eintrag vom 21. Oktober stieß:

DBA hat angerufen, weil er (wieder mal) keine Zeit hat. Familienprobleme. Was kann ich da sagen, außer dass ich das verstehe? Ich wusste von Anfang an, dass unsere Liebe kompliziert wird. Natürlich kann ich hier nicht ins Detail gehen, ich sgae nur, dass er gegen seinen Willen mit einer Frau zusammenlebt, und zwar wegen einer Dritten Person. Das ist weder seine Schuld noch die der Dritten Person. Seine Frau lässt ihn einfach nicht gehen, auch wenn das für alle das beste wäre. Manchmal kommt mir die Situation, in der wir uns befinden, wie das Fegefeuer vor.
Die Frau weiß von mir und tut so, als wüsste sie von nichts. Ich weiß nicht, wie sie es aushlät, mit einem Mann zusammenzuleben, der eine Andere liebt. Ich könnte das nicht.
DBA sagt, die Dritte Person ist der FRau wichtiger als alle Anderen, ihn eingeschlossen. Komisch, wie oft hinter angeblicher Aufopferungsbereitschaft reiner Egoismus steckt.
Manche würden bestimmt behaupten, dass alles meine Schuld ist, weil ich mich in einen Verheirateten Mann verliebt habe. Das weiß ich selbst, meine Sschwester und meine Mutter sagen mir das auch ständig. Ich wollte es ja

beenden, aber was soll man machen. Das Herz hat seine Gründe, die der Verstand nicht kennt. Und heute Abend vergieße ich aus einem ganz anderen Grund miene tränen. Er hat mir gesagt, dass er bald sein Meisterwerk vollenden wird, das beste Buch, dass er je geschrieben hat. ›Hoffentlich gefällts dir. Du kommst auch drin vor.‹

Was sagt man, wenn einem ein Berühmter Autor einen Auftritt in seinem besten Buch verschafft? Dieses Geschenk kann niemand begreifen, der selber kein Schriftsteller ist. Ich bin stolz und fühle mich gehrt. Natürlich haben auch wir Schriftsteller Platz für andere Menschen in unseren Herzen, aber in unseren Büchern?! Das ist was ganz besonderes. Was völlig Anderes.

Ich liebe DBA nun mal. Das Herz hat seine Gründe.

Unter dem Eintrag fanden sich mehrere Kommentare:

Was würdest du sagen, wenn ich dir erzählen würde, dass er mir daraus vorgelesen hat? Pippa2011

Das ist doch wohl ein Scherz Pip mir liest er nie was vor!!! Kath

Nur Geduld. Pippa2011 xxxx

»Interessant«, sagte Strike. »Sogar hochinteressant. Als Kent gestern auf mich losgegangen ist, hat sie geschrien, dass mich jemand namens Pippa umbringen würde.«

»Dann sehen Sie sich das mal an!«, sagte Robin aufgeregt und scrollte weiter zum 9. November.

Als ich DBA zum allerersten Mal traf sagte er: »Du kannst erst richtig schreiben, wenn Blut dafür vergossen wurde. Vielleicht sogar deines.« Die Leser dieses Blog's wissen natürlich, dass ich metaphorisch gesprochen meine Adern sowohl hier als auch in meinen Romanen geöffnet habe. Aber heute fühle ich mich, als hätte mich jemanddem ich vertraue, tödlich verwundet.

»Ach, Macheath, ich habe keine ruhige Stunde mehr! Geteert und gefedert gehörst du, du Hund. Das würde mir richtiggehend Spaß machen.«

»Was ist das für ein Zitat?«, fragte Strike.

Robins flinke Finger huschten über die Tasten.

»*Die Bettleroper* von John Gay.«

»Ziemlich belesen für eine Frau mit einer so fragwürdigen Rechtschreibung.«

»Wir können nicht alle literarische Genies sein«, sagte Robin tadelnd.

»Dem Himmel sei Dank«, sagte Strike. »Nach allem, was man so über die hört.«

»Sehen Sie sich mal den Kommentar unter dem Zitat an«, sagte Robin, die ihre Aufmerksamkeit wieder Kathryns Blog zugewandt hatte. Sie klickte auf den Link, und ein einzelner Satz erschien auf dem Bildschirm.

Ich spann ihn für dich auf die besch*@&ne Folterbank
Kath.

Auch dieser Kommentar stammte von Pippa2011.

»Diese Pippa scheint mir ja eine echte Nummer zu sein«, meinte Strike. »Steht da, was Kent beruflich macht? Mit ihren erotischen Fantasien wird sie doch wohl kaum ihre Miete bezahlen können.«

»Das hier ist auch merkwürdig. Sehen Sie mal.«

Am 28. Oktober hatte Kathryn geschrieben:

Wie die meisten Schriftsteller habe auch ich einen Brot-
beruf. Aus Sichereitsgründen darf ich nicht viel sagen. Diese
Woche wurden die Sicherheitsmaßnahmen bei uns nochmal
verschärft, was bedeutet, dass ein gewisser aufdringlicher
Kollege von mir (ein fanatischer Christ, der sich ständig
scheinheilig in mein Privatleben einmischt) mal wieder
einen Grund, der Geschäftsleitung vorzuschlagen, sie sollen
alle Blog's etc. überwachen für den Fall, dass wir geheime
Informationen ausplaudern. Zum Glück hat die Vernunft
gesiegt, sodass nichts in dieser Richtung passieren wird.

»Mysteriös«, sagte Strike. »Verschärfte Sicherheitsmaßnah-
men... ein Frauengefängnis vielleicht? Eine psychiatrische
Klinik? Oder geht es um irgendwelche Firmengeheimnisse?«
»Und hier, am dreizehnten November.«
Robin scrollte bis zum jüngsten Blogeintrag – der letzte
Eintrag nach demjenigen, in dem Kathryn behauptet hatte,
tödlich verwundet worden zu sein.

Vor drei Tagen hat meine geliebte Schwester ihren langen
Kampf gegen den Brustkrebs verloren. Ich danke euch allen
für die vielen guten Wünsche und eure Unterstützung.

Darunter hatte Robin zwei Kommentare aufgerufen. Pippa2011
hatte geschrieben:

Tut mir schrecklich leid das zu hören Kath. Alle Liebe der
Welt xxx.

Und Kathryn hatte geantwortet:

Danke Pippa du bist eine ware Freundin xxxx

106

Kathryns vorweggenommene Dankesworte für die »vielen guten Wünsche« wirkten angesichts dieser knappen Konversation umso trauriger.

»Warum?«, fragte Strike seufzend.

»Warum was?«, fragte Robin und sah zu ihm auf.

»Warum machen die Leute so etwas?«

»Bloggen, meinen Sie? Keine Ahnung … Hat nicht irgendjemand mal gesagt, dass ein Leben ohne Prüfung und Erforschung nicht lebenswert sei?«

»Ja, Platon«, sagte Strike. »Aber hier geht es nicht um Selbsterforschung, sondern um Selbstdarstellung.«

»Oh Gott!«, rief Robin schuldbewusst und zuckte so sehr zusammen, dass sie sich mit Tee bekleckerte. »Das hab ich ja ganz vergessen! Christian Fisher hat gestern angerufen, kurz bevor ich nach Hause gegangen bin. Er will wissen, ob Sie nicht vielleicht ein Buch schreiben möchten.«

»Er will *was*?«

»Ein Buch«, sagte Robin und musste sich in Anbetracht von Strikes entsetzter Miene das Lachen verkneifen. »Über Ihr Leben. Ihre Zeit in der Army und die Lösung des Falls Lula…«

»Rufen Sie ihn zurück«, sagte Strike, »und sagen Sie ihm, dass ich nicht daran interessiert bin, ein Buch zu schreiben.«

Er leerte seinen Becher und ging hinüber zum Kleiderständer, wo neben seinem schwarzen Mantel eine alte Lederjacke hing.

»Sie kommen doch heute Abend?«, fragte Robin und spürte, wie sich der Knoten in ihrem Magen, der sich kurzzeitig gelöst hatte, wieder zusammenzog.

»Heute Abend?«

»Die Drinks«, sagte sie verzweifelt. »Mit mir. Und Matthew. Im King's Arms.«

»Natürlich komme ich«, sagte er und fragte sich, weshalb sie plötzlich so angespannt und missmutig aussah. »Ich werde den ganzen Nachmittag unterwegs sein, also treffen wir uns am besten direkt dort. Um acht?«

»Um halb sieben«, sagte Robin noch angespannter.

»Halb sieben. Genau. Bis später ... Venetia.«

Sie sah ihn überrascht an. »Woher wissen Sie ...«

»Steht auf der Einladung«, sagte Strike. »Ungewöhnlicher Vorname. Woher kommt er?«

»Also, ich ... Ich wurde angeblich dort gezeugt«, sagte sie mit hochrotem Kopf. »In Venedig. Haben Sie einen zweiten Vornamen?«, fragte sie halb amüsiert, halb beleidigt über sein Gelächter hinweg. »C. B. Strike – wofür steht das B?«

»Ich muss los«, sagte Strike. »Bis um acht!«

»*Halb sieben!*«, brüllte sie die sich schließende Tür an.

Strikes Ziel an diesem Nachmittag war ein Elektrogeschäft in Crouch End, wo in einem Hinterzimmer gestohlene Handys und Laptops entsperrt, die persönlichen Daten ausgelesen und Geräte sowie Informationen getrennt voneinander an interessierte Abnehmer verkauft wurden.

Der Inhaber dieses florierenden Geschäfts bereitete Strikes Klienten Mr. Gunfrey erhebliche Kopfschmerzen. Zwar hatte Mr. Gunfrey ebenso viel Dreck am Stecken wie jener Mann, dessen Hauptquartier Strike endlich aufgespürt hatte – allerdings betrieb Gunfrey seine krummen Geschäfte in weitaus größerem und auffälligerem Stil und hatte überdies den Fehler begangen, den falschen Leuten ans Bein zu pinkeln. Strike hatte ihm den guten Rat erteilt, das Weite zu suchen, solange er noch konnte. Er wusste, wozu dessen Widersacher fähig war; sie hatten einen gemeinsamen Bekannten.

Die Zielperson begrüßte Strike in einem Büroraum im ersten Stock, in dem es ähnlich unangenehm roch wie bei Elizabeth Tassel. Zwei Jugendliche in Trainingsanzügen lungerten im Hintergrund herum und inspizierten ihre Fingernägel. Strike war von just jenem gemeinsamen Bekannten als Mann fürs Grobe empfohlen worden.

Sein vermeintlicher Auftraggeber vertraute ihm an, dass er es auf Mr. Gunfreys halbwüchsigen Sohn abgesehen habe, über dessen Aktivitäten und bevorzugte Aufenthaltsorte er beängstigend gut informiert war. Er ging sogar so weit, Strike ein konkretes Angebot zu unterbreiten – fünfhundert Pfund, um dem Jungen mehrere Schnittwunden beizubringen. (»Ich will'n ja nich' umbring', nur sei'm Vater 'ne Botschaft schicken, klar?«)

Als sich Strike endlich wieder loseisen konnte, war es bereits nach sechs. Nachdem er sich als Erstes vergewissert hatte, dass er nicht verfolgt wurde, rief er zuallererst Mr. Gunfrey an. Dessen entsetztes Schweigen verriet Strike, dass der Mann endlich begriffen hatte, wem er ins Gehege gekommen war.

Danach wählte er Robins Nummer.

»Ich komme ein bisschen später, tut mir leid«, sagte er.

»Wo sind Sie?«, fragte sie gepresst. Er hörte Pubgeräusche im Hintergrund; Gesprächsfetzen und Gelächter.

»Crouch End.«

»Oh Gott«, murmelte sie, »das dauert ja eine Ewigkeit…«

»Ich nehme ein Taxi«, beruhigte er sie. »Ich beeile mich.«

Warum, fragte sich Strike, als er im Taxi über die Upper Street rumpelte, hatte Matthew ausgerechnet einen Pub in Waterloo gewählt? Damit Strike eine möglichst umständliche Anreise hätte? Um sich dafür zu rächen, dass Strike bei den zuvor geplanten Treffen für ihn selbst günstig gelegene Lokalitäten ausgesucht hatte? Strike hoffte, dass es im King's Arms etwas zu essen gab. Mit einem Mal hatte er einen Bärenhunger.

Er brauchte vierzig Minuten bis zu seinem Ziel, was unter anderem daran lag, dass die Straßenseite vor den Arbeiterreihenhäusern aus dem neunzehnten Jahrhundert, auf der sich auch der Pub befand, für den Verkehr gesperrt war. Irgendwann beschloss Strike, den Versuchen des mürrischen Taxifahrers, aus der scheinbar willkürlichen und keiner Logik folgenden Hausnummerierung schlau zu werden, ein Ende zu setzen, stieg aus und ging zu Fuß weiter, wobei er argwöhnte, dass Matthew sich absichtlich eine so schwierig zu erreichende Lokalität ausgesucht hatte.

Das King's Arms stellte sich als pittoresker viktorianischer Eckpub heraus, vor dessen Eingang ein Grüppchen rauchender und trinkender Studenten und junger Geschäftsmänner in Anzügen stand. Die kleine Menge teilte sich bei Strikes Ankunft bereitwillig, machte ihm sogar mehr Platz, als für einen Mann seiner Größe und Statur unbedingt nötig gewesen wäre. Als er die Schwelle zu dem kleinen Gastraum überschritt, überlegte er – nicht ohne die leise Hoffnung zu hegen, dass es tatsächlich so kommen möge –, ob man ihn aufgrund seiner schäbigen Kleidung sogleich zum Gehen auffordern würde.

Unterdessen sah Matthew im lauten Hinterzimmer – oder vielmehr in dem eher ungeschickt mit allem möglichen Tand vollgestellten und mit einem Glasdach versehenen Innenhof – ungeduldig auf die Uhr.

»Es ist jetzt fast Viertel nach«, sagte er.

Mit seinem gut sitzenden Anzug war er – wie immer – der stattlichste Mann weit und breit. Robin war daran gewöhnt, dass sich die Frauen nach ihm umdrehten; allerdings hatte sie nie herausfinden können, wie sehr sich Matthew dieser flüchtigen glühenden Blicke bewusst war. Wie er so auf der langen Holzbank saß, die sie sich mit einer Horde gackernder

Studenten teilen mussten, ähnelte er mit seinen eins fünfundachtzig, dem markanten Grübchenkinn und den hellblauen Augen einem Vollblut, das man auf eine Koppel voller Highlandponys gesperrt hatte.

»Da ist er«, sagte Robin und wurde gleichzeitig von Erleichterung und Besorgnis ergriffen.

Strike schien auf einmal viel grobschlächtiger und größer zu wirken als im Büro. Er mäanderte durch die Menge, hatte den Blick auf Robins goldenes Haar gerichtet und hielt ein Pint Hophead in der großen Hand. Matthew stand auf. Fast sah es so aus, als wollte er eine Verteidigungsposition einnehmen.

»Cormoran, hi – Sie haben es gefunden.«

»Sie müssen Matthew sein«, sagte Strike und hielt ihm die Hand hin. »Entschuldigen Sie die Verspätung. Ich wollte schon früher los, aber mein Gesprächspartner gehörte zu der Sorte, der man besser nicht einfach so den Rücken zukehrt.«

Matthew setzte ein gezwungenes Lächeln auf. Genau solche dramatisierenden, vorgeblich geheimnisvollen Bemerkungen über dessen Beruf hatte er von Strike erwartet. Dabei sah dieser Typ eher danach aus, als hätte er gerade einen Lkw-Reifen gewechselt.

»Setzen Sie sich doch«, sagte Robin nervös und rutschte so weit an die Kante der Bank, dass sie fast heruntergefallen wäre. »Haben Sie Hunger? Wir wollten gerade bestellen.«

»Das Essen hier ist ganz anständig«, sagte Matthew. »Thai. Nicht gerade das Mango Tree, aber genießbar.«

Strike zwang sich zu einem Lächeln. Genau solche Bemerkungen über hippe Restaurants in Belgravia hatte er von Matthew erwartet: als müsste dieser ihm unbedingt beweisen, dass er nach einem knappen Jahr in London bereits ein erfahrener Großstädter war.

»Wie ist es heute Nachmittag gelaufen?«, fragte Robin. Noch hatte sie die Hoffnung nicht verloren, dass Matthew genauso fasziniert wie sie selbst von der detektivischen Tätigkeit sein und seine Vorurteile über Bord werfen würde, wenn er erst in Strikes eigenen Worten gehört hatte, womit sich dieser beschäftigte.

Doch Strikes knappe Beschreibung des Nachmittags, bei der er sämtliche Details aussparte, durch die man die beteiligten Personen hätte identifizieren können, stieß bei Matthew auf kaum verhohlene Gleichgültigkeit. Da das Pärchen vor leeren Gläsern saß, erbot sich Strike, die nächste Runde zu holen.

»Zeig wenigstens ein bisschen Interesse«, zischte Robin Matthew zu, sowie Strike außer Hörweite war.

»Robin, er hat einen Mann in einem Elektroladen getroffen«, sagte Matthew. »Ich glaube kaum, dass in nächster Zeit die Filmrechte daran verkauft werden.«

Zufrieden mit seiner Schlagfertigkeit widmete er seine Aufmerksamkeit dem Speisenangebot, das auf einer Tafel an der gegenüberliegenden Wand stand.

Sobald Strike mit den Getränken zurück war, bestand Robin darauf, sich durch das Gedränge zur Theke durchzuschlagen, um ihre Essensbestellung aufzugeben. Ihr war nicht wohl bei dem Gedanken, die beiden Männer allein zu lassen. Andererseits hoffte sie, dass sie sich ohne sie schneller zusammenraufen würden.

Matthews kurzer Anflug von Selbstgefälligkeit verebbte in Robins Abwesenheit.

»Sie waren in der Army?«, fragte er und hätte sich im selben Moment auf die Zunge beißen können, war er doch fest entschlossen gewesen, Strikes Biografie nicht die Unterhaltung dominieren zu lassen.

»Richtig«, sagte Strike. »SIB.«

Matthew wusste nicht genau, wofür diese Abkürzung stand. »Mein Vater war bei der RAF«, sagte er. »Zur selben Zeit wie Jeff Young.«

»Wie wer?«

»Der walisische Rugbyspieler? Dreiundzwanzig Länderspiele?«

»Ah, richtig«, sagte Strike.

»Ja, Dad war Staffelführer. Bis sechsundachtzig, da hat er sich mit einer eigenen Immobilienverwaltung selbstständig gemacht. Er verdient ganz gut. Natürlich nicht so gut wie Ihr Vater«, fügte Matthew in fast anklagendem Ton hinzu, »aber okay.«

Vollidiot, dachte Strike.

»Worüber unterhaltet ihr euch?«, fragte Robin besorgt und setzte sich wieder.

»Nur über Dad«, sagte Matthew.

»Der Arme!«, sagte Robin.

»Wieso das denn?«, blaffte Matthew.

»Na ja – er macht sich sicher große Sorgen um deine Mum, oder nicht? Wegen des Schlaganfalls.«

»Ach so«, sagte Matthew. »Natürlich.«

In der Army hatte Strike viele Männer wie Matthew kennengelernt: Offiziersanwärter, hinter deren selbstbewusster Maske gerade so viel Unsicherheit lauerte, dass sie zu einer bisweilen fast schon bedenklichen Überkompensation neigten.

»Wie läuft es bei Lowther-French?«, fragte Robin, um Matthew die Gelegenheit zu geben, Strike zu beweisen, was für ein netter Kerl er war. Um den echten Matthew nach außen zu kehren – den Mann, den sie liebte. »Matthew prüft gerade die Bücher eines ziemlich kauzigen kleinen Verlags. Lustiger Haufen, oder?«, fragte sie ihren Verlobten.

»Lustig ist gut – die stecken so tief in den Miesen, dass es nicht mehr feierlich ist«, sagte Matthew und hörte, bis das Essen kam, gar nicht mehr auf zu reden, wobei er ständig mit Ausdrücken wie »neunzig Riesen« und »Viertelmio« um sich warf. Jeder Satz war geschliffen wie ein Spiegel, der ihn im bestmöglichen Licht darstellen sollte: wie schlau und gewitzt er war, wie er behäbigere und dümmere, aber in der Hierarchie über ihm stehende Kollegen ausstach, wie er den Schwach-köpfen aus der Patsche half, deren Bücher er prüfte …

»… auch noch eine Weihnachtsfeier, obwohl sie nach zwei Jahren gerade mal so den Break-even-Point erreichen. Wird wohl eher eine Trauerfeier.«

Matthew musste seine scharfe Kritik an dem kleinen Un-ternehmen beenden, als das Essen kam. Schweigend nahmen sie ihre Mahlzeiten ein. Robin, die gehofft hatte, Matthew würde einige der netteren, liebenswerteren Anekdoten über den exzentrischen Verlag zum Besten geben, wusste nicht, was sie noch sagen sollte. Strike hingegen hatte die Erwäh-nung der Verlagsfeier auf eine Idee gebracht. Bedächtig kau-end dachte er über die exzellenten Möglichkeiten nach, die ihm eine solche Feier im Hinblick auf neue Erkenntnisse im Quine-Fall bieten mochte, und sein scharfes Gedächtnis för-derte eine Information zutage, die er fast schon vergessen hatte.

»Haben Sie eine Freundin, Cormoran?«, fragte Matthew unverblümt – ein Thema, das ihn brennend interessierte, ins-besondere da sich Robin dahingehend stets sehr vage ausge-drückt hatte.

»Nein«, antwortete Strike gedankenverloren. »Entschuldi-gen Sie mich bitte – ich bin gleich wieder da, muss nur kurz telefonieren.«

»Gar kein Problem«, sagte Matthew gereizt – allerdings

erst, als Strike ihn nicht mehr hören konnte. »Sie sind ja nur vierzig Minuten zu spät gekommen, da können Sie sich mitten im Essen ruhig wieder verpissen. Wir warten einfach hier, bis Sie geruhen, sich wieder zu uns zu gesellen.«

»*Matt!*«

Sowie er den dunklen Bürgersteig erreicht hatte, zog Strike seine Zigaretten und das Handy aus der Tasche. Er zündete sich eine an, wandte den anderen Rauchern den Rücken zu und verzog sich in einen ruhigeren Abschnitt der Seitenstraße, wo er in den Schatten unter den Steinbogen einer Eisenbahnüberführung stehen blieb.

Culpepper hob nach dem dritten Klingeln ab.

»Strike«, sagte er, »wie geht's?«

»Gut. Sie müssen mir einen Gefallen tun.«

»Nämlich?«, fragte Culpepper unverbindlich.

»Sie haben doch eine Cousine namens Nina, die für Roper Chard arbeitet.«

»Woher zum Teufel wissen Sie das?«

»Haben Sie mir selbst erzählt«, antwortete Strike geduldig.

»Wann denn das?«

»Vor ein paar Monaten, als ich diesen zwielichtigen Zahnarzt für Sie unter die Lupe genommen habe.«

»Ihr verdammtes Gedächtnis«, sagte Culpepper und klang eher verärgert als beeindruckt. »Das ist doch nicht normal. Was ist mit ihr?«

»Könnten Sie mir ihre Nummer geben?«, fragte Strike. »Roper Chard feiert morgen irgendein Jubiläum, und da wäre ich gern dabei.«

»Wieso?«

»Hat mit einem Fall zu tun«, sagte Strike ausweichend. Er hatte es sich zur Regel gemacht, Culpepper niemals in die Details der High-Society-Scheidungsfälle und Finanzstreitigkeiten einzuweihen, in denen er ermittelte – auch wenn ihn der Reporter oft genug darum gebeten hatte. »Außerdem hab ich Ihnen gerade die größte Story Ihrer verdammten Karriere verschafft.«

»Ja, schon gut«, sagte der Journalist widerwillig und nach kurzem Zögern. »Den Gefallen kann ich Ihnen wohl tun.«

»Ist sie Single?«

»Was, wollen Sie sie jetzt auch noch vögeln?«, fragte Culpepper eher amüsiert als alarmiert angesichts der Vorstellung, dass Strike mit seiner Cousine anbandelte.

»Nein, aber sonst würde es vielleicht verdächtig wirken, wenn sie mich zu dieser Feier mitnähme.«

»Ach so. Ich glaube, sie hat gerade mit jemandem Schluss gemacht. Keine Ahnung. Ich schicke Ihnen eine SMS mit ihrer Nummer. Freuen Sie sich übrigens auf Sonntag«, fügte Culpepper mit kaum verhohlener Häme hinzu. »Die Scheiße wird auf Lord Parker niederprasseln wie ein verdammter Wolkenbruch.«

»Aber rufen Sie Nina vorher an, ja?«, sagte Strike. »Erzählen Sie ihr, wer ich bin, damit sie ungefähr im Bilde ist.«

Culpepper versprach es ihm und legte auf. Strike, der es nicht sonderlich eilig hatte, zu Matthew zurückzukehren, rauchte erst seine Zigarette bis zum Filter herunter, bevor er wieder den Pub betrat.

Als er sich einen Weg durch die Menge bahnte und von der Decke hängenden Blumenampeln und Straßenschildern auswich, kam er zu dem Schluss, dass Matthew genau wie dieser Raum hier war: bemüht. Die Dekoration – bestehend aus einem altertümlichen Ofen und einer altmodischen Registrierkasse, mehreren Einkaufskörben, alten Drucken und Porzellantellern – war ein gekünsteltes Sammelsurium aus Flohmarkttrödel.

Matthew hatte sich alle Mühe gegeben, seine Nudeln vor Strikes Rückkehr aufzuessen – nur um zu unterstreichen, wie lange dieser weg gewesen war –, doch es war ihm nicht ganz gelungen. Robin sah indes kreuzunglücklich aus, und Strike fragte sich, was in seiner Abwesenheit wohl zwischen den beiden vorgefallen war. Er hatte Mitleid mit ihr.

»Robin hat mir erzählt, dass Sie Rugby spielen«, sagte er und versuchte so, die Atmosphäre ein wenig aufzulockern. »Sie haben es bis in die Countys geschafft, stimmt das?«

Eine weitere Stunde lang bemühten sie sich um Konversation; am besten lief es, wenn Matthew über sich selbst sprechen konnte. Strike entging nicht, dass Robin ihm regelmäßig Stichworte und Andeutungen für weitere Themengebiete soufflierte, auf denen er sich hervortun konnte.

»Wie lange sind Sie beide eigentlich schon zusammen?«, fragte er.

»Neun Jahre«, sagte Matthew und kehrte fast unmerklich zu seiner abweisenden Art zurück.

»So lange?«, fragte Strike überrascht. »Waren Sie etwa schon an der Uni ein Paar?«

»Sogar schon in der Schule«, sagte Robin lächelnd. »Seit der Oberstufe.«

»Es war keine große Schule«, sagte Matthew. »Sie war die Einzige dort, die was in der Birne hatte und noch dazu gut aussah. Klarer Fall.«

Wichser, dachte Strike.

Den nächtlichen Heimweg legten sie bis zur Haltestelle Waterloo gemeinsam zurück, wobei sie weiter Small Talk betrieben. Am Eingang zur U-Bahn verabschiedeten sie sich voneinander.

»Na bitte«, sagte Robin resigniert, als sie und Matthew in Richtung Rolltreppe gingen. »Er ist doch ganz nett, oder?«

»Unpünktlichkeit geht gar nicht«, entgegnete Matthew, dem nichts anderes einfiel, was er Strike vorwerfen konnte, ohne dass ihn Robin für verrückt erklärt hätte. »Wetten, er kommt auch zur Hochzeit zu spät und ruiniert uns den Gottesdienst?«

Woraus Robin schloss, dass er inzwischen Strikes Anwesenheit bei der Feier – wenn auch unwillig – in Kauf nahm, was in Anbetracht der Lage als Erfolg zu werten war.

Matthew grübelte indessen insgeheim über Dinge nach, die er niemals jemandem anvertraut hätte. Robin hatte ihren Chef korrekt beschrieben – Locken wie Schamhaare, Boxernase –, nur dass Matthew sich ihn bedeutend kleiner vorgestellt hatte. Der Detektiv hatte ihn, der das Privileg genoss, der Größte in seiner Abteilung zu sein, gleich um mehrere Zentimeter überragt. Und mehr noch: Hätte Strike mit seinen Erlebnissen in Afghanistan und im Irak geprahlt oder sich über die Umstände ausgelassen, die zum Verlust seines Beins oder der Auszeichnung mit jenem Orden geführt hatten, der Robin so sehr beeindruckte, wäre dies in Matthews Augen einer verachtenswerten Selbstdarstellung gleichgekommen. Strikes diesbezügliches Schweigen schien ihm allerdings jetzt fast der noch viel größere Affront zu sein. Denn die Heldentaten des Detektivs, sein ereignisreiches Leben, seine Reisen und die durchgestandenen Gefahren hatten wie ein Gespenst über ihrer Unterhaltung geschwebt.

Schweigend legten sie die U-Bahn-Fahrt zurück. Für Robin war der Abend eine einzige Katastrophe gewesen. So hatte sie Matthew noch nie erlebt – oder hatte sie ihn nur noch nie so *wahrgenommen*? Während sie im polternden Zug darüber nachdachte, dämmerte es ihr, dass es an Strike gelegen hatte. Irgendwie hatte er sie dazu gebracht, Matthew mit seinen Augen zu sehen. Sie konnte sich beim besten Willen nicht erklären, wie er das angestellt hatte. Diese ständigen Fragen über Matthews Rugby – man hätte sie für höflich halten können, doch Robin wusste es besser … Oder war sie nur beleidigt, weil er sich verspätet hatte, und machte ihm deshalb ungerechtfertigte Vorwürfe?

Vereint in ihrem unausgesprochenen Ärger auf jenen Mann, der sich im selben Moment laut schnarchend auf der Northern Line von ihnen entfernte, fuhren die beiden Verlobten nach Hause.

II

Wodurch verdient' ich von Euch solche Unbill?

JOHN WEBSTER, *DIE HERZOGIN VON AMALFI*

»Spreche ich mit Cormoran Strike?«, fragte eine mädchenhafte Stimme, der die Zugehörigkeit zur oberen Mittelschicht anzuhören war, am folgenden Morgen um zwanzig vor neun.

»Ja«, sagte Strike.

»Hier ist Nina, Nina Lascelles. Dominic hat mir Ihre Nummer gegeben.«

»Ah, richtig«, sagte Strike, der mit nacktem Oberkörper vor dem Rasierspiegel stand, den er meistens neben dem Spülbecken in der Küche aufstellte, weil das kleine Bad zu dunkel und beengt war. Während er sich mit dem Unterarm Rasierschaum vom Kinn wischte, fragte er: »Hat er Ihnen gesagt, worum es geht, Nina?«

»Ja, Sie wollen sich auf Roper Chards Jubiläumsparty einschleichen.«

»›Einschleichen‹ geht ein bisschen weit…«

»Aber es klingt viel aufregender, wenn wir ›einschleichen‹ sagen.«

»Na gut«, sagte er amüsiert. »Sie machen also mit?«

»Oh ja, Spaß! Darf ich raten, weshalb Sie kommen und allen nachspionieren wollen?«

»Auch ›nachspionieren‹ ist nicht ganz…«

»Seien Sie kein Spielverderber! Darf ich also raten?«

»Na gut, meinetwegen«, sagte Strike, nahm einen Schluck aus seinem Teebecher und sah aus dem Fenster. Es war wieder neblig; der Sonnenschein war nur ein kurzes Zwischenspiel gewesen.

»*Bombyx Mori*«, sagte Nina. »Hab ich recht? Ich hab recht, nicht wahr? Sagen Sie, dass ich recht habe.«

»Sie haben recht«, sagte Strike und löste mit seiner Antwort ein freudiges Quieken aus.

»Darüber dürfte ich nicht mal *reden*! Strikte Geheimhaltung, E-Mails an alle Mitarbeiter, Anwälte, die in Daniels Büro und wieder herausstürmen. Wo wollen wir uns verabreden? Wir sollten uns vorher irgendwo treffen und gemeinsam dort aufkreuzen, finden Sie nicht auch?«

»Ja, sicher«, sagte Strike. »Wo würde es Ihnen denn passen?«

Er zog einen Stift aus der Tasche seines Mantels, der hinter der Tür hing, und sehnte sich im selben Moment nach einem Abend zu Hause, nach langem, erholsamem Schlaf und einem Intermezzo aus Ruhe und Frieden, ehe er früh am Samstagmorgen losziehen würde, um den treulosen Ehemann seiner brünetten Klientin zu beschatten.

»Kennen Sie das Ye Olde Cheshire Cheese?«, fragte Nina. »In der Fleet Street? Dort gehen meine Kollegen nicht hin, aber der Verlag ist zu Fuß zu erreichen. Ich weiß, es ist echt kitschig, aber ich mag es.«

Sie verabredeten sich für halb acht. Als Strike mit seiner Rasur fortfuhr, fragte er sich, wie wahrscheinlich es war, dass er auf dieser Verlagsparty jemandem begegnete, der wusste, wo Quine steckte. *Dein Problem ist,* schalt er sein Bild in dem runden Spiegel, während sie beide sich Bartstoppeln vom Kinn schabten, *dass du so tust, als wärst du immer noch bei der*

SIB. Der Staat bezahlt dich nicht mehr dafür, dass du gründlich bist, Kumpel.

Aber er kannte nun mal keine andere Arbeitsweise; sie entsprach der knappen, aber unverrückbaren Verhaltensmaxime, die schon sein ganzes Erwachsenenleben bestimmt hatte: Tu deine Arbeit und tu sie gut.

Strike hatte vor, den Tag größtenteils im Büro zu verbringen, was ihm unter normalen Umständen Spaß machte. Robin und er erledigten den anfallenden Papierkram üblicherweise gemeinsam; dabei fungierte sie als intelligenter und oft inspirierender Resonanzboden und war von den Mechanismen seiner Ermittlungsarbeit immer noch genauso fasziniert wie am ersten Tag. Trotzdem ging er heute fast widerstrebend nach unten, und tatsächlich registrierten seine erprobten Antennen bei ihrer Begrüßung sofort eine gewisse Befangenheit, die – so fürchtete er – schon bald in der Frage gipfeln würde: »Wie fanden Sie Matthew?«

Genau deshalb, dachte Strike, als er sich in sein Büro zurückzog und unter dem Vorwand, telefonieren zu müssen, die Tür hinter sich zumachte, war es eine schlechte Idee, sich nach Büroschluss mit seiner einzigen Mitarbeiterin zu treffen.

Nach einigen Stunden zwang der Hunger ihn, wieder hervorzukommen. Robin hatte wie immer Sandwiches besorgt, aber diesmal nicht an seine Tür geklopft, um Bescheid zu geben, dass sie da waren. Auch das schien auf eine gewisse Verlegenheit in Bezug auf den gestrigen Abend hinzudeuten. Um den Augenblick hinauszuzögern, da er erwähnt werden musste, und in der Hoffnung, dass sie das Thema vielleicht nie anschneiden würde, wenn er es nur lange genug vermied (auch wenn er noch nie erlebt hatte, dass diese Taktik bei Frauen funktionierte), erzählte Strike, er habe soeben mit Mr. Gunfrey telefoniert, was im Übrigen der Wahrheit entsprach.

»Wird er zur Polizei gehen?«, fragte Robin.

»Äh … nein. Gunfrey ist nicht der Typ, der zur Polizei geht, wenn ihn jemand belästigt. Er ist fast genauso kriminell wie der Kerl, der seinen Sohn aufs Korn nehmen will. Aber er hat gemerkt, dass er sich diesmal übernommen hat.«

»Und Sie sind nicht auf die Idee gekommen, das Angebot dieses Gangsters aufzuzeichnen und selbst damit zur Polizei zu gehen?«, fragte Robin impulsiv.

»Nein, Robin, weil dann klar wäre, woher die Aufnahme stammt, und das Geschäft leiden würde, wenn ich mich vor Profikillern verstecken müsste, während ich Leute überwache.«

»Aber Gunfrey kann doch seinen Sohn nicht für immer zu Hause einsperren!«

»Das ist auch nicht nötig. Er wird mit seiner Familie zu einem spontanen Urlaub in die Staaten fliegen, unseren Messerhelden von L. A. aus anrufen und ihm mitteilen, er habe nachgedacht und nicht mehr die Absicht, sich in seine Geschäfte einzumischen. Das dürfte nicht allzu verdächtig wirken. Der Kerl hat ihm so sehr zugesetzt, dass eine Abkühlphase nur natürlich erscheinen wird. Ziegelsteine durch die Frontscheibe, Drohanrufe bei seiner Frau … Und ich muss nächste Woche wohl wieder nach Crouch End fahren, behaupten, der Junge wäre nie aufgetaucht, und ihm das Geld zurückgeben.« Strike seufzte. »Nicht sehr glaubwürdig, aber ich will nicht, dass sie auf der Suche nach mir hierherkommen.«

»Er hat Ihnen …«

»Geld gegeben. Fünfhundert Pfund«, sagte Strike.

»Schockierend wenig, um einen Teenager anzugreifen«, kommentierte Robin empört, ehe sie Strike mit heruntergelassener Deckung erwischte: »Wie fanden Sie Matthew?«

»Netter Kerl.«

Er hütete sich davor, mehr zu sagen. Robin war nicht dumm; sie hatte ihn schon mehr als einmal mit ihrem untrüglichen Instinkt für die Lüge, für den falschen Zungenschlag beeindruckt. Trotzdem konnte er nicht anders, als umgehend ein neues Thema anzuschneiden.

»Ich habe mir überlegt, dass wir im kommenden Jahr – wenn die Geschäfte richtig gut gehen und Sie Ihre Gehaltserhöhung bekommen haben – vielleicht noch jemanden einstellen sollten. Ich arbeite ständig am Limit. Endlos kann ich so nicht weitermachen. Wie viele Klienten haben Sie in letzter Zeit weggeschickt?«

»Ein paar«, antwortete Robin kühl.

Kurz danach zog Strike, der ahnte, dass er in Bezug auf Matthew nicht hinreichend begeistert geklungen hatte, aber entschlossen war, nicht noch mehr zu heucheln, sich in sein Büro zurück und schloss wieder die Tür.

Doch diesmal hatte Strike nur zur Hälfte recht.

Tatsächlich hatte seine Antwort Robin ernüchtert. Hätte er Matthew wirklich sympathisch gefunden, hätte er ihn niemals ausdrücklich als »netten Kerl« bezeichnet, das wusste sie. Er hätte gesagt: »Ja, er ist ganz in Ordnung«, oder: »Sie hätten's schlechter treffen können, denk ich mal.«

Was sie allerdings irritierte und sogar verletzte, war sein Vorschlag, zusätzlich jemanden einzustellen. Robin wandte sich wieder ihrem Computer zu und begann, auf die Tastatur einzudreschen. Sie hämmerte in ihrer Wut wesentlich fester in die Tasten als sonst, als sie die wöchentliche Rechnung für die scheidungswillige Brünette schrieb. Sie hatte geglaubt – offenbar irrtümlich –, sie sei mehr als nur Strikes Sekretärin. Sie hatte ihm geholfen, die Beweise zusammenzutragen, die Lula Landrys Mörder überführt hatten; einige davon hatte sie sogar allein und in Eigeninitiative beschafft. In den seit-her vergangenen Monaten hatte sie mehrmals weit mehr ge-tan, als zur Stellenbeschreibung einer Sekretärin gehörte: Sie hatte Strike zu Überwachungen begleitet, weil sie als Paar un-auffälliger wirkten, und Türsteher und widerspenstige Zeugen bezirzt, die intuitiv vor Strikes bedrohlicher Erscheinung und finsterer Miene zurückgeschreckt wären. Ganz zu schweigen davon, dass sie sich am Telefon als verschiedene Frauen aus-gegeben hatte, die Strike mit seiner Bassstimme niemals hätte imitieren können.

Robin hatte angenommen, Strike denke ähnlich wie sie; zumindest hatte sie geglaubt, dies seinen gelegentlichen Äu-ßerungen – »Das ist gut für Ihre Detektivausbildung« oder »Sie könnten einen Kurs in Gegenüberwachung brauchen« – entnehmen zu können. Sie war davon ausgegangen, dass sie die Ausbildung, die sie benötigte, erhalten werde, sobald das Geschäft wieder festen Boden unter den Füßen hatte (und sie konnte mit Fug und Recht behaupten, einiges dazu bei-getragen zu haben). Doch nun schienen sich seine Hin-weise als bloße Phrasen, als beiläufiges Kopftätscheln für die Schreibkraft zu entpuppen. Was tat sie überhaupt noch hier? Warum hatte sie auf viel Besseres verzichtet? (In ihrer Wut vergaß Robin, dass sie jenen Job in einer Personalabteilung überhaupt nicht hatte haben wollen, auch wenn er noch so gut bezahlt gewesen wäre.)

Bestimmt würde die neue Mitarbeiterin all die spannen-den Tätigkeiten übernehmen, während Robin nur mehr als Empfangsdame und Sekretärin für beide fungieren und den Schreibtisch überhaupt nicht mehr verlassen würde. Nein, da-für hatte sie nicht bei Strike ausgeharrt, auf ein weit besseres Gehalt verzichtet und wiederholt auftretende Spannungen in ihrer Beziehung in Kauf genommen.

Um Punkt fünf Uhr nahm Robin mitten im Satz die Hände von der Tastatur, warf sich ihren Trenchcoat über und ging, wobei sie die Glastür heftiger als nötig hinter sich zuzog.

Das Klirren ließ Strike hochschrecken. Er hatte mit dem Kopf auf den Armen an seinem Schreibtisch gesessen und tief geschlafen. Ein Blick auf seine Armbanduhr zeigte ihm, dass es bereits siebzehn Uhr war, und er fragte sich, wer gerade ins Büro gekommen sein mochte. Erst als er die Tür zum Vorzimmer öffnete und sah, dass Robins Mantel und Tasche verschwunden waren und der Bildschirm schwarz war, dämmerte es ihm, dass sie gegangen war, ohne sich zu verabschieden.

»Ach, Scheiße, verdammt«, entfuhr es ihm.

Robin war fast nie schlecht gelaunt. Das gehörte zu den vielen Dingen, die er an ihr schätzte. Was tat es denn zur Sache, wenn er Matthew nicht mochte? Schließlich war er es nicht, der ihn heiraten wollte. Verärgert vor sich hin murmelnd schloss er ab und stieg die Treppe in seine Dachwohnung hinauf, um zu essen und sich umzuziehen, bevor er sich mit Nina Lascelles traf.

12

Sie ist ein Frauenzimmer von vieler Welt und die einen sehr
glücklichen Witz und eine geläufige Zunge hat.

BEN JONSON, *EPICOENE ODER DAS STILLE FRAUENZIMMER*

Am Abend war Strike mit tief in den Manteltaschen vergrabenen Fäusten auf der dunklen, kalten Strand in Richtung
Fleet Street unterwegs und marschierte so schnell, wie die
Müdigkeit und sein zunehmend wundes rechtes Bein es zulie-
ßen. Er bedauerte, die Ruhe und Behaglichkeit seiner himm-
lischen Dachwohnung verlassen haben zu müssen, war sich
nicht sicher, ob bei dieser abendlichen Expedition irgendetwas Brauchbares herauskommen würde, und bewunderte im
frostigen Dunst der Winternacht fast gegen seinen Willen
wieder einmal die reife Schönheit jener alten Stadt, der er seit
seiner Kindheit eine zwiespältige Loyalität schuldete.

Der eisige Novemberabend hatte jeglichen Makel des Tou-
ristischen weggefegt: Die aus dem siebzehnten Jahrhundert
stammende Fassade der Old Bell Tavern, deren Bleiglasfenster vielfarbig leuchteten, strahlte ehrwürdige Altertümlichkeit
aus; der Drache auf der Säule am Temple Bar hob sich stark
und grimmig als Silhouette vom gestirnten Nachthimmel ab,
und in weiter Ferne leuchtete die Kuppel von St. Paul's wie ein
aufgehender Mond. Als Strike sich seinem Ziel näherte, standen an einer Ziegelmauer hoch über ihm Namen, die von der

Pressevergangenheit der Fleet Street kündeten – der *People's Friend*, der *Dundee Courier* –, doch Culpepper und seinesgleichen waren längst aus ihrer alten Heimat nach Wapping und Canary Wharf umgesiedelt worden. Hier beherrschte mittlerweile die Justiz das Feld, und die Royal Courts of Justice – der höchste Tempel der Branche – blickten stumm auf den vorbeihastenden Detektiv hinab.

In dieser merkwürdig sentimentalen und nachsichtigen Stimmung näherte Strike sich auf der gegenüberliegenden Straßenseite der gelben runden Lampe, die den Zugang zum Ye Olde Cheshire Cheese markierte. Durch eine schmale Passage gelangte er zum Eingang und zog den Kopf ein, um sich nicht an dem niedrigen Türsturz zu stoßen.

Ein enger, holzgetäfelter Vorraum mit alten Ölgemälden an den Wänden führte in einen winzigen Salon. Strike zog erneut den Kopf ein, um dem verblassten Holzrahmen mit der Aufschrift »*Gentlemen only served in this bar*« auszuweichen, und wurde von einer blassen, zierlichen jungen Frau mit auffällig großen braunen Augen sofort mit enthusiastischem Winken begrüßt. Sie saß in einem schwarzen Mantel am Kaminfeuer und hielt ein leeres Glas in den schmalen, hellen Händen.

»Nina?«

»Ich wusste, dass Sie's sind. Dominic hat Sie auf den Punkt beschrieben.«

»Was kann ich Ihnen mitbringen?«

Sie bat um ein Glas Weißwein. Für sich selbst bestellte Strike ein Glas Sam Smith und quetschte sich dann neben sie auf die unbequeme Holzbank. Londoner Stimmen füllten den Raum. Als hätte sie erraten, was er dachte, sagte Nina: »Das hier ist noch ein echter Pub. Nur Leute, die nie hierherkommen, glauben, er wäre voller Touristen. Dickens war hier zu Gast und Johnson und Yeats … Ich find's toll.«

Sie strahlte ihn an, und er erwiderte ihr Lächeln – nach einigen Schlucken Bier sogar mit aufrichtiger Wärme.

»Wie weit ist es zu Ihrem Büro?«

»Ungefähr zehn Minuten zu Fuß«, sagte sie. »Wir sind fast an der Strand, in einem Neubau mit Dachgarten. Dort oben ist es bestimmt arschkalt«, fügte sie mit einem präventiven Zittern hinzu und zog den Mantel enger um sich. »Aber so hatten die Bosse eine Ausrede, kein Restaurant mieten zu müssen. Es sind harte Zeiten im Verlagsgeschäft.«

»Mit *Bombyx Mori* gibt's Probleme, haben Sie gesagt?«, fragte Strike, um gleich zur Sache zu kommen, während er das Bein mit der Prothese so weit wie möglich unter dem Tisch ausstreckte.

»Probleme«, sagte sie, »ist die Untertreibung des Jahrhunderts. Man macht Daniel Chard nicht zum Schurken eines schmutzigen Romans. Geht gar nicht. Nein. Ganz schlechte Idee. Auch wenn er komisch ist. Angeblich ist er in das Familienunternehmen gedrängt worden, obwohl er ursprünglich Künstler werden wollte – wie Hitler«, fügte sie kichernd hinzu.

Die Lampen über der Bar spiegelten sich in ihren großen Augen. Sie erinnerte Strike an eine hellwache, aufgeregte Maus.

»Hitler?«, wiederholte er leicht amüsiert.

»Wenn er wütend ist, tobt er wie Hitler – zumindest *das* wissen wir seit dieser Woche. Bis dahin hatte nie jemand gehört, dass er auch nur die Stimme erhoben hätte. Er hat Jerry angebrüllt und gekreischt, dass man's durchs ganze Gebäude hören konnte.«

»Haben Sie das Manuskript gelesen?«

Sie zögerte, doch ein unartiges Lächeln umspielte ihre Lippen.

»Nicht offiziell«, sagte sie schließlich.

»Aber inoffiziell...«

»Vielleicht hab ich mal heimlich reingespickt«, sagte sie.

»Ist es denn nicht unter Verschluss?«

»Na ja, also, es liegt in Jerrys Safe...«

Ein listiger Blick aus dem Augenwinkel lud Strike dazu ein, sich ihrem leisen Spott über den ahnungslosen Lektor anzuschließen.

»Das Dumme ist nur, dass er allen die Kombination verraten hat, weil er sie ständig vergisst und dann herumfragen muss, bis jemand sie ihm sagt. Jerry ist der liebste, anständigste Mann der Welt, und ich bezweifle, dass er auf die Idee käme, dass wir's lesen würden, wenn wir nicht dürfen.«

»Wann haben Sie es sich angesehen?«

»Am Montag, nachdem er es bekommen hatte. Da hat die Gerüchteküche schon gebrodelt, weil Christian Fisher übers Wochenende ungefähr fünfzig Leute angerufen und ihnen aus dem Manuskript vorgelesen hatte. Man munkelt, dass er es sogar eingescannt und ganze Passagen per E-Mail herumgeschickt hat.«

»Das war, noch bevor die Rechtsanwälte ins Spiel gekommen sind?«

»Klar. Sie haben uns alle zusammengerufen und uns diesen lächerlichen Vortrag gehalten: was alles passieren würde, wenn wir nicht dichthielten. Völliger Blödsinn, nur um uns einzubläuen, der Ruf des Verlags würde leiden, wenn der Chef ins Lächerliche gezogen wird – der Verlag soll an die Börse, heißt es gerüchteweise –, was letztlich unsere Jobs gefährden könnte. Ich weiß nicht, wie dieser Anwalt das mit todernster Miene vortragen konnte. Mein Dad ist Kronanwalt«, fügte sie im Plauderton hinzu, »und er meint, dass Chard praktisch gegen keinen von uns vorgehen kann, nachdem schon so viele Außenstehende Bescheid wissen.«

»Ist Chard ein guter Geschäftsführer?«, fragte Strike.

»Ich denke schon«, antwortete sie ungeduldig, »aber er tut immer wahnsinnig vornehm und geheimnisvoll… Da ist es einfach witzig, was Quine über ihn geschrieben hat.«

»Und das wäre?«

»Na ja, bei ihm heißt Chard ›Phallus Impudicus‹, und…«

Strike verschluckte sich an seinem Bier. Nina kicherte.

»Er heißt ›unzüchtiger Pimmel‹?«, fragte Strike lachend und wischte sich den Mund mit dem Handrücken ab. Mit einem überraschend schmutzigen Wiehern für eine junge Frau, die aussah wie ein ehrgeiziges Schulmädchen, fiel Nina in sein Lachen mit ein.

»Sie hatten Latein? Ich hab's irgendwann aufgegeben. Ich hab's gehasst – aber wir wissen alle, was ›Phallus‹ heißt, nicht wahr? Ich musste es nachschlagen: ›Phallus impudicus‹ ist der wissenschaftliche Name der Gemeinen Stinkmorchel. Sie riecht wohl ziemlich übel und… na ja« – sie kicherte erneut – »sieht aus wie ein gammeliger Phallus. Ein Owen-Klassiker: schmutzige Namen, die alle auf die Palme bringen.«

»Und was treibt dieser Phallus Impudicus?«

»Na ja, er geht wie Daniel, redet wie Daniel, sieht aus wie Daniel und hat kurzzeitig seinen nekrophilen Spaß an einem gut aussehenden Schriftsteller, den er ermordet hat – alles ziemlich blutrünstig und eklig. Jerry sagt immer, dass Owen jeden Tag, an dem seine Leser nicht mindestens zweimal würgen müssen, für verloren hält. Armer Jerry«, fügte sie halblaut hinzu.

»Wieso ›armer Jerry‹?«, fragte Strike.

»Er kommt ebenfalls in dem Buch vor.«

»Und was für eine Art Phallus ist er?«

Nina kicherte erneut. »Das kann ich Ihnen nicht sagen. Was über Jerry drinsteht, hab ich nicht gelesen. Ich habe nur durchgeblättert, um Daniel zu finden, weil alle meinten, das wäre so widerlich und witzig. Ich hatte nicht viel Zeit, weil Jerry nur ungefähr eine halbe Stunde lang nicht in seinem Büro war – aber wir wissen alle, dass Jerry auch darin vorkommt, weil Daniel ihn in sein Büro zitiert hat, damit er die Anwälte kennenlernt und all die bescheuerten E-Mails mit unterschreibt, in denen uns gedroht wird, dass der Himmel einstürzt, wenn wir über *Bombyx Mori* reden. Bestimmt ist Daniel froh, dass Owen auch Jerry aufs Korn genommen hat. Er weiß, dass alle Jerry lieben, und jetzt glaubt er vermutlich, dass wir alle den Mund halten werden, um ihn zu schützen. Weiß der Teufel, weshalb Owen Jerry angegriffen hat«, sagte Nina mit leicht verblassendem Lächeln. »Jerry hat nicht einen einzigen Feind auf der ganzen Welt. Owen ist echt ein Dreckskerl«, fügte sie als nachträglichen Einfall leise hinzu und starrte ihr leeres Weinglas an.

»Möchten Sie noch einen Drink?«, fragte Strike.

Er ging an die Bar zurück. An der Wand gegenüber saß ein ausgestopfter Graupapagei in einem Glaskasten – das einzig unpassend Verkünstelte, das er rundum entdecken konnte, und in seiner Geneigtheit für diesen authentischen Winkel Alt-Londons war er gern bereit anzunehmen, dass der Vogel tatsächlich einst hier gekreischt und geplappert hatte, statt als mottenzerfressenes Dekoelement eingeführt worden zu sein.

»Sie wissen, dass Quine verschwunden ist?«, fragte Strike, als er wieder neben Nina saß.

»Ja, ich hab so ein Gerücht gehört. Nach dem Skandal, den er ausgelöst hat, wundert mich das nicht.«

»Kennen Sie Quine persönlich?«

»Eigentlich nicht. Hin und wieder kommt er in den Verlag und versucht zu flirten, wissen Sie, mit seinem dämlichen Umhang, in den er sich immer hüllt, angeberisch und immer drauf aus, die Leute zu schocken. Ich finde ihn ehrlich gesagt erbärmlich und habe seine Bücher immer gehasst. Jerry hat mich dazu überredet, *Hobarts Sünde* zu lesen. Ich fand's grässlich.«

»Wissen Sie, ob in letzter Zeit jemand von Quine gehört hat?«

»Nicht, dass ich wüsste«, sagte Nina.

»Und niemand weiß, weshalb er ein Buch geschrieben hat, von dem klar war, dass es einen Rechtsstreit provozieren würde?«

»Alle vermuten, dass er einen Riesenkrach mit Daniel gehabt hat. Letzten Endes zerstreitet er sich mit jedem; über die Jahre war er bei weiß Gott wie vielen Verlagen. Ich habe gehört, dass Daniel Owen nur verlegt, um die Leute glauben zu machen, Owen hätte ihm verziehen, wie unmöglich er Joe North behandelt hat. Dass Owen und Daniel einander nicht wirklich leiden können, ist allgemein bekannt.«

»Inwiefern hat Chard North unmöglich behandelt?«

»Ich kenne nicht alle Details«, sagte Nina. »Aber ich *weiß*, dass er's getan hat. Und ich weiß, dass Owen geschworen hat, niemals für Daniel zu arbeiten, aber nachdem er bei praktisch allen anderen Verlagen abgeblitzt war, musste er so tun, als hätte er Daniel falsch beurteilt, und Daniel hat ihn unter Vertrag genommen, weil er dachte, das wäre gut für sein Image. Das sagen jedenfalls alle.«

»Wissen Sie, ob Owen mal Krach mit Jerry Waldegrave gehabt hat?«

»Nein, und genau das ist ja so bizarr. Wozu Jerry angreifen? Er ist ein Schatz! Aber nach allem, was ich gehört habe, kann man nicht wirklich …«

Soweit Strike es beurteilen konnte, dachte sie jetzt erstmals darüber nach, was sie sagen wollte, bevor sie etwas nüchterner fortfuhr: »Nun, worauf Owen in der Episode mit Jerry hinauswill, ist nicht wirklich zu erkennen, und ich habe sie wie gesagt auch nicht selbst gelesen. Aber Owen lässt sich über eine Menge Leute aus«, fuhr Nina fort. »Wie man hört, kommt auch seine eigene Frau darin vor, und offenbar ist er *eklig* zu Liz Tassel, die ein Miststück sein mag, aber durch dick und dünn zu ihm gehalten hat, wie jeder weiß. Liz wird nie wieder ein Buch bei Roper Chard unterbringen. Alle sind wütend auf sie. Ich weiß, dass sie auf Daniels Anweisung für heute Abend ausgeladen wurde – ziemlich demütigend. Dabei soll in ein paar Wochen diese Party für Larry Pinkelman steigen – für einen anderen ihrer Autoren. Bei dieser Party kann sie nicht ausgeladen werden. Larry ist ein richtiger alter Schatz, alle lieben ihn, aber weiß der Teufel, welchen Empfang sie ihr bereiten werden, wenn sie dort aufkreuzt. Apropos«, sagte Nina, schüttelte sich den hellbraunen Pony aus der Stirn und änderte abrupt das Thema, »woher sollen Sie und ich uns eigentlich kennen, wenn wir gleich auf die Party gehen? Sind Sie mein Freund, oder was?«

»Darf man seinen Partner denn mitbringen?«

»Klar, aber ich hab ja quasi noch keinem von Ihnen erzählt. Also können wir noch nicht lange zusammen sein. Wir sagen einfach, dass wir uns vergangenes Wochenende auf einer anderen Party kennengelernt haben, okay?«

Strike hörte mit zu fast gleichen Teilen Beunruhigung und befriedigter Eitelkeit den Enthusiasmus, mit dem Nina ihre fiktive Affäre vorschlug.

»Ich muss noch mal aufs Klo, bevor wir gehen«, sagte er und stemmte sich schwerfällig von der Holzbank, während sie ihr drittes Glas leerte.

Die Kellertreppe zu den Toiletten des Ye Olde Cheshire Cheese war schwindelerregend steil und die Decke so niedrig, dass er sich selbst in gebückter Haltung den Kopf anstieß. Als er sich halblaut fluchend die Schläfe rieb, hatte er das Gefühl, soeben einen göttlichen Schlag über den Schädel bekommen zu haben, der ihn daran erinnern sollte, was eine gute Idee war und was nicht.

…es kam mir zu Gehör, Ihr hättet so ein Buch,
darin Ihr einschreibt, was ein Spitzel zuträgt,
die Namen all der ärgsten Gauner, die hier
im Stadtkreis lauern.

JOHN WEBSTER, *DIE WEISSE TEUFELIN*

Strike wusste aus Erfahrung, dass es einen bestimmten Frau-
entyp gab, der ihn außerordentlich attraktiv fand. Gemeinsame Merkmale waren Intelligenz und eine flackernde Intensität – wie bei Glühbirnen mit einem Wackelkontakt. Die
Frauen waren häufig gut aussehend und meistens, wie sein ältester Freund Dave Polworth es gern ausdrückte, »arschklar
total durchgeknallt«. Was genau an ihm diesen Typ Frau anzog, hatte Strike noch nie analysiert, obwohl Polworth, ein
Mann mit vielen markigen Theorien, die Ansicht vertrat, dass
derlei Frauen (»nervös, überzüchtet«) unbewusst nach etwas
suchten, was er »Karrengaulblut« nannte.

Strikes Exverlobte Charlotte hätte als die Königin dieser Spezies durchgehen können: Schön, intelligent, tempera-
mentvoll und psychisch geschädigt war sie gegen den Willen
ihrer Familie und trotz des kaum verhohlenen Abscheus ihrer Freunde wieder und wieder zu Strike zurückgekehrt. Im
März hatte er ihre sechzehn Jahre andauernde, immer wieder
von Trennungsphasen gezeichnete Beziehung beendet, und

sie hatte sich fast augenblicklich mit jenem früheren Freund verlobt, von dem Strike sie einst in Oxford erobert hatte. Bis auf eine außergewöhnliche Nacht war Strike in Liebesdingen seither freiwillig keusch geblieben. Die Arbeit hatte praktisch jede wache Stunde ausgefüllt, und er hatte alle offenen oder verdeckten Avancen von Frauen wie seiner glamourösen brünetten Klientin abgewehrt – von in Scheidung lebenden Frauen, die Zeit totschlagen und ihre Einsamkeit lindern wollten.

Und doch gab es immer wieder diesen gefährlichen Drang nachzugeben, für eine oder zwei tröstliche Nächte alle potenziellen Komplikationen auf sich zu nehmen; und nun hastete Nina Lascelles auf der düsteren Strand neben ihm her, machte zwei Schritte, während er einen machte, und verriet ihm ihre Adresse in St. John's Wood, »damit es so aussieht, als wärst du schon mal dort gewesen«. Sie reichte ihm kaum bis zur Schulter. Strike hatte kleine Frauen noch nie sonderlich attraktiv gefunden. Ihre Sturzflut von Klatsch über Roper Chard war von mehr Lachen begleitet als unbedingt nötig, und sie berührte ein paarmal seinen Arm, wenn sie einen Punkt unterstreichen wollte.

»Da sind wir«, sagte sie endlich, als sie sich einem modernen Hochhaus mit einer Drehtür und den Worten »Roper Chard« in leuchtend orangeroten Plexiglasbuchstaben auf Naturstein näherten.

Eine weitläufige Eingangshalle, in der bereits reger Betrieb herrschte, führte zu Aufzügen an der Rückwand. Nina zog eine Einladung aus ihrer Umhängetasche und hielt sie einem offenbar eigens für den Abend angeheuerten Mann in einem schlecht sitzenden Smoking hin; dann betraten Strike und sie mit zwanzig anderen eine große verspiegelte Kabine.

»Diese Etage ist für Meetings«, rief Nina zu ihm hinauf,

als sie in ein überfülltes Großraumbüro hinausdrängten, wo eine Band vor einer nur spärlich besuchten Tanzfläche spielte. »Normalerweise ist sie unterteilt. Also ... Mit wem möchtest du sprechen?«

»Mit jedem, der Quine gut genug kennt und vielleicht eine Idee haben könnte, wo er steckt.«

»Das ist eigentlich nur Jerry ...«

Ein neuerliches Kontingent Gäste aus dem Aufzug schob sie tiefer in den Raum hinein. Strike glaubte zu spüren, dass Nina sich wie ein Kind hinten an seinem Mantel festhielt; trotzdem dachte er nicht daran, seinerseits ihre Hand zu ergreifen oder den Eindruck, sie wären ein Paar, sonst wie zu fördern. Er hörte, wie sie im Vorbeigehen mehrmals Leute begrüßte. An der Rückwand des Raumes bogen sich Tische unter Partyhäppchen. Dahinter standen Kellner in weißen Jacken. Hier konnte man sich unterhalten, ohne schreien zu müssen. Strike nahm sich ein paar appetitliche Krabbenpastetchen und bedauerte ihre wirklich winzige Größe, während Nina sich umsah.

»Kann Jerry nirgends sehen ... Bestimmt ist er auf dem Dach, eine rauchen. Wollen wir's da mal versuchen? Oh, guck mal – Daniel Chard, der sich unters Volk mischt!«

»Welcher ist es?«

»Der mit der Glatze.«

Um den Verlagsleiter herum war ein respektvoller kleiner Freiraum entstanden – wie niedergebogenes Korn unter einem startenden Hubschrauber. Er sprach mit einer kurvigen jungen Frau in einem engen schwarzen Kleid.

Phallus Impudicus. Obwohl Strike sich ein amüsiertes Grinsen nicht verkneifen konnte, musste er gestehen, dass die Kahlheit Chard gut zu Gesicht stand. Er war jünger und fitter, als Strike erwartet hatte, und sah mit seinen dunklen, buschigen Augenbrauen über tief in den Höhlen liegenden Augen, der Adlernase und dem schmallippigen Mund auf ganz eigene Weise gut aus. Sein anthrazitgrauer Anzug war unauffällig, doch auf seiner breiten, blass malvenfarbenen Krawatte prangten gezeichnete Menschennasen. Strike, der sich immer konventionell gekleidet hatte – ein Instinkt, der in der Sergeantenmesse verfeinert worden war –, war von dieser kleinen, aber nachdrücklich nonkonformistischen Geste des Geschäftsführers unwillkürlich beeindruckt, zumal sie gelegentlich überraschte oder amüsierte Blicke auf sich zog.

»Wo gibt's die Drinks?«, fragte Nina und stellte sich – völlig zwecklos – auf die Zehenspitzen.

»Dort drüben«, sagte Strike, der die Bar vor den zur dunklen Themse hinausgehenden Fenstern sehen konnte. »Bleib hier, ich hole uns etwas. Weißwein?«

»Schampus, wenn Daniel welchen hat springen lassen.«

Er legte seine Route durchs Gedränge so an, dass sie ihn unauffällig in Chards Nähe brachte, der sich darauf beschränkte, allein seine Gesprächspartnerin reden zu lassen. Sie hatte den leicht verzweifelten Gesichtsausdruck einer Unterhalterin, der klar war, dass ihr allmählich der Gesprächsstoff ausging. Strike fiel auf, dass der Rücken von Chards Hand, in der er ein Glas Wasser hielt, mit flammend roten Ekzemen bedeckt war. Er blieb dicht hinter Chard stehen, vorgeblich, um eine Gruppe junger Frauen in die Gegenrichtung vorbeizulassen.

»…war wirklich zum Totlachen«, sagte die junge Frau in dem schwarzen Kleid nervös.

»Ja«, sagte Chard unverkennbar gelangweilt, »das war es bestimmt.«

»Und war New York wunderbar? Ich meine… nicht wunderbar… war's nützlich? Unterhaltsam?«

»Hektisch«, erwiderte Chard, und obwohl Strike das Gesicht des Geschäftsführers nicht sehen konnte, glaubte er, ein Gähnen zu hören. »Viel Digitalgerede.«

Ein stämmiger Mann in einem Dreiteiler, der bereits betrunken zu sein schien, obwohl es kaum erst halb neun war, machte vor Strike halt und ließ ihm mit übertrieben höflicher Geste den Vortritt. Strike blieb nichts anderes übrig, als der umständlichen Aufforderung Folge zu leisten, wodurch er außer Hörweite von Daniel Chards Stimme geriet.

»Danke«, sagte Nina, als sie einige Minuten später ihren Champagner entgegennahm. »Gehen wir hoch in den Dachgarten?«

»Großartig«, sagte Strike. Auch er hatte Champagner genommen, nicht weil er ihn mochte, sondern weil ihm die anderen Getränke noch weniger zugesagt hatten. »Wer ist die Frau, mit der Daniel Chard sich gerade unterhält?«

Während Strike sie zu der eisernen Wendeltreppe führte, verrenkte Nina sich den Hals, um zu sehen, wen er meinte.

»Joanna Waldegrave, Jerrys Tochter. Sie hat gerade ihren ersten Roman geschrieben. Wieso? Ist sie dein Typ?«, fragte sie mit einem kleinen, gehauchten Lachen.

»Nein.«

Als sie die Drahtgitterstufen hinaufstiegen, vertraute Strike wieder einmal schwer auf das Geländer. Eisige Nachtluft drang tief in ihre Lungen, als sie auf das Dach des Gebäudes traten. Samtener Rollrasen, Blumentröge und junge Bäume; dazwischen überall Bänke und sogar ein beleuchteter Teich, in dem Fische flammengleich unter schwarzen Seerosenblättern umherflitzten. Zwischen den ordentlichen Rasenquadraten waren Heizgeräte wie riesige Pilze in Gruppen aufgestellt worden; unter ihnen drängten sich Gäste, die sich von der künstlich ländlichen Szenerie ab- und ihren Mitrauchern zugewandt hatten. Überall glomm Zigarettenglut.

Der Blick über die Stadt war spektakulär: samtschwarz und glitzernd, das London Eye leuchtend neonblau, der Oxo Tower mit rubinroten Fenstern, während rechter Hand das Southbank Centre, Big Ben und der Palace of Westminster in goldenem Licht erstrahlten.

»Komm«, sagte Nina, nahm Strike resolut an der Hand und führte ihn zu einem nur aus Frauen bestehenden Trio, das weiße Wolken ausstieß, selbst wenn es gerade keinen Zigarettenrauch ausatmete.

»Hi, Mädels«, sagte Nina. »Hat eine von euch vielleicht Jerry gesehen?«

»Er ist besoffen«, sagte eine Rothaarige unverblümt.

»*Oh nein!*«, rief Nina. »Dabei hatte er sich die ganze Zeit so gut im Griff!«

Eine schlaksige Blondine sah sich über die Schulter um und murmelte: »Letzte Woche im Arbutus war er auch schon ziemlich blau.«

»Und alles nur wegen *Bombyx Mori*«, sagte eine gereizt aussehende Schwarzhaarige mit Kurzhaarschnitt. »Das Paris-Wochenende zum Hochzeitstag hat auch nicht geklappt. Fenella ist bestimmt ausgerastet. Wann verlässt er sie endlich?«

»Ist sie hier?«, fragte die Blondine eifrig.

»Irgendwo«, sagte die Schwarzhaarige. »Willst du uns nicht bekannt machen, Nina?«

Es folgte eine hektische Vorstellung, nach der Strike immer noch nicht wusste, wer nun Miranda, wer Sarah und wer Emma war. Dann stürzten die vier Frauen sich wieder in die Analyse von Jerry Waldegraves Unglück und Trunkenheit.

»Er hätte Fenella schon vor Jahren abservieren sollen«, sagte die Schwarzhaarige. »Gemeines Biest!«

»Psst!«, zischte Nina, und alle vier wurden schlagartig still, als ein Mann, der fast so groß war wie Strike, auf sie zugeschlendert kam. Sein teigiges, rundes Gesicht verschwand teilweise unter einer riesigen Hornbrille und zerzausten braunen Haaren. Das randvolle Glas Rotwein in seiner Linken lief nur durch ein Wunder nicht über.

»Schuldbewusstes Schweigen«, stellte er freundlich lächelnd fest. Er sprach mit der sonoren, übertriebenen Sorgfalt, die einen Gewohnheitstrinker verriet. »Dreimal darf ich raten, was eure Themen waren: *Bombyx – Mori* – Quine. Hi«, fügte er hinzu und streckte Strike die Hand hin. »Wir kennen uns noch nicht, stimmt's?«

»Jerry – Cormoran, Cormoran – Jerry«, sagte Nina sofort. »Mein Date«, fügte sie hinzu, wobei diese Information eher für die drei anderen Frauen bestimmt war als für den hochgewachsenen Lektor.

»Cameron, ja?«, fragte Waldegrave mit der Hand hinter dem rechten Ohr.

»Kommt hin«, erwiderte Strike.

»Sorry«, sagte Waldegrave. »Auf einer Seite taub. Und, habt ihr Ladys vor dem großen dunklen Fremden getratscht?«, fragte er. »Obwohl Mr. Chard doch unmissverständlich angeordnet hat, dass kein Außenstehender von unserem schlimmen Geheimnis erfahren darf?«

»Du verpetzt uns doch nicht, Jerry?«, fragte die Schwarzhaarige.

»Wollte Daniel das Buch wirklich geheim halten«, sagte die Rothaarige aufsässig, aber mit einem raschen Blick in die Runde, um sich zu vergewissern, dass der Chef nicht in der Nähe war, »sollte er nicht Anwälte ausschwärmen lassen, die versuchen, es zu vertuschen. Ständig rufen mich Leute an, die wissen wollen, was los ist.«

»Jerry«, fragte die Schwarzhaarige, »warum musstest du eigentlich mit den Anwälten reden?«

»Weil ich mit drinstecke, Sarah«, sagte Waldegrave und schwenkte dabei sein Glas, sodass ein wenig des Inhalts auf den gepflegten Rasen schwappte. »Bis über meine tauben Ohren. In dem Buch.«

Die Frauen gaben alle möglichen schockierten und protestierenden Laute von sich.

»Was sollte Quine denn über dich sagen, wo du so anständig zu ihm bist?«, fragte die Schwarzhaarige.

»Es geht ihm vermutlich darum, dass ich unnötig grausam zu seinen Meisterwerken bin«, sagte Waldegrave und machte mit der freien Hand eine Geste, als schnitte er mit einer Schere.

»Oh, ist das alles?«, fragte die Blondine und klang dabei fast schon ein wenig enttäuscht. »Riesensache. So wie er sich aufführt, kann er von Glück reden, dass er überhaupt noch verlegt wird.«

»Sieht so aus, als sei er wieder untergetaucht«, sagte Waldegrave. »Telefonisch nicht zu erreichen.«

»Feiger Mistkerl«, fauchte die Rothaarige.

»Tatsächlich mache ich mir ziemliche Sorgen.«

»Sorgen?«, wiederholte die Rothaarige ungläubig. »Das ist nicht dein Ernst, Jerry.«

»Du wärst auch besorgt, wenn du dieses Buch gelesen hättest«, sagte Waldegrave mit einem winzigen Hickser. »Owen dreht durch, fürchte ich. Es liest sich wie ein Abschiedsbrief.«

Die Blondine wollte schon loslachen, hielt sich aber zurück, als Waldegrave ihr einen Blick zuwarf.

»Das ist mein voller Ernst. Ich glaube, er hatte einen Nervenzusammenbruch. Die unterschwellige Botschaft unter den üblichen Grotesken lautet: Alle sind gegen mich, alle haben's auf mich abgesehen, alle hassen mich …«

»Es hassen ihn doch *wirklich* alle«, warf die Blondine ein.

»Kein vernünftiger Mensch würde annehmen, man könnte das veröffentlichen. Und jetzt ist er verschwunden.«

»Aber das macht er doch immer«, warf die Rothaarige ungeduldig ein. »Ist das nicht sein Kabinettstück – dass er abtaucht? Daisy Carter von Davis-Green hat mir erzählt, dass er damals zweimal wutschnaubend abgetaucht ist, als sie *Die Brüder Balzac* mit ihm gemacht haben.«

»Ich mache mir trotzdem Sorgen um ihn«, sagte Waldegrave unbeirrt, und nach einem großen Schluck Wein fuhr er fort: »Vielleicht hat er sich die Pulsadern aufgeschnitten …«

»Owen würde nie Selbstmord begehen!«, höhnte die Blondine. Waldegrave blickte auf sie hinab – mit einer Mischung aus Mitleid und Abscheu, wie Strike fand.

»Menschen bringen sich um, weißt du, Miranda, wenn sie befürchten, dass ihnen ihr ganzer Lebenszweck genommen werden könnte. Die bloße Tatsache, dass andere Menschen ihr Leid für einen Witz halten, reicht nicht aus, um sie davon abzuhalten.«

Die Blondine machte ein ungläubiges Gesicht, dann sah sie sich Hilfe suchend in der Runde um, doch niemand sprang ihr bei.

»Schriftsteller sind anders«, sagte Waldegrave. »Ich habe nie einen gekannt, der irgendwas getaugt hätte und *kein* Spinner war … etwas, woran die verdammte Liz Tassel sich erinnern sollte.«

»Sie wusste angeblich nicht, was in dem Buch steht«, sagte Nina. »Sie erzählt überall herum, sie wäre krank gewesen und hätte es nicht richtig gelesen …«

»Ich kenne Liz Tassel«, knurrte Waldegrave, und mit Interesse sah Strike bei dem liebenswürdigen, betrunkenen Lektor echten Zorn aufblitzen. »Scheiße, sie wusste genau, was sie tat, als sie das Manuskript rausgeschickt hat. Sie hat geglaubt, es wäre ihre letzte Chance, mit Owen noch ein bisschen Geld zu machen. Ein hübscher PR-Gag im Kielwasser des Skandals um Fancourt, den sie seit Jahren hasst ... Aber nachdem die Bombe geplatzt ist, distanziert sie sich von ihrem Autor. Wirklich empörend!«

»Daniel hat sie für heute Abend ausladen lassen«, sagte die Schwarzhaarige. »Ich musste sie anrufen und es ihr sagen. Es war grässlich.«

»Hast du eine Ahnung, Jerry, wohin Owen sich abgesetzt haben könnte?«, fragte Nina.

Waldegrave zuckte mit den Schultern. »Er könnte überall sein. Aber ich hoffe wirklich, dass ihm nichts fehlt, wo immer er auch ist. Trotz allem hab ich einfach eine Schwäche für den verrückten Kerl.«

»Was *war* denn nun dieser große Skandal um Fancourt, über den er geschrieben hat?«, fragte die Rothaarige jetzt. »Ich habe jemanden sagen hören, dass es irgendwas mit einer Rezension zu tun gehabt haben soll ...«

Alle außer Strike begannen nun durcheinanderzureden, doch Waldegraves Stimme war am lautesten, und die anderen verstummten mit jener instinktiven Höflichkeit, die Frauen oft gegenüber gehandicapten Männern erkennen ließen.

»Dachte, die Story kennt inzwischen jeder«, sagte Waldegrave mit einem weiteren kleinen Hickser. »Kurz gesagt hatte Elspeth, Michaels erste Frau, einen echt schlechten Roman geschrieben, und in einer Literaturzeitschrift erschien daraufhin eine anonyme Parodie. Sie hat die Parodie ausgeschnitten, vorn an ihr Kleid gepinnt, *à la* Sylvia Plath den Kopf in einen Gasbackofen gesteckt und Selbstmord verübt.«

Die Rothaarige holte erschrocken Luft. »Sie hat sich *umgebracht*?«

»Jepp«, sagte Waldegrave und nahm einen großen Schluck Wein. »Schriftsteller: alle gestört.«

»Und wer hat diese Parodie geschrieben?«

»Es heißt seit jeher, sie sei von Owen. Er hat es immer abgestritten, aber das ist nur verständlich, wenn man das Ergebnis in Betracht zieht«, sagte Waldegrave. »Nach Elspeths Tod haben Owen und Michael nie wieder ein Wort miteinander gesprochen. Aber in *Bombyx Mori* deutet Owen ziemlich geschickt an, der wahre Autor der Parodie sei Michael selbst gewesen.«

»*Gott!*«, sagte die Rothaarige erschrocken.

»Apropos«, sagte Waldegrave mit einem Blick auf seine Armbanduhr, »ich soll euch allen ausrichten, dass um neun Uhr unten etwas Wichtiges bekannt gegeben wird. Das solltet ihr nicht versäumen, Mädels.«

Dann schlenderte er davon. Zwei der jungen Frauen drückten ihre Zigaretten aus und folgten ihm. Die Blondine schloss sich einer anderen Gruppe an.

»Ist Jerry nicht ein Schatz?«, fragte Nina. Sie zitterte in den Tiefen ihres Wollmantels.

»Sehr großmütig«, sagte Strike. »Außer ihm scheint niemand zu glauben, dass Owen nicht genau wusste, was er tat. Willst du wieder ins Warme?«

Erschöpfung lauerte an den Rändern seines Bewusstseins. Er sehnte sich danach, nach Hause fahren zu können, um den mühsamen Prozess in Angriff zu nehmen, sein Bein schlafen zu legen (wie er es für sich selbst beschrieb), dann die Augen zu schließen und zu versuchen, acht Stunden am Stück zu schlafen, ehe er wieder aufstehen musste, um einen weiteren treulosen Ehemann zu beschatten.

Unten in der großen Halle war das Gedränge mittlerweile noch größer geworden. Nina blieb mehrmals stehen, um irgendwelchen Bekannten etwas zuzuschreien, machte Strike mit einer untersetzten Autorin bekannt, die Frauenromane schrieb und von dem Glanz billigen Champagners und der lauten Band schier geblendet zu sein schien, und stellte ihn schließlich Jerry Waldegraves Frau vor, die Nina durch ihre zerzauste schwarze Mähne hindurch überschwänglich und angetrunken begrüßte.

»Immer kriecht sie einem hinten rein«, sagte Nina kühl, nachdem sie sich aus der Umarmung befreit und Strike näher ans Podium herangeführt hatte. »Sie stammt aus einer stinkreichen Familie und betont in einem fort, dass die Ehe mit Jerry ein Abstieg für sie gewesen sei. Schrecklicher Snob.«

»Dass dein Vater Kronanwalt ist, imponiert ihr, was?«, fragte Strike.

»Dein Gedächtnis kann einem echt Angst machen.« Nina sah ihn bewundernd an. »Nein, ich glaube… Also, tatsächlich bin ich The Honourable Nina Lascelles. Aber ich meine, wen interessiert das schon? Nur Leute wie Fenella fahren auf so was ab.«

Auf dem Podium in der Nähe der Bar bog ein Unterling jetzt das Mikrofon über einem hölzernen Rednerpult zurecht. Ein darüber ausgespanntes Spruchband war mit der Aufschrift »100 Jahre«, dem Logo von Roper Chard und einem Seilknoten zwischen den beiden Namen geschmückt.

Es folgte eine zehnminütige, ermüdende Wartezeit, in der Strike höflich und angemessen auf Ninas Geplapper antwortete, was ihn einige Mühe kostete, weil sie so viel kleiner war als er selbst und der Lärm immer größer wurde.

»Ist Larry Pinkelman auch da?«, fragte er, als er sich an den alten Kinderbuchautor an Elizabeth Tassels Wand erinnerte.

»Oh nein, er hasst Partys«, sagte Nina fröhlich.

»Ich dachte, ihr wolltet eine für ihn geben?«

»Woher weißt du das?«, fragte sie verblüfft.

»Du hast es mir selbst erzählt – vorhin im Pub.«

»Wow, du hörst einem ja wirklich gut zu. Ja, anlässlich der Neuauflage seiner Weihnachtsgeschichten soll ein Abendessen stattfinden, aber in ganz kleinem Kreis. Larry hasst Menschenmassen, er ist wahnsinnig schüchtern.«

Endlich hatte Daniel Chard das Podium erreicht. Der Lärm wurde zu einem Murmeln und erstarb schließlich ganz. Strike spürte eine gewisse Nervosität in der Luft, als Chard seine Notizen sortierte und sich dann räusperte.

Er musste reichlich Übung darin haben, dachte Strike, und trotzdem war sein Auftritt als Redner nur mäßig kompetent. Chard fixierte in regelmäßigen Abständen über die Menge hinweg einen bestimmten Punkt, sah niemanden direkt an und sprach manchmal fast unverständlich leise. Nachdem er seine Zuhörer auf eine kurze Reise durch die illustre Geschichte von Roper Publishing mitgenommen hatte, schlug er einen kurzen Umweg ein zu den Ursprüngen von Chard Books, dem Verlag seines Großvaters, und schilderte – im selben ausdruckslosen Tonfall heruntergeleiert wie der Rest – ihren Zusammenschluss und sein bescheiden stolzes Entzücken darüber, sich zehn Jahre später an der Spitze eines Global Players wiederzufinden. Seine kleinen Scherze wurden mit schallendem Gelächter quittiert, das nach Strikes Meinung von Unbehagen und von Alkohol gleichermaßen befeuert wurde. Strike ertappte sich dabei, dass er die entzündeten, verbrüht aussehenden Hände des Verlegers anstarrte. In der Army hatte er einmal einen jungen Gefreiten gekannt, dessen Ekzeme unter Stress so schlimm geworden waren, dass er ins Lazarett eingeliefert werden musste.

»Ganz ohne Zweifel«, sagte Chard und erreichte damit, wie Strike als einer der größten anwesenden Männer und von seiner günstigen Position aus genau sehen konnte, die letzte Seite seines Manuskripts, »befindet sich die Verlagsbranche in einer Zeit schneller Veränderungen und neuer Herausforderungen, aber eines ist heute so wahr wie vor hundert Jahren: Die Inhalte entscheiden. Solange wir die besten Autoren der Welt verlegen, wird Roper Chard weiter anregen, herausfordern und unterhalten. Und in diesem Zusammenhang ...«

Der Höhepunkt kündigte sich nicht durch noch größere Nervosität, sondern durch sichtliche Entspannung an. Chard wusste, dass die Tortur gleich vorüber war.

»... ist es mir eine Ehre und ein Vergnügen, Ihnen mitteilen zu dürfen, dass wir uns die Talente eines der besten Schriftsteller der Welt gesichert haben. Ladys und Gentlemen, Applaus für Michael Fancourt!«

Ein hörbares Einatmen ging wie ein Windstoß durch die Menge. Eine Frau quietschte aufgeregt. Irgendwo ganz hinten brach Beifall aus und breitete sich nach vorn aus wie ein laut knackender Buschbrand. Strike sah, wie im Hintergrund eine Tür aufging, erblickte kurz einen riesigen Kopf mit sauertöpfischer Miene, ehe Fancourt von begeisterten Verlagsangestellten umringt wurde. Es dauerte mehrere Minuten, bis er auf dem Podium erschien, um Chard die Hand zu schütteln.

»Oh mein Gott«, sagte Nina immer wieder und klatschte aufgeregt. »Oh mein *Gott*!«

Jerry Waldegrave, der die überwiegend weibliche Menge genau wie Strike um Kopf und Schultern überragte, stand ihnen auf der anderen Seite des Podiums fast genau gegenüber. Weil er wieder ein volles Glas in der Hand hielt, konnte er nicht applaudieren, aber er hob das Glas an die Lippen, ohne zu lächeln, und sah zu, wie Fancourt am Mikrofon mit einer Handbewegung um Ruhe bat.

»Danke, Dan. Nun, ich hätte nie erwartet, mich hier wiederzufinden«, sagte er, was schallendes Gelächter auslöste, »aber mir kommt es wie eine Heimkehr vor. Ich habe für Chard geschrieben, und dann habe ich für Roper geschrieben – und es war eine schöne Zeit. Damals war ich ein zorniger junger Mann« – weithin Kichern –, »und jetzt bin ich ein zorniger alter Mann« – lautes Lachen und sogar ein kleines Lächeln von Daniel Chard –, »und ich freue mich darauf, für Sie zu wüten.« Überschwängliches Gelächter vonseiten Chards und aller Anwesenden. Strike und Waldegrave schienen die Einzigen zu sein, die sich nicht vor Lachen bogen. »Ich bin entzückt, wieder hier zu sein, und werde mein Bestes geben, damit – wie war das gleich wieder, Dan? – Roper Chard anregend, herausfordernd und unterhaltsam bleibt.«

Ein Beifallssturm, unter dem die beiden Männer sich im Blitzlichtgewitter die Hände schüttelten.

»Halbe Million, schätze ich«, sagte ein Betrunkener hinter Strike, »und zehn Riesen dafür, dass er heute Abend aufgekreuzt ist.«

Fancourt verließ direkt vor Strike das Podium. Sein gewohnheitsmäßig mürrischer Gesichtsausdruck hatte sich für die Fotografen kaum verändert, doch angesichts der ihm entgegengestreckten Hände machte er einen zufriedenen Eindruck. Bewunderung wies ein Michael Fancourt nicht zurück.

»Wow«, sagte Nina zu Strike. »Ist das nicht *unglaublich*?«

Fancourts übergroßer Kopf verschwand in der Menge. Die kurvige Joanna Waldegrave erschien aus dem Nichts und versuchte, zu dem berühmten Autor aufzuschließen, doch auf einmal war ihr Vater hinter ihr, streckte betrunken die Hand aus und packte sie unsanft am Oberarm.

»Er muss mit anderen Leuten reden, Jo, lass ihn.«

»Mami ist auf dem kürzesten Weg zu ihm hin. Warum grapschst du dir nicht *sie*?«

Strike beobachtete, wie Joanna ihren Vater sichtlich wütend stehen ließ. Auch Daniel Chard war jetzt verschwunden; Strike fragte sich, ob er zur Tür hinausgeschlüpft war, während sich die Menge auf Fancourt konzentriert hatte.

»Dein Chef mag das Rampenlicht wohl nicht«, bemerkte Strike an Nina gewandt.

»Angeblich ist er schon viel besser geworden.« Sie sah immer noch in Fancourts Richtung. »Vor zehn Jahren konnte er nicht einmal von seinen Notizen aufsehen. Aber er ist wirklich ein guter Geschäftsmann. Gerissen.«

Neugier und Müdigkeit lagen in Strike im Widerstreit.

»Nina«, sagte er schließlich und zog seine Begleiterin, die sich bereitwillig von ihm führen ließ, von der Menschentraube um Fancourt weg. »Wo liegt gleich wieder das Manuskript von *Bombyx Mori*?«

»In Jerrys Safe«, sagte sie, »eine Etage tiefer.« Ihre riesigen Augen funkelten, während sie an ihrem Champagner nippte. »Du willst doch nicht etwa andeuten, was ich glaube …«

»Wie große Schwierigkeiten könntest du deswegen bekommen?«

»Riesige«, sagte sie unbekümmert. »Aber ich hab meine Schlüsselkarte dabei, und alle anderen sind beschäftigt, oder nicht?«

Ihr Vater, dachte Strike und warf alle Skrupel über Bord, ist Kronanwalt. Da wird man nicht so leicht entlassen.

»Glaubst du, wir könnten vielleicht eine Kopie machen?«

»Na los!«, sagte sie und trank ihr Glas aus.

Der Aufzug war leer, die untere Etage dunkel und verlassen. Mit der Magnetkarte öffnete Nina die Tür zu ihrer Abteilung und führte Strike geradewegs an dunklen PC-Bildschirmen und unbesetzten Schreibtischen vorbei in ein geräumiges Eckbüro. Das einzige Licht kam von der ewig beleuchteten Stadt vor den Fenstern und den blinkenden orangeroten LEDs einzelner Computer im Stand-by-Modus.

Waldegraves Bürotür war unverschlossen, aber sein Safe hinter einem Bücherregal, das sich an Angeln vorziehen ließ, war mit einem Zahlenfeld gesichert. Nina tippte vier Ziffern ein, die Tür sprang auf, und Strike sah einen unordentlichen Stapel Papier vor sich liegen.

»*Voilà*«, sagte sie selbstzufrieden.

»Nicht so laut!«, mahnte Strike.

Er stand Schmiere, während sie auf dem Kopiergerät vor der Tür eine Kopie für ihn anfertigte. Das endlose Rascheln und Summen war eigenartig beruhigend. Niemand kam, niemand sah etwas; eine Viertelstunde später legte Nina das Manuskript in den Safe zurück und schloss ihn wieder.

»Bitte sehr.«

Sie übergab ihm den von mehreren starken Gummibändern zusammengehaltenen Papierstapel. Als er ihn entgegennahm, lehnte sie sich einen Moment lang an ihn: ein beschwipstes Schwanken, bei dem sie ihn ein wenig länger als unbedingt nötig berührte. Er war ihr etwas schuldig, aber er war auch entsetzlich müde, und die Vorstellung, mit ihr in das Apartment in St. John's Wood zu fahren oder sie in seine Dachwohnung in der Denmark Street mitzunehmen, behagte ihm ganz und gar nicht. Genügte ein Drink, vielleicht morgen Abend, als Kompensation? Dann fiel ihm wieder ein, dass für den kommenden Abend das Geburtstagsessen bei seiner Schwester geplant war. Hatte Lucy nicht gesagt, er könne jemanden mitbringen?

»Möchtest du mich morgen zu einer langweiligen Dinnerparty begleiten?«

Hörbar erfreut lachte sie. »Was ist denn so langweilig daran?«

»Alles. Du würdest die ganze Sache aufheitern. Hast du Lust?«

»Na ja … Warum nicht?«, sagte sie fröhlich.

Die Einladung schien sie zufriedenzustellen; er spürte regelrecht, wie ihr Verlangen nach einer körperlichen Geste verebbte. Mit der Kopie von *Bombyx Mori* unter Strikes Mantel verließen sie die dunkle Abteilung in einer Atmosphäre freundlicher Kameradschaft, und nachdem er sich Ninas Adresse und Telefonnummer notiert hatte, trug er erleichtert und erlöst dafür Sorge, dass sie ein Taxi bekam.

14

Dort sitzt er manches Mal den ganzen Nachmittag und liest jene abscheulichen, widerwärtigen (ihnen die Pest, ich kann sie nicht leiden!), schurkischen Verse.

BEN JONSON, *JEDER NACH SEINEM TEMPERAMENT*

Am folgenden Tag marschierten sie gegen den Krieg, in dem Strike sein Bein verloren hatte: Tausende – und Soldatenfamilien an der Spitze –, die sich mit Spruchbändern und Plakaten durch das eisige London schlängelten. Obwohl Strike von Kameraden gehört hatte, dass die Eltern von Gary Topley – der bei der Detonation, die Strike das Bein gekostet hatte, umgekommen war – unter den Demonstranten sein würden, kam es ihm nicht in den Sinn mitzumarschieren. Seine Gefühle in Bezug auf den Krieg ließen sich nicht in Schwarz auf einem weißen Papierquadrat zusammenfassen. Seine Arbeit tun und sie gut tun – das war damals wie heute sein Credo gewesen, und an der Demonstration teilzunehmen hätte ein Bedauern impliziert, das er nicht empfand. Also schnallte er die Prothese an, warf sich in seinen besten italienischen Anzug und machte sich auf den Weg zur Bond Street.

Der treulose Ehemann, auf den er es abgesehen hatte, behauptete steif und fest, seine von ihm entfremdete Frau – Strikes brünette Klientin – hätte bei einem Hotelaufenthalt des Ehepaars durch betrunkene Fahrlässigkeit einige sehr wertvolle Schmuckstücke verloren. Strike wusste zufällig, dass der Ehemann an diesem Morgen einen Termin in der Bond Street hatte, und hegte den Verdacht, einige der angeblich verschwundenen Schmuckstücke könnten dort überraschend wieder auftauchen.

Die Zielperson betrat das Juweliergeschäft, während Strike sich interessiert der Auslage eines Ladens auf der anderen Straßenseite widmete. Als der Mann eine halbe Stunde später wieder gegangen war, ließ Strike noch zwei Stunden verstreichen, ehe er dasselbe Geschäft betrat und behauptete, seine Frau habe eine große Schwäche für Smaragde, woraufhin er verschiedene Stücke vorgelegt bekam, die er allesamt zurückwies, bis nach gut einer halben Stunde genau die Halskette auf dem Tresen landete, die der treulose Ehemann nach Ansicht der brünetten Gattin eingesteckt haben musste. Strike erwarb sie auf der Stelle, was er nur konnte, weil seine Klientin ihm just für diesen Zweck zehntausend Pfund vorgestreckt hatte. Zehntausend Pfund, um den Betrug ihres Ehemanns zu beweisen, bedeuteten rein gar nichts für eine Frau, die mit einer Millionenabfindung rechnen konnte.

Auf dem Heimweg kaufte Strike sich einen Döner. Nachdem er die Halskette in den kleinen Safe in seinem Büro gelegt hatte (der normalerweise zum Schutz belastender Fotos diente), ging er nach oben, machte sich einen Becher starken Tee, zog den Anzug aus und schaltete den Fernseher ein, um die Vorberichterstattung zum Spiel Arsenal gegen Tottenham im Auge behalten zu können. Dann streckte er sich bequem auf seinem Bett aus und begann, das Manuskript zu lesen, das er in der vergangenen Nacht gestohlen hatte.

Wie Elizabeth Tassel ihm erklärt hatte, war *Bombyx Mori* eine Pervertierung von John Bunyans *Pilgerreise* und spielte in einem folkloristischen Niemandsland, in dem der namenge-

bende Held (ein genialer junger Schriftsteller) von einer Insel
voller in Inzucht gezeugter Idioten, die zu blind waren, um
sein Talent zu erkennen, zu einer offenbar weitgehend symbo-
lischen Reise in eine ferne Stadt aufbrach. Der Reichtum und
die Fremdartigkeit von Sprache und Bilderwelt des Autors
waren Strike nach der Lektüre der *Brüder Balzac* mittlerweile
vertraut. Es war sein Interesse für die Handlung, das ihn wei-
terlesen ließ.

Die erste Person, die aus den dichten, oft obszönen Sätzen hervortrat, war Leonora Quine: Als der brillante junge
Bombyx durch eine von allen möglichen Gefahren und Unge-
heuern besiedelte Landschaft zog, begegnete er Succuba, einer
Frau, die er explizit als »ausgeleierte Hure« bezeichnete und
die ihn gefangen nahm, fesselte und in der Folge vergewal-
tigte. Ihre Beschreibung entsprach ganz der Realität: mager
und abgewirtschaftet, mit einer großen Brille und nüchtern
ausdrucksloser Art. Nachdem Succuba ihn tagelang miss-
braucht hatte, gelang es Bombyx endlich, sie zu überreden,
ihn freizulassen. Allerdings war sie derart verzweifelt über seinen Weggang, dass Bombyx sich schließlich bereit erklärte,
sie mitzunehmen: der erste einer ganzen Reihe befremdlicher,
traumähnlicher Handlungsumschwünge, durch die alles, was
zuvor schlecht und beängstigend gewesen war, ohne Erklärung oder Rechtfertigung gut und vernünftig wurde.

Einige Seiten später wurden Bombyx und Succuba von einem Wesen angegriffen, das als Zecke bezeichnet wurde und
in dem Strike sofort Elizabeth Tassel wiedererkannte: energisches Kinn, tiefe Stimme, furchterregend. Wieder hatte Bombyx Mitleid mit dem Wesen und ließ es mitziehen, sowie es
mit seinen Misshandlungen fertig war. Die Zecke hatte die
schlimme Angewohnheit, an Bombyx zu saugen, wenn er
schlief, und so wurde er zusehends dünner und schwächer.

Bombyx' Geschlecht schien seltsam wandelbar zu sein. Abgesehen davon, dass er anscheinend stillen konnte, ließ er schon bald Anzeichen einer Schwangerschaft erkennen, obwohl er weiter die Nymphomaninnen beglückte, die regelmäßig seinen Weg kreuzten.

Während Strike durch schwülstige Obszönitäten watete, fragte er sich, wie viele Porträts realer Personen er wohl übersah. Die Gewalt in Bombyx' Begegnungen mit anderen Menschen war beunruhigend; ihre Perversität und Grausamkeit ließen kaum eine Körperöffnung aus. Das Ganze glich einem sadomasochistischen Rausch. Trotzdem waren Bombyx' grundlegende Unschuld und Reinheit ein Dauerthema: Die schlichte Feststellung, er sei ein Genie, war anscheinend alles, was der Leser brauchte, um ihm die Verbrechen zu verzeihen, an denen er ebenso bereitwillig teilnahm wie die angeblichen Monster um ihn herum. Als Strike weiterblätterte, erinnerte er sich wieder daran, dass Jerry Waldegrave gemutmaßt hatte, Quine habe möglicherweise einen Nervenzusammenbruch erlitten; je weiter er las, umso mehr Sympathie entwickelte er für diese Vermutung ...

Der Anpfiff stand kurz bevor. Strike legte das Manuskript beiseite und hatte das Gefühl, eine halbe Ewigkeit ohne Tageslicht und frische Luft in einem dunklen, muffigen Keller eingesperrt gewesen zu sein. Er war zuversichtlich, dass Arsenal das Heimspiel gewinnen würde – die Spurs hatten seit siebzehn Jahren nicht mehr auswärts gegen sie gewonnen.

Fünfundvierzig Minuten lang verlor sich Strike in Vergnügen und immer wieder hervorgebellten Anfeuerungen, während sein Team eine 2:0-Führung herausschoss.

In der Halbzeitpause stellte er widerstrebend den Ton ab und kehrte in Owen Quines bizarre Fantasiewelt zurück.

Er erkannte niemanden mehr wieder – bis Bombyx sich

endlich der Stadt näherte, die sein Ziel war. Dort stand auf einer Brücke über dem Wassergraben, der die Stadtmauern umgab, eine große, ungeschlachte, kurzsichtige Gestalt: der Schnittmeister.

Der Schnittmeister trug statt einer Hornbrille eine flache Mütze und hatte einen zappelnden, blutbefleckten Sack über der Schulter. Bombyx akzeptierte dessen Anerbieten, Succuba, die Zecke und ihn selbst zu einer Geheimtür in die Stadt zu führen. Strike, der inzwischen gegen die geschilderte sexuelle Gewalt immun war, war nicht im Geringsten überrascht, als sich zeigte, dass der Schnittmeister es darauf anlegte, Bombyx zu kastrieren. In dem hieraus entstehenden Gerangel fiel der blutbefleckte Sack zu Boden, und eine zwergenhafte weibliche Gestalt purzelte daraus hervor. Der Schnittmeister ließ Bombyx, Succuba und die Zecke entkommen und stellte stattdessen der Zwergin nach; indessen gelang es Bombyx und seinen Gefährten, eine Lücke in der Stadtmauer zu finden. Als sie zurückblickten, sahen sie, wie der Schnittmeister das kleine Wesen im Stadtgraben ertränkte.

Strike war von der Lektüre so gefesselt, dass er gar nicht bemerkte, dass das Spiel längst wieder angepfiffen worden war. Er sah zu dem stummen Fernseher auf.

»*Scheiße!*«

2:2 – die Spurs hatten den Ausgleich erzielt. Unglaublich. Entsetzt warf Strike das Manuskript zur Seite. Arsenals Abwehr zerbröselte vor seinen Augen. Dieses Spiel hätte sein Team gewinnen müssen. Es war auf dem Sprung an die Tabellenspitze gewesen.

»*SCHEISSE!*«, brüllte Strike zehn Minuten später, als ein Kopfball an Fabiański vorbei im Netz landete.

Die Spurs hatten gewonnen.

Unter diversen Kraftausdrücken schaltete er den Fernseher aus und sah auf die Uhr. Ihm blieb nur noch eine halbe Stunde, um zu duschen und sich umzuziehen, bevor er Nina Lascelles in St. John's Wood abholen sollte; die Weiterfahrt nach Bromley mit dem Taxi würde ihn ein Vermögen kosten. Die Vorstellung, auch das letzte Viertel von Quines Manuskript lesen zu müssen, erfüllte ihn mit Abscheu, und er konnte Elizabeth Tassel, die den Rest lediglich überflogen hatte, nur zu gut verstehen.

Er wusste nicht einmal, weshalb er Quines Roman überhaupt las – außer aus reiner Neugier.

Niedergeschlagen und gereizt stellte er sich unter die Dusche, wünschte sich, er könnte den Abend zu Hause verbringen, und hatte die abseitige Vorstellung, Arsenal hätte vielleicht gewonnen, wenn er sich nicht durch die obszöne Albtraumwelt von *Bombyx Mori* hätte einlullen lassen.

15

Aber ich will euch sagen, daß es in der Stadt gar nicht Mode ist, seine Verwandten zu kennen.

WILLIAM CONGREVE, *DER LAUF DER WELT*

»Na? Was hältst du von *Bombyx Mori*?«, fragte Nina, als sie mit einem Taxi, das er sich nicht leisten konnte, von ihrer Wohnung wegfuhren. Hätte Strike sie nicht eingeladen, wäre er mit öffentlichen Verkehrsmitteln nach Bromley und zurück gefahren, so unbequem und zeitraubend das auch gewesen wäre.

»Produkt eines kranken Gehirns«, antwortete Strike.

Nina lachte. »Du hast noch keins von Owens anderen Büchern gelesen; die sind fast genauso schlimm. Ich gebe zu, dass dieses einen *erheblichen* Würgefaktor aufweist. Was hältst du von Daniels schwärendem Schwanz?«

»So weit bin ich noch nicht. Da steht mir ja noch was bevor.«

Unter ihrem warmen Wollmantel vom Vorabend trug sie ein figurbetontes schwarzes Cocktailkleid mit Spaghettiträgern, das Strike ausgiebig hatte bewundern können, als sie ihn in St. John's Wood hereingebeten und Schlüssel und Handtasche zusammengesucht hatte. Außerdem lag eine Flasche Wein auf ihrem Schoß, die sie aus ihrer Küche geholt hatte, nachdem ihr aufgefallen war, dass er nichts dergleichen bei sich trug. Eine kluge, hübsche junge Frau mit guten Manieren; aber ihre Bereitwilligkeit, gleich am zweiten Abend ihrer Bekanntschaft – noch dazu an einem Samstagabend – mit ihm auszugehen, ließ auf einen gewissen Leichtsinn oder aber Bedürftigkeit schließen.

Wieder einmal fragte sich Strike, was er sich bei der ganzen Sache eigentlich dachte. Sie waren aus dem Herzen Londons unterwegs ins Reich der Eigenheimbesitzer – unterwegs zu großzügigen Häusern mit Kaffeevollautomaten und HD-Fernsehern, die er nie besessen hatte, von denen seine Schwester jedoch glaubte, sie müssten sein oberstes Ziel sein.

Ein Geburtstagsessen in ihrem eigenen Haus für ihn auszurichten sah Lucy ähnlich. Sie hatte schlicht und ergreifend keine Fantasie, und obwohl sie daheim immer gestresster wirkte als andernorts, schätzte sie die Attraktionen ihres Zuhauses offensichtlich hoch ein. Und auch gegen seinen ausdrücklichen Willen ein Essen für ihn zu geben war typisch für sie. Sie konnte einfach nicht verstehen, dass er auf so etwas keinen Wert legte. In Lucys Welt wurden Geburtstage nun mal gefeiert: mit Torte und Kerzen und Karten und Geschenken; ein Ehrentag musste begangen, die Ordnung gewahrt, Traditionen mussten hochgehalten werden.

Während das Taxi durch den Blackwell-Tunnel fuhr und sie auf schnellstem Wege unter der Themse hindurch nach South London brachte, erkannte Strike, dass die Tatsache, dass er Nina zu einer Familienfeier mitbrachte, als Ausdruck der Unangepasstheit aufgefasst werden konnte. Trotz der konventionellen Flasche Wein auf ihrem Schoß war sie aufgekratzt und bereit, sich auf Risiken und Chancen einzulassen. Sie lebte allein und sprach von Büchern statt von Babys; sie war kurz gesagt alles andere als Lucys Typ Frau.

Fast eine Stunde, nachdem er die Denmark Street verlassen

hatte – und um fünfzig Pfund erleichtert –, half Strike Nina im frostigen Halbdunkel auf Lucys Straße aus dem Taxi und führte sie unter der großen Magnolie hindurch, die den Vorgarten beherrschte. Ehe er klingelte, sagte Strike mit einem gewissen Widerstreben: »Eigentlich hätte ich's dir schon früher sagen sollen: Dies hier ist ein Geburtstagsdinner ... für mich.«

»Oh, warum hast du denn nicht ... Herzlichen ...«

»Ist nicht heute«, fiel Strike ihr ins Wort. »Keine große Sache.«

Dann drückte er auf den Klingelknopf.

Greg, Strikes Schwager, ließ sie ein. Es folgten lebhaftes Schulterklopfen sowie eine übertriebene Äußerung von Freude bei Ninas Anblick. Auffällig nicht vorhanden war dieses Gefühl bei Lucy, die mit einem Pfannenwender, den sie wie ein Schwert vor sich hertrug, und mit einer Schürze über dem Cocktailkleid durch die Diele schwirrte.

»*Du hast mir nicht gesagt, dass du jemanden mitbringst!*«, zischte sie Strike ins Ohr, als er sich hinunterbeugte, um sie auf die Wange zu küssen. Lucy war klein, blond und rundgesichtig; niemand hätte jemals vermutet, dass sie Geschwister waren. Sie war das Ergebnis einer weiteren Liaison ihrer Mutter mit einem bekannten Musiker. Rick war Rhythmusgitarrist, pflegte jedoch im Gegensatz zu Strikes Vater eine freundschaftliche Beziehung zu seinem Nachwuchs.

»Ich dachte, du hättest mich aufgefordert, einen Gast mitzubringen«, murmelte Strike, während Greg Nina ins Wohnzimmer führte.

»Ich hab dich gefragt, *ob* du jemanden mitbringst«, fauchte Lucy wütend. »Oh Gott ... Ich muss einen zusätzlichen Platz eindecken ... und die *arme Marguerite* ...«

»Wer ist Marguerite?«, fragte Strike, doch Lucy hastete be-

reits mit hoch erhobenem Pfannenwender in Richtung Esszimmer und ließ ihren Ehrengast in der Diele stehen. Mit
einem Seufzer folgte Strike Greg und Nina ins Wohnzimmer.

»Überraschung!«, sagte ein blonder Mann mit zurückwei-
chendem Haaransatz und sprang vom Sofa auf, während seine
bebrillte Frau Strike ein strahlendes Lächeln schenkte.

»Allmächtiger!«, rief Strike und trat vor, um mit aufrichtiger Freude die ausgestreckte Hand zu schütteln. Nick und
Ilsa gehörten zu seinen ältesten Freunden und verkörperten
die Schnittstelle der beiden Hälften seines früheren Lebens:
London und Cornwall, glücklich vermählt.

»Kein Mensch hat mir gesagt, dass ihr kommen würdet!«

»Natürlich nicht, es sollte ja eine Überraschung sein,
Oggy«, sagte Nick, als Strike sich hinunterbeugte, um Ilsa auf
die Wange zu küssen. »Kennst du Marguerite?«

»Nein«, sagte Strike, »bisher noch nicht.«

Dies war also der Grund dafür, dass seine Schwester sich im
Vorfeld erkundigt hatte, ob er jemanden mitbringen wollte:
die Art Frau, in die er sich – Lucys Ansicht nach – verlie-
ben sollte, um mit ihr in einem Haus mit einer Magnolie im
Vorgarten zusammenzuleben. Marguerite war schwarzhaarig,
hatte fettige Haut und wirkte mürrisch; sie trug ein purpur-
rotes Satinkleid, das sie gekauft haben musste, als sie noch ein
wenig schlanker gewesen war. Strike war sich sicher, dass sie
geschieden war. In Bezug auf diese Eigenschaft entwickelte er
allmählich hellseherische Fähigkeiten.

»Hi«, sagte sie, während Nina in ihrem kleinen Schwarzen
mit Greg plauderte. In der knappen Begrüßung lag eine Welt
von Bitterkeit.

Nun waren sie also beim Essen zu siebt. Strike hatte seine
Zivilistenfreunde nicht mehr oft gesehen, seit er als Invalide
aus der Army ausgeschieden war. Seine freiwillig hohe Ar-

beitsbelastung ließ die Grenzen zwischen Werktagen und Wochenenden verschwimmen, und erst jetzt wurde ihm wieder bewusst, wie sehr er Nick und Ilsa mochte – und wie viel schöner es hätte sein können, wenn sie irgendwo zu dritt indisch essen gegangen wären.

»Woher kennen Sie Cormoran?«, fragte Nina interessiert.

»Ich bin in Cornwall mit ihm zur Schule gegangen«, sagte Ilsa. Sie lächelte Strike über den Tisch an. »Zumindest ab und zu. Du warst ja nur sporadisch da, nicht wahr, Corm?«

Zum Räucherlachs wurde die Geschichte von Cormorans und Lucys fragmentierter Kindheit ausgebreitet: die Umzüge mit ihrer unsteten Mutter, die regelmäßige Rückkehr nach St Mawes sowie der Onkel und die Tante, die in ihrer Kindheit und Jugend als Ersatzeltern fungiert hatten.

»Und dann ist Corm von seiner Mutter wieder nach London mitgenommen worden, als er … Wie alt warst du damals, siebzehn?«, fragte Ilsa.

Strike wusste, dass Lucy an dieser Unterhaltung nicht den geringsten Spaß hatte; sie verabscheute es, über ihre unkonventionelle Erziehung und ihre berüchtigte Mutter zu reden.

»Und so ist er bei mir in einer guten alten, hundsgemeinen Gesamtschule gelandet«, sagte Nick. »War 'ne schöne Zeit.«

»Es war gut, mit Nick befreundet zu sein«, sagte Strike. »Er kennt London wie seine Westentasche; sein Vater ist Taxifahrer.«

»Sind Sie auch Taxifahrer?«, fragte Nina, die die Andersartigkeit von Strikes Freunden aufregend zu finden schien.

»Nein«, sagte Nick fröhlich, »ich bin Gastroenterologe. Oggy und ich haben gemeinsam unseren Achtzehnten gefeiert …«

»…und Corm hatte dazu seinen Freund Dave und mich aus St Mawes eingeladen«, erzählte Ilsa. »Zum ersten Mal in London – ich war so aufgeregt …«

»…und da haben wir uns kennengelernt«, schloss Nick und grinste seiner Frau zu.

»Und nach so vielen Jahren immer noch keine Kinder?«, fragte Greg, selbst stolzer Vater dreier Söhne.

Es entstand eine winzige Pause. Strike wusste, dass Nick und Ilsa sich seit Jahren vergeblich bemühten, ein Kind zu bekommen.

»Noch nicht«, antwortete Nick. »Was machen Sie beruflich, Nina?«

Bei der Erwähnung des Verlags Roper Chard wurde Marguerite, die Strike vom Tischende aus mürrisch beobachtet hatte, als wäre er ein außer Reichweite platzierter Leckerbissen, ein wenig lebhafter.

»Michael Fancourt ist jetzt bei Roper Chard unter Vertrag«, verkündete sie. »Das habe ich heute Morgen auf seiner Webseite gesehen.«

»Manometer, das ist doch gestern erst bekannt gegeben worden!«, sagte Nina. Die Art, wie sie »Manometer« sagte, erinnerte Strike daran, wie Dominic Culpepper Bedienungen »Kumpel« nannte; es war für Nick bestimmt gewesen, dachte er, und sollte obendrein womöglich Strike gegenüber unter Beweis stellen, dass auch sie sich munter unters Proletariat mischen konnte. (Charlotte, seine Exverlobte, hatte ihr Vokabular und ihren Akzent unabhängig davon, wo sie war, niemals geändert. Sie hatte auch keinen seiner Freunde gemocht.)

»Oh, ich bin ein großer Fan von Michael Fancourt«, sagte Marguerite. »*Das Haus der Leere* gehört zu meinen Lieblingsromanen. Ich liebe die Russen, und Fancourt hat etwas an sich, was mich an Dostojewski erinnert…«

Lucy hatte ihr garantiert erzählt, dass Strike in Oxford studiert hatte und ein kluger Kopf war. Er wünschte sich einmal mehr, Marguerite wäre tausend Meilen weit entfernt und Lucy kennte ihn besser.

»Fancourt kann keine Frauen«, sagte Nina verächtlich. »Er gibt sich alle Mühe, aber er kann's einfach nicht. Seine Frauen bestehen nur aus Temperament, Titten und Tampons.«

Nick hatte bei dem unerwarteten Wort »Titten« in seinen Wein geschnaubt; Strike musste lachen, weil Nick hatte lachen müssen, und Ilsa sagte mit einem Kichern: »Ihr seid beide sechsunddreißig, Himmel noch mal!«

»Also, ich finde ihn wundervoll«, wiederholte Marguerite ohne jede Andeutung eines Lächelns. Sie war um einen potenziellen Partner gebracht worden, auch wenn er übergewichtig und einbeinig war, und dachte nicht daran, nun auch noch auf Michael Fancourt zu verzichten. »Und unglaublich attraktiv! Kompliziert und klug – eine Mischung, der ich noch nie widerstehen konnte«, sagte sie und seufzte. Die Andeutung war an Lucy adressiert und spielte offenbar auf vergangene Kalamitäten an.

»Sein Kopf ist zu groß für seinen Körper«, sagte Nina und leugnete rundheraus, wie aufgeregt sie selbst am Vorabend bei Fancourts Anblick gewesen war, »und er ist phänomenal arrogant.«

»Ich fand es immer schon rührend, was er für diesen jungen amerikanischen Schriftsteller getan hat«, fuhr Marguerite fort, während Lucy die Vorspeisen abtrug und Greg ein Zeichen gab, ihr in der Küche zu helfen. »Dass er dessen Roman fertiggestellt hat ... dieser junge Schriftsteller, der an Aids gestorben ist, wie hieß er gleich wieder ...«

»Joe North«, sagte Nina.

»Erstaunlich, dass du überhaupt noch hergekommen bist«, sagte Nick halblaut zu Strike, »nach heute Nachmittag ...«

Nick war – leider – ein Spurs-Fan.

Greg, der mit dem Lammbraten zurückgekehrt war und Nicks Worte gehört hatte, schlug sofort in dieselbe Kerbe.

»Muss echt wehgetan haben, was, Corm? Als alle schon dachten, die Partie wäre gelaufen.«

»Worum geht's?«, fragte Lucy wie eine Lehrerin, die ihre Klasse zur Ordnung rief, während sie Schüsseln voll Kartoffeln und Gemüse auf den Tisch stellte. »Oh, kein Fußball, Greg, bitte!«

Und so konnte Marguerite weiter das Gesprächsthema bei Tisch vorgeben.

»Ja, *Haus der Leere* wurde durch das Haus inspiriert, das Fancourts toter Freund ihm hinterlassen hatte: ein Ort, an dem sie in jüngeren Jahren glücklich gewesen waren. Eine schrecklich anrührende Geschichte. Im Grunde genommen handelt sie von Reue, Verlust, geplatzten Träumen …«

»Joe North hat das Haus Michael Fancourt und Owen Quine zu gleichen Teilen hinterlassen«, stellte Nina energisch richtig. »Und beide haben davon inspirierte Romane geschrieben. Michael hat dafür den Booker bekommen – und Owens Buch wurde allgemein verrissen«, fügte sie, für Strike bestimmt, halblaut hinzu.

»Was ist mit dem Haus passiert?«, fragte Strike, während Lucy ihm ein Stück Lammbraten reichte.

»Oh, das ist ewig her! Es ist bestimmt verkauft worden«, mutmaßte Nina. »Die beiden würden nichts gemeinsam besitzen wollen; sie hassen sich seit Jahren. Seit Elspeth Fancourt damals wegen dieser Parodie Selbstmord verübt hat.«

»Du weißt nicht zufällig, wo sich dieses Haus befindet?«

»Er ist doch nicht *dort*«, raunte Nina ihm zu.

»Wer ist nicht dort?«, fragte Lucy mit kaum verhohlener Gereiztheit. Ihr Plan für Strike war durchkreuzt worden. Nina hatte bei ihr keine Chance mehr.

»Einer unserer Autoren ist verschwunden«, erklärte Nina, »und seine Frau hat Cormoran gebeten, ihn aufzuspüren.«

»Irgendjemand Erfolgreiches?«, fragte Greg.

Zweifellos hatte er es satt, dass seine Frau sich wortreich Sorgen um ihren brillanten, aber mittellosen Bruder machte, dessen Geschäft kaum je die Gewinnzone erreichte, obwohl er so schwer schuftete. Doch das Wort »erfolgreich« mit all seinen Nebenbedeutungen, so wie Greg es ausgesprochen hatte, wirkte auf Strike wie Nesselfieber.

»Nein«, sagte er. »Ich glaube kaum, dass man Quine erfolgreich nennen kann.«

»Wer hat dich engagiert, Corm? Der Verlag?«, fragte Lucy besorgt.

»Seine Frau«, sagte Strike.

»Sie kann hoffentlich die Rechnung bezahlen, oder?«, fragte Greg. »Keine Nieten mehr, Corm, das muss dein Geschäftsgrundsatz Nummer eins sein.«

»Erstaunlich, dass du dir diese Perlen der Weisheit nicht aufschreibst«, sagte Nick halblaut zu Strike, während Lucy Marguerite noch einmal von allem anbot, was auf dem Tisch stand (als Entschädigung dafür, dass sie Strike nicht mit nach Hause nehmen und heiraten durfte, um sich zwei Straßen weiter mit ihm und einem chromblitzenden neuen Kaffeevollautomaten von Lucyundgreg niederzulassen).

Nach dem Abendessen zogen sie sich auf die beigefarbene Sitzgarnitur im Wohnzimmer zurück, wo Glückwunschkarten und Geschenke dargereicht wurden. Lucy und Greg hatten Strike eine neue Armbanduhr gekauft. »Ich weiß doch, dass deine alte kaputtgegangen ist«, sagte Lucy. Er war gerührt, dass sie sich noch daran erinnerte, und für einen Moment überspülte eine Woge der Zuneigung Strikes Verärgerung darüber, dass sie ihn heute Abend herzitiert hatte, an seinen Lebensentscheidungen herumnörgelte und mit Greg verheiratet war … Er nahm die billige, aber brauchbare Armbanduhr ab, die er sich ersatzweise gekauft hatte, und legte stattdessen Lucys Geschenk an. Die Uhr an dem Metallarmband war groß und protzig – und sah aus wie ein Duplikat von Gregs Armbanduhr.

Nick und Ilsa hatten ihm »diesen Whisky, den du so magst«, mitgebracht: einen Arran Single Malt, der ihn an Charlotte erinnerte, mit der er ihn einst erstmals gekostet hatte, doch jedwede melancholische Erinnerung wurde durch das plötzliche Erscheinen von drei Gestalten in Schlafanzügen im Keim erstickt, von denen die größte fragte: »Gibt's jetzt Torte?«

Strike hatte nie Kinder haben wollen (eine Einstellung, die Lucy missbilligte) und kannte seine Neffen kaum, weil er sie nur selten sah. Der älteste und der jüngste folgten ihrer Mutter nach draußen, um die Geburtstagstorte zu holen; der mittlere trat geradewegs auf Strike zu und hielt ihm eine selbst gemalte Karte hin. »Das bist du«, verkündete Jack und deutete auf das Bild, »wie du deinen Orden kriegst.«

»Du hast einen Orden?«, fragte Nina mit großen Augen und lächelte.

»Dank dir, Jack«, sagte Strike.

»Ich will auch Soldat werden«, verkündete der Junge.

»Deine Schuld, Corm«, sagte Greg mit einer gewissen Feindseligkeit. »Du hast ihm Spielzeugsoldaten gekauft und ihm von deiner Waffe erzählt.«

»Von zwei Waffen«, korrigierte Jack seinen Vater. »Du hattest zwei Waffen«, sagte er an Strike gewandt. »Aber du musstest sie zurückgeben.«

»Gutes Gedächtnis«, sagte Strike anerkennend. »Du wirst es weit bringen.«

Lucy erschien mit einer selbst gebackenen Torte, auf der

sechsunddreißig Kerzen brannten und die mit Hunderten von Smarties dekoriert zu sein schien. Als Greg das Licht ausmachte und alle zu singen begannen, wurde Strike von dem fast überwältigenden Drang erfasst, die Flucht zu ergreifen. Er würde sich ein Taxi rufen, sobald er diesen Raum verlassen konnte; bis dahin rang er sich ein Lächeln ab, blies die Kerzen aus und vermied es, Marguerite anzusehen, die ihn mit einem entnervenden Mangel an Zurückhaltung von ihrem Sessel aus anfunkelte. Er konnte schließlich nichts dafür, dass seine wohlmeinenden Freunde und Angehörigen ihn den ordensgeschmückten Tröster verlassener Frauen spielen lassen wollten.

Von der Toilette aus bestellte Strike telefonisch ein Taxi und verkündete eine halbe Stunde später mit angemessenem Bedauern, Nina und er würden jetzt fahren, weil er morgen früh aufstehen müsse.

Draußen in der überfüllten, lauten Diele – Strike hatte es geschickt vermieden, von Marguerite auf den Mund geküsst zu werden, während seine Neffen ihre Aufregung und den spätabendlichen Zuckerschub ausagierten und Greg Nina formvollendet in den Mantel half – murmelte Nick Strike zu: »Ich wusste gar nicht, dass du auf kleine Frauen stehst.«

»Tue ich auch nicht«, antwortete Strike leise. »Aber sie hat gestern etwas für mich geklaut.«

»Ach ja? Na, dann zeig ihr deine Dankbarkeit, indem du sie nach oben lässt«, sagte Nick. »Sonst zerquetschst du sie wie ein Insekt.«

…lasst euer Nachtmahl nicht roh sein, denn ihr sollt Blut
genug haben und einen vollen Bauch.

THOMAS DEKKER UND THOMAS MIDDLETON,
DIE EHRBARE DIRNE

Als Strike am folgenden Morgen aufwachte, wusste er sofort,
dass er nicht in seinem eigenen Bett lag. Es war zu bequem,
die Bettwäsche zu glatt, das Tageslicht, das die Steppdecke
sprenkelte, fiel von der falschen Seite herein, und das Geräusch des ans Fenster prasselnden Regens wurde von zuge-
zogenen Vorhängen gedämpft. Er stemmte sich hoch, sah sich
blinzelnd in Ninas Schlafzimmer um, das er am Vorabend nur
kurz bei Licht gesehen hatte, und erkannte im Spiegel gegenüber seinen eigenen nackten Oberkörper wieder: mit dichter
schwarzer Brustbehaarung, die einen dunklen Fleck vor der
blassblauen Wand hinter ihm bildete.

Nina war nicht da, aber er konnte Kaffee riechen. Wie erwartet war sie im Bett engagiert und energiegeladen gewesen und hatte den Anflug von Melancholie vertrieben, der ihn
nach seiner Geburtstagsfeier zu verfolgen gedroht hatte. Nun
fragte er sich allerdings, wie schnell er sich aus der Affäre ziehen konnte. Länger zu verweilen würde Erwartungen wecken,
die er nicht bereit war zu erfüllen.

Seine Prothese lehnte neben dem Bett an der Wand. Als

Strike gerade aus dem Bett rutschen wollte, um danach zu greifen, ging die Schlafzimmertür auf, und er zog sich schnell wieder zurück. Herein kam Nina: vollständig angezogen und mit feuchtem Haar, Zeitungen unter dem Arm, zwei Kaffeebechern in einer Hand und einem Teller Croissants in der anderen.

»Ich war kurz unten«, sagte sie atemlos. »Gott, draußen ist es schauderhaft! Fühl mal meine Nase – ich bin halb erfroren!«

»Das wäre nicht nötig gewesen«, sagte er und zeigte auf die Croissants.

»Ich bin am Verhungern, und unten in der Straße gibt es eine fabelhafte Bäckerei. Hier, sieh mal, die *News of the World* – Doms großer Exklusivbericht!«

Ein Foto des enterbten Adligen, über dessen Geheimkonten Strike Culpepper in Kenntnis gesetzt hatte, füllte die Titelseite; eingerahmt wurde es auf drei Seiten von Fotos zweier seiner Geliebten und der Dokumente von den Cayman Islands, die Strike sich von dessen Assistentin verschafft hatte. LORD PROTZ VON PROFITQUELL, kreischte die Schlagzeile. Strike ließ sich von Nina die Zeitung geben und überflog die Story. Culpepper hatte Wort gehalten: Die Assistentin mit dem gebrochenen Herzen wurde mit keiner Silbe erwähnt.

Nina saß neben Strike auf der Bettkante, las mit und gab leicht amüsierte Kommentare ab: »Oh Gott, wie kann man nur, sieh ihn dir an«, und: »Wow, das ist echt widerlich!«

»Wird Culpepper nicht schaden«, sagte Strike und faltete, als beide fertig waren, die Zeitung zusammen. Dabei fiel ihm die Datumszeile ins Auge: 21. November. Der Geburtstag seiner Exverlobten.

Ein leichtes, schmerzhaftes Ziehen unter dem Sonnengeflecht und ein plötzlicher Ansturm lebhafter, unerwünschter Erinnerungen... Vor einem Jahr – fast auf die Stunde genau – war er in der Holland Park Avenue neben Charlotte aufgewacht. Er erinnerte sich an ihr langes schwarzes Haar, die braungefleckten grünen Augen und an einen Körper, wie er ihn nie wieder sehen, nie wieder würde berühren dürfen... An jenem Morgen waren sie glücklich gewesen: Ihr Bett hatte einer Rettungsinsel geglichen, die auf der aufgewühlten See ihrer sich endlos wiederholenden Schwierigkeiten tanzte. Er hatte ihr einen Armreif geschenkt, für den er (auch wenn sie das nicht wusste) einen schrecklich teuren Kredit hatte aufnehmen müssen... Und zwei Tage später, an seinem Geburtstag, hatte sie ihm einen italienischen Anzug geschenkt, sie waren zum Abendessen ausgegangen und hatten tatsächlich einen Termin festgelegt, an dem sie sechzehn Jahre nach ihrer ersten Begegnung endlich heiraten wollten...

Die Festlegung dieses Termins hatte jedoch eine schreckliche neue Phase in ihrer Beziehung eingeläutet – als hätte sie das fragile Gleichgewicht, in dem sie zu leben gewohnt waren, irgendwie beschädigt. Charlotte war zusehends launisch und unberechenbar geworden. Wortgefechte und Szenen, zerschlagenes Porzellan, Vorwürfe, er sei ihr untreu gewesen (obwohl sie selbst sich damals schon, wie er inzwischen zu wissen glaubte, heimlich mit dem Mann getroffen hatte, mit dem sie mittlerweile verlobt war)... Noch fast vier Monate lang hatten sie durchgehalten, bis schließlich alles in einer letzten schmutzigen Explosion aus Vorwürfen und Wutanfällen zu Ende gegangen war.

Ein Rascheln von Baumwolle. Strike sah sich um und war beinahe überrascht, sich immer noch in Ninas Schlafzimmer zu befinden. Sie war drauf und dran, ihr Top abzustreifen. Anscheinend wollte sie wieder zu ihm ins Bett kommen.

»Ich kann nicht bleiben«, sagte er und streckte die Hand nach der Prothese aus.

»Warum nicht?«, fragte sie mit vor dem Oberkörper gekreuzten Armen und beiden Händen am Saum ihres Oberteils. »Komm schon – es ist Sonntag!«

»Ich muss arbeiten«, log er. »Detektive werden auch sonntags gebraucht.«

»Oh«, sagte sie. Es hatte sachlich klingen sollen, aber sie wirkte geknickt.

Er trank seinen Kaffee aus und achtete darauf, dass die Konversation weiter freundlich, aber unverbindlich blieb. Sie sah ihm dabei zu, wie er seine Prothese anlegte und ins Bad ging; als er zurückkam, um sich anzuziehen, saß sie mit angewinkelten Beinen in einem Sessel und knabberte mit leicht verzweifelter Miene an einem Croissant.

»Und du weißt sicher nicht, wo dieses Haus steht? Das Haus, das Quine und Fancourt geerbt haben?«, fragte er, während er seine Hose anzog.

»Wie bitte?«, sagte sie verwirrt. »Oh ... Gott, du willst doch nicht etwa dorthin? Es ist bestimmt schon seit Jahren verkauft.«

»Ich sollte Quines Frau danach fragen«, sagte Strike.

Er versprach, sie anzurufen – kurz angebunden, damit sie wusste, dass es nur leere Worte waren, bloße Formsache –, und verließ ihr Haus mit einem Gefühl matter Dankbarkeit und ohne schlechtes Gewissen.

Der Regen peitschte ihm ins Gesicht, als er die fremde Straße in Richtung U-Bahn-Haltestelle entlangschlenderte. Weihnachtslichter blinkten in der Auslage der Bäckerei, in der Nina eben noch Croissants gekauft hatte. Strikes großes Spiegelbild mit den hochgezogenen Schultern glitt über die regenbenetzte Glasfront. In einer kalten Faust hielt er die Plastiktüte, die Lucy ihm dankenswerterweise mitgegeben hatte, damit er seine Glückwunschkarten, seinen Geburtstagswhisky und das Etui seiner glänzenden neuen Uhr transportieren konnte.

Unwillkürlich wanderten seine Gedanken zu Charlotte zurück, die heute ihren Geburtstag mit ihrem neuen Verlobten feierte – sie war sechsunddreißig, sah aber wie fünfundzwanzig aus. Vielleicht hatte sie Diamanten geschenkt bekommen, dachte Strike; sie hatte immer behauptet, auf derlei Dinge keinen Wert zu legen, aber wenn sie sich gestritten hatten, war ihm der Glanz all dessen, was er ihr nicht hatte bieten können, manchmal boshaft ins Gesicht geschleudert worden.

Irgendjemand Erfolgreiches?, hatte Greg in Bezug auf Owen Quine gefragt und damit gemeint: Großes Auto? Schönes Haus? Dickes Bankkonto?

Strike kam am Beatles Coffee Shop vorbei, aus dem ihn die neckisch positionierten Schwarz-Weiß-Köpfe der Fab Four anstarrten, und betrat die beheizte U-Bahn-Station. Er wollte diesen verregneten Sonntag nicht allein in seiner Dachgeschosswohnung in der Denmark Street verbringen. Am Jahrestag von Charlotte Campbells Geburt brauchte er Beschäftigung.

Er blieb stehen, um sein Handy herauszuholen und Leonora Quine anzurufen.

»Hallo?«, meldete sie sich brüsk.

»Hi, Leonora, hier ist Cormoran Strike …«

»Haben Sie Owen gefunden?«

»Leider noch nicht. Ich rufe an, weil ich erfahren habe, dass Ihr Mann von einem Freund ein Haus geerbt hat.«

»Was für ein Haus?«

Ihre Stimme klang müde und gereizt. Strike musste an diverse reiche Ehemänner denken, mit denen er beruflich zu tun gehabt hatte – Männer, die ihren Frauen Zweitwohnungen verheimlichten –, und fragte sich unwillkürlich, ob er drauf und dran war, etwas preiszugegeben, was Quine seiner Familie vorenthalten hatte.

»Stimmt das etwa nicht? Hat nicht ein Schriftsteller namens Joe North sein Haus zwei Freunden …«

»Ach, *das!*«, sagte sie. »Talgarth Road, na klar, aber das war vor über dreißig Jahren. Was interessiert Sie das jetzt noch?«

»Es ist wohl verkauft worden …«

»Nein«, sagte sie erbittert, »weil dieser verdammte Fancourt sich quergestellt hat. Bloß um uns zu ärgern – benutzen tut er es nie. Es steht einfach nur rum, nützt niemandem und fällt langsam in sich zusammen.«

Strike lehnte sich an die Wand neben den Fahrkartenautomaten und fixierte die Glaskuppel über sich, die von einem Spinnennetz aus Stahlstreben getragen wurde. Das kommt davon, sagte er sich wieder, wenn man in geistiger Umnachtung Klienten annimmt. Er hätte sie gleich eingangs fragen müssen, ob sie sonst noch irgendwelchen Besitz hatten. Das hätte er kontrollieren müssen.

»Hat denn schon irgendjemand nachgesehen, ob sich Ihr Mann dort aufhält, Mrs. Quine?«

Sie reagierte mit einem höhnischen Lachen. »*Dort* würde er im Leben nicht hingehen!«, sagte sie, als hätte Strike angedeutet, ihr Mann halte sich im Buckingham-Palast versteckt. »Er hasst es abgrundtief und macht einen weiten Bogen darum. Außerdem glaub ich nicht, dass dort noch Möbel stehen oder sonst irgendwas.«

»Haben Sie einen Schlüssel?«

»Keine Ahnung. Aber Owen würde dort *nie* hingehen! Er war seit Jahren nicht mal mehr in der Nähe. Es wäre ein schlimmer Aufenthaltsort – alt und leer.«

»Wenn Sie trotzdem mal nach dem Schlüssel sehen könnten…«

»Ich kann jetzt nicht in die Talgarth Road, ich hab Orlando!«, entgegnete sie erwartungsgemäß. »Und Sie können mir wirklich glauben, dass er nie…«

»Ich könnte gleich bei Ihnen vorbeikommen«, bot Strike an, »den Schlüssel abholen, sofern Sie ihn finden können, und in dem Haus nachsehen. Nur um sicherzustellen, dass wir überall gesucht haben.«

»Okay, aber… Heute ist Sonntag«, sagte sie hörbar überrascht.

»Ich weiß. Meinen Sie, Sie könnten den Schlüssel raussuchen?«

»Also gut«, sagte sie nach einer kurzen Pause. »Aber«, fügte sie in einem letzten Aufbäumen hinzu, »dort ist er garantiert nicht!«

Strike nahm die U-Bahn, stieg um in Richtung Westbourne Park und marschierte dann mit gegen die eisige Sintflut hochgeschlagenem Mantelkragen zu der Adresse, die Leonora bei ihrer ersten Begegnung auf einen Zettel gekritzelt hatte.

Dies war ein weiterer jener seltsamen Winkel Londons, in dem Millionäre nur einen Steinwurf entfernt von Arbeiterfamilien residierten, die ihre Häuser seit vierzig oder mehr Jahren bewohnten. Die regnerische Szenerie bildete ein seltsames Diorama: elegante Apartmentgebäude hinter schlichten, unprätentiösen Reihenhäusern – das luxuriöse Neue und das behagliche Alte.

Das Haus der Familie Quine stand in der Southern Row, einer ruhigen Nebenstraße mit flachen Klinkerbauten unweit eines weiß getünchten Pubs namens The Chilled Eskimo. Strike, der von Kopf bis Fuß nass war und fror, sah im Vorbeigehen zu dem Schild über der Tür auf; es zeigte einen Inuk, der mit dem Rücken zur aufgehenden Sonne zufrieden an einem Eisloch hockte.

Die Haustür der Quines war schlammgrün gestrichen und blätterte bereits an einigen Stellen ab, und auch sonst wirkte die Front bis hin zum Gartentor, das nur an einer Angel hing, ziemlich heruntergekommen. Als Strike klingelte, musste er wieder an Quines Vorliebe für bequeme Hotelzimmer denken, und der Vermisste sank in seiner Achtung noch ein wenig tiefer.

»Sie waren ja schnell«, lautete Leonoras schroffe Begrüßung, als sie ihm aufmachte. »Kommen Sie rein.«

Er folgte ihr durch einen engen, düsteren Flur. Links führte eine offen stehende Tür in einen Raum, der aussah wie Owen Quines Arbeitszimmer. Es wirkte unaufgeräumt und schmuddelig. Schubladen standen offen, und windschief auf dem Schreibtisch stand eine alte elektrische Schreibmaschine. Strike sah regelrecht vor sich, wie Quine in seinem Zorn auf Elizabeth Tassel die letzte Seite aus der Maschine riss.

»Haben Sie den Schlüssel gefunden?«, fragte er Leonora, als sie am Ende des Flurs die dunkle, muffige Küche betraten. Die Haushaltsgeräte schienen samt und sonders mindestens dreißig Jahre alt zu sein. Strike meinte, eine braune Mikrowelle wiederzuerkennen, die auch seine Tante Joan in den Achtzigerjahren besessen hatte.

»Also, ich hab ein paar gefunden«, erklärte Leonora und deutete auf ein halbes Dutzend Schlüssel auf dem Küchentisch. »Keine Ahnung, ob einer davon der richtige ist.«

Keiner der Schlüssel war gekennzeichnet, und einer davon war so groß, dass er eigentlich nur in eine Kirchenpforte passen konnte.

»Welche Hausnummer in der Talgarth Road ist es?«, fragte Strike.

»Hundertneunundsiebzig.«

»Wann waren Sie zuletzt dort?«

»Ich? Bin noch nie dort gewesen«, sagte sie und klang dabei unverhohlen gleichgültig. »Hat mich nie interessiert. War reine Dummheit.«

»Was war reine Dummheit?«

»Es den beiden zu hinterlassen.« Als Strike ein höflich fragendes Gesicht machte, erklärte sie ungeduldig: »Dieser Joe North, der es Owen und Michael Fancourt vererbt hat. Sie sollten dort schreiben, aber das haben sie nie getan. Nutzlos.«

»Und Sie sind nie dort gewesen?«

»Nein. Sie haben's geerbt, als Orlando zur Welt gekommen ist. Hat mich nie interessiert«, wiederholte sie.

»Orlando ist damals geboren worden?«, fragte Strike überrascht. In seiner unbestimmten Vorstellung war Orlando eine hyperaktive Zehnjährige gewesen.

»Sechsundachtzig, ja«, sagte Leonora. »Sie ist behindert.«

»Oh«, sagte Strike, »verstehe.«

»Sie ist gerade oben und schmollt, weil ich sie ausschimpfen musste«, sagte Leonora in einem ihrer Anfälle von Redseligkeit. »Sie klaut Sachen. Sie weiß, dass das unrecht ist, aber sie tut's trotzdem. Ich hab sie dabei erwischt, wie sie Edna von nebenan die Geldbörse aus der Handtasche gezogen hat, als sie hier war. Nicht wegen dem Geld«, fügte sie rasch hinzu, als hätte er diesen Verdacht geäußert, »sondern weil sie die Farbe mochte. Edna versteht das. Sie kennt Orlando. Aber das tun nicht alle. Ich sag ihr immer wieder, dass es unrecht ist. Sie weiß, dass es unrecht ist.«

»Sie haben also nichts dagegen, wenn ich die hier mitnehme und ausprobiere?«, fragte Strike und wischte die Schlüssel vom Tisch in die offene Hand.

»Nur zu«, sagte Leonora und fügte dann trotzig hinzu: »Aber dort ist er garantiert nicht.«

Strike steckte seine Beute ein, lehnte Leonoras verspätet angebotenen Tee oder Kaffee ab und trat wieder in den kalten Regen hinaus.

Auf dem Weg zur U-Bahn-Haltestelle Westbourne Park, die ihm eine kurze Fahrt ohne häufiges Umsteigen ermöglichte, stellte er fest, dass er wieder hinkte. In seiner Eile, Ninas Wohnung zu verlassen, hatte er die Prothese weniger sorgfältig als sonst angelegt und auch keine Salbe zur Stumpfpflege auftragen können.

Vor acht Monaten (am selben Tag, an dem er später einen Messerstich in den Oberarm bekommen hatte) war er auf einer Treppe schwer gestürzt. Der Orthopäde, bei dem er danach gewesen war, hatte ihm erklärt, er habe eine Bänderverletzung im Knie des amputierten Beins, und zu Eis, Schonung und weiteren Untersuchungen geraten, doch Strike, der sich keine Pause und keine weiteren Arzttermine leisten konnte, hatte das Knie bandagiert und bemühte sich seither, das Bein möglichst oft hochzulegen. Die Schmerzen klangen allmählich ab, aber wenn er viel zu Fuß unterwegs war, begann das Knie wieder zu pochen und schwoll an.

Die Straße, auf der Strike unterwegs war, beschrieb eine leichte Rechtskurve, und er marschierte vor einer großen, hageren Gestalt her, die den Kopf gesenkt und die Schultern hochgezogen hatte, sodass nur der Scheitel der Kapuze eines schwarzen Mantels sichtbar war.

Vernünftiger wäre es natürlich gewesen, jetzt heimzufahren und das Knie zu schonen. Es war Sonntag. Kein Grund für ihn, im Regen durch ganz London zu spazieren.

Dort ist er garantiert nicht, sagte Leonoras Stimme in seinem Kopf.

Die Alternative wäre jedoch gewesen, in die Denmark Street zurückzukehren, das Prasseln des Regens gegen das undichte Fenster neben seinem Bett unter der Dachschräge zu hören und Fotoalben voller Aufnahmen von Charlotte in gefährlicher Reichweite zu wissen: in den Kartons auf dem Treppenabsatz.

Da war es besser, in Bewegung zu bleiben und über die Probleme anderer Leute nachzudenken...

Im Regen blinzelnd sah er zu den Häusern auf, an denen er vorüberging, und nahm am äußersten Rand seines Gesichtsfelds die Gestalt wahr, die ihm in zwanzig Metern Abstand folgte. Obwohl der schwarze Mantel formlos war, hatte Strike aufgrund der kleinen, schnellen Schritte den Eindruck, dass es sich um eine weibliche Person handelte.

Und dann fiel ihm etwas Seltsames an ihrer Gangart auf, etwas Unnatürliches. Ihr fehlte die Selbstversonnenheit einer einsamen Spaziergängerin an einem nasskalten Tag. Sie hatte den Kopf nicht gesenkt, um sich gegen den Wind und den Regen zu schützen, und sie stapfte auch nicht einfach gleichmäßig weiter, um ein bestimmtes Ziel zu erreichen. Sie veränderte ihr Tempo in geringen, aber für Strike deutlich wahrnehmbaren Nuancen, und das unter der Kapuze verborgene Gesicht wurde alle paar Sekunden dem vom Wind getriebenen, eisigen Regen ausgesetzt, nur um gleich wieder im Schatten zu verschwinden. Sie hatte ihn im Visier.

Was hatte Leonora bei ihrer ersten Begegnung gesagt?

Ich glaube, ich werde verfolgt. Eine große Frau mit schwarzen Haaren und hängenden Schultern.

Strike ging ein wenig schneller, dann allmählich wieder langsamer. Der Abstand zwischen ihnen blieb immer gleich; nur das verborgene Gesicht – ein blasser, rosiger Schemen – kam jetzt häufiger unter der Kapuze hervor, um seine Position zu kontrollieren.

Sie hatte offensichtlich keine Erfahrung darin, jemanden

zu beschatten. Als Experte hätte Strike die gegenüberliegende Straßenseite genommen und so getan, als telefonierte er mit dem Handy; er hätte sein ausschließliches Interesse an der Zielperson besser getarnt ...

Zu seinem eigenen Vergnügen täuschte er ein plötzliches Zögern vor, als wäre er im Zweifel, ob er den richtigen Weg eingeschlagen hatte. Die überrumpelte Gestalt machte halt und blieb wie angewurzelt stehen. Strike schlenderte weiter und hörte nur Sekunden später erneut das Echo ihrer Schritte auf dem nassen Pflaster hinter sich. Sie war zu unbedarft, um auch nur zu erkennen, dass sie durchschaut worden war.

Ein kleines Stück voraus kam die Haltestelle Westbourne Park in Sicht: ein niedriger, lang gestreckter goldfarbener Klinkerbau. Dort würde er ihr gegenübertreten, sie nach der Uhrzeit fragen, sich bei dieser Gelegenheit ihr Gesicht ansehen.

Er betrat das Gebäude und verschwand sofort auf einer Seite des Eingangs, um dort unbemerkt auf sie zu warten.

Keine dreißig Sekunden später sah er die große, dunkle Gestalt – immer noch mit den Händen in den Manteltaschen – durch den glitzernden Regen in Richtung Eingang joggen; sie fürchtete offensichtlich, abgehängt worden zu sein, und hatte Angst, er könnte bereits in einen Zug eingestiegen sein.

Rasch trat er hinter der Tür hervor, um sie aufzuhalten – als sein künstlicher Fuß auf den nassen Fliesen ausrutschte und unter ihm wegglitt.

»Scheiße!«

Mit einem unbeholfenen Spagat verlor Strike den Boden unter den Füßen und stürzte; in der endlos langen, wie in Zeitlupe ablaufenden Sekunde, bevor er auf den schmutzigen, nassen Fliesen aufkam und schmerzhaft auf die Whiskyflasche in seiner Plastiktüte fiel, sah er sie im Eingangsbereich als Silhouette erstarren, ehe sie wie ein erschrecktes Reh die Flucht ergriff.

»Mist!«, keuchte er vom nassen Boden herauf. Die Leute vor den Fahrkartenautomaten starrten ihn an. Bei seinem Sturz hatte er sich erneut das Bein verdreht; vielleicht war diesmal ein Band gerissen; sein Knie, das zuvor nur wund gewesen war, kreischte jetzt regelrecht. Lautlos verfluchte er rutschige Fußböden und Prothesen mit starren Knöcheln und versuchte, sich aufzurappeln. Niemand wollte ihm helfen. Bestimmt hielten sie alle ihn für betrunken – Nicks und Ilsas Whiskyflasche war aus der Plastiktasche gerollt und scheppernd davongekullert.

Schließlich half ihm ein U-Bahn-Mitarbeiter auf, der irgendetwas von einem Schild murmelte, das vor der Rutschgefahr warnte – ob der Gentleman es nicht gesehen habe, sei es nicht auffällig genug angebracht? Er drückte Strike den Whisky in die Hand, dieser murmelte gedemütigt seinen Dank und humpelte zu den Sperren hinüber, um den unzähligen starrenden Augen zu entkommen.

Als er endlich sicher in der U-Bahn gen Süden saß, streckte er das pochende Bein aus und tastete sein Knie ab, so gut das durch den Hosenstoff möglich war. Genau wie nach seinem Treppensturz im Frühjahr war das Knie druckempfindlich und wund. Er war wütend auf die junge Frau, die ihn verfolgt hatte, und versuchte, sich zu erklären, wie alles abgelaufen war.

Seit wann hatte sie ihn verfolgt? Hatte sie das Haus der Quines beobachtet, ihn hineingehen sehen? Hatte sie ihn (eine wenig schmeichelhafte Option) für Owen Quine gehalten? Kathryn Kent hatte dies in der Dunkelheit zumindest kurzzeitig getan …

Um sich besser auf den womöglich riskanten Schritt aus dem U-Bahn-Wagen vorbereiten zu können, war Strike schon

Minuten, bevor er in Hammersmith umsteigen musste, auf den Beinen. Als er seinen Zielort Barons Court erreichte, hinkte er stark und wünschte sich, er hätte einen Gehstock. Auf dem Weg durch die in viktorianischem Erbsengrün gekachelte Schalterhalle achtete er sorgfältig darauf, wohin er auf den mit schmutzigen Fußabdrücken übersäten, nassen Fliesen trat. Viel zu bald trat er aus dem Schutz dieses kleinen Juwels einer U-Bahn-Haltestelle mit ihren Jugendstilschriften und Steingiebeln und humpelte durch den strömenden Regen auf die in der Nähe verlaufende Schnellstraße zu.

Dankbar und erleichtert stellte er fest, dass er in genau demjenigen Abschnitt der Talgarth Road ausgestiegen war, wo das gesuchte Haus stehen musste.

Obwohl London reich an baulichen Anomalien dieser Art war, hatte er noch nie Gebäude gesehen, die so wenig zu ihrer Umgebung passten. Die alten Häuser standen in einer würdevollen Reihe wie dunkelrote Relikte aus einer optimistischeren, fantasievolleren Zeit, während vor ihnen unaufhörlich der Verkehr in beide Richtungen vorüberrumpelte. Die Talgarth Road war die Hauptausfallstraße aus London in Richtung Westen.

Er betrachtete die verschnörkelten spätviktorianischen Künstlerbehausungen, deren Erdgeschosse Bleiglasfenster wie Gitternetzlinien aufwiesen, während die übergroßen gewölbten Nordfenster der Obergeschosse wie Fragmente des zerstörten Crystal Palace wirkten. Obwohl Strike müde war, fror und Schmerzen hatte, blieb er einen Augenblick stehen, um zu Nummer 179 aufzusehen, die markante Architektur zu bewundern und sich zu fragen, wie viel die Quines wohl dafür bekommen würden, wenn Fancourt endlich nachgäbe und dem Verkauf zustimmte.

Er stapfte die weiße Eingangstreppe hinauf. Die Haustür

war vor dem Regen durch ein Klinkervordach geschützt, das reich mit in Stein gehauenen Ranken, Blätterleisten und Emblemen geschmückt war. Strike probierte mit klammen, fast gefühllosen Fingern einen Schlüssel nach dem anderen aus.

Der vierte ließ sich mühelos ins Schloss stecken und drehte sich, als wäre er täglich benutzt worden. Ein leises Klicken, dann war die Haustür offen. Er trat über die Schwelle und drückte die Tür hinter sich zu.

Ein Schock wie ein Schlag ins Gesicht, wie ein Eimer voll Eiswasser. Strike tastete nach seinem Mantelkragen und zog ihn schützend über Mund und Nase. Wo er nur Staub und altes Holz hätte riechen sollen, überwältigte ihn ein heftiger chemischer Gestank, der sich in Nase und Rachen fraß.

Unwillkürlich griff er nach einem Lichtschalter an der Wand, und zwei von der Decke baumelnde nackte Glühbirnen flammten auf.

Die schmale unmöblierte Diele war mit honigfarbenem Holz getäfelt. Etwa auf halber Strecke trugen gedrechselte Säulen aus dem gleichen Holz einen Bogen, der luftig, elegant, perfekt proportioniert wirkte.

Strike kniff die Augen zusammen und ließ seinen Blick langsam über die wie verbrannt aussehenden Flecken auf der alten Vertäfelung gleiten. In einem offenbar mutwilligen Akt von Vandalismus war überall eine stark ätzende Säure verspritzt worden, von der die staubige Luft noch immer brannte. Die Säure hatte den Firnis von dem alten Parkett geätzt, die Patina der Holztreppe vor ihm zerstört und große Flecken an den Wänden zurückgelassen, wo der Anstrich sich verfärbt hatte.

Nach ein paar schweren Atemzügen durch die dicke Wollserge seines Mantelkragens fiel Strike überdies auf, dass es viel zu warm war für ein unbewohntes Haus. Die Heizung war hochgedreht worden, was den starken chemischen Geruch noch durchdringender machte, als wenn er sich bei kalten Wintertemperaturen hätte verflüchtigen können.

Papier raschelte unter seinen Füßen. Ein Blick nach unten offenbarte ihm ein paar Flyer von Schnellimbissen und einen Briefumschlag mit der Aufschrift *An den Hausbesitzer/ Hausmeister.* Er bückte sich und hob ihn auf. Der Umschlag enthielt die kurze handschriftliche Mitteilung eines Nachbarn, der sich über den Gestank beschwerte.

Er ließ den Zettel zurück auf die Fußmatte fallen, ging weiter durch die Diele und betrachtete die Flecken auf sämtlichen Flächen, die mit der Säure in Berührung gekommen waren. Vor ihm links befand sich eine Tür, die er aufstieß. Der Raum dahinter war dunkel und leer und gänzlich ohne Säureflecken. Eine marode Küche – bis auf Herd und Anrichte unmöbliert – stellte den einzig weiteren Raum im Erdgeschoss dar. Hier wiederum hatte die Säureflut Spuren hinterlassen; selbst ein angetrockneter halber Brotlaib auf der Anrichte war damit getränkt worden.

Langsam stieg Strike die Treppe hinauf. Irgendjemand war hier nach oben oder unten gegangen und hatte aus einem großen Behälter scharfe, korrosive Flüssigkeit ausgeschüttet; sie war überall hingespritzt, am Treppenabsatz sogar bis auf das Fensterbrett, dessen Lackierung Blasen geworfen hatte und abgeplatzt war.

Im ersten Stock machte Strike halt. Selbst durch den dicken Stoff seines Mantels konnte er jetzt noch etwas anderes riechen: etwas, was nicht einmal der stechend chemische Geruch überdecken konnte. Süßlich, faulig, widerlich: der Gestank von verwesendem Fleisch.

Er hielt sich nicht damit auf, eine der geschlossenen Türen im ersten Stock zu öffnen. Während sein Geburtstagswhisky in der Plastiktüte dämlich hin- und herschlenkerte, folgte er stattdessen der Säurespur eine zweite Treppe hinauf. Auch hier war der Anstrich auf den Stufen teilweise weggeätzt. Selbst das kunstvoll geschnitzte Treppengeländer mitsamt Pfosten hatte seinen Glanz verloren.

Mit jedem Schritt, den Strike machte, wurde der Verwesungsgestank stärker. Er gemahnte ihn an eine Zeit, in der sie in Bosnien lange Stangen in den Erdboden getrieben und wieder herausgezogen hatten, um an den Enden zu riechen – eine sichere Methode, um Massengräber ausfindig zu machen. Er drückte sich den Mantelkragen noch fester auf die Nase, als er den zweiten Stock mit dem Atelier erreichte, in dem einst ein viktorianischer Künstler bei stets gleichbleibendem Nordlicht gearbeitet hatte.

Auf der Schwelle zögerte Strike nur kurz, um den Hemdärmel über seine nackte Hand zu ziehen, damit er keine Spur an der Klinke zurückließ, und stieß dann die Holztür auf. Stille, wenn man von den leise quietschenden Angeln absah – und dann das Summen von Fliegen.

Er hatte den Tod erwartet, aber nicht das.

Ein Kadaver: gefesselt, stinkend und verfaulend, leer und ausgeweidet, auf dem Boden liegend, statt an einem Metallhaken hängend, an den er eher zu gehören schien. Doch was wie ein geschlachtetes Schwein aussah, trug Menschenkleidung.

Der Tote lag unter hohen Deckenbalken, war in Licht gebadet, das durch das gigantische Dachfenster einfiel, und obwohl dies ein Privathaus war und draußen weiter der Verkehr vorüberbrandete, hatte Strike das Gefühl, er stünde würgend in einem Tempel und wäre Augenzeuge eines rituellen Opfers, eines Akts unheiliger Entweihung.

Um den verwesenden Leichnam herum waren sieben Teller und sieben Gedecke platziert worden, als wäre er ein gigantischer Braten. Der Torso war von der Kehle bis zum Becken aufgeschlitzt, und Strike war groß genug, um selbst von der Schwelle aus die klaffende schwarze Höhle erkennen zu können, die darin zurückgeblieben war. Die inneren Organe und Eingeweide fehlten, als wären sie verzehrt worden. Überall waren Stoff und Fleisch weggeätzt, was den grausigen Eindruck verstärkte, die Leiche wäre gebraten und teilweise verspeist worden. An manchen Stellen glänzte die verätzte Haut des verwesenden Kadavers, wirkte fast flüssig. Vier leise zischende Heizkörper förderten den Zerfall.

Das zerstörte Gesicht lag am weitesten von Strike entfernt in Fensternähe. Er betrachtete es mit zusammengekniffenen Augen, ohne sich zu bewegen, fast ohne zu atmen. Am Kinn hing noch ein Büschel gelblicher Barthaare, und gerade noch war eine einzelne leere Augenhöhle sichtbar.

In der beinahe erstickenden Kombination aus Chemie- und Verwesungsgestank musste Strike trotz seiner Erfahrung mit Tod und Verstümmelung gegen einen überwältigenden Brechreiz ankämpfen. Er nahm die Plastiktüte in die linke Hand, zog sein Handy heraus und fotografierte die Szene aus möglichst vielen Blickwinkeln, ohne tiefer in das Zimmer treten zu müssen. Dann ging er rückwärts wieder hinaus, ließ die Tür zufallen, was den fast greifbaren Gestank nicht im Geringsten minderte, und wählte den Notruf.

Langsam und vorsichtig, fest entschlossen, trotz seiner Gier nach frischer, sauberer, vom Regen reingewaschener Luft nicht auszurutschen und hinzufallen, stieg Strike die fleckige Treppe hinab, um auf der Straße auf die Polizei zu warten.

17

Nutz deinen Atem, solang du kannst,
Denn nach dem Tod trinkt keiner mehr.

JOHN FLETCHER, *DER BLUTIGE BRUDER*

Es war nicht das erste Mal, dass sich Strike auf Drängen der
Metropolitan Police im New Scotland Yard einfand. Auch bei
seiner vorigen Befragung war es um eine Leiche gegangen,
und als der Detektiv, dessen Knie dank der aufgezwungenen
Untätigkeit mittlerweile etwas weniger schmerzte, viele Stunden später in einem Vernehmungsraum saß, fiel ihm überdies
ein, dass er auch damals am Abend zuvor Sex gehabt hatte.

Allein in einem Raum, der kaum größer war als der Papier-
schrank eines Großraumbüros, verharrten seine Gedanken
wie Fliegen bei der verwesenden Obszönität, die er in dem
Atelier entdeckt hatte. Er war immer noch fassungslos. Als
Ermittlungsbeamter hatte er Leichen gesehen, die in Positio-
nen gebracht worden waren, die einen Selbstmord oder Unfall
vortäuschen sollten; er hatte Körper untersucht, die schreckliche Spuren der Versuche getragen hatten, die Folterqualen,
die sie vor ihrem Tod erlitten hatten, zu überdecken; er hatte
verstümmelte und zerstückelte Männer, Frauen und Kinder
gesehen – doch die Bilder aus der Talgarth Road 179 waren
etwas vollkommen Neuartiges für ihn gewesen. Die Boshaf-
tigkeit des dort verübten Verbrechens hatte etwas fast Orgi-

astisches: ein sorgfältig inszeniertes Schauspiel sadistischer Selbstdarstellung. Am schlimmsten war die Frage, in welcher Reihenfolge die Säure verschüttet beziehungsweise der Körper ausgeweidet worden war. War es Folter gewesen? War Quine noch am Leben oder tot gewesen, als sein Mörder die Gedecke aufgelegt hatte?

In dem großen, hohen Atelier, in dem der tote Quine lag, wimmelte es jetzt bestimmt von Männern in Schutzanzügen, die Spuren und Beweismaterial sicherten. Strike wünschte sich, er wäre ebenfalls dort. Nach einer derartigen Entdeckung war ihm Untätigkeit zutiefst verhasst. Er brannte vor professioneller Frustration. Seit dem Augenblick, da die Polizei eingetroffen war, war er ausgeschlossen und zu jemandem degradiert worden, der den kunstvoll arrangierten Tatort rein zufällig entdeckt hatte. (Und tatsächlich war ihm das Ganze wie ein Arrangement, wie eine Bühneninszenierung vorgekommen: der gefesselte Leichnam in dem durch ein kirchengroßes Fenster einfallenden Licht ... ein irgendeiner dämonischen Macht dargebrachtes Opfer ... sieben Teller, sieben Gedecke ...)

Die Milchglasscheibe des Vernehmungsraumes ließ nichts erkennen außer der Färbung des inzwischen nachtschwarzen Himmels. Strike saß bereits eine halbe Ewigkeit in diesem winzigen Zimmer, und die Polizei war immer noch nicht damit fertig, seine Aussage zu Protokoll zu nehmen. Wie sehr der Wunsch, seine Vernehmung zu verlängern, auf einem echten Verdacht oder lediglich auf Feindseligkeit beruhte, war schwer zu beurteilen. Natürlich war es richtig, jemanden, der ein Mordopfer entdeckt hatte, gründlich zu befragen, weil er oft mehr wusste, als er bereit war zuzugeben – nicht selten sogar alles. Aber indem Strike den Mord an Lula Landry aufgeklärt hatte, hatte er die Metropolitan Police düpiert, die zuvor so felsenfest überzeugt von Selbstmord gesprochen hatte.

Strike hielt sich mitnichten für paranoid, als er glaubte, in der Haltung der Kriminalbeamtin mit dem Kurzhaarschnitt, die gerade den Raum verlassen hatte, eine gewisse Entschlossenheit zu entdecken, ihn schwitzen zu lassen. Ebenso wenig hielt er es für unbedingt nötig, dass gar so viele ihrer Kollegen zu ihm hereinschauten – manche nur, um ihn anzustarren, andere aber auch, um eine hämische Bemerkung zu machen.

Falls sie glaubten, ihm dadurch Unannehmlichkeiten zu bereiten, täuschten sie sich. Er hatte nichts Wichtiges mehr vor, und sie hatten ihm eine durchaus anständige Mahlzeit hingestellt. Hätten sie ihn nur rauchen lassen, wäre es fast behaglich gewesen. Die Frau, die ihn eine Stunde lang vernommen hatte, hatte ihm erklärt, er dürfe in Begleitung auf eine Zigarette ins Freie gehen, doch Neugier und Trägheit hatten ihn auf seinem Stuhl ausharren lassen. Sein Geburtstagswhisky stand in der Plastiktüte neben ihm auf dem Fußboden. Vielleicht würde er ihn anbrechen, dachte er, falls sie ihn noch länger hierbehielten. Sie hatten ihm einen Plastikbecher mit Wasser hingestellt.

Die Tür hinter ihm raschelte über den dichten grauen Teppichflor.

»Mystic Bob.«

Richard Anstis von der Metropolitan Police und der Territorial Army kam grinsend herein – mit vom Regen feuchtem Haar und einem Papierstapel unter dem Arm. Eine Hälfte seines Gesichts war stark vernarbt, die Haut unter dem rechten Auge straff gespannt. Die Ärzte im Feldlazarett in Kabul hatten sein Augenlicht retten können, während Strike dort im Koma gelegen hatte und die Chirurgen sich bemüht hatten, das Knie seines abgerissenen Beins zu erhalten.

»Anstis!«, rief Strike und schüttelte dem Polizeibeamten die Hand. »Was zum …«

»Hab meinen Dienstgrad ausgespielt, Kumpel, und den Fall übernommen«, sagte Anstis und ließ sich auf den Stuhl fallen, auf dem gerade noch die mürrische Kriminalbeamtin gesessen hatte. »Du bist hier nicht gerade beliebt, ist dir das klar? Zum Glück hast du Onkel Dickie auf deiner Seite, der sich für dich verbürgt.«

Er hatte stets behauptet, Strike habe ihm das Leben gerettet, und möglicherweise stimmte das sogar. Sie waren in Afghanistan auf einer staubigen Schotterstraße beschossen worden. Strike hätte nicht sagen können, wie er die unmittelbar bevorstehende Detonation vorausgeahnt hatte. Der vor ihnen vom Straßenrand flüchtende Jugendliche, der einen kleineren Jungen an der Hand hinter sich herzog, hatte vielleicht nur versucht, dem Beschuss zu entkommen. Er wusste nur noch, dass er dem Fahrer des Viking-Schützenpanzers zugebrüllt hatte, sofort zu bremsen – ein Befehl, der nicht befolgt, womöglich nicht einmal gehört worden war –, dass er nach vorn gegriffen, Anstis am Hemd gepackt und in den hinteren Teil des Fahrzeugs gerissen hatte. Wäre Anstis auf seinem Platz geblieben, wäre es ihm vermutlich genauso ergangen wie dem jungen Gary Topley, der direkt vor Strike gesessen hatte und von dem nur noch Rumpf und Kopf gefunden und beigesetzt werden konnten.

»Wir müssen die Geschichte noch mal durchgehen, Kumpel«, sagte Anstis und breitete das von der Kriminalbeamtin aufgenommene Protokoll vor sich aus.

»Was dagegen, wenn ich mir einen Drink genehmige?«, fragte Strike müde.

Unter Anstis' amüsiertem Blick holte Strike den Arran Single Malt aus der Tüte und kippte zwei Fingerbreit Whisky in das lauwarme Wasser in seinem Plastikbecher.

»Also: Du bist von der Ehefrau beauftragt worden, den Toten zu finden ... Wir gehen davon aus, dass der Ermordete dieser Schriftsteller ist, dieser ...«

»Owen Quine, ja«, ergänzte Strike, als Anstis die Augen zusammenkniff und sich bemühte, die Handschrift seiner Kollegin zu entziffern. »Quines Frau hat mich vor sechs Tagen engagiert.«

»Und zu diesem Zeitpunkt war er seit wann vermisst?«

»Seit zehn Tagen.«

»Aber sie war nicht bei der Polizei?«

»Nein. Das hat er häufiger gemacht: Er ist abgetaucht und nach einiger Zeit wieder heimgekommen. Er hat gern ohne seine Frau in irgendwelchen Hotels residiert ...«

»Und weshalb hat sie diesmal dich eingeschaltet?«

»Schwierigkeiten zu Hause. Sie hat eine behinderte Tochter, und das Geld wurde langsam knapp. Außerdem war er diesmal länger weg als sonst. Sie vermutete, er hätte sich in ein Refugium für Schriftsteller zurückgezogen – den genauen Namen wusste sie nicht, aber ich hab nachgeforscht. Dort war er nicht.«

»Ich verstehe trotzdem nicht, warum sie sich an dich statt an uns gewandt hat.«

»Sie meinte, einmal hat sie euch alarmiert, als er abgehauen ist, woraufhin er rasend wurde vor Wut. Offenbar war er damals mit einer Geliebten zusammen.«

»Das muss ich nachprüfen«, sagte Anstis und schrieb sich etwas auf. »Was hat dich dazu veranlasst, in dieses Haus zu gehen?«

»Ich habe gestern Abend erfahren, dass es zur Hälfte den Quines gehört.«

Eine kurze Pause. »Und das hatte seine Frau nicht erwähnt?«

»Nein«, sagte Strike. »Sie meinte, dass er das Haus gehasst

habe und nie auch nur in der Nähe gewesen sei. Sie hat auf mich gewirkt, als hätte sie schon halb vergessen, dass es ihnen überhaupt gehörte...«

»Ist das denn wahrscheinlich«, murmelte Anstis und rieb sich das Kinn, »wenn sie doch finanziell so klamm waren?«

»Die Sache ist ein bisschen kompliziert«, sagte Strike. »Der Miteigentümer ist Michael Fancourt...«

»Den kenne ich dem Namen nach.«

»...und der lässt sie das Haus nicht verkaufen, sagt sie. Zwischen Fancourt und Quine hat's wohl böses Blut gegeben.« Strike nahm einen Schluck Whisky, der ihm Kehle und Magen wärmte. (Quines Magen, sein gesamter Verdauungsapparat war herausgeschnitten worden. Wo zum Teufel war er?) »Jedenfalls bin ich mittags reingegangen, und da lag er – zumindest größtenteils.«

Der Whisky trug dazu bei, dass er sich mehr denn je nach einer Zigarette sehnte.

»Soweit ich gehört habe, sieht die Leiche echt beschissen aus«, sagte Anstis.

»Willst du sie sehen?«

Strike zog sein Handy hervor, rief die Fotos von der Leiche auf und reichte es über den Tisch.

»Heilige Scheiße«, sagte Anstis. Nachdem er den verwesenden Leichnam eine Minute lang schweigend betrachtet hatte, fragte er angewidert: »Was steht da um ihn herum – Teller?«

»Jepp«, bestätigte Strike.

»Sagt dir das was?«

»Nein.«

»Irgendeine Idee, wann er zuletzt lebend gesehen worden ist?«

»Seine Frau hat ihn zuletzt am Abend des Fünften gesehen. Zuvor war er mit seiner Agentin zum Essen verabredet, und die hat ihm wohl erklärt, es sei unmöglich, sein neuestes Buch zu veröffentlichen, weil er darin weiß Gott wie viele Leute verleumde – darunter auch ein paar sehr streitbare Männer.«

Anstis blätterte in dem Protokoll, das er von Detective Inspector Rawlins bekommen hatte. »Das hast du Bridget nicht erzählt.«

»Sie hat nicht danach gefragt. Wir waren nicht gerade auf einer Wellenlänge.«

»Seit wann ist dieses Buch im Handel?«

»Es ist nicht im Handel«, sagte Strike und schenkte sich Whisky nach. »Es ist noch nicht erschienen. Er hatte wie gesagt Streit mit seiner Agentin, nachdem sie ihm erklärt hatte, er könne es nicht veröffentlichen.«

»Hast du's gelesen?«

»Größtenteils.«

»Hat seine Frau es dir gegeben?«

»Nein. Sie sagt im Übrigen, dass sie's nie gelesen hat.«

»Sie hat vergessen, dass ihnen ein zweites Haus gehört, und liest die Bücher ihres eigenen Mannes nicht«, sagte Anstis ohne besonderen Nachdruck.

»Sie behauptet, dass sie sie erst liest, wenn sie gedruckt sind«, sagte Strike. »Und wenn du mich fragst: Ich glaube ihr.«

»Hm.« Anstis ergänzte Strikes Aussage um eine handschriftliche Notiz. »Du bist also zu einem Exemplar des Manuskripts gekommen. Wie?«

»Das möchte ich lieber nicht sagen.«

»Könnte ein Problem sein«, sagte Anstis und sah auf.

»Nicht für mich«, sagte Strike.

»Vielleicht müssen wir darauf zurückkommen, Bob.«

Strike zuckte mit den Schultern. Dann fragte er: »Weiß seine Frau es schon?«

»Inzwischen müsste sie's erfahren haben, ja.«

Strike hatte Leonora nicht angerufen. Die Nachricht vom Tod ihres Mannes musste persönlich von jemandem überbracht werden, der dafür ausgebildet war. Strike hatte schon viele solcher Nachrichten überbracht, aber er war außer Übung. Außerdem war er an diesem Nachmittag den entweihten sterblichen Überresten Owen Quines verpflichtet gewesen: Er hatte bei ihnen Wache gehalten, bis er sie sicher in polizeiliche Obhut hatte übergeben können.

Er war sich nur zu bewusst, was Leonora durchmachen musste, während er im Scotland Yard vernommen wurde. Er hatte sich vorgestellt, wie sie einem Polizeibeamten – oder vielleicht auch zweien – die Haustür öffnen und beim Anblick der Uniformen den ersten Anflug von Sorge empfinden würde; dann der Hammerschlag aufs Herz durch die ruhige, verständnisvolle, mitfühlende Aufforderung, ins Haus zurückzutreten; danach die schreckliche Mitteilung (obwohl sie ihr nicht – zumindest nicht gleich – von den dicken purpurroten Seilen erzählen würden, mit denen ihr Mann gefesselt gewesen war, und auch nicht von der dunklen, leeren Höhle, in die der Mörder Quines Brust- und Bauchraum verwandelt hatte; sie würden ihr nicht erzählen, dass sein Gesicht von Säure verätzt war oder dass jemand um ihn herum Teller aufgestellt hatte, als wäre er ein gigantischer Braten… Strike musste an den Lammbraten denken, den Lucy vor rund vierundzwanzig Stunden herumgereicht hatte. Er war wirklich nicht zimperlich, aber plötzlich schien ihm der weiche Single Malt in der Kehle zu kratzen, und er stellte den Plastikbecher ab).

»Was schätzt du, wie viele Leute wissen, was in diesem Buch steht?«, fragte Anstis langsam.

»Keine Ahnung«, antwortete Strike. »Könnten inzwischen ziemlich viele sein. Quines Agentin Elizabeth Tassel – mit Doppel-s«, fügte er hilfsbereit hinzu, während Anstis mitschrieb, »hat es an Christian Fisher von Crossfire Publishing geschickt, und Fisher ist ein Mann, der gern tratscht. Mittlerweile wurden Anwälte hinzugezogen, um weiteres Gerede möglichst zu unterbinden.«

»Wird ja immer interessanter«, murmelte Anstis, der immer noch mitschrieb. »Möchtest du eigentlich noch was essen, Bob?«

»Lieber eine Zigarette.«

»Dauert nicht mehr lange«, versprach Anstis. »Wen hat er alles verleumdet?«

»Die Frage ist eher«, sagte Strike und bewegte sein schmerzendes Bein, »ob er Leute verleumdet oder die Wahrheit über sie geschrieben hat. Aber die Figuren, die ich erkannt habe, waren… Gib mir Papier und Bleistift«, verlangte er, weil es einfacher war, die Namen aufzuschreiben, als sie ihm zu diktieren. Er las die Namen laut vor, während er sie notierte: »Michael Fancourt, der Autor; Daniel Chard, Quines Verleger; Kathryn Kent, Quines Geliebte…«

»Es gibt eine Geliebte?«

»Ja, die beiden scheinen über ein Jahr lang zusammen gewesen zu sein. Ich war bei ihr – Stafford Cripps House, gehört zum Clement Attlee Court. Sie hat behauptet, er sei nicht in ihrer Wohnung gewesen und sie habe ihn auch nicht mehr gesehen… Liz Tassel, seine Agentin; Jerry Waldegrave, sein Lektor, und« – ein kaum wahrnehmbares Zögern – »seine Frau.«

»Ach, seine Frau kommt auch darin vor?«

»Ja«, sagte Strike und schob Anstis die Liste über den Tisch. »Aber es gibt noch eine Menge weiterer Figuren, die ich vermutlich nicht erkennen würde. Wenn du die Leute identifizieren willst, die in diesem Buch vorkommen, dann liegt ein weites Feld vor dir.«

»Ist das Manuskript immer noch in deinem Besitz?«

»Nein.« Strike hatte diese Frage erwartet und log, ohne mit der Wimper zu zucken. Sollte Anstis sich doch ein eigenes Exemplar beschaffen, das nicht Ninas Fingerabdrücke trug.

»Fällt dir sonst noch was Nützliches ein?«, fragte Anstis und setzte sich auf.

»Ja«, sagte Strike. »Ich glaube nicht, dass seine Frau es war.«

Anstis warf ihm einen fragenden Blick zu, aus dem durchaus auch Wärme sprach. Strike war der Taufpate seines Sohns, der nur zwei Tage vor der Detonation, die sie beide aus dem Viking geblasen hatte, zur Welt gekommen war. Strike war ein paarmal mit Timothy Cormoran Anstis zusammengetroffen. Der Junge hatte ihn allerdings nicht sonderlich beeindruckt.

»Okay, Bob, unterschreib hier unten, dann kann ich dich heimfahren.«

Strike las das Protokoll aufmerksam durch, machte sich den Spaß, DI Rawlins' Rechtschreibung an einigen Stellen zu verbessern, und unterschrieb.

Als Anstis und er – Strike mit stark schmerzendem Knie – durch den langen Korridor zu den Aufzügen unterwegs waren, klingelte sein Handy.

»Cormoran Strike?«

»Ich bin's, Leonora.«

Sie klang wie immer, auch wenn ihre Stimme diesmal vielleicht einen Hauch weniger ausdruckslos war.

Strike bedeutete Anstis zu warten, entfernte sich ein Stück und trat an ein dunkles Fenster, unter dem sich der Straßenverkehr durch den endlosen Regen wand.

»War die Polizei schon bei Ihnen?«, fragte er.

»Ja. Ich bin immer noch mit ihnen zusammen.«

»Herzliches Beileid, Leonora.«

»Alles in Ordnung mit Ihnen?«

»Mit mir?«, fragte Strike überrascht. »Mir fehlt nichts.«

»Sie werden nicht durch die Mangel gedreht? Die Polizisten haben gesagt, Sie werden verhört. Ich hab zu ihnen gesagt: ›Er hat Owen nur gefunden, weil ich ihn darum gebeten hab, wozu ist er jetzt verhaftet worden?‹«

»Ich bin nicht verhaftet worden«, stellte Strike richtig. »Musste nur eine Aussage machen.«

»Aber Sie sind so lange festgehalten worden …«

»Woher wissen Sie, wie lange …«

»Ich bin hier«, sagte sie. »Unten in der Eingangshalle. Ich muss Sie sprechen. Ich hab darauf bestanden, dass sie mich mitnehmen.«

Überrascht – und vielleicht auch aufgrund des Whiskys, den er auf nüchternen Magen getrunken hatte – fragte er sie, was ihm als Erstes in den Sinn kam: »Wer kümmert sich um Orlando?«

»Edna«, antwortete Leonora, die Strikes Sorge um ihre Tochter für selbstverständlich zu halten schien. »Wann lassen sie Sie wieder laufen?«

»Ich bin gerade auf dem Weg nach unten«, sagte er.

»Wer war das?«, fragte Anstis, als Strike das Gespräch beendet hatte und zu ihm zurückkam. »Charlotte, die sich Sorgen um dich macht?«

»Gott bewahre«, entgegnete Strike, als sie in den Aufzug traten. Er hatte völlig vergessen, dass er Anstis nie von ihrer Trennung erzählt hatte. Als Angehöriger der Polizei spielte Anstis in einer Liga, in die umlaufende Gerüchte nicht vordrangen. »Das ist vorbei. Schon seit Monaten.«

»Wirklich? Echt Pech«, sagte Anstis, während der Aufzug mit ihnen in die Tiefe sank, und sah dabei aufrichtig betrübt aus. Strike ahnte, dass Anstis auch um seiner selbst willen enttäuscht war. Er hatte zu denjenigen gehört, die am meisten von Charlotte, ihrer außergewöhnlichen Schönheit und ihrem schmutzigen Lachen fasziniert gewesen waren. »Kommt endlich mal wieder vorbei«, war Anstis' häufiger Refrain gewesen, nachdem sie sich nach Lazarett und Militärdienst in ihrer gemeinsamen Heimatstadt wiedergefunden hatten.

Strike empfand den instinktiven Wunsch, Leonora vor Anstis zu beschützen, doch das war unmöglich. Als sich die Aufzugtüren öffneten, stand sie direkt vor ihnen: dünn und mausgrau, das strähnige Haar mit Kämmen hochgesteckt, in einen alten Mantel gewickelt und mit einer Haltung, als steckten ihre Füße immer noch in Pantoffeln, obwohl sie abgewetzte schwarze Schuhe trug. Flankiert wurde sie von einer uniformierten Polizeibeamtin und einem Kollegen, die ihr offenbar die Nachricht von Quines Tod überbracht und sie dann hierher mitgenommen hatten. Aus der Art, wie die beiden Anstis' Blick suchten, schloss Strike, dass Leonora ihnen einen Grund geliefert hatte, misstrauisch zu sein; die Reaktion auf die Nachricht, dass ihr Mann tot war, war ihnen offenbar ungewöhnlich vorgekommen.

Leonora, die wie immer sachlich nüchtern wirkte und auch keine verweinten Augen hatte, schien erleichtert zu sein, als sie Strike sah. »Da sind Sie ja«, rief sie. »Warum sind Sie denn so lange festgehalten worden?«

Anstis betrachtete sie neugierig. Strike machte keine Anstalten, die beiden miteinander bekannt zu machen. »Gehen wir dort rüber?«, fragte er stattdessen und deutete auf eine Bank an der Wand. Während er neben ihr durch die Eingangshalle hinkte, spürte er, wie sich die drei Polizeibeamten hinter ihnen zusammenstellten.

»Wie fühlen Sie sich?«, fragte er – nicht ohne die Hoffnung zu hegen, sie könnte zumindest ein bisschen Verzweiflung erkennen lassen, um die Erwartungen der drei Beobachter zu befriedigen.

»Weiß nicht«, sagte sie und ließ sich auf einen der Kunststoffsitze fallen. »Ich kann's noch nicht ganz glauben. Hätte nie gedacht, dass er dort hingehen würde, der Dummkopf. Vielleicht hat er ja einen Einbrecher überrascht. Er hätte wie immer in ein Hotel gehen sollen, finden Sie nicht?«

Sie hatten ihr also nicht viel erzählt. Er vermutete, dass ihr Schock tiefer saß, als sie erkennen ließ, und schwerer wog, als sie selbst ahnte. Dass sie zu ihm hierhergekommen war, kam ihm wie das desorientierte Handeln einer Frau vor, die nicht wusste, was sie sonst tun sollte, außer sich an denjenigen zu wenden, den sie schon zuvor als ihren Helfer auserkoren hatte.

»Soll ich Sie nach Hause bringen?«, fragte Strike.

»Ich nehme an, dass die mich heimfahren«, sagte sie mit jenem selbstverständlichen Anspruchsdenken, das schon aus ihrer Behauptung gesprochen hatte, Elizabeth Tassel werde Strikes Honorar übernehmen. »Ich wollte nur sehen, ob mit Ihnen alles in Ordnung ist, dass Sie meinetwegen keine Probleme gekriegt haben und ob Sie weiter für mich arbeiten wollen.«

»Weiter für Sie arbeiten?«, wiederholte Strike.

Eine Zehntelsekunde lang fragte er sich, ob sie möglicherweise nicht begriffen hatte, was passiert war, und weiterhin glaubte, Quine könne immer noch irgendwo dort draußen aufgegriffen werden. Kaschierte ihre leicht exzentrische Art womöglich etwas Ernsthafteres – irgendein grundlegendes kognitives Problem?

»Sie denken, dass ich was darüber weiß«, sagte Leonora. »Das merke ich.«

Strike zögerte und hätte fast gesagt: »Das bilden Sie sich nur ein«, aber das wäre gelogen gewesen. Er wusste nur zu gut, dass Leonora die vorderste und wichtigste Verdächtige war: die Ehefrau eines nichtsnutzigen, treulosen Mannes, die nicht zur Polizei gegangen war, sondern stattdessen zehn Tage untätig hatte verstreichen lassen, ehe sie mit großer Geste die Suche nach ihm ausgerufen hatte; die einen Schlüssel zu dem leeren Haus besessen hatte, in dem seine Leiche aufgefunden worden war, und ihn dort jederzeit hätte überraschen können. Trotzdem fragte er: »Wie kommen Sie darauf?«

»Das merke ich«, wiederholte sie. »Wie sie mit mir geredet haben. Und sie haben gesagt, sie wollen sich in unserem Haus und in seinem Arbeitszimmer umsehen.«

Das war Routine, aber er konnte ihr ansehen, dass sie es als zudringlich und bedrohlich empfand.

»Weiß Orlando schon, was passiert ist?«, fragte er.

»Ich hab's ihr gesagt, aber ich glaube nicht, dass sie's begreift«, sagte Leonora, und erstmals sah er Tränen in ihren Augen. »Wie Mr. Poop‹, hat sie gesagt – das war unser Kater, der überfahren wurde –, aber ich weiß nicht, ob sie's wirklich versteht. Bei Orlando kann man das nicht immer sagen. Dass jemand ihn umgebracht hat, hab ich ihr noch nicht erzählt. Das muss ich erst mal selber verdauen.«

Es folgte eine kurze Pause, in der Strike hoffte – obwohl es nichts zur Sache getan hätte –, dass er keine Whiskyfahne hatte.

»Arbeiten Sie weiter für mich?«, fragte sie ihn geradeheraus. »Sie sind besser als die, darum wollte ich Sie von Anfang an. Tun Sie's?«

»Ja«, sagte er.

»Weil ich merke, dass sie glauben, ich hätte was damit zu tun«, wiederholte sie und stand auf. »Wie sie mit mir geredet haben.« Sie zog ihren Mantel enger. »Ich muss wieder zu Orlando zurück. Gut, dass mit Ihnen alles in Ordnung ist.«

Dann schlurfte sie wieder zu ihrer Eskorte zurück. Der Polizistin schien es zu widerstreben, wie eine Taxifahrerin behandelt zu werden, aber nach einem Blickwechsel mit Anstis erklärte sie sich bereit, Leonora heimzufahren.

»Was zum Teufel wollte sie von dir?«, fragte Anstis, sowie die beiden Frauen außer Hörweite waren.

»Sie hat befürchtet, du würdest mich verhaften.«

»Bisschen exzentrisch, was?«

»Ja, ein bisschen.«

»Du hast ihr doch nichts erzählt?«, fragte Anstis.

»Nein«, sagte Strike, der die Frage unverschämt fand. Er würde sich hüten, Ermittlungsdetails an eine Verdächtige weiterzugeben.

»Nimm dich in Acht, Bob«, sagte Anstis unbeholfen, als sie durch die Drehtür in die Regennacht hinaustraten, »damit du niemandem ins Gehege kommst. Hier geht es um Mord, Kumpel, und du hast hier nicht allzu viele Freunde.«

»Beliebtheit wird überbewertet. Hör mal, ich nehme mir ein Taxi … Nein«, sagte er energisch, als Anstis protestieren wollte, »ich muss erst eine rauchen, bevor ich irgendwo hinfahre. Danke, Rich, für alles.«

Sie gaben einander die Hand; dann schlug Strike seinen Mantelkragen gegen den Regen hoch und humpelte mit einem Abschiedswinken über den dunklen Gehweg davon. Dass er Anstis abgeschüttelt hatte, genoss er fast so sehr wie den ersten köstlichen Zug an seiner Zigarette.

18

Denn solches ist gewiss, wo Eifersucht im Spiel:
Hörner im Kopf sind schlimmer als darauf.

BEN JONSON, *JEDER NACH SEINEM TEMPERAMENT*

Strike hatte völlig vergessen, dass Robin am Freitagnachmittag das Büro schmollend verlassen hatte – zumindest hatte er ihren grußlosen Abgang so gedeutet. Er wusste lediglich, dass sie die Einzige war, mit der er sich über die jüngsten Ereignisse austauschen wollte, und während er im Allgemeinen davor zurückschreckte, sie an den Wochenenden anzurufen, fand er, dass derart außergewöhnliche Umstände eine SMS rechtfertigten. Aus einem Taxi, das er fand, nachdem er eine Viertelstunde bei Nacht über nasskalte Straßen geirrt war, schrieb er ihr eine Nachricht.

Robin hatte es sich zu Hause mit *Investigative Befragungen: Psychologie und Praxis*, das sie online gekauft hatte, in einem Sessel bequem gemacht. Matthew saß auf dem Sofa und telefonierte übers Festnetz mit seiner Mutter in Yorkshire, der wieder einmal unwohl war. Er verdrehte jedes Mal die Augen, wenn Robin sich dazu durchrang, aufzublicken und seiner Verärgerung mit einem Lächeln zu begegnen.

Als ihr Smartphone vibrierte, war Robin irritiert; sie hatte versucht, sich auf *Investigative Befragungen* zu konzentrieren.

Habe Quine ermordet aufgefunden. C.

Die Mischung aus scharfem Einatmen und einem leisen Aufschrei ließ Matthew zusammenfahren. Das Buch rutschte ihr
vom Schoß und fiel unbeachtet zu Boden. Mit dem Handy in
der Hand lief sie ins Schlafzimmer.

Matthew telefonierte weitere zwanzig Minuten mit seiner
Mutter, dann stand er auf und lauschte an der geschlossenen
Schlafzimmertür. Er konnte hören, wie Robin Fragen stellte
und anscheinend lange, ausführliche Antworten erhielt. Irgendetwas an ihrem Tonfall gab ihm die Gewissheit, dass sie
mit Strike telefonierte. Er biss die Zähne zusammen, wobei
sein markantes Kinn noch deutlicher hervortrat.

Als Robin endlich schockiert und schaudernd aus dem
Schlafzimmer zurückkkam, eröffnete sie ihrem Verlobten, dass
Strike den Vermissten, nach dem er gesucht hatte, ermordet
aufgefunden habe. Matthews natürliche Neugier zog ihn in
die eine Richtung, seine Abneigung gegen Strike und die Tatsache, dass der freche Kerl Robin an einem Sonntagabend belästigt hatte, in die andere.

»Freut mich für dich, dass heute Abend doch noch was
Spannendes passiert ist«, sagte er. »Mums Gesundheit ist dir
ja offenbar egal.«

»Verdammter Heuchler!«, fauchte Robin. Seine Ungerechtigkeit verschlug ihr regelrecht den Atem.

Der Streit eskalierte beängstigend schnell: Strikes Einladung zur Hochzeit; Matthews spöttische Einstellung zu
Robins Job; wie ihr gemeinsames Leben aussehen würde; was
sie einander schuldig waren. Robin war entsetzt, wie bald sogar die Grundlagen ihrer Beziehung auf den Prüfstand kamen, um durchleuchtet und für Vorwürfe genutzt zu werden.
Doch sie gab nicht klein bei. Ein wohlvertrauter Frust und

Ärger über die Männer in ihrem Leben nahmen von ihr Besitz: über Matthew, weil er nicht merkte, wie viel dieser Job ihr bedeutete; und über Strike, weil er ihr Potenzial nicht erkannte.

(Andererseits hatte er sie benachrichtigt, als er die Leiche aufgefunden hatte, sie hatte es geschafft, ihm eine Frage zu stellen – »Wem haben Sie noch davon erzählt?« –, und er hatte geantwortet, ohne erkennen zu lassen, dass er ahnte, wie viel ihr das bedeutete: »Niemandem, nur Ihnen.«)

Unterdessen hatte Matthew das Gefühl, mehr als ungerecht behandelt zu werden. Ihm war in letzter Zeit immer wieder etwas aufgefallen, worüber er sich jedoch nicht zu beschweren wagte, weil ihm im Gegenteil sein Gefühl sagte, dass er sich damit würde abfinden müssen: Bevor sie bei Strike angefangen hatte, war es stets Robin gewesen, die bei jedem Streit als Erste nachgegeben, sich als Erste entschuldigt hatte. Ihre versöhnliche Art schien unter diesem verdammten Scheißjob gelitten zu haben …

Sie hatten nur ein Schlafzimmer. Robin zog eine Wolldecke vom Kleiderschrank, schnappte sich frische Bettwäsche und verkündete, sie werde auf dem Sofa übernachten. Matthew, der sich sicher war, dass sie schon bald klein beigeben würde (das Sofa war hart und unbequem), unternahm nicht einmal den Versuch, sie davon abzubringen.

Doch seine Rechnung, dass sie schon weich werden würde, ging nicht auf. Als er am folgenden Morgen aufwachte, war das Sofa leer und Robin bereits fort. Sein Zorn wuchs ins Unermessliche. Zweifelsohne war sie eine Stunde früher als sonst ins Büro gefahren, und in seiner Vorstellung – normalerweise war Matthew nicht sonderlich fantasiebegabt – öffnete dieser große, ungeschlachte Dreckskerl ihr gerade seine Wohnungstür und nicht die Bürotür einen Stock tiefer …

...ich will Euch öffnen
das Buch einer schwarzen Sünde, tief in mich eingebrannt.
...mein Leiden liegt in meiner Seele.

THOMAS DEKKER, *DER EDLE SPANISCHE SOLDAT*

Strike hatte seinen Wecker früher gestellt, um ein wenig Zeit ohne störende Klienten oder Anrufe zu haben. Er stand sofort auf, duschte, frühstückte, befestigte die Prothese vorsichtig an seinem eindeutig geschwollenen Knie und hinkte eine Dreiviertelstunde nach dem Aufwachen mit dem ungelesenen Teil von *Bombyx Mori* in sein Büro hinunter. Ein Verdacht, den er Anstis gegenüber verschwiegen hatte, trieb ihn an, das Buch so schnell wie möglich zu Ende zu lesen.

Nachdem er sich einen Becher starken Tee gemacht hatte, setzte er sich an Robins Schreibtisch, wo das Licht am besten war, und begann zu lesen.

Nachdem Bombyx dem Schnittmeister entkommen war und endlich die Stadt erreicht hatte, die sein Ziel gewesen war, beschloss er, die beiden Gefährtinnen auf seiner langen Reise, Succuba und die Zecke, abzuschütteln, indem er sie in ein Bordell steckte, wo beide anscheinend bereitwillig ihre Arbeit aufnahmen. Allein zog Bombyx weiter – auf der Suche nach Prahlhans, einem berühmten Schriftsteller und dem Mann, von dem er hoffte, er würde zu seinem Mentor werden.

Auf halber Strecke durch eine dunkle Gasse wurde Bombyx von einer Frau mit langem rotem Haar und einem dämonischen Gesichtsausdruck angesprochen, die mit einer Handvoll erlegter Ratten fürs Abendessen auf dem Heimweg war. Als Harpyie erfuhr, wen sie vor sich hatte, lud sie Bombyx in ihr Haus ein, das sich als eine mit Tierschädeln übersäte Höhle erwies. Strike überblätterte die nun folgende Sexszene, die volle vier Seiten einnahm und in der Bombyx an der Decke aufgeknüpft und ausgepeitscht wurde. Schließlich versuchte Harpyie ebenso wie zuvor die Zecke, an Bombyx' Brust zu saugen, doch obgleich er gefesselt war, gelang es ihm, sie abzuwehren. Während aus seinen Brüsten blendendes, übernatürliches Licht leckte, brach Harpyie in Tränen aus und entblößte ihre eigenen Brüste, aus denen etwas dunkelbraun Zähflüssiges austrat.

Bei diesem Bild verzog Strike das Gesicht. Quines Stil wirkte inzwischen nicht mehr nur parodistisch und vermittelte Strike dadurch ein Gefühl angeekelter Übersättigung. Die ganze Szene las sich überdies wie eine Explosion der Bösartigkeit, eine Eruption von aufgestautem Sadismus. Hatte Quine tatsächlich Monate, wenn nicht Jahre seines Lebens darauf verwendet, so viel Schmerz und Verzweiflung wie nur möglich zu verursachen? War er bei geistiger Gesundheit gewesen? Konnte man einen Mann, der so meisterhaft seinen Stil beherrschte, auch wenn er Strike ganz und gar nicht lag, als verrückt bezeichnen?

Er nahm einen weiteren Schluck Tee, beruhigend heiß und rein, und las weiter.

Bombyx war gerade im Begriff, Harpyies Haus angewidert zu verlassen, als eine weitere Gestalt hereinplatzte: Epicoene, die ihm von der schluchzenden Harpyie als ihre Adoptivtochter vorgestellt wurde. Die junge Frau, deren offene Gewänder ein männliches Glied entblößten, bestand darauf, dass Bombyx und sie verwandte Seelen seien, verstünden sie sich doch beide sowohl auf das Männliche als auch auf das Weibliche. Epicoene lud ihn ein, sich an ihrem Hermaphroditenleib gütlich zu tun, doch zuerst müsse er sie singen hören. Sie bildete sich offenbar ein, eine schöne Stimme zu haben, bellte dabei aber wie ein Seehund, bis Bombyx, der sich die Ohren zuhalten musste, die Flucht ergriff.

Jetzt bekam Bombyx erstmals hoch auf einem Hügel mitten in der Stadt das Schloss des Lichts zu Gesicht. Er stieg in steilen Gassen zu ebendiesem Schloss hinauf, bis er aus einem dunklen Hauseingang von einem Zwerg angesprochen wurde, der sich ihm als der Schriftsteller Prahlhans vorstellte. Er hatte Fancourts Augenbrauen, Fancourts mürrische Miene und hämische Art und bot Bombyx ein Bett für die Nacht an, »weil ich von deinen großen Talenten gehört habe«.

Zu Bombyx' Entsetzen war in dem Haus eine junge Frau angekettet und saß schreibend an einem Sekretär mit Rollverschluss. Im Feuer lagen weiß glühende Brandeisen, an denen in gewundener Metallschrift Ausdrücke wie *aufdringlicher Gründling* und *chrysostomatischer Beischlaf* aufgeschweißt waren. Prahlhans, der offenbar erwartete, dass Bombyx sich darüber amüsieren würde, erklärte ihm, er habe seine junge Frau Effigie darangesetzt, ihr eigenes Buch zu schreiben, auf dass sie ihn nicht störe, während er sein nächstes Meisterwerk erschaffe. Leider, fügte Prahlhans hinzu, habe Effigie kein Talent, wofür sie bestraft werden müsse. Er nahm eines der Brandeisen aus dem Feuer, woraufhin Bombyx, von Effigies gellenden Schmerzensschreien verfolgt, aus dem Haus flüchtete und weiter dem Schloss des Lichts entgegeneilte, in dem er Zuflucht zu finden hoffte.

Dort prangte über dem Eingang der Name Phallus Impudicus, doch auf Bombyx' Klopfen antwortete niemand, woraufhin er einen Rundgang um das Schloss machte und durchs Fenster hineinsah, wo er einen nackten, kahlköpfigen Mann über dem Leichnam eines goldblonden Jünglings stehen sah, dessen Körper mit Stichwunden übersät war, von denen jede das gleiche gleißend helle Licht abstrahlte wie Bombyx' Brustspitzen. Phallus' erigiertes Glied schien angefault zu sein.

»Hi.«

Strike zuckte zusammen. Vor ihm stand Robin in ihrem Trenchcoat, mit rosig angehauchtem Teint, ihr langes rotblondes Haar leicht zerzaust und von der durchs Fenster einfallenden Morgensonne vergoldet. In diesem Augenblick fand Strike sie wunderschön.

»Warum sind Sie denn so früh da?«, hörte er sich sagen.

»Wollte wissen, wie's weitergeht.«

Sie schlüpfte aus ihrem Mantel, und Strike sah weg. Er tadelte sich insgeheim. Natürlich sah sie gut aus, wenn sie im selben Augenblick aufkreuzte, da ihm gerade ein nackter, kahlköpfiger Mann mit Gammelpenis vor Augen gestanden hatte …

»Möchten Sie noch einen Tee?«

»Das wäre großartig, danke«, sagte er, ohne von dem Manuskript aufzusehen. »Geben Sie mir fünf Minuten, ich möchte das hier nur noch zu Ende lesen.«

Und mit dem Gefühl, in Schmutzwasser einzutauchen, vertiefte er sich nochmals in die groteske Welt von *Bombyx Mori*.

Während Bombyx noch wie gelähmt von dem schrecklichen Anblick, den Phallus Impudicus und die Leiche boten, durch das Schlossfenster starrte, wurde er von einer Horde Schergen in Kapuzengewändern ergriffen, grob ins Schloss gezerrt und vor Phallus Impudicus entkleidet. Bombyx' Leib war unterdessen gewaltig angeschwollen, und er schien kurz vor der Niederkunft zu stehen. Phallus Impudicus erteilte seinen Schergen ominöse Anweisungen, die bei dem gutgläubigen Bombyx die Vorstellung erweckten, er solle bei einem Festmahl der Ehrengast sein.

Zu den sechs Gestalten, die Strike erkannt hatte – Succuba, die Zecke, der Schnittmeister, Harpyie, Prahlhans und Impudicus –, gesellte sich nun auch noch Epicoene. Die sieben Gäste nahmen an einer langen Tafel Platz, auf der ein großer Krug mit einer rauchenden Flüssigkeit sowie eine mannsgroße, leere Fleischplatte standen.

Als Bombyx den Speisesaal betrat, stellte er überrascht fest, dass für ihn kein Platz vorgesehen war. Die anderen Gäste erhoben sich, kamen mit Stricken in den Händen auf ihn zu und überwältigten ihn. Er wurde gefesselt, auf die Platte gelegt und aufgeschnitten. Die in seinem Inneren angewachsene Masse erwies sich als eine Kugel aus übernatürlichem Licht, die von Phallus Impudicus herausgerissen und in einem Deckelkorb eingeschlossen wurde.

Der Inhalt des rauchenden Kruges erwies sich als Vitriol, das von den sieben Angreifern lachend über den noch lebenden, kreischenden Bombyx gekippt wurde. Als er endlich verstummte, machten sie sich über ihn her.

Das Buch endete damit, dass die Gäste das Schloss verließen, wobei sie ohne jede Reue über ihre Erinnerungen an Bombyx sprachen. Sie hinterließen einen leeren Saal mit den noch immer qualmenden Überresten des Leichnams auf dem Tisch. Über ihm baumelte die in den Korb eingesperrte Lichtkugel wie eine Lampe.

»Scheiße«, sagte Strike halblaut.

Er sah auf. Robin hatte ihm unbemerkt frischen Tee hingestellt. Jetzt saß sie auf dem Sofa und wartete geduldig darauf, dass er fertig würde.

»Hier steht alles drin«, sagte Strike. »Alles, was Quine zugestoßen ist – es steht alles hier drin.«

»Wie meinen Sie das?«

»Der Held von Quines Roman stirbt genau wie Quine selbst. Gefesselt, ausgeweidet, mit Säure übergossen. In dem Buch wird er überdies aufgegessen.«

Robin starrte ihn an. »Die Teller. Gabeln, Messer...«

»Ganz genau«, sagte Strike.

Ohne darüber nachzudenken, zog er sein Smartphone aus der Tasche und rief die Fotos auf, die er geschossen hatte. Erst da sah er Robins ängstlichen Gesichtsausdruck.

»Nein«, sagte er rasch. »Sorry, ich hab vergessen, dass Sie nicht...«

»Geben Sie schon her«, sagte sie.

Was hatte er vergessen? Dass sie nicht ausgebildet oder erfahren war, keine Polizeibeamtin oder Soldatin? Doch sie wollte genau das sein. Sie wollte weiterkommen, mehr sein, als sie bislang gewesen war.

»Ich will sie sehen«, log Robin.

Sichtlich widerstrebend reichte er ihr das Handy.

Robin ließ sich nichts anmerken, doch als sie den ausgeweideten Leichnam betrachtete, hatte sie das Gefühl, ihre inneren Organe würden sich vor Entsetzen zusammenziehen. Sie hob ihren Teebecher an den Mund, merkte dann aber, dass sie keinen Schluck hinunterbekommen würde. Am schlimmsten war die schiefe Nahaufnahme des Gesichts: von Säure zerfressen, schwarz, mit einer leer gebrannten Augenhöhle...

Die Teller erschienen ihr geradezu obszön. Strike hatte einen davon herangezoomt. Das Gedeck war sorgfältig arrangiert worden.

»Mein Gott«, sagte sie wie betäubt, als sie ihm das Handy zurückgab.

»Lesen Sie jetzt das hier«, sagte Strike und legte ihr die betreffenden Seiten hin.

Schweigend tat Robin wie geheißen. Als sie fertig war, sah sie zu ihm auf. Die Größe ihrer Augen schien sich verdoppelt zu haben.

»Mein *Gott!*«, sagte sie noch einmal.

Ihr Handy klingelte. Sie zog es aus ihrer Umhängetasche auf dem Sofa und warf einen Blick darauf. Matthew. Sie war noch immer wütend auf ihn und drückte auf Ignorieren.

»Wie viele Leute, glauben Sie«, fragte sie, »haben dieses Manuskript gelesen?«

»Inzwischen könnten es ziemlich viele sein. Fisher hat Teile davon in der ganzen Stadt herumgemailt; das – und die Anwaltsbriefe haben es zu einer ziemlich heißen Sache gemacht.«

Und noch während Strike das sagte, schoss ihm unwillkürlich ein merkwürdiger Gedanke durch den Kopf: Quine hätte keine bessere Publicity bekommen können, selbst wenn er sich darum bemüht hätte ... Aber er hatte sich nicht eigenhändig mit Säure überschütten können, während er gefesselt war, oder sich selbst ausweiden ...

»Bei Roper Chard liegt es in einem Safe, dessen Kombination der halbe Verlag zu kennen scheint«, fuhr er fort. »So bin ich drangekommen.«

»Aber glauben Sie nicht, dass der Mörder jemand ist, der in dem Buch ...«

Robins Handy klingelte erneut. Sie sah auf den Bildschirm: Matthew. Wieder drückte sie auf Ignorieren.

»Nicht unbedingt«, sagte Strike, der damit ihre unausgesprochene Frage beantwortete. »Aber die Leute, über die er geschrieben hat, stehen natürlich weit oben auf der Liste, sobald die Polizei mit den Vernehmungen beginnt. Von den Gestalten, die ich erkannt habe, behauptet Leonora, es nicht gelesen zu haben, und Kathryn Kent sagt das Gleiche ...«

»Glauben Sie ihnen?«, fragte Robin.

»Leonora glaube ich. Bei Kathryn Kent bin ich mir nicht so sicher. Wie lautete dieses Zitat gleich wieder? ›Geteert und gefedert gehörst du, du Hund. Das würde mir richtiggehend Spaß machen‹?«

»Ich kann nicht glauben, dass eine Frau dazu imstande wäre«, sagte Robin mit einem flüchtigen Blick auf Strikes Handy, das jetzt auf dem Schreibtisch zwischen ihnen lag.

»Kennen Sie die Geschichte von der Australierin, die ihren Geliebten enthauptet, ihm die Haut abgezogen, Kopf und Kehrseite gekocht und seinen Kindern vorgesetzt hat?«

»Das ist nicht Ihr Ernst!«

»Doch, mein voller Ernst. Können Sie im Internet nachlesen. Wenn Frauen durchdrehen, dann richtig«, sagte Strike.

»Er war ein großer, schwerer Mann …«

»Aber wenn es eine Frau war, der er vertraut hat? Eine Frau, mit der er zum Sex verabredet war?«

»Von wem wissen wir bestimmt, dass er oder sie es gelesen hat?«

»Christian Fisher, Elizabeth Tassels Assistent Ralph, Tassel selbst, Jerry Waldegrave, Daniel Chard – außer Ralph und Fisher kommen alle darin vor. Nina Lascelles …«

»Wer sind Waldegrave und Chard? Und wer ist Nina Lascelles?«

»Quines Lektor, sein Verleger und eine Verlagsangestellte, die mir geholfen hat, das hier zu klauen«, sagte Strike und gab dem Manuskript mit der flachen Hand einen Klaps.

Robins Handy klingelte zum dritten Mal.

Sie entschuldigte sich und nahm den Anruf entgegen. »Ja?«

»Robin …«

Matthews Stimme klang seltsam gepresst. Normalerweise weinte er nicht und war nach einem Streit auch noch nie von Gewissensbissen heimgesucht worden.

»Ja?«, sagte sie etwas weniger barsch.

»Mum hatte wieder einen Schlaganfall. Sie ist ... Sie ist ...«

Ein Faustschlag in die Magengrube.

»Matt?«

Er weinte.

»Matt?« Jetzt war sie alarmiert.

»... ist tot«, sagte er wie ein kleiner Junge.

»Ich komme«, sagte Robin. »Wo bist du jetzt? Ich mache mich sofort auf den Weg.«

Strike hatte ihr Gesicht nicht aus den Augen gelassen. Er konnte ihr ansehen, dass sie eine Todesnachricht bekommen hatte, und hoffte, dass es niemand war, der ihr besonders nahestand: kein Elternteil, keiner ihrer Brüder ...

»In Ordnung.« Sie war bereits auf den Beinen. »Bleib da. Ich komme.« Dann erklärte sie Strike: »Es ist Matts Mutter. Sie ist gestorben.«

Es fühlte sich vollkommen irreal an. Sie konnte es nicht glauben.

»Die beiden haben gestern Abend noch miteinander telefoniert«, sagte sie. Bei der Erinnerung daran, wie Matt die Augen verdreht hatte, und immer noch mit seiner gepressten Stimme im Ohr wurde sie von Mitgefühl und Zärtlichkeit überwältigt. »Tut mir schrecklich leid, aber ...«

»Gehen Sie nur«, sagte Strike. »Und richten Sie ihm mein Beileid aus, ja?«

»Natürlich«, sagte Robin, deren Finger ihr vor Aufregung kaum gehorchen wollten, als sie ihr Handy zurück in die Tasche steckte. Sie hatte Mrs. Cunliffe seit der Grundschule gekannt. Sie warf sich ihren Trenchcoat über den Arm, die Glastür blitzte auf und schlug hinter ihr wieder zu.

Strikes Blick blieb noch ein paar Sekunden auf die Tür gerichtet, durch die Robin verschwunden war. Dann sah er noch einmal auf seine Armbanduhr. Es war kurz vor neun Uhr. Die brünette Scheidungswillige, deren Smaragde sicher in seinem Safe lagen, hatte erst in gut einer halben Stunde einen Termin bei ihm.

Er räumte die Becher weg, spülte sie ab, holte die sichergestellte Halskette aus dem Safe, legte stattdessen das Manuskript von *Bombyx Mori* hinein, füllte den Wasserkocher und überflog seine E-Mails.

Sie werden die Hochzeit verschieben.

Darüber wollte er sich nicht freuen. Er griff nach seinem Handy und rief Anstis an, der sich fast augenblicklich meldete.

»Bob?«

»Anstis, ich weiß nicht, ob du es schon erfahren hast, aber es gibt etwas, was du wissen solltest. In Quines jüngstem Roman wird seine Ermordung geschildert ...«

»*Wie bitte?*«

Strike legte ihm den Sachverhalt dar. Das kurze Schweigen, als er geendet hatte, verriet ihm, dass Anstis keine Ahnung gehabt hatte.

»Bob, ich brauche eine Kopie dieses Manuskripts. Wenn ich jemanden rüberschicke ...«

»Lass mir eine Dreiviertelstunde Zeit«, sagte Strike.

Er stand immer noch am Kopierer, als seine brünette Klientin eintraf.

»Wo ist denn Ihre Sekretärin?«, waren ihre ersten Worte, als sie sich mit kokett gespielter Überraschung an ihn wandte, als glaubte sie zu wissen, er hätte bewusst dafür gesorgt, dass sie allein waren.

»Hat sich mit Brechdurchfall krankgemeldet«, sagte Strike, um ihr Einhalt zu gebieten. »Gehen wir gleich rein?«

20

Ist das Gewissen ein Kamerad für einen alten Soldaten?

FRANCIS BEAUMONT UND JOHN FLETCHER,
DIE VERWECHSLUNG

Spätabends saß Strike allein an seinem Schreibtisch, während draußen der Verkehr durch den Regen rumpelte, aß mit einer Hand Singapur-Nudeln und schrieb mit der anderen eine für ihn selbst bestimmte Liste. Nachdem die Erwerbsarbeit getan war, konnte er sich endlich wieder auf den Mord an Owen Quine konzentrieren und in seiner krakeligen, schwer zu entziffernden Schrift die Dinge notieren, die als Nächstes getan werden mussten. Neben einige Punkte hatte er den Buchstaben A für Anstis geschrieben, und sofern Strike dachte, es könnte anmaßend oder arrogant aussehen, wenn ein Privatdetektiv ohne Ermittlungsbefugnisse sich einbildete, dem leitenden Ermittler in einer Mordsache Anweisungen erteilen zu dürfen, bereitete ihm das kein Kopfzerbrechen.

Er hatte in Afghanistan mit Anstis zusammengearbeitet und keine allzu hohe Meinung von den Fähigkeiten des Polizeibeamten. Er hielt Anstis für kompetent, aber einfallslos, für einen Mann, der effizient Verhaltensmuster erkannte, zuverlässig dem Offensichtlichen nachging. Diese Eigenschaften waren keineswegs zu verachten – das Offensichtliche war meist die Antwort, die sich beweisen ließ, indem man methodisch Kästchen abhakte –, doch Strikes Ansicht nach war dieser Mord kompliziert, eigenartig, sadistisch und grotesk, literarisch in seiner Inspiration und skrupellos in der Ausführung. Würde Anstis sich wirklich in den Geist hineinversetzen können, der im fruchtbaren Boden von Quines Fantasie einen Mordplan herangezüchtet hatte?

Das Klingeln von Strikes Handy durchbrach die Stille. Erst als er es sich ans Ohr hielt und Leonora Quines Stimme hörte, wurde ihm klar, dass er gehofft hatte, Robin würde anrufen.

»Wie geht es Ihnen?«, fragte er.

»Ich hab die Polizei hier gehabt«, sagte sie, ohne sich mit Höflichkeitsfloskeln aufzuhalten. »Sie haben Owens Arbeitszimmer auf den Kopf gestellt. Ich wollt das nicht, aber Edna hat gesagt, dass ich sie lassen soll. Können die uns nach allem, was passiert ist, nicht in Ruhe lassen?«

»Sie haben gute Gründe für eine Durchsuchung«, sagte Strike. »Vielleicht ist in Owens Arbeitszimmer ein Hinweis auf seinen Mörder zu finden.«

»Zum Beispiel?«

»Das weiß ich nicht«, sagte Strike geduldig, »aber ich glaube, dass Edna recht hat. Es war sicher gut, sie ins Haus zu lassen.«

Danach herrschte Schweigen.

»Sind Sie noch da?«, fragte Strike.

»Ja«, sagte sie, »und beim Gehen haben sie die Tür abgeschlossen, sodass ich dort nicht mehr reinkann. Und sie wollen noch mal zurückkommen. Ich mag sie nicht im Haus haben. Orlando mag sie auch nicht. Einer von ihnen« – sie klang empört – »hat mich sogar gefragt, ob ich nicht eine Zeit lang ausziehen will. ›Scheiße, nein‹, hab ich gesagt, ›das will ich ganz bestimmt nicht.‹ Orlando hat noch nie woanders gewohnt und würde das nicht verkraften. Ich gehe nirgendwohin!«

»Aber die Beamten haben nicht gesagt, dass sie Sie vernehmen wollen, oder?«

»Nein«, antwortete sie. »Sie haben nur gefragt, ob sie sich ein bisschen in seinem Arbeitszimmer umsehen dürfen.«

»Gut. Sobald sie Ihnen Fragen stellen wollen …«

»…muss ich mir 'nen Anwalt nehmen, ich weiß. Das hat Edna auch schon gesagt.«

»Wär's Ihnen recht, wenn ich morgen Vormittag bei Ihnen vorbeikäme?«, fragte er.

»Klar.« Sie klang erleichtert. »Kommen Sie gegen zehn, ich muss erst noch einkaufen. Konnte den ganzen Tag nicht aus dem Haus. Wollt nicht einfach gehen und sie allein lassen.«

Als Strike das Gespräch beendet hatte, dachte er einmal mehr darüber nach, wie wenig Leonoras schroffe Art dazu beitrug, die Polizeibeamten für sie einzunehmen. Würde Anstis erkennen, wie Strike es tat, dass Leonoras Uneinsichtigkeit, ihr Unvermögen, ein Verhalten an den Tag zu legen, das andere als angemessen betrachteten, ihre hartnäckige Weigerung, etwas anzuerkennen, das sie nicht anerkennen wollte – vermutlich genau die Eigenschaften, die sie überhaupt erst dazu befähigt hatten, das qualvolle Zusammenleben mit Quine zu ertragen –, es ihr gleichzeitig unmöglich gemacht hätten, ihn zu ermorden? Oder würden ihre Eigenarten – das Unvermögen, aufgrund ihrer angeborenen, aber womöglich unklugen Ehrlichkeit eine gewöhnliche Trauerreaktion zu zeigen – den bereits in Anstis' fantasielosem Verstand schlummernden Verdacht gegen sie nähren, bis er alle anderen Möglichkeiten überschattete?

Die Art, in der Strike zu seinen gekritzelten Notizen zurückkehrte, während er mit der anderen Hand weiter Essen in sich hineinschaufelte, hatte etwas Angespanntes, fast Fieberhaftes. Seine Gedanken strömten geradezu zwingend aus ihm hervor. Er notierte Fragen, die er beantwortet, Orte, die er durchsucht, und Fährten, die er verfolgt wissen wollte. Dies war ein Aktionsplan für ihn selbst und zugleich ein Mittel, um Anstis in die richtige Richtung zu lenken, indem er ihm hoffentlich die Augen dafür öffnete, dass es nicht immer die Ehefrau war, wenn ein Mann ermordet wurde, auch wenn dieser Mann nichtsnutzig, unzuverlässig und untreu gewesen war.

Irgendwann legte Strike den Stift weg, vertilgte die restlichen Nudeln mit zwei großen Bissen und räumte seinen Schreibtisch auf. Die Notizen landeten in dem Aktendeckel mit der Aufschrift *Owen Quine* auf dem Rückenschild. Das Wort *vermisst* hatte er durchgestrichen und durch *ermordet* ersetzt. Dann machte er das Licht aus und wollte gerade die Glastür abschließen, als ihm noch etwas einfiel. Er ging zurück an Robins Computer.

Und tatsächlich, er fand die Meldung auf der BBC-Webseite. Natürlich ohne große Schlagzeile, denn trotz Quines Selbstüberschätzung war er nicht übermäßig berühmt gewesen. Es war die vierte Meldung nach der wichtigsten Nachricht des Tages: dass die EU sich bereit erklärt hatte, die Republik Irland vor dem Staatsbankrott zu bewahren.

London – In einem Haus in der Talgarth Road wurde die Leiche eines Mannes aufgefunden. Vermutlich handelt es sich dabei um den Schriftsteller Owen Quine, 58. Die Leiche wurde gestern von einem Freund der Familie gefunden. Die Metropolitan Police hat Ermittlungen wegen Mordes aufgenommen.

Es gab weder ein Foto von Quine in seinem Lodenumhang noch Einzelheiten über den schaurig entstellten Leichnam. Aber dies war erst der Anfang; mit der Zeit würde mehr kommen.

Oben in seiner Wohnung büßte Strike umgehend einen Teil seiner Energie ein. Er setzte sich aufs Bett und rieb sich müde die Augen; dann ließ er sich zurücksinken und blieb einfach liegen: vollständig bekleidet und mit angeschnallter Prothese. Gedanken, die er bisher hatte verdrängen können, stürzten jetzt von allen Seiten auf ihn ein...

Warum hatte er der Polizei nicht früher mitgeteilt, dass Quine seit fast zwei Wochen verschwunden gewesen war? Weshalb war er nicht auf die Idee gekommen, Quine könne tot sein? Als DI Rawlins ihm diese Fragen gestellt hatte, hatte er Antworten parat gehabt: logische Antworten, vernünftige Antworten, aber sich selbst zufriedenzustellen kam ihm wesentlich schwieriger vor.

Er brauchte gar nicht erst sein Handy hervorzukramen, um den toten Quine vor sich zu sehen. Das Bild des gefesselten verwesenden Leichnams schien auf seinen Netzhäuten eingebrannt zu sein. Wie viel Gerissenheit, wie viel Hass, wie viel Perversität waren nötig gewesen, um Quines literarischen Erguss in die Realität umzusetzen? Welcher Mensch brachte es über sich, einen anderen aufzuschlitzen und mit Säure zu übergießen, ihn auszuweiden und Teller wie zu einem Festmahl um die Leiche herum aufzustellen?

Strike konnte den unsinnigen Gedanken nicht abschütteln, er hätte – als der Aasgeier, zu dem er ausgebildet worden war – irgendwie imstande sein müssen, dies alles bereits von fern zu wittern. Wie hatte er – mit seinem einst berüchtigten Instinkt für das Merkwürdige, das Gefährliche, das Verdächtige – nicht erkennen können, dass der marktschreierische, sich selbst überhöhende, selbstbeweihräuchernde Quine schon zu lange verschwunden gewesen war, schon zu lange geschwiegen hatte?

Weil dieser Idiot immer wieder blinden Alarm geschlagen hat … und ich vollkommen erledigt bin.

Er wälzte sich vom Bett und ging ins Bad, doch seine Gedanken kehrten immer wieder zu dem Leichnam zurück: zu dem gähnenden Loch im Rumpf, zu den leer gebrannten Augenhöhlen. Der Mörder musste um diese Monstrosität herumgeschritten sein, als sie noch geblutet hatte, als Quines Schreie in dem hohen Atelier vermutlich gerade erst verhallt waren, und fein säuberlich die Gabeln ausgerichtet haben … Und daraus ergab sich eine weitere Frage für seine Liste: Wie viel – falls überhaupt etwas – hatten die Nachbarn von Quines letzten Augenblicken mitbekommen?

Schließlich legte Strike sich aufs Bett, bedeckte die Augen mit seinem massiven, behaarten Unterarm und lauschte seinen eigenen Gedanken, die ihm zusetzten wie ein von Arbeitswut besessener Zwilling, der keine Ruhe kannte. Die Spurensicherung war inzwischen seit mehr als vierundzwanzig Stunden im Einsatz. Sie würden sich mittlerweile eine Meinung gebildet haben, auch wenn einzelne Untersuchungsergebnisse sicherlich noch ausstanden. Er würde Anstis anrufen müssen, um zu erfahren, was sie dachten …

Genug, ermahnte Strike sein müdes, hyperaktives Gehirn. *Genug.*

Und mit derselben Willenskraft, die ihn in der Army dazu befähigt hatte, auf nacktem Beton oder felsigem Boden einzuschlafen – oder auf krummen Feldbetten, die sich bei jeder Bewegung rostig quietschend über sein Gewicht beschwerten –, glitt er sanft in einen tiefen Schlaf wie ein Kriegsschiff in dunkle Gewässer.

21

Ist er denn tot?
Wahrhaftig tot, tot bis in alle Ewigkeit?

WILLIAM CONGREVE, *DIE TRAUERNDE BRAUT*

Am nächsten Morgen um Viertel vor neun quälte Strike sich mühsam die Metalltreppe hinunter und fragte sich beileibe nicht zum ersten Mal, warum er nichts unternahm, um den von einem Gitterkäfig umgebenen Aufzug reparieren zu lassen. Weil sein Knie nach dem jüngsten Sturz immer noch wund und angeschwollen war und er es sich nicht leisten konnte, ständig Taxi zu fahren, hatte er über eine Stunde für den Weg nach Ladbroke Grove veranschlagt.

Eine stechend eisige Bö schlug ihm ins Gesicht, sowie er die Tür öffnete – und dann sah er nur noch weiß, weil direkt vor seinen Augen ein Kamerablitz explodierte. Er blinzelte – drei menschliche Silhouetten tänzelten vor seinen Augen – und wehrte mit erhobener Hand eine Salve weiterer Blitze ab.

»Warum haben Sie der Polizei nicht gemeldet, dass Owen Quine vermisst wurde, Mr. Strike?«

»Wussten Sie, dass er tot war, Mr. Strike?«

Für den Bruchteil einer Sekunde erwog er, den Rückzug anzutreten und ihnen die Tür vor der Nase zuzuschlagen, doch dann hätte er in der Falle gesessen und sich ihnen später stellen müssen.

»Kein Kommentar«, sagte er daher kühl und machte sich auf den Weg, nicht gewillt, auch nur um Haaresbreite von seinem Kurs abzuweichen, sodass sie gezwungen waren beiseitezutreten, wobei ihn zwei Journalisten mit Fragen bombardierten, während der dritte pausenlos knipsend rückwärts neben ihm herlief. Das Mädchen, das mit Strike im Eingang des Gitarrenladens hin und wieder eine Zigarettenpause machte, verfolgte die Szene mit großen Augen durchs Schaufenster.

»Warum haben Sie niemandem erzählt, dass er seit über zwei Wochen vermisst wurde, Mr. Strike?«

»Warum haben Sie nicht die Polizei eingeschaltet?«

Die Hände tief in den Taschen, marschierte Strike schweigend und mit grimmiger Miene weiter. Sie liefen neben ihm her und versuchten, ihn zum Reden zu bringen – zwei Möwen mit rasiermesserscharfen Schnäbeln, die Sturzangriffe auf einen Fischtrawler flogen.

»Wollen Sie wieder mal die Polizei vorführen, Mr. Strike?«

»Wollen Sie denen eins auswischen?«

»Ist die Publicity gut fürs Geschäft, Mr. Strike?«

In der Army hatte er geboxt. In seiner Fantasie wirbelte er herum und setzte in die neben ihm schwebenden Rippen einen linken Haken, unter dem der kleine Scheißer zusammensackte...

»Taxi!«, brüllte er.

Blitz, blitz, blitz, machte die Kamera, und er stieg ein. Zum Glück schaltete die Ampel weiter vorn im selben Augenblick auf Grün, und das Taxi fuhr zügig an, sodass seine Verfolger nach wenigen Schritten aufgaben.

Arschlöcher!, dachte Strike und sah noch einmal über die Schulter zurück, als das Taxi um die Ecke bog. Irgendein Mistkerl bei der Met musste ihnen gesteckt haben, dass er die Leiche gefunden hatte. Anstis war es bestimmt nicht gewesen, der hatte diese Information aus der Presseerklärung herausgehalten. Bestimmt einer dieser verbitterten Armleuchter, die ihm Lula Landry immer noch nicht verziehen hatten.

»Sind Sie berühmt?«, fragte der Taxifahrer und fixierte ihn im Rückspiegel.

»Nein«, antwortete Strike knapp. »Setzen Sie mich am Oxford Circus ab, okay?«

Verärgert über die kurze Fahrt, grummelte der Taxifahrer vor sich hin.

Strike holte sein Handy heraus und schrieb Robin eine SMS.

2 Reporter vor der Tür, als ich rauswollte. Behaupten Sie,
Sie arbeiten für Crowdy.

Dann rief er Anstis an.

»Bob.«

»Ein paar Journalisten haben mir vor der Tür aufgelauert. Sie wissen, dass ich die Leiche gefunden habe.«

»Woher?«

»Das fragst du mich?«

Schweigen.

»Irgendwann musste es rauskommen, Bob, aber von mir haben sie es nicht.«

»Ach ja, ich hab das mit dem ›Freund der Familie‹ gelesen. Sie versuchen, es so hinzudrehen, als hätte ich euch nichts erzählt, weil ich publicitysüchtig wäre.«

»Kumpel, ich würde auf keinen Fall …«

»Wär schön, wenn eine offizielle Quelle das klarstellen könnte, Rich. Dreck bleibt kleben, und ich muss hiermit meinen Lebensunterhalt verdienen.«

»Geht klar«, versprach Anstis. »Sag mal, willst du nicht

heute zum Abendessen zu uns kommen? Die Rechtsmedizin hat die ersten Einschätzungen geliefert; die würde ich gern mit dir besprechen.«

»Ja, sicher«, sagte Strike, während sich das Taxi dem Oxford Circus näherte. »Um wie viel Uhr?«

In der U-Bahn blieb er stehen, denn wenn er sich hingesetzt hätte, hätte er wieder aufstehen und dabei sein schmerzendes Knie umso mehr belasten müssen. An der Haltestelle Royal Oak spürte er sein Handy vibrieren und sah zwei Textnachrichten. Die erste war von seiner Schwester Lucy.

Alles Gute zum Geburtstag, Stick! Xxx

Er hatte komplett vergessen, dass er Geburtstag hatte. Er öffnete die zweite SMS.

Hi, Cormoran, danke für Warnung, hab die Reporter eben gesehen, hängen immer noch vor dem Haus rum. Bis später! Rx

Froh, dass es vorübergehend trocken geblieben war, erreichte Strike um kurz vor zehn das Haus der Quines. Es sah unter der bleichen Sonne genauso heruntergekommen und deprimierend aus wie bei seinem letzten Besuch, allerdings mit einem Unterschied: Vor dem Haus stand ein uniformierter Polizist. Es war ein großer, junger Gesetzeshüter mit kampflustig vorstehendem Kinn, der streng die Brauen zusammenzog, als er Strike mit der Andeutung eines Humpelns auf das Haus zukommen sah.

»Kann ich fragen, wer Sie sind, Sir?«

»Das nehme ich doch an«, sagte Strike, ging an ihm vorbei

und klingelte an der Tür. Ungeachtet der von Anstis ausgesprochenen Einladung zum Abendessen, war er im Moment nicht sonderlich gut auf die Polizei zu sprechen. »So weit sollten Ihre Fähigkeiten gerade noch reichen.«

Die Tür ging auf, und Strike sah sich einer großen, schlaksigen jungen Frau mit fahler Haut, wilden hellbraunen Locken, breitem Mund und argloser Miene gegenüber. Die großen Augen, klar und hellgrün, lagen weit auseinander. Sie trug ein langes Sweatshirt oder ein kurzes Kleid, das über den knochigen Knien endete, dazu rosa Frotteesocken und drückte sich einen großen Plüsch-Orang-Utan an die flache Brust. Der Spielzeugaffe hatte Klettbänder an den Pfoten und hing um ihren Hals.

»Halloooo«, sagte sie. Sie schaukelte kaum merkbar hin und her und verlagerte dabei das Gewicht erst auf den einen, dann auf den anderen Fuß.

»Hi«, sagte Strike. »Bist du Orlan...«

»Ihren Namen bitte, Sir«, sagte der junge Polizist laut.

»Schon gut, schon gut – wenn ich fragen darf, warum Sie vor diesem Haus stehen«, entgegnete Strike lächelnd.

»Die Presse war hier«, antwortete der junge Polizist.

»Da war ein Mann«, sagte Orlando, »und mit einer Kamera, und Mum hat gesagt...«

»Orlando!«, rief Leonora von drinnen. »Was machst du da?«

Hager und bleichgesichtig kam sie in einem uralten dunkelblauen Kleid mit durchhängendem Saum hinter ihrer Tochter durch den Flur gestapft. »Ach, Sie sind das. Kommen Sie rein.«

Strike trat über die Schwelle und drehte sich lächelnd zu dem Polizisten um, der ihm finster nachstarrte.

»Wie heißt du?«, fragte Orlando, als die Haustür hinter ihnen zugefallen war.

»Cormoran«, sagte er.

»Das ist ein komischer Name.«

»Stimmt«, sagte Strike und ergänzte, ohne zu wissen, warum: »Ich wurde nach einem Riesen benannt.«

»Komisch«, sagte Orlando und schaukelte hin und her.

»Gehen Sie durch«, kommandierte Leonora knapp und zeigte zur Küche. »Ich muss schnell aufs Klo. Bin sofort wieder da.«

Strike ging den schmalen Flur entlang. Die Tür zum Arbeitszimmer war geschlossen und vermutlich immer noch verriegelt.

Als er die Küche betrat, stellte er zu seiner Überraschung fest, dass er nicht der einzige Besucher war. Jerry Waldegrave, der Lektor von Roper Chard, saß am Küchentisch und umklammerte, das blasse Gesicht nervös verzogen, einen Blumenstrauß in tristen Lila- und Blautönen. Ein zweiter, noch in Zellophan gehüllter Strauß ragte aus der zur Hälfte mit schmutzigem Geschirr gefüllten Spüle. Links und rechts davon standen nicht ausgepackte Plastiktüten voller Lebensmittel.

»Hallo.« Waldegrave sprang auf und blinzelte Strike durch seine Hornbrille ernst an. Offenbar erkannte er den Detektiv nach ihrer Begegnung auf dem dunklen Dachgarten nicht wieder, denn er fragte, während er ihm die Hand gab: »Gehören Sie zur Familie?«

»Ich bin ein Freund der Familie«, sagte Strike, während sie einander die Hände schüttelten.

»Schreckliche Geschichte«, sagte Waldegrave. »Ich musste einfach vorbeikommen und nachfragen, ob ich irgendwie helfen kann. Aber seit ich hier bin, war sie dauernd auf dem Klo.«

»Aha«, sagte Strike.

Waldegrave setzte sich wieder. Den plüschigen Orang-Utan fest an die Brust gedrückt, schob sich Orlando im Krebsgang in die Küche. Eine endlos lange Minute verstrich, während Orlando – eindeutig die am wenigsten Verlegene im Raum – die beiden Männer unbekümmert anstarrte.

»Du hast schöne Haare«, sagte sie schließlich zu Jerry Waldegrave. »Wie ein Haarhaufen.«

»Da hast du wohl recht«, entgegnete Waldegrave und lächelte sie an. Sie verdrückte sich wieder in den Flur.

Erneut wurde es still, während Waldegrave an den Blumen nestelte und sein Blick durch die Küche huschte.

»Ich kann es immer noch nicht glauben«, sagte er schließlich.

Oben rauschte eine Toilettenspülung, es folgte ein Rumpeln von der Treppe, und dann kehrte Leonora zurück, dicht gefolgt von Orlando.

»Entschuldigung«, sagte sie zu den beiden. »Bei mir geht's gerade drunter und drüber.«

Offensichtlich sprach sie von ihrer Verdauung.

»Hören Sie, Leonora« – Jerry Waldegrave erhob sich in qualvoller Unbeholfenheit –, »jetzt, da Ihr Freund hier ist, möchte ich mich nicht länger aufdrängen…«

»Der? Der ist kein Freund, der ist Detektiv«, sagte Leonora.

»Verzeihung?«

Strike fiel wieder ein, dass Waldegrave auf einem Ohr taub war.

»Er heißt wie ein Riese«, sagte Orlando.

»Er ist Detektiv«, übertönte Leonora ihre Tochter.

»Ach«, sagte Waldegrave verdattert. »Das wusste ich nicht… Warum…«

»Weil ich einen brauche«, erklärte Leonora knapp. »Die Polizei glaubt, dass ich Owen umgebracht hätte.«

Es wurde wieder still. Waldegraves Unbehagen war deutlich zu spüren.

»Mein Daddy ist gestorben«, verkündete Orlando den Anwesenden. Ihr offener, erwartungsvoller Blick schien eine Reaktion einzufordern. Strike hatte das Gefühl, dass einer von ihnen etwas sagen sollte.

»Ich weiß. Das ist sehr traurig.«

»Edna hat auch gesagt, das ist traurig«, erwiderte Orlando, als hätte sie auf eine originellere Antwort gehofft, und schlurfte wieder aus der Küche.

»Setzen Sie sich doch«, lud Leonora die beiden Männer ein. »Sind die für mich?«, fragte sie dann und deutete dabei auf die Blumen in Waldegraves Hand.

»Ja.« Linkisch reichte er ihr den Strauß. »Hören Sie, Leonora, ich will Ihre Zeit wirklich nicht länger beanspruchen. Bestimmt haben Sie alle Hände voll zu tun mit... mit den ganzen Vorbereitungen und...«

»Sie geben seine Leiche nicht frei«, erklärte Leonora mit niederschmetternder Offenheit, »darum kann ich noch gar nichts vorbereiten.«

»Ach ja, die Karte hätte ich fast vergessen«, murmelte Waldegrave hilflos und tastete seine Taschen danach ab. »Hier... Also, wenn wir irgendetwas für Sie tun können, Leonora, was immer es auch...«

»Ich wüsste nicht, was man da tun könnte«, beschied Leonora ihm knapp und nahm den Umschlag entgegen. Sie setzte sich an den Tisch, wo sich Strike bereits niedergelassen hatte. Er war froh, sein Bein entlasten zu können.

»Also, ich glaube, ich gehe dann lieber und lasse Sie beide allein«, sagte Waldegrave. »Hören Sie, Leonora, ich frage das wirklich ungern in so einem Augenblick, aber *Bombyx Mori*... Haben Sie zufällig eine Kopie davon hier?«

»Nein«, sagte sie. »Die hat Owen mitgenommen.«

»Es tut mir wirklich leid, aber es würde uns enorm helfen,

wenn … Dürfte ich mal nachsehen, ob noch irgendwas davon in seinem Arbeitszimmer liegt?«

Sie spähte durch ihre riesigen, altmodischen Brillengläser zu ihm auf.

»Die Polizei hat alles mitgenommen, was er hiergelassen hat«, sagte sie. »Die sind gestern wie ein Wirbelsturm durch sein Zimmer gefegt. Dann haben sie es abgesperrt und den Schlüssel mitgenommen – ich kann selber nicht mehr rein.«

»Oh, ach so, wenn die Polizei … nein«, sagte Waldegrave. »Auch recht. Nein, ich finde selbst hinaus, bitte bleiben Sie sitzen.«

Er ging durch den Flur, und sie hörten die Haustür ins Schloss fallen.

»Keine Ahnung, warum er gekommen ist«, sagte Leonora mürrisch. »Wahrscheinlich hat er jetzt das Gefühl, dass er was Nettes getan hat.«

Sie öffnete die Karte, die er ihr dagelassen hatte. Auf der Vorderseite war ein Aquarell mit Veilchen aufgedruckt, innen waren zahlreiche Unterschriften zu sehen.

»Jetzt tun alle ganz furchtbar nett, weil sie sich schuldig fühlen«, sagte Leonora und warf die Karte auf die Resopaltischplatte.

»Schuldig?«

»Die haben nie kapiert, was sie an ihm hatten. Bücher müssen vermarktet werden«, erklärte sie zu seiner Überraschung. »Man muss Werbung dafür machen. Nur der Verlag kann sie bekannt machen. Sie haben Owen nie ins Fernsehen gebracht oder so, wie er es gebraucht hätte.«

Strike vermutete, dass sie diese Klagen von ihrem Mann übernommen hatte.

»Leonora«, sagte er und zog sein Notizbuch heraus. »Ist es in Ordnung, wenn ich Ihnen ein paar Fragen stelle?«

»Ich denke schon. Aber ich weiß nichts.«

»Haben Sie mitbekommen, ob irgendwer mit Owen gesprochen oder ob ihn noch jemand gesehen hat, nachdem er am Fünften von hier verschwand?«

Sie schüttelte den Kopf.

»Keine Freunde, keine Angehörigen?«

»Niemand«, sagte sie. »Wollen Sie einen Tee?«

»Ja, gern«, sagte Strike, um die Unterhaltung in Gang zu halten, auch wenn er lieber nichts zu sich genommen hätte, was in dieser schmuddeligen Küche zubereitet worden war.

»Wie gut kannten Sie die Leute aus Owens Verlag?«, fragte er, während sie geräuschvoll den Wasserkocher füllte.

Sie zuckte mit den Schultern. »Eigentlich gar nicht. Diesen Jerry hab ich mal getroffen, als Owen Bücher signieren sollte ...«

»Und Sie sind mit niemandem bei Roper Chard befreundet?«

»Nein, wieso? Owen hat mit denen gearbeitet, nicht ich.«

»Und Sie haben *Bombyx Mori* wirklich nicht gelesen?«, fragte Strike beiläufig.

»Das hab ich Ihnen doch schon gesagt. Ich mag sie erst lesen, wenn es fertige Bücher sind. Warum fragt mich das jeder?« Sie sah von der Plastiktüte auf, in der sie nach Keksen gesucht hatte. »Was ist eigentlich mit der Leiche?«, wollte sie unvermittelt wissen. »Was haben sie mit ihm gemacht? Niemand will mir was sagen. Sie haben seine Zahnbürste mitgenommen, um einen Gentest zur Identifikation zu machen. Warum darf ich ihn nicht sehen?«

Er hatte diese Frage schon früher gestellt bekommen, von anderen Witwen, von am Boden zerstörten Eltern. Wie schon so oft behalf er sich mit einer Halbwahrheit. »Er lag schon eine ganze Weile ...«

»Wie lange?«

»Das wissen sie noch nicht.«

»Wie ist es passiert?«

»Ich glaube, auch das wissen sie noch nicht genau.«

»Aber sie müssen doch ...«

Sie verstummte, weil in diesem Moment Orlando zurück in die Küche schlurfte, wobei sie diesmal neben ihrem Plüsch-Orang-Utan noch einen Stapel grellbunter Zeichnungen umklammert hielt.

»Wo ist Jerry?«

»Wieder arbeiten«, sagte Leonora.

»Er hat schöne Haare. Deine Haare mag ich nicht«, erklärte sie Strike. »Die sind so krisselig.«

»Ich mag sie auch nicht besonders«, sagte er.

»Er will sich jetzt keine Bilder ansehen, Dodo«, ermahnte Leonora ihre Tochter, doch Orlando beachtete ihre Mutter nicht weiter und breitete ihre Gemälde vor Strike auf dem Tisch aus. »Die hab ich gemalt.«

Strike konnte darauf Blumen, Fische und Vögel erkennen. Unter einer der Zeichnungen war die Kinderspeisekarte eines Restaurants auf der Rückseite des Blattes zu sehen.

»Die sind sehr schön«, sagte Strike. »Leonora, wissen Sie, ob die Polizei irgendwelche Teile aus *Bombyx Mori* gefunden hat, als das Arbeitszimmer durchsucht wurde?«

»Ja«, sagte sie und ließ Teebeutel in zwei angeschlagene Becher fallen. »Zwei alte Farbbänder von seiner Schreibmaschine. Die waren hinter den Schreibtisch gerutscht. Dann sind sie rausgekommen und haben mich gefragt, wo die restlichen sind; ich hab ihnen gesagt, dass er die mitgenommen hat.«

»Ich mag Daddys Zimmer«, erklärte Orlando. »Er gibt mir immer Papier zum Malen.«

»Dieses Arbeitszimmer ist eine einzige Müllhalde«, sagte Leonora und schaltete den Wasserkocher ein. »Sie haben ewig gebraucht, bis sie alles durchsucht hatten.«

»Tante Liz war drinnen«, sagte Orlando.

»Wann?« Mit den beiden Teebechern in der Hand sah Leonora ihre Tochter finster an.

»Als sie da war und du aufs Klo bist«, sagte Orlando. »Da ist sie in Daddys Zimmer gegangen. Ich hab sie gesehen.«

»Sie hatte kein Recht, da reinzugehen«, sagte Leonora. »Hat sie rumgeschnüffelt?«

»Nein«, sagte Orlando. »Sie ist reingegangen, und dann ist sie wieder rausgekommen, und dann hat sie mich gesehen und hat angefangen zu weinen.«

»Ja«, stellte Leonora zufrieden fest, »bei mir hat sie auch geheult und alles. Noch eine, die sich schuldig fühlt.«

»Wann war sie hier?«, fragte Strike.

»Gleich am Montag«, sagte Leonora. »Hat sich erkundigen wollen, ob sie helfen kann. Helfen! Nach allem, was sie angerichtet hat!«

Der Tee war so schwach und milchig, dass man fast meinen konnte, er hätte nie einen Teebeutel gesehen; Strike trank seinen Tee am liebsten dunkel wie Kreosot. Während er einen kleinen Höflichkeitsschluck nahm, musste er an Elizabeth Tassel denken, die sich gewünscht hatte, Quine hätte die Beißattacke ihres Dobermanns nicht überlebt.

»Ich mag ihren Lippenstift«, verkündete Orlando.

»Du magst heute alles an jedem«, kommentierte Leonora ungerührt und setzte sich mit ihrem Becher voll wässrigem Tee wieder an den Tisch. »Ich hab sie gefragt, warum sie das getan hat – warum sie Owen gesagt hat, er dürfte das Buch nicht veröffentlichen, obwohl sie doch wusste, dass er durchdrehen würde.«

»Was hat sie darauf geantwortet?«, fragte Strike.

»Dass er einen Haufen echter Leute in das Buch gepackt hat«, sagte Leonora. »Keine Ahnung, wieso das alle so schlimm finden. Das macht er doch immer.« Sie nahm einen Schluck Tee. »Er hat mich doch auch überall mit reingepackt.«

Strike dachte an Succuba, die »ausgeleierte Hure«, und fand Owen Quine einmal mehr widerwärtig.

»Ich wollte Sie nach dem Haus in der Talgarth Road fragen …«

»Keine Ahnung, was er dort wollte«, sagte sie prompt. »Er hat es gehasst. Er wollte es seit Jahren verkaufen, aber Fancourt hat ihn nicht gelassen.«

»Sehen Sie, und genau das verstehe ich nicht.«

Orlando hatte sich still auf dem Stuhl neben seinem niedergelassen, ein nacktes Bein untergeschlagen, und malte mit Buntstiften, die sie scheinbar aus dem Nichts hervorgezaubert hatte, leuchtend bunte Flossen an einen großen Fisch.

»Wie kommt es, dass Michael Fancourt den Verkauf jahrelang verhindern konnte?«

»Das hat irgendwas damit zu tun, unter welchen Bedingungen dieser Joe ihnen das Haus hinterlassen hat. Irgendwas damit, wie es benutzt werden soll. Keine Ahnung. Da müssen Sie Liz fragen, die weiß da besser Bescheid.«

»Wissen Sie, wann Owen das letzte Mal dort war?«

»Das ist Jahre her«, sagte sie. »Keine Ahnung. Jahre.«

»Ich brauch mehr Malpapier«, verkündete Orlando.

»Ich hab keins mehr«, sagte Leonora. »Das liegt alles in Daddys Zimmer. Nimm die Rückseite von dem hier.«

Sie zog eine Wurfsendung von der überfüllten Küchentheke und schob sie ihrer Tochter über den Tisch zu, doch Orlando wischte das Papier zur Seite und schlenderte mit dem schlenkernden Orang-Utan um den Hals aus der Küche. Im nächsten Augenblick hörten sie, wie sie versuchte, die Tür zum Arbeitszimmer aufzudrücken.

»Orlando, *nein!*«, bellte Leonora, sprang auf und lief in den Flur. Strike nutzte die Gelegenheit, um sich zurückzulehnen und den milchigen Tee bis auf einen kleinen Rest in die Spüle zu kippen; ein paar Spritzer landeten auf dem Strauß und blieben verräterisch am Zellophan hängen.

»*Nein*, Dodo! Das darfst du nicht. *Nein!* Wir dürfen da nicht rein – *wir dürfen da nicht rein, jetzt lass los…*«

Ein schrilles Aufheulen, gefolgt von einem lauten Poltern, verriet Strike, dass Orlando nach oben geflüchtet war. Rotgesichtig kehrte Leonora in die Küche zurück.

»Dafür kann ich jetzt den ganzen Tag büßen«, sagte sie. »Sie ist komplett durch den Wind. Mag es nicht, dass die Polizei hier ist.« Sie gähnte nervös.

»Konnten Sie schlafen?«, fragte Strike.

»Nicht lang. Weil ich immerzu denken muss: *Wer?* Wer kann so was tun? Er regt die Leute auf, ich weiß«, fuhr sie zerstreut fort, »aber so ist er eben. Ein Hitzkopf. Er rastet bei den kleinsten Kleinigkeiten aus. So war er schon immer, er meint das nicht so. Aber wer sollte ihn denn deswegen umbringen? Michael Fancourt muss noch einen Schlüssel für das Haus haben.« Sie knetete ihre Finger, während sie von einem Thema zum nächsten sprang. »Das ist mir gestern Nacht wieder eingefallen, als ich nicht einschlafen konnte. Und ich weiß, dass Michael Fancourt ihn nicht ausstehen konnte. Das war schon immer so. Dabei hat Owen überhaupt nie getan, was Michael Fancourt ihm vorgeworfen hat. Er hat das damals nicht geschrieben. Aber Michael Fancourt würde Owen nicht umbringen.« Sie sah Strike an, und ihre klaren Augen waren so unschuldig wie die ihrer Tochter. »Er ist reich, oder? Berühmt… Der würde so was nicht machen.«

Es war Strike immer schon ein Rätsel gewesen, aus welchem Grund Prominente von der Öffentlichkeit mit einem Nimbus der Unantastbarkeit betrachtet wurden, selbst wenn die Presse ihnen nachstellte und sie verunglimpfte und verfolgte. So viele Berühmtheiten auch wegen Vergewaltigung oder Mordes verurteilt werden mochten, hielt sich doch der in seiner Intensität fast heidnische Glaube: *Die* doch nicht. Auf keinen Fall. Die sind doch *berühmt*.

»Aber dieser verfluchte Chard«, platzte es aus Leonora heraus, »der hat Owen ziemlich unfreundliche Briefe geschickt. Owen hat ihn noch nie leiden können. Und dann unterschreibt er diese Karte – von wegen, wenn er irgendwas tun kann … Wo ist sie überhaupt?«

Die Karte mit dem Veilchenaquarell war vom Tisch verschwunden.

»Orlando!« Leonora lief vor Wut rot an. »Sie hat sie eingesteckt.« Und mit einer Lautstärke, bei der Strike den Kopf einzog, bellte sie in Richtung Zimmerdecke: »*DODO!*«

Es war der vernunftwidrige Zornesausbruch eines Menschen im rohen Anfangsstadium der Trauer. Er verriet genau wie Leonoras nervöser Magen nur allzu deutlich, wie sehr sie unter der sauertöpfischen Schale tatsächlich litt.

»*DODO!*«, brüllte sie noch einmal. »Hab ich dir nicht schon tausendmal gesagt, du sollst nichts nehmen, was dir nicht …«

Wie aus dem Nichts erschien Orlando in der Küche, den Orang-Utan immer noch fest an ihre Brust gepresst. Offenbar war sie katzengleich die Treppe heruntergeschlichen, ohne dass auch nur das leiseste Geräusch zu hören gewesen war.

»Du hast die Karte eingesteckt!«, rief Leonora zornig. »Hab ich dir nicht schon tausendmal gesagt, du sollst nichts nehmen, was dir nicht gehört? Wo ist sie?«

»Ich mag die Blume«, sagte Orlando und zauberte die

glänzende, mittlerweile jedoch zerknitterte Karte hervor. Ihre Mutter riss sie ihr aus den Fingern.

»Die gehört *mir*«, erklärte sie ihrer Tochter. »Sehen Sie.« Sie drehte sich zu Strike um und deutete auf den längsten Eintrag, verfasst in gestochen scharfer, akkurater Handschrift: »›Bitte lassen Sie mich wissen, wenn wir irgendetwas für Sie tun können. Daniel Chard.‹ Verfluchter Heuchler!«

»Daddy kann Dannulchar nicht leiden«, sagte Orlando. »Das hat er mir erzählt.«

»Er ist ein verfluchter Heuchler, so viel steht fest«, sagte Leonora, während sie mit zusammengekniffenen Augen versuchte, die übrigen Unterschriften zu entziffern.

»Er hat mir einen Pinsel geschenkt«, sagte Orlando. »Als er mich angefasst hat.«

Kurz wurde es ganz still im Raum. Leonora sah zu ihr auf. Strike war – mit dem Becher auf halbem Weg zum Mund – mitten in der Bewegung erstarrt.

»Was?«

»Ich mag's nicht, wenn ich angefasst werde.«

»Was redest du denn da? Wer hat dich angefasst?«

»Bei Daddy in der Arbeit.«

»Red keinen Unfug!«, sagte ihre Mutter.

»Als Daddy mit mir da war und ich gesehen hab…«

»Vor einem Monat hat er sie mit in den Verlag genommen, weil ich einen Arzttermin hatte«, erklärte Leonora. Sie wirkte sichtlich aufgewühlt und nervös. »Ich hab keine Ahnung, wovon sie redet…«

»…und ich die Bilder gesehen hab, die sie auf die Bücher drauftun, alle ganz bunt«, fuhr Orlando fort. »Und da hat Dannulchar mich angefasst…«

»Du weißt doch gar nicht, wer Daniel Chard ist«, sagte Leonora.

»Er hat keine Haare«, sagte Orlando. »Und davor ist Daddy mit mir zu der Frau gegangen, und ich hab ihr mein allerbestes Bild geschenkt. Sie hat schöne Haare.«

»Was für eine Frau? Was redest du...«

»Und da hat Dannulchar mich angefasst«, übertönte Orlando sie. »Er hat mich angefasst, ich hab geschrien, und da hat er mir einen Pinsel geschenkt.«

»Du wirst so was nicht in der Gegend rumerzählen«, sagte Leonora gepresst und mit zittriger Stimme. »Haben wir nicht schon genug... Sei nicht dumm, Orlando.«

Orlando wurde knallrot. Mit einem wütenden Blick auf ihre Mutter stürmte sie erneut aus der Küche. Diesmal knallte sie die Tür mit so viel Wucht hinter sich zu, dass sie nicht ins Schloss fiel, sondern wieder aufsprang. Strike hörte Orlando die Treppe hinaufpoltern; nach ein paar Stufen begann sie, unverständlich zu kreischen.

»Jetzt regt sie sich wieder auf«, sagte Leonora erschöpft, und aus ihren hellen Augen rollten die ersten Tränen. Strike griff nach der ausgefransten Küchenrolle neben der Spüle, riss ein paar Blatt ab und drückte sie ihr in die Hand. Stumm ließ sie ihren Tränen freien Lauf, und ihre Schultern bebten, während Strike schweigend bei ihr saß und den Rest seines grässlichen Tees trank.

»Wir haben uns im Pub kennengelernt«, murmelte sie schließlich unerwartet, schob die Brille nach oben und tupfte ihr nasses Gesicht ab. »Er war auf dem Festival... Hay-on-Wye. Ich hatte noch nie von ihm gehört, aber mir war sofort klar, dass er jemand sein musste, so wie er angezogen war und wie er geredet hat.«

Und auf einmal erglühte hinter ihren müden Augen ein schwacher Widerschein der einstigen Heldenverehrung, beinahe erloschen während all der Jahre der Vernachlässigung und des Ungemachs, in denen sie seinen Dünkel und seine Wutausbrüche hatte ertragen müssen und in denen sie in dieser heruntergekommenen Behausung versucht hatte, Rechnungen zu bezahlen und ihre gemeinsame Tochter zu versorgen. Vielleicht war der Funke wieder aufgeglimmt, weil ihr Held – wie alle wahren Helden – gestorben war; vielleicht würde er jetzt für immer leuchten wie ein ewiges Licht, und sie würde das Schlimmste vergessen und nur mehr an jener Idee von ihm festhalten, in die sie sich einst verliebt hatte; solange sie sein letztes Manuskript nicht las und erfuhr, wie bösartig er sie darin porträtiert hatte …

»Eine Frage habe ich noch, Leonora«, sagte Strike sanft, »dann gehe ich wieder. Sind in der letzten Woche wieder Hundeexkremente in Ihrem Briefschlitz gelandet?«

»Letzte Woche?«, echote sie mit belegter Stimme und tupfte sich wieder die Augen. »Ja. Am Dienstag, glaube ich. Oder war's am Mittwoch? Aber ja. Noch ein Mal.«

»Und haben Sie noch mal die Frau gesehen, von der Sie sich verfolgt fühlten?«

Sie schüttelte den Kopf und schnäuzte sich. »Vielleicht hab ich mir das ja bloß eingebildet, keine Ahnung …«

»Und finanziell kommen Sie aus?«

»Ja«, sagte sie und tupfte sich erneut die Augen. »Owen hatte eine Lebensversicherung. Ich hab ihn gezwungen, eine abzuschließen – wegen Orlando. Wir kommen schon über die Runden. Edna hat gesagt, sie leiht mir was, bis das Geld da ist.«

»Dann verabschiede ich mich jetzt.« Strike stemmte sich aus dem Stuhl.

Immer noch schniefend folgte sie ihm durch den düsteren Flur, und noch ehe die Tür hinter ihm ins Schloss fiel, hörte er sie rufen: »Dodo! Dodo, komm runter, bitte, ich hab's nicht so gemeint!«

Der junge Polizist vor dem Haus versuchte, Strike den Weg zu verstellen. Er sah wütend aus. »Ich weiß jetzt, wer Sie sind«, sagte er. Er hielt immer noch das Handy in der Hand. »Sie sind Cormoran Strike.«

»Sie sind ja ein ganz Aufgeweckter, was?«, entgegnete Strike. »Und jetzt aus dem Weg, Jungchen, einige von uns haben zu tun.«

22

Welch ein Mörder, Höllenhund, Teufel muß das sein!

BEN JONSON, *EPICOENE ODER DAS STILLE FRAUENZIMMER*

Ohne daran zu denken, wie schwer ihm mit dem wunden Knie das Aufstehen fallen würde, ließ Strike sich in der U-Bahn auf einen Ecksitz fallen und rief Robin an.

»Hi«, sagte er. »Sind die Presseleute wieder weg?«

»Nein, sie lungern immer noch vor dem Haus herum. Sie sind in den Nachrichten, wussten Sie das?«

»Ich hab's auf der BBC-Webseite gelesen. Ich hab Anstis schon angerufen und ihn gebeten, meine Rolle herunterzuspielen. Hat er?«

Er hörte die Tastatur unter ihren Fingern klappern. »Ja, er wird zitiert: ›DI Richard Anstis hat Gerüchte bestätigt, dass die Leiche von Cormoran Strike gefunden wurde – von demselben Privatdetektiv, der in diesem Jahr schon einmal Schlagzeilen machte, als er…‹«

»Das können Sie überspringen.«

»›Mr. Strike wurde von der Familie beauftragt, Mr. Quine ausfindig zu machen, der oft über längere Zeit verschwand, ohne jemanden über seinen Aufenthaltsort zu informieren. Mr. Strike steht nicht unter Verdacht. Seine Angaben hinsichtlich des Leichenfunds seien glaubwürdig, so ein Sprecher der Polizei.‹«

»Guter alter Dickie«, sagte Strike. »Heute Morgen haben sie mir noch unterstellt, ich würde tagelang auf Leichen hocken, um mein Geschäft anzukurbeln. Kaum zu glauben, dass sich die Presse derart für einen toten Achtundfünfzigjährigen interessiert. Dabei wissen sie noch nicht einmal, *wie* grausam er ermordet wurde.«

»Sie interessieren sich weniger für Quine«, stellte Robin fest. »Sondern vor allem für Sie.«

Der Gedanke bereitete Strike Unbehagen. Er wollte sein Gesicht weder in der Zeitung noch im Fernsehen sehen. Die Fotos von ihm, die man in der Folge des Falls Lula Landry abgedruckt hatte, waren überwiegend winzig gewesen (man hatte den Platz für die Bilder des atemberaubend schönen, vorzugsweise knapp bekleideten Models gebraucht). Sein finsteres, mürrisches Gesicht ließ sich in schmieriger Druckerschwärze nur schlecht wiedergeben, und er hatte Porträtaufnahmen seiner selbst vermeiden können, als er das Gerichtsgebäude betreten hatte, um im Mordfall Landry auszusagen. Daraufhin hatte man Bilder von ihm in Uniform ausgegraben, aber die waren Jahre alt und er darauf bedeutend schlanker gewesen. Niemand hatte ihn seit jener kurzlebigen Berühmtheit auf der Straße wiedererkannt, und ihm war nicht daran gelegen, seine Anonymität erneut zu gefährden.

»Ich will nicht in eine Meute von Reportern rennen. Nicht«, ergänzte er sarkastisch, während prompt sein Knie wieder zu pochen begann, »dass ich im Moment überhaupt rennen könnte. Treffen wir uns ...«

Das Tottenham war sein Lieblingspub, aber er wollte ihn nicht der Gefahr aussetzen, dass in Zukunft die Presse dort einfiel.

»...in vierzig Minuten im Cambridge, in Ordnung?«

»Kein Problem«, sagte sie.

Erst nachdem Strike aufgelegt hatte, fiel ihm ein, dass er sich weder nach dem trauernden Matthew erkundigt noch sie gebeten hatte, seine Krücken mitzubringen.

Der aus dem neunzehnten Jahrhundert stammende Pub befand sich am Cambridge Circus. Robin erwartete ihn im ersten Stock auf einer Lederbank unter Messingkronleuchtern und Spiegeln mit vergoldeten Rahmen.

»Ist alles in Ordnung?«, fragte sie besorgt, als er auf sie zuhumpelte.

»Das habe ich Ihnen ja noch gar nicht erzählt«, sagte er und ließ sich zaghaft und unter einem Stöhnen auf den Stuhl gegenüber sinken. »Ich hab mir am Sonntag schon wieder das Knie verdreht, als ich versucht habe, eine Frau dingfest zu machen, die mich beschattet hat.«

»Was für eine Frau?«

»Sie ist mir vom Haus der Quines bis zur U-Bahn nachgegangen. Dann bin ich wie ein Vollidiot der Länge nach hingeknallt, und sie ist abgehauen. Der Beschreibung nach war es dieselbe Person, die Leonora nach Quines Verschwinden vor ihrem Haus gesehen hat. Ich könnte wirklich was zu trinken gebrauchen …«

»Ich hole Ihnen was«, sagte Robin, »schließlich haben Sie heute Geburtstag. Ich hab übrigens ein Geschenk für Sie …«

Sie hob ein in Zellophan gehülltes und mit einer Schleife verziertes Körbchen auf den Tisch, das mit Lebensmitteln aus Cornwall gefüllt war: Bier, Cider, Süßigkeiten und Senf. Er war geradezu lächerlich gerührt.

»Das wäre nicht nötig gewesen …«

Aber sie war schon an der Bar und außer Hörweite.

»Vielen Dank«, sagte er, als sie mit einem Glas Wein und einem Pint London Pride zurückkam.

»Gern geschehen. Sie glauben also, dass diese Unbekannte Leonoras Haus observiert?«

Strike nahm einen lang ersehnten, großen Schluck Bier. »Und möglicherweise Hundescheiße durch ihren Briefschlitz stopft, ja«, sagte Strike. »Allerdings verstehe ich nicht ganz, was sie sich davon erhofft hat, mich zu beschatten … Es sei denn, sie hat geglaubt, ich würde sie zu Quine führen.«

Er hob das lädierte Bein auf einen Hocker unter dem Tisch und verzog dabei das Gesicht.

»Eigentlich sollte ich diese Woche Brocklehurst und Burnetts Ehemann beschatten. Wirklich der beste Zeitpunkt, um sich das Knie zu demolieren.«

»Ich könnte für Sie einspringen.«

Das begeisterte Angebot war spontan aus Robin herausgesprudelt, doch Strike machte nicht den Anschein, es gehört zu haben.

»Wie geht es Matthew?«

»Nicht besonders«, antwortete Robin. Sie hätte nicht sagen können, ob Strike ihren Vorschlag zur Kenntnis genommen hatte oder nicht. »Er ist nach Hause gefahren zu seinem Dad und seiner Schwester.«

»Nach Masham, nicht wahr?«

»Ja.« Sie zögerte und sagte dann: »Wir werden die Hochzeit verschieben müssen.«

»Das tut mir leid.«

Sie zuckte mit den Schultern. »Wir können unter keinen Umständen so kurz danach Hochzeit feiern … Es war für die ganze Familie ein furchtbarer Schock.«

»Haben Sie sich gut mit Matthews Mutter verstanden?«, fragte Strike.

»Ja, natürlich. Sie war …«

Tatsächlich war Mrs. Cunliffe immer schon ein schwieriger

Mensch gewesen; hypochondrisch, wie Robin insgeheim gedacht hatte. Seit vierundzwanzig Stunden hatte sie deswegen ein schlechtes Gewissen.

»…wirklich reizend«, sagte Robin. »Und wie geht es der armen Mrs. Quine?«

Strike berichtete ihr von seinem Besuch bei Leonora und schloss in seinen Bericht auch den kurzen Auftritt von Waldegrave und die Begegnung mit Orlando ein.

»Was hat sie eigentlich genau?«, fragte Robin.

»Eine Entwicklungsstörung nennt man so was heutzutage, glaube ich.«

Er musste wieder an Orlandos argloses Lächeln und ihren Plüsch-Orang-Utan denken und verstummte.

»Während ich bei ihnen war, hat sie etwas Seltsames gesagt, was offenbar auch für die Mutter neu war. Sie hat erzählt, dass sie einmal mit ihrem Vater im Verlag gewesen sei und dass Quines Verleger – Daniel Chard – sie angefasst habe…«

Er sah, wie sich auf Robins Gesicht die gleichen uneingestandenen Ängste breitmachten, die jene Worte auch in der schmuddeligen Küche heraufbeschworen hatten.

»Wie, angefasst?«

»Mehr hat sie nicht gesagt. Sie sagte nur: ›Er hat mich angefasst‹, und: ›Ich mag's nicht, wenn ich angefasst werde.‹ Und dass er ihr hinterher einen Pinsel geschenkt habe. Vielleicht war es auch ganz anders«, fügte Strike hinzu, als er Robins angespannte Miene sah, doch sie schwieg nur bedeutungsschwer. »Vielleicht ist er nur versehentlich mit ihr zusammengestoßen und hat ihr etwas geschenkt, um sie zu besänftigen. Während ich bei ihnen war, ging sie alle paar Minuten in die Luft und fing an zu kreischen, weil sie irgendetwas haben wollte oder weil ihre Mum mit ihr geschimpft hat.«

Ihm knurrte der Magen, und er riss die Folie über Robins

Geschenk auf, zog eine Tafel Schokolade heraus und wickelte sie aus, während Robin ihm weiter nachdenklich gegenübersaß.

»Die Sache ist die«, brach Strike das Schweigen: »Quine hat in *Bombyx Mori* angedeutet, dass Chard schwul sei. Jedenfalls glaube ich, dass er das andeuten wollte.«

»Hm.« Robin wirkte wenig beeindruckt. »Und glauben Sie alles, was Quine in diesem Buch geschrieben hat?«

»Na ja, offenbar hat Chard sich ziemlich darüber aufgeregt. Immerhin hat er Quine diverse Anwälte auf den Hals gehetzt«, sagte Strike, brach ein Stück Schokolade ab und steckte es sich in den Mund. »Allerdings dürfen Sie nicht vergessen«, fuhr er mit vollem Mund fort, »dass Chard in *Bombyx Mori* ein Mörder ist, womöglich ein Vergewaltiger, und außerdem fällt ihm der Pimmel ab, also hat er sich womöglich gar nicht so sehr über das Schwulsein aufgeregt.«

»Sexuelle Dualität scheint ein wiederkehrendes Motiv in Quines Büchern zu sein«, sagte Robin.

Kauend und mit hochgezogenen Brauen sah er sie an.

»Ich habe auf dem Weg zur Arbeit einen Abstecher zu Foyles gemacht und mir dort *Hobarts Sünde* besorgt«, erklärte sie. »Darin geht es um einen Hermaphroditen.«

Strike schluckte. »Offenbar haben die es ihm angetan; in *Bombyx Mori* gibt es auch einen«, sagte er und blickte auf die Schokoladenverpackung. »Die kommt aus Mullion. Das ist ein Stück weiter unten an der Küste, wo ich aufgewachsen bin... Wie ist *Hobarts Sünde* so – halbwegs lesbar?«

»Ich hätte es garantiert nach ein paar Seiten weggelegt, wenn der Autor nicht gerade ermordet worden wäre«, gab Robin zu.

»Umgelegt zu werden beflügelt bestimmt die Verkaufszahlen.«

»Ich will damit sagen«, setzte Robin unbeirrt nach, »dass man sich nicht unbedingt auf Quine verlassen kann, wenn es um das Sexualleben anderer Leute geht. Seine Figuren scheinen grundsätzlich mit allem und jedem zu schlafen. Ich habe mir seinen Wikipedia-Artikel angesehen. Eines der Schlüsselmotive in seinen Büchern ist wohl, dass die Figuren ständig das Geschlecht oder die sexuelle Orientierung wechseln.«

»Das ist in *Bombyx Mori* auch so«, grunzte Strike und brach noch ein Stück Schokolade ab. »Die schmeckt gut, wollen Sie auch was?«

»Theoretisch bin ich auf Diät«, sagte Robin traurig. »Wegen der Hochzeit...«

Strike war nicht der Ansicht, dass sie abnehmen musste, sagte aber nichts, und sie nahm sich ebenfalls ein Stück.

»Ich hab nachgedacht«, sagte Robin schüchtern, »über den Mörder...«

»Und, was sagt die Psychologin? Schießen Sie los!«

»Ich *bin* keine Psychologin«, widersprach sie und lachte.

Sie hatte ihr Psychologiestudium abgebrochen. Strike hatte nie auf eine Erklärung gedrungen, und sie hatte nie von sich aus eine gegeben. Dass sie von der Universität abgegangen war, hatte sie mit ihm gemeinsam. Er hatte sein Studium hingeworfen, nachdem seine Mutter an einer mysteriösen Überdosis gestorben war, und nahm daher womöglich unbewusst an, dass auch Robin ihr Studium aufgrund einer traumatischen Erfahrung abgebrochen hatte.

»Ich habe mich nur gefragt, warum der Täter sich so eng an das Buch gehalten hat. Oberflächlich sieht es nach einem vorsätzlichen, gemeinen Racheakt aus, mit dem der Welt gezeigt werden soll, dass Quine nur bekommen hat, was ihm dafür zustand, dass er dieses Buch geschrieben hatte.«

»Sieht ganz so aus«, pflichtete Strike ihr bei. Er war immer noch hungrig, beugte sich zum Nachbartisch und zog eine Speisekarte zu sich herüber. »Ich nehme ein Steak mit Pommes. Möchten Sie auch was essen?«

Robin wählte spontan einen Salat und ging dann, damit Strike sein Knie schonen konnte, zur Bar, um ihre Bestellung aufzugeben.

»Andererseits«, fuhr sie fort, als sie sich wieder gesetzt hatte, »könnte man, indem man die letzte Szene des Buches nachstellt, auch gut ein ganz anderes Motiv verschleiern, oder nicht?«

Sie bemühte sich, so sachlich wie nur möglich zu klingen, als würden sie ein abstraktes Problem diskutieren, doch die Bilder von Quines Leichnam gingen ihr nach wie vor nicht aus dem Kopf: die dunkle Kaverne des ausgeweideten Rumpfs, die ausgebrannten Risse und Höhlen, wo Mund und Augen gewesen waren. Wenn sie allzu lange darüber nachdachte, was man Quine angetan hatte, würde sie ihr Mittagessen nicht mehr hinunterbringen, das war ihr klar, und womöglich würde ihr Entsetzen dann auch Strike auffallen, dessen dunkle Augen sie beunruhigend eindringlich ansahen.

»Sie können ruhig zugeben, dass Ihnen bei der Vorstellung, was mit ihm passiert ist, speiübel wird«, sagte er, den Mund voller Schokolade.

»Wird es mir gar nicht«, log sie unwillkürlich, und dann: »Na ja, also, ein bisschen schon … Ich meine, es war grässlich …«

»Ja, das war es.«

Wenn er noch unter seinen Kollegen von der SIB gewesen wäre, hätte er inzwischen Witze darüber gerissen. Strike konnte sich an unzählige von nachtschwarzem Humor durchzogene Nachmittage erinnern. Manche Ermittlungen stand man anders nicht durch. Robin hingegen hatte sich noch kei-

nen Schutzpanzer aus professioneller Kaltschnäuzigkeit zugelegt. Das zeigte auch ihr Versuch, leidenschaftslos über einen
Mann zu diskutieren, dem man die Eingeweide entnommen
hatte.

»Motive sind eine heikle Angelegenheit, Robin. In neun
von zehn Fällen kennt man das Warum erst, wenn man weiß,
wer es war. Wir suchen vor allem nach Mitteln und Möglichkeiten. Ich persönlich glaube« – und damit nahm er einen großen Schluck Bier –, »dass wir nach jemandem mit medizinischen Kenntnissen Ausschau halten sollten.«

»Medizinischen ...«

»Oder anatomischen. Was Quine angetan wurde, sieht
nicht nach der Arbeit eines Amateurs aus. Man hätte ihn genauso gut in Stücke hacken und versuchen können, seine Eingeweide rauszureißen, aber ich habe nichts entdeckt, was auf
irgendwelche Fehlversuche hingedeutet hätte. Nur einen sau-
beren, sicher geführten Schnitt.«

»Ja.« Robin gab sich alle Mühe, weiterhin objektive, klini-
sche Distanz zu wahren. »Das stimmt.«

»Es sei denn, wir haben es mit einem Literaturfanatiker zu
tun, der zufällig an eine exzellente Vorlage geraten ist«, sinnierte Strike. »Das klingt zwar ziemlich weit hergeholt, aber
wer weiß... Falls er gefesselt war und unter Drogen stand,
hätte man das alles mit der nötigen Skrupellosigkeit fast wie
eine Biologiestunde gestalten können ...«

Robin konnte sich nicht länger zurückhalten. »Ich weiß, Sie
sagen immer, Motive seien was für Anwälte«, fiel sie ihm mit
einem Anflug von Verzweiflung ins Wort (Strike hatte diese
Maxime oft genug wiederholt, seit sie begonnen hatte, für ihn
zu arbeiten), »aber lassen Sie mich das kurz ausführen. Der
Mörder muss das Gefühl gehabt haben, dass es aus irgendeinem Grund die Anstrengung lohnte, Quine so umzubrin-

gen, wie es in seinem Buch geschildert wurde, und zwar trotz der offensichtlichen Nachteile ...«

»Als da wären?«

»Na ja«, sagte Robin, »die logistischen Probleme, die bestimmt mit einem so ... so *aufwendigen* Tötungsszenario verbunden sind. Und dann die Tatsache, dass dadurch der Kreis der Verdächtigen auf diejenigen begrenzt wird, die das Buch gelesen haben ...«

»Oder einzelne Details gehört haben«, warf Strike ein. »Außerdem sagen Sie ›begrenzt‹, wobei ich mir nicht sicher bin, ob wir es tatsächlich noch mit einer so kleinen Gruppe zu tun haben. Christian Fisher hat alles unternommen, um den Inhalt des Romans so schnell und so weit zu verbreiten wie nur möglich. Bei Roper Chard lag das Manuskript in einem Safe, zu dem offenbar die Hälfte der Belegschaft Zugang hatte.«

»Aber ...«

Sie verstummte, als ein schlecht gelaunter Kellner an ihren Tisch trat und Besteck und Papierservietten darauf ablud.

»Aber«, setzte sie erneut an, als der Mann sich wieder verzogen hatte, »Quine kann doch nicht erst in den letzten Tagen ermordet worden sein, oder? Ich meine, ich bin keine Expertin ...«

»Ich bin auch kein Experte«, sagte Strike, verputzte das letzte Stück Schokolade und fasste, ein bisschen weniger begeistert, den Erdnusskrokant ins Auge, »aber ich weiß, was Sie sagen wollen: Die Leiche sah aus, als hätte sie mindestens eine Woche dort gelegen.«

»Außerdem«, fuhr Robin fort, »muss es eine zeitliche Verzögerung zwischen der Lektüre des Manuskripts und dem eigentlichen Mord gegeben haben. Schließlich war dafür eine Menge Organisation nötig: Seile und Säure und Geschirr mussten in ein unbewohntes Haus geschmuggelt werden ...«

»Und falls der Täter gar nicht wusste, dass Quine das Haus in der Talgarth Road aufsuchen wollte, musste er ihn dort erst aufspüren« – Strike versagte sich den Erdnusskrokant, weil sein Steak im Anmarsch war – »oder aber ihn dort hinlocken.«

Der Kellner stellte Strikes Teller und Robins Salatschale ab, nahm ihren Dank mit einem gleichgültigen Grunzen entgegen und verschwand wieder.

»Wenn man die Planung und die notwendigen Vorbereitungen mit einrechnet, sieht es ganz so aus, als könnte der Mörder das Buch unmöglich später als zwei, drei Tage nach Quines Verschwinden gelesen haben«, fasste Strike zusammen und lud seine Gabel voll. »Dumm nur, dass es umso schlechter für meine Klientin aussieht, je weiter wir den Zeitpunkt, an dem der Mörder mit seinen Vorbereitungen begonnen haben muss, in die Vergangenheit schieben. Schließlich brauchte Leonora nur kurz über den Flur zu gehen; sie konnte nach Belieben in dem Manuskript schmökern, sobald Quine damit fertig war. Davon mal ganz abgesehen, hätte er ihr auch schon vor Monaten erzählen können, wie er es enden lassen wollte.«

Robin aß ihren Salat, ohne etwas zu schmecken. »Und erscheint Ihnen Leonora Quine …«, setzte sie zaghaft an.

»Wie eine Frau, die ihren eigenen Mann ausweiden würde? Nein, aber die Polizei wird sich auf sie einschießen, und wenn Sie nach Motiven suchen, sieht es für Leonora wirklich düster aus. Er war ein beschissener Ehemann: unzuverlässig, untreu – und er stellte sie in seinen Büchern gern auf äußerst unappetitliche Weise dar.«

»Sie glauben trotzdem nicht, dass sie es war, oder?«

»Nein«, sagte Strike, »aber wir werden mehr brauchen als nur meine Überzeugung, wenn sie nicht ins Gefängnis wandern soll.«

Robin brachte, ohne zu fragen, die leeren Gläser an die Bar

zurück und ließ sie nachfüllen; Strike fühlte sich ihr überaus zugetan, als sie das nächste Bier vor ihm abstellte.

»Außerdem müssen wir die Möglichkeit in Betracht ziehen, dass irgendjemand Fracksausen bekam, weil Quine seinen Roman in Eigenregie als E-Book herausbringen wollte«, sagte er und schaufelte sich Pommes in den Mund, »eine Drohung, die er angeblich in einem voll besetzten Restaurant ausgesprochen hat. Auch das könnte unter den richtigen Umständen ein Motiv für einen Mord sein.«

»Sie meinen«, sagte Robin langsam, »falls der Mörder etwas in dem Manuskript entdeckt hatte, das nicht an die Öffentlichkeit gelangen durfte?«

»Ganz genau. Das Buch ist in weiten Teilen ziemlich kryptisch. Was, wenn Quine nun etwas Belastendes über irgendwen herausgefunden und einen verschleierten Hinweis darauf in seinem Buch versteckt hätte?«

»Ja, das wäre eine Möglichkeit«, sagte Robin langsam. »Denn mir geht immerzu im Kopf herum: *Warum ihn gleich umbringen?* Tatsächlich hätten so gut wie alle Betroffenen viel einfachere Mittel gehabt, um ihn wegen übler Nachrede mundtot zu machen, oder nicht? Sie hätten Quine erklären können, dass sie ihn nicht mehr vertreten oder das Buch nicht veröffentlichen wollten, oder sie hätten ihm wie dieser Chard rechtliche Schritte androhen können. Quines Tod macht es für alle, die in diesem Buch auftauchen, doch nur noch schlimmer, oder nicht? Schon jetzt wurde viel mehr Staub aufgewirbelt, als es sonst der Fall gewesen wäre.«

»Alles korrekt«, sagte Strike. »Aber Sie gehen davon aus, dass der Mörder rational handelte.«

»Es war kein Verbrechen im Affekt«, gab Robin zurück. »Es war geplant und genau durchdacht. Der Täter muss sich der Konsequenzen bewusst gewesen sein.«

»Auch wieder wahr«, sagte Strike und aß noch ein paar Pommes.

»Ich habe heute Morgen ein wenig in *Bombyx Mori* geblättert...«

»Ist Ihnen *Hobarts Sünde* zu langweilig geworden?«

»Also... Ach, es lag da im Safe, und...«

»Lesen Sie ruhig den ganzen Schmöker, je mehr, umso besser«, sagte Strike. »Wie weit sind Sie gekommen?«

»Ich hab wirklich nur ein bisschen darin herumgeblättert«, sagte Robin. »Aber den Abschnitt über Succuba und die Zecke habe ich beispielsweise gelesen. Quine spuckt Gift und Galle, aber ich habe nicht das Gefühl, dass er irgendetwas darin... na ja, *versteckt*. Mehr oder weniger beschuldigt er seine Frau und seine Agentin, ihn bis aufs Letzte auszusaugen, habe ich recht?«

Strike nickte.

»Aber weiter hinten, als es um Epi... Epi... Wie spricht man das überhaupt aus?«

»Epicoene? Den Hermaphroditen?«

»Glauben Sie, dass es ihn wirklich gibt? Und was hat es mit diesem Gesang auf sich? Es klingt nicht so, als würde es dabei tatsächlich ums *Singen* gehen, oder?«

»Und warum lebt seine Freundin Harpyie in einer Höhle voller Ratten? Ist das Symbolik oder etwas anderes?«

»Und der blutbefleckte Sack über der Schulter des Schnittmeisters«, fuhr Robin fort, »und dann diese Zwergin, die er versucht zu ertränken...«

»Und die Brandeisen im Feuer in Prahlhans' Haus«, sagte Strike. Sie sah ihn verdutzt an. »So weit sind Sie noch nicht? Die Stelle hat Jerry Waldegrave mir und ein paar anderen auf der Party bei Roper Chard erklärt. Es geht darin um Michael Fancourt und seine erste...«

Strikes Handy klingelte. Er zog es heraus. Dominic Culpeppers Name stand auf dem Display. Leise seufzend nahm er das Gespräch entgegen.

»Strike?«

»Am Apparat.«

»Was ist denn da los, verfluchte Scheiße?«

Strike vergeudete keine Zeit damit, sich ahnungslos zu stellen. »Darüber kann ich nicht sprechen, Culpepper. Es könnte die polizeiliche Untersuchung beeinflussen.«

»Scheiß drauf! Wir haben einen Bullen aufgetrieben, der mit uns spricht. Er sagt, dieser Quine sei auf genau die gleiche Weise abgeschlachtet worden wie irgend so ein Typ, der in seinem letzten Buch vorkommt.«

»Ach ja? Und wie viel zahlen Sie diesem dämlichen Mistkerl dafür, dass er die Klappe aufreißt und die Ermittlungen gefährdet?«

»Scheiße noch mal, Strike, Sie sind in so einen Mord verwickelt und denken nicht daran, mich anzurufen?«

»Ich weiß nicht, wie Sie unsere Beziehung sehen«, sagte Strike, »aber soweit es mich betrifft, erledige ich Aufträge für Sie, und Sie bezahlen mich dafür. Basta.«

»Ich habe Sie mit Nina zusammengebracht, damit Sie auf diese Verlagsfeier gehen konnten.«

»Das war auch das Mindeste, nachdem ich Ihnen einen Haufen zusätzliches Material über Parker geliefert habe, um das Sie mich gar nicht gebeten hatten«, sagte Strike und spießte mit der Gabel ein paar Fritten auf. »Ich hätte das auch behalten und damit bei den anderen Boulevardblättern abkassieren können.«

»Wenn es um Geld geht ...«

»Nein, es geht nicht um Geld, Sie Betonschädel«, fiel Strike ihm gereizt ins Wort, während Robin sich taktvoll in die

BBC-Webseite auf ihrem Smartphone vertiefte. »Ich werde keinesfalls die Ermittlungen in einem Mordfall gefährden, indem ich die *News of the World* mit ins Boot hole.«

»Zehn Riesen, wenn Sie zwischendurch Zeit für ein persönliches Interview hätten ...«

»Bye, Cul ...«

»Warten Sie! Sagen Sie mir wenigstens, welches Buch es war – das, in dem er den Mord beschreibt.«

Strike gab sich zögerlich. »*Die Brüder Balla... Balzac*«, sagte er schließlich, drückte schmunzelnd das Gespräch weg und griff nach der Speisekarte, um einen Blick auf die Desserts zu werfen. Hoffentlich würde Culpepper einen langen Nachmittag darauf vergeuden, sich durch eine gepeinigte Syntax und abgetastete Testikel zu quälen.

»Gibt's was Neues?«, fragte Strike, als Robin von ihrem Smartphone aufsah.

»Nichts – außer dass die *Daily Mail* behauptet, Freunde der Familie seien der Meinung, dass Pippa Middleton die bessere Ehefrau für William wäre als Kate.«

Strike sah sie stirnrunzelnd an.

»Ich hab einfach nur im Netz gesurft, während Sie telefoniert haben«, verteidigte sich Robin unwillkürlich.

»Nein«, sagte Strike, »darum geht es nicht ... Mir ist eben etwas eingefallen – Pippa2011.«

»Ich weiß nicht, was Sie meinen«, gab Robin verwirrt zurück. Sie war in Gedanken immer noch bei Pippa Middleton.

»Pippa2011 – aus Kathryn Kents Blog! Hat sie nicht behauptet, einen Auszug aus *Bombyx Mori* zu kennen?«

Robin schnappte nach Luft und tippte eilig auf ihr Smartphone ein.

»Hier ist es!«, sagte sie einen Augenblick später. »»Was würdest du sagen, wenn ich dir erzählen würde, dass er mir daraus vorgelesen hat?‹ Und das war« – Robin scrollte nach oben – »am einundzwanzigsten Oktober. Am einundzwanzigsten Oktober! Vielleicht kannte sie sogar schon das Ende, bevor Quine untertauchte!«

»Ganz genau«, sagte Strike. »Ich nehme einen Apple Crumble, möchten Sie auch noch was?«

Nachdem Robin die nächste Bestellung an der Bar aufgegeben und sich wieder gesetzt hatte, sagte Strike: »Anstis hat mich heute zum Abendessen eingeladen. Er sagt, es gebe erste Ergebnisse aus der Rechtsmedizin.«

»Weiß er, dass Sie heute Geburtstag haben?«, fragte Robin.

»Oh Gott, nein«, sagte Strike und klang dabei so entsetzt, dass Robin lachen musste.

»Wäre das denn so schlimm?«

»Ich hatte schon ein Geburtstagsessen«, sagte Strike düster. »Das schönste Geschenk, das Anstis mir machen könnte, wäre ein Todeszeitpunkt. Wie gesagt – je früher der wäre, desto weniger Verdächtige gäbe es: die Leute, die das Manuskript als Erste in die Hände bekamen. Leider schließt das Leonora mit ein, aber daneben hätten wir noch diese mysteriöse Pippa, Christian Fisher …«

»Wieso Fisher?«

»Mittel und Möglichkeit, Robin. Er hatte früh Zugriff auf das Manuskript, also muss auch er auf die Liste. Und außer ihm hätten wir da noch Elizabeth Tassels Assistenten Ralph, Elizabeth Tassel selbst und Jerry Waldegrave. Daniel Chard hat das Manuskript mutmaßlich kurz nach Waldegrave gesehen. Kathryn Kent bestreitet, es gelesen zu haben, aber das würde ich nicht unbesehen glauben. Und dann wäre da noch Michael Fancourt.«

Robin sah verdutzt auf. »Wie soll er …«

Wieder klingelte Strikes Handy. Diesmal war es Nina Lascelles. Er zögerte, aber nachdem ihr Cousin ihr womöglich verraten hatte, dass er gerade erst mit Strike telefoniert hatte, nahm er den Anruf lieber entgegen.

»Hi«, sagte er.

»Hi, berühmter Mann«, sagte sie mit leichter Schärfe in der Stimme, unbeholfen übertüncht mit aufgesetzter Fröhlichkeit. »Ich hatte schon Angst, dich anzurufen, weil du dich vor lauter Presseanfragen und Groupies bestimmt kaum noch rühren kannst.«

»Es geht«, sagte Strike. »Wie läuft's bei Roper Chard?«

»Da läuft gar nichts mehr. Kein Mensch arbeitet noch – alle reden nur noch über Quine. War es wirklich ein richtiger Mord?«

»Sieht ganz so aus.«

»Gott, ich kann das gar nicht glauben ... Wahrscheinlich darfst du mir nichts erzählen, oder?« Nur mit Mühe konnte sie die Neugier in ihrer Stimme unterdrücken.

»Die Polizei will nicht, dass jetzt schon Einzelheiten bekannt werden.«

»Es hatte was mit dem Buch zu tun, stimmt's?«, fragte sie. »Mit *Bombyx Mori*.«

»Dazu darf ich nichts sagen.«

»Und Daniel Chard hat sich das Bein gebrochen.«

»Wie bitte?«, fragte er, überrumpelt von dem abrupten Themenwechsel.

»Zurzeit passieren einfach zu viele merkwürdige Dinge«, fuhr sie überreizt und aufgedreht fort. »Jerry ist überall und nirgends zugleich. Daniel hat ihn eben aus Devon angerufen und wieder einmal angeschrien – das halbe Büro hat mitgehört, weil Jerry aus Versehen auf Lautsprecher gestellt hatte und den Knopf zum Abschalten nicht finden konnte. Jetzt sitzt er mit einem gebrochenen Bein in seinem Wochenend-haus fest – Daniel meine ich…«

»Wieso hat er Waldegrave angeschrien?«

»Weil er *Bombyx* nicht sicher genug aufbewahrt hat«, ant-wortete sie. »Irgendwie ist der Polizei eine Kopie des vollstän-digen Manuskripts in die Hände gefallen, und Daniel ist *gar* nicht glücklich darüber. Jedenfalls«, fuhr sie fort, »wollte ich nur kurz anrufen und dir gratulieren – ich nehme an, man gratuliert einem Privatdetektiv, wenn er eine Leiche gefunden hat, oder nicht? Ruf an, wenn du wieder Land siehst.«

Und noch ehe er etwas sagen konnte, hatte sie auch schon aufgelegt.

»Nina Lascelles«, sagte er, während der Kellner seinen Apple Crumble und einen Kaffee für Robin an den Tisch brachte. »Die Frau…«

»Die das Manuskript für Sie gestohlen hat«, fiel Robin ihm ins Wort.

»In dieser Personalabteilung wäre Ihr Gedächtnis wirklich verschwendet gewesen«, sagte Strike und griff nach dem Löf-fel.

»Haben Sie das mit Michael Fancourt ernst gemeint?«, fragte sie leise.

»Klar«, sagte Strike. »Garantiert hat Daniel Chard ihm er-zählt, was Quine angestellt hatte – er hätte ganz sicher nicht gewollt, dass Fancourt es von jemand anderem erfährt. Fan-court ist für den Verlag eine große Nummer. Nein, ich glaube, wir müssen davon ausgehen, dass er schon früh wusste, was in…«

Zur Abwechslung klingelte jetzt Robins Handy.

»Hi«, sagte Matthew.

»Hi, wie geht's dir?«, fragte sie nervös.

»Nicht besonders.«

Irgendwo im Hintergrund drehte jemand Musik auf: »*First day that I saw you, thought you were beautiful...*«

»Wo bist du?«, fragte Matthew scharf.

»Äh... in einem Pub«, antwortete Robin.

Mit einem Schlag schienen nur mehr laute Pubgeräusche den Raum zu füllen: Gläserklirren, heiseres Gelächter von der Bar.

»Cormoran hat heute Geburtstag«, erklärte sie schnell (schließlich gingen Matthew und seine Kollegen auch immer in den Pub, wenn einer von ihnen Geburtstag hatte).

»Wie nett.« Matthew klang zornig. »Ich ruf später noch mal an.«

»Matt, nein, warte...«

Mit dem Mund voller Crumble sah Strike mit an, wie sie aufsprang und ohne eine weitere Erklärung an die Bar ging, wo sie versuchte, Matthew zurückzurufen. Der Bilanzbuchhalter war offenkundig nicht erfreut darüber gewesen zu erfahren, dass seine Verlobte zum Mittagessen ausgegangen war, statt für seine Mutter Schiwa zu sitzen.

Robin wählte wieder und wieder seine Nummer. Schließlich kam sie durch. Strike vertilgte seinen Apple Crumble und sein drittes Bier. Allmählich musste er zur Toilette.

Sein Knie, das sich nicht mehr gemeldet hatte, seit er sich hingesetzt hatte, um zu essen, zu trinken und sich mit Robin zu unterhalten, beschwerte sich bitterlich, als er aufstand. Bis er an seinen Platz zurückkehrte, schwitzte er vor Schmerz. Nach Robins Miene zu urteilen war sie immer noch darum bemüht, Matthew zu besänftigen. Als sie schließlich auflegte und zu Strike an den Tisch zurückkam, antwortete er nur knapp auf ihre Frage, ob mit ihm alles in Ordnung sei.

»Ich könnte an Ihrer Stelle Miss Brocklehurst observieren«, bot sie ihm noch einmal an, »falls Ihr Bein zu sehr wehtut...«

»Nein«, fauchte Strike.

Er hatte Schmerzen, er war wütend auf sich selbst, er ärgerte sich über Matthew, und ihm war leicht übel. Er hätte die Schokolade weglassen sollen, die er vor dem Steak mit Pommes, dem Nachtisch und den drei Pints vertilgt hatte.

»Ich brauche Sie im Büro. Machen Sie Gunfreys Abschlussrechnung fertig, und schicken Sie mir eine SMS, ob diese verfluchten Reporter immer noch da sind – wenn ja, fahre ich direkt von hier aus zu Anstis. Wir brauchen wirklich dringend Verstärkung«, ergänzte er halblaut.

Robins Miene versteinerte.

»Dann gehe ich wohl mal los und setze mich wieder an den Computer«, sagte sie, griff nach Mantel und Handtasche, und weg war sie.

Strike hatte die Verärgerung in ihrem Gesicht gesehen, aber eine unerklärliche Gereiztheit hielt ihn davon ab, sie an den Tisch zurückzurufen.

...ich zweifle, daß so gottlos ihre Seele ist:
Zu blutrünstig war diese Tat.

JOHN WEBSTER, *DIE WEISSE TEUFELIN*

Ein Nachmittag im Pub mit hochgelagertem Bein hatte die
Schwellung in Strikes Knie nur geringfügig zurückgehen lassen. Nachdem er sich auf dem Weg zur U-Bahn Schmerztabletten und eine billige Flasche Rotwein besorgt hatte, trat
er die Fahrt nach Greenwich an, wo Anstis mit seiner Frau
Helen – gemeinhin bekannt als Helly – ein Haus bewohnte.
Wegen einer Verzögerung auf der Central Line brauchte er
über eine Stunde bis Ashburnham Grove; die ganze Zeit über
musste er stehen, das Gewicht auf dem linken Bein, und erneut ärgerte er sich über die hundert Pfund, die er für die
Taxifahrten zu Lucy und zurück ausgegeben hatte.

Als er aus der Docklands Light Railway stieg, prasselten
ihm erneut Regentropfen ins Gesicht. Er schlug den Kragen
hoch und humpelte drauflos in die Dunkelheit. Normalerweise waren es zu Fuß nur fünf Minuten, doch er brauchte
fast eine Viertelstunde für die Strecke.

Erst als er in die Straße mit den ordentlichen Reihenhäusern und gepflegten Vorgärten einbog, kam ihm der Gedanke,
dass er seinem Patensohn etwas hätte mitbringen sollen. So
gespannt Strike darauf war, mit Anstis über die Ergebnisse der

Obduktion zu diskutieren, so sehr graute ihm vor dem geselligen Teil des Abends.

Strike konnte Anstis' Frau nicht ausstehen. Sie verbarg ihre Neugier nur unzureichend unter einer fast schon erstickenden Liebenswürdigkeit; doch immer wieder blitzte ihre Wissbegier auf wie ein Springmesser zwischen den Falten eines Pelzmantels. Helly sprudelte über vor Dankbarkeit und Fürsorge, sobald Strike ihre Umlaufbahn betrat, und er sah ihr regelrecht an, dass sie nach Einzelheiten aus seiner wechselvollen Vergangenheit dürstete, nach Informationen über seinen Vater, den Rockstar, und über seine tote drogensüchtige Mutter, und er konnte sich nur zu gut vorstellen, dass sie auch nach einer genauen Schilderung seiner Trennung von Charlotte gieren würde, die sie stets mit einer Überschwänglichkeit behandelt hatte, die weder ihre Abneigung noch ihr Misstrauen hatte verhehlen können.

Auf der Feier anlässlich der Taufe des kleinen Timothy Cormoran Anstis – die das Kind erst mit achtzehn Monaten empfangen hatte, weil sowohl Vater als auch Pate zuvor aus Afghanistan hatten ausgeflogen und dann aus ihren jeweiligen Krankenhäusern hatten entlassen werden müssen – hatte Helly darauf bestanden, in einer tränenreichen Ansprache leicht beschwipst hervorzuheben, dass Strike dem Vater ihres Kindes das Leben gerettet habe und wie viel es ihr bedeute, dass er sich obendrein dazu bereit erklärt hatte, fortan auch Timmys Schutzengel zu sein. Strike, dem keine glaubhafte Ausrede eingefallen war, um die Patenschaft auszuschlagen, hatte während Hellys Rede das Tischtuch angestarrt und krampfhaft Charlottes Blick gemieden, aus Angst, sie könnte ihn zum Lachen bringen. Sie hatte damals – wie ihm noch lebhaft in Erinnerung war – sein Lieblingskleid getragen: ein pfauenblaues Wickelkleid, das sich Zentimeter um Zentimeter an ihre perfekte Figur geschmiegt hatte. Dass er, obgleich immer noch an Krücken, von einer derart schönen Frau begleitet wurde, hatte wie ein Kontrapunkt zu dem noch immer nicht für eine Prothese reifen Stumpf gewirkt. Es hatte ihn vom »Mann mit nur einem Bein« in denjenigen verwandelt, der sich – wundersamerweise, wie mit Sicherheit jeder glaubte, der mit ihr in Berührung kam – eine so atemberaubende Verlobte geschnappt hatte, dass andere Männer mitten im Satz verstummten, sobald sie den Raum betrat.

»Cormy, Schatz«, gurrte Helly, als sie die Tür aufmachte. »Sieh dich an, ein richtiger Promi … Und wir dachten schon, du hättest uns vergessen!«

Niemand sonst nannte ihn Cormy. Er hatte sich nie die Mühe gemacht, ihr zu erklären, dass er diesen Spitznamen nicht leiden konnte.

Ohne dass er sie irgendwie dazu ermuntert hätte, umfing sie ihn in einer zärtlichen Umarmung, die, wie er wusste, Mitleid und Bedauern angesichts seines Singlestatus ausdrücken sollte. Nach dem feindseligen Winterabend draußen strahlte das Haus Wärme und Helligkeit aus, und als er sich aus Hellys Umarmung löste, sah er zu seiner Erleichterung Anstis auf ihn zukommen – mit einem Glas Doom Bar als Willkommensgabe in der Hand.

»Lass ihn doch erst mal ins Haus, Ritchie. Also ehrlich …«

Aber Strike hatte das Bier bereits entgegengenommen und dankbar einen tiefen Schluck getrunken, ehe er auch nur seinen Mantel ablegte.

Dann kam Strikes dreieinhalbjähriger Patensohn unter schrillem Motorengekreisch in den Flur gerannt. Er ähnelte seiner Mutter, deren Züge, so fein und hübsch sie auch waren, sich in der Mitte ihres Gesichts eigenartig zu bündeln schienen. Timothy trug einen Superman-Schlafanzug und fegte mit einem Plastik-Lichtschwert über die Wände.

»Oh Timmy, Schätzchen, *nicht*, der schöne neue Anstrich… Er wollte noch aufbleiben und seinem Onkel Cormoran Hallo sagen«, erklärte Helly. »Wir erzählen ihm so oft
von dir…«

Freudlos betrachtete Strike die kleine Gestalt und konnte
im Gegenzug nur geringfügiges Interesse bei seinem Patensohn feststellen. Timothy war das einzige Kind, dessen Geburtstag Strike sich wenigstens halbwegs merken konnte, was
ihn allerdings noch nie dazu verleitet hatte, ihm ein Geschenk
zukommen zu lassen. Der Junge war zwei Tage vor jenem Tag
zur Welt gekommen, an dem der Viking auf einer staubigen Straße in Afghanistan zerfetzt worden war und mit ihm
Strikes rechter Unterschenkel sowie ein guter Teil von Anstis' Gesicht.

Strike hatte nie jemandem anvertraut, wie oft er sich während der langen Stunden im Krankenhausbett gefragt hatte,
warum er ausgerechnet Anstis gepackt und in dem Raupen-
fahrzeug nach hinten gezerrt hatte. Zahllose Male war er die
Sekunden im Kopf durchgegangen: die eigenartige Vorah-
nung, fast schon Gewissheit, dass sie in die Luft gesprengt
würden, und das Vorbeugen, um Anstis zurückzureißen, obwohl er genauso gut Sergeant Gary Topley hätte packen können.

Hatte er sich für Anstis entschieden, weil dieser fast den
ganzen Vortag in Strikes Hörweite mit Helen geskypt und
seinen neugeborenen Sohn bewundert hatte, den er andernfalls vielleicht nie kennengelernt hätte? Hatte Strikes Hand
darum, ohne zu zögern, nach dem Älteren, dem Polizisten der
Territorial Army, gegriffen statt nach dem Militärpolizisten
Topley, der zwar verlobt, aber kinderlos gewesen war? Strike
wusste es nicht. Er mochte Kinder nicht besonders, und noch
viel weniger mochte er die Frau, die er davor bewahrt hatte,

Witwe zu werden. So wie er es sah, war er lediglich einer unter Millionen von Soldaten – tot oder lebendig –, die mit einer spontanen, durch Instinkt und Ausbildung ausgelösten Handlung das Schicksal anderer Menschen für alle Zeiten abgeändert hatten.

»Möchtest du Tim eine Gutenachtgeschichte vorlesen, Cormy? Wir haben ein neues Buch, nicht wahr, Timmy?«

Strike konnte sich kaum etwas vorstellen, was er weniger gern getan hätte, vor allem wenn der hyperaktive Junge währenddessen auf seinem Schoß sitzen und womöglich gegen sein rechtes Knie treten würde.

Anstis ging voraus in den offenen Koch- und Essbereich. Die Wände waren cremefarben gestrichen, das Parkett blank, und vor den Terrassentüren am anderen Ende des Raums stand ein langer Holztisch, der von schwarz gepolsterten Stühlen umgeben war. Strike hatte das unbestimmte Gefühl, dass sie eine andere Farbe gehabt hatten, als er zuletzt mit Charlotte hier gewesen war. Helly kam ihnen nachgelaufen und drückte Strike ein schreiend buntes Bilderbuch in die Hand. Ihm blieb nichts anderes übrig, als sich an den Tisch zu setzen, wo sein Patensohn energisch an seiner Seite platziert wurde, und ihm aus *Kyla, das Känguru, das so gern hüpfte* vorzulesen – einem Buch, das (wie ihm ansonsten bestimmt nicht aufgefallen wäre) von Roper Chard verlegt worden war. Timothy schien sich absolut nicht für Kylas Eskapaden zu interessieren und spielte stattdessen die ganze Zeit mit seinem Lichtschwert.

»Zeit fürs Bett, Timmy. Gib Cormy noch einen Kuss!«, befahl Helly ihrem Sohn, der daraufhin mit Strikes stillem Segen von seinem Stuhl rutschte und unter Protestgeschrei aus der Küche rannte. Helly folgte ihm. Die Stimmen von Mutter und Sohn verklangen allmählich, während sie nach oben stampften.

»Er weckt noch Tilly auf«, prophezeite Anstis, und wahrhaftig kehrte Helly nach einer Weile mit einer brüllenden Einjährigen im Arm zurück, die sie ihrem Ehemann in die Hände drückte, ehe sie selbst vor die Küchenzeile trat und den Backofen einschaltete.

Phlegmatisch blieb Strike am Küchentisch sitzen, wurde immer hungriger und war zugleich zutiefst erleichtert, dass er selbst keine Kinder hatte. Die Anstis brauchten fast eine Dreiviertelstunde, bis sie die kleine Tilly dazu gebracht hatten, wieder einzuschlafen. Endlich landete, begleitet von einem weiteren Glas Doom Bar, der Schmortopf auf dem Tisch. Endlich hätte sich Strike entspannen können, hätte er nicht die dumpfe Ahnung gehabt, dass Helly Anstis gleich zum Angriff übergehen würde.

»Das mit dir und Charlotte tut mir *so* leid«, erklärte sie.

Mit vollem Mund mimte er halbherzig Dankbarkeit für ihr Mitgefühl.

»Ritchie!«, sagte sie neckisch zu ihrem Mann, als dieser ansetzte, ihr ein Glas Wein einzuschenken. »Doch nicht für mich! Wir bekommen noch mal Nachwuchs«, erklärte sie voller Stolz und mit einer Hand auf dem Bauch.

Strike schluckte. »Glückwunsch«, sagte er – fassungslos darüber, dass sie angesichts der Aussicht auf einen weiteren Timothy oder eine zweite Tilly derart begeistert zu sein schienen.

Wie auf Kommando erschien der Sohn wieder auf der Bildfläche und verkündete, Hunger zu haben. Zu Strikes Enttäuschung stand Anstis vom Tisch auf, um sich um den Jungen zu kümmern, während Helly ihn mit glänzenden Augen über eine Gabel voll Bœuf bourguignon hinweg anstarrte.

»Am Vierten heiratet sie also. Ich will mir gar nicht *ausmalen*, wie das für dich sein muss!«

»Wer heiratet?«, fragte Strike.

Helly sah ihn verwundert an. »Charlotte.«

Gedämpft gellte das Geheul seines Patensohns vom Treppenhaus herüber.

»*Charlotte* heiratet am vierten Dezember«, stellte Helly klar, und die Erkenntnis, dass sie ihm diese Neuigkeit als Erste eröffnet hatte, ließ ihr Gesicht vor Aufregung erblühen – bis sie irgendetwas an Strikes Reaktion zu verunsichern schien. »Das ... habe ich zumindest gehört«, sagte sie und blickte betreten auf ihren Teller hinab.

Anstis kehrte an den Tisch zurück. »Der kleine Scheißer«, sagte er. »Ich hab ihm gesagt, wenn er noch einmal aus dem Bett steigt, gibt's was hinter die Löffel.«

»Er ist doch nur aufgeregt«, sagte Helly – sie wirkte immer noch ein wenig verstört angesichts des Zorns, den sie bei Strike verspürt hatte –, »weil Cormy da ist.«

Der Schmortopf hatte sich in Strikes Mund in Gummi und Styropor verwandelt. Woher wusste Helly Anstis, wann Charlotte heiraten würde? Die Anstis bewegten sich wohl kaum in denselben Kreisen wie Charlotte oder ihr zukünftiger Gemahl, der Sohn des Vierzehnten Viscount of Croy (wie sich Strike zu seiner Schande erinnern konnte). Was wusste Helly Anstis schon von der Welt privater Herrenclubs, maßgeschneiderter Anzüge aus der Savile Row und zugekokster Supermodels, in der der Ehrenwerte Jago Ross zeit seines treuhandfondsversüßten Lebens verkehrt hatte? Nicht mehr als Strike selbst. Charlotte, die auf jenem Terrain zu Hause war, hatte sich während ihrer gemeinsamen Zeit zu Strike in ein soziales Niemandsland geflüchtet, an einen Ort, an dem keiner sich mit den gesellschaftlichen Kontakten des jeweils anderen wohlgefühlt hatte, an dem zwei grundverschiedene Wertesysteme aufeinandergeprallt waren und immer wieder um Gemeinsamkeiten hatte gerungen werden müssen.

Inzwischen war Timothy laut heulend in die Küche zurückgekehrt. Diesmal standen beide Elternteile auf und bugsierten ihn mit vereinten Kräften in sein Zimmer, während Strike, der ihr Verschwinden nur am Rande registrierte, allein in einem Miasma von Erinnerungen zurückblieb.

Charlotte war so sprunghaft und unberechenbar gewesen, dass einer ihrer Stiefväter einst sogar versucht hatte, sie einweisen zu lassen. Das Lügen fiel ihr so leicht wie anderen Frauen das Atmen; sie war verdorben bis ins Mark. Die längste zusammenhängende Zeitspanne, die Strike und sie ein Paar gewesen waren, hatte sich über zwei Jahre erstreckt, doch sooft ihr wechselseitiges Vertrauen auch zersplittert war – es hatte sie immer wieder zueinandergezogen, allerdings Mal ums Mal (wie es Strike erschien) zerbrechlicher als zuvor, dafür mit umso wilderem Verlangen. Sechzehn Jahre lang hatte Charlotte ihren fassungslosen und bestürzten Freunden und Verwandten getrotzt und war wieder und wieder zu dem ungeschlachten, unehelichen und zuletzt auch noch kriegsversehrten Soldaten zurückgekehrt. Jedem seiner Freunde hätte Strike geraten, sie zu verlassen und keinen Gedanken mehr an sie zu verschwenden, aber inzwischen betrachtete er Charlotte als ein Virus in seinem Blut, das er wahrscheinlich nie vollends loswerden würde; bestenfalls konnte er darauf hoffen, die Symptome in den Griff zu kriegen. Zum endgültigen Bruch war es vor acht Monaten gekommen, kurz bevor die Presse durch den Fall Landry auf ihn aufmerksam geworden war. Nach einer letzten, unverzeihlichen Lüge ihrerseits hatte er sie ein für alle Mal verlassen, woraufhin sie in eine Welt zurückgekehrt war, in der die Männer noch Moorhühner jagen gingen und die Frauen Diademe zu ihrer Aussteuer zählten; eine Welt, die sie erklärtermaßen immer verachtet hatte (obwohl es inzwischen so aussah, als wäre auch das eine Lüge gewesen).

Die Anstis kehrten minus Timothy, dafür aber mit einer schluchzenden und hicksenden Tilly ins Esszimmer zurück.

»Ich wette, du bist froh, dass du keine hast, stimmt's?«, sagte Helly unbekümmert und setzte sich mit Tilly auf dem Schoß wieder an den Tisch. Strike lächelte freudlos und ersparte sich den Widerspruch.

Denn es hatte ein Baby gegeben oder – genauer – die Schimäre, die Verheißung eines Babys und dann – angeblich – den Tod eines Babys. Charlotte hatte ihm erklärt, dass sie schwanger sei, sich jedoch geweigert, zum Arzt zu gehen, dazu willkürlich Daten geändert und zuletzt verkündet, dass alles vorbei sei, ohne ihm auch nur den Hauch eines Beweises an die Hand zu geben, dass irgendetwas davon wahr gewesen war. Es war eine Lüge gewesen, die kaum ein Mann vergeben konnte, und für Strike, wie ihr von Anfang an hätte klar sein müssen, ebenjene Lüge, die allem ein Ende setzen und auch den letzten Rest Vertrauen, der all die Jahre ihrer Mythomanie überlebt hatte, unter sich begraben würde.

Am vierten Dezember, in elf Tagen, würde sie also heiraten … Woher wusste Helly Anstis das nur?

Inzwischen war er auf perverse Weise dankbar für das Gejammer und die Wutanfälle der beiden Kinder, die bis nach dem Nachtisch, einem Rhabarberkuchen mit Vanillesoße, praktisch jedes Gespräch verhinderten. Anstis' Vorschlag, sich mit einem Bier in sein Arbeitszimmer zurückzuziehen, um den Bericht aus der Rechtsmedizin durchzugehen, erschien Strike als die beste Idee des Tages. Sie überließen es der leise schmollenden Helly, die eindeutig das Gefühl hatte, nicht genug aus Strike herausgeholt zu haben, mit der todmüden Tilly fertigzuwerden und mit dem nervtötend hellwachen Timothy obendrein, der inzwischen erneut aufgetaucht war, um zu verkünden, dass er sein Wasserglas über dem Kinderbett ausgekippt habe.

Anstis' Arbeitszimmer war in einem kleinen Raum voller Bücher abseits des Flurs untergebracht. Er bot Strike den Schreibtischstuhl an und setzte sich selbst auf einen alten Futon. Die Vorhänge waren nicht zugezogen; im Licht einer orangefarben strahlenden Straßenlaterne sah Strike draußen den Nieselregen niederschweben, als wären die Tropfen Staubfädchen.

»Die Mediziner meinten, sie hätten sich noch nie so schwergetan«, begann Anstis, und mit einem Schlag war Strike wieder hellwach. »Noch ist das alles nicht offiziell, nur damit wir uns richtig verstehen. Es sind immer noch nicht alle Ergebnisse da.«

»Konnten sie denn schon feststellen, woran er tatsächlich gestorben ist?«

»An einem Schlag auf den Schädel«, antwortete Anstis. »Der Hinterkopf wurde zertrümmert. Selbst wenn er nicht sofort daran gestorben sein sollte, hätte ihn allein das Hirntrauma getötet. Sie können nicht bestimmt sagen, ob er schon tot war, als er aufgeschlitzt wurde, aber ziemlich sicher war er da bereits bewusstlos.«

»Eine kleine Gnade. Irgendeine Idee, ob er schon bewusstlos war, als er gefesselt wurde?«

»Darüber sind sie sich uneinig. An einem der Handgelenke ist die Haut unter den Seilen aufgeschürft, was ihrer Meinung nach darauf schließen lässt, dass er erst gefesselt und anschließend getötet wurde. Aber es gibt keinen Hinweis darauf, ob er noch bei Bewusstsein war, als ihm die Seile angelegt wurden. Bedauerlicherweise hat diese verfluchte Säure überall auf dem Boden sämtliche Spuren weggeätzt, an denen man vielleicht hätte erkennen können, ob es einen Kampf gab oder ob der Körper dorthin geschleift wurde. Er war ein großer, schwerer Kerl ...«

»Aber verschnürt bestimmt leichter zu handhaben«, stimmte Strike ihm zu und musste an die kleine, dünne Leonora denken. »Trotzdem würde mich interessieren, aus welchem Winkel der Hinterkopf getroffen wurde.«

»Von schräg oben«, sagte Anstis. »Allerdings wissen wir nicht, ob Quine dabei stand, saß oder kniete …«

»Ich glaube, wir können davon ausgehen, dass er in diesem Raum umgebracht wurde«, sagte Strike, der unterdessen seinen ganz eigenen Gedankengang verfolgte. »Ich kann mir nicht vorstellen, dass jemand stark genug wäre, einen so schweren Körper die Treppen hochzuwuchten.«

»Sie sind übereinstimmend der Meinung, dass er mehr oder minder am Fundort starb. Dort befand sich auch die größte Konzentration an Säure.«

»Wisst ihr schon, was für eine Säure es war?«

»Ach, hab ich das noch nicht gesagt? Chlorwasserstoffsäure.«

Strike versuchte verzweifelt, sich an seinen Chemieunterricht zu erinnern. »Ist das nicht Salzsäure? Braucht man die nicht zum Galvanisieren von Stahl?«

»Unter anderem. Sie ist so ungefähr das schärfste Ätzmittel, das man legal kaufen kann, und wird bei verschiedensten industriellen Prozessen verwendet. Außerdem ist sie ein extrem starkes Reinigungsmittel. Interessanterweise kommt sie auch im menschlichen Körper vor – in der Magensäure.«

Strike nahm nachdenklich einen Schluck Bier.

»In seinem Buch wird er mit Vitriol übergossen.«

»Vitriol nennt man die Salze der Schwefelsäure, aus der man wiederum Salzsäure gewinnen kann. Zersetzt menschliches Gewebe extrem schnell – wie du mit eigenen Augen sehen konntest.«

»Woher zum Teufel hatte der Mörder so viel davon?«

»Ob du es glaubst oder nicht: Es sieht so aus, als wäre sie schon im Haus gewesen.«

»Wie in aller Welt…«

»Wir haben noch niemanden gefunden, der es uns erklären könnte. Auf dem Küchenboden standen mehrere leere Kanister und unter der Treppe ein paar verstaubte, volle und ungeöffnete Behälter mit der gleichen Beschriftung. Sie stammen von einer Industriechemie-Firma aus Birmingham. Auf den leeren Kanistern waren Abdrücke, die aussahen wie von einem Handschuh.«

»Sehr interessant«, sagte Strike und kratzte sich am Kinn.

»Wir versuchen immer noch herauszufinden, wann und wo sie gekauft wurden.«

»Was ist mit dem Gegenstand, mit dem ihm der Schädel zertrümmert wurde?«

»In dem Atelier gibt es einen altmodischen Türstopper aus massivem Eisen, der geformt ist wie ein Zylinder mit Handgriff. Der war es garantiert. Er passt zu der Wunde in seinem Schädel. Außerdem wurde dieser Türstopper mit mehr Salzsäure übergossen als alles andere.«

»Wie sieht es mit dem Todeszeitpunkt aus?«

»Tja, da wird es knifflig. Der Entomologe will sich nicht festlegen, weil er meint, der Zustand des Leichnams würde alle üblichen Berechnungen wertlos machen. Allein die Dämpfe der Salzsäure haben anfangs alle Insekten ferngehalten, sodass der Todeszeitpunkt nicht anhand des Insektenbefalls bestimmt werden kann. Keine Schmeißfliege mit einem Funken Selbstachtung würde ihre Eier in Salzsäure ablegen. Es gab ein, zwei Maden an Körperstellen, die nicht mit dem Zeug in Berührung gekommen waren, aber der übliche Befall blieb aus. Gleichzeitig war die Heizung im Haus aufgedreht, sodass der Leichnam unter Umständen ein wenig schneller verweste, als bei diesem

Wetter zu erwarten gewesen wäre. Außerdem hat die Salzsäure höchstwahrscheinlich den natürlichen Zersetzungsprozess beeinflusst. Manche Körperstellen sind bis auf den Knochen zerfressen. Der entscheidende Faktor wären die Verdauungsorgane gewesen – von wegen letzte Mahlzeit und so –, aber die wurden fein säuberlich aus der Bauchhöhle entfernt. Sieht so aus, als wären sie mit dem Mörder verschwunden«, sagte Anstis. »So etwas habe ich wirklich noch nie erlebt. Du etwa? Dass jemand kiloweise rohes Gedärm davonschleppt.«

»Nein«, sagte Strike. »Das ist auch für mich neu.«

»Unterm Strich: Die Rechtsmediziner weigern sich, einen genauen Zeitrahmen vorzugeben, und haben lediglich feststellen können, dass er mindestens zehn Tage tot gewesen sein muss. Allerdings war ich auf ein Wort bei Underhill, dem Besten in diesem Laden, und der hat im Vertrauen zu mir gesagt, dass Quine seiner Einschätzung nach vor gut zwei Wochen gestorben sei. Aber selbst wenn sie alles berücksichtigen, wird das Ergebnis vermutlich immer noch so ungenau bleiben, dass es dem Verteidiger reichlich Spielraum geben wird.«

»Was ist mit dem pharmakologischen Befund?«, fragte Strike, der in Gedanken schon wieder bei Quines massigem Leib und den Schwierigkeiten beim Transport eines derart großen Körpers war.

»Also, er könnte unter Drogen gestanden haben«, antwortete Anstis. »Die Ergebnisse der Bluttests stehen noch aus, und wir untersuchen auch den Inhalt der Flaschen in der Küche. Aber« – er trank sein Bier aus und stellte das Glas mit Nachdruck ab – »er könnte seinem Mörder auch auf andere Weise die Arbeit erleichtert haben. Quine ließ sich gern fesseln – bei Sexspielchen.«

»Woher wisst ihr das?«

»Von seiner Freundin«, sagte Anstis, »Kathryn Kent.«

»Ihr habt schon mit ihr gesprochen?«

»Oh ja«, sagte Anstis. »Wir konnten einen Taxifahrer ermitteln, der Quine am Fünften um neun Uhr ein paar Straßen von seinem Haus entfernt abgeholt und ihn an der Lillie Road abgesetzt hat.«

»Direkt vor dem Stafford Cripps House«, murmelte Strike. »Er ist also von Leonora direkt zu seiner Geliebten gefahren?«

»Nicht ganz. Kent war nicht da. Sie war bei ihrer sterbenden Schwester und hat die Nacht im Krankenhaus verbracht. Wir haben das überprüfen lassen. Sie behauptet, sie habe ihn zuvor bereits einen Monat lang nicht mehr gesehen, aber dafür war sie überraschend freimütig, als es um ihr Sexleben ging.«

»Hast du nach Einzelheiten gefragt?«

»So wie ich es sehe, dachte sie wohl, wir wüssten mehr, als wir tatsächlich wussten. Es sprudelte nur so aus ihr heraus, ohne dass wir lange nachzubohren brauchten.«

»Das sagt einiges«, meinte Strike. »Sie hat mir erzählt, sie habe *Bombyx Mori* nie gelesen ...«

»Das hat sie uns auch erzählt.«

»... aber im Buch fesselt ihre Figur den Helden und macht sich dann über ihn her. Vielleicht wollte sie offiziell festgehalten wissen, dass sie die Menschen nur beim Sex fesselt und nicht, um sie zu foltern oder zu ermorden. Was ist mit der Kopie des Manuskripts, die er laut Leonora mitgenommen hat? Die ganzen Notizen und Farbbänder aus seiner Schreibmaschine? Habt ihr die gefunden?«

»Nein«, sagte Anstis. »Solange wir nicht wissen, ob er noch irgendwo anders Station machte, bevor er in die Talgarth Road fuhr, gehen wir davon aus, dass der Mörder sie mitgenommen hat. Das Haus war leer bis auf ein paar Essens- und Getränkereste in der Küche und eine Isomatte mit Schlafsack in einem der Schlafzimmer. Sieht ganz so aus, als hätte Quine dort gehaust. Übrigens wurde auch in diesem Raum Salzsäure verschüttet – vor allem über Quines Bett.«

»Keine Fingerabdrücke? Fußabdrücke? Haare, Straßendreck?«

»Nichts. Unsere Leute sind immer noch dort, aber die Säure hat alles zerfressen, was mit ihr in Berührung kam. Die Kollegen tragen Masken, damit ihnen die Dämpfe nicht die Atemwege verätzen.«

»Gibt es außer diesem Taxifahrer noch jemanden, der Quine nach seinem Verschwinden gesehen hat?«

»Anscheinend hat niemand gesehen, wie er das Haus in der Talgarth Road betrat. Dafür haben wir in Nummer hundertdreiundachtzig eine Nachbarin aufgetan, die beschwört, gesehen zu haben, wie er es morgens *verlassen* hat. Am frühen Morgen des Sechsten – da kam die Nachbarin nach der Bonfire Night gerade wieder heim.«

»Es war dunkel, und sie wohnt zwei Häuser weiter, also hat sie genau genommen …«

»Die Umrisse einer großen Gestalt in einem Mantel gesehen, die eine Reisetasche bei sich hatte.«

»Eine Reisetasche?«, wiederholte Strike.

»Genau«, sagte Anstis.

»Ist die Gestalt im Mantel in ein Auto gestiegen?«

»Nein, sie marschierte außer Sichtweite, aber natürlich hätte um die Ecke ein Auto parken können.«

»Sonst noch jemand?«

»Es gibt noch einen alten Kauz in Putney, der beschwört, Quine am Achten gesehen zu haben. Er hat beim örtlichen Polizeirevier angerufen und ihn genau beschrieben.«

»Und was soll Quine dort gemacht haben?«

»Er hat Bücher gekauft – im Bridlington Bookshop, wo der Kerl arbeitet.«

»Wie überzeugend ist seine Aussage?«

»Na ja, er ist alt, aber er behauptet, er könne sich noch genau daran erinnern, was Quine gekauft hat, und seine Beschreibung passt ebenfalls. Und dann hätten wir noch eine Frau, die in dem Mehrfamilienhaus gegenüber vom Tatort wohnt und meint, Michael Fancourt dabei beobachtet zu haben, wie er ebenfalls am Morgen des Achten an dem Haus vorbeiging. Du weißt schon, der Autor mit dem großen Kopf. Der berühmte.«

»Ja, ich weiß«, sagte Strike langsam.

»Die Zeugin behauptet, sie habe sich noch mal nach ihm umgedreht und ihm hinterhergeschaut, als sie ihn wiedererkannte.«

»Aber er ging nur am Haus vorbei?«

»Behauptet sie jedenfalls.«

»Ist Fancourt dazu schon befragt worden?«

»Er ist gerade in Deutschland, aber er sagt, er werde natürlich gern mit uns zusammenarbeiten, sobald er wieder hier ist. Seine Agentin reißt sich ein Bein aus, um uns zu helfen.«

»Sonstige irgendwelche auffälligen Aktivitäten rund um die Talgarth Road? Gibt es dort Kameras?«

»Die einzige Kamera erfasst nicht das Haus, sie dient nur zur Verkehrsüberwachung… Aber das Beste kommt noch. Wir haben einen weiteren Nachbarn – zur anderen Seite, vier Eingänge weiter –, der beschwört, dass er am Nachmittag des Vierten beobachtet hat, wie eine dicke Frau in einer Burka die Haustür aufschloss und mit einer Plastiktüte aus einem Halal-Imbiss im Haus verschwand. Er sagt, es sei ihm nur deshalb aufgefallen, weil das Haus so lange leer gestanden hatte. Seiner Aussage nach war sie eine Stunde dort und ist dann wieder gegangen.«

»Und er ist sich sicher, dass sie Quines Haus betreten hat?«

»Behauptet er zumindest.«

»Und sie hatte einen Schlüssel?«

»Angeblich ja.«

»Eine Burka«, wiederholte Strike. »Verfluchter Mist.«

»Ich würde allerdings nicht darauf wetten, dass er besonders gut sieht. Er hat Brillengläser so dick wie Panzerglas. Er hat mir erzählt, er sei auf sie aufmerksam geworden, weil in der Straße keine Moslems wohnen, soweit er weiß.«

»Demnach wollen zwei Leute Quine gesehen haben, nachdem er seine Frau hat sitzen lassen: einmal am frühen Morgen des Sechsten und einmal am Achten in Putney.«

»Genau«, sagte Anstis, »aber ich würde in keine der Aussagen allzu große Hoffnungen setzen.«

»Du glaubst, dass er noch in derselben Nacht gestorben ist, als er verschwand«, sagte Strike – es war eher eine Feststellung als eine Frage –, und Anstis nickte.

»Underhill glaubt das jedenfalls.«

»Keine Spur von einem Messer?«

»Nichts. Das einzige Messer in der Küche war ein stumpfes, gewöhnliches Küchenmesser. Definitiv nicht für so was geeignet.«

»Wer hatte nach jetzigem Stand alles einen Schlüssel zu dem Haus?«

»Deine Klientin, wie du weißt, und Quine muss ebenfalls einen gehabt haben. Fancourt hat zwei, das hat er uns am Telefon gesagt. Einen haben die Quines dieser Agentin geliehen, als sie ein paar Reparaturarbeiten für sie organisieren musste; sie behauptet, sie habe ihn zurückgegeben. Außerdem hat noch ein direkter Nachbar einen Schlüssel, damit er ins Haus kommt, falls irgendwas passieren sollte.«

»Aber als es anfing zu stinken, ist er nicht rübergegangen?«

»Ein anderer Nachbar hat tatsächlich einen Zettel durch

den Briefschlitz geschoben und sich über den Gestank beschwert, aber der Mann mit dem Schlüssel ist vor vierzehn Tagen für zwei Monate nach Neuseeland gereist. Wir haben mit ihm telefoniert. Das letzte Mal war er irgendwann im Mai drüben, als er für ein paar Arbeiter Pakete angenommen und sie im Flur abgestellt hat. Mrs. Quine will sich nicht festlegen, wer im Lauf der Jahre sonst noch einen Schlüssel gehabt haben könnte. Eine eigenartige Frau, diese Leonora Quine«, fuhr Anstis, ohne zu zögern, fort. »Findest du nicht auch?«

»Darüber habe ich mir noch keine Gedanken gemacht«, log Strike.

»Du weißt, dass die Nachbarn gehört haben, wie sie ihm nachgeschrien hat, als er an dem Abend loszog?«

»Das wusste ich nicht.«

»Oh ja. Sie rannte ihm auf die Straße nach. Die Nachbarn behaupten übereinstimmend« – Anstis behielt Strike genau im Blick –, »sie habe gebrüllt: ›Ich weiß genau, wohin du gehst, Owen!‹«

»Sie hat ja auch geglaubt, dass sie es wüsste«, sagte Strike mit einem Schulterzucken. »Sie hat gedacht, er würde in dieses Schriftstellerrefugium fahren, von dem Christian Fisher ihm erzählt hatte – Bigley Hall.«

»Sie weigert sich, das Haus zu verlassen.«

»Sie hat eine geistig behinderte Tochter, die noch nie woanders geschlafen hat. Kannst du dir vielleicht vorstellen, wie Leonora ihren Mann ausweidet?«

»Nein«, sagte Anstis, »aber wir wissen, dass er darauf stand, gefesselt zu werden, und ich bezweifle, dass sie dreißig Jahre und ein paar Zerquetschte miteinander verheiratet waren, ohne dass sie das mitbekommen hätte.«

»Du glaubst also, sie haben sich erst zerstritten, und dann

hat sie ihn aufgespürt und ihm ein Bondage-Spielchen vorgeschlagen?«

Anstis quittierte die Vorstellung mit einem kurzen Schnauben und sagte dann: »Es sieht nicht besonders gut für sie aus, Bob. Eine wütende Ehefrau mit einem Schlüssel zum Tatort, reichlich Gelegenheiten, das Manuskript zu lesen, ein ganzer Haufen guter Motive – besonders wenn sie von der Geliebten wusste und die Frage aufgekommen war, ob Quine sie und die Tochter für Kent verlassen könnte. Und nur sie allein weiß, ob sie mit ›Ich weiß, wo du hinwillst‹ tatsächlich dieses Schriftstellerhaus meinte und nicht das Haus in der Talgarth Road.«

»So zusammengefasst klingt es überzeugend«, sagte Strike.

»Aber du glaubst nicht daran.«

»Sie ist meine Klientin«, erwiderte Strike. »Ich werde dafür bezahlt, nach Alternativen zu suchen.«

»Hat sie dir erzählt, wo sie früher gearbeitet hat?«, fragte Anstis mit dem Gesichtsausdruck eines Mannes, der gleich seine Trumpfkarte auszuspielen gedachte. »Damals in Hay-on-Wye, bevor sie Quine geheiratet hat?«

»Erzähl«, sagte Strike mit leichtem Unbehagen.

»In der Metzgerei ihres Onkels.«

Strike hörte, wie draußen vor dem Arbeitszimmer Timothy Cormoran Anstis die Treppe heruntergestürmt kam und sich aufgrund irgendeines neuerlichen Ungemachs die Seele aus dem Leib schrie. Zum ersten Mal in ihrer unbefriedigenden Bekanntschaft fühlte Strike sich dem Jungen wirklich verbunden.

24

Alle wohlerzogene Personen lügen. – Ueberdem sind Sie ein Frauenzimmer, und dürfen niemals sagen, was Sie denken.

WILLIAM CONGREVE, *LIEBE FÜR LIEBE*

Die Träume, die Strike in jener Nacht plagten, waren – von stetigem Doom-Bar-Konsum und dem Gerede über Blut, Säure und Schmeißfliegen beflügelt – ebenso befremdlich wie abstoßend.

Charlotte würde heiraten, und er, Strike, rannte auf zwei gesunden, funktionierenden Beinen auf eine gespenstische gotische Kathedrale zu, weil er wusste, dass sie soeben sein Kind zur Welt gebracht hatte, und er es sehen und retten musste. Er sah, wie sie allein in dem weiten, dunklen, leeren Raum am Altar stand und sich in ein blutrotes Kleid zwängte, während irgendwo außerhalb seines Blickfelds, vielleicht in einer kalten Sakristei, nackt, hilflos und allein gelassen sein Baby lag.

»Wo ist es?«, rief er.

»Du bekommst es nicht zu Gesicht. Du wolltest es nicht haben. Außerdem stimmt etwas nicht damit«, beschied sie ihm.

Er fürchtete sich davor, was ihn erwartete, wenn er das Baby finden würde. Ihr Bräutigam war nirgends zu sehen, während sie sich unter ihrem dichten scharlachroten Schleier bereit machte für die Trauung.

»Lass es einfach, es ist grässlich«, sagte sie kühl, dann drängte sie sich an ihm vorbei und ging allein vom Altar weg und den Mittelgang entlang zur fernen Kirchentür. »Du würdest es nur anfassen«, rief sie ihm über die Schulter zu. »Ich will nicht, dass du es anfasst. Du wirst es schon noch zu sehen bekommen. Wir werden es bekannt geben müssen.« Ihre Stimme verhallte, während ihre Gestalt zu einem scharlachroten Span zusammenschmolz, der in der offenen Tür im Gegenlicht tanzte. »In der Zeitung …«

Im morgendlichen Halbdunkel schreckte er abrupt auf. Sein Mund war ausgetrocknet, und das Pochen im Knie trotz der langen Nachtruhe verhieß Unheil.

Über Nacht hatte der Winter sich wie ein Gletscher über London geschoben. Heftiger Frost hatte die Außenseite seines Dachfensters vereist, und in der Wohnung mit ihren schlecht schließenden Fenstern und Türen und der fehlenden Dachisolierung waren die Temperaturen in den Keller gesackt.

Strike stand auf und griff nach einem Pullover, der am Fußende seines Bettes lag. Als er seine Prothese befestigen wollte, merkte er, dass sein Knie seit seinem Ausflug nach Greenwich wieder stark angeschwollen war. Unter der Dusche brauchte das Wasser länger als üblich, um warm zu werden; er drehte den Thermostat auf, weil er geplatzte Leitungen und zugefrorene Abflüsse, Raumtemperaturen unter dem Gefrierpunkt und teure Klempnerarbeiten fürchtete. Nach dem Abtrocknen wühlte er aus einer der Kisten auf dem Treppenabsatz seine alten Sportbandagen und verband sein Knie.

Inzwischen wusste er so sicher, als hätte er die ganze Nacht darüber gebrütet, woher Helly Anstis von Charlottes Heiratsplänen wusste. Wie dumm, dass er nicht gleich darauf gekommen war. Seinem Unterbewusstsein war es klar gewesen.

Nach dem Duschen, Ankleiden und Frühstücken ging er

nach unten. Ein Blick aus dem Fenster hinter seinem Schreibtisch verriet ihm, dass die messerscharfe Kälte den kleinen Reportertrupp vertrieben hatte, der am Vortag vergeblich auf seine Rückkehr gewartet hatte. Eisregen schepperte gegen die Fensterscheiben, als er ins Vorzimmer zurückkehrte und sich an Robins Computer setzte, wo er in die Suchmaschine eintippte: *hochzeit charlotte campbell jago ross ehrenw.*

So unbarmherzig wie unverzüglich kamen die Ergebnisse.

Tatler, Dezember 2010: Model Charlotte Campbell über ihre Hochzeit mit dem zukünftigen Viscount of Croy…

»Der *Tatler*«, erklärte Strike dem leeren Büro.

Von der Existenz dieser Zeitschrift wusste er nur, weil die Gesellschaftsseiten darin von Charlottes Freunden bevölkert waren. Charlotte hatte den *Tatler* hin und wieder gekauft, um ihm daraus vorzulesen und Kommentare über die Männer abzugeben, mit denen sie mal geschlafen oder in deren Herrenhäusern sie Partys gefeiert hatte.

Und jetzt war sie das Covergirl der Weihnachtsausgabe.

Trotz der Bandage beklagte sich sein Knie darüber, dass es ihn die Metalltreppe hinab und hinaus in den Eisregen tragen musste. Vor dem Zeitschriftenkiosk hatte sich eine frühmorgendliche Warteschlange gebildet. Seelenruhig suchte er die Regale mit den Zeitschriften ab: Soapstars auf den billigen, Filmstars auf den teuren Magazinen; die Dezemberausgaben waren fast schon vergriffen, obwohl es immer noch November war. Emma Watson in Weiß auf dem Cover der *Vogue* (»Die Superstar-Edition«), Rihanna in Pink auf der *Marie Claire* (»Die Glamour-Edition«), und auf dem Cover des *Tatler*…

Blasse, perfekte Haut, schwarzes Haar, das ihr über die hohen Wangenknochen wehte, und große Augen, haselgrün gesprenkelt wie ein Russet-Apfel. Zwei riesige Diamanten, die an ihren Ohren baumelten, dazu ein dritter an der Hand, die leicht an ihrer Wange ruhte. Ein dumpfer, ungebremster Hammerschlag aufs Herz, ohne jedes sichtbare Zucken absorbiert. Er nahm das letzte Exemplar aus dem Regal, zahlte und kehrte damit in die Denmark Street zurück.

Es war zwanzig vor neun. Er schloss sich in seinem Arbeitszimmer ein, setzte sich hinter den Schreibtisch und legte die Zeitschrift vor sich hin.

IN-CROY-ABLE! Charlotte Campbell: Erst Wild Girl, jetzt Viscountess!

Die Schlagzeile verlief quer über Charlottes Schwanenhals.

Es war das erste Mal, dass er sie ansah, seit sie ihm in genau diesem Büro die Fingernägel ins Gesicht getrieben hatte und dann weggerannt war – direkt in die Arme des Ehrenwerten Jago Ross. Er nahm an, dass die Titelbilder allesamt retuschiert waren. Ihre Haut konnte unmöglich so makellos und das Weiß in ihren Augen unmöglich so rein sein, aber ansonsten hatte man nichts verändert, weder die feine Knochenstruktur noch (davon war er überzeugt) die Größe des Diamanten an ihrem Finger.

Langsam blätterte er zum Inhaltsverzeichnis und dann zu dem Artikel vor. Ein doppelseitiges Porträt von Charlotte – superschlank in einem glitzernden, bodenlangen Kleid – in einer langen Galerie voller Wandteppiche; neben ihr – auf einen Kartentisch gestützt und mit der Miene eines verlotterten Polarfuchses – Jago Ross. Es gab noch mehr Fotos: Charlotte auf einem uralten Himmelbett, den Kopf im Sitzen lachend zurückgeworfen, sodass ihr Hals wie eine weiße Säule aus einer schlichten cremefarbenen Bluse ragte; Charlotte und

Jago in Jeans und Gummistiefeln, während sie Hand in Hand über das Parkgelände vor ihrem zukünftigen Zuhause spazierten, zwei Jack Russells zu ihren Füßen; Charlotte, die auf dem windumtosten Burgturm über eine mit dem Tartan des Viscounts verhüllte Schulter blickte.

Zweifellos hatte Helly Anstis die vier Pfund zehn als gute Geldanlage betrachtet.

Am 4. Dezember dieses Jahres wird die aus dem siebzehnten Jahrhundert stammende Kapelle des Castle of Croy (NIEMALS »Croy Castle« – damit zieht man den Unmut der Familie auf sich!) für die erste Hochzeit seit über hundert Jahren herausgeputzt. An diesem Tag vermählt sich Charlotte Campbell, die atemberaubend schöne Tochter von Fernsehmoderator Anthony Campbell und Sechzigerjahre-It-Girl Tula Clermont, mit dem Ehrenwerten Jago Ross, Erbe des Schlosses und der vielen Titel seines Vaters, deren wichtigster der des Viscount of Croy ist.

Die zukünftige Viscountess ist ein nicht unumstrittener Zugang zu den Rosses of Croy; trotzdem muss Jago bei der Vorstellung lachen, dass das ehemalige Partygirl nicht begeistert in der altehrwürdigen schottischen Familie willkommen geheißen worden wäre.

»Ehrlich gestanden hat meine Mutter immer schon gehofft, dass wir eines Tages heiraten würden«, sagt er. »Wir waren bereits in Oxford ein Paar, aber damals waren wir wohl zu jung… Dann fanden wir uns in London wieder – wir hatten beide gerade eine Trennung hinter uns…«

Ach wirklich?, dachte Strike. *Hattet ihr beide gerade eine Trennung hinter euch? Oder hast du sie zur selben Zeit gevögelt wie ich, sodass sie nicht wusste, wer von uns beiden der Vater des Kin-*

des war, das sie empfangen zu haben fürchtete? Für das sie wech-
selnde Daten angab, um alle Eventualitäten abzudecken und um
sich alle Optionen offenzuhalten?

… machte in ihrer Jugend Schlagzeilen, als sie sieben Tage
lang aus Bedales verschwand und eine landesweite Suchaktion auslöste … landete mit fünfundzwanzig in einer
Entzugsklinik …
»Alles Schnee von gestern, das liegt lange hinter mir«,
kommentiert Charlotte fröhlich. »Ja, ich hatte in meiner
Jugend eine Menge Spaß – aber jetzt wird es Zeit, sess-
haft zu werden, und offen gestanden kann ich es kaum
erwarten.«

Spaß war das also?, fragte Strike ihr atemberaubendes Foto.
Hat es dir wirklich Spaß gemacht, auf dem Dach zu stehen und
damit zu drohen, dass du springen würdest? Hat es dir Spaß ge-
macht, mich aus der Psychiatrie anzurufen und mich anzubetteln,
dich dort rauszuholen?

Ross hat indes kürzlich erst eine schmutzige Scheidung
durchgestanden, die die Klatschspalten füllte. »Ich wollte,
wir hätten das alles ohne Anwälte regeln können«, seufzt
er. Und Charlotte frohlockt: »Ich kann es kaum erwarten,
Stiefmami zu werden!«

(»Wenn ich noch einen einzigen Abend mit diesen Anstis-
Gören verbringen muss, Corm, dann schlage ich einem von
beiden den Schädel ein, das schwöre ich.« Und in Lucys
Vorstadtgarten, während Strikes Neffen Fußball spielten:
»Warum sind diese Blagen solche *Arschlöcher*?« Der Ausdruck
auf Lucys rundem Gesicht, als sie das hörte …)

Dann sprang ihn sein eigener Name von der Seite an.

… darunter die überraschende Affäre mit Jonny Rokebys ältestem Sohn Cormoran Strike, der im Frühjahr Schlagzeilen machte…

Die überraschende Affäre mit Jonny Rokebys ältestem Sohn…
… Jonny Rokebys ältestem…

Reflexartig schlug er das Magazin zu und ließ es in den Papierkorb gleiten.

Sechzehn Jahre Hin und Her. Sechzehn Jahre Folter, Wahnsinn und gelegentliche Ekstase. Dann hatte er – nachdem sie ihn zahllose Male verlassen und sich in die Arme fremder Männer geworfen hatte, so wie andere Frauen sich vor einen Zug warfen – Schluss gemacht, womit er den Rubikon auf unverzeihliche Weise überschritten hatte, denn es hatte sich bis dahin immer von selbst verstanden, dass er unverzagt und unerschütterlich ausharrte wie ein Fels in der Brandung, den sie nach Belieben hinter sich lassen und zu dem sie jederzeit wieder zurückkehren konnte. Doch in jener Nacht, in der er das Lügengespinst um das ungeborene Kind in ihrem Leib zerrissen und sie sich daraufhin in einen hysterischen Wutausbruch hineingesteigert hatte, hatte sich der Berg endlich bewegt: und zwar zur Tür hinaus – gefolgt von einem geschleuderten Aschenbecher.

Sein blaues Auge war kaum verheilt gewesen, da hatte sie auch schon ihre Verlobung mit Ross bekannt gegeben. Nicht mehr als drei Wochen hatte sie dazu gebraucht, weil sie nur auf eine einzige Weise zu reagieren vermochte, sobald ihr Schmerz zugefügt wurde: indem sie ihrerseits ungeachtet aller Konsequenzen für sich selbst ihren Angreifer so schwer wie irgend möglich verletzte. Und auch wenn seine Freunde es für eine Anmaßung halten würden, wusste Strike tief im Innern, dass die *Tatler*-Bilder, die herablassende Erwähnung ihrer beider Beziehung in einer Begrifflichkeit, die ihn am schmerzhaftesten treffen musste (er konnte fast hören, wie sie den Reportern diktierte: »Er ist der Sohn von *Jonny Rokeby*«), das beschissene Castle of Croy – dass all das, *all das* inszeniert worden war, um ihn zu treffen; damit er seines Fehlers gewahr wurde. Damit er bereute und bedauerte. Sie wusste genau, worauf sie sich mit Ross einließ; sie hatte Strike von seinem dürftig verschleierten Alkoholproblem und den Gewaltausbrüchen erzählt, von denen sie aus dem blaublütigen Klatschnetzwerk wusste, das sie über die Jahre auf dem Laufenden gehalten hatte. Sie hatte darüber gescherzt, dass sie all dem gerade noch entkommen sei. Gescherzt.

Eine Selbstverbrennung im Hochzeitskleid. *Sieh, wie ich in Flammen stehe, Bluey.* Die Hochzeit sollte in zehn Tagen stattfinden, und falls er in seinem Leben je etwas mit Sicherheit gewusst hatte, dann dies: dass Charlotte auch nach all den schmutzigen Szenen, nach ihren hasserfüllten Beschimpfungen, den Lügen, dem Chaos und dem tonnenschweren Gepäck, unter dem ihre Beziehung letztlich zersplittert war, Ja sagen würde, wenn er sie heute anriefe und ihr vorschlüge: »Brenn mit mir durch.« Wegzurennen lag in ihrer Natur, und er war stets ihr erstes Ziel gewesen, Freiheit und Sicherheit in einer Person. Das hatte sie ihm immer wieder erklärt, nach jeder ihrer Auseinandersetzungen, die sie beide umgebracht hätten, wenn seelische Wunden bluten würden. »Ich brauche dich. Du bist mein Ein und Alles, das weißt du doch. Du bist der Einzige, bei dem ich mich je sicher gefühlt habe, Bluey…«

Er hörte die Glastür zum Treppenhaus auf- und wieder zugehen und die vertrauten Geräusche, als Robin ins Büro kam, ihren Mantel auszog, den Wasserkocher füllte.

Jedes Mal hatte ihn die Arbeit gerettet. Charlotte hatte es nicht ertragen können, dass er nach den exzessiven, brutalen Auseinandersetzungen, nach all den Tränen und Bitten und Drohungen von einem Moment auf den anderen abschalten und sich in einen Fall vertiefen konnte. Sie hatte ihn nicht davon abhalten können, die Uniform anzulegen, sie hatte nie verhindern können, dass er zur Arbeit ging, hatte ihn nie von einer Ermittlung fernhalten können. Sie hatte seine Konzentration verflucht, seine unerschütterliche Treue zur Army, seine Fähigkeit, sie auszuschließen – weil sie dies als Verrat empfand, als hätte er sie damit im Stich lassen wollen.

Gerade jetzt, an diesem kalten Wintermorgen, mit ihrem Antlitz im Papierkorb zu seinen Füßen, verzehrte sich Strike nach Befehlen, nach einem Auslandseinsatz, einem erzwungenen Aufenthalt auf einem anderen Kontinent. Er wollte nicht länger untreuen Ehemännern und Geliebten nachschnüffeln oder sich in die kleinlichen Dispute zwielichtiger Geschäftsleute einmischen. Nur ein einziges Thema hatte auf ihn je die gleiche Faszination ausgeübt wie Charlotte: unnatürliche Todesfälle.

»Morgen«, sagte er und humpelte ins Vorzimmer, wo Robin soeben zwei Becher Tee zubereitete. »Mit denen werden wir uns sputen müssen. Wir gehen aus.«

»Wohin?«, fragte sie überrascht.

Schneeregen glitschte nass an den Fensterscheiben hinab. Robin konnte immer noch spüren, wie er ihr im Gesicht gebrannt hatte, als sie über die rutschigen Gehwege gehastet war, um schnellstmöglich ins Trockene zu kommen.

»Wir müssen im Fall Quine etwas erledigen.«

Das war gelogen. Die Polizei hatte viel mehr Möglichkeiten; was konnte er schon ausrichten, das ein Polizeibeamter nicht besser konnte? Und doch wusste er intuitiv, dass Anstis kein Gespür für das Seltsame und Bizarre hatte, ohne das sie den Mörder nicht finden würden.

»Caroline Ingles kommt um zehn.«

»Scheiße. Egal, dann muss ich den Termin eben verschieben. Die Sache ist die: Der Rechtsmediziner glaubt, dass Quine bereits kurz nach seinem Verschwinden gestorben ist.«

Er nahm einen großen Schluck heißen, starken Tee. Er wirkte zielstrebiger und energiegeladener, als sie ihn in letzter Zeit erlebt hatte.

»Damit richtet sich das Augenmerk wieder auf die Personen, die das Manuskript schon früh zu Gesicht bekamen. Ich will wissen, wo sie wohnen und ob sie allein leben. Danach werden wir ihre Wohnungen auskundschaften. Herausfinden, wie schwer es für sie wäre, einen Sack voll Innereien nach Hause und wieder hinauszuschaffen. Oder ob es irgendwo einen Ort gibt, an dem sie Beweise verbrennen oder vergraben könnten.«

Es war nicht viel, aber mehr würde er heute nicht tun können, und er wollte um jeden Preis beschäftigt sein.

»Sie kommen mit«, ergänzte er. »Sie sind gut in solchen Sachen.«

»Was, als Ihr Watson?«, fragte sie und gab sich den Anschein der Gleichgültigkeit. Der Groll, mit dem sie am Vortag aus dem Cambridge marschiert war, war noch nicht vollends verraucht. »Wir könnten das alles auch im Internet aufrufen, uns die Häuser auf Google Earth ansehen …«

»Hervorragende Idee«, sagte Strike. »Warum sich mit eigenen Augen ein Bild machen, wenn man sich auch veraltete Fotos ansehen kann?«

Ein wenig pikiert gab sie zurück: »Natürlich komme ich gern …«

»Gut. Ich sage den Ingles-Termin ab. Sie gehen online und

suchen die Adressen von Christian Fisher, Elizabeth Tassel, Daniel Chard, Jerry Waldegrave und Michael Fancourt heraus. Außerdem machen wir noch einen Abstecher zum Clem Attlee Court und sehen uns dort noch einmal um – diesmal, um festzustellen, wie gut sich dort Beweise verstecken ließen. Soweit ich es im Dunkeln erkennen konnte, gab es dort reichlich Mülltonnen und Gebüsch… Ach ja, und rufen Sie den Bridlington Bookshop in Putney an. Wir sollten uns mit dem Alten unterhalten, der behauptet, Quine noch am Achten gesehen zu haben.«

Er verschwand wieder in seinem Büro, und Robin setzte sich an den Computer. Aus ihrem Schal tropfte es eisig auf den Boden, aber das war ihr gleich. Die Erinnerung an Quines verstümmelte Leiche setzte ihr immer noch zu, aber gleichzeitig war sie besessen von dem (Matthew gegenüber wie ein schmutziges Geheimnis verschwiegenen) Drang, mehr herauszufinden, *alles* herauszufinden.

Und es machte sie rasend, dass Strike, der dies von allen Menschen am besten verstehen sollte, in ihr nicht erkannte, was so unübersehbar in ihm selbst loderte.

25

So geht es, wenn man in der Unwissenheit geschäftig ist,
Dienste erzeigen will und es doch nicht anzufangen weiß.

BEN JONSON, *EPICOENE ODER DAS STILLE FRAUENZIMMER*

Mit den aus einem Online-Telefonbuch übertragenen Adressen auf Robins Handy verließen sie in einem jähen, fedrigen Schneeflockengestöber das Büro. Weil Strike erst noch einmal zur Talgarth Road fahren wollte, berichtete Robin ihm auf der Fahrt in einem U-Bahn-Wagen, der gegen Ende der morgendlichen Stoßzeit zwar immer noch voll, aber nicht mehr heillos überfüllt war, von den Ergebnissen ihrer Internetrecherche. Sie teilten sich die Haltestange mit drei jämmerlich aussehenden italienischen Rucksacktouristen. Der Geruch von nasser Wolle, Dreck und Gore-Tex stach ihnen in die Nase.

»Der Mann, der in der Buchhandlung arbeitet, ist im Urlaub«, erzählte sie Strike. »Er kommt erst nächsten Montag wieder.«

»Na schön, dann verschieben wir ihn bis dahin. Was ist mit unseren Verdächtigen?«

Sie kommentierte das Wort mit einer hochgezogenen Augenbraue, sagte dann aber: »Christian Fisher wohnt in Camden mit einer Zweiunddreißigjährigen zusammen – seine Freundin, nehme ich an?«

»Wahrscheinlich«, stimmte Strike ihr zu. »Das passt nicht... Unser Mörder brauchte Ruhe und Abgeschiedenheit, um unbesehen die blutbefleckte Kleidung loszuwerden – ganz zu schweigen von mehreren Kilo menschlicher Organe. Ich suche nach einem Haus, das man unbemerkt verlassen und betreten kann.«

»Also, ich habe mir sein Haus auf Google Street View angesehen«, erklärte Robin mit einem Anflug von Trotz. »Den Hauseingang teilen sich insgesamt vier Wohnungen.«

»Außerdem wohnt er meilenweit von der Talgarth Road entfernt.«

»Sie glauben ohnehin nicht wirklich, dass es Christian Fisher war, oder?«, fragte Robin.

»Es kommt mir nicht sehr wahrscheinlich vor«, gab Strike zu. »Er kannte Quine kaum – und er kommt in dem Buch nicht vor. Ich denke nicht.«

Sie stiegen in Holborn aus, wo Robin ihre Schritte taktvoll Strikes Tempo anpasste, ohne ein Wort über sein Hinken zu verlieren oder darüber, wie er bei jedem Schritt mit dem Oberkörper Schwung holte.

»Was ist mit Elizabeth Tassel?«, fragte er.

»Fulham Palace Road, allein.«

»Gut«, sagte Strike. »Dann werden wir uns dort mal umsehen, ob es irgendwelche frisch umgegrabenen Blumenbeete gibt.«

»Macht die Polizei das nicht auch?«, fragte Robin.

Strike zog die Stirn in Falten. Ihm war durchaus bewusst, dass er an der Peripherie der Ermittlungen herumschlich wie ein Schakal, der nur darauf hoffen konnte, dass ihm die Löwen ein paar Brocken oder ein Knöchelchen übrig ließen.

»Vielleicht«, sagte er, »vielleicht auch nicht. Anstis ist überzeugt, dass es Leonora war, und er ändert seine Meinung nicht so schnell; ich kenne ihn, ich habe in Afghanistan mit ihm zusammengearbeitet. Aber da wir gerade von Leonora sprechen«, ergänzte er beiläufig. »Anstis hat herausgefunden, dass sie früher bei einem Metzger gearbeitet hat.«

»Ach du liebe Scheiße«, entfuhr es Robin.

Strike grinste. Wenn sie angespannt war, verstärkte sich ihr Yorkshire-Akzent.

Sie stiegen um in einen deutlich leereren Zug der Piccadilly Line, der sie zum Barons Court bringen würde; erleichtert ließ Strike sich auf einen Sitz fallen.

»Jerry Waldegrave lebt mit seiner Frau zusammen, richtig?«, fragte er Robin.

»Ja – falls sie Fenella heißt. In der Hazlitt Road in Kensington. Im Untergeschoss wohnt eine gewisse Joanna Waldegrave ...«

»Das ist die Tochter«, sagte Strike. »Eine Jungautorin. Sie war auch auf dieser Party bei Roper Chard. Und Daniel Chard?«

»Sussex Street in Pimlico, gemeinsam mit einem Paar namens Nenita und Manny Ramos ...«

»Hört sich nach einem Haushälter-Ehepaar an.«

»Außerdem besitzt er ein Anwesen in Devon: Tithebarn House.«

»Wo er vermutlich mit seinem gebrochenen Bein festsitzt.«

»Und Fancourt ist nicht gelistet«, schloss sie ihre Aufzählung. »Dafür findet man über ihn eine Menge biografischer Einträge. Er besitzt am Rand von Chew Magna ein elisabethanisches Anwesen namens Endsor Court.«

»Chew Magna?«

»Ein Ort in Somerset. Wo er mit seiner dritten Frau lebt.«

»Ein bisschen weit, um heute noch hinzufahren«, meinte Strike bedauernd. »Keine Junggesellenbude in der Nähe der

Talgarth Road, wo er einen Beutel voller Därme in die Tiefkühltruhe stopfen könnte?«

»Nicht, soweit ich eruieren konnte.«

»Und wo hat er übernachtet, als er vorbeikam, um einen
Blick auf den Tatort zu werfen? Oder hat er bloß um der alten
Zeiten willen einen Tagesausflug nach London unternom-
men?«

»Falls er es wirklich war.«

»Ja, falls er es wirklich war … Und dann wäre da noch Kathryn Kent. Ihre Adresse haben wir, und wir wissen auch, dass
sie allein lebt. Anstis hat erzählt, dass Quine sich am Abend
des Fünften in der Nähe ihrer Wohnung absetzen ließ, aber
da war sie nicht zu Hause. Vielleicht hatte Quine vergessen,
dass sie bei ihrer Schwester war«, überlegte Strike, »und ging
nur deshalb weiter zur Talgarth Road, weil er sie daheim nicht
angetroffen hat? Sie könnte nach ihrem Besuch im Hospiz
dort mit ihm verabredet gewesen sein. Bei ihr sehen wir uns
als Zweites um.«

Während sie weiter gen Westen fuhren, erzählte Strike Robin von den Zeugen, die beobachtet haben wollten, wie eine
Frau in einer Burka am vierten November das Gebäude betreten und wie Quine am frühen Morgen des sechsten das Haus
verlassen hatte.

»Natürlich könnte einer von ihnen oder sogar beide sich
geirrt haben – oder lügen«, schloss er.

»Eine Frau in einer Burka? Und die halten es nicht für
möglich«, fragte Robin vorsichtig, »dass dieser Nachbar ein
durchgeknallter Islamhasser sein könnte?«

Die Arbeit mit Strike hatte Robin die Augen dafür geöffnet, wie breit gefächert und ausgeprägt die Phobien und Anti-
pathien waren, die in der Bevölkerung gärten und von denen
sie bis dato nichts geahnt hatte. Die Flutwelle an Publicity

nach der Lösung des Falls Landry hatte eine erkleckliche Anzahl von Briefen auf ihren Schreibtisch gespült, die sie abwechselnd verstört oder erheitert hatten.

Ein Mann hatte Strike angefleht, mit seinem nachweislich beachtlichen Talent endlich offenzulegen, in welchem Würgegriff des »internationalen Judentums« das Weltbanksystem steckte – ein Unterfangen, für das er Strike bedauerlicherweise nicht bezahlen könne, das ihm aber zweifelsohne weltweite Anerkennung einbringen werde. Eine junge Frau hatte einen zwölfseitigen Brief aus einer psychiatrischen Einrichtung geschickt und Strike um Hilfe bei der Beweisführung gebeten, dass all ihre Familienangehörigen entführt und durch Doppelgänger ersetzt worden seien. Ein anonymer Briefeschreiber unbekannten Geschlechts hatte Strike zur Mithilfe bei der Aufdeckung einer landesweiten Serie von satanistischen Missbrauchsfällen aufgefordert, die, wie der- oder diejenige mit Sicherheit zu wissen meinte, von den Büros der Bürgerberatung aus geplant worden waren.

»Es könnten samt und sonders Spinner sein«, stimmte Strike ihr zu. »Verrückte lieben Mordfälle. Die stehen auf so was – schon allein, weil ihnen dann jemand zuhören muss.«

Eine junge Frau mit einem Hidschab verfolgte ihre Unterhaltung vom Sitz gegenüber. Sie hatte große, süße, milchschokoladenbraune Augen.

»Angenommen, es war tatsächlich jemand am vierten November im Haus, dann wäre eine Burka zugegebenermaßen eine verflucht gute Verkleidung, um unerkannt hinein- und wieder herauszukommen. Oder können Sie sich eine andere Methode vorstellen, Gesicht und Körper komplett zu verhüllen, ohne dass man darauf angesprochen wird?«

»Und die Person hatte eine Tüte aus einem Halal-Imbiss dabei?«

»Angeblich. Hat er ein Halal-Gericht als Henkersmahlzeit bekommen? Hat der Mörder deshalb vielleicht die Gedärme beseitigt?«

»Und diese Frau …«

»Die auch ein Mann gewesen sein könnte.«

»… wurde eine Stunde später beim Verlassen des Hauses beobachtet?«

»Behauptet Anstis.«

»Sie hat sich also nicht im Haus auf die Lauer gelegt?«

»Nein, aber vielleicht hat sie schon mal den Tisch für Quine gedeckt«, sagte Strike, und Robin verzog das Gesicht.

Die junge Frau mit dem Hidschab stieg an der Gloucester Road aus.

»Ich glaube nicht, dass es in dieser Buchhandlung Videokameras gibt«, seufzte Robin. Seit dem Fall Landry ließ sie das Thema Videoüberwachung nicht mehr los.

»Das hätte Anstis erwähnt«, stimmte Strike ihr zu.

Am Barons Court wurden sie von neuerlichem Schneegestöber empfangen. Die Augen gegen die fedrigen Flocken zusammengekniffen, marschierten sie unter Strikes Führung zur Talgarth Road. Mit jedem Schritt wünschte er sich sehnlicher einen Stock. Nach seiner Entlassung aus dem Krankenhaus hatte Charlotte ihm einen eleganten antiken Malakka-Gehstock geschenkt, der angeblich ihrem Urgroßvater gehört hatte. Der hübsche, alte Stock war allerdings zu kurz gewesen, sodass sich Strike beim Gehen immer nach rechts hatte beugen müssen. Als sie die Sachen zusammengepackt hatte, die er aus ihrer Wohnung mitnehmen sollte, war der Stock nicht dabei gewesen.

Schon von Weitem war klar, dass das Team der Spurensicherung in Nummer 179 immer noch am Werk war. Der Eingang war mit Absperrband gesichert, und mit gegen die Kälte verschränkten Armen stand eine Polizeibeamtin einsam davor Wache. Als sie näher kamen, drehte sie sich zu ihnen um. Sobald ihr Blick auf Strike fiel, wurden ihre Augen schmal.

»Mr. Strike«, sagte sie barsch.

Ein rothaariger Polizist in Zivil, der in der Tür gestanden und mit jemandem im Haus gesprochen hatte, fuhr herum und eilte die rutschigen Eingangsstufen herunter.

»Morgen«, sagte Strike unbeeindruckt.

Sosehr Robin ihn für seine Dreistigkeit bewunderte, so beklommen fühlte sie sich zugleich; sie hatte den Respekt vor dem Gesetz zutiefst verinnerlicht.

»Was wollen Sie hier?«, fragte der Rothaarige schroff. Robin empfand den Blick, mit dem er sie von Kopf bis Fuß musterte, fast schon als anzüglich. »Sie können hier nicht rein.«

»Schade«, sagte Strike. »Dann müssen wir wohl draußen bleiben.«

Ohne sich darum zu scheren, dass die beiden Polizisten ihn mit Argusaugen beobachteten, hinkte Strike an ihnen vorbei zur Nummer 183, öffnete das Gartentor und stieg die Stufen zur Haustür empor. Robin fiel nichts anderes ein, als ihm zu folgen, auch wenn sie zutiefst verunsichert und sich der Blicke in ihrem Rücken nur zu bewusst war.

»Was machen wir hier?«, murmelte sie, als sie unter dem Schutz des Backsteinvordachs standen und den kritischen Blicken der Polizisten entkommen waren. Das Haus schien leer zu stehen; trotzdem fürchtete sie, dass im nächsten Moment jemand die Eingangstür öffnen könnte.

»Wir versuchen abzuschätzen, ob die Frau, die hier wohnt, eine verhüllte Gestalt gesehen haben könnte, die um zwei Uhr morgens mit einer Reisetasche aus Hausnummer einhundertneunundsiebzig kam«, sagte Strike. »Und wissen Sie was? Ich glaube, sie konnte. Es sei denn, die Straßenlaterne war ausgefallen. In Ordnung, und jetzt probieren wir das Ganze von der anderen Seite aus. Frisch heute, was?«, rief Strike der argwöhnischen Polizistin und ihrem Begleiter zu, als er und Robin erneut an den beiden vorbeispazierten. »Vier Häuser weiter, hat Anstis gesagt«, raunte er Robin zu. »Das wäre dann Nummer 171...«

Wieder schritt Strike die Stufen vor dem Haus hinauf, und Robin tappte ihm hinterher.

»Wissen Sie, ich habe mich gefragt, ob er vielleicht das Haus verwechselt haben könnte, aber tatsächlich steht vor Nummer einhundertsiebenundsiebzig ein roter Mülleimer. Die Burka wäre direkt dahinter die Stufen hochgestiegen, und dadurch wäre gut zu erkennen gewesen...«

Die Haustür ging auf.

»Kann ich Ihnen behilflich sein?«, fragte ein Mann mit dicker Brille. Er klang ausgesprochen höflich.

Während Strike ansetzte, sich dafür zu entschuldigen, dass er sich wohl in der Hausnummer geirrt habe, rief der rothaarige Polizist vor Nummer 179 etwas zu ihnen herüber. Als niemand reagierte, kletterte er über das Absperrband und rannte auf sie zu.

»Dieser Mann«, rief er unnötig laut und deutete dabei auf Strike, »ist nicht von der Polizei!«

»Das hat er auch gar nicht behauptet«, erwiderte der bebrillte Mann leicht verblüfft.

»Schön. Ich glaube, wir sind hier fertig«, sagte Strike zu Robin.

»Machen Sie sich denn gar keine Gedanken«, fragte Robin ihn auf dem Rückweg zur U-Bahn amüsiert und vor allem erleichtert, von dort verschwinden zu können, »was Ihr Freund Anstis davon halten wird, dass Sie einfach so am Tatort herumschleichen?«

»Ich glaube nicht, dass er besonders glücklich darüber sein wird«, antwortete Strike und hielt nach Überwachungskameras Ausschau, »aber nirgends in meiner Jobbeschreibung steht, dass ich ihn glücklich machen muss.«

»Aber es war doch ziemlich anständig von ihm, die Ergebnisse der rechtsmedizinischen Untersuchung mit Ihnen zu teilen«, sagte Robin.

»Das hat er nur gemacht, um mich von dem Fall fernzuhalten. Er glaubt, dass alles auf Leonora hinweist. Und dummerweise scheint es im Augenblick tatsächlich so zu sein.«

Der Verkehr staute sich auf der Straße. Soweit Strike erkennen konnte, wurde sie von einer einzigen Kamera überwacht. Außerdem zweigten hier zahlreiche Querstraßen ab, auf denen ein Mensch in Owen Quines Lodenumhang oder in einer Burka verschwunden sein konnte, ohne dass sich seine Identität je feststellen lassen würde.

Strike erstand im Metro Café im U-Bahn-Bau zwei Kaffee zum Mitnehmen, dann durchschritten sie wieder die erbsengrüne Schalterhalle und fuhren weiter nach West Brompton.

»Eins müssen Sie bei alldem im Gedächtnis behalten«, sagte Strike, als sie am Earl's Court ausstiegen, um auf die nächste U-Bahn zu warten, wobei Strike, wie Robin bemerkte, sein Gewicht ganz auf sein gesundes Bein verlagerte, »nämlich dass Quine am Fünften verschwand. In der Bonfire Night.«

»Oh Gott, das stimmt!«, sagte Robin.

»Feuerwerk und Böllerschüsse«, sagte Strike und kippte seinen Kaffee hinunter, damit der Becher leer war, ehe sie in den nächsten Zug steigen mussten; er traute sich nicht zu, gleichzeitig einen vollen Kaffeebecher und sich selbst über den nassen, vereisten Boden zu balancieren. »Raketen, die in alle Richtungen fliegen und sämtliche Blicke auf sich ziehen.

Es ist also nicht gerade verwunderlich, dass in jener Nacht niemand beobachtet hat, wie eine Gestalt in einem Umhang in dem Haus verschwand.«

»Sie meinen Quine?«

»Nicht unbedingt.«

Robin sann kurz darüber nach. »Glauben Sie, der Mann in der Buchhandlung hat gelogen, als er behauptet hat, Quine sei am Achten dort gewesen?«

»Das weiß ich nicht«, sagte Strike. »Es ist noch zu früh, um sich darüber ein Urteil zu erlauben, oder?«

Doch im Grunde, musste er sich eingestehen, glaubte er genau das. Die plötzliche Aktivität rund um ein leer stehendes Haus am Vierten und Fünften war überaus verdächtig.

»Komisch, was den Menschen so auffällt«, sagte Robin, als sie in West Brompton die rot-grünen Treppen hinaufstiegen. Inzwischen verzog Strike jedes Mal das Gesicht, wenn er das rechte Bein aufsetzte. »Das Gedächtnis ist schon eine komische Sache, nicht wahr …«

Auf einmal schoss ein so glühender Schmerz in Strikes Knie, dass er gegen das Geländer der Gleisüberführung sackte. Hinter ihm fluchte ein Mann im Anzug über das unerwartete Hindernis, und Robin ging noch ein paar Schritte weiter, ehe sie bemerkte, dass Strike nicht mehr an ihrer Seite war. Sie eilte zurück und sah ihn zusammengekrümmt, bleich und schweißgebadet am Geländer lehnen, sodass die Pendler gezwungen waren, einen Schlenker um ihn herum zu machen.

»Irgendwas ist hinüber«, erklärte er mit zusammengebissenen Zähnen, »in meinem Knie. Scheiße … *Scheiße!*«

»Wir nehmen ein Taxi.«

»Bei diesem Wetter kriegen wir nie eins!«

»Dann gehen wir wieder runter zum Bahnsteig und fahren zurück ins Büro.«

»Nein, ich muss …«

Noch nie hatte er seine Ohnmacht so deutlich empfunden wie in diesem Moment auf der Fußgängerüberführung mit dem eisernen Gitterwerk als Geländer und unter der gewölbten Glasdecke, auf der sich immer mehr Schnee sammelte. Früher hatte ihm ein Dienstwagen zur Verfügung gestanden. Er hatte Zeugen einbestellen können. Damals hatte er in verantwortlicher, leitender Position bei der Special Investigation Branch gearbeitet.

»Wenn Sie das wirklich durchziehen wollen, brauchen wir ein Taxi«, erklärte Robin entschieden. »Von hier bis zur Lillie Road ist es ein ziemlich langer Marsch. Haben Sie denn keinen …«

Sie zögerte. Noch nie hatten sie offen über Strikes Behinderung gesprochen.

»Haben Sie denn keinen Stock oder so?«

»Ich wollte, ich hätte einen«, presste er zwischen tauben Lippen hervor. Wozu ihr etwas vorspielen? Ihm graute allein schon vor dem Weg bis zum Ende der Überführung.

»Wir besorgen Ihnen einen«, sagte Robin. »Ich hab in Drogeriemärkten schon mal welche gesehen.« Und dann, nach kurzem Zögern, sagte sie: »Stützen Sie sich auf.«

»Ich bin zu schwer für Sie.«

»Nur um das Gleichgewicht zu halten. Nehmen Sie mich als Stock. Na los«, sagte sie fest entschlossen.

Nachdem er den Arm um ihre Schultern gelegt hatte, passierten sie langsam die Überführung und mussten beim Ausgang eine Pause einlegen. Es hatte vorübergehend aufgehört zu schneien, doch die Kälte war – wenn überhaupt – noch beißender geworden.

»Warum sind denn hier nirgends Sitzbänke?«, fragte Robin und sah sich wütend um.

»Willkommen in meiner Welt«, sagte Strike, der den Arm von ihrer Schulter genommen hatte, sobald sie stehen geblieben waren.

»Was, glauben Sie, ist passiert?«, fragte Robin und starrte auf sein rechtes Bein.

»Keine Ahnung. Es war schon heute Morgen ziemlich angeschwollen. Wahrscheinlich hätte ich die Prothese nicht anlegen dürfen, aber ich gehe so ungern auf Krücken.«

»So können Sie bei diesem Wetter jedenfalls nicht die Lillie Road hochkriechen. Wir rufen ein Taxi, und dann fahren Sie zurück ins Büro ...«

»Nein, ich muss noch was erledigen«, fiel er ihr verärgert ins Wort. »Anstis ist von Leonoras Schuld überzeugt, aber er irrt sich.«

Unter derartigen Schmerzen wurde alles auf das Wesentliche reduziert.

»Na schön«, sagte Robin. »Wir teilen uns auf, und Sie fahren im Taxi. Okay? *Okay?*«, hakte sie nach.

Er gab sich geschlagen. »Meinetwegen. Sie fahren zum Clem Attlee Court.«

»Und wonach halte ich Ausschau?«

»Nach Kameras. Möglichen Verstecken für Kleidung und Innereien. Falls Kent sie mitgenommen hat, kann sie beides unmöglich in ihrer Wohnung aufbewahren; das würde stinken. Machen Sie Fotos mit Ihrem Handy – alles, was Ihnen sinnvoll erscheint ...«

Im selben Moment begriff er, wie armselig sich das anhörte, aber er musste einfach etwas unternehmen. Aus irgendeinem Grund musste er ständig an Orlando mit ihrem breiten, stieren Lächeln und ihrem Plüsch-Orang-Utan denken.

»Und dann?«, fragte Robin.

»Sussex Street«, sagte Strike, nachdem er kurz überlegt

hatte. »Die gleiche Vorgehensweise. Und hinterher rufen Sie mich an, damit wir uns treffen können. Geben Sie mir lieber die Adressen von Tassel und Waldegrave.«

Sie notierte sie auf einen Zettel.

»Ich rufe Ihnen jetzt ein Taxi.«

Und noch ehe er sich bei ihr bedanken konnte, war sie schon hinaus auf die kalte Straße marschiert.

26

Ich muss nach meinem Schuhwerk sehn; auf diesem glatten
Eispflaster braucht man gut beschlagene Sohlen, um nicht
den Hals zu brechen.

JOHN WEBSTER, *DIE HERZOGIN VON AMALFI*

Praktischerweise trug Strike immer noch die fünfhundert
Pfund im Portemonnaie, die man ihm dafür gegeben hatte,
dass er einen Teenager aufschlitzte. Er bat den Taxifahrer,
ihn in die Fulham Palace Road zu fahren, wo Elizabeth Tassel wohnte, prägte sich die Route ein und wäre nach nur vier
Minuten bei ihrem Haus angekommen, hätte er nicht unterwegs eine Boots-Filiale entdeckt. Er forderte den Fahrer auf,
kurz am Straßenrand zu warten, und trat nur wenig später
mit einem ausziehbaren Stock und deutlich leichterem Schritt
wieder aus dem Drogeriemarkt.

Eine fitte Frau, mutmaßte er, würde den Weg in nicht einmal einer halben Stunde zu Fuß zurücklegen können. Elizabeth Tassel wohnte zwar weiter vom Tatort entfernt als Kathryn Kent, doch Strike, dem die Gegend einigermaßen vertraut
war, konnte sich durchaus vorstellen, dass sie den einen oder
anderen Schleichweg durch die Wohnstraßen kannte, wo man
von keiner Kamera erfasst wurde, und dass sie unter Umständen selbst in einem Auto unerkannt geblieben wäre.

Ihr Haus sah an diesem trüben Wintertag trist und trostlos

aus. Es war ebenfalls ein viktorianisches Backsteingebäude – allerdings ohne die Grandeur oder Schrulligkeit der Häuser in der Talgarth Road – und stand an einer Straßenecke hinter einem nasskalten Garten, der von wild wucherndem Goldregen beschattet wurde. Es hatte wieder angefangen zu schneien, als Strike neugierig über das Gartentor spähte, die Zigarette in der hohlen Hand, damit sie nicht erlosch.

Vor und hinter dem Haus gab es je einen Garten. Beide waren durch die dunklen, unter dem Gewicht des eisigen Niederschlags bebenden Büsche vor unerwünschten Einblicken geschützt. Die Fenster im Obergeschoss boten jetzt, einen Monat vor der Wintersonnenwende, einen deprimierenden Ausblick auf den Friedhof an der Fulham Palace Road, wo nackte Bäume ihre knochigen Arme in den weißen Himmel reckten und die alten Grabsteine sich in der Ferne verloren.

War es vorstellbar, dass Elizabeth Tassel mit ihrem schicken schwarzen Kostüm, dem scharlachroten Lippenstift und ihrem unverhohlenen Zorn auf Owen Quine im Schutz der Nacht blut- und säurebefleckt und mit einer Tüte voller Eingeweide in dieses Haus zurückgekehrt war?

Die Kälte fraß sich hinterhältig in Strikes Hals und Finger. Er trat den Zigarettenstummel aus und bat den Taxifahrer, der mit argwöhnischer Neugier verfolgt hatte, wie er Elizabeth Tassels Haus inspizierte, ihn nach Kensington in die Hazlitt Road zu fahren. Während der Fahrt kauerte Strike zusammengesunken auf dem Rücksitz und spülte mit einer Flasche Wasser, die er ebenfalls in der Drogerie gekauft hatte, ein paar Schmerztabletten hinunter.

Das Taxi war muffig und roch nach kaltem Tabak, festgefressenem Dreck und altem Leder. Die Scheibenwischer fegten wie stumme Metronome über das Glas und gaben im immer gleichen Takt verschwommene Blicke auf die breite, belebte Hammersmith Road frei, wo sich kleinere Büroblocks und kurze Häuserreihen abwechselten. Strike sah das Nazareth House vorüberziehen: ein Pflegeheim, ebenfalls aus rotem Backstein erbaut, kirchengleich und in stiller Heiterkeit, aber mit hohen Toren und Pförtnerhäuschen gesichert, um die Gepflegten von den Ungepflegten zu scheiden.

Hinter den beschlagenen Fenstern kam Blythe House in Sichtweite, ein weitläufiger, palastartiger Bau mit weißen Kuppeltürmchen, der wie ein großer rosabrauner Kuchen im Schneeregen aufragte. Strike meinte, sich vage daran erinnern zu können, dass es inzwischen als Lager für eines der großen Museen diente. Das Taxi bog rechts ab in die Hazlitt Road.

»Welche Nummer?«, fragte der Fahrer.

»Ich steige gleich hier aus«, sagte Strike, der nicht direkt vor dem Haus aus dem Auto klettern wollte und auch nicht vergessen hatte, dass er das Geld, das er soeben zum Taxifenster hinauswarf, irgendwann zurückgeben musste. Schwer auf seinen Stock gestützt und froh über den Gummiüberzug an der Spitze, der ihm auf dem rutschigen Gehweg Halt bot, bezahlte er den Fahrer und spazierte die Straße entlang, um die Waldegrave'sche Wohnstatt in Augenschein zu nehmen.

Hier standen ausgewachsene Stadthäuser, vier Stockwerke hoch, wenn man die ausgebauten Souterrains mitzählte, mit goldbraunen Backsteinfronten und klassischen weißen Simsen, Stuckspiegeln unter den Fenstern in den Obergeschossen und schmiedeeisernen Balustraden. Die meisten Häuser waren in Wohnungen aufgeteilt worden. Es gab keine Vorgärten, nur Treppenabgänge zu den Souterrainwohnungen.

Die Straße war durchdrungen von einem leicht schmuddeligen Flair und der freundlichen mittelschichttypischen Verschrobenheit, die sich in einer planlosen Kollektion von Topfpflanzen auf dem ersten Balkon, einem Fahrrad auf dem nächsten und der schlaffen, nassen und möglicherweise bald im Eisregen gefrorenen Wäsche auf einem dritten äußerte.

Das Haus, das Waldegrave mit seiner Frau bewohnte, gehörte zu den wenigen, die nicht in Wohnungen aufgeteilt worden waren. Strike sah an der Fassade hoch und fragte sich, was ein erfolgreicher Lektor wohl verdienen mochte, bis ihm Ninas Bemerkung wieder einfiel, dass Waldegraves Frau »aus einer stinkreichen Familie« stamme. Auf dem Balkon im ersten Stock (er musste die Straße überqueren, um einen unverstellten Blick darauf zu haben) sah er zwei mit Titeln alter Penguin-Taschenbücher bedruckte Liegestühle, die einen zierlichen Eisentisch wie aus einem Pariser Bistro flankierten.

Er zündete sich eine Zigarette an, überquerte erneut die Straße, um einen Blick auf die Souterrainwohnung zu werfen, in der die Tochter der Waldegraves wohnte, und überlegte, ob Quine den Inhalt von *Bombyx Mori* wohl vor der Manuskriptabgabe mit seinem Lektor besprochen hatte. Hatte er Waldegrave womöglich anvertraut, wie er sich die Schlussszene in *Bombyx Mori* vorstellte? Und hatte der liebenswerte Mann mit der Hornbrille womöglich begeistert genickt und Quine dabei geholfen, die Szene in ihrer lachhaften Schauerlichkeit weiter zuzuspitzen, wohl wissend, dass er sie eines Tages nachstellen würde?

Rund um die Tür zu der Souterrainwohnung häuften sich schwarze Müllsäcke. Es sah aus, als hätte Joanna Waldegrave ihre Wohnung gründlich entrümpelt. Strike drehte dem Haus den Rücken zu und blickte nachdenklich auf die vorsichtig geschätzt rund fünfzig Fenster, von denen aus man die zwei Haustüren der Familie einsehen konnte. Waldegrave hätte schon großes Glück haben müssen, wenn ihn niemand dabei beobachtet hätte, wie er dieses schwer bewachte Haus betrat oder verließ.

Doch selbst falls jemand beobachtet hätte, wie Jerry Walde-grave um zwei Uhr morgens mit einem verdächtigen dicken Sack unter dem Arm das Haus betrat, grübelte Strike düs-ter, würde für die Jury längst nicht feststehen, dass Owen Quine zu diesem Zeitpunkt nicht mehr am Leben und bei bester Gesundheit gewesen war. Der Todeszeitpunkt war im-mer noch viel zu ungewiss. Der Mörder hatte inzwischen volle neunzehn Tage gehabt, um Beweismittel verschwinden zu las-sen; eine lange und äußerst nützliche Zeitspanne.

Wo konnten Owen Quines innere Organe nur gelandet sein? Was, fragte sich Strike, tat man mit mehreren Kilo frisch ausgenommener menschlicher Därme und einem Magen? Vergraben? In einem Fluss versenken? Auf den Müll werfen? Verbrennen konnte man sie jedenfalls nicht so leicht…

Die Tür zum Haus der Waldegraves ging auf, und eine Frau mit schwarzen Haaren und tiefen Stirnfalten kam die drei Stufen vor dem Haus herab. Sie trug einen kurzen grellroten Mantel und sah zornig aus.

»Ich hab Sie vom Fenster aus beobachtet«, rief sie, während sie auf Strike zustürmte. Es war Waldegraves Frau Fenella. »Was soll das? Wieso interessieren Sie sich so für mein Haus?«

»Ich warte auf den Makler«, antwortete Strike spontan und ohne mit der Wimper zu zucken. »Das ist doch die Souter-rainwohnung, die zu vermieten ist, richtig?«

»Ach so«, sagte sie verdutzt. »Nein – die ist drei Häuser weiter«, sagte sie und deutete ein Stück die Straße hinab.

Er sah ihr an, dass sie kurz davor stand, sich zu entschuldi-gen, dann aber beschloss, es bleiben zu lassen. Stattdessen klap-perte sie auf Stilettos, die sich denkbar schlecht für dieses Win-terwetter eigneten, auf einen in der Nähe geparkten Volvo zu. Ihr schwarzes Haar war am Ansatz grau, und bei ihrem kurzen Wortwechsel hatte ihn ihr alkoholgeschwängerter schlechter

Atem angeweht. Weil ihm klar war, dass sie ihn im Rückspiegel sehen konnte, humpelte er ein Stück weiter, wartete dann, bis sie ausgeparkt hatte – wobei sie den Citroën vor ihr nur um Haaresbreite verfehlte –, und ging anschließend bedächtig weiter bis zum Ende der Hazlitt Road, wo er in eine Querstraße einbog, von der aus er über ein Mäuerchen eine lange Reihe von kleinen Gärten überblicken konnte. Im Garten der Waldegraves war außer einem alten Schuppen nichts Bemerkenswertes zu sehen. Der Rasen war fleckig und verkümmert, und am hinteren Ende stand traurig eine Gartenmöbelgarnitur, die aussah, als wäre sie seit einer Ewigkeit nicht mehr benutzt worden. Strike starrte zu dem ungepflegten Grundstück hinüber und sann düster über mögliche weitere Schuppen, Schrebergärten und Garagen nach, von denen er nichts wusste.

Bei dem Gedanken an den langen, kalten, feuchten Weg, der vor ihm lag, stöhnte er in sich hinein und wägte seine Möglichkeiten ab. Am nächsten lag die U-Bahn-Haltestelle Kensington Olympia, aber von dort fuhr die District Line, die er nehmen wollte, nur an den Wochenenden. Und nachdem Hammersmith als oberirdischer Bahnhof weniger anstrengend für ihn sein würde als Barons Court, wählte er den längeren Weg.

Bei jedem Aufsetzen des rechten Beins verzog er unter Schmerzen das Gesicht. Er war gerade in die Blythe Road abgebogen, als sein Handy klingelte. Anstis.

»Was hast du dir dabei gedacht, Bob?«

»Was meinst du?« Strike humpelte inzwischen, als steckte ihm ein Messer im Knie.

»Du treibst dich am Tatort herum.«

»Ich wollte ihn mir nur noch mal ansehen. Das ist doch nicht verboten. Kein Grund für eine Anzeige.«

»Du wolltest einen Nachbarn befragen …«

»Ich hab doch nicht ahnen können, dass er die Tür aufmachen würde«, entgegnete Strike. »Außerdem habe ich zu ihm kein Wort über Quine gesagt.«

»Hör mal, Strike …«

Der Detektiv bemerkte ohne jedes Bedauern, dass Anstis ihn wieder mit dem Nachnamen ansprach. Er hatte den Spitznamen, den Anstis ihm gegeben hatte, nie gemocht.

»Ich hab dir doch gesagt, dass du dich raushalten sollst.«

»Das kann ich nicht, Anstis«, erwiderte Strike ungerührt. »Ich habe eine Klientin …«

»Vergiss deine Klientin«, fiel Anstis ihm ins Wort. »Je mehr Erkenntnisse wir zusammentragen, desto schlechter sieht es für sie aus. Wenn du mich fragst, solltest du Schadensbegrenzung betreiben, weil du dir andernfalls eine Menge Feinde machst. Ich habe dich gewarnt.«

»Stimmt«, sagte Strike. »Unmissverständlich. Niemand kann dir einen Vorwurf machen, Anstis.«

»Ich warne dich nicht, weil ich mich absichern will«, fuhr Anstis ihn an. Strike presste sich das Handy schräg ans Ohr und ging schweigend weiter. Nach einer kurzen Pause sagte Anstis: »Wir haben den pharmakologischen Befund erhalten. Eine kleine Menge Alkohol im Blut, sonst nichts.«

»Okay.«

»Und wir schicken noch heute Nachmittag ein paar Hunde nach Mucking Marshes raus, bevor uns das Wetter einen Strich durch die Rechnung macht. Sie rechnen mit heftigen Schneefällen.«

Mucking Marshes war die größte Mülldeponie im Vereinigten Königreich, wie Strike wusste. Dort wurden die städtischen und gewerblichen Abfälle aus ganz London deponiert, die in hässlichen Barken über die Themse dorthin geschippert wurden.

»Ihr glaubt also, dass die Organe in einer Mülltonne gelandet sind?«

»In einem Container. Ganz in der Nähe der Talgarth Road wird zurzeit ein Haus renoviert; davor standen bis zum Achten gleich zwei davon. Womöglich hat die Kälte dafür gesorgt, dass die Organe keine Fliegen angelockt haben. Wir haben es überprüft, und dort landet alles, was bei den Bauarbeiten anfällt: in Mucking Marshes.«

»Na, dann viel Glück«, sagte Strike.

»Ich will nur nicht, dass du deine Zeit und Energie vergeudest, Kumpel.«

»Ja, danke vielmals.«

Nach einem weiteren unaufrichtigen Dank für den gastfreundlichen Empfang am Vorabend legte Strike auf, behielt das Handy aber in der Hand, blieb stehen und lehnte sich an eine Mauer, um leichter wählen zu können. Eine winzige Asiatin mit Kinderwagen, die er hinter sich nicht hatte kommen hören, musste ihm auf dem Gehweg ausweichen, doch im Gegensatz zu dem Mann auf der Brücke im Bahnhof West Brompton fing sie nicht sofort an zu schimpfen. Der Stock verlieh ihm einen besonderen Schutzstatus, ähnlich dem einer Burka; im Vorbeigehen lächelte sie ihn flüchtig an.

Leonora Quine war nach dem dritten Klingeln am Apparat.

»Die verfluchte Polizei ist schon wieder da«, lautete ihre Begrüßung.

»Was wollen sie diesmal?«

»Jetzt wollen sie das ganze Haus und den Garten durchsuchen«, antwortete sie. »Muss ich sie wirklich reinlassen?«

Strike zögerte. »Ich hielte es für vernünftig, sie alles tun zu lassen, wonach ihnen der Sinn steht. Hören Sie, Leonora«, sagte er ohne die geringsten Bedenken, mit militärischer Entschlossenheit vorzugehen, »haben Sie einen Anwalt?«

»Nein, warum? Sie haben mich doch nicht verhaftet. *Noch* nicht.«

»Ich glaube, Sie werden einen brauchen.«

Es blieb still in der Leitung.

»Können Sie mir jemanden empfehlen?«, fragte sie schließlich.

»Ja«, sagte Strike. »Rufen Sie Ilsa Herbert an. Ich schicke Ihnen gleich die Nummer.«

»Orlando mag es nicht, wenn die Polizei überall …«

»Ich schicke Ihnen die Nummer per SMS, und ich möchte, dass Sie Ilsa auf der Stelle anrufen. Verstanden? *Auf der Stelle.*«

»Na gut«, antwortete sie verdrossen.

Er legte auf, rief die Kontaktdaten seiner alten Schulfreundin auf und schickte sie an Leonora. Danach rief er Ilsa an und erklärte ihr unter vielfachen Entschuldigungen, was er soeben getan hatte.

»Wofür entschuldigst du dich?«, erwiderte sie fröhlich. »Wir lieben Menschen, die mit der Polizei aneinandergeraten. Sie sind unser täglich Brot.«

»Vielleicht hat sie Anspruch auf Prozesskostenhilfe.«

»Die bekommt inzwischen kaum noch jemand«, sagte Ilsa. »Hoffen wir mal, dass sie arm genug ist.«

Strikes Hände waren mittlerweile taub, und er hatte Hunger. Er ließ das Telefon wieder in die Manteltasche gleiten und hinkte weiter zur Hammersmith Road. Dort entdeckte er auf der gegenüberliegenden Straßenseite einen gemütlich aussehenden Pub, schwarz angestrichen und mit einer Galeone unter vollen Segeln auf dem eisernen runden Fassadenschild. Er hielt geradewegs darauf zu und nahm erstaunt zur Kenntnis, wie geduldig die Autofahrer warteten, wenn man am Stock ging.

Zwei Pubs in zwei Tagen … Aber das Wetter war schlecht,

und sein Knie quälte ihn unsagbar; Strike warf jedes Schuld-gefühl über Bord.

Innen war das Albion genauso heimelig, wie es von außen ausgesehen hatte. Der Raum war tief und schmal, und am hinteren Ende brannte ein Feuer im Kamin; es gab eine Galerie mit Balustrade und viel poliertes Holz. Unter der nach oben führenden Wendeltreppe aus schwarz lackiertem Gusseisen standen zwei Verstärker und ein Mikrofonständer. An einer cremefarbenen Wand hingen Schwarz-Weiß-Fotografien berühmter Musiker.

Die Tische am Kamin waren allesamt besetzt. Strike holte sich ein Bier, nahm die Speisekarte mit und ging zu einem hohen, von Barhockern umstandenen Tisch vor dem Fenster zur Straße. Als er sich setzte, fiel sein Blick auf ein Bild seines Vaters, eingezwängt zwischen Fotos von Duke Ellington und Robert Plant, auf dem Rokeby, von einem Auftritt nass geschwitzt, anscheinend mit dem Bassisten schäkerte, den er laut Strikes Mutter einst um ein Haar erwürgt hätte.

(»Jonny war auf Speed einfach nicht zu gebrauchen«, hatte Leda ihrem verständnislosen neunjährigen Sohn anvertraut.)

Wieder klingelte sein Handy. Den Blick immer noch auf das Foto seines Vaters gerichtet, nahm er das Gespräch entgegen.

»Hi«, sagte Robin. »Ich bin jetzt wieder im Büro. Wo sind Sie?«

»Im Albion in der Hammersmith Road.«

»Sie haben einen eigenartigen Anruf bekommen. Er war auf dem Anrufbeantworter, als ich ins Büro kam.«

»Ich höre?«

»Es kam von Daniel Chard«, sagte Robin. »Er will sich mit Ihnen treffen.«

Stirnrunzelnd wandte Strike den Blick von dem Lederoutfit seines Vaters und starrte auf das flackernde Kaminfeuer am hinteren Ende des Pubs. »Daniel Chard will sich mit mir treffen? Woher weiß Daniel Chard überhaupt, dass es mich gibt?«

»Mein Gott, Sie haben die Leiche gefunden, das stand doch in allen Zeitungen.«

»Ach ja – hatte ich ganz vergessen. Hat er auch gesagt, warum?«

»Er möchte Ihnen ein Angebot machen, meinte er.«

In Strikes Geist blitzte das schrille Bild eines nackten, kahlen Mannes mit erigiertem, eiterndem Penis auf. Er schob es umgehend beiseite.

»Ich dachte, er sitzt mit einem gebrochenen Bein in Devon fest?«

»Tut er auch. Er fragt, ob Sie eventuell bereit wären, dort hinzufahren und ihn zu besuchen.«

»Ach ja?«

Strike sann über den Vorschlag nach und ging dabei die übrigen Aufträge und die Termine durch, die in dieser Woche noch auf ihn warteten. Schließlich sagte er: »Ich könnte am Freitag hinfahren, da müsste ich nur Burnett absagen. Aber was zum Teufel will er von mir? Und ich werde einen Leihwagen brauchen. Mit Automatik«, ergänzte er. Sein Bein pochte schmerzhaft. »Könnten Sie das für mich organisieren?«

»Kein Problem«, sagte Robin. Er hörte, wie sie sich etwas aufschrieb.

»Es gibt eine Menge zu erzählen«, sagte er. »Möchten Sie mir beim Mittagessen Gesellschaft leisten? Die Speisekarte sieht ganz anständig aus. Wenn Sie sich ein Taxi nehmen, sollten Sie in spätestens zwanzig Minuten hier sein.«

»An zwei Tagen hintereinander? Wir können nicht ständig Taxi fahren und auswärts essen«, sagte Robin, obwohl ihr die Vorstellung hörbar gefiel.

»Schon okay. Burnett gibt nur zu gern das Geld von ihrem Ex aus. Ich setze es ihr auf die Rechnung.«

Strike legte auf, entschied sich für einen Steak and Ale Pie und humpelte zur Bar, um seine Bestellung aufzugeben.

Nachdem er zu seinem Platz zurückgekehrt war, blickte er versonnen auf das Bild seines Vaters in hautenger Lederhose und mit schmalem, lachendem Gesicht, an dem die verschwitzten Haare klebten.

Die Frau weiß von mir und tut so, als wüsste sie von nichts ... Seine Frau lässt ihn einfach nicht gehen, auch wenn das für alle das Beste wäre ...

Ich weiß genau, wohin du gehst, Owen!

Strikes Blick wanderte über die Reihen der schwarz-weißen Stars an der Wand gegenüber.

Mache ich mir etwas vor?, fragte er in Gedanken John Lennon, der sardonisch und schmalnasig durch seine runde Brille auf ihn herabsah.

Warum glaubte er nicht, dass Leonora ihren Mann ermordet hatte, obwohl so viele unbestreitbar schlüssige Indizien darauf hindeuteten? Warum war er immer noch überzeugt, dass sie sein Büro nicht aufgesucht hatte, um ihre Tat zu vertuschen, sondern weil sie aufrichtig wütend war, nachdem Quine einmal mehr wie ein trotziges Kind Reißaus genommen hatte? Er hätte beschwören können, dass ihr überhaupt nicht in den Sinn gekommen war, dass ihr Mann tot sein könnte ... In derlei Gedanken vertieft, hatte er unversehens das erste Pint geleert.

»Hi.«

»Das ging aber schnell«, sagte Strike überrascht.

»Eigentlich nicht«, entgegnete Robin. »Der Verkehr ist ziemlich dicht. Soll ich noch was holen?«

Auf ihrem Weg zur Bar sahen ihr die Männer nach, doch

Strike bemerkte es überhaupt nicht. Er war in Gedanken immer noch bei Leonora Quine: dünn, reizlos, ergraut, gehetzt.

Als Robin mit einem weiteren Bier für Strike und einem Tomatensaft für sich selbst zurückgekommen war, zeigte sie ihm die Bilder, die sie am Morgen mit ihrem Handy von Daniel Chards Stadtwohnung gemacht hatte. Er residierte in einer weißen Stuckvilla mit Balustrade, deren glänzend schwarze Haustür von Säulen flankiert war.

»Es gibt dort einen von der Straße abgeschirmten süßen kleinen Hinterhof«, sagte Robin und zeigte Strike das entsprechende Bild. Büsche wuchsen dort aus dickbauchigen griechischen Amphoren. »Ich nehme an, in einer davon hätte Chard die Eingeweide versenken können«, meinte sie leichthin. »Er hätte nur den Strauch herausziehen und sie darin vergraben müssen.«

»Ich kann mir Chard einfach nicht bei einer derart kräftezehrenden und schmutzigen Tätigkeit vorstellen, aber trotzdem gut gedacht«, sagte Strike, der den makellosen Anzug und die extravagante Krawatte des Verlegers vor Augen hatte. »Wie sieht es rund um den Clem Attlee Court aus – gibt es dort so viele Verstecke, wie ich dachte?«

»Haufenweise«, sagte Robin und zeigte ihm eine weitere Bilderserie. »Städtische Abfalleimer, Büsche, weiß der Himmel. Allerdings kann ich mir nicht vorstellen, wie man dort irgendetwas verstecken sollte, ohne dabei beobachtet zu werden oder ohne dass die Sachen im Handumdrehen gefunden würden. Dort sind permanent Leute unterwegs, und wo man geht und steht, befindet man sich im Blickfeld von ungefähr hundert Fenstern. In der Nacht könnte man das vielleicht noch hinbekommen, aber es gibt dort überdies Kameras. Dafür ist mir etwas anderes aufgefallen. Also … ist nur so ein Gedanke …«

»Nur zu.«

»In unmittelbarer Nähe befindet sich ein Ärztehaus. Könnte es nicht sein, dass die neben ihrem normalen Müll ...«

»Medizinischen Abfall entsorgen müssen!« Strike stellte sein Bierglas ab. »Gute Idee, verdammt!«

»Soll ich mich dahinterklemmen?« Robin war bemüht, sich nicht anmerken zu lassen, wie stolz und glücklich Strikes bewundernder Blick sie machte. »Ich könnte doch versuchen herauszufinden, wie und wann ...«

»Aber ganz eindeutig!«, rief Strike. »Diese Spur ist viel besser als die von Anstis. Er glaubt«, erläuterte er auf ihren fragenden Blick hin, »dass die Gedärme in der Nähe der Talgarth Road in einem Container versenkt wurden. Dass der Mörder sie nur kurz um die Ecke trug und sie dann wegwarf.«

»Also, möglich wäre es«, setzte Robin an, aber er runzelte genauso die Stirn, wie Matthew es tat, wann immer sie ihm von Strikes Überzeugungen oder Gedanken erzählte.

»Dieser Mord war von Anfang bis Ende durchgeplant. Wir haben es hier nicht mit einem Mörder zu tun, der eine Reisetasche voller Gedärme gleich hinter der nächsten Straßenecke in die Mülltonne werfen würde.«

Schweigend saßen sie da, während Robin darüber nachdachte, ob Strike Anstis' Theorien tatsächlich aufgrund einer objektiven Einschätzung ablehnte oder weil er unbewusst mit ihm konkurrierte. Robin kannte sich mit männlichem Stolz aus; nicht nur dank Matthew, sondern auch dank ihrer drei Brüder.

»Und wie sieht es bei Elizabeth Tassel und Jerry Waldegrave aus?«

Strike erzählte ihr, wie Waldegraves Frau auf ihn losgegangen war, weil er ihr Haus beobachtet hatte. »Sie war richtig stinkig.«

»Eigenartig«, sagte Robin. »Wenn ich jemanden dabei ertappen würde, wie er auf unser Haus starrt, würde ich nicht sofort zu dem Schluss kommen, dass er es – Sie wissen schon – *observiert.*«

»Sie trinkt, genau wie ihr Mann«, sagte Strike. »Ich konnte es riechen. Elizabeth Tassels Haus wäre dagegen das ideale Versteck für einen Mörder.«

»Wie meinen Sie das?«, fragte Robin halb amüsiert, halb gespannt.

»Sehr abgeschieden, kaum einsehbar.«

»Also, ich glaube trotzdem nicht …«

»… dass es eine Frau war. Das haben Sie schon gesagt.« Dann verfiel er in längeres Schweigen, nahm ein paar Schlucke von seinem Bier und dachte darüber nach, ob er einen Weg einschlagen sollte, auf dem er definitiv mit Anstis aneinandergeraten würde. Er hatte kein Recht, Verdächtige zu befragen. Man hatte ihn bereits ermahnt, sich nicht in die Ermittlungen einzumischen.

Er griff nach seinem Handy, betrachtete es nachdenklich und rief schließlich bei Roper Chard an, wo er darum bat, mit Jerry Waldegrave verbunden zu werden.

»Anstis hat Ihnen doch gesagt, Sie sollen der Polizei nicht in die Quere kommen!«, raunte Robin erschrocken.

»Stimmt«, antwortete Strike, das stumme Telefon am Ohr. »Ein Ratschlag, den er gerade erst wiederholt hat. Aber ich habe Ihnen noch längst nicht alles erzählt, was inzwischen passiert ist. Das hole ich gleich nach …«

»Hallo?«, meldete sich Jerry Waldegrave am anderen Ende.

»Mr. Waldegrave«, sagte Strike und stellte sich noch einmal vor, obwohl er Waldegraves Assistentin seinen Namen bereits genannt hatte. »Wir sind uns gestern Vormittag bei Mrs. Quine begegnet.«

»Ja, natürlich.« Er klang höflich überrascht.

»Ich glaube, Mrs. Quine hat Ihnen erzählt, dass sie mich engagiert hat, weil sie befürchtet, dass die Polizei sie verdächtigen könnte.«

»Das kann unmöglich sein!«, erklärte Waldegrave sofort.

»Dass man sie verdächtigt oder dass sie ihren Mann umgebracht hat?«

»Na ja – beides.«

»Wenn ein verheirateter Mann stirbt, steht für gewöhnlich zuerst die Ehefrau unter Verdacht«, sagte Strike.

»Mag ja sein, aber ich kann mir nicht ... Also, ehrlich gesagt kann ich das alles nicht glauben«, sagte Waldegrave. »Die ganze Sache ist ebenso unbegreiflich wie schauerlich.«

»Das stimmt«, sagte Strike. »Ich habe mich gefragt, ob wir uns vielleicht treffen könnten und ob Sie mir ein paar Fragen beantworten würden? Natürlich komme ich auch gern«, ergänzte der Detektiv mit einem Seitenblick auf Robin, »zu Ihnen nach Hause ... nach der Arbeit ... Wie es Ihnen am besten passt.«

Waldegrave ließ sich mit der Antwort Zeit. »Selbstverständlich würde ich alles tun, um Leonora beizustehen, aber inwiefern sollte ich Ihnen dabei behilflich sein können?«

»Ich interessiere mich für *Bombyx Mori*«, sagte Strike. »Mr. Quine hat in dem Buch eine Reihe von wenig schmeichelhaften Porträts gezeichnet ...«

»Allerdings«, sagte Waldegrave.

Strike fragte sich, ob der Lektor schon von der Polizei befragt worden war; ob man ihn schon gebeten hatte, den Inhalt blutiger Säcke und die Symbolik einer ertränkten Zwergin zu erläutern.

»Na schön«, sagte Waldegrave. »Natürlich können wir uns treffen. Aber diese Woche ist mein Terminkalender schon voll. Wie wäre es mit ... mal sehen ... Montag zum Mittagessen?«

»Sehr gut«, sagte Strike, obwohl er damit auf der Rechnung sitzen bleiben würde und außerdem zu gern einen Blick in Waldegraves Haus geworfen hätte. »Und wo?«

»Am liebsten in Verlagsnähe. Am Nachmittag ist bei mir die Hölle los. Was halten Sie vom Simpson's-in-the-Strand?«

Strike fand die Wahl eigenartig, stimmte aber zu, den Blick auf Robin gerichtet. »Um eins? Meine Sekretärin soll uns einen Tisch reservieren. Bis dann!«

»Er trifft sich mit Ihnen?«, fragte Robin, sowie Strike das Handy weggelegt hatte.

»Ja«, sagte Strike. »Das stinkt zum Himmel.«

Sie schüttelte schmunzelnd den Kopf. »Soweit ich es hören konnte, war er nicht besonders begeistert. Und spricht die Tatsache, dass er sich überhaupt mit Ihnen treffen will, nicht für ein reines Gewissen?«

»Nein«, widersprach Strike. »Das habe ich Ihnen doch schon mal erklärt: Viele Menschen suchen die Nähe von Leuten wie mir, weil sie in Erfahrung bringen wollen, wie die Ermittlungen vorangehen. Sie können es einfach nicht lassen; sie müssen sich immerzu erklären. Ich muss mal ... Bin gleich wieder da ... Es gibt noch mehr ...«

Robin nippte an ihrem Tomatensaft, während Strike, auf seinen neuen Stock gestützt, davonhumpelte.

Wieder zog ein kurzes Schneegestöber vor dem Fenster vorbei und löste sich gleich darauf wieder auf. Robin sah zu den Schwarz-Weiß-Fotos an der Wand gegenüber auf und erkannte fast erschrocken auf einem der Bilder Jonny Rokeby, Strikes Vater. Abgesehen davon, dass beide über einen Meter achtzig groß waren, hatten sie nichts gemeinsam. Rokeby hatte seine Vaterschaft erst nach einem DNS-Test anerkannt. Strike wurde in Rokebys Wikipedia-Eintrag unter den diversen Kindern des Rockstars geführt. Getroffen hatten sich die beiden, wie Strike ihr irgendwann erzählt hatte, genau zwei Mal. Nachdem Robin eine Weile Rokebys hautenge und wenig verhüllende Hose betrachtet hatte, zwang sie sich, wieder aus dem Fenster zu sehen, damit Strike sie nicht dabei ertappte, wie sie das Gemächt seines Vaters anstarrte.

Gerade als Strike an den Tisch zurückkehrte, kam auch ihr Essen.

»Die Polizei durchsucht jetzt auch den Rest von Leonoras Haus«, erklärte Strike und griff nach seinem Besteck.

»Warum?«, fragte Robin, die Gabel halb in der Luft.

»Was glauben Sie denn? Um die blutigen Klamotten zu finden. Um den Garten nach frisch ausgehobenen Gruben abzusuchen, in denen die Eingeweide ihres Mannes liegen. Ich hab ihr die Nummer einer Anwältin gegeben. Noch haben sie nicht genug in der Hand, um sie zu verhaften, aber sie sind wild entschlossen, irgendwas zu finden.«

»Und Sie glauben ehrlich nicht, dass sie es war?«

»Nein, glaube ich nicht.«

Strike sprach erst wieder, nachdem er seinen Teller leer gegessen hatte.

»Ich würde zu gern mit Fancourt sprechen. Ich will wissen, warum er zu Roper Chard gegangen ist, obwohl dort auch Quine unter Vertrag war, den er angeblich gehasst hat wie die Pest. Irgendwann wären sie sich dort doch über den Weg gelaufen.«

»Sie glauben, Fancourt könnte Quine ermordet haben, um ihm nicht auf einer Firmenfeier begegnen zu müssen?«

»Gut gekontert«, sagte Strike mit einem Schmunzeln.

Er leerte sein Bierglas, griff wieder nach dem Handy, wählte die Nummer der Auskunft und wurde kurz darauf zur Literaturagentur Elizabeth Tassel durchgestellt.

Tassels Assistent Ralph nahm den Anruf entgegen. Als

Strike seinen Namen nannte, klang der junge Mann sofort ebenso eingeschüchtert wie aufgeregt.

»Oh, ich weiß nicht... Ich frage mal nach. Ich stelle Sie kurz in die Warteschleife.«

Allerdings schien er sich mit der Telefonanlage nicht allzu gut auszukennen, denn nach einem lauten Klicken blieb die Leitung offen. Strike konnte hören, wie Ralph im Hintergrund seine Chefin darüber informierte, dass Strike am Apparat sei, und wie sie laut und ruppig antwortete: »Was will er denn diesmal, verflucht noch eins?«

»Das hat er nicht gesagt.«

Schwere Schritte und das Geräusch eines vom Schreibtisch gehobenen Hörers.

»Hallo?«

»Elizabeth«, meldete sich Strike freundlich. »Hier ist Cormoran Strike.«

»Ja, das hat mir Ralph schon gesagt. Was gibt's?«

»Ich habe mich gefragt, ob wir uns vielleicht treffen könnten. Ich arbeite immer noch für Leonora Quine. Sie ist davon überzeugt, dass die Polizei sie verdächtigt, ihren Mann umgebracht zu haben.«

»Und worüber wollen Sie da mit mir reden? Ob sie's war oder nicht, kann *ich* Ihnen doch nicht sagen.«

Strike sah im Geiste die schockierten Mienen von Ralph und Sally, die ihr Gespräch in dem miefigen alten Büro mit anhörten.

»Ich würde gern ein paar Dinge über Quine erfahren.«

»Mein Gott, wenn's denn sein muss«, knurrte Elizabeth. »Also, wenn es Ihnen passt, könnte ich morgen einen Termin zum Mittagessen einschieben. Ansonsten bin ich voll bis...«

»Morgen passt wunderbar«, sagte Strike. »Aber muss es zum Mittagessen sein? Ich könnte auch...«

»Da passt es mir am besten.«

»Sehr schön«, sagte Strike sofort.

»Im Pescatori in der Charlotte Street«, sagte sie. »Um halb eins, wenn Sie nichts weiter von mir hören.«

Damit legte sie auf.

»Die sind ganz versessen auf ihre blöden Mittagessen, diese Buchleute«, sagte Strike. »Ist es zu weit hergeholt anzunehmen, dass sie mich vielleicht deswegen nicht in ihren Häusern haben wollen, weil ich in der Tiefkühltruhe Quines Innereien finden könnte?«

Robins Lächeln erlosch. »Wissen Sie, Sie könnten einen Freund verlieren«, sagte sie und schlüpfte in ihren Mantel, »wenn Sie weiterhin überall anrufen und die Leute bitten, Ihnen ein paar Fragen zu beantworten.«

Strike grunzte.

»Ist Ihnen das so egal?«, fragte sie, als sie in die beißende Kälte traten. Die Schneeflocken brannten ihnen im Gesicht.

»Ich hab genug Freunde«, sagte Strike nüchtern und ohne jede Prahlerei. »Wir sollten mittags immer ein Bier trinken gehen«, fügte er, schwer auf seinen Stock gestützt, hinzu, während sie mit eingezogenen Köpfen in Richtung U-Bahn marschierten. »Das lockert den Arbeitstag auf.«

Robin, die ihr Tempo erneut seinem angepasst hatte, lächelte unwillkürlich. Sie hatte den heutigen Tag mehr genossen als fast jeden anderen, seit sie angefangen hatte, für Strike zu arbeiten. Trotzdem brauchte Matthew, der mittlerweile in Yorkshire die Beerdigungsfeier seiner Mutter vorzubereiten half, nichts von ihrem zweiten Pubbesuch in ebenso vielen Tagen zu erfahren.

27

Ich soll einem Mann vertrauen, der den eignen Freund
verriet!

WILLIAM CONGREVE, *DOPPELSPIEL*

Nach und nach versank Großbritannien unter einer dicken
Schneedecke. Wie in den Morgennachrichten zu sehen war,
lag der Nordosten Englands bereits unter einer weißen Pul-
verschicht begraben. Eingeschneite Autos mit schwach glim-
menden Scheinwerfern erinnerten an hilflose Schafe, und
London wartete unter einem sich stetig verdüsternden Himmel, bis es ebenfalls an der Reihe war. Strike, der während
des Ankleidens einen Blick auf den Wetterbericht geworfen
hatte, fragte sich unwillkürlich, ob die M5 tags darauf befahr-
bar sein würde. Er wollte Daniel Chard in Devon besuchen.
Die Einladung des reiseunfähigen Verlegers kam ihm mehr
als befremdlich vor, und er war fest entschlossen, ihn zu treffen. Doch bei diesem Wetter und in seinem Zustand würde
selbst die Bedienung einer Automatikschaltung problematisch
werden.

Gewiss streiften die Spürhunde immer noch durch Mucking Marshes. Während er die Prothese anlegte – sein Knie
war dicker und schmerzte stärker denn je –, stellte er sich ihre
empfindlichen, zitternden Schnauzen vor, die an der jüngsten
Aufschüttung schnupperten, während am bedrohlichen stahl-

grauen Himmel über ihnen die Möwen kreisten. Da es nicht lang hell bleiben würde, hatten sie wahrscheinlich bereits damit begonnen, ihre Führer auf der Suche nach Owen Quines Eingeweiden durch den gefrorenen Müll zu zerren. Strike hatte Erfahrung in der Arbeit mit Spürhunden. Ihre wackelnden Hinterteile und wedelnden Schwänze verliehen jeder Suchaktion zwangsläufig eine unangemessen fröhliche Note.

Besorgt registrierte er, wie schwer ihm der Abstieg über die Treppe fiel. In einer perfekten Welt hätte er gestern einen Eisbeutel auf den Stumpf gepresst und das Bein hochgelegt und wäre nicht ziellos durch London gewandert, nur um nicht an Charlotte und ihre Hochzeit denken zu müssen, die schon bald in der herausgeputzten Kapelle des Castle of Croy stattfinden würde ... niemals Croy Castle, *damit zieht man nämlich den Unmut der verfluchten Familie auf sich.* Noch neun Tage ...

Als er gerade die Glastür zum Büro aufschloss, klingelte das Telefon auf Robins Schreibtisch. Mit schmerzverzerrter Miene eilte er darauf zu. Es war Miss Brocklehursts argwöhnischer Chef und Liebhaber, der Strike davon in Kenntnis setzte, dass seine Privatsekretärin mit einer schweren Erkältung im Bett liege und er folglich für keine Beschattungsaktivitäten aufkommen werde, bis die Dame wieder genesen sei. Strike hatte kaum aufgelegt, da klingelte das Telefon erneut. Eine weitere Klientin, Caroline Ingles, verkündete mit vor Rührung zitternder Stimme, dass sie sich mit ihrem untreuen Ehemann wieder versöhnt habe. Gerade als Strike ihr seine unaufrichtigen Glückwünsche entbot, betrat Robin das Büro. Ihr Gesicht war von der Kälte gerötet.

»Das wird ja immer schlimmer da draußen«, sagte sie, nachdem er aufgelegt hatte. »Wer war das?«

»Caroline Ingles. Rupert und sie haben sich wieder ausgesöhnt.«

»*Was?*«, fragte Robin entgeistert. »Trotz der vielen Stripperinnen?«

»Sie wollen ihre Ehe retten – um der Kinder willen.«

Robin gab ein leises, ungläubiges Schnauben von sich.

»In Yorkshire schneit es wie verrückt«, sagte Strike. »Wenn Sie morgen freinehmen wollen, damit Sie rechtzeitig…«

»Nein«, sagte Robin. »Ich habe bereits einen Schlafwagenplatz für Freitagabend reserviert, das klappt schon. Wenn sich der Fall Ingles erledigt hat, soll ich dann einen der Klienten von der Warteliste…«

»Noch nicht«, wiegelte Strike ab und ließ sich aufs Sofa fallen, wogegen sein Stumpf schmerzhaft protestierte. Unwillkürlich wanderte seine Hand zu dem geschwollenen Knie.

»Tut es immer noch weh?«, fragte Robin vorsichtig und tat so, als hätte sie seine Leidensmiene nicht bemerkt.

»Ja«, meinte Strike. »Aber das ist nicht der Grund, weshalb ich vorerst keine weiteren Klienten annehmen will«, fügte er patzig hinzu.

»Ich weiß«, sagte Robin, die mit dem Rücken zu ihm dastand und den Wasserkocher einschaltete. »Sie wollen sich auf den Fall Quine konzentrieren.«

Strike glaubte, einen leisen Vorwurf in ihrer Stimme zu hören.

»Sie wird schon bezahlen«, sagte er knapp. »Quine hatte eine Lebensversicherung. Leonora hatte darauf bestanden, dass er eine abschloss. Das Geld steht ihr sicher schon bald zur Verfügung.«

Sein rechtfertigender Tonfall gefiel Robin ganz und gar nicht. Offensichtlich war Strike der Ansicht, dass es ihr nur ums Geld ging. Hatte sie ihm nicht das Gegenteil bewiesen, indem sie weitaus besser bezahlte Jobs abgelehnt hatte, um weiter für ihn arbeiten zu können? War ihm wirklich der Eifer entgangen, mit dem sie seine Bemühungen unterstützte, Leonora Quines Unschuld zu beweisen?

Sie stellte einen Becher Tee, ein Glas Wasser und Paracetamol vor ihm ab.

»Danke«, presste er durch die zusammengebissenen Zähne hervor. Verärgert beäugte er die Schmerztabletten, auch wenn er vorhatte, gleich zwei davon zu nehmen.

»Ich bestelle Ihnen für zwölf Uhr ein Taxi zum Pescatori, ja?«

»Das ist doch nur um die Ecke«, sagte er.

»Dummheit und Stolz wachsen auf einem Holz, wissen Sie?«, sagte Robin so ungehalten, wie er sie noch selten erlebt hatte.

Erstaunt zog er die Augenbrauen hoch. »Na schön, dann nehme ich eben ein verdammtes Taxi.«

Eine Entscheidung, die er nicht bereute, als er drei Stunden später – schwer auf den billigen Gehstock gestützt, der sich unter seinem Gewicht bedrohlich bog – zum Taxistand am Ende der Denmark Street humpelte. Er hätte nicht versuchen dürfen, die Prothese anzulegen. Als er wenige Minuten später die Charlotte Street erreichte, konnte er zum Ärger des ungeduldigen Fahrers nur mit Mühe aus dem Taxi steigen. Erleichtert betrat er das warme, laute Restaurant.

Elizabeth war noch nicht eingetroffen, hatte jedoch unter ihrem Namen reserviert. Man führte Strike zu einem Tisch für zwei Personen vor einer weiß getünchten Wand, in die Kieselsteinflächen eingelassen worden waren. Grob behauene Holzbalken querten die Decke; über der Bar hing ein Ruderboot, und an der Wand gegenüber befanden sich Sitznischen mit fröhlich orangefarbenen Lederpolstern. Aus reiner Gewohnheit bestellte sich Strike ein Pint Bier und genoss das helle, mediterrane Ambiente um sich herum, während vor den Fenstern Schneeflocken umherwirbelten.

Kurz darauf traf die Agentin ein. Als sie sich dem Tisch näherte, versuchte er aufzustehen, fiel jedoch prompt auf seinen Stuhl zurück. Elizabeth schien es nicht zu bemerken.

Sie sah aus, als hätte sie seit ihrer letzten Begegnung an Gewicht verloren; das gut geschnittene schwarze Kostüm, der scharlachrote Lippenstift und der stahlgraue Pagenkopf verfehlten heute ihre imposante Wirkung und hatten stattdessen etwas von einer unvorteilhaften Verkleidung. Ihr Teint war leicht gelblich, ihre Gesichtshaut schlaff.

»Wie geht es Ihnen?«, fragte er.

»Was glauben Sie denn?«, krächzte sie barsch. »Was?«, fuhr sie den wartenden Kellner an. »Ach so. Wasser. Still.« Dann schlug sie die Speisekarte auf, als hätte sie bereits zu viel von sich preisgegeben. Strike spürte, dass jede Mitleidsbezeugung oder besorgte Frage nach ihrem Befinden fehl am Platz war.

»Nur die Suppe«, teilte sie dem Kellner mit, der ihre Bestellungen aufnehmen wollte.

»Sehr freundlich, dass Sie sich noch einmal Zeit für mich genommen haben«, sagte Strike, sobald sich der Kellner entfernt hatte.

»Tja, Leonora kann weiß Gott Hilfe gebrauchen«, sagte Elizabeth.

»Wie kommen Sie darauf?«

Elizabeth sah ihn mit zusammengekniffenen Augen an. »Stellen Sie sich nicht dümmer, als Sie sind. Sie hat mir erzählt, dass sie Sie sofort angerufen hat, als man sie zum Scotland Yard gebracht und ihr das mit Owen gesagt hat.«

»Das ist richtig.«

»Was glaubt sie denn, wie das ausgesehen hat? Die Polizei hat wahrscheinlich erwartet, dass sie am Boden zerstört sein würde. Aber s-sie will als Erstes mit ihrem Freund, dem Detektiv, sprechen.«

Nur mit erheblicher Anstrengung konnte sie ein Husten unterdrücken.

»Ich glaube nicht, dass Leonora groß darüber nachdenkt, welchen Eindruck sie auf andere Leute macht«, entgegnete Strike.

»J-Ja, da könnten Sie recht haben. Sie ist nicht gerade die Hellste.«

Strike fragte sich, ob Elizabeth Tassel wusste, welchen Eindruck sie selbst auf andere machte. War ihr klar, dass kaum jemand sie mochte? Jetzt ließ sie dem unterdrückten Husten freien Lauf. Strike wartete, bis das laute Seehundegebell wieder verklungen war.

»Sie meinen also, sie hätte ein wenig Trauer vortäuschen sollen?«

»Nicht, dass sie sie hätte vortäuschen sollen«, keuchte Elizabeth. »Auf ihre beschränkte Art ist sie sicher zutiefst erschüttert. Ich wollte damit nur andeuten, dass es bestimmt nicht geschadet hätte, die Rolle der trauernden Witwe etwas leidenschaftlicher zu spielen. Das erwarten die Leute nun mal von ihr.«

»Sie wurden ebenfalls von der Polizei befragt, nehme ich an?«

»Natürlich. Insbesondere zu dem Streit im River Café und ungefähr tausendmal zu dem Grund, weshalb ich das verdammte Buch nicht richtig gelesen habe. Und sie wollten wissen, was ich nach meinem letzten Treffen mit Owen getan habe – vor allem in den darauffolgenden drei Tagen.«

Sie sah Strike fragend an, doch er verzog keine Miene.

»Ich nehme an, die Polizei geht davon aus, dass er spätestens drei Tage nach unserem Disput ermordet wurde?«

»Keine Ahnung«, log Strike. »Was haben Sie den Beamten denn erzählt?«

»Dass ich direkt nach Hause gefahren bin, nachdem Owen aus dem Lokal gestürmt war. Am nächsten Tag bin ich um sechs Uhr morgens aufgestanden, habe ein Taxi nach Paddington genommen und bin zu Dorcus gefahren.«

»Eine Ihrer Autorinnen, wenn ich mich recht erinnere.«

»Ja, Dorcus Pengelly, sie ...«

Elizabeth bemerkte Strikes angedeutetes Grinsen, und zum ersten Mal, seit sie einander kennengelernt hatten, erschien ein flüchtiges Lächeln auf ihrem Gesicht.

»Ob Sie's glauben oder nicht, das ist kein Pseudonym, sondern ihr richtiger Name. Sie schreibt Pornografie im Gewand historischer Liebesromane. Owen hat darüber immer die Nase gerümpft – obwohl er für ihre Verkaufszahlen einen Mord begangen hätte. Ihre Bücher gehen weg wie warme Semmeln.«

»Wann waren Sie wieder zurück in London?«

»Am späten Montagnachmittag. Es hätte ein schönes langes Wochenende werden sollen, aber *schön*«, sagte Elizabeth verärgert, »war es dank *Bombyx Mori* wahrlich nicht. Ich lebe allein, deshalb kann ich nicht beweisen, dass ich direkt nach Hause gefahren bin und Owen nicht sofort nach meiner Rückkehr umgebracht habe ... wenngleich ich gute Lust dazu gehabt hätte ...« Sie nahm einen weiteren Schluck Wasser und fuhr fort: »Die Polizei hat sich in erster Linie für das Buch interessiert. Sie ist offenbar der Ansicht, dass es diversen Leuten ein Motiv geliefert hat.«

Dies war der erste unverhohlene Versuch, Informationen aus ihm herauszukitzeln.

»So sah es zu Anfang auch aus«, sagte Strike. »Doch wenn der mutmaßliche Todeszeitpunkt stimmt und Quine innerhalb von drei Tagen nach Ihrem Streit im River Café ermordet wurde, ist der Kreis der Verdächtigen letztlich doch verhältnismäßig klein.«

»Wie das?«, fragte Elizabeth schroff. Die Frage erinnerte ihn an eine seiner unangenehmsten Dozentinnen damals in Oxford. Exakt diese beiden Worte waren wie Nadelstiche gewesen, durch die sie eine schlecht begründete Argumentation wie einen Ballon zum Platzen gebracht hatte.

»Das darf ich Ihnen nicht verraten, tut mir leid«, antwortete Strike höflich. »Um die Ermittlungen nicht zu gefährden.«

Über den kleinen Tisch hinweg waren die tiefen Poren ihrer groben, bleichen Haut gut zu erkennen. Sie sah ihn mit ihren olivfarbenen Augen wachsam an.

»Die Polizei hat mich gefragt«, fuhr sie fort, »ob ich das Manuskript in den paar Tagen, bevor ich es an Jerry und Christian geschickt habe, noch irgendjemand anderem gezeigt hätte. Die Antwort lautet: Nein. Und sie wollte wissen, wem Owen während des Schreibens Einblick in seine Arbeit gewährt hat. Ich frage mich wirklich, weshalb«, sagte sie, ohne ihre dunklen Augen von Strike abzuwenden. »Glauben die etwa, irgendjemand hätte ihn dazu angestiftet, diesen Roman zu schreiben?«

»Keine Ahnung«, log Strike erneut. »*Hat* er denn jemandem Einblick in seine Arbeit gegeben?«

»Jerry Waldegrave vielleicht. Mir wollte er meist nicht einmal seine Arbeitstitel verraten.«

»Wirklich? Er hat Sie nie um Rat gefragt? Sie haben immerhin in Oxford Englische Literatur studiert…«

»Mit Auszeichnung«, sagte sie wütend. »Aber das hat Owen nicht im Geringsten beeindruckt. Er selbst hat übrigens sein Studium in Loughborough oder irgendeinem anderen Kaff abgebrochen und nie einen Abschluss gemacht. Ja, und Michael hat Owen noch zu Studientagen netterweise mitgeteilt, dass ich als Schriftstellerin ›beklagenswert unoriginell‹ sei. Das hat Owen nie vergessen.« Bei der Erinnerung an diese vor langer Zeit ausgesprochene Kränkung nahm ihre gelbliche Haut eine purpurne Tönung an. »Owen teilte Michaels Vorbehalte gegenüber Frauen in der Literatur. Natürlich hatten sie beide nichts gegen Lobpreisungen von weiblicher S-Seite …« Sie hustete in ihre Serviette. Als sie sie wieder herunternahm, war ihr Gesicht gerötet und vor Wut verzerrt. »Owen war süchtig nach Anerkennung, mehr als jeder andere Autor, der mir bisher untergekommen ist. Und in dieser Hinsicht sind die meisten geradezu unersättlich.«

Das Essen kam: eine Tomaten-Basilikum-Suppe für Elizabeth, Kabeljau mit Pommes frites für Strike.

»Bei unserer letzten Begegnung haben Sie mir erzählt«, begann Strike, nachdem er den ersten großen Bissen hinuntergeschluckt hatte, »dass Sie sich zwischen Fancourt und Quine entscheiden mussten. Wie kam es, dass Ihre Wahl auf Quine fiel?«

Sie pustete über ihren Suppenlöffel und schien dabei ihre Antwort sorgfältig abzuwägen.

»Zum damaligen Zeitpunkt war ich der Meinung, dass er ein Mensch war, gegen den mehr gesündigt worden, als er selbst gesündigt hat.«

»Hatte das zufällig mit einer Parodie zu tun, die irgendjemand auf den Roman von Fancourts Frau verfasst hat?«

»Die Parodie hat nicht ›irgendjemand‹ verfasst«, sagte sie leise. »Es war Owen.«

»Und das wissen Sie ganz sicher?«

»Er hat sie mir gezeigt, bevor er sie an dieses Magazin geschickt hat. Ich muss gestehen« – sie sah Strike trotzig und herausfordernd an –, »dass ich herzlich darüber gelacht habe. Sie war wirklich gut getroffen und sehr, sehr lustig. Owen hatte schon immer ein Händchen dafür, den Stil anderer Leute zu imitieren.«

»Doch dann hat sich Fancourts Frau umgebracht.«

»Was selbstverständlich eine Tragödie war«, sagte Elizabeth ohne große Gefühlsregung. »Aber damit hatte niemand ernsthaft rechnen können. Um ehrlich zu sein – jeder, der sich wegen einer schlechten Rezension umbringt, sollte gar nicht erst mit dem Schreiben anfangen. Natürlich war Michael außer sich vor Wut auf Owen. Umso mehr, weil Owen kalte Füße bekam und seine Urheberschaft leugnete, nachdem er von Elspeths Selbstmord erfahren hatte. Eine ungewöhnlich feige Reaktion für einen Mann, der sich selbst als furchtlos und nicht an Normen gebunden betrachtete. Michael wollte, dass ich Owen die Zusammenarbeit aufkündigte. Ich weigerte mich. Seitdem hat er kein Wort mehr mit mir gesprochen.«

»Verdienten Sie damals mit Quine mehr Geld als mit Fancourt?«, fragte Strike.

»Du liebe Güte, nein«, sagte sie. »Ich habe mich doch nicht aus *finanziellen* Gründen auf Owens Seite geschlagen!«

»Aber weshalb …«

»Das habe ich Ihnen doch eben erklärt«, fiel sie ihm ins Wort. »Ich glaube an die Redefreiheit, auch und gerade wenn man damit Leuten auf die Füße tritt. Wie dem auch sei – mehrere Tage nach Elspeths Selbstmord hatte Leonora, die mit Zwillingen schwanger war, eine Frühgeburt. Dabei lief irgendetwas gewaltig schief: Der Junge starb, und Orlando war … Na ja, ich nehme an, Sie haben sie inzwischen kennengelernt.«

Strike nickte, und ihm fiel sein Traum von letzter Nacht wieder ein: das Baby, das Charlotte zur Welt gebracht und ihm nicht hatte zeigen wollen …

»Ein Hirnschaden«, fuhr Elizabeth fort. »Owen ging damals also ebenfalls durch die Hölle, anders als Michael jedoch o-ohne eigenes V-Verschulden …«

Noch während des Hustens bemerkte sie Strikes verdutzte Miene und bedeutete ihm mit einer hektischen Geste, sich zu gedulden. Sie würde ihm alles erklären, sobald der Anfall vorüber war.

»Michael hatte Elspeth nur deshalb zum Schreiben ermutigt, damit sie ihn endlich in Ruhe arbeiten ließ«, krächzte sie schließlich, nachdem sie noch einen Schluck Wasser getrunken hatte. »Sie hatten nichts gemeinsam. Er hatte sie nur geheiratet, weil ihm seine Herkunft aus der unteren Mittelschicht von jeher zuwider gewesen war. Sie war die Tochter eines Earls und versprach sich von der Hochzeit mit Michael eine nie enden wollende Feier der Literatur und anregende intellektuelle Gespräche. Dass sie die meiste Zeit allein sein würde, weil Michael nun mal arbeiten musste, hatte sie sich wohl nicht vorgestellt. Sie hatte«, sagte Elizabeth voller Verachtung, »wenig Fantasie. Trotzdem bildete sie sich ein, Schriftstellerin werden zu müssen. Haben Sie auch nur die leiseste Ahnung, wie viele Menschen der Meinung sind, dass sie schreiben könnten?«, fragte die Agentin verbittert. »Wenn Sie wüssten, wie viel Müll mir tagtäglich zugeschickt wird! Unter normalen Umständen hätte ich Elspeths Manuskript sofort abgelehnt, so kitschig und dämlich, wie es war. Aber es waren nun mal keine normalen Umstände. Michael hatte sie dazu ermuntert, diesen verdammten Roman zu schreiben, und hinterher hatte er nicht den Mumm, ihr zu sagen, wie schlecht er war. Er schickte ihn an seinen Verlag, und der veröffentlichte ihn, nur um Michael bei Laune zu halten. Und ungefähr eine Woche nach Erscheinen tauchte die Parodie auf.«

»Quine deutet in *Bombyx Mori* an, dass Fancourt selbst die Parodie verfasst haben könnte.«

»Ich weiß – also, ich für meinen Teil würde es nicht wagen, Michael Fancourt zu verärgern«, fügte sie in einer scheinbar

335

beiläufigen Nebenbemerkung hinzu, die jedoch eine Nachfrage geradezu provozierte.

»Wie meinen Sie das?«

In der darauffolgenden kurzen Pause war Elizabeth förmlich anzusehen, dass sie überlegte, wie viel sie Strike verraten sollte.

»Ich habe Michael in einem Tutorial über das elisabethanische Rachedrama kennengelernt«, sagte sie langsam. »Ich will es mal so ausdrücken: Da war er ganz in seinem Element. Er vergöttert diese Schriftsteller mit ihrem Sadismus und ihrer Rachsucht... Vergewaltigung und Kannibalismus, vergiftete Skelette in Frauenkleidern... Sadistische Rachefantasien sind Michaels Obsession.«

Sie sah zu Strike auf, der sie unverwandt anstarrte.

»Was?«, fragte sie knapp.

Er grübelte darüber nach, wann die Details von Quines Ermordung endlich Schlagzeilen machen würden. Jetzt, da Culpepper ebenfalls mitmischte, war es wohl nur mehr eine Frage der Zeit.

»Hat Fancourt auch irgendeine sadistische Rachefantasie an Ihnen ausgelebt, nachdem Sie Owen den Vorzug gegeben hatten?«

Sie starrte in die mit roter Flüssigkeit gefüllte Suppenschüssel und schob sie dann abrupt zur Seite.

»Wir waren gute Freunde. Sehr gute sogar. Doch seit dem Tag, an dem ich mich weigerte, Owen fallen zu lassen, hat er nie wieder ein Wort mit mir gesprochen und überdies mit allen Mitteln versucht, andere Schriftsteller vor meiner Agentur zu warnen. Er behauptet, ich hätte weder Ehre noch Prinzipien. Ein Prinzip war mir allerdings immer schon heilig, und das wusste er genau«, sagte sie mit fester Stimme. »Owens Parodie war nicht schlimmer als das, was Michael hundertmal in ähnlicher Form anderen Schriftstellern angetan hatte. Natürlich bedauere ich sehr, was daraufhin geschehen ist, aber das war eine der – zugegebenermaßen seltenen – Gelegenheiten, bei der ich mir sicher war, dass sich Owen moralisch nichts vorzuwerfen hatte.«

»Trotzdem – es muss Sie doch schwer getroffen haben«, sagte Strike, »schließlich kannten Sie Fancourt schon viel länger als Quine.«

»Inzwischen sind wir länger Feinde als Freunde.«

Was keine Antwort auf seine Frage war, wie Strike sehr wohl bemerkte.

»Glauben Sie bloß nicht… Also, Owen war nicht… Er war nicht *ausschließlich* unerträglich«, sagte Elizabeth hitzig. »Wissen Sie, sein Thema war die sexuelle Potenz – sowohl im Leben als auch in seinen Werken. Manchmal als Metapher für das kreative Genie, dann wieder verhinderte sie die künstlerische Entfaltung. In *Hobarts Sünde* geht es ja darum, dass Hobart – der sowohl männlich als auch weiblich ist – sich zwischen der Elternschaft und seinen schriftstellerischen Ambitionen entscheiden muss: Verliert er sein Kind oder seine Inspiration? Doch als Owen im richtigen Leben Vater wurde… na ja, und Orlando nicht… Niemand will ja, dass sein Kind so… so… Doch er liebte sie, und sie liebte ihn.«

»Wenn er nicht gerade seine Familie sitzen ließ, um sich mit irgendwelchen Mätressen zu vergnügen oder sein Geld in Hotelzimmern auf den Kopf zu hauen«, gab Strike zu bedenken.

»Zugegeben, Vater des Jahres wäre er sicher nicht geworden«, zischte Elizabeth. »Aber er hat sie geliebt.«

Stille senkte sich über den Tisch. Strike dachte nicht daran, sie zu durchbrechen. Er vermutete, dass Elizabeth Tassel diesem Treffen genau wie dem letzten aus ganz eigenen Beweg-

gründen zugestimmt hatte. Diese wollte er natürlich hören –
daher aß er seinen Fisch und wartete weiter ab.

»Die Polizei hat mich gefragt«, sagte sie schließlich, als er
seinen Teller fast geleert hatte, »ob Owen mich irgendwie erpresst hätte.«

»Tatsächlich?«, fragte Strike.

Im Restaurant waren Gesprächsfetzen und das Klappern
von Geschirr zu hören, und vor dem Fenster fiel der Schnee
noch dichter als zuvor. Wieder einmal wurde er Zeuge jenes
wohlvertrauten Phänomens, das er auch schon Robin gegenüber umrissen hatte: der Verdächtige, der sich ein weiteres
Mal erklären will, weil er befürchtet, sich beim ersten Versuch
nicht deutlich genug ausgedrückt zu haben.

»Sie haben herausgefunden, dass über die Jahre größere
Geldsummen von meinem auf Owens Konto geflossen sind«,
sagte Elizabeth.

Strike schwieg; dass sie Quines Hotelrechnungen so bereitwillig übernommen hatte, war ihm schon bei ihrer ersten Begegnung untypisch für die Agentin vorgekommen.

»Aber womit hätte er mich denn erpressen sollen?«, fragte
sie ihn und verzog den scharlachroten Mund. »Ich war in
meinem Berufsleben immer schonungslos ehrlich. Und mein
Privatleben ist nicht der Rede wert. Ich bin der Inbegriff der
unbescholtenen alten Jungfer, oder etwa nicht?«

Diese Frage – so rhetorisch sie auch gestellt worden sein
mochte – konnte Strike unmöglich beantworten, ohne die
Agentin zu beleidigen. Also sagte er nichts.

»Es fing alles mit Orlandos Geburt an«, fuhr sie fort. »Owen
hatte es geschafft, jeden Penny durchzubringen, den er jemals
verdient hatte. Leonora lag nach der Geburt zwei Wochen lang
auf der Intensivstation, während Michael Fancourt überall herumerzählte, Owen hätte seine Frau in den Tod getrieben.

Owen wurde zur Unperson. Weder er noch Leonora hatten Angehörige. Als seine alte Freundin lieh ich ihm Geld, damit er alles Nötige für das Baby kaufen konnte. Dann übernahm ich einen Teil der Anzahlung für ein größeres Haus. Und auch die Ärzte und Therapeuten, die sich um Orlando kümmerten, wollten bezahlt werden, als klar war, dass sie sich nicht so wie andere Kinder entwickeln würde. Und mit einem Mal war ich zur Privatbank der Familie geworden. Jedes Mal, wenn wieder Honorarzahlungen anstanden, schwor Owen hoch und heilig, dass er mir alles zurückzahlen werde. Manchmal gab er mir tatsächlich ein paar tausend Pfund. Im Grunde genommen«, sagte die Agentin unerwartet mitteilsam, »war Owen ein großes Kind – was furchtbar anstrengend, aber auch sehr bezaubernd sein konnte. Er war verantwortungslos, impulsiv, egoistisch und erstaunlich gewissenlos, konnte aber auch witzig, begeisterungsfähig und überaus einnehmend sein. Er hatte eine Leidenschaftlichkeit an sich, eine fast schon drollige Verletzlichkeit, die unweigerlich Beschützerinstinkte weckte, egal wie sehr er sich danebenbenahm. Jerry Waldegrave ist darauf hereingefallen. Und die Frauen erst. Auch ich. Um der Wahrheit die Ehre zu geben: Ich hatte immer gehofft, nein, ich war davon überzeugt, dass er eines Tages ein neues *Hobarts Sünde* schreiben würde. In jedem seiner Bücher, mochte es auch noch so missraten sein, steckte etwas – *irgendetwas* –, was einen dazu veranlasste, ihn nicht komplett abzuschreiben.«

Ein Kellner räumte das Geschirr ab. Elizabeth tat seine besorgte Frage, ob mit der Suppe etwas nicht in Ordnung gewesen sei, mit einer unwirschen Handbewegung ab und bestellte einen Kaffee. Strike nahm das Angebot an, noch einen Blick in die Dessertkarte zu werfen.

»Aber Orlando ist liebenswert«, fügte Elizabeth unvermittelt hinzu. »Ein echtes Goldstück.«

»Ja … Sie hat behauptet«, sagte Strike, ohne sie für eine Sekunde aus den Augen zu lassen, »sie habe gesehen, wie Sie neulich in Quines Arbeitszimmer gegangen sind, als Leonora gerade auf der Toilette war.«

Augenscheinlich hatte sie diese Bemerkung nicht erwartet, und sie schien ihr auch nicht zu gefallen.

»Das hat sie also gesehen, ja?«

Sie nippte an ihrem Wasser. Nach kurzem Zögern sprach sie weiter.

»Ich würde behaupten, dass niemand, der in *Bombyx Mori* auftaucht, sich die Chance entgehen ließe, mal nachzusehen, was Owen sonst noch in der Schublade hatte. Jeder hätte einen Blick riskiert, da bin ich mir sicher.«

»Und, haben Sie etwas gefunden?«

»Nein«, sagte sie. »Es war die reinste Müllhalde. Ich konnte sofort sehen, dass es viel zu lange dauern würde, alles gründlich zu durchsuchen. Außerdem« – sie hob herausfordernd das Kinn – »wollte ich, um ehrlich zu sein, dort keine Fingerabdrücke hinterlassen. Deshalb bin ich nur kurz rein und sofort wieder raus. Es war eine reine – möglicherweise verwerfliche – Affekthandlung.«

Sie schien alles gesagt zu haben, was sie hatte sagen wollen. Nachdem Strike einen Apple-Strawberry-Crumble bestellt hatte, ergriff er noch einmal die Initiative. »Daniel Chard hat um ein Gespräch mit mir gebeten.«

Ihre dunklen olivfarbenen Augen weiteten sich vor Überraschung. »Weshalb?«

»Das weiß ich nicht. Wenn das Wetter mitspielt, fahre ich morgen nach Devon und statte ihm einen Besuch ab. Zuvor hätte ich allerdings gern gewusst, warum er in *Bombyx Mori* als Mörder eines jungen blonden Mannes dargestellt wird.«

»Ich werde unter keinen Umständen dieses entsetzliche

Buch für Sie interpretieren«, gab Elizabeth mit ihrem üblichen aggressiven Misstrauen zurück. »Nein, kommt nicht infrage.«

»Ein Jammer«, sagte Strike. »Bei den vielen Gerüchten, die im Umlauf sind.«

»Ich habe bereits einen unverzeihlichen Fehler begangen, als ich dieses verfluchte Ding in die Welt hinausgeschickt habe. Soll ich meine Lage noch weiter verschlimmern, indem ich darüber tratsche?«

»Ich bin sehr verschwiegen«, versicherte Strike ihr. »Niemand braucht zu erfahren, woher ich diese Informationen habe.«

Doch sie starrte ihn nur kühl und teilnahmslos an.

»Was ist mit Kathryn Kent?«

»Was soll mit ihr sein?«

»Warum ist ihre Höhle in *Bombyx Mori* voller Rattenschädel?«

Elizabeth schwieg.

»Ich weiß, dass Kathryn Kent Harpyie ist. Ich hatte das Vergnügen, sie kennenzulernen«, sagte Strike geduldig. »Früher oder später werde ich es ohnehin herausfinden. Ihre Erklärungen würden mir nur ein wenig Zeit ersparen. Oder interessiert es Sie etwa nicht, wer Quine umgebracht hat?«

»Was für eine durchsichtige Strategie«, sagte sie herablassend. »Hatten Sie damit jemals Erfolg?«

»Oh ja«, sagte er nüchtern. »Ziemlich oft sogar.«

Sie runzelte die Stirn.

»Na ja, immerhin habe ich gegenüber Kathryn Kent keine Verpflichtungen«, sagte sie unvermittelt, wenn auch nicht völlig zu Strikes Überraschung. »Wenn Sie es unbedingt wissen wollen: Es ist eine ziemlich plumpe Anspielung darauf, dass sie in einem Tierversuchslabor arbeitet. Dort stellen sie widerwärtige Dinge mit Ratten, Hunden und Affen an. Das habe ich mal auf einer Party erfahren, zu der Owen sie mitgeschleppt hat. Sie wollte mich wohl damit beeindrucken. Beinahe wäre sie aus ihrem Kleid geplatzt«, fügte Elizabeth voller Verachtung hinzu. »Ich habe ihre Machwerke gelesen. Dagegen ist Dorcus Pengelly eine Iris Murdoch! Typisch für den Schrott... den Schrott...«

Strike verzehrte mehrere Gabeln seines Crumble, während sie erneut heftig in ihre Serviette hustete.

»...den *Schrott*, den wir dem Internet zu verdanken haben«, beendete sie den Satz mit tränenden Augen. »Und was noch schlimmer war: Sie erwartete wohl, dass ich mich auf ihre Seite schlagen würde und nicht auf die jener verlausten Studenten, die ihr Labor überfallen hatten. Als Tochter eines Veterinärs bin ich mit Tieren aufgewachsen und schätze sie weit höher als Menschen. Ich hielt Kathryn Kent gelinde gesagt für eine grässliche Person.«

»Können Sie mir sagen, wer mit Harpyies Tochter Epicoene gemeint sein könnte?«, fragte Strike.

»Nein.«

»Oder wer die Zwergin im Sack des Schnittmeisters ist?«

»Ich werde dieses erbärmliche Buch nicht weiter mit Ihnen diskutieren!«

»Wissen Sie, ob Quine Umgang mit einer gewissen Pippa hatte?«

»Ich kenne niemanden dieses Namens. Aber er hat immer wieder Schreibkurse gegeben – für reifere Frauen auf der Suche nach ihrer *raison d'être*. Kathryn Kent hat er sich ja auch auf diese Weise angelacht.«

Sie nahm einen Schluck Kaffee und sah auf die Uhr.

»Was können Sie mir über Joe North erzählen?«, fragte Strike.

Sie sah ihn misstrauisch an. »Wieso?«

»Reine Neugierde.«

Warum sie sich zu einer Antwort herabließ, war ihm ein Rätsel. Vielleicht weil North lange tot war – oder aufgrund ihrer verletzlichen, sentimentalen Seite, die er bereits in ihrem chaotischen Büro erahnt hatte.

»Er stammte ursprünglich aus Kalifornien«, sagte sie, »und war auf der Suche nach seinen englischen Wurzeln nach London gekommen. Er war homosexuell, ein paar Jahre jünger als Michael, Owen und ich, und schrieb gerade einen recht offenherzigen Roman über seine Zeit in San Francisco. Michael machte mich mit ihm bekannt und lobte seine Arbeit über den grünen Klee – zu Recht übrigens. Leider war Joe nicht allzu produktiv. Er ließ keine Party aus und war außerdem – wie wir erst Jahre später erfahren sollten – HIV-positiv. Doch er scherte sich nicht um seine Gesundheit, und irgendwann bekam er Aids.« Elizabeth räusperte sich. »Na ja, Sie wissen bestimmt noch, wie hysterisch die Leute waren, als HIV damals bekannt wurde.«

Strike war daran gewöhnt, dass die Leute ihn für zehn Jahre älter hielten, als er in Wirklichkeit war. Tatsächlich hatte er seine Mutter (der es nie in den Sinn gekommen wäre, aus Rücksicht auf sein kindliches Gemüt ihre Zunge zu hüten) von einer tödlichen Krankheit reden hören, die all diejenigen heimsuchte, die wild durch die Gegend vögelten und sich Spritzen teilten.

»Joe baute zusehends ab. Wer immer sich bis dahin gern mit dem vielversprechenden, intelligenten und attraktiven jungen Mann umgeben hatte, ging auf Abstand ... bis auf – und das muss man ihnen wohl oder übel zugutehalten – Michael und Owen. Sie halfen Joe, wo sie nur konnten, doch er starb, ohne seinen Roman vollendet zu haben. Michael war damals krank und konnte nicht zur Beerdigung kommen, aber Owen war einer der Sargträger. Aus Dankbarkeit dafür, dass sie sich so aufopferungsvoll um ihn gekümmert hatten, vererbte Joe ihnen dieses entzückende Häuschen, in dem sie gefeiert und nächtelang über Bücher diskutiert hatten. An manchen Abenden war ich auch dort. Es waren… schöne Zeiten.«

»Was wurde nach Joes Tod aus diesem Haus? Waren die beiden danach noch oft dort?«

»Das kann ich nicht sagen, aber ich habe meine Zweifel, was Michael angeht, nachdem er sich mit Owen zerstritten hatte… was kurz nach Joes Beerdigung geschah«, fügte Elizabeth mit einem Schulterzucken hinzu. »Owen traute sich nicht mehr dorthin, weil er befürchtete, Michael über den Weg zu laufen. Joe hatte in seinem Testament eine besondere Klausel hinterlegt. Nutzungsbeschränkung heißt das, glaube ich. Er hatte verfügt, dass das Haus als Wirkstätte für Künstler dienen sollte. Deshalb konnte Michael auch über all die Jahre verhindern, dass es veräußert wurde; die Quines konnten einfach keinen Künstler – oder mehrere – auftreiben, die es hätten kaufen wollen. Eine Zeit lang war es an einen Bildhauer vermietet, aber auch das funktionierte nicht. Michael war wahnsinnig wählerisch, was potenzielle Mieter anging, damit Owen nur ja keinen Penny daran verdiente. Und er kann sich Anwälte leisten, um seinen Willen durchzusetzen.«

»Was geschah mit Norths unvollendetem Roman?«, fragte Strike.

»Michael legte nach Joes Tod die Arbeit an seinem eigenen Buch nieder und schrieb ihn fertig. Er heißt *Das Ziel vor Augen* und ist bei Harold Weaver erschienen; inzwischen ein Kultklassiker, der immer wieder neu aufgelegt wird.« Erneut sah sie auf die Uhr. »Ich muss los«, sagte sie dann. »Ich habe um halb drei einen Termin. Meinen Mantel bitte«, rief sie einem vorbeikommenden Kellner zu.

»Irgendjemand hat mir erzählt«, sagte Strike, der sich sehr wohl daran erinnerte, dass es Anstis gewesen war, »dass Sie vor geraumer Zeit einmal Renovierungsarbeiten in der Talgarth Road beaufsichtigen mussten.«

»Stimmt«, sagte sie ungerührt. »Eine der vielen undankbaren Aufgaben, die Quines Agentin für ihn übernehmen durfte. Ich musste die Reparaturen koordinieren und die Arbeiter einteilen. Die Hälfte der Rechnung habe ich an Michael geschickt, und seine Anwälte haben sie beglichen.«

»Sie hatten einen Schlüssel?«

»Den ich dem Vorarbeiter aushändigte«, sagte sie kühl, »bevor ich ihn den Quines zurückgab.«

»Sie haben den Fortschritt der Arbeiten gar nicht selbst überprüft?«

»Natürlich habe ich das! Ich musste mich ja vergewissern, dass alles in Ordnung war. Ich glaube, ich war zwei Mal dort.«

»Wissen Sie zufällig, ob bei der Renovierung Salzsäure benutzt wurde?«

»Danach hat mich die Polizei auch schon gefragt«, sagte sie. »Warum wollen Sie das wissen?«

»Das darf ich Ihnen nicht verraten.«

Sie sah ihn finster an. Wahrscheinlich geschah es nicht oft, dass Elizabeth Tassel Informationen vorenthalten wurden.

»Nun, dann kann ich nur wiederholen, was ich bereits der Polizei gesagt habe: Ich vermute, dass Todd Harkness die Säure dort hat stehen lassen.«

»Wer?«

»Der Bildhauer, von dem ich Ihnen erzählt habe. Der das Atelier gemietet hatte. Owen hatte ihn aufgetan, und Fancourts Anwälten fiel einfach kein Grund ein, weshalb er es nicht hätte mieten dürfen. Bedauerlicherweise war niemandem klar, dass Harkness hauptsächlich mit rostigem Metall und ätzenden Chemikalien arbeiten würde. Er hat im Atelier beträchtliche Schäden hinterlassen, ehe man ihn endlich hinauswarf. In diesem Fall hat Fancourt die Renovierungen durchführen lassen und *uns* die Rechnung geschickt.«

Der Kellner brachte ihren Mantel, an dem einzelne Hundehaare hingen. Als sie aufstand, hörte Strike den leise pfeifenden Atem aus ihrer angestrengten Brust. Nach einem festen Händedruck verließ Elizabeth Tassel das Lokal.

Zurück ins Büro nahm er sich wieder ein Taxi und fasste auf der Fahrt den vagen Vorsatz, sich wieder mit Robin zu versöhnen. Irgendwie hatten sie einander am Morgen auf dem falschen Fuß erwischt, auch wenn ihm nicht ganz klar war, weshalb. Doch als er das Vorzimmer erreichte, war ihm vor Schmerzen im Knie bereits der Schweiß ausgebrochen, und Robins Begrüßungsworte verscheuchten endgültig jeden Gedanken an eine Versöhnung.

»Der Autoverleih hat gerade angerufen. Es gibt keinen Wagen mit Automatikschaltung mehr, aber sie könnten Ihnen ...«

»Ich brauche aber ein Automatikauto!«, jammerte Strike und ließ sich auf das Sofa fallen. Die darauffolgende Eruption lederner Flatulenz machte ihn nur noch wütender. »In meinem Zustand kann ich keinen Wagen mit Gangschaltung fahren! Haben Sie es mal ...«

»Ja, ich habe auch andere Firmen angerufen«, sagte Robin reserviert. »Ich hab's überall versucht. Für morgen ist kein Wagen mit Automatik mehr zu bekommen. Abgesehen davon ist der Wetterbericht verheerend. Es wäre besser, wenn Sie ...«

»Ich will morgen mit Chard reden«, sagte Strike entschlossen.

Schmerz und Angst befeuerten seine Wut: die Angst davor, dass er die Prothese nicht mehr würde anlegen können und wieder auf die Krücken zurückgreifen müsste, die Angst vor dem mit einer Sicherheitsnadel hochgesteckten Hosenbein, dem Starren, dem Mitleid. Er hasste die Hartplastikstühle in den keimfreien Gängen; er hasste es, wenn seine voluminöse Krankenakte geöffnet und konsultiert wurde und ihm Korrekturen an seiner Prothese vorgeschlagen wurden. Er verabscheute die Ratschläge der teilnahmslosen Mediziner, sich auszuruhen und sein Bein in Watte zu packen, als wäre es ein krankes Kind, das er überall mit herumschleppen musste. In seinen Träumen hatte er immer noch zwei Beine; in seinen Träumen war er unversehrt.

Chards Einladung war ein unverhofftes Geschenk gewesen – eine Gelegenheit, die er nicht verstreichen lassen durfte. Er hatte eine Menge Fragen an den Verleger. Schon allein das Angebot an sich war mehr als ungewöhnlich. Er wollte aus Chards Mund hören, welche Beweggründe er gehabt hatte, einen Privatdetektiv zu einer derart beschwerlichen Reise nach Devon aufzufordern.

»Hören Sie mir überhaupt zu?«, fragte Robin.

»Bitte?«

»Ich kann Sie fahren, habe ich gesagt.«

»Nein, können Sie nicht«, blaffte Strike sie an.

»Und wieso nicht?«

»Weil Sie nach Yorkshire müssen.«

»Ich muss erst morgen Abend um elf in King's Cross sein.«

»Es soll mächtig schneien.«

»Dann fahren wir eben frühzeitig los. Oder Sie verschieben den Besuch bei Chard«, meinte Robin mit einem Schulterzucken. »Allerdings ist für nächste Woche auch kein besseres Wetter gemeldet.«

Unter dem unbarmherzigen Blick aus Robins blaugrauen Augen fiel es Strike nicht gerade leicht, seine Undankbarkeit ins Gegenteil zu verkehren.

»Also gut«, sagte er steif. »Danke.«

»Dann hole ich jetzt den Wagen«, sagte Robin.

»In Ordnung«, brachte Strike zwischen zusammengebissenen Zähnen hervor.

Owen Quine war der Ansicht gewesen, dass Frauen in der Literatur nichts zu suchen hatten, und auch Strike hegte insgeheim ein Vorurteil – doch angesichts seines um Gnade winselnden Knies und ohne Hoffnung auf ein Automatikauto blieb ihm keine andere Wahl.

…dies war (vor allen anderen) die verhängnisvollste und gefährlichste Unternehmung, an der ich teilnahm, seit ich erstmals meine Waffen gegen den Feind erhob …

BEN JONSON, *JEDER NACH SEINEM TEMPERAMENT*

Dick eingemummt stieg Robin am nächsten Morgen um fünf Uhr in eine der ersten U-Bahnen des Tages. Schneeflocken glitzerten auf ihrem Haar. Sie hatte einen kleinen Rucksack geschultert und eine Reisetasche in der behandschuhten Hand, die ihr schwarzes Kleid, den Mantel und die Schuhe für Mrs. Cunliffes Beerdigung enthielt. Da sie nicht damit rechnete, nach ihrer Rückkehr aus Devon noch Zeit für einen Abstecher nach Hause zu haben, plante sie, am Abend direkt nach der Rückgabe des Mietwagens zum Bahnhof King's Cross zu fahren.

In der fast leeren U-Bahn wurde ihr bewusst, dass sie dem heutigen Tag mit gemischten Gefühlen entgegensah. In erster Linie war sie natürlich aufgeregt – schließlich schien Strike einen wirklich guten Grund zu haben, um mit Chard zu sprechen; einen Grund, der keinen Aufschub duldete. Inzwischen hatte Robin gelernt, dem Urteil und der Intuition ihres Chefs zu vertrauen – eine weitere Sache, die Matthew übel aufstieß.

Matthew … Robins schwarz behandschuhte Finger krallten sich um den Griff der Reisetasche. Sie hatte ihn schon wieder angelogen. Dabei war Robin eine grundehrliche Person: In ihren neun gemeinsamen Jahren war ihr niemals etwas Unaufrichtiges über die Lippen gekommen. Doch das hatte sich geändert. Sie hatte gelogen oder zumindest die Wahrheit verschwiegen, als sich Matthew während eines Telefonats am Mittwoch nach ihrem Arbeitstag erkundigt hatte. Ihre Antwort war knapp und alles andere als vollständig ausgefallen. Sie hatte weder den Besuch des Tatorts noch das Mittagessen im Albion und erst recht nicht den Weg über die Brücke im Bahnhof West Brompton mit Strikes schwerem Arm über ihrer Schulter erwähnt.

Mittlerweile, so schien es, schreckte sie auch vor waschechten Lügen nicht mehr zurück. Erst gestern Abend hatte Matthew sie – genau wie Strike zuvor – gefragt, warum sie sich den Tag nicht freinahm und mit einem früheren Zug anreiste.

»Ich hab's ja versucht«, hatte sie geantwortet, und schon war die Lüge ausgesprochen gewesen. »Aber es ist alles ausgebucht. Liegt wahrscheinlich am Wetter. Da wollen die Leute keine Autofahrt riskieren und setzen sich lieber in den Zug. Na ja, jetzt fahre ich eben mit dem Schlafwagen.«

Was hätte ich denn sonst sagen sollen?, dachte Robin. Ihr verkniffenes Gesicht spiegelte sich in den dunklen Fensterscheiben. *Er wäre ausgeflippt.*

Die Wahrheit lautete: Sie wollte nach Devon fahren; sie wollte Strike helfen; sie wollte nicht länger vor dem Computer sitzen, auch wenn es ihr insgeheim Freude bereitete, die Detektei so kompetent zu verwalten; sie wollte ermitteln. War das denn so verkehrt? In Matthews Augen auf jeden Fall. Er hatte etwas anderes von ihr erwartet – beispielsweise für das doppelte Gehalt in der Personalabteilung dieser Mediaagentur zu arbeiten. London war nicht gerade billig, und Matthew wünschte sich eine größere Wohnung. Stattdessen, so mutmaßte sie, musste er sie nun durchfüttern ...

Und obendrein waren da noch Strike und die inzwischen allzu vertraute Frustration, der Knoten in ihrer Magengegend: *Ich habe mir überlegt, noch jemanden einzustellen.* Seine wiederkehrenden Bemerkungen über diesen Jemand hatten dazu geführt, dass er – oder vielmehr *sie* – in Robins Fantasie überlebensgroße Gestalt angenommen hatte: kurzhaarig und intelligent, genau wie die Polizistin, die vor dem Tatort in der Talgarth Road Wache gehalten hatte. Bestens ausgebildet und auf all jenen Gebieten versiert, von denen Robin keine Ahnung hatte – und ohne den Hemmschuh (im halb leeren, hell erleuchteten U-Bahn-Wagen, der durch die noch finstere Welt ratterte und rumpelte, gestand sie es sich zum ersten Mal ein) eines Verlobten wie Matthew.

Dabei war Matthew doch der Dreh- und Angelpunkt in ihrem Leben. Sie liebte ihn. Sie hatte ihn schon immer geliebt. Sogar in der schlimmsten Zeit ihres Lebens, als viele andere junge Männer sie garantiert hätten sitzen lassen, war er nicht von ihrer Seite gewichen. Sie wollte ihn heiraten, und sie würde ihn heiraten. Doch zum ersten Mal überhaupt stand eine fundamentale Meinungsverschiedenheit zwischen ihnen, und das beunruhigte sie. Auf unerklärliche Weise waren ihre Arbeit, ihre Entscheidung, bei Strike zu bleiben, und vielleicht sogar Strike selbst zu einem Spaltpilz geworden, der ihre Beziehung bedrohte.

Robin hatte den gemieteten Toyota Land Cruiser über Nacht unweit der Denmark Street in einem Parkhaus in Chinatown abgestellt. Im unmittelbaren Umkreis des Büros gab es so gut wie keine Parkmöglichkeiten. Obwohl sie ihre flachsten Schuhe trug, schlitterte und schlingerte sie durch die Finsternis, sodass die Reisetasche in ihrer Rechten wild hin- und herschwang. Auf dem Weg zu dem mehrstöckigen Parkhaus versuchte sie, jeden Gedanken an Matthew zu verdrängen – oder an das, was er wohl denken und sagen würde, wenn er wüsste, dass sie vorhatte, sechs Stunden allein mit Strike in einem Mietwagen zu verbringen. Nachdem sie ihre Tasche im Kofferraum verstaut hatte, nahm Robin auf dem Fahrersitz Platz, programmierte das Navigationssystem, schaltete die Heizung an und ließ einen Augenblick lang den Motor laufen, um die Kälte aus dem Wageninneren zu vertreiben.

Strike war spät dran, was ihm gar nicht ähnlich sah. Robin nutzte die Wartezeit, indem sie sich mit den Bedienelementen des Wagens vertraut machte. Sie liebte Autos und liebte das Fahren. Schon mit zehn Jahren hatte sie auf dem Bauernhof ihres Onkels den Traktor steuern können, wenn ihr nur jemand geholfen hatte, die Handbremse zu lösen. Und im Gegensatz zu Matthew hatte sie ihre Führerscheinprüfung gleich im ersten Anlauf bestanden. Allerdings hatte die Erfahrung sie gelehrt, ihn damit nicht aufzuziehen.

Im Rückspiegel nahm sie eine Bewegung wahr und sah auf. Ein in einen dunklen Anzug gekleideter, auf Krücken gehender Strike arbeitete sich mühsam zum Auto vor. Er hatte das rechte Hosenbein hochgesteckt.

Ihr wurde für einen Moment flau im Magen – nicht wegen des amputierten Beins, das sie bereits unter weitaus besorgniserregenderen Umständen gesehen hatte, sondern weil es das erste Mal war, dass sie Strike in der Öffentlichkeit ohne Prothese erlebte.

Sie stieg aus, bereute es jedoch sofort, als sie seine finstere Miene sah. »Gute Idee, dass Sie einen Allrad besorgt haben«, sagte er – eine unausgesprochene Warnung, sein Bein nicht zur Sprache zu bringen.

»Ja, das hielt ich bei diesem Wetter für das Beste«, sagte Robin.

Er humpelte zur Beifahrerseite hinüber. Robin bot ihm lieber keine Unterstützung an; es war, als hätte er eine Tabuzone um sich herum errichtet, als könnte er sämtliche Hilfsangebote oder Mitleidsbekundungen telepathisch unterbinden. Trotzdem fragte sie sich besorgt, ob er es ohne fremdes Zutun in den Wagen schaffen würde. Strike warf die Krücken auf die Rückbank und rang einen Augenblick lang um sein Gleichgewicht; dann schwang er sich geschmeidig auf den Beifahrersitz. Ihr war nicht bewusst gewesen, dass derartige Kraft in seinem Oberkörper steckte.

Sie stieg wieder ein, zog die Tür zu, legte den Sicherheitsgurt an und stieß rückwärts aus der Parklücke. Strikes vorauseilende Zurückweisung ihrer Hilfe stand wie eine Wand zwischen ihnen, und unter ihr Mitleid mischte sich ein Quäntchen Groll darüber, dass er ihr offenkundig nicht einmal so weit vertraute. Hatte sie ihn jemals bemuttert oder gar bevormundet? Ein Mal hatte sie ihm Paracetamol hingelegt, aber das war auch schon alles gewesen …

Strike wusste genau, wie unangebracht sein Verhalten war, und diese Selbsterkenntnis ärgerte ihn umso mehr. Beim Aufwachen war offensichtlich gewesen, dass es angesichts seines glühenden, angeschwollenen und vor Schmerzen pochenden Knies geradezu idiotisch wäre, die Prothese über den Stumpf zu zwängen. Er hatte die Metalltreppe wie ein kleines Kind auf dem Hintern hinabrutschen müssen. Dass er auf Krücken die vereiste Charing Cross Road überquert hatte, hatte zu ungläubigem Starren der wenigen Passanten geführt, die in diesen dunklen frühen Morgenstunden den Minusgraden getrotzt hatten. Diesen Zustand hatte er nie wieder erreichen wollen, und doch war es genauso gekommen – nur weil er einen winzigen Moment lang vergessen hatte, dass er im Gegensatz zu dem Strike aus seinen Träumen nicht mehr unversehrt war.

Immerhin, so bemerkte er erleichtert, konnte Robin vernünftig Auto fahren, ganz anders als seine Schwester Lucy, die unachtsam und leicht abzulenken war. Charlottes Fahrweise hatte ihm sogar fast körperliche Schmerzen bereitet: Sie war mit ihrem Lexus über rote Ampeln und in Einbahnstraßen gegen die Fahrtrichtung gebrettert, hatte geraucht und in ihr Handy geplappert und Radfahrer und sich öffnende Autotüren nur knapp verfehlt... Seit ihm auf jener staubigen Schotterstraße der Viking um die Ohren geflogen war, hatte Strike erhebliche Probleme damit, von ungeübten Fahrern durch die Gegend kutschiert zu werden.

»Im Rucksack ist Kaffee«, sagte Robin nach längerem Schweigen.

»Wie bitte?«

»Im Rucksack... ist eine Thermoskanne. Ich dachte, wir sollten nur anhalten, wenn es gar nicht anders geht. Und Kekse.«

Mühsam kämpften die Scheibenwischer gegen den nassen Schnee an.

»Sie sind meine Rettung«, sagte Strike, dessen Reserviertheit allmählich verflog. Er hatte nicht gefrühstückt. Der halbherzige Versuch, die Prothese anzulegen, die Suche nach einer Sicherheitsnadel für die Anzughose, das Hervorkramen seiner alten Krücken, der beschwerliche Treppenabstieg – das alles hatte doppelt so lange gedauert wie veranschlagt. Robin musste unwillkürlich lächeln.

Strike goss sich Kaffee ein und aß mehrere Stücke Shortbread. Sein Respekt vor Robins herausragender Beherrschung des ihr fremden Wagens wuchs in dem Maße, in dem sein Hunger schwand.

»Was fährt Matthew für einen Wagen?«, fragte er, als sie über die Boston-Manor-Brücke rauschten.

»Gar keinen«, sagte Robin. »In London brauchen wir kein Auto.«

»Ja, wozu auch«, pflichtete Strike ihr bei. Wenn er Robin das Gehalt bezahlen würde, das sie verdiente, dachte er insgeheim, könnten sie sich garantiert eins anschaffen.

»Was werden Sie Daniel Chard fragen?«

»Oh, so einiges«, sagte Strike und wischte Krümel von seinem dunklen Jackett. »Als Allererstes, ob er sich mit Quine zerstritten hat und wenn ja, warum. Ich kann mir nicht erklären, wie Quine – mochte er noch so ein blasiertes Sackgesicht gewesen sein – sonst auf die Idee gekommen sein sollte, sich mit dem Mann anzulegen, von dem seine Existenz abhing und der zudem über genug Geld verfügte, um ihn in Grund und Boden zu klagen.« Strike kaute eine Weile auf seinem Shortbread herum. »Es sei denn, Jerry Waldegrave hat recht, und Quine hat beim Schreiben tatsächlich einen Nervenzusammenbruch erlitten«, sagte er, nachdem er geschluckt hatte, »und ist in seinem Wahn auf alle losgegangen, die in seinen Augen schuld daran waren, dass sich seine Bücher so schlecht verkauften.«

Robin hatte *Bombyx Mori* zu Ende gelesen, während Strike am Vortag mit Elizabeth Tassel beim Mittagessen gewesen war.

»Aber ist das Buch nicht in sich viel zu schlüssig für jemanden, der nicht mehr Herr seiner Sinne war?«, fragte sie.

»Die Grammatik mag ja stimmen, aber so wie ich es sehe, würden nicht viele der Behauptung widersprechen, dass der Inhalt völlig durchgeknallt ist.«

»Seine anderen Bücher sind doch ganz ähnlich.«

»Aber nicht annähernd so irre wie *Bombyx Mori*«, entgegnete Strike. »*Hobarts Sünde* und *Die Brüder Balzac* hatten wenigstens noch eine Handlung.«

»*Bombyx Mori* doch auch?«

»Wirklich? Oder ist Bombyx' kleiner Spaziergang nur ein Mittel, um eine Reihe von Attacken auf verschiedene Personen miteinander zu verknüpfen?«

Der Schnee fiel in dicken Flocken, als sie an der Ausfahrt Heathrow vorbeikamen. Sie sprachen über die vielen grotesken Elemente des Romans, lachten verhalten über die aberwitzigen Logiksprünge und Absurditäten. Die Bäume zu beiden Seiten des Motorway sahen aus, als hätte man tonnenweise Puderzucker über ihnen ausgeschüttet.

»Vielleicht wurde Quine auch einfach nur vierhundert Jahre zu spät geboren«, sagte Strike und warf sich ein weiteres Stück Shortbread in den Mund. »Elizabeth Tassel hat mir von einem elisabethanischen Rachedrama erzählt, in dem ein vergiftetes, als Frau verkleidetes Skelett vorkommt. Offenbar vögelt es jemand und stirbt daran. Das ist nicht allzu weit von Phallus Impudicus entfernt, der ja auch ...«

»Hören Sie auf«, rief Robin halb lachend, halb schaudernd.

Strike verstummte – nicht etwa aufgrund ihres Protestes oder seines Taktgefühls. Vielmehr war tief in seinem Unterbewusstsein etwas aufgeflackert, während er geredet hatte. Irgendjemand hatte erzählt ... hatte gesagt ... Doch dann war die verführerisch aufblitzende Erinnerung auch schon wieder verschwunden wie ein kleiner silbriger Fisch zwischen Wasserpflanzen.

»Ein vergiftetes Skelett«, murmelte Strike und versuchte vergeblich, den entschlüpften Erinnerungsfetzen wieder zu fassen zu bekommen.

»Ich hab gestern Abend auch noch *Hobarts Sünde* fertig gelesen«, sagte Robin und überholte einen dahinschleichenden Prius.

»Sie sind wohl masochistisch veranlagt«, sagte Strike und

griff nach seinem sechsten Shortbread. »Ich dachte, Sie mögen Quines Bücher nicht.«

»Daran hat sich nach der Lektüre auch nichts geändert. Es geht um ...«

»Einen Hermaphroditen, der schwanger ist und das Kind abtreibt, weil es seine schriftstellerische Karriere gefährden könnte«, sagte Strike.

»Sie haben es gelesen!«

»Nein, auch davon hat mir Elizabeth Tassel erzählt.«

»Außerdem kommt ein blutiger Sack darin vor«, sagte Robin.

Strike warf ihr einen Seitenblick zu. Sie hatte die Augen konzentriert auf die Straße gerichtet. Gelegentlich zuckte ihr Blick zum Rückspiegel.

»Und was ist drin?«

»Das abgetriebene Baby«, sagte Robin. »Grauenhaft.«

Während sie an Maidenhead vorbeifuhren, versuchte Strike, diese Information zu verdauen. »Merkwürdig«, sagte er schließlich.

»Grotesk«, sagte Robin.

»Nein, merkwürdig«, beharrte Strike. »Quine wiederholt sich. Das ist schon das zweite Element aus *Hobarts Sünde*, das auch in *Bombyx Mori* auftaucht. Zwei Hermaphroditen, zwei blutige Säcke. Warum?«

»Na ja«, sagte Robin. »Es ist ja nicht *derselbe* Sack. In *Bombyx Mori* ist der Sack weder im Besitz des Hermaphroditen, noch befindet sich ein Baby darin ... Vielleicht sind ihm ja die Ideen ausgegangen?«, mutmaßte sie. »Vielleicht war *Bombyx Mori* so etwas wie ... sein Finale, in dem er all seine großen Themen noch einmal abgefeiert hat?«

»Für seine Karriere war es eher der Todesstoß.«

Strike war tief in Gedanken versunken. Die am Fenster vorüberziehende Landschaft verlor zunehmend ihren urbanen Charakter. In den Lücken zwischen den Waldstücken waren weite Schneefelder zu erkennen: endloses Weiß unter einem perlgrauen Himmel. Unaufhörlich fielen dicke Flocken auf das Auto.

»Wissen Sie«, sagte Strike schließlich, »ich denke, es gibt zwei Möglichkeiten. Entweder hatte Quine tatsächlich den Verstand verloren, wusste nicht mehr, was er tat, und hielt *Bombyx Mori* für sein Meisterwerk. Oder aber er wollte so viel Unruhe wie nur möglich stiften, und die Wiederholungen sind beabsichtigt.«

»Inwiefern?«

»Sie stellen einen Schlüssel dar«, sagte Strike. »Die Verweise auf seine anderen Bücher sollen auf das hindeuten, was er mit *Bombyx Mori* eigentlich bezweckte: nämlich der Öffentlichkeit irgendetwas mitzuteilen, ohne wegen Rufmords verklagt zu werden.«

Robin wandte ihm stirnrunzelnd das Gesicht zu, ohne den Blick von der Straße zu nehmen.

»Sie glauben, das alles war Absicht? Er wollte diesen ganzen Ärger?«

»Denken Sie mal darüber nach«, sagte Strike. »Für einen egomanischen, völlig schmerzfreien Schreiberling, der kaum noch Bücher verkauft, ist das doch die ideale Strategie. Er schlägt so hohe Wellen wie nur möglich, damit sich ganz London das Maul über das Buch zerreißt. Er geht das Risiko ein, dass man ihm mit rechtlichen Konsequenzen droht, bringt eine Menge Leute auf die Palme und weiß offenbar Skandalöses über einen berühmten Schriftsteller zu berichten … Und dann verschwindet er, bevor man ihn vor Gericht zerren kann, und stellt das Ganze als E-Book ins Netz.«

»Aber er war doch tödlich beleidigt, als Elizabeth Tassel ihm mitteilte, dass es nicht publizierbar sei?«

»Wirklich?«, fragte Strike nachdenklich. »Oder war das nur gespielt? Vielleicht hat er nur deshalb so darauf gedrängt, dass sie es las, damit er ihr in aller Öffentlichkeit eine Szene machen konnte. Meiner Meinung nach war er ein nahezu krankhafter Exhibitionist. Vielleicht war das alles Teil seiner Werbestrategie. Leonora hat mir erzählt, dass er der Ansicht war, Roper Chard hätte zu wenig für seine Bücher getan.«

»Also glauben Sie, dass er von Anfang an geplant hatte, bei dem Treffen mit Elizabeth Tassel aus dem Restaurant zu stürmen?«

»Wäre möglich.«

»Und sich in seinem Haus in der Talgarth Road zu verschanzen?«

»Vielleicht.«

Die Sonne war mittlerweile aufgegangen und brach sich funkelnd in den schneebedeckten Baumwipfeln.

»Letzten Endes hat er sogar bekommen, was er wollte, oder nicht?«, sagte Strike und kniff die Augen zusammen, als tausend winzige Eiskörnchen glitzernd über die Windschutzscheibe fegten. »Eine bessere Werbung kann man sich gar nicht vorstellen. Schade, dass er sich nicht mehr selbst auf BBC erleben durfte. Ach verdammt«, fügte er kleinlaut hinzu.

»Was ist denn?«

»Ich hab die ganzen Kekse aufgegessen … Tut mir leid!«, sagte er zerknirscht.

»Schon in Ordnung«, sagte Robin amüsiert. »Ich habe gefrühstückt.«

»Ich nicht«, gestand Strike.

Sein Widerwille, über sein Bein zu reden, war angesichts

des warmen Kaffees, der Unterhaltung und Robins Sorge um sein leibliches Wohl dahingeschmolzen.

»Ich konnte die verdammte Prothese nicht anlegen. Mein Knie ist höllisch angeschwollen. Ich werde wohl zum Arzt gehen müssen. Ich hab heute Morgen eine Ewigkeit gebraucht, bis ich fertig war.«

Das hatte sie bereits vermutet, wusste es aber dennoch zu schätzen, dass er sie ins Vertrauen zog.

Sie kamen an einem Golfplatz vorbei. Die Flaggenstöcke ragten aus dem weichen weißen Boden, die wassergefüllten Bunker schillerten in der Wintersonne wie brüniertes Zinn. In der Nähe von Swinton klingelte Strikes Handy. Er sah aufs Display (weil er halb mit einem weiteren Anruf von Nina Lascelles rechnete), doch es war seine alte Schulfreundin Ilsa. Außerdem bemerkte er mit einem Anflug von Besorgnis, dass er um sechs Uhr dreißig einen Anruf von Leonora Quine verpasst hatte. Wahrscheinlich hatte er sich zu diesem Zeitpunkt gerade auf Krücken die Charing Cross Road hinuntergequält.

»Ilsa, hi, was gibt's?«

»Jede Menge«, sagte sie. Ihre Stimme klang blechern und als käme sie aus weiter Ferne; offenbar saß sie ebenfalls in einem Auto.

»Hat Leonora Quine dich am Mittwoch angerufen?«

»Ja, und wir haben uns noch am selben Nachmittag getroffen«, sagte sie. »Gerade habe ich noch mal mit ihr gesprochen. Sie hat mir erzählt, dass sie dich heute Morgen angerufen hat, aber du bist nicht rangegangen.«

»Ja, ich bin früh aufgestanden, muss ich irgendwie verpasst haben.«

»Sie hat mich gebeten, dir auszurichten ...«

»Was ist passiert?«

»Sie haben sie zur Vernehmung mitgenommen. Ich bin gerade auf dem Weg ins Revier.«

»Scheiße!«, sagte Strike. »*Scheiße!* Was wird ihr vorgeworfen?«

»Die Polizei hat Fotos in ihrem Schlafzimmer gefunden. Anscheinend hat sich Quine gern fesseln und im verschnürten Zustand fotografieren lassen«, sagte Ilsa in beißend nüchternem Ton. »Und das erzählt sie mir einfach so, als würde sie über Gartenarbeit plaudern.«

Im Hintergrund konnte er den Lärm der verkehrsreichen Londoner Innenstadt hören. Hier auf dem Motorway waren die lautesten Geräusche das Quietschen der Scheibenwischer, das konstante Brummen des starken Motors und ein gelegentliches Rauschen, wenn ein verantwortungsloser Verkehrsteilnehmer sie trotz des heftigen Schneegestöbers überholte.

»Es ist ihr wohl nicht in den Sinn gekommen, die Bilder vorher zu beseitigen«, sagte Strike.

»Diese Aufforderung zur Beweismittelvernichtung will ich mal überhört haben«, sagte Ilsa mit ironischer Strenge.

»Die Fotos sind keine Beweismittel«, entgegnete Strike. »Herr im Himmel, *natürlich* hatten die beiden ein außergewöhnliches Sexleben – wie sonst hätte Leonora einen Mann wie Quine an sich binden können? Anstis ist zu anständig, das ist sein Problem; für ihn weist alles, was über Blümchensex hinausgeht, auf eine kriminelle Veranlagung hin.«

»Was weißt du denn bitte schön über die sexuellen Vorlieben des leitenden Ermittlers?«, fragte Ilsa amüsiert.

»Er ist der Kerl, den ich in Afghanistan im Fahrzeug nach hinten gerissen habe«, murmelte Strike.

»Oh.«

»Und er ist fest entschlossen, Leonora die ganze Sache anzuhängen. Aber wenn er nicht mehr hat als ein paar schmutzige Fotos ...«

»Doch. Wusstest du, dass die Quines eine Garage gemietet haben?«

Mit einem Mal war Strike verunsichert. Hatte er sich womöglich getäuscht? Konnte er sich dermaßen geirrt haben?

»Hast du's gewusst?«

»Und was haben sie gefunden?«, fragte Strike, dem mit einem Schlag die Lust zu scherzen vergangen war. »Doch nicht etwa die Eingeweide?«

»*Was* hast du gerade gesagt? Klang wie: ›Doch nicht etwa die Eingeweide‹.«

»Was haben sie gefunden?«, wiederholte Strike.

»Ich weiß es nicht, aber ich werd's hoffentlich erfahren, sobald ich dort bin.«

»Aber sie steht nicht unter Arrest?«

»Es ist nur eine Vernehmung, aber sie haben sie auf dem Kieker. Ich glaube, sie hat immer noch nicht begriffen, wie ernst die Lage wirklich ist. Als sie mich anrief, hat sie die ganze Zeit nur von ihrer Tochter gesprochen. Die Tochter sei bei der Nachbarin, die Tochter rege sich auf, weil ...«

»Ihre Tochter ist vierundzwanzig und hat eine Entwicklungsstörung.«

»Ach so. Das tut mir leid ... Hör mal, ich bin fast da, ich muss auflegen.«

»Sag Bescheid, sobald es was Neues gibt.«

»Mach ich. Ich kann mir allerdings vorstellen, dass es eine Weile dauern wird.«

»*Scheiße*«, wiederholte Strike, nachdem er aufgelegt hatte.

»Was ist passiert?«

Ein gewaltiger Tankwagen war auf die Überholspur gewechselt, um sich an einem Honda Civic mit »Baby an Bord«-

Aufkleber auf der Heckscheibe vorbeizuschieben. Strike sah, wie der gigantische silberfarbene Zylinder beim Beschleunigen auf der vereisten Straße leicht ins Schlingern geriet, und registrierte mit stummem Beifall, dass Robin vom Gas ging, um im Falle eines Falles hinreichend Bremsweg zu haben.

»Die Polizei hat Leonora zur Vernehmung aufs Revier geholt.«

Robin schnappte hörbar nach Luft.

»Sie haben Fotos des gefesselten Owen in ihrem Schlafzimmer gefunden – und noch irgendwas anderes in einer Mietgarage, aber Ilsa weiß noch nicht ...«

Das alles hatte Strike schon einmal erlebt: das blitzschnelle Umschlagen von Ruhe zu Todesangst. Die Zeit, die sich zu verlangsamen schien, seine mit einem Mal hellwachen und über die Maßen geschärften Sinne.

Der Tankwagen war ins Schleudern geraten und stellte sich quer.

Er hörte sich selbst schreien: »BREMSEN!« So hatte er auch beim letzten Mal versucht, dem Tod von der Schippe zu springen ...

Doch Robin trat voll aufs Gas. Der Motor heulte auf, der Wagen schoss nach vorn – da war kein Durchkommen. Der Lkw kippte auf der vereisten Straße zur Seite und drehte sich; der Civic prallte dagegen, überschlug sich und schlitterte auf dem Dach in den Straßengraben. Ein Golf und ein Mercedes waren zusammengeprallt und rutschten ineinander verkeilt direkt auf die Führerkabine des Tankwagens zu ...

Und sie selbst rasten ungebremst in Richtung Straßengraben. Robin verfehlte den umgestürzten Civic nur um wenige Zentimeter. Strike packte den Türgriff, als der Land Cruiser mit hoher Geschwindigkeit in den unebenen Boden pflügte. Sie würden direkt in den Graben donnern und sich ebenfalls überschlagen. Der todbringende Tank des Lkw schoss auf sie zu, doch sie waren so schnell, dass sie auch ihn um Haaresbreite verfehlten – dann eine heftige Erschütterung, bei der Strikes Kopf gegen das Wagendach krachte, und sie waren jenseits der Massenkarambolage unversehrt auf den vereisten Asphalt zurückgekehrt.

»Heilige Scheiße …«

Sie bremste ab und hielt vollkommen kontrolliert am Straßenrand an. Ihr Gesicht war so weiß wie der Schnee auf der Windschutzscheibe.

»In dem Civic war ein Kind.«

Und noch ehe er irgendetwas erwidern konnte, war sie schon aus dem Auto gesprungen und schlug die Tür hinter sich zu.

Er beugte sich über die Rückenlehne seines Sitzes und versuchte, die Krücken hervorzuangeln. Nie zuvor in seinem Leben war er sich seiner Behinderung stärker bewusst gewesen. Gerade als er es geschafft hatte, die Krücken auf den Vordersitz zu zerren, hörte er Sirenen. Er spähte mit zusammengekniffenen Augen durchs Heckfenster und sah ein sich näherndes Blaulicht. Die Polizei war bereits im Anmarsch. Sicher konnte sie auf einen Einbeinigen, der nur im Weg stand, gut verzichten. Fluchend warf er die Krücken wieder auf die Rückbank.

Zehn Minuten später kehrte Robin zum Auto zurück.

»Alles klar«, keuchte sie. »Der kleine Junge saß in einem Kindersitz. Der Lkw-Fahrer ist blutüberströmt, aber bei Bewusstsein …«

»Und was ist mit Ihnen?«

Sie zitterte leicht, musste bei seiner Frage aber lächeln. »Alles okay. Ich hatte Angst, dass ich ein totes Kind zu Gesicht bekommen würde.«

»Glück gehabt«, sagte Strike und holte tief Luft. »Wo *zum Teufel* haben Sie so fahren gelernt?«

»Ach, ich hab mal ein paar Fahrsicherheitskurse besucht«, sagte Robin mit einem Schulterzucken und strich sich das feuchte Haar aus den Augen.

Strike starrte sie an. »Wann?«

»Na ja, kurz nachdem ich das Studium abgebrochen hatte. Es war... Es war eine schwere Zeit für mich, und ich kam nicht viel unter Leute. Mein Dad hat mich darauf gebracht. Ich mochte Autos schon immer gern. Ich brauchte einfach irgendeine Beschäftigung«, sagte sie, legte den Sicherheitsgurt an und drehte den Zündschlüssel herum. »Manchmal, wenn ich bei meinen Eltern bin, übe ich auf dem Bauernhof meines Onkels. Er hat einen Acker, auf dem darf ich fahren.«

Strike starrte sie immer noch an. »Wollen Sie nicht noch warten, bevor wir...«

»Nein, ich habe meinen Namen und meine Adresse hinterlassen, falls noch etwas ist. Wir müssen weiter.« Sie legte den Gang ein und steuerte den Wagen behutsam auf die Fahrbahn zurück. Strike konnte den Blick nicht von ihrem gleichmütigen Profil abwenden. Wieder hatte sie die Augen auf die Straße gerichtet und die Hände souverän und entspannt um das Lenkrad gelegt.

»In der Army gab es für defensives Fahren ausgebildete Leute, die schlechter gefahren sind als Sie«, sagte er. »Und die haben Generäle herumkutschiert und waren dazu ausgebildet, unter Beschuss aus der Gefahrenzone zu entkommen.« Er sah sich nach dem Durcheinander umgekippter Fahrzeuge um, das die Straße hinter ihnen blockierte. »Ich weiß immer noch nicht, wie Sie das geschafft haben.«

Selbst während des Beinahe-Crashs hatte Robin die Beherrschung nicht verloren, doch bei diesen Worten des Lobes und der Anerkennung stiegen ihr die Tränen in die Augen, und sie fürchtete, die Fassung zu verlieren. Nur unter Aufbietung aller Willenskraft konnte sie ihre aufwallenden Emotionen zu einem leisen Lachen komprimieren.

»Ist Ihnen bewusst, dass wir direkt in den Tankwagen gekracht wären, wenn ich gebremst hätte?«

»Ja«, sagte Strike und lachte ebenfalls. »Keine Ahnung, wieso ich das gerufen habe«, log er.

29

Zu deiner Linken lieget ein Pfad,
Der von einem schlecht Gewissen in einen
Forst des Argwohns und der Angst führet ...

THOMAS KYD, *DIE SPANISCHE TRAGÖDIE*

Trotz der Verzögerung durch den knapp vermiedenen Unfall erreichten Strike und Robin um kurz nach zwölf das
kleine Städtchen Tiverton in Devonshire. Das Navigationssystem lotste sie vorbei an beschaulichen Landhäusern, deren Dächer von dick glitzerndem Schnee bedeckt waren, über
eine hübsche kleine Brücke, unter der ein feuersteinfarbener
Fluss dahinplätscherte, und an einer unerwartet prunkvol-
len Kirche aus dem sechzehnten Jahrhundert vorüber, ehe sie
schließlich am anderen Ende der Ortschaft, ein Stück von
der Straße zurückversetzt, vor einem doppelflügeligen Tor zu
stehen kamen.

Ein gut aussehender junger Filipino in Segelschuhen und
einem übergroßen Mantel mühte sich ab, das üblicherweise
ferngesteuerte Tor von Hand zu öffnen. Als er den Land
Cruiser erblickte, bedeutete er Robin mit einer Geste, das
Fenster herunterzulassen.

»Gefroren«, teilte er ihr knapp mit. »Einen Moment, bitte.«

Sie warteten fünf Minuten, bis es ihm endlich gelungen
war, das Tor zu enteisen und den unaufhörlich fallenden

Schnee so weit zur Seite zu schippen, dass er die Flügel auf-
schieben konnte.

»Wollen Sie mit zurückfahren?«, fragte Robin.

Er kletterte auf die Rückbank neben Strikes Krücken.

»Freunde von Mr. Chard?«

»Er erwartet uns«, sagte Strike ausweichend.

Dann ging es eine lange und gewundene Privatzufahrt hinauf. Der Land Cruiser rollte mühelos über den in der Nacht
niedergegangenen knirschenden Schnee. Rhododendren säumten den Weg. Ihre glänzenden dunkelgrünen Blätter hatten die
weiße Last abgeschüttelt, und so erschien die Umgebung fast
schwarz-weiß: Eine Wand aus dichtem Laubwerk begrenzte zu
beiden Seiten die bleiche, überpuderte Zufahrt. Winzige Lichtpunkte tanzten vor Robins Augen. Ihr Frühstück lag jetzt schon
eine ganze Weile zurück, und Strike hatte alle Kekse aufgegessen.

Das Gefühl von Seekrankheit und schleichender Unwirk-
lichkeit hielt weiter an, auch nachdem sie aus dem Toyota
gestiegen war und zu Tithebarn House aufsah. Ein dunkles
Wäldchen stand direkt daneben und schmiegte sich an die
Fassade. Das gewaltige rechteckige Gemäuer war von einem
wagemutigen Architekten umgebaut worden: Die Hälfte des
Dachs war durch Glasscheiben ersetzt, die andere mit Solar-
modulen bedeckt worden. Beim Anblick der transparenten,
skelettartigen Dachkonstruktion, die sich vor dem hellgrauen
Himmel abzeichnete, wurde Robin schwindlig. Unwillkürlich
erinnerte sie sich an das grässliche Foto auf Strikes Handy, an
jenen hohen Raum aus Glas und Licht, in dem Quines ver-
stümmelter Leichnam gelegen hatte.

»Alles in Ordnung?«, fragte Strike besorgt. Sie war unnatürlich blass.

»Alles gut«, sagte Robin, die ihren Heldenstatus nicht sogleich wieder preisgeben wollte. In der frostigen Luft atmete sie ein paarmal tief ein und folgte Strike, der mit seinen Krücken überraschend behände über den Kiesweg auf die Eingangstür zueilte. Ihr junger Passagier war ohne ein weiteres Wort verschwunden.

Daniel Chard öffnete ihnen höchstpersönlich. Er trug eine Art Kittel aus grüngelber Seide mit Mandarinkragen sowie eine weite Leinenhose. Wie Strike ging auch er auf Krücken. Sein linker Fuß steckte bis über die Wade in einer mit Klettbändern fixierten, dick gepolsterten Orthese. Chard sah auf Strikes schlaff herunterbaumelndes leeres Hosenbein hinab und konnte sich mehrere peinliche Sekunden lang nicht von dem Anblick lösen.

»Tja, und Sie dachten, Sie hätten Probleme«, sagte Strike und streckte ihm die Hand entgegen.

Der Scherz wollte nicht recht zünden. Chard lächelte nicht einmal. Nach wie vor umgab ihn die Aura des eigentümlichen Außenseiters, die schon auf der Jubiläumsfeier seines Verlags spürbar gewesen war. Er schüttelte Strikes Hand, ohne ihm dabei in die Augen zu sehen.

»Ich hatte erwartet, dass Sie absagen würden«, lauteten seine Begrüßungsworte.

»Aber wir haben's geschafft«, sagte Strike überflüssigerweise. »Das ist meine Assistentin Robin. Sie hat mich gefahren. Ich hoffe …«

»Keine Angst, sie muss nicht hier draußen im Schnee sitzen bleiben«, sagte Chard ohne jede Wärme. »Kommen Sie rein.«

Er machte samt Krücken einen Schritt zurück, damit sie über die Schwelle und auf die blank polierten honigfarbenen Dielen treten konnten.

»Würden Sie bitte die Schuhe ausziehen?«

Eine untersetzte Filipina mittleren Alters, die das schwarze Haar zu einem Dutt hochgesteckt hatte, kam durch eine Schwingtür in der Backsteinwand zu ihrer Rechten. Sie war von Kopf bis Fuß in Schwarz gekleidet und hielt zwei weiße Leinensäckchen in die Höhe, die offenkundig für Strikes und Robins Schuhe bestimmt waren. Robin streifte ihre Schuhe ab und reichte sie ihr; als sie die Bodendielen unter den Sohlen spürte, kam sie sich merkwürdig verletzlich vor. Strike blieb ungerührt auf einem Bein stehen.

»Oh«, sagte Chard und starrte erneut an ihm hinab. »Nein, ich glaube... Mr. Strike wird seinen Schuh anbehalten, Nenita.«

Die Frau zog sich wortlos in die Küche zurück.

Das Interieur von Tithebarn House verstärkte Robins unangenehmes Schwindelgefühl zusehends. Nicht eine einzige Wand unterteilte den großen Raum. Ein Zwischengeschoss, das durch eine Wendeltreppe aus Stahl und Glas zu erreichen war, hing an dicken Metallseilen von der hohen Decke. Darauf stand, soweit sie es von unten erkennen konnte, ein Doppelbett aus schwarzem Leder mit einem großen Kruzifix aus Stacheldraht an der Backsteinwand darüber. Sie senkte den Blick, damit ihr nicht noch übler wurde.

Der Großteil des Mobiliars im Erdgeschoss bestand aus mit weißem und schwarzem Leder bezogenen Würfeln. An den Wänden waren abwechselnd vertikale Stahlheizkörper und minimalistische Bücherregale aus Holz und Metall angebracht. Die Hauptattraktion des spartanisch eingerichteten Raumes war die lebensgroße weiße Marmorstatue eines auf einem Felsen kauernden weiblichen Engels, der teilweise aufgeschnitten war wie ein anatomisches Präparat und das Innere des Schädels, einen Teil der Eingeweide und ein Stück Beinknochen entblößte. Die aufklaffende Brust, fand Robin, die den Blick partout nicht abwenden konnte, und das auf den Muskeln liegende Fettgewebe hatten Ähnlichkeit mit den Lamellen eines Pilzes.

Es war fast schon lächerlich, Übelkeit angesichts eines sezierten Körpers zu empfinden, wenn dieser aus kaltem, massivem und leblosem weißem Stein bestand. Im Gegensatz zu dem verwesenden Kadaver, dessen Bild auf Strikes Handy … *Nicht daran denken* … Strike hätte wenigstens einen Keks übrig lassen können … Schweiß bildete sich auf ihrer Oberlippe und ihrer Kopfhaut.

»Robin, geht es Ihnen gut?«, fragte Strike eindringlich. Nach den Mienen der beiden Männer zu schließen musste ihr jegliche Farbe aus dem Gesicht gewichen sein. Zu ihrer Angst vor einer Ohnmacht gesellte sich nun auch noch die Befürchtung, Strike in Verlegenheit zu bringen.

»Tut mir leid«, sagte sie mit tauben Lippen. »Lange Fahrt … Könnte ich ein Glas Wasser …«

»Äh … selbstverständlich«, sagte Chard in einem Tonfall, als wäre Wasser ein knappes Gut. »Nenita?«

Wieder erschien die schwarz gekleidete Frau.

»Die junge Dame möchte ein Glas Wasser«, sagte Chard.

Nenita bedeutete Robin, ihr zu folgen. Beim Betreten der Küche hörte Robin, wie die Krücken des Verlegers mit leisem Pochen auf dem Holzboden hinter ihr auftrafen. Sie erhaschte einen kurzen Blick auf stählerne Arbeitsflächen und weiße Wände und auf den jungen Mann, den sie im Auto mitgenommen hatte und der nun an einem großen Kochtopf zugange war. Dann fand sie sich auf einem niedrigen Hocker wieder.

Robin hatte angenommen, dass Chard ihr gefolgt war, weil er sich um ihr Wohlbefinden sorgte. Doch als Nenita ihr ein kaltes Glas in die Hand drückte, hörte sie ihn über sie hinweg zu jemand anderem sprechen.

»Vielen Dank, dass du das Tor repariert hast, Manny.«

Der junge Mann antwortete nicht. Robin hörte, wie sich das Pochen von Chards Krücken entfernte und die Küchentür zuschwang.

»Es ist meine Schuld«, sagte Strike, sobald der Verleger wieder zu ihm gestoßen war. Der Detektiv hatte aufrichtige Gewissensbisse. »Ich habe den ganzen Proviant aufgegessen, den sie für die Fahrt eingepackt hatte.«

»Nenita kann ihr etwas zu essen machen«, sagte Chard. »Wollen wir uns setzen?«

Strike folgte ihm vorbei an dem Marmorengel, der sich verschwommen im goldenen Holz des Bodens spiegelte. Auf vier Krücken durchquerten sie den Raum und gingen hinüber zu einem schwarzen eisernen Kaminofen, der behagliche Wärme ausstrahlte.

»Schönes Haus«, sagte Strike, ließ sich auf einem der größeren Würfel aus schwarzem Leder nieder und legte die Krücken neben sich ab. Das Kompliment war gänzlich unaufrichtig; er bevorzugte funktionalen, unkomplizierten Komfort, und Chards Domizil schien in seinen Augen nur aus oberflächlichen Schaueffekten zu bestehen.

»Ja, ich habe eng mit den Architekten zusammengearbeitet«, sagte Chard mit kurz aufflammender Begeisterung. »Es gibt hier auch noch ein Atelier« – er deutete auf eine weitere unauffällige Flügeltür – »und einen Pool.«

Dann nahm er ebenfalls Platz und streckte den Fuß in dem dicken Stützschuh vor sich aus.

»Wie ist es passiert?«, fragte Strike und nickte in Richtung des gebrochenen Beins.

Chard richtete das Ende seiner Krücke auf die Wendeltreppe aus Glas und Stahl.

»Hat sicher wehgetan«, sagte Strike und versuchte, die Höhe abzuschätzen.

»Das Knacken hallte durch den ganzen Raum«, sagte Chard mit befremdlicher Genugtuung. »Ich hätte nicht gedacht, dass man so etwas *überhaupt* hört. Kann ich Ihnen einen Tee oder Kaffee anbieten?«

»Tee wäre nett.«

Chard stellte seinen unversehrten Fuß auf eine kleine Messingplatte neben seinem Hocker. Ein leichter Druck, und Manny kam wieder zum Vorschein.

»Manny, Tee, bitte«, sagte Chard mit einer Wärme, die sein sonstiger Umgangston auffällig vermissen ließ. Der junge Mann zog sich mürrisch wie eh und je zurück.

»Ist das der St. Michael's Mount?«, fragte Strike und zeigte auf ein kleines Gemälde, das neben dem Kaminofen hing. Naive Malerei. Die Farbe war offenbar auf einen Holzgrund aufgetragen.

»Ein Alfred Wallis«, sagte Chard mit einem neuerlichen kurzen Aufflackern von Enthusiasmus. »Die Schlichtheit der Formen ... primitiv und naiv. Mein Vater kannte ihn persönlich. Als Wallis anfing, die Malerei ernsthaft zu betreiben, war er schon über siebzig. Waren Sie schon mal in Cornwall?«

»Ich bin dort aufgewachsen«, antwortete Strike.

Chard hatte seinen Vortrag über Alfred Wallis jedoch noch nicht beendet. Er erwähnte noch einmal, dass der Künstler erst spät im Leben zu seinem wahren Metier gefunden habe, und setzte dann zu einer längeren Erläuterung seiner Werke an, wobei ihm Strikes profundes Desinteresse an dem Thema völlig entging. Chard war kein Freund des Augenkontakts. Sein Blick huschte von dem Gemälde über die Backsteinwände und erfasste Strike nur hin und wieder scheinbar zufällig.

»Sie waren gerade in New York, nicht wahr?«, fragte Strike, als Chard eine Pause einlegen musste, um Luft zu holen.

»Ja, drei Tage Konferenz«, sagte Chard, und seine Begeisterung verebbte. »Es sind schwierige Zeiten. Der Siegeszug der elektronischen Lesegeräte hat vieles verändert.« Es klang, als trüge er auswendig gelernte Phrasen vor. »Lesen Sie?«, fragte er unverblümt.

»Gelegentlich«, antwortete Strike. In seiner Wohnung lag ein eselsohriger Roman von James Ellroy, den er schon vor vier Wochen hatte fertig lesen wollen, doch abends war er meist zu müde, um sich darauf konzentrieren zu können. Sein Lieblingsbuch steckte in einem der noch immer nicht ausgepackten Umzugskartons auf dem Treppenabsatz. Es war zwanzig Jahre alt; er hatte es schon lange nicht mehr aufgeschlagen.

»Wir brauchen Leser«, murmelte Daniel Chard. »Mehr Leser. Weniger Autoren.«

Strike konnte sich eine Erwiderung – *Na ja, einen sind Sie ja jetzt immerhin los* – gerade noch verkneifen.

Wieder betrat Manny den Raum. Er trug ein durchsichtiges, mit Füßchen versehenes Plexiglastablett, das er vor seinem Arbeitgeber abstellte. Chard beugte sich vor, um den Tee in hohe weiße Porzellanbecher zu gießen. Diese Ledermöbel, bemerkte Strike, gaben anders als das Sofa in seinem Büro kein einziges störendes Geräusch von sich. Vermutlich waren sie auch zehnmal so teuer gewesen. Daniel Chards Handrücken waren immer noch genauso feuerrot und entzündet wie während der Verlagsfeier, und im Schein der hellen Lampen, die an der Unterseite des abgehängten Zwischengeschosses angebracht waren, wirkte er älter, als er aus der Ferne ausgesehen hatte. Er musste mindestens sechzig sein; doch seine dunklen, tief liegenden Augen, die Adlernase und die schmalen Lippen verliehen ihm trotz aller Strenge eine gewisse Attraktivität.

»Er hat die Milch vergessen«, bemerkte Chard nach einer kurzen Inspektion des Tabletts. »Nehmen Sie Milch?«

»Ja«, sagte Strike.

Chard seufzte, doch anstatt erneut auf die in den Boden eingelassene Messingplatte zu drücken, hievte er sich mühsam auf seinen gesunden Fuß und die Krücken und humpelte in Richtung Küche. Strike sah ihm nachdenklich hinterher.

Seine Angestellten hielten Daniel Chard für schrullig. Nina hatte ihn als schlau und gerissen beschrieben. Seine unbeherrschten Wutausbrüche über *Bombyx Mori* kamen Strike jedoch wie die Reaktion eines überempfindlichen Mannes von zweifelhaftem Urteilsvermögen vor. Er erinnerte sich noch gut an das leichte Unbehagen, das sich auf der Jubiläumsfeier während Chards genuschelter Rede im Publikum breitgemacht hatte. Ein seltsamer, schwer zu durchschauender Mann…

Strikes Blick wanderte nach oben. Sanft fielen die Schneeflocken auf das Glasdach hoch über dem Marmorengel, blieben jedoch nicht darauf liegen. Strike vermutete, dass die Scheiben beheizt waren. Und dann wurde er – genau wie zuvor Robin – durch die hohe Glasdecke von Tithebarn House unwillkürlich an den ausgeweideten, gefesselten, verätzten und unter einem großen Bogenfenster verwesenden Quine erinnert.

Chard kehrte aus der Küche zurück und hinkte auf Krücken durch den Raum, wobei er unsicher ein Milchkännchen in der Hand balancierte.

»Sie fragen sich sicher, weshalb ich Sie hierhergebeten habe«, sagte Chard endlich, nachdem er sich wieder gesetzt hatte und beide ihre Teebecher in Händen hielten. Strike sah ihn interessiert an.

»Ich suche jemanden, dem ich vertrauen kann«, fuhr Chard fort, ohne Strikes Antwort abzuwarten. »Jemanden, der nicht dem Verlag angehört.«

Nach einem kurzen Seitenblick auf Strike fixierte er abermals seinen Alfred Wallis.

»Ich glaube«, sagte Chard, »außer mir hat wohl niemand den Verdacht geschöpft, dass Owen Quine nicht auf eigene Faust gehandelt haben könnte. Aber er hatte einen Komplizen.«

»Einen Komplizen?«, wiederholte Strike, da Chard eine Reaktion zu erwarten schien.

»Oh ja«, sagte Chard inbrünstig. »Selbstverständlich trägt *Bombyx Mori* Owens Handschrift, aber es hatte noch jemand seine Finger im Spiel. Ja, irgendjemand hat ihm geholfen.«

Chards bleiche Gesichtshaut hatte sich gerötet. Seine Hand spielte mit dem Griff einer Krücke.

»Wenn man das beweisen könnte, wäre das für die Polizei doch sicher von Interesse?«, fragte Chard und brachte es endlich über sich, Strike direkt ins Gesicht zu sehen. »Wenn Owen aufgrund all dessen, was in *Bombyx Mori* steht, ermordet worden wäre, würde man den Komplizen dafür haftbar machen können, oder nicht?«

»Haftbar?«, fragte Strike. »Sie glauben, dass dieser Komplize Quine dazu überredet hat, bestimmte Passagen in das Buch aufzunehmen – in der Hoffnung, dass eine dritte Partei mörderische Vergeltung an ihm übt?«

»Ich ... Nun, sicher bin ich mir da nicht«, sagte Chard und runzelte die Stirn. »Vielleicht war das nicht genau so geplant – aber auf jeden Fall wollte er Unheil anrichten.«

Sein Griff um die Krücke verstärkte sich, sodass die Knöchel weiß hervortraten.

»Wie kommen Sie darauf, dass jemand Quine geholfen haben könnte?«

»Owen hat bestimmte Dinge, die in *Bombyx Mori* angedeutet werden, unmöglich wissen können – es sei denn, jemand hat sie ihm verraten«, sagte Chard, der nun die Seite des Steinengels betrachtete.

»Die Polizei wäre an einem Komplizen wohl in erster Linie deshalb interessiert, weil er sie auf die Spur des Mörders führen könnte«, sagte Strike mit Bedacht.

Einerseits war dies die Wahrheit; andererseits war es der Versuch, Chard daran zu erinnern, dass ein Menschenleben unter grotesken Umständen beendet worden war. Der Identität des Mörders schien Chard offensichtlich keine allzu hohe Priorität einzuräumen.

»Glauben Sie?«, fragte Chard mit einem leichten Stirnrunzeln.

»Ja«, sagte Strike, »allerdings. Vielleicht könnte dieser Komplize zudem einige der eher kryptischen Passagen des Buches erhellen – auch das würde die Polizei interessieren. Einer der Theorien zufolge, denen die Ermittler im Augenblick nachgehen, wurde Quine ermordet, um ihn davon abzuhalten, etwas preiszugeben, was er in *Bombyx Mori* nur angedeutet hat.«

Daniel Chard starrte Strike gebannt an. »Ja. Das hatte ich nicht … Ja.«

Zu Strikes Überraschung stand der Verleger auf, stützte sich auf die Krücken und ging ein paar Schritte vor und zurück, was wie eine Parodie auf die ersten zögerlichen Physiotherapiestunden wirkte, denen sich Strike vor Jahren im Selly Oak Hospital unterzogen hatte. Chard war gut in Form, wie Strike an dem sich spannenden Bizeps unter den Seidenärmeln erkennen konnte.

»Würde der Mörder …«, setzte Chard an. »Was?«, rief er plötzlich und starrte über Strikes Schulter hinweg.

Robin war aus der Küche zurück. Ihr Gesicht hatte wieder eine deutlich gesündere Farbe angenommen.

»Verzeihung«, sagte sie und blieb verunsichert stehen.

»Das hier ist ein vertrauliches Gespräch«, sagte Chard. »Nein, tut mir leid, würden Sie bitte wieder in die Küche gehen?«

»Ich ... Na schön«, sagte Robin überrascht und – was Strike nicht entging – gekränkt. Sie warf ihm einen fragenden Blick zu, erwartete, dass er etwas sagte, doch er schwieg.

»Jetzt habe ich den Faden verloren«, sagte Chard wütend, nachdem sich die Schwingtür hinter Robin geschlossen hatte. »Völlig den Faden verloren ...«

»Sie wollten etwas über den Mörder sagen.«

»Ja. Ja«, rief Chard aufgebracht und begann wieder, auf und ab zu trippeln. »Würde der Mörder, wenn er von dem Komplizen wüsste, diesen nicht ebenfalls ins Visier nehmen? Vielleicht hat er das ja bereits getan«, sagte Chard mehr zu sich selbst als zu Strike. Sein Blick war auf den teuren Holzboden gerichtet. »Vielleicht erklärt das ... Ja.«

Durch das kleine Fenster in der Wand neben Strike war lediglich das an das Haus angrenzende dunkle Wäldchen zu erkennen. Weiße Flocken tanzten träumerisch durch die Schwärze.

»Illoyalität«, sagte Chard plötzlich, »verletzt mich mehr als alles andere.«

Er beendete sein energisches Vor und Zurück und wandte sich wieder dem Detektiv zu.

»Wenn ich Ihnen verraten würde, wen ich der Komplizenschaft verdächtige, und Sie damit beauftragte, Beweise dafür zu beschaffen, würden Sie sich dann verpflichtet fühlen, diese Informationen an die Behörden weiterzugeben?«

Eine heikle Frage, dachte Strike und fuhr sich nachdenklich mit der Hand über das in der morgendlichen Eile nur unzureichend rasierte Kinn.

»Wenn Sie mich engagieren wollen, um einen bestimmten Verdacht zu bestätigen ...«, begann Strike vorsichtig.

»Ja«, fiel Chard ihm ins Wort. »Ja, das will ich. Ich brauche Gewissheit.«

»...dann wäre ich vermutlich nicht gezwungen, dies der Polizei mitzuteilen. Wenn ich aber herausbekäme, dass es einen Komplizen gab und dieser möglicherweise Quine ermordet hat oder weiß, wer der Täter ist ... dann wäre es selbstverständlich meine Pflicht, die Polizei davon in Kenntnis zu setzen.«

Chard ließ sich wieder auf einem der großen Lederwürfel nieder. Dabei entglitten ihm seine Gehhilfen und fielen klappernd zu Boden.

»Verdammt«, sagte er so laut, dass sein Unmut von den vielen harten Flächen um sie herum widerhallte. Er beugte sich vor, um sich zu vergewissern, dass er keine Delle in dem versiegelten Holz hinterlassen hatte.

»Sie wissen, dass ich bereits von Quines Ehefrau damit beauftragt wurde, den Mörder zu finden?«, fragte Strike.

»Ich habe etwas in der Richtung gehört«, sagte Chard, der weiterhin die Teakholzdielen inspizierte. »Aber das würde Ihre Tätigkeit für mich doch gewiss nicht beeinträchtigen, nehme ich an?«

Eine bemerkenswerte Selbstbezogenheit, dachte Strike. *Bitte lassen Sie mich wissen, wenn wir irgendetwas für Sie tun können*, hatte in Chards akkurater Handschrift auf der Karte mit dem Veilchenaquarell gestanden. Das hatte ihm wahrscheinlich seine Sekretärin diktiert.

»Wollen Sie mir verraten, wer der angebliche Komplize war?«, fragte Strike.

»Das fällt mir weiß Gott nicht leicht«, murmelte Chard, dessen Blick von Alfred Wallis über den Steinengel die Wendeltreppe hinaufwanderte.

Strike wartete.

»Es war Jerry Waldegrave«, sagte Chard schließlich, sah Strike kurz an und dann wieder weg. »Und ich kann Ihnen auch sagen, weshalb ich das vermute – woher ich das weiß. Er hatte sich schon wochenlang merkwürdig verhalten. Aufgefallen ist es mir endlich, als er mich wegen *Bombyx Mori* anrief und mir erzählte, was Quine angerichtet hatte. Er hat es weder bedauert, noch hat er sich entschuldigt.«

»Wieso hätte Waldegrave sich für etwas entschuldigen sollen, was Quine geschrieben hat?«

Chard war von dieser Frage sichtlich überrascht.

»Na ja – Owen war schließlich Jerrys Autor. Da hätte ich zumindest ein bisschen Bedauern darüber erwartet, dass Owen mich in dieser … auf diese Weise porträtiert hat.«

Strikes heimtückische Fantasie führte ihm erneut den nackten Phallus Impudicus vor Augen, wie er vor der Leiche eines jungen Mannes stand, die ein übernatürliches Licht ausstrahlte.

»Sie und Waldegrave sind sich wohl nicht mehr grün?«, fragte Strike.

»Ich war wirklich geduldig mit ihm. Überaus geduldig«, sagte Chard, ohne direkt auf die Frage einzugehen. »Als er vor einem Jahr diese Therapieeinrichtung besuchte, habe ich ihm weiter das volle Gehalt bezahlt. Er fühlt sich womöglich ungerecht behandelt, aber ich war immer für ihn da. Andere Männer - klügere Männer – hätten ihn wahrscheinlich seinem Schicksal überlassen. Ich trage keine Schuld an Jerrys privatem Unglück. Er hegt einen Groll gegen mich – ja, definitiv, einen Groll, wie ungerechtfertigt er auch sein mag.«

»Einen Groll worüber?«, fragte Strike.

»Jerry kann Michael Fancourt nicht ausstehen«, murmelte Chard und starrte in die Flammen im Kamin. »Michael hatte vor vielen Jahren ein … Techtelmechtel mit Jerrys Frau Fenella. Von dem ich Michael aus Freundschaft gegenüber Jerry im Übrigen *abgeraten* hatte, jawohl!«, sagte Chard und nickte, tief beeindruckt von seiner einstigen Leistung. »Ich hatte Michael gesagt, es sei ebenso herzlos wie dumm, selbst in Anbetracht … Wissen Sie, Michael hatte erst kurz zuvor seine erste Frau verloren. Doch er wollte meinen ungebetenen Rat nicht hören. Er war sogar dermaßen gekränkt, dass er sich einen anderen Verlag suchte. Die Geschäftsleitung war darüber nicht gerade erfreut. Es hat über zwanzig Jahre gedauert, Michael zurückzugewinnen. Nach so langer Zeit kann Jerry doch nicht erwarten, dass seine persönlichen Animositäten Einfluss auf die Firmenpolitik haben«, sagte Chard, dessen Glatze unter all dem Glas, dem polierten Holz und Stahl nur mehr eine weitere spiegelnde Oberfläche darstellte. »Seit sich Michael entschlossen hat, wieder für Roper Chard zu schreiben, hat Jerry es sich zur Aufgabe gemacht, bei jeder Gelegenheit auf subtile Weise meine Autorität zu … unterminieren. Ich glaube, Folgendes ist passiert«, sagte Chard und sah mehrmals zu Strike hinüber, als wollte er dessen Reaktion einschätzen. »Jerry hat Owen von unserer Abmachung mit Michael erzählt, obwohl das natürlich streng geheim war. Und dann heckte er mit Owen, der seit einem Vierteljahrhundert mit Fancourt verfeindet war, die Idee zu diesem … verfluchten Buch aus, in dem Michael und ich Opfer dieser … dieser widerwärtigen Verleumdungen werden. Um die Aufmerksamkeit von Michaels Rückkehr zu Roper Chard wegzulenken – und um sich an uns beiden zu rächen, am Verlag, an allen, die sie in ihrem Machwerk verunglimpfen. Der schlagende Beweis ist allerdings« – Chards Stimme hallte durch den leeren Raum –, »dass ich Jerry explizit damit betraut hatte, das Manuskript sicher zu verwahren. Und er hat dafür gesorgt, dass es ganz London in die Finger bekam. Und dann kündigt er einfach so, und ich darf…«

»Wann hat Waldegrave gekündigt?«, fragte Strike.

»Vorgestern«, antwortete Chard knapp, bevor er fortfuhr: »Er hat lange gezögert, bis er mir zugestimmt hat, rechtliche Schritte gegen Quine einzuleiten. Allein das zeigt doch schon…«

»Vielleicht fürchtete er, dass eine Gerichtsverhandlung nur noch mehr Aufmerksamkeit auf das Buch ziehen würde?«, warf Strike ein. »Waldegrave kommt schließlich ebenfalls in *Bombyx Mori* vor, oder nicht?«

»Ach, das!«, rief Chard und kicherte. Es war das erste Mal, dass Strike so etwas wie Heiterkeit bei ihm wahrnahm – keine angenehme Erfahrung. »Das werden Sie doch nicht für bare Münze nehmen, Mr. Strike. Owen hatte davon *keine Ahnung*.«

»Wovon?«

»Der Schnittmeister ist Jerrys Erfindung – das habe ich erst beim dritten Lesen begriffen«, erklärte Chard. »Äußerst clever: Was wie ein Angriff auf Jerry aussieht, soll in Wahrheit Fenella verletzen. Wissen Sie, die beiden sind zwar noch verheiratet, aber sehr unglücklich. *Sehr* unglücklich. Ja, beim nochmaligen Lesen wurde mir alles klar«, sagte Chard und nickte, und die Spots an der Hängedecke erzeugten wellenförmige Reflexionen auf seiner Kopfhaut. »Der Schnittmeister kann nicht auf Owens Mist gewachsen sein. Owen kannte Fenella kaum, und er wusste nichts von dieser alten Geschichte.«

»Was genau haben dieser blutige Sack und die Zwergin denn zu…«

»Fragen Sie Jerry«, sagte Chard. »Zwingen Sie ihn, es Ihnen zu verraten. Warum sollte ich ihm dabei helfen, andere Leute mit Schmutz zu bewerfen?«

Strike beschloss, es vorsichtshalber dabei bewenden zu lassen. »Ich habe mich gefragt, wieso Michael Fancourt zu Roper Chard zurückgewechselt hat – ausgerechnet zu Quines Verlag, obwohl sie einander doch spinnefeind waren?«

Es folgte eine kurze Pause.

»Wir waren vertraglich nicht dazu verpflichtet, Owens nächstes Buch herauszubringen«, sagte Chard. »Wir hatten lediglich das Vorkaufsrecht daran, mehr nicht.«

»Also glauben Sie, dass Jerry Waldegrave Quine gesteckt haben könnte, Roper Chard werde ihn fallen lassen, um sich Fancourt zu sichern?«

»Ja«, sagte Chard und starrte auf seine Fingernägel. »Genau das. Außerdem habe ich Owen bei unserer letzten Begegnung verärgert. Die Nachricht, dass ich ihn unter Umständen nicht weiter verlegen würde, brachte zweifellos den letzten Funken Loyalität, den er noch für mich hegte, zum Erlöschen. Obwohl ich ihn veröffentlicht habe, selbst als jeder andere Verlag des Landes ihn längst ...«

»Inwiefern haben Sie ihn verärgert?«

»Ach, das war, als er zuletzt in den Verlag kam. Er hatte seine Tochter dabei ...«

»Orlando?«

»Benannt, wie er mir sagte, nach der Titelheldin des gleichnamigen Romans von Virginia Woolf.« Chard zögerte. Sein Blick glitt kurz zu Strike hinüber und dann wieder zurück auf seine Fingernägel. »Sie ... Seine Tochter ist nicht normal.«

»Wirklich? Inwiefern?«

»Geistig«, murmelte Chard. »Ich war gerade in der Werbeabteilung, als sie kamen. Owen meinte, er wolle sie ein bisschen herumführen – wozu er überhaupt nicht befugt war, aber Owen fühlte sich überall wie zu Hause ... Er hat sich in seiner selbstherrlichen Art immer viel zu viel herausgenommen ...

Jedenfalls wollte sich die Tochter mit ihren schmutzigen Fingern einen Umschlagentwurf schnappen, und ich packte sie am Handgelenk, um sie daran zu hindern ...« Er stellte das Ganze mit erhobenen Händen pantomimisch nach. Allein die Erinnerung an diesen gerade noch verhinderten Akt des Vandalismus war ihm offenkundig zuwider. »Eine Instinkthandlung, verstehen Sie? Um den Umschlag zu retten. Sie hat sich furchtbar darüber aufgeregt und machte mir eine richtige Szene. Äußerst peinlich und unangenehm«, murmelte Chard, der die damaligen Qualen noch einmal zu durchleiden schien. »Sie wurde richtiggehend hysterisch. Owen war außer sich. Aus seiner Sicht hatte ich zweifellos ein unverzeihliches Verbrechen begangen ... natürlich auch, indem ich Michael Fancourt zu Roper Chard zurückgeholt hatte.«

»Wer hätte wohl am meisten Anlass, sich über seine Darstellung in *Bombyx Mori* zu ärgern?«, fragte Strike.

»Das kann ich Ihnen nicht beantworten«, sagte Chard. »Na ja«, fuhr er nach einer kurzen Pause fort, »ich wage zu bezweifeln, dass Elizabeth Tassel sehr erfreut darüber war, sich als Parasitin beschrieben zu sehen. Nicht nach all den Jahren, in denen sie Owen von irgendwelchen Partys gezerrt hat, ehe er sich im betrunkenen Zustand lächerlich machen konnte. Leider«, sagte Chard kühl, »habe ich für Elizabeth nicht allzu viel Mitleid übrig. Sie hat das Buch in alle Welt verschickt, ohne es vorher zu lesen. Das war auf kriminelle Weise fahrlässig.«

»Haben Sie Fancourt kontaktiert, nachdem Sie das Manuskript gelesen hatten?«, fragte Strike.

»Er musste erfahren, was Quine getan hatte«, sagte Chard. »Und da hielt ich es für das Beste, wenn er es von mir erfuhr. Er war gerade aus Paris zurück, wo er den Prix Prévost verliehen bekommen hatte. Der Anruf ist mir nicht gerade leichtgefallen.«

»Wie hat er reagiert?«

»Michael ist hart im Nehmen«, murmelte Chard. »Er sagte mir, ich solle mir keine Sorgen machen und dass Owen sich damit selbst mehr geschadet habe als uns. Michael freut sich über jede Feindschaft, die er pflegen kann. Er war völlig entspannt.«

»Haben Sie ihm auch erzählt, was Quine in dem Buch über ihn geschrieben oder vielmehr angedeutet hat?«

»Natürlich«, sagte Chard. »Bevor er es von jemand anderem gehört hätte …«

»Und er hat sich nicht darüber aufgeregt?«

»›Daniel, das letzte Wort werde ich haben‹, hat er gesagt. ›Das letzte Wort werde ich haben.‹«

»Wie war das Ihrer Meinung nach zu verstehen?«

»Oh, Michael ist ein Meuchelmörder«, sagte Chard mit einem feinen Lächeln. »Er kann einem bei lebendigem Leib die Haut abziehen, und das mit nur fünf wohlgewähl… Wenn ich ›Meuchelmörder‹ sage«, warf Chard unvermittelt und mit fast amüsanter Besorgnis ein, »dann meine ich natürlich nur in literarischer …«

»Natürlich«, sagte Strike beruhigend. »Haben Sie Fancourt vorgeschlagen, gemeinsam rechtliche Schritte einzuleiten?«

»In solchen Dingen lehnt Michael den Rechtsweg als Form der Wiedergutmachung ab.«

»Sie kannten doch den verstorbenen Joseph North, oder nicht?«, fragte Strike im Plauderton.

Chards Gesichtsmuskeln erstarrten unter der errötenden Haut zu einer Maske.

»Das ist … Das ist sehr lange her.«

»North war mit Quine befreundet, stimmt's?«

»Ich hatte Joe Norths Roman abgelehnt«, sagte Chard. Sein schmaler Mund schien sich überhaupt nicht mehr schließen zu wollen. »Aber *mehr auch nicht*. Ein halbes Dutzend anderer Verlage haben das Gleiche getan. In finanzieller Hinsicht war das ein Fehler, schließlich war das Buch posthum ziemlich erfolgreich. Selbstverständlich«, fügte er herablassend hinzu, »hat es Michael wohl in weiten Teilen umgeschrieben.«

»Quine hat es Ihnen also übel genommen, dass Sie das Buch seines Freundes abgelehnt haben?«

»Allerdings. Er machte einen Riesenwirbel darum.«

»Und trotzdem ging er bei Roper Chard unter Vertrag?«

»Dass ich Joe Norths Buch abgelehnt habe, war nicht persönlich gemeint«, sagte Chard mit rotem Kopf. »Selbst Owen hat das irgendwann eingesehen.«

Es folgte eine weitere unbehagliche Pause.

»Also ... Wenn man Sie beauftragte, einen Kriminellen von diesem ... Format zu suchen«, begann Chard sichtlich bemüht darum, das Thema zu wechseln, »würden Sie dann mit der Polizei zusammenarbeiten, oder ...«

»Oh ja«, sagte Strike und dachte einerseits nicht ohne Ironie daran, dass ihm die Gesetzeshüter in letzter Zeit eher feindselig begegnet waren. Andererseits war er erfreut darüber, dass Chard ihm so bereitwillig in die Hände spielte. »Ich habe exzellente Verbindungen zur Met. *Ihre* Aktivitäten scheinen den Behörden keine Sorgen zu bereiten«, sagte er mit Betonung auf dem Possessivpronomen.

Die provokante, bewusst schwammige Formulierung erzielte den gewünschten Effekt.

»Die Polizei interessiert sich für *meine* Aktivitäten?«

Chard klang wie ein verängstigter Junge, unfähig, auch nur einen Hauch defensiver Gelassenheit zur Schau zu stellen.

»Nun, sie nimmt zwangsläufig jeden, der in *Bombyx Mori* auftaucht, genauer unter die Lupe«, sagte Strike gleichmütig und nippte an seinem Tee, »und alles, was Sie und die anderen nach dem Fünften getan haben – an jenem Tag, als Quine sein Buch einpackte und verschwand.«

Zu Strikes heimlicher Genugtuung fing Chard an, seine Handlungen in diesem Zeitraum laut zu rekapitulieren.

»Also, ich habe überhaupt erst am Siebten von dem Buch erfahren«, sagte er und betrachtete seinen dick eingepackten Fuß. »Ich war hier, als Jerry anrief … Ich bin natürlich sofort zurück nach London – Manny hat mich gefahren. Ich verbrachte die Nacht zu Hause, das können Manny und Nenita bestätigen … Am Montag traf ich mich im Verlag mit meinen Anwälten und redete mit Jerry … Am Abend war ich dann bei guten Bekannten in Notting Hill zum Dinner – auch von dort brachte Manny mich nach Hause … Und am Dienstag ging ich zeitig zu Bett, da ich am Mittwochmorgen nach New York fliegen musste. Dort war ich bis zum Dreizehnten … am Vierzehnten den ganzen Tag zu Hause … am Fünfzehnten …«

Chard sprach immer leiser und verstummte schließlich ganz. Vielleicht hatte er begriffen, dass er nicht dazu verpflichtet war, dies alles vor Strike darzulegen. Der kurze Blick, den er dem Detektiv zuwarf, wirkte beinahe argwöhnisch. Chard hatte sich einen Verbündeten kaufen wollen; nun schien es ihm zu dämmern, dass ein solches Vertrauensverhältnis ein zweischneidiges Schwert war. Strike war darüber nicht sonderlich beunruhigt. Bereits jetzt war das Gespräch ergiebiger gewesen als erhofft; wenn Chard nun auf seine Dienste verzichtete, wäre dies lediglich ein finanzieller Nachteil für Strike.

Manny tappte auf sie zu. »Mittagessen?«, fragte er Chard knapp.

»In fünf Minuten«, sagte Chard mit einem Lächeln. »Ich muss mich erst von Mr. Strike verabschieden.«

Manny schlich auf Gummisohlen davon.

»Er schmollt«, sagte Chard mit einem gezwungenen Lachen. »Die beiden sind nicht gern hier. London ist ihnen lieber.«

Er nahm die Krücken vom Boden und stemmte sich hoch. Strike folgte seinem Beispiel, wenn auch etwas mühseliger.

»Und wie geht es … äh … Mrs. Quine?«, fragte Chard, der sich erst mit einiger Verspätung an die Anstandsregeln zu erinnern schien. Gemeinsam humpelten sie wie exotische dreibeinige Tiere auf die Eingangstür zu. »Das ist doch diese füllige Rothaarige, nicht wahr?«

»Nein«, sagte Strike. »Sie ist ziemlich dünn und hat graues Haar.«

»Ah«, sagte Chard ohne großes Interesse. »Da muss ich sie mit jemandem verwechselt haben.«

Strike blieb vor der Schwingtür zur Küche stehen. Chard hielt ebenfalls inne und sah ihn bedauernd an. »So leid es mir tut, Mr. Strike, aber ich muss …«

»Ich auch«, sagte Strike höflich. »Allerdings wäre meine Assistentin bestimmt nicht begeistert, wenn ich sie hier zurückließe.«

Chard hatte Robins Existenz ganz offensichtlich vergessen, obwohl er sie erst kurz zuvor so gebieterisch des Raumes verwiesen hatte.

»Ja, natürlich – Manny! Nenita!«

»Sie ist auf der Toilette«, erklärte die untersetzte Frau, die mit dem Leinensack mit Robins Schuhen aus der Küche trat.

Unbehagliches Schweigen machte sich zwischen ihnen breit, bis Robin endlich zurückkehrte und mit versteinerter Miene in ihre Schuhe schlüpfte.

Als sich die Eingangstür öffnete, schlug ihnen ein eisiger Wind in die warmen Gesichter. Strike gab Chard die Hand, während Robin schnurstracks und ohne ein weiteres Wort zum Auto ging und auf dem Fahrersitz Platz nahm.

Auch Manny, der wieder seinen dicken Mantel trug, gesellte sich zu ihnen.

»Ich fahre mit«, sagte er. »Muss nach dem Tor sehen.«

»Manny, falls es klemmt, können sie sich doch über die Sprechanlage melden«, rief Chard, doch der junge Mann kletterte auf die Rückbank, ohne ihn zu beachten.

Schweigend fuhren die drei durch den fallenden Schnee die schwarz-weiße Einfahrt hinunter. Manny drückte auf die Fernbedienung, die er mitgenommen hatte, und das Tor glitt problemlos auf.

»Danke«, sagte Strike und drehte sich zu ihm um. »Tut mir leid, dass Sie jetzt in der Kälte zurückgehen müssen.«

Manny schniefte, stieg aus und schlug die Tür zu. Robin hatte gerade den Gang eingelegt, als er unversehens vor Strikes Fenster auftauchte. Sie trat auf die Bremse.

»Ja?«, fragte Strike, nachdem er das Fenster heruntergelassen hatte.

»Ich hab ihn nicht gestoßen«, sagte Manny nachdrücklich.

»Wie bitte?«

»Die Treppe runter«, sagte Manny. »Ich hab ihn nicht gestoßen. Er lügt.«

Strike und Robin starrten ihn an.

»Glauben Sie mir?«

»Selbstverständlich«, sagte Strike.

»Na gut«, sagte Manny und nickte ihnen zu. »Okay.«

Er drehte sich um und ging auf rutschigen Gummisohlen unsicheren Schrittes zum Haus zurück.

30

Und zum Beweis, daß ichs aufrichtig meine, will ich Euch
gleich meinen Willen eröffnen – Offenherzig zu reden, ich
fürchte, die Welt hat uns besser beobachtet, als wir einander.

WILLIAM CONGREVE, *LIEBE FÜR LIEBE*

Strike bestand darauf, an der Raststätte Tiverton anzuhalten
und bei Burger King eine Pause einzulegen.

»Sie müssen etwas essen, bevor wir weiterfahren.«

Robin begleitete ihn hinein, wenn auch weiterhin überaus einsilbig – selbst über Mannys verblüffende Unschulds-
behauptung verlor sie kein Wort. Strike hatte zwar mit einer
derart frostigen Duldermiene gerechnet; seine Langmut stra-
pazierte sie dennoch. Robin reihte sich in die Schlange vor der
Theke ein, da er schlecht seine Krücken und ein voll belade-
nes Tablett bewältigen konnte. Als sie die Burger schließlich
auf dem Resopaltisch abgestellt hatte, versuchte er, die Situation zu entschärfen.

»Robin… Ich weiß, Sie haben von mir erwartet, dass ich
Chard zurechtweise, weil er Sie wie eine Bedienstete behandelt hat.«

»Gar nicht wahr«, widersprach Robin automatisch (jetzt,
da er es laut ausgesprochen hatte, kam sie sich zickig und kin-
disch vor).

»Wie Sie meinen«, sagte Strike mit einem gereizten Schulterzucken und nahm einen großen Bissen von seinem ersten Burger.

Ein, zwei Minuten lang widmeten sie sich mürrisch schweigend ihrem Essen, dann gewann Robins ureigene Ehrlichkeit die Oberhand.

»Na schön. Ein bisschen«, sagte sie.

»Er war gerade dabei, mir hochinteressante Dinge zu erzählen«, sagte Strike, den das fettige Essen und Robins Aufrichtigkeit etwas milder stimmten. »Man fängt mit einer zu befragenden Person keinen Streit an, wenn sie erst einmal in Fahrt ist.«

»Bitte entschuldigen Sie mein amateurhaftes Verhalten«, sagte sie, abermals gekränkt.

»Ach, verdammt noch mal«, sagte er. »Wer hat denn behauptet, Sie wären...«

»Wieso haben Sie mich überhaupt eingestellt?«, fragte sie plötzlich und ließ ihren immer noch halb eingewickelten Burger auf das Tablett fallen.

Der aufgestaute Zorn der letzten Wochen brach sich nun Bahn. Sie wollte die Wahrheit erfahren – egal, wie schmerzhaft sie sein würde. War sie lediglich Tippse und Empfangsdame oder doch mehr? Hatte sie zu Strike gehalten und ihm aus der Patsche geholfen, nur um wie eine Lakaiin behandelt zu werden?

»Wieso ich Sie...«, fragte Strike und starrte sie an. »Was meinen Sie, wieso...«

»Ich dachte, Sie wollten, dass ich... Ich dachte, Sie würden mich... mich *anlernen*«, sagte Robin mit roten Wangen und unnatürlich glänzenden Augen. »Das haben Sie zumindest früher immer mal wieder erwähnt, aber seit Wochen höre ich nur noch, dass Sie zusätzlich jemanden einstellen wollen. Ich habe finanzielle Einbußen in Kauf genommen und diverse besser bezahlte Jobs ausgeschlagen«, sagte sie mit bebender Stimme. »Ich dachte, Sie wollten, dass ich …«

In ihrer so lange unterdrückten Wut war sie den Tränen nahe, doch sie war fest entschlossen, hart zu bleiben. Jene imaginäre Mitarbeiterin, die sie bereits vor sich an Strikes Seite sah, würde niemals die Fassung verlieren; nicht die abgebrühte Expolizistin, die jede Krise standhaft und unerschütterlich meisterte …

»Ich dachte, Sie wollten, dass ich … Ich dachte nicht, dass ich nur dazu da wäre, um ans Telefon zu gehen.«

»So ist es ja nun auch wieder nicht«, sagte Strike, der inzwischen seinen ersten Burger verzehrt hatte. Unter buschigen Brauen verfolgte er mit wachen Augen ihr mühsames Ringen um Selbstbeherrschung. »Wir haben doch gerade erst in dieser Woche gemeinsam die Wohnhäuser möglicher Verdächtiger ausgekundschaftet. Und heute auf dem Motorway haben Sie uns beiden das Leben gerettet.«

Damit ließ sich Robin nicht abspeisen. »Welche Tätigkeiten hatten Sie denn für mich im Sinn, als Sie mich eingestellt haben?«

»Ich glaube nicht, dass ich mir das so genau überlegt habe«, sagte Strike ebenso bedachtsam wie unaufrichtig. »Ich wusste ja nicht, dass Sie es mit dem Job so ernst meinten und sich sogar weiterbilden …«

»*Wie könnte ich es denn nicht ernst meinen?*«, rief Robin.

Eine vierköpfige Familie starrte aus einer Ecke des kleinen Schnellrestaurants zu ihnen herüber. Robin schenkte ihr keine Beachtung. Sie war außer sich vor Wut. Strike hatte auf der langen, kalten Fahrt allen Proviant vertilgt, war sichtlich überrascht gewesen, dass sie ein Fahrzeug lenken konnte, hatte sie zu Chards Bediensteten in die Küche verbannt und jetzt …

»Sie zahlen mir die Hälfte – *die Hälfte* – dessen, was ich

in dieser Personalabteilung verdient hätte! Was glauben Sie denn, warum ich geblieben bin? Ich habe Ihnen geholfen. Ich habe Ihnen geholfen, den Fall Lula...«

»Okay«, sagte Strike und hob seine große Hand mit dem stark behaarten Rücken. »Okay, ich werd's Ihnen sagen. Aber machen Sie mir keine Vorwürfe, wenn es nicht das ist, was Sie hören wollen.«

Sie saß kerzengerade auf dem Plastikstuhl vor ihrem kaum angerührten Essen und blickte ihn mit gerötetem Gesicht an.

»Ich habe Sie tatsächlich eingestellt, weil ich Sie anlernen wollte. Ich hatte bislang kein Geld für irgendwelche Fortbildungen, aber ich dachte, Sie würden in der Praxis genug mitbekommen, bis ich sie mir würde leisten können.«

Robin schwieg. Sie weigerte sich, sich einlullen zu lassen. Erst wollte sie hören, worauf er hinauswollte.

»Sie haben ein Talent für diese Arbeit, keine Frage«, sagte Strike. »Aber Sie werden jemanden heiraten, der diese Arbeit hasst.«

Robin öffnete den Mund – und schloss ihn wieder. Sie hatte urplötzlich das Gefühl, keine Luft mehr zu bekommen, was ihr glatt die Sprache verschlug.

»Sie machen jeden Tag pünktlich Feierabend...«

»Stimmt überhaupt nicht!«, rief Robin erbost. »Vielleicht ist Ihnen ja aufgefallen, dass ich heute auf einen freien Tag verzichtet habe, nur um Sie nach Devon zu fahren...«

»Weil er nicht da ist«, sagte Strike. »Weil er es nicht weiß.«

Ihre Atemnot nahm zu. Woher konnte Strike wissen, dass sie Matthew angelogen oder ihm gegenüber zumindest nicht die volle Wahrheit gesagt hatte?

»Selbst wenn... Selbst wenn dem so wäre«, sagte sie verlegen, »dann ist es ja wohl meine Sache, was ich mit meinem... Matthew hat nicht darüber zu bestimmen, wo ich arbeite.«

»Ich war sechzehn Jahre lang mit Charlotte zusammen. Mal mehr, mal weniger«, sagte Strike und nahm seinen zweiten Burger zur Hand. »Meistens weniger. Sie hat meinen Job verabscheut. Das hat unsere Beziehung ruiniert – war einer der Faktoren, die unsere Beziehung ruiniert haben«, korrigierte er sich mit schonungsloser Ehrlichkeit. »Es ist eine Berufung, und das hat sie nie verstanden. Manche Leute können das einfach nicht verstehen. Für sie ist die Arbeit nur ein notwendiges Übel, um an Geld zu kommen und einen höheren sozialen Status zu erlangen. Sie hat keinen Wert an sich.«

Er wickelte den Burger aus. Robin funkelte ihn böse an.

»Ich brauche einen Partner, der auch mal Überstunden machen kann«, fuhr Strike fort. »Der kein Problem damit hat, am Wochenende zu arbeiten. Man kann es Matthew nicht verübeln, dass er sich Sorgen um Sie macht ...«

»Macht er ja gar nicht.«

Die Worte waren aus ihrem Mund entwischt, ehe Robin ihnen Einhalt gebieten konnte. In ihrem Bedürfnis, allem, was Strike sagte, kategorisch zu widersprechen, war ihr eine grausame Wahrheit entschlüpft. Tatsache war: Matthew hatte kein Vorstellungsvermögen. Er hatte den blutenden Strike nicht gesehen, nachdem ihn der Mörder von Lula Landry mit dem Messer attackiert hatte. Selbst ihrer Beschreibung des gefesselten und ausgeweideten Owen Quine hatte er kaum Beachtung geschenkt. Zu sehr nahm er alles durch einen Schleier der Eifersucht wahr, der sich immer dann über seine Augen legte, sobald die Sprache auf Strike kam. Seine Abneigung gegen ihre Arbeit – und das hatte sie sich selbst bisher nicht eingestehen wollen - hatte nichts damit zu tun, dass er sich Sorgen um sie machte.

»Dieser Beruf ist nicht ungefährlich«, murmelte Strike inmitten eines herzhaften Bissens, als hätte er sie nicht gehört.

»Ich war Ihnen eine große Hilfe«, widersprach Robin – allerdings noch undeutlicher, obwohl sie gar nichts im Mund hatte.

»Das weiß ich doch. Ohne Sie wäre ich nicht da, wo ich jetzt bin«, sagte Strike. »Ich glaube, niemand war jemals glücklicher über den Irrtum einer Zeitarbeitsagentur als ich. Sie sind einfach unglaublich, ohne Sie hätte ich … Jetzt hören Sie doch auf zu weinen, die Familie dahinten guckt schon.«

»Das ist mir pupsegal«, sagte Robin, schnäuzte sich in eine Papierserviette, und Strike musste lachen.

»Wenn Sie unbedingt möchten«, teilte er ihrem rotblonden Scheitel mit, »dann schicke ich Sie auf einen Überwachungskurs, sobald ich das Geld dafür habe. Aber wenn Sie meine Juniorpartnerin sein wollen, werde ich hin und wieder Dinge von Ihnen verlangen müssen, die Matthew nicht gefallen werden. So ist das nun mal. Damit müssen Sie wohl oder übel klarkommen.«

»Das werde ich auch«, sagte Robin, die am liebsten Rotz und Wasser geheult hätte. »Genau das will ich. Nur deshalb bin ich geblieben.«

»Dann gucken Sie nicht so bedröppelt und essen Sie Ihren Burger auf.«

Der Kloß in Robins Hals erschwerte ihr die Nahrungsaufnahme erheblich. Sie war fertig mit den Nerven, aber gleichzeitig auch erleichtert. Also hatte sie sich nicht getäuscht: Strike hatte erkannt, dass sie von der gleichen Motivation getrieben war wie er selbst. Sie waren anders als diejenigen, die nur um der Bezahlung willen arbeiteten …

»Erzählen Sie mir jetzt von Daniel Chard?«, fragte sie.

Während seines Berichts stand die neugierige vierköpfige Familie auf und verließ das Restaurant, wobei sie immer wieder verstohlene Blicke auf das Pärchen warf, aus dem sie nicht so recht schlau zu werden schien. (War es eine Kabbelei unter Liebenden gewesen? Ein Familienkrach? Und warum hatten sie sich so schnell wieder versöhnt?)

»Paranoid, ein bisschen exzentrisch und extrem von sich eingenommen«, fasste Strike fünf Minuten später zusammen. »Aber womöglich hat er recht, und Jerry Waldegrave steckte wirklich mit Quine unter einer Decke. Andererseits hat er vielleicht auch nur deshalb gekündigt, weil er von Chard die Nase voll hatte. Ich kann mir vorstellen, dass es nicht gerade leicht ist, mit ihm zusammenzuarbeiten. Kaffee?«

Robin sah auf die Uhr. Es schneite immer noch; wenn es auf dem Motorway zu einer weiteren Verzögerung käme, würde sie den Zug nach Yorkshire verpassen. Doch da sie ihm nach dieser Unterhaltung unbedingt beweisen wollte, dass sie es mit ihrem Engagement ernst meinte, willigte sie ein. Außerdem musste sie Strike noch etwas erzählen, solange sie ihm dabei ins Gesicht sehen konnte. Es würde nur halb so viel Spaß machen, während sie am Steuer saß und seine Reaktion nicht mitbekam.

»Ich habe ebenfalls etwas über Chard herausgefunden«, sagte sie, nachdem sie Kaffee für sie beide und eine heiße Apfeltasche für Strike geholt hatte.

»Haben seine Bediensteten getratscht?«

»Nein«, sagte Robin. »Die haben die ganze Zeit über kaum mit mir gesprochen. Sie hatten ziemlich schlechte Laune.«

»Chard hat erwähnt, dass es ihnen in Devon nicht gefällt. London ist ihnen lieber. Sind sie Geschwister?«

»Mutter und Sohn, glaube ich«, sagte Robin. »Zumindest hat er sie einmal ›Mamu‹ genannt. Jedenfalls musste ich mal, und die Personaltoilette liegt direkt neben einer Art Atelier. Daniel Chard kennt sich offensichtlich gut mit Anatomie aus«, sagte Robin. »An den Wänden hängen anatomische

Zeichnungen von Leonardo da Vinci. In einer Ecke steht sogar so ein anatomisches Wachsmodell – gruselig! Und auf der Staffelei war eine ziemlich detaillierte Zeichnung von seinem Kammerdiener Manny … in liegender Position. Nackt.«

Strike stellte seinen Kaffee ab.

»Das ist wirklich sehr interessant«, sagte er langsam.

»Dacht ich mir, dass Ihnen das gefallen würde«, sagte Robin mit schüchternem Lächeln.

»Das rückt Mannys Behauptung, dass er seinen Chef nicht die Treppe hinuntergestoßen habe, in ein ganz neues Licht.«

»Die beiden waren über Ihre Anwesenheit nicht sehr erfreut«, sagte Robin. »Das ist womöglich meine Schuld. Ich habe ihnen verraten, dass Sie Privatdetektiv sind. Leider hat mich Nenita – die nicht so gut Englisch spricht wie Manny – nicht richtig verstanden, deshalb habe ich einfach gesagt, Sie wären so was wie ein Polizist.«

»Woraufhin sie vermutet haben, dass Chard mich zu sich zitiert hat, um sich über Mannys Handgreiflichkeit zu beschweren.«

»Hat Chard den Vorfall denn erwähnt?«

»Mit keinem Wort«, antwortete Strike. »Er war viel zu sehr auf Waldegraves vermeintlichen Verrat fixiert.«

Nachdem sie beide einen Abstecher zu den Toiletten gemacht hatten, traten sie wieder in die Kälte hinaus. Auf dem Weg über den Parkplatz mussten sie die Augen gegen den heranwehenden Schnee zusammenkneifen. Eine dünne Eisschicht hatte sich auf dem Dach des Toyota gebildet.

»Sie werden es doch rechtzeitig nach King's Cross schaffen, oder?«, fragte Strike und sah auf die Uhr.

»Wenn uns nichts mehr dazwischenkommt«, antwortete Robin und klopfte heimlich auf die hölzerne Innenverkleidung der Autotür.

Sie hatten kaum die M4 erreicht, auf der die Höchstgeschwindigkeit auf sechzig Meilen pro Stunde gedrosselt und jedes Wechselverkehrszeichen mit einer Wetterwarnung versehen worden war, als Strikes Handy klingelte.

»Ilsa? Was gibt's?«

»Hi, Corm. Hätte schlimmer kommen können. Sie haben sie nicht verhaftet, aber ordentlich in die Mangel genommen.«

Strike schaltete die Lautsprecherfunktion seines Handys ein, damit Robin mithören konnte. Konzentriert und mit gerunzelten Stirnen hörten sie zu, während der Wagen durch den umherstiebenden, gegen die Windschutzscheibe klatschenden Schnee kroch.

»Sie sind definitiv der Ansicht, dass sie es war«, fuhr Ilsa fort.

»Aber weshalb?«

»Sie hatte die Gelegenheit«, sagte Ilsa, »und sie verhält sich verdächtig. Damit tut sie sich wirklich keinen Gefallen. Sie gibt nur widerwillig Antwort und redet in einem fort nur von dir – worauf die allesamt ziemlich allergisch reagiert haben. Du werdest schon rausfinden, wer es wirklich war, hat sie gesagt.«

»Herrgott noch mal«, sagte Strike entnervt. »Und was war in dieser Garage?«

»Ach ja, die Garage. Ein angekokelter Lappen mit Blutflecken in einem Haufen Schrott.«

»Na, herzlichen Glückwunsch«, sagte Strike. »Der kann doch schon seit Jahren dort gelegen haben.«

»Das wird die Spurensicherung sicher herausfinden. Aber zugegeben, viel haben sie nicht in der Hand. Sie haben ja noch nicht einmal die Eingeweide gefunden.«

»Du weißt von den Eingeweiden?«

»Inzwischen weiß jeder von den Eingeweiden, Corm. Es war in den Nachrichten.«

Strike und Robin wechselten einen kurzen Blick. »Wann?«

»Gegen Mittag. Ich glaube, die Polizei wusste, dass es bald an die Öffentlichkeit gelangen würde. Deshalb haben sie sie verhört – um möglichst viel aus ihr herauszuquetschen, bevor die Tatumstände allgemein bekannt würden.«

»Dabei hat es die Presse überhaupt erst von der Polizei erfahren«, sagte Strike zornig.

»Das ist eine schwere Anschuldigung.«

»Ich weiß es von dem Journalisten, der den Bullen geschmiert hat.«

»Du kennst ein paar ziemlich interessante Leute, was?«

»Das bringt mein Beruf so mit sich. Danke für den Anruf, Ilsa.«

»Gern geschehen. Sorg dafür, dass sie nicht ins Gefängnis wandert, Corm. Ich finde sie wirklich ganz sympathisch.«

»Wer war das?«, fragte Robin, nachdem Ilsa aufgelegt hatte.

»Eine alte Schulfreundin aus Cornwall; inzwischen ist sie Rechtsanwältin. Sie hat einen Freund von mir aus London geheiratet«, sagte Strike. »Ich hatte sie Leonora empfohlen, weil ... Scheiße!«

Am Ende einer lang gezogenen Kurve sahen sie plötzlich einen langen Verkehrsstau vor sich. Robin bremste und reihte sich hinter einem Peugeot ein.

»*Scheiße*«, wiederholte Strike mit einem schnellen Seitenblick auf Robins entsetzte Miene.

»Noch ein Unfall«, sagte Robin. »Da vorn ist Blaulicht.«

In ihrer Fantasie spielte sie bereits das Telefonat mit Matthew durch, in dem sie ihm beizubringen versuchte, dass sie nicht kommen würde, weil sie den Nachtzug verpasst hätte. Die Beerdigung seiner Mutter ... *Wer verpasst denn bitte eine Beerdigung?* Sie hätte längst zu Hause sein, Matts Familie bei den Vorbereitungen helfen und Trost spenden müssen.

Ihre Reisetasche sollte längst bei ihren Eltern in ihrem alten Kinderzimmer stehen, das gebügelte Beerdigungsoutfit in ihrem einstigen Kleiderschrank hängen, bereit für den kurzen Weg zur Kirche am kommenden Morgen. Schließlich war es Mrs. Cunliffe, die sie zu Grabe tragen würden – ihre Schwiegermutter in spe. Doch sie hatte sich entschieden, mit Strike durchs Schneegestöber zu fahren, und jetzt steckten sie zweihundert Meilen von dem Friedhof, auf dem Matthews Mutter ihre letzte Ruhe finden würde, in einem Stau fest.

Das wird er mir nie verzeihen. Er wird mir nie verzeihen, dass ich die Beerdigung verpasst habe, weil ich stattdessen …

Warum nur war sie ausgerechnet heute vor eine derartige Entscheidung gestellt worden? Warum hatte das Wetter nicht besser sein können? Robin wurde ganz flau vor Angst, und der Stau wollte sich einfach nicht auflösen.

Wortlos schaltete Strike das Radio an. Take That schallten durchs Wageninnere und sangen davon, dass jetzt Fortschritte erzielt würden, wo zuvor keine zu verzeichnen gewesen waren. Die Musik zerrte an Robins Nerven, aber sie wollte nichts sagen.

Die Reihe der Fahrzeuge schob sich ein paar Meter vorwärts.

Bitte, lieber Gott, lass mich King's Cross rechtzeitig erreichen, betete Robin stumm.

Eine Dreiviertelstunde lang krochen sie durch den Schnee. Allmählich schwand das Licht des Nachmittags. Robin war die Zeit bis zur Abfahrt des Nachtzugs wie ein tiefer Ozean vorgekommen, doch zusehends schrumpfte sie zu einer kleinen Pfütze, in der sie früher oder später einsam und verlassen zurückbleiben würde.

Irgendwann sahen sie den Unfall vor sich: Streifenwagen, Warnlichter, einen ramponierten Polo.

»Sie werden es schaffen«, sagte Strike und ergriff damit zum ersten Mal, seit er das Radio eingeschaltet hatte, das Wort. Sie warteten darauf, dass ein Verkehrspolizist sie vorbeiwinkte. »Es wird knapp, aber Sie werden es schaffen.«

Robin antwortete nicht. Das alles war schließlich ihre Schuld und nicht seine. Strike hatte ihr angeboten, sich den Tag freizunehmen, doch sie hatte darauf bestanden, ihn nach Devon zu fahren. Sie hatte Matthew angelogen, was die Verfügbarkeit von Zugsitzplätzen betraf. Sie hätte es in Kauf nehmen müssen, im Zug von London nach Harrogate zu stehen, um Mrs. Cunliffes Beerdigung ja nicht zu verpassen. Strike war mit Charlotte – mal mehr, mal weniger – sechzehn Jahre lang zusammen gewesen, und sein Beruf hatte ihre Beziehung zerstört. Sie wollte Matthew nicht verlieren. Wieso nur hatte sie Strike angeboten, ihn zu fahren?

Es ging bestenfalls zähflüssig voran. Um fünf Uhr blieben sie im Berufsverkehr vor Reading erneut stecken. Strike drehte das Radio lauter, als die Nachrichten kamen. Robin versuchte, sich darauf zu konzentrieren, was über den Mord an Quine berichtet wurde, doch mit dem Herzen war sie bereits in Yorkshire – als hätte es einen großen Satz über den Verkehrsstau und die unerbittlichen Schneemengen hinweg gemacht und wäre direkt in der Heimat gelandet.

»Wie die Behörden mitteilten, wurde der Schriftsteller Owen Quine, dessen Leichnam vor sechs Tagen in einem Haus im Londoner Wohnviertel Barons Court aufgefunden wurde, auf die gleiche Weise getötet wie die Hauptfigur seines letzten, noch unveröffentlichten Romans. Bisher kam es zu keinen Festnahmen. Der für die Ermittlung zuständige Detective Inspector Richard Anstis trat am frühen Nachmittag vor die Presse.«

Strike fiel sofort auf, wie gestelzt und steif Anstis' Wortwahl war. Er schien alles andere als glücklich über die Art und Weise zu sein, wie die Informationen an die Öffentlichkeit gelangt waren. »Wir bitten jeden, der Zugang zum Manuskript von Mr. Quines letztem Roman hatte, sich bei der nächsten Polizeidienststelle zu melden ...«

»Detective Anstis, wie wurde Mr. Quine genau ermordet?«, fragte eine neugierige Männerstimme.

»Wir warten noch auf den Bericht der Rechtsmedizin«, sagte Anstis ausweichend.

»Können Sie bestätigen, dass der Mörder Teile der Leiche mitgenommen hat?«, rief eine Reporterin dazwischen.

»Mr. Quines innere Organe wurden teilweise vom Tatort entfernt«, hörte man Anstis sagen. »Momentan verfolgen wir mehrere Spuren, doch wir bitten auch hier die Öffentlichkeit um Mithilfe. Wir haben Grund zu der Annahme, dass der Täter extrem gefährlich ist.«

»Nicht schon wieder«, sagte Robin verzweifelt. Strike hob den Kopf und blickte auf eine Wand aus roten Rücklichtern. »Nicht noch ein Unfall ...«

Strike schaltete das Radio ab, ließ sein Fenster herunter und streckte den Kopf in den wirbelnden Schnee.

»Nein«, rief er, »da ist nur jemand in einer Schneewehe am Straßenrand stecken geblieben ... In einer Minute geht's weiter«, versicherte er ihr.

Doch es sollte geschlagene vierzig Minuten dauern, bis sie auch dieses Hindernis überwunden hatten. Alle drei Fahrspuren waren hoffnungslos verstopft, und wieder ging es nur schleppend voran.

»Das schaffe ich nie«, sagte Robin mit trockenem Mund, als sie endlich die Stadtgrenze Londons erreichten. Es war bereits zwanzig nach zehn.

»Natürlich«, widersprach Strike. »Schalten Sie das verdammte Ding ab«, sagte er und brachte das Navigationssystem mit einem Daumendruck zum Schweigen. »*Und fahren Sie nicht hier ab…*«

»Aber ich muss Sie doch…«

»Vergessen Sie's! Sie müssen mich nirgends rauslassen – die Nächste links!«

»Da darf ich nicht rein – Einbahnstraße!«

»*Links!*«, brüllte er und riss das Lenkrad herum.

»*Nicht*, das ist gefährlich…«

»Wollen Sie etwa diese verfluchte Beerdigung verpassen? Geben Sie Gas! Die Erste rechts…«

»Wo sind wir?«

»Ich weiß, was ich tue«, erwiderte er und spähte durch das Schneegestöber. »Geradeaus… Der Vater meines Kumpels Nick ist Taxifahrer. Er hat uns ein paar Sachen gezeigt… Jetzt rechts. Kümmern Sie sich nicht um das ›Durchfahrt verboten‹-Schild, wer soll da um diese Zeit schon rauskommen? Geradeaus weiter und bei der Ampel links!«

»Ich kann Sie doch nicht einfach in King's Cross stehen lassen«, sagte Robin, befolgte aber blindlings seine Anweisungen. »Sie können das Auto nicht fahren, was wollen Sie denn damit machen?«

»Vergessen Sie das Auto, da lass ich mir was einfallen… Da hoch, dann die Zweite rechts…«

Um fünf vor elf sah Robin die Türme des Bahnhofs St Pancras wie ein himmlisches Leuchtfeuer aus dem Schnee aufragen.

»Halten Sie an, springen Sie raus und laufen Sie!«, sagte Strike. »Und rufen Sie mich an, wenn Sie im Zug sitzen. Ich warte so lange hier auf Sie.«

»*Vielen Dank!*«

Und dann rannte sie los, sprang mit der Reisetasche in der

Hand über die Schneehaufen, und Strike sah ihr nach, bis sie in der Dunkelheit verschwunden war. Er stellte sich vor, wie sie beinahe auf dem rutschigen Bahnhofsboden ausglitt, verzweifelt nach dem richtigen Bahnsteig suchte…

Auf sein Drängen hin hatte sie den Wagen mitten im Halteverbot abgestellt. Wenn sie den Zug erreichte, säße er mit einem Mietwagen fest, den er nicht bedienen konnte und der ganz sicher abgeschleppt werden würde…

Die goldenen Zeiger der Uhr von St Pancras näherten sich unaufhaltsam der elften Stunde. Vor seinem inneren Auge sah Strike, wie sich die Zugtüren just in dem Moment schlossen, als Robin mit wehendem rotgoldenem Haar auf den Bahnsteig stürzte…

Eine Minute nach. Er richtete den Blick auf den Bahnhofseingang und wartete.

Sie tauchte nicht wieder auf. Er wartete. Fünf Minuten nach. Sechs Minuten nach.

Dann klingelte sein Handy.

»Sie haben's also geschafft?«

»Gerade so… Er wäre um ein Haar ohne mich losgefahren… Danke, Cormoran, vielen, vielen Dank!«

»Kein Problem«, sagte er und starrte in den Schnee, der sich immer höher auf dem eisigen Asphalt türmte. »Gute Reise! Mal sehen, wie ich jetzt weiterkomme. Und viel Glück morgen…«

»*Vielen Dank!*«, rief sie noch einmal und legte auf.

Das war er ihr schuldig gewesen, dachte Strike, als er nach seinen Krücken griff. Was bei der Aussicht, auf einem Bein durch das verschneite London humpeln und ein saftiges Bußgeld zahlen zu müssen, weil er einen Mietwagen an einer viel befahrenen Straße zurückgelassen hatte, nur einen schwachen Trost darstellte.

Gefahr – der Antrieb aller großen Geister.

GEORGE CHAPMAN, *DIE RACHE DES BUSSY D'AMBOIS*

Die kleine Mietwohnung in der Denmark Street hätte Daniel Chard wohl kaum gefallen, sinnierte Strike. Allenfalls hätte er einen gewissen primitiven Charme in den geschwungenen Formen des alten Toasters oder der Schreibtischlampe entdeckt – dabei bot die Wohnung einem einbeinigen Mann viele Vorzüge. Auch am Samstagmorgen wehrte sich sein Knie standhaft gegen die Prothese; da traf es sich gut, dass sich alles in Reichweite befand, dass sämtliche Distanzen mit nur wenigen kurzen Hüpfern überbrückt werden konnten, dass Nahrungsmittel im Kühlschrank lagen und heißes Wasser und Zigaretten zur Verfügung standen. An diesem Tag war Strike mit seiner Behausung – samt den angelaufenen Scheiben und dem Schnee auf dem Fensterbrett dahinter – vollauf zufrieden.

Nach dem Frühstück legte er sich mit einer Zigarette aufs Bett. Eine Tasse mit dunkelbraunem Tee stand auf dem Umzugskarton, der ihm als Nachttisch diente. Sein verbissener Gesichtsausdruck war nicht schlechter Laune, sondern höchster Konzentration geschuldet.

Sechs Tage, und sie hatten immer noch nichts in der Hand.

Keine Spur von Owen Quines Eingeweiden; keine Ergebnisse der Spurensicherung, die Hinweise auf den möglichen Täter hätten geben können (denn selbst ein einzelnes Haar oder ein Fingerabdruck hätte Leonora die unergiebige Vernehmung am gestrigen Tag vermutlich erspart). Bezüglich der vermummten Gestalt, die kurz vor Quines Tod das Haus betreten hatte, hatte sich auch niemand gemeldet. (Ob die Beamten wohl annahmen, dass sie nur in der Fantasie des panzerglasbebrillten Nachbarn existierte?) Keine Mordwaffe, keine Überwachungsvideos, die etwaige unerwartete Besucher des Hauses in der Talgarth Road erfasst hatten, keine aufmerksamen Spaziergänger, denen ein Haufen frisch aufgeschütteter Erde aufgefallen wäre, nirgends in eine schwarze Burka eingeschlagenes verwesendes Gekröse, kein Anhaltspunkt darauf, wo sich Quines Reisetasche mit seinen Notizen zu *Bombyx Mori* befand. Gar nichts.

Sechs Tage. Er hatte schon innerhalb von sechs Stunden Mörder überführt – wenngleich es sich dabei zugegebenermaßen um schludrig ausgeführte Affekt- oder Verzweiflungstaten gehandelt hatte, bei denen die Spuren und Hinweise wie das Blut der Opfer hervorgesprudelt waren und sich die panischen, dilettantischen Täter förmlich im Netz ihrer eigenen Lügen verheddert hatten.

Der Mord an Quine war von einer anderen Qualität, sonderbarer und makaberer.

Während Strike den Teebecher an die Lippen führte, sah er den Leichnam wieder so deutlich vor sich, als würde er die Fotos auf seinem Handy betrachten. Das Ganze war theatralisch, inszeniert, ein Bühnenbild.

Obgleich er Robin just davor gewarnt hatte, konnte er sich eine Frage selbst nicht verkneifen: Was war der Grund für diese Tat? Rache? Wahnsinn? Vertuschung (wovon)? Sämtliche Spuren waren durch die Salzsäure vernichtet worden, der

Todeszeitpunkt immer noch unklar, und niemand hatte das Kommen und Gehen des Mörders bemerkt. *Akribisch geplant, mit Sinn selbst für das kleinste Detail. Sechs Tage und nicht die geringste Spur...* Strike schenkte Anstis' Behauptung, gleich mehrere Fährten zu verfolgen, keinen Glauben. Andererseits hielt ihn sein alter Freund nicht mehr auf dem Laufenden, seitdem er Strike unmissverständlich zu verstehen gegeben hatte, dass er sich aus dem Fall heraushalten möge.

Gedankenverloren wischte Strike Asche von der Vorderseite seines alten Pullovers und zündete am Stummel der alten Zigarette eine neue an.

Wir haben Grund zu der Annahme, dass der Täter extrem gefährlich ist, hatte Anstis den Reportern mitgeteilt. Eine Feststellung, die nach Strikes Ansicht ziemlich offensichtlich war – in gewissem Sinne aber auch irreführend.

Denn plötzlich erinnerte er sich wieder an das große Abenteuer zu Dave Polworths achtzehntem Geburtstag.

Polworth war sein mit Abstand ältester Freund; sie kannten sich praktisch seit ihrer Geburt. In ihrer Kindheit und Jugend war Strike regelmäßig – den Launen seiner Mutter folgend – aus Cornwall fortgezogen und dann wieder zurückgekehrt. Und jedes Mal hatten die beiden ihre Freundschaft aufs Neue belebt.

Daves Onkel war in jungen Jahren nach Australien ausgewandert und hatte es dort zum Multimillionär gebracht. Zum achtzehnten Geburtstag seines Neffen hatte er diesen zu sich eingeladen und ihm erlaubt, einen Freund mitzubringen.

Und so waren die beiden Teenager um die Welt geflogen; es war das größte Abenteuer ihres noch jungen Lebens gewesen. Sie hatten in Onkel Kevins riesigem Strandhaus gewohnt, das nur aus Glas und poliertem Holz bestand und über eine Hausbar im Wohnzimmer verfügte; wie Diamanten funkelnde Gischt unter greller Sonne, dicke rosarote Garnelen auf Grillspießen; der ungewohnte Akzent, Bier und noch mehr Bier, Blondinen mit karamellbraunen Gliedmaßen, wie man sie in Cornwall niemals zu Gesicht bekam; und dann, an Daves Geburtstag, der Hai.

»Sie sind nur gefährlich, wenn man sie provoziert«, hatte Onkel Kevin, ein passionierter Sporttaucher, zu ihnen gesagt. »Also fasst sie nicht an, ja? Keine Mutproben, Jungs.«

Doch für Dave Polworth, der das Meer liebte, der daheim in England surfte, angelte und segelte, war das ganze Leben eine einzige Mutprobe.

Mit seinen starren Totenaugen und den messerscharfen Zahnreihen war der Schwarzspitzenhai eine geborene Killermaschine. Trotzdem bemerkte Strike nur müdes Desinteresse vonseiten des Tieres, als sie darüber hinwegschwammen und seine geschmeidige Schönheit bewunderten. Strike wusste, dass sich der Hai damit zufriedengegeben hätte, in der azurblauen Dunkelheit zu verschwinden, doch Dave hatte es sich in den Kopf gesetzt, ihn zu berühren.

Er trug die Narbe bis zum heutigen Tag: Der Hai hatte ihm einen ordentlichen Fleischbrocken aus dem Unterarm gerissen. Er hatte kaum noch Gefühl in seinem rechten Daumen, was glücklicherweise seine Erwerbsfähigkeit nicht beeinträchtigte. Dave war inzwischen Bauingenieur in Bristol. Im Victory Inn, wo er mit Strike Doom Bar trank, wann immer sie auf Besuch in der alten Heimat waren, nannten sie ihn nach wie vor liebevoll »Captain Hook«. Der im Herzen sturköpfig und risikofreudig gebliebene Polworth suchte auch heute noch das Abenteuer und fand es bei seinen Tauchurlauben. Um die Haie im Atlantik machte er allerdings einen großen Bogen.

Über seinem Bett entdeckte Strike einen haarfeinen Riss in der Decke, den er noch nie zuvor bemerkt hatte. Während er ihm mit dem Blick folgte, erinnerte er sich an den Schatten auf dem Meeresgrund, an die plötzlich aufsteigende Wolke aus schwarzem Blut, an Dave, der in einem stummen Schrei wild um sich geschlagen hatte.

Owen Quines Mörder war genau wie jener Schwarzspitzenhai, dachte er. Unter den Verdächtigen in diesem Fall war kein einziges blindwütiges, willkürlich mordendes Raubtier. Keiner davon hatte sich je eine Gewalttat zuschulden kommen lassen. Anders als bei vielen anderen Tötungsdelikten führte keine Spur früherer Verbrechen zur Tür des Täters, keiner der Verdächtigen schleppte eine blutbefleckte Vergangenheit hinter sich her wie eine Tüte voller Schlachtabfälle für hungrige Hofhunde. Dieser Mörder gehörte zu einer seltenen und weitaus bemerkenswerteren Spezies: derjenigen, die ihre wahre Natur unter Verschluss hielt, bis sie sich irgendwann über Gebühr provoziert fühlte. Genau wie Dave Polworth hatte auch Owen Quine leichtsinnig einen potenziellen Killer gereizt und bitter dafür büßen müssen.

Den schlauen Spruch, dass jeder fähig sei zu töten, hatte Strike oft genug gehört. Trotzdem entsprach er nicht der Wahrheit. Natürlich gab es Menschen, denen das Morden leichtfiel oder sogar Freude bereitete. Einige davon hatte er persönlich kennengelernt. Millionen waren erfolgreich dazu ausgebildet worden, ihren Mitmenschen das Leben zu nehmen – nicht zuletzt Strike selbst. Menschen töteten, wenn sich die Gelegenheit bot, wenn sie sich dadurch einen Vorteil erhofften – und aus Notwehr. Meist entdeckten sie erst dann die Fähigkeit zum Blutvergießen in sich, wenn sie keinen anderen Ausweg mehr sahen; doch es gab auch jene, die es zu ihrem Unglück selbst in höchster Not nicht fertigbrachten, ihr eigenes Leben zu retten, indem sie das letzte und größte Tabu brachen.

Es musste eine Menge dazugehört haben, Owen Quine zu fesseln, zu erschlagen und aufzuschlitzen. Strike tat gut daran, den Täter nicht zu unterschätzen. Wer es auch immer gewesen sein mochte – er hatte es geschafft, unentdeckt zu bleiben, alle Beweise erfolgreich zu vernichten und auf sein Umfeld weder gehetzt noch schuldig zu wirken. All dies wies auf eine gefährliche Persönlichkeit hin, eine *hochgefährliche* Persönlichkeit – sofern man sie reizte. Solange man sie nicht provozierte oder verdächtigte, stellte sie für ihre Umwelt keine Gefahr dar. Doch wenn man sie berührte ... so berührte, wie Owen Quine sie offenbar berührt hatte ...

»Scheiße«, murmelte Strike und ließ die Zigarette hastig in den Aschenbecher neben sich fallen; sie war unbemerkt bis zu seinen Fingern heruntergebrannt.

Was sollte er als Nächstes tun? Wenn die Tat selbst keine Spuren hinterlassen hatte, musste er sich eben darauf konzentrieren, welche Spur *zu der Tat hin* führte. Genauer gesagt: welche Aktivitäten Owen Quine in seinen letzten Tagen unternommen hatte.

Strike nahm das Handy hoch und betrachtete es mit einem tiefen Seufzer. Gab es denn, fragte er sich, keine andere Möglichkeit, an die benötigten Informationen zu kommen? Im Kopf ging er die lange Liste seiner Bekannten durch und verwarf einen nach dem anderen. Ohne große Begeisterung kam er schließlich zu dem Schluss, dass die erste Wahl für sein Vorhaben tatsächlich die beste war: sein Halbbruder Alexander.

Obwohl sie Kinder desselben berühmten Vaters waren, hatten sie nie unter einem Dach gelebt. Al war neun Jahre jünger als Strike und Jonny Rokebys rechtmäßiger Sohn, was bedeutete, dass sich ihre Lebenswege nur selten gekreuzt hatten. Al hatte eine Privatschule in der Schweiz besucht. Heute trieb er sich überall in der Weltgeschichte herum: in Rokebys Domizil in L.A., auf der Jacht eines Rappers, vielleicht sogar an einem weißen australischen Strand; Rokebys dritte Frau stammte aus Sydney.

Dennoch war von all seinen Halbgeschwistern väterlicherseits Al noch am ehesten bereit gewesen, eine Beziehung zu seinem älteren Bruder aufzubauen. Strike erinnerte sich noch daran, wie Al ihn nach dem Verlust seines halben Beins im Krankenhaus besucht hatte; ein peinliches Treffen, an das er im Nachhinein jedoch mit einer gewissen Rührung zurückdachte.

Al hatte ihm im Lazarett in Selly Oak ein Angebot seines Vaters überbracht, das er genauso gut per Post hätte schicken können: Rokeby hatte sich erboten, Strike beim Aufbau seiner Detektei finanziell zu unterstützen. Al hatte dies voller Stolz vorgetragen, als handelte es sich um einen Beweis für die Selbstlosigkeit seines Vaters. Doch Strike war vom Gegenteil überzeugt gewesen. Bis heute vermutete er, dass Rokeby oder seine Berater befürchtet hatten, der einbeinige, hochdekorierte Veteran könne seine Geschichte an die Presse verkaufen. Es hatte sich um ein Schweigegeld gehandelt.

Strike hatte die großzügige Offerte seines Vaters ausgeschlagen – nur um danach von jeder einzelnen Bank, bei der er wegen eines Kredits vorgesprochen hatte, abgewiesen zu werden. Nach langem Zögern hatte er Al zurückgerufen. Natürlich hatte er das Geld nicht als Geschenk angenommen und auch ein Treffen mit seinem Vater abgelehnt. Er hatte lediglich um ein Darlehen gebeten. Offenbar war dies einer Beleidigung gleichgekommen, denn Rokebys Anwalt hatte in der Folge die monatlichen Raten so unbarmherzig eingetrieben wie die habgierigste Bank.

Ohne Robin auf seiner Gehaltsliste hätte er das Darlehen

längst zurückgezahlt. Er war fest entschlossen, seine Schulden bis Weihnachten beglichen zu haben, fest entschlossen, Jonny Rokeby nicht länger verpflichtet zu sein. Deshalb hatte er so viele Aufträge angenommen, deshalb hatte er sieben Tage in der Woche acht bis neun Stunden gearbeitet. Vor diesem Hintergrund gefiel ihm die Vorstellung, seinen Bruder anzurufen und ihn um einen Gefallen zu bitten, ganz und gar nicht. Strike konnte durchaus verstehen, dass Al seinem Vater, den er aufrichtig liebte, treu ergeben war. Trotzdem war Rokeby zwischen den beiden unweigerlich ein heikles Thema.

Er ließ es so lange bei Al klingeln, bis sich die Mailbox meldete. Gleichermaßen erleichtert und enttäuscht hinterließ Strike die kurze Aufforderung, Al möge ihn zurückrufen, und legte auf, zündete sich die dritte Zigarette nach dem Frühstück an und starrte wieder zu dem Riss in der Decke empor. Die Spur, die zur Tat hinführte ... So viel hing davon ab, ob der Täter das Manuskript gelesen hatte; ob er erkannt hatte, dass der Text als Blaupause für einen Mord dienen konnte ...

Abermals ging er die Reihe der Verdächtigen durch, als wären sie Spielkarten, die man ihm ausgeteilt hatte, und erwog das mörderische Potenzial der einzelnen Kandidaten.

Elizabeth Tassel, die aus ihrer Empörung und ihrem Schmerz über die Unannehmlichkeiten, die ihr *Bombyx Mori* bereitet hatte, keinen Hehl machte. Kathryn Kent, die behauptete, den Text nicht gelesen zu haben. Die immer noch unbekannte Pippa2011, der Quine im Oktober aus dem Buch vorgelesen hatte. Jerry Waldegrave, der das Manuskript erst am Fünften erhalten hatte, der aber – wenn man Chard Glauben schenken wollte – schon lange vorher mit seinem Inhalt vertraut gewesen war. Daniel Chard selbst, der beteuerte, es erst am Siebten zu Gesicht bekommen zu haben. Michael Fancourt, der durch Chard von dem Buch erfahren hatte.

Und nicht zu vergessen die vielen anderen, die verschämte und belustigte Blicke auf jene obszönen Passagen geworfen hatten, die Christian Fisher in ganz London herumgemailt hatte. Doch Strike konnte sich beim besten Willen nicht vorstellen, warum Fisher, der junge Ralph aus Elizabeth Tassels Büro oder Nina Lascelles – die alle weder in *Bombyx Mori* auftauchten noch Quine näher gekannt hatten – die Tat begangen haben sollten.

Er musste näher heran, befand Strike – nahe genug, um diejenigen aufzuschrecken, deren Leben Owen Quine bereits verhöhnt und durcheinandergewirbelt hatte. Ähnlich freudlos, wie er gerade den Anruf bei Al getätigt hatte, scrollte er nun auf der Suche nach Nina Lascelles Nummer durch die Kontaktliste seines Handys.

Es wurde ein kurzes Gespräch. Sie war hocherfreut. Natürlich könne er heute Abend vorbeikommen, sie werde etwas kochen.

Strike war einfach keine andere Möglichkeit eingefallen, mehr über Jerry Waldegraves Privatleben oder Michael Fancourts Ruf als literarischer Meuchelmörder in Erfahrung zu bringen. Er freute sich nicht gerade auf die Schmerzen, die mit dem Anlegen seiner Prothese einhergehen würden, und erst recht nicht darauf, sich am folgenden Morgen nur mit Mühe aus Nina Lascelles hoffnungsvollen Umarmungen zu winden. Zum Glück konnte er sich vorher noch das Arsenal-Spiel gegen Aston Villa ansehen; Schmerztabletten, Zigaretten, Schinkenspeck und Brot.

Derart beschäftigt mit seinem eigenen Wohlbefinden und in Gedanken bei Fußball und Mord, kam Strike gar nicht auf die Idee, zur schneebedeckten Straße hinunterzublicken, wo die Leute trotz der Kälte Musikläden, Instrumentenbauer und Cafés aufsuchten. Hätte er nach unten gesehen, hätte er eine dürre Gestalt in einem schwarzen Mantel bemerkt, die mit der Kapuze über dem Kopf an der Wand zwischen den Hausnummern 6 und 8 lehnte und zu seiner Wohnung hinaufstarrte. Und obwohl er über scharfe Augen verfügte, wäre ihm das Teppichmesser, das rhythmisch zwischen langen, zarten Fingern hin- und hergedreht wurde, höchstwahrscheinlich entgangen.

32

Erhebe dich, mein guter Engel,
und vertreib mit deinem heiligen Gesang den bösen Geist,
der mir keinen Frieden lassen will …

THOMAS DEKKER, *DER EDLE SPANISCHE SOLDAT*

Selbst mit Schneeketten hatte es der alte Land Rover der Familie mit Robins Mutter am Steuer kaum vom Bahnhof in York bis nach Masham geschafft. Die Scheibenwischer hatten Robin lediglich kurze, fächerförmige Ausblicke auf die seit ihrer Kindheit vertrauten Straßen gewährt, die wie verwandelt wirkten in diesem strengsten Winter seit Jahren. Es wollte einfach nicht aufhören zu schneien, und die sonst einstündige Fahrt hatte fast dreimal so lange gedauert. Zeitweilig hatte Robin befürchtet, die Beerdigung doch noch zu verpassen. Immerhin war es ihr gelungen, Matthew auf dem Handy zu erreichen und ihm mitzuteilen, dass sie auf dem Weg sei. Er hatte ihr erzählt, dass mehrere andere Trauergäste ebenfalls noch nicht eingetroffen seien und dass seine Tante aus Cambridge es womöglich überhaupt nicht schaffen werde.

Zu Hause war Robin dem sabbernden Willkommensgruß ihres alten schokoladenbraunen Labradors ausgewichen und schnell nach oben in ihr altes Zimmer gerannt. Sie hatte das Kleid und den Mantel angezogen – zum Bügeln blieb keine Zeit – und sich in der Eile eine Strumpfhose ruiniert. Dann war sie wieder nach unten gelaufen, wo ihre Eltern und ihr Bruder bereits auf sie gewartet hatten.

Gemeinsam marschierten sie unter schwarzen Regenschirmen durch das Schneegestöber den sanften Hügel hinauf, den Robin in ihrer Grundschulzeit tagtäglich erklommen hatte, und überquerten – den hohen Kamin der örtlichen Brauerei im Rücken – den weitläufigen Platz, der das historische Zentrum ihrer kleinen Heimatstadt bildete. Der samstägliche Markt war abgesagt worden. Für die wenigen Unerschrockenen, die an diesem Morgen über den Platz gehen wollten, waren tiefe Gräben in den Schnee geschaufelt worden. Eine Reihe von Fußspuren lief auf die Kirche zu, vor der Robin bereits mehrere schwarz gekleidete Trauergäste erkennen konnte. Die Dächer der blass goldbraunen Häuser im georgianischen Stil, die den Platz säumten, waren von einer hellen Eisschicht überzogen, und unaufhörlich schneite es weiter. Allmählich versanken sogar die hohen rechteckigen Grabsteine des Friedhofs unter den sich auftürmenden weißen Massen.

Robin fröstelte, als sich die Familie – vorbei an den seltsam heidnisch anmutenden Überresten eines Kruzifixes aus dem neunzehnten Jahrhundert – der Pforte von St. Mary the Virgin näherte. Dann endlich entdeckte sie Matthew, der neben seinem Vater und seiner Schwester vor dem Kirchenportal stand. Er war blass und sah in seinem schwarzen Anzug atemberaubend gut aus. Während Robin versuchte, über die wartenden Trauergäste hinweg seine Aufmerksamkeit zu erregen, wurde er von einer jungen Frau umarmt – Sarah Shadlock, Matthews ehemalige Kommilitonin. Die Begrüßung fiel in Robins Augen ein wenig zu lasziv für den Anlass aus, doch angesichts ihrer eigenen Schuldgefühle darüber, dass ihr Nachtzug nur zehn Sekunden später ohne sie losgefahren wäre und sie Matthew seit einer knappen Woche nicht gesehen hatte, wollte sie sich nicht darüber ärgern.

»Robin«, rief er erleichtert, als er sie erblickte. Er vergaß, drei ausgestreckte Hände zu schütteln, und breitete die Arme aus. Als sie einander umarmten, spürte sie Tränen hinter ihren Lidern brennen. Das hier war das echte Leben, Matthew, ihr Zuhause …

»Setz dich mit nach vorn«, sagte er, und sie tat wie geheißen, ließ ihre Familie im hinteren Teil der Kirche zurück und nahm neben Matthews Schwager in der ersten Reihe Platz. Der Schwager wiegte seine kleine Tochter auf dem Knie und begrüßte Robin mit einem griesgrämigen Nicken.

Robin kannte die schöne alte Kirche noch gut von den verschiedenen Gottesdiensten zu Weihnachten, Ostern und Erntedank, an denen sie mit ihrer Grundschulklasse und mit ihrer Familie teilgenommen hatte. Langsam wanderte ihr Blick von einem vertrauten Objekt zum nächsten. Im Chorbogen hoch über ihr hing ein Gemälde von Sir Joshua Reynolds (oder zumindest aus der Werkstatt von Joshua Reynolds). Während sie versuchte, zur Ruhe zu kommen, starrte sie auf das dunstige, mystische Bildnis eines jungenhaften Engels, der vor einem weit entfernten, goldene Lichtstrahlen verbreitenden Kreuz in tiefe Andacht versunken war. Wer es wohl tatsächlich gemalt hatte, fragte sie sich, Reynolds persönlich oder einer seiner Schüler? Dann bekam sie Gewissensbisse, weil sie sich über derlei triviale Dinge den Kopf zerbrach, anstatt um Mrs. Cunliffe zu trauern.

Eigentlich hatte sie vorgehabt, in wenigen Wochen hier zu heiraten. Ihr Hochzeitskleid hing im Kleiderschrank in ihrem sonst inzwischen ungenutzten Zimmer bereit, doch jetzt kam statt einer Braut Mrs. Cunliffes glänzender schwarzer Sarg mit den Silbergriffen den Gang zwischen den Kirchenbänken entlang. Und Owen Quine lag immer noch in der Leichen-halle … Sein ausgeweideter, verwester und verätzter Leichnam musste vorerst auf einen polierten Sarg verzichten …

Denk nicht daran, ermahnte sie sich streng, als Matthew sich neben sie setzte und sie die Wärme seines Beins an ihrem eigenen spürte.

Die letzten vierundzwanzig Stunden waren derart ereignis-reich gewesen, dass Robin kaum glauben konnte, tatsächlich hier zu sein. Zu Hause. Dabei könnten sie und Strike in die-sem Moment genauso gut im Krankenhaus liegen, so knapp, wie sie davor gewesen waren, frontal den umgekippten Tank-wagen zu rammen … der blutüberströmte Fahrer … Mrs. Cun-liffe dagegen ruhte aller Wahrscheinlichkeit nach unversehrt in ihrer mit Seide ausgeschlagenen Kiste. *Nicht daran denken …*

Ihr war, als hätte man ihr die rosarote Brille von den Augen gerissen. Vielleicht veränderte der Anblick gefesselter und ausgeweideter Leichen die Persönlichkeit, die Perspektive, aus der man die Welt betrachtete …

Ein wenig verspätet kniete sie sich zum Gebet hin und spürte das raue, mit einem Kreuzstichmuster bestickte Knie-brett unter ihren kalten Schienbeinen. *Arme Mrs. Cunliffe …* Andererseits – besonders gemocht hatte Matthews Mutter Robin nicht. *Sei nicht ungnädig*, dachte sie, aber es war doch die Wahrheit: Mrs. Cunliffe war alles andere als begeistert ge-wesen, dass sich Matthew so lange an ein und dieselbe Part-nerin gebunden hatte. Sie hatte – in Robins Anwesenheit – mehrmals behauptet, wie gut es einem jungen Mann doch tue, sich die Hörner abzustoßen und Erfahrungen zu sammeln … Obendrein hatten die Gründe für Robins Studienabbruch in Mrs. Cunliffes Augen einen erheblichen Makel dargestellt.

Nur wenige Meter entfernt befand sich eine Statue von Sir Marmaduke Wyvill. Als Robin aufstand, um ein Kirchenlied zu singen, schien er sie regelrecht anzustarren – lebensgroß und in elisabethanischer Rüstung lag er auf seinem Marmorsarkophag, einen Ellbogen aufgestützt, um die Gemeinde besser im Blick zu haben. Seine Frau ruhte in ähnlicher Position vor ihm. Ihre zwanglose Haltung ließ die beiden seltsam lebensecht erscheinen. Sie hatten Kissen unter den Ellbogen, um ihre marmornen Glieder zu schonen, und in den Bogenzwickeln über ihnen schwebten steinerne Allegorien auf Tod und Sterblichkeit. *Bis dass der Tod uns scheidet…* Wieder schweiften Robins Gedanken ab: sie und Matthew, auf ewig aneinandergekettet bis… *Nein, nicht gekettet… Wieso gekettet? Was ist nur los mit dir?* Sie war müde. Im ruckelnden Zug war es viel zu heiß gewesen. Sie war ständig aufgewacht, voller Sorge, sie würden im Schnee stecken bleiben.

Matthew griff nach ihrer Hand und drückte ihre Finger.

Die Beisetzung selbst wurde so schnell vollzogen, wie es der Anstand erlaubte. Dicke Flocken fielen um sie herum zu Boden. Niemand blieb länger als nötig am Grab stehen; Robin war nicht die Einzige, die sichtbar zitterte.

Anschließend zogen sich alle in das große Backsteinhaus der Familie Cunliffe zurück und genossen die behagliche Wärme. Mr. Cunliffe, der immer etwas lauter sprach, als es die Situation erforderte, füllte Gläser und begrüßte die Gäste wie zu einer Party.

»Ich hab dich vermisst«, sagte Matthew. »Ohne dich war es furchtbar hier.«

»Ich dich auch«, sagte Robin. »Ich wollte, ich hätte hier sein können.«

Wieder gelogen.

»Tante Sue bleibt über Nacht«, sagte Matthew. »Ich dachte, vielleicht könnte ich mit zu dir kommen. Ich muss dringend hier raus. Die letzte Woche war echt stressig…«

»Klar, natürlich«, sagte Robin und drückte seine Hand. Zum Glück musste sie nicht bei den Cunliffes übernachten. Matthews Schwester war anstrengend und sein Vater furchtbar herrisch.

Eine Nacht hättest du es schon ausgehalten, rügte sie sich. Dass sie Matthews Elternhaus entkommen konnte, fühlte sich fast schon unverdient an.

Stattdessen gingen sie also am Abend zu den Ellacotts hinüber, die nur einen kurzen Fußweg entfernt auf der anderen Seite des Marktplatzes wohnten. Matthew mochte Robins Familie; bereitwillig tauschte er seinen Anzug gegen eine Jeans und half Robins Mutter, den Tisch fürs Abendessen zu decken. Mrs. Ellacott, eine rundliche Frau, die ihr ebenfalls rotblondes Haar nachlässig zu einem Knoten gebunden hatte, behandelte ihn mit ausgesuchter Freundlichkeit. Sie war vielseitig interessiert, hatte zahlreiche Steckenpferde und studierte zurzeit Englische Literatur an einer Fernuniversität.

»Linda, wie geht das Studium voran?«, fragte Matthew, als er für sie die schwere Auflaufform aus dem Ofen holte.

»Ich nehme gerade Websters *Herzogin von Amalfi* durch. ›Und ich bin toll darüber geworden.‹«

»Ist das denn so schwierig?«, fragte Matthew.

»Das war ein Zitat, mein Lieber. Oh«, sagte sie und legte mit einem Klirren die Vorlegelöffel beiseite. »Da fällt mir ein ... Jetzt hab ich's bestimmt verpasst ...«

Sie durchquerte die Küche und schnappte sich die aktuelle Ausgabe der Fernsehzeitung, die immer in ihrem Haushalt zu finden war.

»Nein, erst um neun. Heute kommt ein Interview mit Michael Fancourt, das ich mir ansehen wollte.«

»Michael Fancourt?«, fragte Robin und drehte sich zu ihr um. »Wieso Michael Fancourt?«

»Die Rachedramatiker sind seine großen Vorbilder«, erklärte ihre Mutter. »Vielleicht führt er ja aus, weshalb er so fasziniert von ihnen ist.«

»Hast du das gesehen?«, fragte Robins jüngster Bruder, der gerade auf Anweisung seiner Mutter Milch im Laden an der Ecke geholt hatte. »Gleich auf der ersten Seite, Rob. Der Schriftsteller, dem sie die Därme rausgerissen haben ...«

»Jon!«, sagte Mrs. Ellacott streng.

Robin wusste genau, dass ihre Mutter den Sohn nicht etwa deshalb gemaßregelt hatte, weil Matthew nicht an Robins Arbeit erinnert werden wollte. Davon ahnte sie nichts. Vielmehr hatte es mit ihrer generellen Scheu zu tun, kurz nach einer Trauerfeier über unerwartete Todesfälle zu sprechen.

»Was denn?«, fragte der arglose Jonathan und hielt Robin die Ausgabe des *Daily Express* unter die Nase.

Jetzt, da die Presse von den Umständen seines Ablebens erfahren hatte, hatte Quine es schließlich doch noch auf die Titelseiten geschafft.

HORRORAUTOR BESCHRIEB EIGENEN MORD!

Horrorautor, dachte Robin. *Das war er wohl kaum ... Aber es gibt eine griffige Schlagzeile.*

»Und, löst dein Boss den Fall?«, fragte Jonathan und blätterte durch die Zeitung. »Führt er die Bullen mal wieder vor?«

Sie beugte sich über Jonathans Schulter, um besser lesen zu können. Dann bemerkte sie Matthews Blick und trat sofort einen Schritt zurück.

Während sie Stew mit Ofenkartoffeln aßen, vibrierte es in Robins Handtasche, die sie auf einem altersschwachen Stuhl in der Ecke der gefliesten Küche abgestellt hatte. Sie ignorierte es, und erst als sie fertig waren und Matthew ihrer Mutter pflichtschuldig beim Abräumen half, ging sie zu ihrer Tasche hinüber. Zu ihrer großen Überraschung hatte Strike angerufen. Mit einem verstohlenen Blick auf Matthew, der gerade damit beschäftigt war, schmutzige Teller in die Geschirrspülmaschine zu räumen, und sich mit ihrer Mutter unterhielt, rief sie ihre Mailbox ab.

Sie haben eine neue Nachricht. Empfangen heute um neunzehn Uhr zwanzig.

Das Knistern einer offenen Leitung, sonst nichts.

Dann ein dumpfer Schlag. »Untersteh dich, du blöde ...«, brüllte Strike im Hintergrund.

Ein Schmerzensschrei.

Stille. Wieder das Knacken der stehenden Verbindung. Ein undefinierbares Knirschen, dann ein Geräusch, als würde etwas über den Boden geschleift. Lautes Atmen, ein Kratzen – und dann war die Leitung tot.

Mit dem Handy am Ohr stand Robin wie vom Donner gerührt da.

»Was ist denn los?«, fragte ihr Vater. Seine Brille war ihm tief auf die Nase gerutscht. Er war gerade mit den Messern und Gabeln in der Hand auf dem Weg zur Kommode gewesen.

»Ich glaube ... Ich glaube, mein Chef ... hatte einen Unfall ...«

Mit zitternden Fingern wählte sie Strikes Nummer und wurde sofort auf die Mailbox umgeleitet. Matthew stand mitten in der Küche und starrte sie an. Er machte sich nicht die Mühe, seine Missbilligung zu verbergen.

33

Wie tragisch, wenn das Weib gezwungen ist zu buhlen!

THOMAS DEKKER UND THOMAS MIDDLETON,
DIE EHRBARE DIRNE

Strike konnte Robins Anruf nicht hören, da sich ohne sein Wissen die Stummschaltung seines Handys aktiviert hatte, als es eine Viertelstunde zuvor zu Boden gefallen war. Ebenso wenig ahnte er, dass sein Daumen Robins Nummer gestreift hatte, während ihm das Telefon durch die Finger geglitten war.

Er hatte gerade das Gebäude verlassen, da war es passiert. Die Haustür war hinter ihm zugeschlagen, und zwei Sekunden später (er hatte mit dem Handy in der Hand auf den Rückruf des Taxis gewartet, das er widerwillig bestellt hatte) kam die große Gestalt im schwarzen Mantel durch die Dunkelheit auf ihn zugestürzt. Bleiche Haut blitzte zwischen Kapuze und Schal auf, dann streckte die Gestalt ungelenk, aber entschlossen den Arm aus und richtete das Teppichmesser in der bebenden Hand auf den Detektiv.

Als er in Verteidigungsposition ging, um ihren Angriff abzuwehren, wäre er fast noch einmal ausgerutscht. Er entging dem Sturz lediglich, indem er sich mit der Hand an der Tür festhielt. Dabei verlor er das Handy. Schockiert und voller Wut auf diese Person – wer auch immer sie war – und den

Schaden, den sie seinem Knie bereits zugefügt hatte, brüllte er sie an. Die Gestalt hielt für einen Sekundenbruchteil inne, dann stürmte sie erneut auf ihn los.

Er zielte mit dem Stock auf die Hand, in der er das Teppichmesser gesehen hatte, verdrehte sich dabei erneut das Knie und schrie so laut vor Schmerzen, dass die Gestalt zurücksprang, als hätte sie ihn tatsächlich getroffen, ohne es bemerkt zu haben. Sie geriet in Panik – zum zweiten Mal – und ergriff die Flucht. Nur dass der wutentbrannte und frustrierte Strike die Verfolgung nicht aufnehmen konnte. Ihm blieb nichts anderes übrig, als im Schnee nach seinem Handy zu wühlen.

Dieses beschissene Bein!

Als Robin ihn anrief, saß er gerade in einem dahinschleichenden Taxi und war vor Schmerzen schweißgebadet. Dass ihn die kleine dreieckige Klinge in der Hand seiner Angreiferin nicht verletzt hatte, war nur ein schwacher Trost. Sein Knie, das er wider besseres Wissen in die Prothese gezwängt hatte, bevor er zu Nina aufgebrochen war, bereitete ihm abermals höllische Schmerzen. Hinzu kam der ohnmächtige Zorn darüber, dass er der Wahnsinnigen nicht hatte folgen können. Er hatte noch nie eine Frau geschlagen oder wissentlich verletzt, doch beim Anblick der durch die Finsternis auf ihn zurasenden Klinge war er drauf und dran gewesen, alle Prinzipien über Bord zu werfen. Zur Verwirrung des Taxifahrers, der seinen groß gewachsenen, überaus erbosten Fahrgast im Rückspiegel beobachtete, drehte Strike ständig den Kopf – für den Fall, dass er die hängenden Schultern und den schwarzen Mantel, in dessen Tasche das Teppichmesser verborgen gewesen war, irgendwo im geschäftigen Samstagabendtreiben erspähte.

Während das Taxi unter der Weihnachtsbeleuchtung der Oxford Street durchfuhr – große fragile Geschenkschachteln mit goldenen Schleifen –, versuchte Strike, sich zu beruhigen. Ihm war die Lust auf die bevorstehende Verabredung zum Abendessen vergangen. Immer wieder rief Robin an, doch sein Handy steckte so tief in der Tasche des neben ihm liegenden Mantels, dass der Vibrationsalarm unbemerkt blieb.

»Hi«, sagte Nina mit einem gezwungenen Lächeln, als sie ihm eine halbe Stunde nach dem vereinbarten Zeitpunkt die Tür öffnete.

»Entschuldige die Verspätung«, sagte Strike und humpelte über die Schwelle. »Ich hatte einen kleinen Unfall, als ich das Haus verlassen habe. Mein Bein.«

Er hatte kein Mitbringsel für sie dabei, fiel ihm auf, während er in seinem Mantel dastand und sie ihn auf der Suche nach Wein oder Pralinen mit ihren großen Augen musterte. Mit einem Mal kam er sich ziemlich schäbig vor. Im Gegensatz zu ihm hatte sie stets tadellose Manieren an den Tag gelegt.

»Und den Wein für dich hab ich auch vergessen«, log er.

»Ach verdammt. Schmeiß mich am besten gleich wieder raus.«

Sie lachte widerwillig, und im selben Moment spürte Strike das Vibrieren seines Handys in der Tasche und zog es hervor.

Robin. Wieso rief sie ihn an einem Samstag an?

»Tut mir leid«, sagte er. »Da muss ich rangehen. Es ist wichtig. Meine Assistentin …«

Ihr Lächeln erstarb. Sie drehte sich um und ließ ihn – immer noch im Mantel – allein im Flur stehen.

»Robin?«

»Sind Sie verletzt? Was ist passiert?«

»Woher wissen Sie …«

»Ich hatte eine Nachricht auf meiner Mailbox. Es klang, als wären Sie angegriffen worden!«

»Himmel, hab ich Sie etwa angerufen? Das muss passiert sein, als ich das Telefon fallen gelassen habe. Ja, Sie haben völlig recht, es …«

Fünf Minuten später war Robin im Bilde, und er hängte seinen Mantel auf und folgte einem seltsamen Duft ins Wohnzimmer, wo Nina den Tisch für zwei gedeckt hatte. Der Raum wurde von mehreren Lampen erhellt. Sie hatte geputzt und frische Blumen aufgestellt. Es roch nach verbranntem Knoblauch.

»Tut mir leid«, wiederholte er, als sie mit einer Schüssel aus der Küche kam. »Manchmal hätte ich wirklich gern normale Arbeitszeiten.«

»Nimm dir Wein«, sagte sie kühl.

Die Situation kam ihm bekannt vor. Wie oft hatte er einer Frau gegenübergesessen, die über seine Unpünktlichkeit, seine geteilte Aufmerksamkeit oder gar Gleichgültigkeit verärgert gewesen war? Dafür lief es hier noch verhältnismäßig zivil ab. Wäre er zu spät zum Dinner bei Charlotte erschienen, nur um sofort nach seiner Ankunft mit einer anderen Frau zu telefonieren, hätte er mit Wein im Gesicht und umherfliegendem Geschirr rechnen müssen. Insofern konnte er Nina wirklich dankbar sein.

»Privatdetektive sind immer eine beschissene Partie«, sagte er, als er sich setzte.

»›Beschissen‹ würde ich das nicht nennen«, antwortete sie in einem etwas wärmeren Ton. »Es ist wohl die Art Arbeit, bei der man nicht einfach so Feierabend macht.« Sie sah ihn mit ihren großen Mausaugen an. »Letzte Nacht hatte ich einen Albtraum von dir.«

»Das wird ja immer besser«, sagte Strike, und sie lachte.

»Na ja, in dem Traum ging es nicht direkt um dich. Wir waren gemeinsam auf der Suche nach Owen Quines Innereien...« Sie nahm einen großen Schluck Wein und sah ihn an.

»Und, haben wir sie gefunden?«, fragte er, um eine heitere Note bemüht.

»Ja.«

»Wo denn? Momentan bin ich für jeden Hinweis dankbar.«

»In Jerry Waldegraves unterster Schreibtischschublade«, sagte sie, und er glaubte zu erkennen, dass sie ein Schaudern unterdrückte. »Es war grässlich! Ich hab sie aufgezogen, und da waren Blut und Eingeweide... Du hast auf Jerry eingeschlagen. Es kam mir so wirklich vor, dass ich davon aufgewacht bin.«

Sie trank noch mehr Wein, ihr Essen hingegen rührte sie nicht an. Strike, der bereits mehrere große Bissen vertilgt hatte (viel zu viel Knoblauch, aber er hatte Hunger), begann zu ahnen, dass womöglich ein bisschen mehr Mitgefühl angebracht war.

»Klingt ja gruselig«, sagte er, nachdem er hastig hinuntergeschluckt hatte.

»Das war bestimmt wegen der Nachrichten gestern«, sagte sie. »Wer hätte denn... Es konnte ja keiner ahnen, dass er... dass er auf diese Weise gestorben ist. Wie in *Bombyx Mori*. Das hast du mir nicht erzählt«, sagte sie, und durch die Knoblauchschwaden wehte ein leiser Vorwurf zu ihm herüber.

»Das konnte ich nicht«, sagte Strike. »Solche Informationen darf nur die Polizei herausgeben.«

»Es stand auf der Titelseite des *Daily Express*. Das hätte Owen gefallen. Er in den Schlagzeilen... Auf die Lektüre hätte ich allerdings verzichten können«, sagte sie und warf ihm einen argwöhnischen Blick zu.

Eine solche Reaktion war ihm nicht unbekannt. Manche Leute schreckten vor ihm zurück, wenn sie erfuhren, was er gesehen, getan oder berührt hatte. Als haftete der Geruch des Todes ihm immer noch an. Bestimmte Frauen fühlten sich zu dem Soldaten, dem Ermittler hingezogen: Sie versprachen sich einen indirekten Nervenkitzel, als wohnte der Gewalt, die ein Mann erlebt oder verübt hatte, eine gewisse Sinnlichkeit inne. Andere Frauen hingegen waren davon abgestoßen. Nina, so vermutete er, hatte zunächst zu ersterer Kategorie gehört, doch jetzt, da sich ihr eine grausame, sadistische und kranke Welt offenbart hatte, würde sie höchstwahrscheinlich zum zweiten Lager überwechseln.

»Nachdem wir davon erfahren hatten«, sagte sie, »herrschte im Verlag Grabesstimmung. Alle waren... Na ja, wenn er auf diese Weise getötet wurde – wenn der Mörder das Buch imitiert hat... dann muss die Zahl der Verdächtigen ja überschaubar sein, oder nicht? Jedenfalls lacht jetzt keiner mehr über *Bombyx Mori*, das kann ich dir sagen. Es ist wie in einem von Michael Fancourts frühen Romanen, als man ihn noch wegen seiner Brutalität verrissen hat... Außerdem hat Jerry gekündigt.«

»Hab ich gehört, ja.«

»Ich weiß wirklich nicht, wieso«, sagte sie nervös. »Er war schon eine Ewigkeit bei Roper Chard. Er ist nicht mehr er selbst. Ständig ist er gereizt, dabei ist er doch im Grunde so ein netter Kerl. Und er trinkt wieder. Viel.«

Sie aß immer noch nichts.

»War er gut mit Quine befreundet?«, fragte Strike.

»Wohl besser, als er selbst geahnt hat«, sagte Nina bedächtig. »Sie haben lange zusammengearbeitet. Owen hat ihn in den Wahnsinn getrieben – wie alle anderen auch –, aber jetzt ist Jerry am Boden zerstört, gar keine Frage.«

»Quines Lektor zu sein war doch sicher kein Vergnügen.«

»Er konnte wohl ziemlich schwierig sein«, sagte Nina.

»Trotzdem will Jerry jetzt kein böses Wort mehr über ihn hören. Er ist richtig besessen von seiner Nervenzusammenbruchstheorie. Du hast ihn ja auf der Party gehört. Er glaubt, dass Owen geisteskrank und nicht wirklich für *Bombyx Mori* verantwortlich war. Und er hat nach wie vor eine Mordswut auf Elizabeth Tassel, weil sie das Manuskript in Umlauf gebracht hat. Sie war vorgestern da, um über eine ihrer Autorinnen zu sprechen ...«

»Dorcus Pengelly?«, fragte Strike.

Nina gab ein erstauntes Kichern von sich. »Liest du etwa so einen Mist? Wogende Busen und Schiffbrüchige?«

»Irgendwie ist der Name hängen geblieben«, sagte Strike grinsend. »Entschuldige – was war mit Waldegrave?«

»Kaum hatte er Liz kommen sehen, hat er die Bürotür zugeknallt. Und die ist aus Glas. Er hätte sie fast zerschmettert. Das war maßlos übertrieben – er hat uns alle völlig unnötig zu Tode erschreckt. Sie sieht furchtbar aus«, fügte Nina hinzu. »Liz Tassel meine ich. Grauenhaft. Wenn sie in Form gewesen wäre, hätte sie nichts davon abhalten können, in Jerrys Büro zu stürmen und ihm den Marsch zu blasen ...«

»Wirklich?«

»Machst du Witze? Liz Tassels Temperament ist legendär.« Nina sah auf die Uhr.

»Michael Fancourt gibt heute Abend ein Fernsehinterview; ich nehme es auf«, sagte sie und schenkte ihnen Wein nach. Sie hatte ihr Essen immer noch nicht angerührt.

»Wir können es uns gern gemeinsam ansehen«, sagte Strike.

Sie warf ihm einen seltsam berechnenden Blick zu. Strike vermutete, dass sie abzuschätzen versuchte, mit welcher Absicht er gekommen war: Wollte er sie aushorchen, oder begehrte er ihren schmächtigen, knabenhaften Körper?

Wieder klingelte sein Handy. Einige Sekunden lang wog

er den Ärger, den er mit der Entgegennahme des Anrufes heraufbeschwor, gegen die Möglichkeit ab, noch etwas Nützlicheres als Ninas Ansichten über Jerry Waldegrave in Erfahrung zu bringen.

»Entschuldige«, sagte er dann und zog das Telefon aus der Tasche. Es war sein Bruder Al.

»Corm!«, rief eine Stimme über das starke Rauschen der Verbindung hinweg. »Schön, von dir zu hören, *bruv*!«

»Hi«, sagte Strike mit gedämpfter Stimme. »Wie geht's?«

»Spitze! Ich bin gerade in New York, hab eben erst deine Nachricht erhalten. Worum geht's?«

Al wusste natürlich, dass Strike nur anrief, wenn er etwas von ihm wollte. Anders als Nina schien ihn das jedoch nicht zu stören.

»Ich dachte, wir könnten am Freitag zusammen Abendessen gehen«, sagte Strike. »Aber wenn du in New York bist …«

»Ich bin am Mittwoch wieder da, wär doch klasse. Soll ich irgendwo reservieren?«

»Ja«, sagte Strike. »Unbedingt im River Café.«

»Das krieg ich hin«, sagte Al, ohne nach dem Grund zu fragen. Wahrscheinlich dachte er sich lediglich, dass Strike eine Vorliebe für gutes italienisches Essen hatte. »Ich schick dir eine SMS, okay? Dann bis Freitag!«

Strike legte auf und hatte schon die erste Silbe einer Entschuldigung auf den Lippen, doch Nina hatte sich in die Küche verzogen. Die Atmosphäre war merklich abgekühlt.

34

O Himmel, was habe ich gesagt! Meine unglückliche
Zunge …

WILLIAM CONGREVE, *LIEBE FÜR LIEBE*

»Die Liebe ist eine Illusion«, sagte Michael Fancourt auf dem
Fernsehbildschirm. »Eine Illusion, eine Schimäre, eine Wahn-
vorstellung.«

Robin saß zwischen Matthew und ihrer Mutter auf dem
ausgeblichenen, durchhängenden Sofa. Der braune Labrador lag vor dem Kaminfeuer und zuckte im Schlaf träge mit
dem Schwanz. Da sie zwei Nächte lang kaum ein Auge zugetan und zwei Tage lang unerwarteten emotionalen Belastun-
gen und Stress ausgesetzt gewesen war, war Robin müde und
musste sich zusammenreißen, um Michael Fancourt folgen zu
können. Mrs. Ellacott saß mit Notizblock und Kugelschreiber auf dem Schoß da – in der optimistischen Hoffnung, der
Schriftsteller würde vielleicht ein paar kluge Bemerkungen
fallen lassen, die für ihre Seminararbeit über Webster nützlich sein könnten.

»Natürlich …«, begann der Moderator, doch Fancourt
schnitt ihm das Wort ab.

»Es ist nicht der andere, den wir lieben. Wir lieben die *Vorstellung*, die wir uns von ihm machen. Nur wenige Menschen
können dies verstehen oder ertragen, und das auch nur, weil

sie blind ihrer eigenen Einbildungskraft vertrauen. Jede Liebe ist letzten Endes Eigenliebe.«

Mr. Ellacott saß in einem Sessel neben Kamin und Hund und schnarchte leise. Sein Kopf war nach hinten gesackt, die Brille auf die Nasenspitze gerutscht. Robins drei Brüder hatten sich still und heimlich aus dem Haus geschlichen – schließlich war Samstagabend, und ihre Freunde warteten im Bay House am Marktplatz auf sie. Jon war zwar wegen der Beerdigung von der Universität nach Hause gekommen, fühlte sich dem Verlobten seiner Schwester aber nicht so weit verpflichtet, als dass er auf ein paar Pints Black Sheep mit seinen Brüdern an zerbeulten Kupfertischen vor einem offenen Kaminfeuer verzichtet hätte.

Robin vermutete, dass Matthew sie gern begleitet hätte, sich jedoch aus Gründen der Pietät zurückgehalten hatte. Und nun saß er vor einer Literatursendung, die er zu Hause nie geduldet hätte. Da hätte er einfach, ohne zu fragen, das Programm gewechselt, weil er angenommen hätte, dass Robin sich unmöglich dafür interessieren konnte, was dieser mürrisch dreinblickende, prätentiöse Mann von sich gab. Michael Fancourt machte es einem aber auch wirklich schwer, Sympathie für ihn zu entwickeln, fand Robin. Der Schwung seiner Lippen sowie seiner Augenbrauen ließ auf einen tief verwurzelten Dünkel schließen. Der Moderator, eine bekannte Fernsehpersönlichkeit, schien leicht nervös zu sein.

»Das ist also das Thema Ihres neuen ...«

»Eines der Themen, richtig. Anstatt sich für seine Dummheit zu geißeln, sobald der Held begreift, dass er sich seine Frau nur eingebildet hat, beschließt er, die Frau aus Fleisch und Blut zu bestrafen, die ihn seiner Meinung nach hinters Licht geführt hat. Sein Rachedurst treibt die Handlung voran.«

»Aha«, sagte Robins Mutter leise und nahm den Kugel-schreiber in die Hand.

»Viele von uns, wahrscheinlich die meisten«, begann der Moderator, »glauben an die Liebe als edles Ideal und einen Ort der Selbstlosigkeit und nicht...«

»Eine selbstgerechte Lüge«, sagte Fancourt. »Wir sind Säugetiere, die Sex und die Gemeinschaft brauchen und zum Zweck des Überlebens und der Reproduktion Schutz in ex-klusiven Familienstrukturen suchen. Wir wählen unsere soge-nannten Liebespartner aus den primitivsten Gründen – daher ist es auch nicht weiter verwunderlich, dass mein Held eine Vorliebe für Frauen mit einer birnenförmigen Figur hat. Der Partner besitzt ein ähnliches Lachen, einen ähnlichen Geruch wie der Elternteil, der einem in jungen Jahren Hilfe und Un-terstützung gewährt hat. Alles darüber hinaus ist Einbildung, eine Erfindung...«

»Und die Freundschaft?«, versuchte es der Moderator. Er klang leicht verzweifelt.

»Hätte ich mich dazu überwinden können, Sex mit mei-nen männlichen Freunden zu haben, wäre mein Leben gewiss glücklicher und weitaus produktiver verlaufen«, sagte Fan-court. »Dummerweise bin ich nun mal darauf programmiert, weibliche Formen zu begehren, wie unergiebig das auch sein mag. Ich rede mir ein, dass eine bestimmte Frau faszinierender als die anderen wäre – besser auf meine Bedürfnisse und Be-gehrlichkeiten abgestimmt. Ich bin eine komplexe, hoch ent-wickelte und erfinderische Kreatur, die sich gezwungen sieht, eine aus den primitivsten Gründen gefällte Entscheidung zu rechtfertigen. Dies ist die Wahrheit, die wir unter tausend Jahren höfischen Schwachsinns begraben haben.«

Robin fragte sich, was Fancourts Frau (sie glaubte sich zu erinnern, dass er verheiratet war) von diesem Interview halten mochte. Mrs. Ellacott hatte sich ein paar Wörter auf ihrem Block notiert.

»Er sagt doch gar nichts über Rache«, flüsterte Robin.

Ihre Mutter hielt ihr den Notizblock hin, auf den sie *Was für ein Arschloch!* geschrieben hatte. Robin musste kichern.

Unterdessen beugte Matthew sich zu der Ausgabe des *Daily Express* vor, die Jonathan auf dem Stuhl hatte liegen lassen. Er überblätterte die ersten drei Seiten, auf denen mehrmals Strikes Name im Zusammenhang mit Owen Quine erwähnt wurde, und entschied sich für einen Artikel über eine Ladenkette, die Cliff Richards Weihnachtslieder aus ihren Filialen verbannt hatte.

»Sie wurden oft für Ihre Frauendarstellungen kritisiert«, sagte der Moderator, der all seinen Mut zusammengenommen hatte, »insbesondere …«

»Ich kann jetzt schon das kakerlakengleiche Kratzen der Kritikerstifte hören«, sagte Fancourt und verzog seine Lippen zu der Imitation eines Lächelns. »Ich wüsste nicht, was mich weniger interessierte als das, was Kritiker über mich oder meine Arbeit zu sagen haben.«

Matthew blätterte um. Robin sah zu ihm hinüber und erblickte das Bild eines umgekippten Tankwagens, eines auf dem Dach liegenden Honda Civic und eines zerbeulten Mercedes.

»Das ist der Unfall, in den wir gestern beinahe geraten sind!«

»Was?«, sagte Matthew.

Ohne darüber nachzudenken, war es aus ihr herausgeplatzt. Das Blut gefror ihr in den Adern.

»Das war auf der M4«, sagte Matthew und hätte sie beinahe ausgelacht. Wie kam sie denn auf die absurde Idee, in diesem Unfall verwickelt gewesen zu sein? Sah sie denn nicht, dass es sich hier um einen Motorway handelte?

»Ach … Ach so, ja«, sagte Robin und tat so, als wollte sie die Bildunterschrift lesen.

Matthew runzelte die Stirn. Allmählich verstand er.

»*Bist* du gestern beinahe in einen Unfall geraten?«

Er sprach leise, um Mrs. Ellacott, die gebannt das Interview verfolgte, nicht zu stören.

Jedes Zögern konnte Robin jetzt zum Verhängnis werden. Sie musste sich entscheiden. »Ja, bin ich. Aber ich wollte nicht, dass du dir Sorgen machst.«

Er starrte sie an. Auf der anderen Seite des Sofas machte sich ihre Mutter eifrig Notizen.

»War's *dieser* Unfall?«, fragte er und deutete auf das Foto. Sie nickte. »Was hattest du denn auf der M4 zu suchen?«

»Ich musste Cormoran zu einer Befragung fahren …«

»Zurück zu Ihrem Frauenbild«, sagte der Moderator. »Ihre Ansichten über Frauen …«

»Und wo, verdammt noch mal, fand diese Befragung statt?«
»Devon«, sagte Robin.

»*Devon?*«

»Er hat sich wieder das Bein verletzt und konnte nicht selbst fahren.«

»Du hast ihn nach *Devon* gefahren?«

»Ja, Matt, ich habe ihn nach …«

»Also deshalb bist du nicht schon gestern gekommen? Damit du ihn …«

»Nein, Matt, natürlich nicht!«

Er warf die Zeitung auf den Boden, stand auf und stürmte aus dem Raum.

Robin wurde es ganz anders. Sie sah sich zur Tür um. Er hatte sie nicht direkt zugeknallt, aber doch so laut geschlossen, dass ihr Vater zusammengezuckt und im Schlaf vor sich hin gemurmelt hatte. Der Labrador war aufgewacht.

»Lass ihn«, riet ihr ihre Mutter, ohne den Blick vom Bildschirm zu nehmen.

Robin wandte sich verzweifelt zu ihr um.

»Cormoran musste nach Devon, und mit seinem Bein konnte er unmöglich selbst ...«

»Vor *mir* musst du dich nicht rechtfertigen«, sagte Mrs. Ellacott.

»Und jetzt denkt er, ich hätte ihn angelogen, als ich gesagt habe, dass ich nicht schon gestern kommen konnte.«

»Und, hast du?«, fragte ihre Mutter, die Michael Fancourt dabei nicht für eine Sekunde aus den Augen ließ. »Sitz, Rowntree! Du bist nicht aus Glas.«

»Na ja, ich hätte schon kommen können, wenn ich Erster Klasse gefahren wäre ...«, gestand Robin, während der Labrador gähnte, sich streckte und es sich wieder auf dem Kaminvorleger gemütlich machte. »Dabei hatte ich das Ticket für den Schlafwagen doch bereits gekauft.«

»Matt jammert doch ständig, dass du in dieser Personalabteilung viel mehr verdient hättest«, sagte Ihre Mutter, den Blick immer noch auf den Fernseher gerichtet. »Da sollte er doch froh sein, wenn du dein Geld zusammenhältst. Und jetzt Ruhe, ich will was über Rache hören.«

Der Moderator versuchte gerade, eine Frage zu formulieren. »Aber in Bezug auf Frauen waren Sie nicht immer ... im Sinne der gegenwärtigen Moral, der sogenannten politischen Korrektheit ... Ich spiele hier ganz besonders auf Ihre Ansicht an, dass Autorinnen ...«

»*Das* schon wieder?«, sagte Fancourt und schlug sich mit den Händen auf die Knie (woraufhin der Moderator merklich zusammenzuckte). »Ich habe lediglich festgestellt, dass die besten Schriftstellerinnen mit sehr wenigen Ausnahmen kinderlos waren. Das ist eine Tatsache. Und ich habe gesagt, dass Frauen im Allgemeinen durch ihren Wunsch, Kinder zu gebären und aufzuziehen, nicht zu der Konzentrationsleistung fähig sind, die zum Schreiben von Literatur – *wahrer* Literatur – nun einmal vonnöten ist. Von diesem Standpunkt werde ich nicht abrücken. Das sind *Tatsachen*.«

Robin drehte den Verlobungsring an ihrem Finger. Einerseits wollte sie Matt hinterherlaufen, um ihn davon zu überzeugen, dass sie nichts falsch gemacht hatte. Andererseits war sie wütend darüber, dass derartige Überzeugungsarbeit überhaupt erforderlich zu sein schien. Bisher hatte immer *sein* Job an erster Stelle gestanden. Hatte er sich je entschuldigt, wenn er spät nach Hause gekommen war, wenn er wegen eines bestimmten Auftrags bis acht Uhr abends am anderen Ende von London zu tun gehabt hatte?

»Eigentlich wollte ich sagen«, versuchte es der Moderator mit geheucheltem Lächeln, »dass dieses Buch Ihre Kritiker zum Verstummen bringen sollte. Meiner Meinung nach haben Sie die weibliche Hauptfigur mit großem Verständnis und echtem Einfühlungsvermögen dargestellt. Natürlich« – er warf einen kurzen Blick auf seine Notizen und sah wieder auf; Robin bemerkte, wie nervös er war – »drängen sich gewisse Parallelen zu dem Selbstmord einer jungen Frau auf. Ich nehme an, dass Sie diese Frage nicht unerwartet trifft und Sie sicher …«

»Dass ich damit gerechnet habe, dass irgendwelche Dummköpfe denken würden, ich hätte einen biografischen Roman über den Selbstmord meiner ersten Frau geschrieben?«

»Nun, in gewisser Hinsicht – völlig abwegig ist das schließlich …«

»Lassen Sie mich Folgendes sagen«, sagte Fancourt – und schwieg.

Die beiden saßen vor einem hohen Fenster, hinter dem

ein sonniger, aber windgepeitschter Garten zu erkennen war. Robin fragte sich für einen Augenblick, wann das Interview wohl aufgezeichnet worden war – auf jeden Fall vor den heftigen Schneefällen –, bevor ihre Gedanken wieder zu Matthew zurückkehrten. Sie musste zu ihm, doch aus irgendeinem Grund blieb sie auf dem Sofa sitzen.

»Als Eff... Ellie starb«, begann Fancourt, »als sie starb ...«

Die Nahaufnahme wirkte fast schon schmerzhaft intim. Seine Krähenfüße wurden tiefer, als er die Augen schloss. Dann bedeckte er sein Gesicht mit einer breiten Hand.

Weinte Michael Fancourt etwa?

»So viel zum Thema, dass die Liebe eine Illusion und eine Schimäre sei«, sagte Mrs. Ellacott und ließ mit einem Seufzer den Stift sinken. »Ich bin enttäuscht von dir, Michael. Ich hätte mir mehr Mord und Totschlag gewünscht. *Mord und Totschlag.*«

Robin hielt es nicht länger aus. Sie stand auf und ging zur Wohnzimmertür. Es war schließlich eine Ausnahmesituation: Sie hatten heute Matthews Mutter beerdigt. Darum war es nur recht und billig, wenn sie sich entschuldigte, wenn sie den ersten Schritt tat.

35

Wir alle machen Fehler, Sir; wenn Ihr das eingesteht,
braucht's keine weitere Entschuldigung.

WILLIAM CONGREVE, *DER ALTE JUNGGESELLE*

Am folgenden Tag bemühten sich die Sonntagszeitungen um
ein würdevolles Gleichgewicht zwischen objektiven Einschätzungen von Owen Quines Leben und Werk und der makab-
ren, gruseligen Art, wie er zu Tode gekommen war.

»Literarisch mäßig bedeutungsvoll, zuweilen unterhaltsam,
in letzter Zeit zur Selbstparodie neigend, von seinen Zeitgenossen weit in den Schatten gestellt und doch leuchtend seine
altmodische Bahn ziehend«, urteilte die *Sunday Times* in einer Kolumne auf der Titelseite, die mit der Ankündigung von
weit Aufregenderem im Innenteil schloss: »*Vorlage für einen
Sadisten*, s. S. 10–11«, und neben einem daumennagelgroßen
Foto von Kenneth Halliwell: »*Bücher und Autoren: Literarische
Mörder*, s. S. 3, Kultur.«

»Gerüchte über das unveröffentlichte Buch, das seine Ermordung inspiriert haben soll, verbreiten sich über die Londoner Literaturkreise hinaus«, teilte der *Observer* mit. »Spräche nicht das Diktat des guten Geschmacks dagegen, könnte
Roper Chard sofort einen Bestseller herausbringen.«

EXZENTRISCHER AUTOR BEI SEXSPIELEN AUS-
GEWEIDET, behauptete die Zeitung *Sunday People*.

Nachdem er Nina Lascelles Wohnung verlassen hatte, hatte Strike sich sämtliche Zeitungen gekauft und kämpfte nun damit, sie nach Hause zu schleppen, während er am Stock über die schneebedeckten Bürgersteige humpelte. Auf dem Weg in Richtung Denmark Street dämmerte es ihm, dass es unklug gewesen war, sich derart zu beladen, falls die gescheiterte Angreiferin vom Vorabend erneut auftauchen sollte. Aber sie war nirgends zu sehen.

Später am Abend lag er – endlich wieder ohne Prothese – auf seinem Bett, knabberte Chips und arbeitete sich durch die Presseberichte.

Die Tatsachen im Zerrspiegel der Medien zu sehen kurbelte seine Fantasie an. Nachdem Strike als Letztes Culpeppers Artikel in der *News of the World* gelesen hatte (»Insidern zufolge ließ Quine sich gern von seiner Frau fesseln, die jetzt allerdings leugnet, davon gewusst zu haben, dass der exzentrische Autor beschlossen hatte, in ihrem Zweithaus unterzuschlüpfen«), schob er die Zeitungen vom Bett, griff nach seinem Notizbuch auf dem Nachttisch und schrieb ein paar Dinge auf, die er am folgenden Tag erledigen wollte. Diesmal notierte er kein A für Anstis neben bestimmte Fragen oder Aufgaben. Stattdessen folgte hinter *Buchhändler* und *MF wann aufgezeichnet?* jeweils ein großes *R*. Dann schickte er Robin eine SMS, um sie daran zu erinnern, morgen früh auf eine große Frau in einem langen schwarzen Mantel zu achten und die Denmark Street nicht zu betreten, sollte die Frau dort lauern.

Am folgenden Morgen auf dem kurzen Weg von der U-Bahn zum Büro konnte Robin jedoch niemanden erkennen, auf den die Beschreibung gepasst hätte, und als sie um neun Uhr auftauchte, saß Strike bereits an ihrem Schreibtisch und benutzte ihren Computer.

»Morgen. Keine Verrückten unterwegs?«

»Nein, kein einziger«, sagte Robin und hängte ihren Mantel auf.

»Wie geht's Matthew?«

»Gut«, log Robin.

Die Nachwirkungen der Auseinandersetzung um ihre Entscheidung, Strike nach Devon zu fahren, umgaben sie immer noch wie Pulverdampf. Der Streit hatte auf der Fahrt zurück nach Clapham geschwelt und war immer wieder aufgeflammt; ihre Augen waren vom Weinen und von Schlafmangel immer noch geschwollen.

»Schwer für ihn«, murmelte Strike, der weiter stirnrunzelnd auf den Bildschirm starrte. »Seine Mutter zu beerdigen.«

»Mhm«, sagte Robin und machte sich daran, Teewasser aufzusetzen. Sie ärgerte sich darüber, dass Strike heute anscheinend mit Matthew sympathisierte – ausgerechnet in dem Augenblick, da ihr die Bestätigung, dass er ein sturer Dreckskerl war, sehr viel willkommener gewesen wäre.

»Was suchen Sie denn?«, fragte sie, nachdem sie ihm einen Becher Tee hingestellt und er einen Dank gemurmelt hatte.

»Ich versuche herauszufinden, wann das Interview mit Michael Fancourt aufgezeichnet wurde«, antwortete Strike. »Er war am Samstagabend im Fernsehen.«

»Ich hab's mir angesehen«, sagte Robin.

»Ich auch.«

»Arroganter Trottel«, sagte Robin und setzte sich auf das Kunstledersofa. Aus irgendeinem Grund machte es bei ihr keine Furzgeräusche. Vermutlich, dachte Strike, lag es am Gewicht.

»Ist Ihnen etwas aufgefallen, als er von seiner verstorbenen Frau gesprochen hat?«, fragte er.

»Die Krokodilstränen waren ein bisschen übertrieben«,

sagte Robin, »nachdem er doch gerade erst erklärt hatte, die Liebe sei eine Illusion und so weiter. Was für ein Blödsinn.«

Strike sah noch einmal zu ihr hinüber. Sie hatte jenen hellen, zarten Teint, der zu viel Gefühl nur schlecht vertrug, und die geschwollenen Augen sprachen Bände. Ihre Feindseligkeit gegenüber Michael Fancourt, vermutete er, war wohl zum Teil einer anderen Zielperson zuzuschreiben, die sie womöglich sogar eher verdiente.

»Die waren nicht echt, dachten Sie?«, fragte Strike. »Dachte ich auch.« Er sah auf die Uhr. »In einer halben Stunde kommt Caroline Ingles.«

»Hatte sie sich nicht wieder mit ihrem Ehemann versöhnt?«

»Schnee von gestern. Sie kommt wegen einer SMS, die sie am Wochenende auf seinem Handy gefunden hat. Könnten Sie vielleicht herauskriegen«, fragte Strike und stemmte sich vom Schreibtischstuhl hoch, »wann dieses Interview aufgezeichnet wurde? Dann kann ich mir in der Zwischenzeit ihre Akte noch mal ansehen, damit ich so tun kann, als wäre mir ihr verdammter Fall immer noch geläufig. Danach gehe ich mit Quines Lektor mittagessen.«

»Ich weiß übrigens mittlerweile, was das Ärztehaus in der Nähe von Kathryn Kents Haus mit ihren medizinischen Abfällen macht«, sagte Robin.

»Und zwar?«

»Eine Spezialfirma holt sie immer dienstags ab. Ich habe dort angerufen«, sagte Robin, und Strike hörte aus ihrem Seufzer heraus, dass diese Spur sie nirgendshin geführt hatte. »An den Säcken, die sie am Dienstag nach dem Mord abgeholt haben, ist ihnen nichts ungewöhnlich oder besonders vorgekommen. Es war wohl unrealistisch zu glauben, eine Plastiktüte voll menschlicher Eingeweide würde ihnen nicht auffallen. Der Müll besteht normalerweise vor allem aus Tupfern, Verbandmaterial und Einwegspritzen und wird in versiegelten Spezialsäcken abgeholt.«

»Musste trotzdem überprüft werden«, sagte Strike aufmunternd. »Das ist gute Ermittlungsarbeit – alle Möglichkeiten in Erwägung ziehen. Übrigens gibt's noch etwas, was erledigt werden müsste, wenn ich Ihnen den Schnee zumuten dürfte ...«

»Ich bin gern unterwegs«, sagte Robin, deren Laune schlagartig besser wurde. »Worum geht es?«

»Um diesen Buchhändler aus Putney, der Quine am Achten gesehen haben will«, sagte Strike. »Er müsste inzwischen aus dem Urlaub zurück sein.«

»Kein Problem.«

Robin hatte übers Wochenende keine Gelegenheit gehabt, mit Matthew darüber zu sprechen, dass Strike sie zur Ermittlerin ausbilden wollte. Vor der Beerdigung hatte sie das Thema nicht anschneiden wollen, und nach ihrem Krach am Samstagabend hätte das wie eine Provokation oder gar wie eine offene Kriegserklärung gewirkt. Heute sehnte sie sich regelrecht danach, draußen unterwegs zu sein, zu ermitteln, zu forschen und dann heimzugehen und Matthew ganz sachlich mitzuteilen, was sie tagsüber unternommen hatte. Er wollte Ehrlichkeit, er sollte Ehrlichkeit bekommen.

Caroline Ingles, eine abgetakelte Blondine, verbrachte mehr als zwei Stunden in Strikes Büro. Als sie endlich gegangen war – tränenfleckig, aber sichtbar entschlossen –, hatte Robin erste Ergebnisse für Strike.

»Das Interview mit Fancourt wurde am siebten November aufgezeichnet«, sagte sie. »Ich habe bei der BBC angerufen. Hat ewig gedauert – aber irgendwann bin ich durchgekommen.«

»Am siebten«, wiederholte Strike. »Das war ein Sonntag. Und *wo* ist es aufgezeichnet worden?«

»Das Kamerateam war bei ihm zu Hause in Chew Magna«, sagte Robin. »Was interessiert Sie so sehr an diesem Interview?«

»Sehen Sie es sich noch einmal an«, sagte Strike. »Vielleicht auf YouTube. Wundert mich, dass es Ihnen nicht sofort aufgefallen ist.«

Für einen Moment war Robin gekränkt, doch dann erinnerte sie sich wieder daran, wie Matthew sie währenddessen über den Unfall auf der M4 ausgequetscht hatte.

»Ich muss mich fürs Simpson's umziehen«, sagte Strike. »Wir schließen ab und gehen gemeinsam, okay?«

Vierzig Minuten später trennten sie sich an der U-Bahn-Haltestelle: Robin, um zum Bridlington Bookshop in Putney zu fahren, und Strike, der zu Fuß zu dem Restaurant in der Strand gehen wollte.

»Hab in letzter Zeit zu viel Geld für Taxis verplempert«, erklärte er Robin schroff, weil er nicht erwähnen wollte, wie viel ihn der Toyota Land Cruiser gekostet hatte, mit dem sie am Freitag unterwegs gewesen waren. »Außerdem hab ich noch Zeit.«

Sie sah ihm ein paar Sekunden lang nach, als er, schwer auf seinen Stock gestützt, davonhumpelte. Einer mit drei Brüdern verbrachten Kindheit verdankte Robin – aufmerksame Beobachterin, die sie war – eine ungewöhnliche und zutreffende Einsicht in die oft abwehrenden männlichen Reaktionen auf weibliche Besorgnis. Aber sie fragte sich auch, wie lange Strike sein Knie noch würde zwingen können, sein Gewicht zu tragen, bevor er sich für länger als nur ein paar Tage außer Gefecht gesetzt wiederfand.

Es war fast Mittag, und die beiden Frauen, die Robin in der

U-Bahn nach Waterloo gegenübersaßen, hatten Tragetaschen voller Weihnachtseinkäufe zwischen ihre Füße geklemmt. Der Wagenboden war nass und schmutzig, die Luft wieder muffig von feuchter Kleidung und ungewaschenen Fahrgästen. Robin verbrachte den größten Teil der Fahrt mit dem vergeblichen Versuch, Michael Fancourts Interview auf ihrem Smartphone aufzurufen.

Der Bridlington Bookshop lag an einer der Hauptverkehrsstraßen von Putney. Seine altmodischen Sprossenschaufenster waren von oben bis unten mit aufgestapelten alten und neuen Büchern vollgepackt. Als Robin über die Schwelle trat, klingelte ein kleines Glöckchen, und eine angenehme, leicht modrige Atmosphäre umfing sie. Mehrere Schiebeleitern standen an wandhohen Regalen, die wiederum bis zur Decke waagrecht mit Büchern beladen waren. Nackte Glühbirnen, die so tief hingen, dass Strike sich den Kopf an ihnen angeschlagen hätte, verbreiteten trübes Licht.

»Guten Morgen«, sagte ein alter Gentleman in einem viel zu großen Tweedsakko, der mit fast hörbarem Knarzen aus einem Büro mit Ornamentglastür getreten war. Als er näher kam, stieg Robin starker Schweißgeruch in die Nase.

Sie hatte sich im Vorfeld eine einfache Befragungstaktik zurechtgelegt und fragte sofort, ob er wohl Bücher von Owen Quine auf Lager habe.

»Ah, ah!«, sagte er, als wüsste er Bescheid. »Ich brauche wohl nicht zu fragen, nicht wahr, woher das plötzliche Interesse kommt.«

In der oftmals selbstgefälligen Art weltfremder, abgeschieden lebender Menschen hob er unaufgefordert zu einem Vortrag über Quines Stil und nachlassende Lesbarkeit an, während er Robin in die Tiefen des Ladens führte. Er war sich sicher, dass sie bestimmt nur deshalb eines von Quines Büchern erwerben wollte, weil der Autor vor Kurzem ermordet worden war. Das stimmte natürlich, aber Robin ärgerte sich trotzdem darüber.

»Haben Sie *Die Brüder Balzac*?«, fragte sie.

»Sie wissen immerhin, dass Sie nicht nach *Bombyx Mori* zu fragen brauchen«, sagte er, während er mit tattrigen Händen eine Leiter verschob. »Es waren schon drei Journalisten hier, die danach gefragt haben.«

»Wieso kommen denn Journalisten zu Ihnen?«, fragte Robin unschuldig, während er die Leiter erklomm und über seinen alten Budapestern drei Fingerbreit senfgelber Socken sichtbar wurden.

»Kurz vor seinem Tod war Mr. Quine hier im Laden«, sagte der Alte, der jetzt zwei Meter über ihr die Titel auf den Buchrücken überflog. »*Brüder Balzac, Brüder Balzac…* muss hier irgendwo sein… Oje, oje, ich weiß genau, dass ich noch ein Exemplar habe…«

»Er war tatsächlich hier bei Ihnen im Laden?«, fragte Robin.

»Oh ja. Ich hab ihn gleich erkannt. Ich war ein großer Bewunderer von Joseph North, und die beiden sind einmal gemeinsam beim Hay Festival aufgetreten.«

Er stieg wieder die Leiter herab. Seine Füße zitterten bei jedem Schritt so sehr, dass Robin Angst hatte, er könnte abstürzen.

»Ich sehe mal im Computer nach«, sagte er und keuchte schwer. »Ich weiß ganz sicher, dass ich irgendwo noch ein Exemplar habe.«

Als Robin ihm nachging, fragte sie sich, wie zuverlässig der Alte den Autor identifiziert haben mochte, wenn er Owen Quine zuletzt Mitte der Achtzigerjahre vor Augen gehabt hatte.

»Sie konnten ihn sicher gar nicht verwechseln«, sagte sie.
»Ich habe gerade erst Fotos von ihm gesehen. Wirklich sehr
auffällig mit seinem Lodenumhang.«

»Er hat verschiedenfarbige Augen«, sagte der Alte, der jetzt
auf den Bildschirm eines frühen Macintosh Classic starrte,
den Robin auf mindestens zwanzig Jahre schätzte: beige, klot-
zig, mit großen, klobigen Tasten wie Toffeestückchen. »Aus
der Nähe sieht man es. Eines blau, das andere hellbraun. Den
Polizeibeamten haben meine Beobachtungsgabe und mein
Erinnerungsvermögen imponiert, glaube ich. Ich war im
Krieg beim Nachrichtendienst.«

Zufrieden lächelnd drehte er sich wieder zu ihr um.

»Ich hatte recht, wir *haben* ein Exemplar – antiquarisch.
Hier entlang.«

Er schlurfte zu einem Wühlcontainer voller Bücher.

»Das war sicher eine sehr wichtige Information für die
Polizei«, sagte Robin und folgte ihm.

»Ja, in der Tat«, sagte er selbstgefällig. »Wegen des Todes-
zeitpunkts. Ich konnte ihnen bestätigen, dass Quine am Achten noch am Leben war.«

»Sie erinnern sich wohl nicht mehr, weshalb er zu Ihnen kam?«, fragte Robin mit einem verlegenen Lachen. »Ich
wüsste zu gern, was er lesen wollte.«

»Oh doch, ich erinnere mich genau«, sagte der Alte sofort. »Er hat drei Romane gekauft: Jonathan Franzens *Freiheit*, Joshua Ferris' *Ins Freie* und … Den dritten hab ich vergessen. Er hat mir erzählt, er wolle eine Auszeit nehmen und
brauche Lektüre. Wir haben uns eine Weile über die Digita-
lisierung unterhalten, wobei er diesen Lesegeräten gegenüber
toleranter war als ich … muss irgendwo hier drin sein«, murmelte er, während er in dem Container wühlte. Halbherzig
beteiligte Robin sich an der Suche.

»Der Achte«, wiederholte sie. »Wie können Sie sich so sicher sein, dass es der Achte war?«

In dieser düsteren, leicht modrigen Atmosphäre mussten die Tage nahtlos ineinander übergehen, vermutete sie.

»Es war ein Montag«, sagte er. »Eine angenehme Abwechslung, über Joseph North zu sprechen, den er in sehr freundlicher Erinnerung hatte.«

Robin wusste noch immer nicht, weshalb er glaubte, dass dieser spezielle Montag der Achte gewesen sein musste, doch bevor sie nachhaken konnte, zog er triumphierend ein altes Taschenbuch aus der Tiefe des Behälters.

»Da haben wir's doch. Da haben wir's doch. Ich *wusste*, dass ich noch eins habe.«

»Ich kann mich nie an Daten erinnern«, log Robin, als sie mit ihrem Fund zur Kasse hinübergingen. »Haben Sie denn vielleicht auch irgendwas von Joseph North, wenn ich schon mal hier bin?«

»Er hat nur einen einzigen Roman geschrieben«, sagte der Alte. *»Das Ziel vor Augen.* Ich weiß ganz sicher, dass wir es haben ... eines meiner Lieblingsbücher ...«

Und prompt war er auf dem Weg zur nächsten Leiter.

»Ich bringe ständig Tage durcheinander«, behauptete Robin tapfer, als vor ihr die senfgelben Socken wieder sichtbar wurden.

»Das tun viele«, sagte er selbstgerecht, »aber ich verstehe mich auf rekonstruktive Schlussfolgerungen, haha. Ich weiß, dass es ein Montag war, weil ich immer montags frische Milch kaufe, und ich war gerade vom Einkauf zurück, als Mr. Quine hereinkam.«

Sie sah zu ihm auf, während er das Regal über ihrem Kopf durchsuchte.

»Ich habe auch schon der Polizei erklärt, dass ich diesen

speziellen Montag so genau datieren kann, weil ich abends meinen Freund Charles besucht habe, wie ich's an den meisten Montagen tue. Ich erinnere mich noch genau daran, dass ich ihm erzählt habe, Owen Quine sei in meiner Buchhandlung gewesen, und dass wir über die fünf anglikanischen Bischöfe diskutiert haben, die am selben Tag zu den Katholiken übergelaufen sind. Charles ist Laienprediger in der anglikanischen Kirche. Er war zutiefst betroffen.«

»Ja, verstehe«, sagte Robin und nahm sich vor, das Datum dieses Übertritts zu verifizieren.

Der Alte fand den Roman von North und stieg langsam wieder von der Leiter.

»Ja, und ich weiß außerdem noch«, sagte er mit jäh aufflammender Begeisterung, »dass Charles mir ein paar bemerkenswerte Bilder von einem Krater gezeigt hat, der sich in Schmalkalden über Nacht als Folge eines Erdfalls aufgetan hatte. Ich war im Krieg kurze Zeit in der Nähe von Schmalkalden stationiert. Ja … An diesem Abend, das weiß ich noch, hat Charles – der kein großer Literaturfreund ist – mich unterbrochen, als ich ihm von Quines Besuch in meinem Laden erzählt habe« – die schwachen, gichtknotigen Hände öffneten die Kasse –, »und gefragt: ›Warst du nicht in Schmalkalden?‹ Dann hat er mir von diesem riesigen Krater erzählt, und am nächsten Tag waren die Zeitungen voller ungewöhnlicher Bilder … Das Gedächtnis ist eine wundervolle Sache«, sagte er, überreichte Robin eine braune Papiertüte mit den zwei Büchern und erhielt dafür einen Zehnpfundschein.

»An den Erdfall kann ich mich noch erinnern«, sagte Robin, was ebenfalls gelogen war. Während er ihr gewissenhaft das Wechselgeld hinzählte, zog sie ihr Smartphone heraus und tippte darauf herum. »Ah, da haben wir es ja … Schmalkalden … Wirklich erstaunlich, wie dieses riesige Loch aus dem Nichts entstehen konnte. Aber«, sagte sie und sah zu ihm auf, »das war am ersten November, nicht am achten.«

Er blinzelte.

»Nein, es war am achten«, sagte er mit aller Überzeugungskraft, die er angesichts des übermächtigen Widerwillens, unrecht zu haben, aufbringen konnte.

»Sehen Sie mal«, sagte Robin und zeigte ihm den kleinen Bildschirm. Er schob sich die Brille auf die Stirn und starrte darauf. »Und Sie erinnern sich definitiv daran, dass Sie an ein und demselben Abend über Owen Quine und den Erdfall gesprochen haben?«

»Muss ein Irrtum sein«, murmelte er, aber ob er damit die Webseite des *Guardian,* sich selbst oder Robin meinte, blieb offen. Er schob ihre Hand mit dem Smartphone weg.

»Sie können sich also nicht ...«

»War das alles?«, fragte er hörbar verwirrt. »Dann einen schönen ... schönen Tag noch.«

Und Robin, die die Sturheit eines gekränkten alten Egomanen erkannt hatte, verließ zum Klingeln der Ladenglocke die Buchhandlung.

36

Herr Scandal, ich werde mir ein Vergnügen machen,
mich mit Ihnen über die Materien, die er so eben geäußert
hat, näher zu unterhalten – Seine Aussprüche sind sehr
mysteriös und hieroglyphisch.

WILLIAM CONGREVE, *LIEBE FÜR LIEBE*

Strike war überrascht gewesen, dass Jerry Waldegrave sich mit
ihm im Simpson's-in-the-Strand zum Mittagessen treffen
wollte, und seine Neugier wuchs, als er sich der imposanten
Steinfassade mit der hölzernen Drehtür, den Messingschil-
dern und Hängelaternen näherte. Der gefliese Eingangsbereich war mit Schachmotiven verziert. Strike hatte noch nie
einen Fuß in diese altehrwürdige Londoner Institution gesetzt. Er hatte immer angenommen, dass dort ausschließlich
reiche Geschäftsleute und Auswärtige verkehrten, die sich etwas Besonderes gönnen wollten.

Trotzdem fühlte Strike sich schlagartig wie zu Hause, sowie
er die Eingangshalle betrat. Das im achtzehnten Jahrhundert
als Schachclub für Gentlemen gegründete Simpson's sprach
zu ihm in einer alten und vertrauten Sprache: von Hierarchie,
Ordnung und würdevollem Anstand. Hier dominierten die
dunklen, erdigen Clublandfarben, die Männer wählten, wenn
sie nicht von ihren Frauen beraten wurden, massive Marmor-
säulen, solide Ledersessel für den betrunkenen Dandy; hinter

einer zweiflügeligen Tür jenseits der Garderobe war flüchtig ein Restaurant mit dunkler Holztäfelung zu sehen. Er fühlte sich in eine der Sergeantenmessen zurückversetzt, die er aus seiner Zeit in der Army kannte. Für eine vollends vertraute Atmosphäre fehlten hier nur mehr Regimentsfahnen und ein Porträt der Königin.

Solide Stühle mit hölzernen Rückenlehnen, schneeweiße Tischdecken und Silbertabletts, auf denen gewaltige Rinderbraten ruhten; als Strike an einem Zweiertisch an der Wand Platz nahm, fragte er sich unwillkürlich, was Robin von dieser Umgebung gehalten hätte. Hätte der plakative Traditionalismus des Simpson's sie amüsiert oder irritiert?

Etwa zehn Minuten, nachdem er sich gesetzt hatte, erschien Waldegrave und sah sich im Speisesaal um. Als Strike eine Hand hob, kam der Lektor an seinen Tisch geschlurft.

»Hallo, hallo. Nett, Sie wiederzusehen.«

Sein hellbraunes Haar war noch immer zerzaust, und am Revers seines verknitterten Sakkos prangte ein Zahnpastafleck. Ein Hauch von Rotwein wehte Strike über den kleinen Tisch hinweg an.

»Sehr freundlich von Ihnen, dass Sie sich Zeit für mich nehmen«, sagte Strike.

»Keine Ursache. Ich will ja helfen. Hoffentlich macht es Ihnen nichts aus, dass wir uns hier treffen. Ich habe mich für dieses Lokal entschieden«, erklärte Waldegrave, »weil hier niemand verkehrt, den ich kenne. Mein Vater war vor Jahren einmal mit mir hier. Glaube nicht, dass sie seither das Geringste verändert haben.«

Waldegraves runde, von seiner Hornbrille umrahmte Augen betrachteten den schweren Stuck über der dunklen Holztäfelung. Der Gips war von dem jahrzehntelang aufgestiegenen Zigarettenrauch ockergelb verfärbt.

»Ihre Kollegen bekommen Sie im Verlag oft genug zu sehen, nicht wahr?«

»Ach, die sind schon ganz in Ordnung«, sagte Waldegrave, schob seine Brille hoch und winkte einen Ober heran, »aber die Atmosphäre ist im Augenblick regelrecht vergiftet. Ein Glas Roten, bitte«, sagte er zu dem jungen Mann, der an ihren Tisch getreten war. »Irgendeinen, welcher, ist egal.«

Doch der Ober, dessen Brusttasche mit einer kleinen Schachfigur – einem Springer – bestickt war, antwortete abweisend: »Ich schicke den Sommelier, Sir«, und zog sich zurück.

»Haben Sie beim Hereinkommen die Uhr über der Tür gesehen?«, fragte Waldegrave und setzte seine Brille wieder auf. »Sie ist angeblich stehen geblieben, als 1984 die erste Frau hier aufgetaucht ist. Kleiner Insiderscherz. Und auf der Speisekarte steht ›Speisenfolge‹ und nicht ›Menü‹ – weil ›Menü‹ nun mal ein französisches Wort ist. Mein Vater hat solches Zeug geliebt. Ich war gerade in Oxford angenommen worden, deshalb hat er mich hierher eingeladen. Er hat ausländisches Essen gehasst.«

Strike spürte, dass Waldegrave nervös war. Es kam häufig vor, dass Leute so auf ihn reagierten. Dies war eindeutig nicht der geeignete Moment, um Waldegrave zu fragen, ob er Quine geholfen hatte, den Plan für seine Ermordung zu Papier zu bringen.

»Was haben Sie in Oxford studiert?«

»Englisch«, sagte Waldegrave und seufzte. »Mein Vater hat gute Miene zum bösen Spiel gemacht. Er hatte sich gewünscht, dass ich Medizin studiere.«

Die Finger seiner rechten Hand tippten ein Arpeggio auf die Tischdecke.

»Die Stimmung im Verlag ist also angespannt, ja?«, fragte Strike.

»Allerdings«, bestätigte Waldegrave und sah sich nach dem Weinkellner um. »Jetzt entfaltet sich die ganze Wucht – seit wir wissen, wie Owen ermordet wurde. Die Leute löschen wie die Idioten E-Mails, tun so, als hätten sie das Buch nie gesehen und wüssten nicht, wie es endet. Alles nicht besonders lustig.«

»War's denn vorher lustig?«, fragte Strike.

»Na ja... Ja, schon, als alle noch dachten, Owen wäre einfach nur abgetaucht. Die Leute sehen es gern, wenn die Mächtigen lächerlich gemacht werden. Und die beiden sind nun mal nicht sehr beliebt, Fancourt und Chard.«

Der Sommelier kam und legte Waldegrave die Weinkarte vor.

»Eine Flasche, oder?«, fragte Waldegrave mit einem Blick in die Karte. »Auf Ihre Einladung, richtig?«

»Ja«, sagte Strike beklommen.

Waldegrave bestellte eine Flasche Château Lezongars, die fast fünfzig Pfund kostete, wie Strike mit Besorgnis feststellte. Andererseits standen auf der Weinkarte auch Flaschen, die zweihundert kosteten.

»Also«, sagte Waldegrave mit plötzlicher Munterkeit, nachdem der Weinkellner wieder gegangen war, »gibt's schon eine heiße Spur? Wissen Sie schon, wer's war?«

»Noch nicht«, sagte Strike.

Es entstand eine unangenehme Gesprächspause. Waldegrave schob sich die Brille höher über seine schweißglänzende Nase.

»Sorry«, murmelte er. »Krass... diese Abwehrmechanismen... es... Ich kann es nicht glauben. Ich kann einfach nicht glauben, dass das passiert ist.«

»Das kann nie jemand«, sagte Strike.

Überraschend vertraulich fuhr Waldegrave fort: »Ich kann

mich einfach nicht von dieser verrückten Idee befreien, dass Owen sich das selbst angetan hat. Dass er es inszeniert hat.«

»Tatsächlich?«, fragte Strike, der Waldegrave genau beobachtete.

»Ich weiß natürlich, dass er's nicht getan haben kann, das weiß ich.« Die Hände des Lektors spielten jetzt eine schnelle Tonleiter über der Tischkante. »Es ist so ... so *theatralisch,* wie er ... wie er ermordet wurde. So ... so grotesk. Und – das ist das Schreckliche daran – die beste Reklame, die je ein Autor für sein Buch gemacht hat. Gott, Owen war immer scharf auf Publicity. Armer Owen! Er hat mir mal erzählt – das ist kein Scherz! –, er hat mir mal in vollem Ernst erzählt, dass er sich von seiner Freundin gern interviewen ließ. Angeblich half ihm das beim Denken. Ich habe ihn damals gefragt: ›Und was nehmen Sie als Mikrofon?‹ Um ihn aufzuziehen, verstehen Sie? Und wissen Sie, was der Blödmann geantwortet hat? ›Meistens Kugelschreiber. Was eben gerade zur Hand ist.‹«

Waldegrave brach in ein keuchendes Glucksen aus, das einem Schluchzen täuschend ähnlich klang.

»Armes Schwein«, sagte er. »Armes, dummes Schwein. Er war am Ende völlig durch den Wind, oder nicht? Na ja, hoffentlich ist Elizabeth Tassel jetzt glücklich. Hat ihn gerade noch rechtzeitig abgewickelt.«

Der ursprüngliche Ober kam mit einem Notizblock zurück.

»Was nehmen Sie?«, fragte der Lektor Strike und starrte kurzsichtig in die Speisekarte.

»Das Roastbeef.« Strike hatte zuvor beobachtet, wie es auf einem Silbertablett, das auf einem Wägelchen zwischen den Tischen herumgeschoben wurde, tranchiert worden war. Außerdem hatte er jahrelang keinen Yorkshire Pudding mehr gegessen; tatsächlich nicht mehr, seit er zuletzt in St Mawes gewesen war, um seine Tante und seinen Onkel zu besuchen.

Waldegrave bestellte die Seezunge, dann verrenkte er sich den Hals, um zu sehen, wo der Sommelier blieb. Als er den Mann mit einer Flasche in der Hand auf sie zukommen sah, entspannte er sich sichtlich und sank in bequemerer Haltung auf seinen Stuhl zurück. Sobald sein Glas gefüllt war, nahm er mehrere Schlucke, ehe er aufseufzte wie ein Mann, der soeben eine dringend nötige ärztliche Behandlung erhalten hatte.

»Sie haben gesagt, Elizabeth Tassel habe Quine *abgewickelt*«, sagte Strike.

»Ha?«, fragte Waldegrave und hielt sich die rechte Hand hinters Ohr.

Strike erinnerte sich wieder an dessen halbseitige Taubheit. Tatsächlich füllte sich das Restaurant zusehends, und der Geräuschpegel war gestiegen. Er wiederholte seine Frage ein wenig lauter.

»Oh ja«, sagte Waldegrave. »Ja – wegen Fancourt. Die beiden haben sich gern über das Unrecht ausgetauscht, das Fancourt ihnen angetan hat.«

»Welches Unrecht?«, fragte Strike, während Waldegrave den Wein in seinem Glas kreisen ließ.

»Fancourt hat die beiden seit Jahren schlechtgemacht.« Waldegrave kratzte sich geistesabwesend durch sein verknittertes Hemd hindurch die Brust und trank noch etwas Wein. »Owen wegen der boshaften Romanparodie, die Michaels Frau damals in den Selbstmord getrieben hat; und Liz, weil sie trotzdem zu Owen gehalten hat. Übrigens hat nie jemand Fancourt zum Vorwurf gemacht, dass er sich von Liz Tassel getrennt hat. Die Frau ist ein echtes Miststück. Vertritt nur noch eine Handvoll Autoren. Verschroben. Wahrscheinlich verbringt sie ihre Abende damit, sich auszurechnen, wie viel sie verloren hat. Fünfzehn Prozent von Fancourts Einnahmen sind eine Menge Geld. Booker-Essen, Filmpremieren ... Stattdessen bekommt sie Quine, der Kugelschreibern Interviews gibt, und verbrannte Würstchen in Dorcus Pengellys Garten.«

»Woher wissen Sie, dass es dort verbrannte Würstchen gab?«, fragte Strike.

»Hat Dorcus mir erzählt«, sagte Waldegrave, der das erste Glas Wein bereits geleert hatte und sich sofort nachschenkte. »Sie wollte wissen, warum Liz nicht auf der Jubiläumsparty war. Als ich ihr von *Bombyx Mori* erzählt habe, hat Dorcus betont, wie *reizend* Liz doch sei. *Reizend.* Aber sie konnte ja nicht wissen, was in Owens Buch stand. Sie sei nie kränkend, könne keiner verdammten Fliege was zuleide tun ... Pah!«

»Sie sind offenbar anderer Meinung.«

»Verdammt, und wie. Ich kenne Leute, die unter Liz Tassel angefangen haben. Sie reden wie Entführungsopfer, die gegen ein Lösegeld freigekommen sind. Herrschsüchtig, jähzornig ...«

»Glauben Sie, dass sie Quine dazu angestiftet haben könnte, diesen Roman zu schreiben?«

»Na ja, nicht direkt«, sagte Waldegrave. »Aber nehmen Sie einen Schriftsteller mit Illusionen, der nach eigenem Dafürhalten nur deshalb kein Bestsellerautor ist, weil die Leute eifersüchtig auf ihn sind oder ihre Arbeit nicht richtig tun, und spannen Sie ihn mit Liz zusammen, die von Haus aus zornig und verbittert ist, damit die beiden einander bestätigen können, wie unfair Fancourt sie abkanzelt ... Ist es da ein Wunder, dass seine Wut auf dem Siedepunkt war? Sie hat sich nicht einmal die Mühe gemacht, sein Manuskript richtig zu lesen. Wäre er nicht gestorben, hätte sie gekriegt, was sie verdient, denke ich. Der verrückte Kerl hat sich ja nicht bloß Fancourt vorgeknöpft. Er hat sich auch *sie* vorgenommen, haha! Hat sich den verdammten Daniel vorgenommen, aber auch mich und alle anderen. Praktisch *jeden*.«

Wie manch ein Alkoholiker, den Strike schon erlebt hatte, hatte Jerry Waldegrave die Grenze zur Trunkenheit mit nur zwei Gläsern Wein überschritten. Seine Bewegungen waren mit einem Mal unbeholfen, sein Benehmen schrill.

»Sie glauben also, dass Elizabeth Tassel Quine zu dem Angriff auf Fancourt angestiftet hat?«

»Todsicher«, sagte Waldegrave. »Ganz ohne Zweifel.«

»Aber als ich mit Elizabeth Tassel gesprochen habe, hat sie gesagt, was Quine über Fancourt geschrieben habe, sei gelogen«, entgegnete Strike.

»Ha?« Wieder legte Waldegrave die Hand hinters Ohr.

»Sie hat gesagt«, sagte Strike lauter, »dass Quine in *Bombyx Mori* Lügen über Fancourt verbreitet habe. Dass die Parodie, die zum Selbstmord von Fancourts Frau geführt hat, nicht von Fancourt gewesen sei. Dass Quine sie selbst geschrieben habe.«

»Das hab ich nicht gemeint«, sagte der Lektor und schüttelte den Kopf, als wäre Strike begriffsstutzig. »Ich wollte sagen… Vergessen Sie's. Vergessen Sie's.«

Er hatte bereits über die Hälfte der Flasche geleert; der Alkohol verlieh ihm eine gewisse Selbstsicherheit. Strike hielt sich zurück, weil er wusste, dass Drängeln bei einem Betrunkenen nur granitene Sturheit auslöste. Es war besser, Waldegrave treiben zu lassen, wohin er wollte, und nur sanft steuernd einzugreifen.

»Owen mochte mich«, erklärte Waldegrave ihm. »Oh ja. Ich wusste, wie man ihn behandeln musste. Wenn man nur seiner Eitelkeit geschmeichelt hat, konnte man alles von ihm haben. Eine halbe Stunde Lobhudelei, bevor man ihn bat, eine Stelle in seinem Manuskript zu ändern. Dann wieder eine halbe Stunde, bevor man die nächste Änderung durchsetzen konnte. Die einzige Methode. Er wollte mich wirklich nicht verletzen. Hat nicht richtig nachgedacht, der kleine Mistkerl. Wollte mal wieder ins Fernsehen. Hat geglaubt, alle wären gegen ihn. Hat nicht gemerkt, dass er mit dem Feuer gespielt hat. Geisteskrank.«

Waldegrave ließ sich so ungeschickt auf seinen Stuhl zurückfallen, dass sein Hinterkopf mit dem einer stattlichen, viel zu feierlich gekleideten Dame hinter ihm zusammenprallte. »Sorry! Sorry!«

Während sie ihn über die Schulter hinweg böse anfunkelte, rückte er seinen Stuhl ein Stück näher an den Tisch heran, sodass das Tafelsilber auf der Tischdecke klirrte.

»Was war also mit dem Schnittmeister?«, fragte Strike.

»Ha?«, fragte Waldegrave.

Diesmal war Strike sich sicher, dass die Hand hinter dem Ohr eine Pose war.

»Der Schnittmeister...«

»Schnittmeister – Lektor. Liegt doch auf der Hand«, sagte Waldegrave.

»Und der blutige Sack und die Zwergin, die Sie versuchen zu ertränken?«

»Symbolisch«, sagte Waldegrave, winkte ab und warf dabei fast sein Weinglas um. »Irgendeine Idee von ihm, die ich abgeschossen habe, irgendein Stück liebevoll gedrechselter Prosa, das ich abmurksen wollte. Hat ihn gekränkt.«

Strike, der schon tausend eingeübte Antworten gehört hatte, fand, dass diese zu flott gekommen war, zu flüssig, zu prompt.

»Nichts weiter?«

»Also«, sagte Waldegrave und lachte keuchend, »ich hab nie eine Zwergin ertränkt, falls Sie das andeuten wollen.«

Betrunkene waren schwierig zu befragen. In Strikes Zeit bei der SIB waren betrunkene Zeugen oder Verdächtige eine Seltenheit gewesen. Er erinnerte sich noch an einen alkoholkranken Major, dessen zwölfjährige Tochter in ihrer Schule in Deutschland einer Lehrerin vom sexuellen Missbrauch durch ihren Vater erzählt hatte. Als Strike im Haus der Familie erschienen war, hatte der Major ihn mit einer zerbrochenen Flasche bedroht. Strike hatte ihn k. o. geschlagen. Aber hier in der zivilen Welt mit einem in Rufnähe lauernden Sommelier konnte dieser betrunkene, kultivierte Lektor einfach gehen, wenn er wollte, ohne dass Strike ihn daran hätte hindern können. Ihm blieb lediglich, auf eine Gelegenheit zu hoffen, noch einmal auf den Schnittmeister zurückzukommen, und dafür zu sorgen, dass Waldegrave sitzen blieb und weiterredete.

Das Wägelchen mit dem Silbertablett erschien auf seiner würdevollen Runde neben ihrem Tisch. Während Waldegrave eine Seezunge bekam, wurde Strike feierlich die Hochrippe eines schottischen Rinds serviert.

Ein Vierteljahr lang keine Taxis mehr, ermahnte er sich. Ihm lief das Wasser im Mund zusammen, während Yorkshire Pudding, Kartoffeln und Pastinaken auf seinen Teller gehäuft wurden. Dann rollte das Wägelchen wieder davon. Waldegrave, der die Weinflasche inzwischen zu zwei Dritteln geleert hatte, betrachtete seinen Fisch, als wüsste er nicht recht, wie dieser vor ihn auf den Tisch gekommen war, und steckte sich mit den Fingern eine kleine Kartoffel in den Mund.

»Hatte Quine mit Ihnen über den Inhalt seines neuen Romans gesprochen, bevor er das Manuskript abgeliefert hat?«, fragte Strike.

»Niemals«, sagte Waldegrave. »Über *Bombyx Mori* hat er mir nur erzählt, dass der Seidenspinner eine Metapher für den Autor sei, der Höllenqualen erleiden muss, um etwas Gutes hervorzubringen. Das war's aber auch schon.«

»Er hat Sie nie um Rat oder Kommentare gebeten?«

»Oh nein. Owen hat schließlich geglaubt, er wüsste ohnehin alles am besten.«

»Ist das denn üblich?«

»Jeder Autor ist anders«, sagte Waldegrave. »Aber Owen hat schon immer versucht, möglichst viel geheim zu halten. Er hatte eine Vorliebe für große Enthüllungen, wissen Sie. Entsprach seiner dramatischen Ader.«

»Die Polizei hat Sie bereits gefragt, was Sie nach dem Erhalt des Manuskripts getan haben, nehme ich an«, sagte Strike beiläufig.

»Ja, hab ich alles hinter mir«, sagte Waldegrave gleichmütig. Er versuchte ohne großen Erfolg, die Seezunge, die er leichtsinnigerweise unausgelöst bestellt hatte, von ihren Gräten zu befreien. »Hab das Manuskript am Freitag bekommen, aber erst am Sonntag reingeguckt...«

»Sie wollten verreisen, nicht wahr?«

»Paris«, sagte Waldegrave. »Wochenendreise zum Hochzeitstag. Ist geplatzt.«

»Kam Ihnen etwas dazwischen?«

Waldegrave kippte den restlichen Wein in sein Glas. Mehrere Tropfen der dunklen Flüssigkeit gingen daneben und breiteten sich auf der weißen Tischdecke aus.

»Haben uns auf der Fahrt nach Heathrow gestritten, verdammt heftig. Sind umgekehrt und wieder heimgefahren.«

»Das ist hart«, sagte Strike.

»Geht schon seit Jahren so«, sagte Waldegrave. Er gab den ungleichen Kampf mit der Seezunge auf und warf sein Besteck so laut klirrend auf den Teller, dass die Gäste an den Nachbartischen herübersahen. »JoJo ist erwachsen. Braucht uns nicht mehr. Trennen uns.«

»Das tut mir leid«, sagte Strike.

Waldegrave zuckte niedergeschlagen mit den Schultern

und nahm noch einen Schluck Wein. Die Gläser seiner Horn-brille waren mit Fingerabdrücken bedeckt, sein Hemdkragen war schmuddelig und zerfranst. Für Strike, der sich mit sol-chen Dingen auskannte, sah er aus wie ein Mann, der in sei-nen Klamotten geschlafen hatte.

»Nach dem Streit sind Sie gleich heimgefahren, ja?«

»Unser Haus ist groß. Wir brauchen uns nicht zu begeg-nen, wenn wir nicht wollen.«

Auf der schneeweißen Tischdecke breiteten die Tropfen verschütteten Weins sich aus wie scharlachrote Blüten.

»Der schwarze Punkt – daran erinnert mich das alles«, sagte Waldegrave. »*Die Schatzinsel*, Sie wissen schon. Der schwarze Punkt. Jeder verdächtig, der das Scheißbuch gele-sen hat. Jeder beäugt den anderen misstrauisch. Jeder, der das Ende kennt, könnte der Mörder sein. Die Polizei in meinem verdammten Büro, jeder glotzt … Ich hab's am Sonntag gele-sen«, wiederholte er und kehrte nach seinem kleinen Exkurs zu Strikes Frage zurück. »Ich hab Liz Tassel gesagt, was ich von ihr hielt – und das Leben ist trotzdem weitergegangen. Owen war telefonisch nicht erreichbar. Ich dachte, er hätte vielleicht einen Nervenzusammenbruch … Ich hatte selbst verdammt große Probleme. Daniel Chard führte sich auf wie ein Berserker … Scheiß auf ihn. Gekündigt. Hatte genug. An-schuldigungen. Nie wieder. Vor dem gesamten Lektorat zu-sammengestaucht zu werden – nie wieder.«

»Anschuldigungen?«, fragte Strike.

Seine Befragungstechnik erinnerte ihn allmählich an das geschickte Schnippen mit Subbuteo-Tischfußballfiguren; die richtigen leichten Berührungen steuerten den wankenden Be-fragten. (In den Siebzigerjahren hatte Strike einen Satz Arse-nal-Figuren besessen; damit hatte er gegen Dave Polworths handbemalte Plymouth Argyles gespielt. Die beiden hatten damals immer bäuchlings auf dem Kaminvorleger von Daves Mutter gelegen.)

»Dan glaubt, dass ich mit Owen über ihn getratscht hätte. Verdammter Idiot. Bildet sich ein, dass niemand was ahnt… Dabei gibt's seit Jahren Gerüchte. Brauchte Owen gar nichts zu erzählen. Weiß eh jeder.«

»Dass Chard schwul ist?«

»Schwul, na und? Wen kümmert's? Aber er hält's unter Verschluss. Ich wüsst nicht mal, ob Chard selbst weiß, dass er schwul ist. Aber er mag junge Männer. Malt sie gern nackt. Das weiß jeder.«

»Wollte er Sie jemals malen?«, fragte Strike.

»Himmel, nein!«, sagte Waldegrave. »Das hat Joe North mir mal vor Jahren erzählt. Ah!«

Endlich war es ihm gelungen, den Weinkellner auf sich aufmerksam zu machen.

»Noch ein Glas von diesem.«

Strike war nur dankbar, dass er keine weitere Flasche bestellt hatte.

»Tut mir leid, Sir, aber diesen Wein gibt es nur in …«

»Dann irgendwas. Rot. Irgendwas. Das war vor vielen Jahren«, fuhr Waldegrave fort, wo er zuvor stehen geblieben war. »Dan wollte, dass Joe ihm Modell stand; Joe meinte daraufhin nur, er solle sich verpissen. Wusste damals jeder.«

Er warf sich zurück und rammte erneut die große Dame hinter ihm, die unglückseligerweise gerade Suppe aß. Strike sah, wie ihr wütender Begleiter einen vorbeikommenden Ober anhielt, um sich zu beschweren. Der Ober beugte sich zu Waldegrave hinab und sagte höflich, aber bestimmt: »Sind Sie bitte so freundlich, Ihren Stuhl vorzurücken, Sir? Die Dame hinter Ihnen …«

»Sorry, sorry.«

Waldegrave schob sich wieder näher an Strike heran, stemmte beide Ellbogen auf den Tisch, strich sich das ungekämmte Haar aus den Augen und sagte laut: »Aber er sieht eh nur sich selbst.«

»Wer?«, fragte Strike und beendete mit Bedauern das beste Mahl, das er seit Langem gegessen hatte.

»Dan. Hat den Verlag aufm Silbertablett serviert bekommen... War sein Leben lang reich... Könnte auf dem Land leben und seinen Gärtner malen, wenn er wollte... Hab genug davon. Fang selbst was an... Mach meinen eigenen verdammten Verlag auf.«

Waldegraves Smartphone klingelte. Er brauchte einige Zeit, um es zu finden, und las die Nummer vom Display ab, bevor er sich meldete. »Was gibt's, JoJo?«

Obwohl das Restaurant gut besetzt war, konnte Strike die Antwort hören: ein entferntes schrilles Kreischen. Waldegrave sah für einen Augenblick erschrocken aus.

»JoJo? Bist du...«

Aber dann veränderte sich sein breites, teigiges Gesicht stärker, als Strike es je für möglich gehalten hätte. Waldegraves Adern traten am Hals deutlich hervor, und seine Lippen verzogen sich zu einem hässlichen Knurren.

»*Fick dich!*«, sagte er so laut, dass sich in weitem Umkreis an den Tischen fünfzig Köpfe hoben und sämtliche Gespräche verstummten. »Ruf mich *nie wieder* von JoJos Handy aus an! Nein, du versoffenes Mist... Du hast gehört, was ich gesagt habe... Scheiße, ich trinke, weil ich mit *dir* verheiratet bin, das ist der Grund!«

Die übergewichtige Dame hinter Waldegrave sah sich empört um. Ober funkelten ihn erbost an; einer vergaß sich sogar so sehr, dass er mit einem Teller voller Yorkshire Pudding für einen japanischen Geschäftsmann auf halbem Weg stehen blieb. Der ehrwürdige Herrenclub hatte gewiss schon andere betrunkene Krakeeler erlebt, aber zwischen den dunklen Wandtäfelungen, Kronleuchtern und Speisenfolgen, wo es solide britisch, ruhig und seriös zuging, stellten sie jedes Mal wieder eine Erschütterung dar.

»Na gut, *und wessen gottverdammte Schuld ist das?*«, schrie Waldegrave.

Schwankend kam er auf die Beine und rammte seine unglückliche Nachbarin erneut. Diesmal protestierte ihr Begleiter nicht. In dem Restaurant war es mucksmäuschenstill geworden. Mit eineindrittel Flaschen Wein intus wankte Waldegrave, in sein Smartphone fluchend, hinaus, und Strike, der allein am Tisch zurückblieb, stellte amüsiert fest, dass er gerade etwas von der Missbilligung empfand, die in der Sergeantenmesse Männern entgegenschlug, die nicht hinreichend trinkfest waren.

»Bitte die Rechnung«, rief Strike dem nächstbesten gaffenden Ober zu. Er war enttäuscht, dass er nicht dazu gekommen war, den Spotted Dick zu probieren, den er auf der Nachspeisenkarte entdeckt hatte, aber er musste versuchen, Waldegrave einzuholen.

Während die Gäste ihn aus dem Augenwinkel beobachteten und einander zuraunten, zahlte Strike, stemmte sich von seinem Stuhl hoch und folgte, auf seinen Stock gestützt, Waldegraves unbeholfenen Schritten. Aus der empörten Miene des Maître d'hôtel und der Tatsache, dass der Lektor inzwischen draußen vor dem Eingang weiterkreischte, schloss Strike, dass Waldegrave mit sanfter Gewalt vor die Tür gesetzt worden war.

Er lehnte links vom Eingang an der kalten Hauswand. Um sie herum schneite es in dicken Flocken. Die Gehwege waren mit einer knirschenden Schicht bedeckt, die Passanten bis zu den Ohren vermummt. Der Kulisse aus solidem Luxus beraubt, wirkte Waldegrave kein bisschen mehr wie ein leicht verlotterter Akademiker. Betrunken, schmuddelig, abgerissen und in ein Handy brüllend, das in seiner Pranke fast verschwand, hätte er ebenso gut für einen verwirrten Stadtstreicher durchgehen können.

»...nicht *meine* beschissene Schuld, du blöde Kuh! Hab ich das Scheißbuch etwa geschrieben? Hab ich das? Scheiße, musstest du mit *ihr* reden?... Tu du's lieber, bevor ich es tue... Fang nicht an, mir zu drohen, du hässliche Schlampe... Hättest du nicht die Beine breitgemacht... *Du hast mich verdammt noch mal verstanden...*«

Als Waldegrave zu Strike hinübersah, blieb er einige Sekunden lang mit offenem Mund stehen, dann beendete er das Gespräch. Das Handy glitt ihm aus den unbeholfenen Fingern und landete auf dem verschneiten Bürgersteig.

»Mist!«

Der Wolf hatte sich in ein Schaf zurückverwandelt. Als er mit bloßen Fingern im Schneematsch nach seinem Handy tastete, fiel ihm die Brille von der Nase. Strike hob sie für ihn auf.

»Danke. Danke. Sorry, dass das passiert ist. Sorry...«

Strike sah Tränen auf Waldegraves Pausbacken, als er sich die Brille wieder auf die Nase schob. Dann stopfte er das demolierte Smartphone in die Tasche und wandte sich sichtlich verzweifelt an den Detektiv.

»'s hat mein beschissenes Leben ruiniert«, sagte er, »dieses Scheißbuch. Und ich dacht noch, Owen... Eine Sache war ihm immer heilig. Vater, Tochter. *Eine* Sache...«

Er winkte ab und wandte sich zum Gehen: heftig torkelnd, volltrunken. Strike vermutete, dass er schon mindestens eine Flasche Wein geleert haben musste, ehe sie sich getroffen hatten. Ihm zu folgen hatte keinen Zweck mehr.

Während Strike beobachtete, wie Waldegrave im Schnee-gestöber zwischen den Passanten verschwand, die, mit Weih-nachtseinkäufen beladen, über die mit Schneematsch bedeck-ten Gehwege hasteten, kamen ihm eine Hand, die grob um einen Oberarm griff, eine strenge Männerstimme und der är-gerliche Protest einer jungen Frau in den Sinn: »*Mami ist auf dem kürzesten Weg zu ihm hin. Warum grapschst du dir nicht* sie?«

Als er seinen Mantelkragen hochschlug, glaubte er zu wis-sen, was alles bedeutete: die Zwergin in dem blutigen Sack, die Hörner, die der Schnittmeister unter einer Mütze ver-steckte, und – von all dem am grausamsten – der Versuch des Ertränkens.

…wenn ich zu Wut provoziert werde, kann ich mich nicht auf Geduld und Vernunft einlassen.

WILLIAM CONGREVE, *DOPPELSPIEL*

Strike machte sich unter einem Himmel aus schmutzigem Silber auf den Weg zu seinem Büro und stapfte angestrengt durch den sich immer höher auftürmenden Schnee. Obwohl er nur Wasser getrunken hatte, fühlte er sich von dem guten, reichlichen Essen beinahe beschwipst, was in ihm ein falsches Gefühl von Wohlbefinden erzeugte, wie es Waldegrave empfunden haben würde, als er sich am Vormittag in seinem Büro den ersten Drink genehmigt hatte. Die Strecke zwischen dem Simpson's-in-the-Strand und seinem zugigen kleinen Büro in der Denmark Street hätte ein fitter, nicht gehbehinderter Erwachsener in etwa einer Viertelstunde bewältigen können. Doch Strikes Knie war immer noch wund und überanstrengt. Allerdings hatte er soeben für eine einzige Mahlzeit mehr bezahlt, als er sonst in einer ganzen Woche für Essen ausgab. Er zündete sich eine Zigarette an, hinkte mit gegen das Schneetreiben gesenktem Kopf durch die beißende Kälte und fragte sich, was Robin im Bridlington Bookshop in Erfahrung gebracht haben mochte.

Auf seinem Weg an den kannelierten Säulen des Lyceum Theatre vorbei musste Strike daran denken, dass Daniel Chard der Überzeugung gewesen war, Jerry Waldegrave habe Quine geholfen, sein Buch zu schreiben, während Waldegrave seinerseits glaubte, Elizabeth Tassel habe Quine in seinem Groll bestärkt, bis dieser sich in Romanform Bahn gebrochen hatte. Doch waren das wirklich schlichte Fälle von fehlgeleitetem Zorn? Suchten Chard und Waldegrave lebende Sündenböcke, an denen sie ihren wütenden Frust abreagieren konnten, nachdem Quines grausiger Tod sie um den wahren Schuldigen gebracht hatte? Oder hatten sie recht, wenn sie in *Bombyx Mori* einen fremden Einfluss zu erkennen glaubten?

Die scharlachrote Fassade des Coach & Horses in der Wellington Street stellte eine gewaltige Verlockung dar, als er sich ihr schwer auf seinen Stock gestützt und mit schmerzendem Knie näherte: Wärme, Bier und ein bequemer Stuhl… Aber ein dritter Pubbesuch zur Mittagszeit innerhalb von nur einer Woche – das war nichts, was er sich angewöhnen sollte. Jerry Waldegrave war ein gutes Beispiel dafür, wohin ein solches Verhalten führen konnte.

Trotzdem konnte Strike der Versuchung nicht widerstehen, im Vorbeigehen einen neidischen Blick durchs Fenster zu werfen – auf Zapfhähne aus glänzend poliertem Messing und gesellige Männer, die weniger prinzipientreu waren als er selbst…

Er sah sie aus dem Augenwinkel heraus. Groß und leicht gebeugt in ihrem schwarzen Mantel und mit tief in den Taschen vergrabenen Händen hastete sie durch den Schneematsch auf dem Gehweg hinter ihm her: seine Stalkerin und gescheiterte Angreiferin von Samstagabend.

Strike behielt sein Tempo bei und drehte sich auch nicht nach ihr um. Diesmal hatte er keine Lust auf Spielchen; er würde nicht abrupt haltmachen, um ihre amateurhafte Beschattungsweise bloßzustellen, würde sie nicht wissen lassen, dass er sie entdeckt hatte. Er ging, ohne ein einziges Mal über die Schulter zu blicken, weiter, und nur Leute, die bei der Abwehr von Verfolgern ähnlich erfahren waren wie er selbst, hätten seine beiläufigen Blicke in günstig gelegene Fenster und auf reflektierende Messingschilder bemerkt. Nur sie hätten seine als Unaufmerksamkeit getarnte Überwachsamkeit wahrgenommen.

Die meisten Mörder waren schludrige Amateure; so wurden sie letztlich gefasst. Nach ihrer Begegnung am Samstagabend weiterzumachen zeugte von hochkarätigem Draufgängertum – und genau darauf setzte Strike, als er die Wellington Street entlang weiterging, scheinbar ohne etwas von der Frau zu ahnen, die ihm mit einem Messer in der Tasche auf den Fersen war. Als er die Russell Street überquerte, tat sie so, als wollte sie das Marquess of Anglesey betreten, und verschwand kurz außer Sicht, tauchte jedoch bald wieder auf, drückte sich zwischen den quadratischen Säulen eines Bürogebäudes herum und verharrte in einem Hauseingang, um den Abstand zwischen ihnen zu vergrößern.

Strike spürte sein Knie jetzt kaum mehr. Er hatte sich in einen Meter zweiundneunzig hoch konzentrierte Leistungsfähigkeit verwandelt. Diesmal war sie nicht im Vorteil; diesmal würde es ihr nicht gelingen, ihn zu überraschen. Falls sie überhaupt einen Plan hatte, bestand er vermutlich darin, einfach die nächstbeste sich bietende Gelegenheit zu nutzen. Nun lag es an ihm, diese Gelegenheit herbeizuführen, die sie unmöglich verstreichen lassen durfte, und dann dafür zu sorgen, dass sie erneut scheiterte.

Vorbei am Royal Opera House mit seinem klassizistischen Portikus, seinen Säulen und Statuen in die Endell Street, wo sie in einer alten roten Telefonzelle verschwand, zweifellos, um ihren Mut zusammenzunehmen und sich nochmals davon zu überzeugen, dass er sie immer noch nicht entdeckt hatte. Strike marschierte in stetem Tempo weiter und hielt den Blick auf die Straße vor sich gerichtet. Sie gab sich einen Ruck, trat wieder auf den belebten Gehweg, folgte ihm an gestressten Passanten vorbei, in deren Händen Tragetaschen schwangen, verringerte den Abstand zu ihm, als die Straße enger wurde, und sprang in Hauseingänge und wieder heraus.

Als Strike seinem Büro näher kam, traf er eine Entscheidung: Er bog von der Denmark Street links ab in die Flitcroft Street, die zum Denmark Place führte, von wo aus eine düstere Passage, deren Wände mit Konzertflyern tapeziert waren, zu seinem Büro zurückführte.

Würde sie sich trauen?

In der Gasse, in der seine Schritte schwach von den feuchten Mauern widerhallten, wurde er kaum merklich langsamer. Dann hörte er sie kommen – hinter ihm herrennen.

Er warf sich auf dem gesunden linken Bein herum und schlug mit seinem Stock zu. Ein lautes Kreischen, als Stock und Arm zusammentrafen; das Teppichmesser wurde ihr aus der Hand geschlagen, flog gegen die Mauer, prallte von dort ab und verfehlte nur knapp Strikes Auge. Dann packte er sie mit einem eisernen Griff, und sie schrie auf.

Er fürchtete, irgendein Held könne ihr zu Hilfe kommen, doch zum Glück tauchte keiner auf, und nun war Schnelligkeit angesagt – sie war kräftiger als erwartet, wehrte sich wie eine Wildkatze und versuchte, ihn in den Schritt zu treten und ihm das Gesicht zu zerkratzen. Mit einer minimalen Bewegung hatte er sie im Schwitzkasten, sodass ihre Füße über das schneenasse Pflaster rutschten und scharrten.

Während sie sich in seinem Griff wand und versuchte, ihn zu beißen, bückte er sich, um das Messer aufzuheben, zog sie dabei so tief mit sich hinunter, dass sie beinahe den Boden unter den Füßen verlor, ließ dann seinen Stock liegen, den er nicht auch noch mitnehmen konnte, und schleppte sie auf die Denmark Street hinaus.

Strike war schnell und sie durch den Kampf so außer Atem, dass sie nicht genug Luft hatte, um zu schreien. Die kurze, kalte Straße war menschenleer, und auch von der Charing Cross Road her fiel keinem der Passanten etwas Verdächtiges auf, als er sie das kleine Stück zu der schwarzen Eingangstür hinüberschleifte.

»Aufmachen, Robin! Schnell!«, rief er in die Sprechanlage und rammte die Haustür mit der Schulter auf, sowie Robin den Summer betätigt hatte. Als er sie die Metalltreppe hinaufschleppte, wobei sein rechtes Knie erneut wütend protestierte, begann sie zu kreischen, dass ihre Schreie nur so durchs Treppenhaus gellten. Strike sah eine Bewegung hinter der Glastür des mürrischen, exzentrischen Grafikdesigners, der im Büro unter ihm arbeitete.

»Albern bloß rum«, bellte er in Richtung Tür, während er seine Beschatterin weiter nach oben hievte.

»Cormoran? Was... Oh Gott!«, rief Robin auf dem Treppenabsatz über ihm. »Sie können doch nicht... Was machen Sie denn da? Lassen Sie sie los!«

»Verdammt, sie hat gerade... wieder versucht... mich zu erstechen«, keuchte Strike und stieß die Angreiferin mit einer letzten gewaltigen Anstrengung über die Schwelle. »Abschließen!«, brüllte er Robin zu, die eilig hinter ihnen eintrat und seinem Befehl Folge leistete.

Strike warf die Frau auf das Kunstledersofa. Ihre Kapuze fiel nach hinten und offenbarte ein längliches, bleiches Gesicht mit großen braunen Augen und schulterlange, üppige schwarze Locken. Ihre Finger endeten in spitzen knallroten Nägeln. Sie sah aus, als wäre sie nicht einmal zwanzig.

»Sie Dreckskerl! *Dreckskerl!*«

Sie versuchte aufzustehen, aber Strike stand mit Mordgier im Blick über ihr, und sie überlegte es sich anders, sank aufs Sofa zurück und massierte sich den weißen Hals, der dunkle Kratzspuren von ihrem Handgemenge davongetragen hatte.

»Wollen Sie mir vielleicht erklären, warum Sie versuchen, mich abzustechen?«, fragte Strike.

»*Fick dich!*«

»Wie originell«, sagte Strike. »Robin, rufen Sie die Polizei...«

»Neiiiin!«, heulte die Frau in Schwarz wie ein jaulender Hund. »Er hat mir wehgetan«, rief sie Robin zu und zog wie ein hilfloses Häuflein Elend ihren Pulloverkragen nach unten, um die Spuren an ihrem kräftigen weißen Hals zu entblößen. »Er hat an mir gezogen und mich mitgeschleift...«

Mit der Hand auf dem Telefonhörer sah Robin zu Strike hinüber.

»Wozu haben Sie... mich beschattet?«, keuchte Strike. Er stand immer noch über ihr, und sein Tonfall klang bedrohlich.

Sie kauerte sich tiefer in die quietschenden Polster, doch Robin, deren Hand weiter auf dem Hörer lag, meinte ein gewisses Vergnügen in der Angst der Frau erkennen zu können, einen Hauch von Wollust in der Art, wie sie sich von ihm wegdrehte.

»Letzte Chance«, knurrte Strike. »Warum?«

»Was ist denn da oben los?«, rief eine mürrische Stimme vom unteren Treppenabsatz hinauf.

Robin erwiderte Strikes Blick, hastete zur Tür, schloss auf und schlüpfte hinaus, während Strike, das Kinn vorgereckt und eine Faust geballt, seine Gefangene bewachte. In ihren großen dunklen Augen – mit Lidschatten in Stiefmütterchen-lila – sah er genau, dass sie mit dem Gedanken spielte, laut um Hilfe zu schreien, sich dann aber eines Besseren besann. Stattdessen begann sie zu zittern und zu wimmern, fletschte dabei aber die Zähne, und er vermutete, dass der Grund dafür eher Wut als Verzweiflung war.

»Alles in Ordnung, Mr. Crowdy!«, rief Robin. »Wir haben nur ein bisschen rumgekaspert. Entschuldigen Sie, dass wir so laut waren!«

Robin kam ins Büro zurück und schloss die Tür wieder hinter sich ab. Die Frau saß jetzt steif auf dem Sofa, Tränen liefen ihr übers Gesicht, und ihre Hände mit den krallenförmigen Nägeln umklammerten den Rand des Sitzpolsters.

»Mir reicht's«, sagte Strike. »Wenn Sie nicht reden wollen, dann rufe ich eben die Polizei.«

Sie glaubte ihm offenbar. Strike hatte kaum zwei Schritte in Richtung Telefon gemacht, als sie schluchzte: »Ich wollte Sie aufhalten...«

»Bevor ich was tue?«

»Als ob Sie das nicht wüssten!«

»Schluss mit den Scheißspielchen!«, brüllte Strike und beugte sich mit großen geballten Fäusten zu ihr hinunter. Sein verletztes Knie spürte er jetzt nur zu deutlich. Durch ihre Schuld war er gestürzt und hatte sich erneut eine schwere Bänderzerrung eingehandelt.

»Cormoran«, sagte Robin energisch, trat zwischen die beiden und zwang ihn so, einen Schritt rückwärts zu machen. »Hören Sie«, forderte sie die junge Frau auf. »Hören Sie mir mal zu. Sagen Sie ihm, weshalb Sie das machen, und dann verzichtet er vielleicht darauf, die...«

»Scheiße, soll das ein Witz sein?«, sagte Strike. »Sie hat zweimal versucht, mich zu...«

»...Polizei zu rufen«, sagte Robin laut und unbeirrbar.

Unvermittelt sprang die Frau auf und versuchte, die Bürotür zu erreichen.

»Hiergeblieben!«, sagte Strike, wand sich an Robin vorbei, bekam die Angreiferin um die Taille zu fassen und schleuderte sie unsanft aufs Sofa zurück. *Wer sind Sie?*«

»Sie haben mir wehgetan!«, schrie sie. »Richtig wehgetan ... Meine Rippen ... Ich zeig Sie an wegen Körperverletzung, Sie Schwein ...«

»Dann nenne ich Sie Pippa, einverstanden?«, fragte Strike ungerührt.

Ein erschrockenes Keuchen und ein böser Blick. »Sie ... Sie ... Stück Scheiße ...«

»Ja, ja, ich weiß«, winkte Strike gereizt ab. *Ihr Name!*«

Ihre Brust unter dem schweren Mantel hob und senkte sich in einem fort.

»Woher wollen Sie denn wissen, ob es die Wahrheit ist, wenn ich es Ihnen sage?«, keuchte sie mit neu aufwallendem Trotz.

»Ich behalte Sie einfach hier, bis ich es überprüft habe«, sagte Strike.

»Entführung!«, rief sie mit einer Stimme, die rau und laut war wie die eines Hafenarbeiters.

»Festnahme durch eine Zivilperson«, widersprach Strike. »Scheiße, Sie haben versucht, mich zu erstechen. Also, zum letzten verdammten Mal ...«

»Pippa Midgley«, fauchte sie.

»Na endlich. Können Sie sich ausweisen?«

Mit einem weiteren aufsässig gemurmelten Fluch griff sie in die Manteltasche und zog eine Busmonatskarte heraus, die sie ihm zuwarf.

»Hier steht Phillip Midgley.«

»Was Sie nicht sagen.«

Als Robin sah, wie bei Strike der Groschen fiel, musste sie trotz der angespannten Atmosphäre ein Lachen unterdrücken.

»Epicoene«, blaffte Pippa Midgley wütend. »Haben Sie's immer noch nicht kapiert? Ist wohl zu subtil für Sie, *Arschloch*.«

Strike betrachtete sie genauer. Der Adamsapfel in ihrer Kehle, die immer noch die Spuren seiner Finger trug, trat jetzt deutlich hervor. Die Hände mit den knallroten Nägeln waren wieder in ihren Manteltaschen vergraben.

»Ab nächstes Jahr heiße ich auf allen Papieren Pippa«, sagte sie.

»Pippa«, wiederholte Strike. »Sie haben geschrieben: ›Ich spann ihn auf die Folterbank‹, stimmt's?«

»Oh«, sagte Robin mit einem lang anhaltenden Seufzer, als sie den Zusammenhang hergestellt hatte.

»*Ooooh*, Sie sind ja so *schlau*, Mr. Butch«, imitierte Pippa sie boshaft.

»Kennen Sie Kathryn Kent persönlich, oder sind Sie nur eine Internetbekanntschaft?«

»Wieso? Ist es neuerdings ein Verbrechen, Kathryn Kent zu kennen?«

»Wie gut kannten Sie Owen Quine?«

»Über diesen Mistkerl will ich nicht reden«, keuchte Pippa. »Was er mir angetan hat … Was er getan hat … geheuchelt … gelogen … gottverdammter Lügner …«

Erneut schossen ihr Tränen in die Augen, und dann wurde sie regelrecht hysterisch. Die Hände mit den knallroten Nägeln rauften ihre Haare, die Füße trommelten auf den Fußboden, und sie wiegte sich laut jammernd vor und zurück. Strike beobachtete sie angewidert und sagte nach dreißig Sekunden: »Schluss jetzt, halten Sie endlich …«

Doch Robin brachte ihn mit einem einzigen Blick zum Schweigen, rupfte eine Handvoll Papiertücher aus der Schachtel auf ihrem Schreibtisch und drückte sie Pippa in die Hand.

»D-D-Danke...«

»Möchten Sie vielleicht einen Tee oder Kaffee, Pippa?«, fragte Robin freundlich.

»Kaf-f-fee ... bit...«

»Verdammt, sie hat gerade versucht, mich zu *erstechen*, Robin!«

»Aber sie hat's nicht geschafft, hab ich recht?«, kommentierte Robin vom Wasserkocher aus.

»Unfähigkeit«, sagte Strike ungläubig, »schützt vor Strafe nicht, verflucht noch mal!«

Er baute sich wieder vor Pippa auf, die dem Wortwechsel mit offenem Mund gelauscht hatte.

»Wieso haben Sie mich verfolgt? Wovon wollten Sie mich abhalten? Und ich warne Sie – nur weil Robin hier auf Ihr Flennen reinfällt...«

»Sie arbeiten für *sie*!«, kreischte Pippa. »Diese perverse Schlampe – seine Witwe! Sie hat jetzt sein Geld, nicht wahr? Wir wissen, wozu Sie engagiert worden sind! Wir sind doch nicht blöd!«

»Wer ist ›wir‹?«, verlangte Strike zu erfahren, aber Pippas Blick ging wieder zur Tür hinüber. »Ich schwöre«, sagte Strike, dessen überanstrengtes Knie jetzt so schmerzhaft pochte, dass er am liebsten laut mit den Zähnen geknirscht hätte, »wenn Sie noch mal versuchen, die verdammte Tür zu erreichen, hole ich die Polizei und sage gegen Sie aus und applaudiere Ihnen, wenn Sie wegen versuchten Mordes verknackt werden. Und hinter Gittern wird's für Sie kein Spaß, Pippa«, fügte er hinzu. »Nicht *vor* der Operation.«

»Cormoran!«, sagte Robin scharf.

»Stelle nur Tatsachen fest«, knurrte Strike zurück.

Pippa war in die Sofaecke zurückgewichen und starrte ihn mit unverhohlenem Entsetzen an.

»Kaffee«, sagte Robin energisch, kam hinter dem Schreibtisch hervor und drückte Pippa den Becher in die Klauen. »Erzählen Sie ihm um Himmels willen, worum es hier geht, Pippa. *Erzählen Sie's ihm.*«

Auch wenn Pippa aggressiv und alles andere als stabil wirkte, hatte Robin unwillkürlich Mitleid mit der jungen Frau, die anscheinend kaum einen Gedanken darauf verschwendet hatte, welche Folgen es haben mochte, einen Privatdetektiv mit einem Messer zu attackieren. Robin konnte nur mutmaßen, dass sie in Extremform eine Disposition besaß, unter der auch ihr jüngerer Bruder Martin litt. Er war im Familienkreis für seine Unvorsichtigkeit und seine Risikobereitschaft berüchtigt, die ihn bereits häufiger in die Notaufnahme geführt hatten als all seine Geschwister zusammengenommen.

»Wir wissen, dass sie Sie engagiert hat, um uns was anzuhängen«, krächzte Pippa.

»Wer«, blaffte Strike, »ist ›sie‹, und wer ist ›wir‹?«

»Leonora Quine!«, rief Pippa. »Wir kennen sie gut genug und wissen, wozu sie imstande ist! Sie hasst uns, mich und Kath, und sie würde alles tun, um uns dranzukriegen. Sie hat Owen umgebracht und versucht jetzt, uns den Mord in die Schuhe zu schieben! Sie können glotzen, so lange Sie wollen!«, schrie sie Strike an, dessen dichte Augenbrauen bis halb zum Haaransatz hochgezogen waren. »Die Schlampe ist verrückt, sie ist eifersüchtig wie der Teufel… Sie konnte es nicht ertragen, dass er sich mit uns getroffen hat, und jetzt bezahlt sie Sie dafür, um Material zu sammeln, das sie gegen uns verwenden kann!«

»Ich weiß ja nicht, ob Sie diesen paranoiden Blödsinn selbst glauben…«

»Wir wissen genau, was hier läuft!«, kreischte Pippa.

»*Schnauze!* Außer dem Mörder hat niemand gewusst, dass Quine bereits tot war, als Sie angefangen haben, mich zu verfolgen. Sie sind mir an dem Tag gefolgt, an dem ich die Leiche gefunden habe, und ich weiß, dass Sie eine Woche zuvor schon Leonora aufgelauert hatten. Wieso?« Als sie nicht antwortete, wiederholte er: »Letzte Chance. Wieso haben Sie mich verfolgt, als ich bei Leonora war?«

»Ich dachte, Sie könnten mich zu seinem Versteck führen«, sagte Pippa.

»Wozu wollten Sie wissen, wo er war?«

»Um den Scheißkerl *umzubringen*!«, schrie Pippa und bestätigte damit Robins Eindruck, dass der jungen Frau genau wie ihrem Bruder Martin jeglicher Selbsterhaltungstrieb fehlte.

»Und warum wollten Sie ihn umbringen?«, fragte Strike, als hätte sie etwas ganz Alltägliches gesagt.

»Wegen allem, was er uns in diesem grässlichen Scheißbuch angetan hat! Sie wissen, was ich meine... Sie haben's gelesen... Epicoene... Dieser Dreckskerl, dieses Schwein...«

»He, beruhigen Sie sich! Sie haben *Bombyx Mori* also gelesen...«

»Ja, natürlich.«

»Und daraufhin haben Sie angefangen, Hundescheiße in Quines Briefschlitz zu stopfen?«

»Scheiße für 'nen Scheißkerl!«, schrie sie.

»Sehr witzig. Wann haben Sie das Buch gelesen?«

»Kath hat mir die Stellen über uns am Telefon vorgelesen, und dann bin ich hingegangen und hab...«

»*Wann* hat sie Ihnen die Stellen am Telefon vorgelesen?«

»A-Als sie heimkam und das ganze Zeug auf der Fußmatte vorgefunden hat. Das komplette Manuskript. Sie hat die Tür kaum aufgekriegt. Er hatte 'nen Zettel draufgepackt und dann alles durch den Briefschlitz geworfen«, sagte Pippa Midgley. »Kath hat ihn mir gezeigt.«

»Und was stand da?«

»›Tag der Rache für uns beide. Hoffe, du bist glücklich! Owen.‹«

»›Tag der Rache für uns beide‹?«, wiederholte Strike stirnrunzelnd. »Wissen Sie, was er damit gemeint hat?«

»Kath wollt's mir nicht sagen, aber ich weiß, dass sie's verstanden hat. Sie war am B-Boden zerstört«, berichtete Pippa sichtlich bewegt. »Sie ist … Sie ist ein wunderbarer Mensch. Sie kennen sie nicht. Zu mir war sie wie eine M-Mutter. Wir haben uns in seiner Schreibwerkstatt kennengelernt, und wir waren wie … Wir sind wie …« Sie machte eine Pause, dann wimmerte sie: »Er war ein *Schwein*! Er hat gelogen, als er uns erzählt hat, was er schreibt, er hat gelogen, als er … Er hat in allem gelogen …«

Wieder begann sie zu weinen und laut zu schluchzen, und im Hinblick auf Mr. Crowdy sagte Robin sanft: »Pippa, erzählen Sie uns einfach, in welcher Beziehung er gelogen hat. Cormoran will nur die Wahrheit in Erfahrung bringen. Er will niemandem etwas anhängen.«

Sie wusste nicht, ob Pippa sie gehört hatte oder ihr glaubte; vielleicht suchte sie auch nur ein Ventil für ihre aufgestauten Gefühle, aber schließlich holte sie zitternd Luft und stieß dann hervor: »Er hat gesagt, ich sei für ihn wie eine zweite Tochter – das hat er zu mir *gesagt*; ich hab ihm *alles* erzählt; er hat gewusst, dass meine Mutter mich rausgeworfen hat und all das. Und ich hab ihm m-mein Buch über mein Leben gezeigt, und er w-war so f-freundlich und interessiert und hat gesagt, er würd mir helfen, einen V-Verlag zu finden, und dann hat er uns b-beiden erzählt, mir und Kath, dass wir in seinem n-neuen Roman vorkommen, und er hat gesagt, ich s-sei eine ›schöne v-verlorene Seele‹ – *das hat er zu mir gesagt!*«, keuchte Pippa mit bebenden Lippen. »Und er h-hat mir mal am Telefon was daraus vorgelesen, und es war … Es war wun-

dervoll, und dann hab ich's selbst g-gelesen, und er hatte ...
er hatte *das* geschrieben ... Kath war f-fix und fertig ... die
Höhle ... Harpyie und Epicoene ...«

»Kathryn ist also heimgekommen und hat es auf der Fußmatte verteilt vorgefunden, ja?«, fragte Strike. »Von wo kam
sie – von der Arbeit?«

»Aus dem H-Hospiz, in dem sie am Bett ihrer sterbenden
Schwester gesessen hatte.«

»Und das war *wann*?«, fragte Strike zum dritten Mal.

»Wen kümmert's, wann ...«

»Ich will es wissen, verdammt noch mal!«

»War's der Neunte?«, fragte Robin. Sie hatte Kathryn Kents
Blog auf dem Computer aufgerufen und den Bildschirm ein
Stück vom Sofa weggedreht, wo Pippa saß. »Könnte es Dienstag, der neunte November, gewesen sein, Pippa? Der Dienstag
nach der Bonfire Night?«

»Es war ... Ja, das stimmt, glaub ich!«, sagte Pippa, als
staunte sie über Robins Zufallstreffer. »Ja, Kath ist noch in
der Bonfire Night losgefahren, weil es Angela immer schlechter ging ...«

»Woher wissen Sie so genau, dass es die Bonfire Night
war?«, fragte Strike.

»Weil Owen Kath erklärt hatte, er k-könne nicht kommen, weil er mit seiner Tochter zum Feuerwerk müsse«, sagte
Pippa. »Kath war stinksauer, weil er doch eigentlich ausziehen wollte. Er hatte ihr versprochen – er hatte ihr nach all der
langen Zeit *endlich* versprochen –, dass er dieses Luder von
einer Frau verlassen würde, und dann sagt er plötzlich, dass er
Wunderkerzen abbrennen geht mit dieser Mong ...«

Sie verstummte, und Strike ergänzte, was sie hatte sagen
wollen. »Mit dieser Mongo?«

»War nur ein Scherz«, murmelte Pippa beschämt – sie

schien dieses eine Wort mehr zu bedauern als ihre Versuche, Strike zu erstechen –, »bloß zwischen mir und Kath. Ständig hat die Tochter als Ausrede hergehalten, wenn Owen nicht wegkonnte, um bei Kath zu sein…«

»Was hat Kathryn an diesem Abend getan, statt sich mit Quine zu treffen?«, fragte Strike.

»Ich war bei ihr. Dann ist der Anruf gekommen – dass es ihrer Schwester Angela schlechter ging –, und sie ist sofort losgefahren. Angela hatte Krebs. Im ganzen Körper.«

»Wo war Angela?«

»Im Hospiz in Clapham.«

»Und wie ist Kathryn dort hingekommen?«

»Wieso ist das wichtig?«

»Beantworten Sie einfach die verdammte Frage, ja?«

»Keine Ahnung – mit der U-Bahn, schätze ich. Drei Tage lang ist sie bei Angela geblieben, hat auf einer Matratze auf dem Boden neben ihrem Bett geschlafen, weil sie dachten, Angela könnte jeden Moment sterben, aber sie hat durchgehalten, deshalb musste Kath irgendwann heimfahren, um sich frische Sachen zu holen, und dabei hat sie das Manuskript auf der Fußmatte gefunden.«

»Woher wissen Sie so genau, dass sie am Dienstag heimgekommen ist?«, fragte Robin, und Strike, der eben dieselbe Frage hatte stellen wollen, musterte sie überrascht. Allerdings wusste er auch noch nichts von dem alten Mann aus der Buchhandlung und dem Erdfall in Thüringen.

»Weil ich dienstagabends immer bei einer Hotline arbeite«, antwortete Pippa, »und dort war ich, als Kath mich v-völlig aufgelöst angerufen hat, nachdem sie das Manuskript sortiert und gelesen hatte, was er über uns…«

»Sehr interessant«, sagte Strike. »Kathryn Kent hat der Polizei nämlich erzählt, sie hätte *Bombyx Mori* nie gelesen.«

Unter anderen Umständen hätte Pippas entsetzte Miene komisch wirken können.

»Scheiße, Sie haben mich reingelegt!«

»Ja, war in Ihrem Fall echt schwierig«, sagte Strike. *»Denken Sie nicht mal daran«*, fügte er drohend hinzu, als sie eine Bewegung machte, als wolle sie aufstehen.

»Er war ein … ein Scheißkerl!«, rief Pippa. Sie kochte vor ohnmächtiger Wut. »Er hat uns ausgenutzt! Hat so getan, als würde er sich für unsere Arbeit interessieren, und uns die ganze Zeit ausgenutzt, dieses v-verlogene Schwein … Ich dachte, er würde verstehen, worum es in meinem Leben geht … Wir haben oft stundenlang darüber geredet, und er hat mich sogar dazu ermutigt, meine Lebensgeschichte aufzuschreiben … Er hat g-gesagt, dass er mir helfen will, einen Verlag zu finden …«

Strike spürte, wie er mit einem Mal schrecklich müde wurde. Was trieb diese Leute, dass sie auf Teufel komm raus publiziert werden wollten?

»… aber in Wirklichkeit wollte er sich mich nur warmhalten, damit ich ihm meine privatesten Gedanken und Gefühle anvertraue, und Kath … Was er Kath angetan hat – das können *Sie* nicht verstehen! Ich bin froh, dass diese Schlampe ihn umgelegt hat! Hätte sie's nicht getan …«

»Wieso«, fragte Strike scharf, »behaupten Sie andauernd, dass Quines Frau ihn ermordet hätte?«

»Weil Kath einen Beweis dafür hat.«

Eine kurze Pause.

»Was für einen Beweis?«

»Das wüssten Sie wohl gern!«, schrie Pippa und lachte hysterisch.

»Und warum ist sie mit ihrem angeblichen Beweis nicht zur Polizei gegangen?«

»Aus *Mitleid!*«, kreischte Pippa. »Was *Sie* niemals…«

»Wieso«, fragte eine klagende Stimme vor der Glastür, »wird hier *immer noch herumgebrüllt*?«

»Oh Scheiße«, sagte Strike, als er durch das Milchglas die schemenhaften Umrisse von Mr. Crowdy aus dem ersten Stock erkannte.

Robin schloss die Tür auf. »Tut uns sehr leid, Mr. Crow…«

Wie der Blitz sprang Pippa vom Sofa auf. Strike versuchte, sie aufzuhalten, doch sein Knie gab schmerzhaft nach, als er sich nach vorn warf. Sie stieß Mr. Crowdy beiseite – und fort war sie und klapperte die eiserne Treppe hinab.

»Schon gut«, sagte Strike zu Robin, die drauf und dran war, die Verfolgung aufzunehmen. »Wenigstens habe ich ihr Messer.«

»Messer?«, japste Mr. Crowdy, und die beiden brauchten eine Viertelstunde, um ihn davon abzubringen, den Vermieter anzurufen. (Der Trubel infolge des Mordfalls Lula Landry hatte den Grafikdesigner ganz kopfscheu gemacht; er fürchtete seither, dass ein weiterer Mörder, der es auf Strike abgesehen hatte, versehentlich ins falsche Büro spazieren könnte.)

»Herrgott noch mal«, sagte Strike, als sie Crowdy endlich zum Gehen überredet hatten, und ließ sich aufs Sofa fallen, während Robin sich wieder an ihren Schreibtisch setzte. Sie sahen sich ein paar Sekunden lang an, bevor sie in Lachen ausbrachen.

»Das war eine ziemlich klasse Vorstellung von ›guter Cop, böser Cop‹«, sagte Strike.

»Das war keine Vorstellung«, sagte Robin. »Sie hat mir wirklich ein bisschen leidgetan.«

»Das habe ich gemerkt. Und was ist mit mir? Ich bin überfallen worden!«

»Wollte Pippa Sie wirklich erstechen, oder hat sie nur so getan?«, fragte Robin skeptisch.

»Wahrscheinlich hat ihr die Vorstellung, es zu tun, besser gefallen als der tatsächliche Versuch«, gestand Strike ein. »Das Dumme ist nur, dass man genauso tot ist, wenn man von einer hysterischen Amateurin erstochen wird wie von einem Profi. Aber was sie damit erreichen wollte, dass sie mich ersticht ...«

»Die Liebe ihrer Mutter«, erklärte Robin ruhig.

Strike starrte sie an.

»Ihre leibliche Mutter hat sie verstoßen«, fuhr Robin fort, »und sie durchlebt gerade eine traumatische Phase, vermute ich mal, muss Hormone schlucken und weiß der Teufel was tun, bevor sie operiert werden kann. Sie hatte die Hoffnung, eine neue Familie gefunden zu haben, oder nicht? Sie dachte, Kathryn Kent und Quine könnten ihre neuen Eltern werden. Sie hat selbst gesagt, Quine habe sie als seine zweite Tochter bezeichnet, und in seinem Roman hat er sie zu Kathryn Kents Tochter gemacht. Aber er hat sie eben auch als halb Mann, halb Frau bloßgestellt. Und er hat angedeutet, trotz aller töchterlichen Gefühle habe sie mit ihm schlafen wollen. Ihr neuer Vater«, erklärte Robin, »hat sie bitterlich enttäuscht. Aber ihre neue Mutter war ihr weiterhin wohlgesinnt und liebevoll – und wurde ebenfalls verraten. Also ist Pippa losgezogen, um sie beide zu rächen.«

Sie konnte nicht anders, als über Strikes verblüfft bewundernde Miene zu grinsen.

»Warum zum Teufel haben Sie Ihr Psychologiestudium abgebrochen?«

»Lange Geschichte«, sagte Robin und starrte auf ihren Bildschirm. »Sie ist noch ziemlich jung ... zwanzig vielleicht, meinen Sie nicht auch?«

»Könnte hinkommen«, bestätigte Strike. »Schade, dass wir

sie nicht mehr danach fragen konnten, was sie in den Tagen nach dem Mord an Quine getan hat.«

»Sie war's nicht«, sagte Robin nachdrücklich und sah ihn wieder an.

»Ja, wahrscheinlich haben Sie recht«, sagte Strike und seufzte, »allein deshalb, weil es für denjenigen, der ihn zuvor ausgeweidet hat, irgendwie abwegig wäre, danach weiter Hundescheiße durch seinen Briefschlitz zu stopfen.«

»Außerdem scheint sie planerisch nicht sehr begabt und effizient zu sein.«

»Das ist noch untertrieben«, bestätigte er.

»Haben Sie vor, ihretwegen die Polizei anzurufen?«

»Weiß ich nicht. Vielleicht. Aber … Scheiße«, rief er und schlug sich mit der flachen Hand an die Stirn, »wir haben nicht gefragt, warum sie in dem verdammten Roman singt!«

»Ich weiß es vielleicht«, sagte Robin, nachdem sie rasch etwas in ihre Tastatur getippt und den Text auf dem Monitor überflogen hatte: »Singen, um die Stimmbänder zu lockern … Stimmübungen während der Geschlechtsumwandlung …«

»Das ist alles?«, fragte Strike ungläubig.

»Was wollen Sie damit sagen – dass sie kein Recht hätte, sich aufzuregen?«, fragte Robin. »Kommen Sie schon, er hat wirklich persönliche Dinge öffentlich gemacht …«

»Das habe ich nicht gemeint«, sagte Strike.

Stirnrunzelnd sah er aus dem Fenster und dachte nach. Draußen herrschte immer noch dichtes Schneetreiben.

Nach einiger Zeit fragte er: »Wie war's im Bridlington Bookshop?«

»Gott, das hätte ich ja fast vergessen!«

Sie schilderte ihm ihre Erlebnisse mit dem Buchhändler, der den ersten und den achten November nicht hatte auseinanderhalten können.

»Blöder alter Trottel«, sagte Strike.

»Das ist ein bisschen gemein«, sagte Robin.

»Aber er klingt ziemlich großspurig. Montage sind alle gleich, jeden Montag besucht er seinen Freund Charles ...«

»Aber woher wissen wir, ob es nun der Bischofsabend oder der Erdfallabend war?«

»Sie sagen, dass er behauptet, Charles habe ihn mit der Erdfallgeschichte unterbrochen, als er ihm davon erzählen wollte, dass Quine in seiner Buchhandlung war?«

»Das hat er gesagt.«

»Dann wette ich, dass Quine am Ersten und nicht am Achten bei ihm war. Diese beiden Informationen hat er als zusammenhängend in Erinnerung. Der alte Blödmann hat einfach die Zeiten durcheinandergebracht. Er *wollte* Quine gesehen haben, nachdem er verschwunden war, wollte dazu beitragen können, den Todeszeitpunkt festzustellen, deshalb hat er unbewusst nach Gründen dafür gesucht, warum es sich um den Montag in dem für den Mord infrage kommenden Zeitraum handeln musste – und nicht um irgendeinen anderen, irrelevanten Montag, an dem sich noch niemand für Quine interessiert hat.«

»Trotzdem war Quines Bemerkung ihm gegenüber merkwürdig, finden Sie nicht auch?«

»Ja, natürlich«, sagte Strike. »Dass er Lesestoff für eine Auszeit brauchte ... Er hatte also schon drei Tage vor seiner Auseinandersetzung mit Elizabeth Tassel sein Verschwinden vorbereitet. Hatte er da bereits vor, sich in der Talgarth Road einzunisten, obwohl er das Haus angeblich hasste und seit vielen Jahren nicht mehr betreten hatte?«

»Werden Sie Anstis davon erzählen?«, fragte Robin.

Strike schnaubte trocken.

»Nein, *dem* erzähle ich nichts davon. Wir haben keinen

wirklichen Beweis dafür, dass Quine am Ersten statt am Achten in Putney war. Außerdem ist das Verhältnis zwischen Anstis und mir im Augenblick nicht das allerbeste…«

Es folgte eine weitere längere Pause, und dann verblüffte Strike Robin, indem er feststellte: »Ich muss mit Michael Fancourt reden.«

»Wozu?«, fragte sie.

»Aus vielerlei Gründen«, sagte Strike. »Dinge, die Waldegrave mir beim Mittagessen erzählt hat. Könnten Sie seinen Agenten anrufen – oder wer sonst den Kontakt zu ihm herstellen kann?«

»Klar«, sagte Robin und machte sich eine Notiz. »Übrigens hab ich mir dieses Interview vorhin noch mal angesehen, aber ich weiß immer noch nicht…«

»Sehen Sie es sich noch einmal an«, sagte Strike. »Und passen Sie gut auf. Gebrauchen Sie Ihren Verstand.«

Wieder verfiel er in Schweigen. Diesmal starrte er die Zimmerdecke an. Robin, die seine Überlegungen nicht stören wollte, machte sich schweigend daran herauszufinden, welche Literaturagentur Michael Fancourt vertrat.

Schließlich übertönte Strikes Stimme das Klappern der Tastatur.

»Was glaubt Kathryn Kent gegen Leonora in der Hand zu haben?«

»Womöglich gar nichts«, sagte Robin, die sich auf die Ergebnisse ihrer Recherche konzentrierte.

»Und sie hält es ›aus *Mitleid*‹ zurück…«

Robin sagte nichts. Auf der Webseite von Fancourts Agentur suchte sie nach einer Kontaktnummer.

»Hoffen wir mal, dass auch das nur hysterischer Blödsinn war«, sagte Strike.

Aber er war besorgt.

38

Daß doch ein so kleines Buch
es in sich hat so viele zu vernichten!

JOHN WEBSTER, *DIE WEISSE TEUFELIN*

Miss Brocklehurst, die mutmaßlich untreue Privatsekretärin, behauptete noch immer, wegen einer Erkältung das Bett hüten zu müssen. Ihr Liebhaber, Strikes Klient, fand dies zunehmend übertrieben, und der Detektiv neigte dazu, ihm zuzustimmen. Also bezog er am folgenden Morgen Stellung in einem schattigen Hauseingang gegenüber von Miss Brocklehursts Wohnung in Battersea – mit Wintermantel, Schal und Handschuhen vermummt und laut gähnend, während die Kälte in seine Gliedmaßen kroch – und genoss den zweiten von drei Egg-McMuffins, die er auf dem Weg bei McDonald's gekauft hatte.

Für den gesamten Südosten Englands hatte es eine Schlechtwetterwarnung gegeben. Die Straßenränder waren mit einer hohen, bläulichen Schneeschicht bedeckt, und die ersten Flocken des Tages schwebten zögerlich vom wolkenverhangenen Himmel, während Strike wartete und von Zeit zu Zeit die Zehen bewegte, um festzustellen, ob er sie noch spüren konnte. Ein Hausbewohner nach dem anderen machte sich auf den Weg zur Arbeit, schlitterte und rutschte in Richtung U-Bahn oder stieg in eines der Autos, deren Auspuffe in der stillen Morgenluft besonders laut klangen. Obwohl der Dezember erst tags darauf beginnen würde, glitzerten Strike bereits aus drei Wohnzimmerfenstern Weihnachtsbäume an: Grellbunt blinkten sie in Orangerot, Smaragdgrün und Neonblau, während er an der Mauer lehnte, die Fenster von Miss Brocklehursts Apartment im Blick behielt und mit sich selbst wettete, ob sie bei diesem Wetter aus dem Haus kommen würde. Sein Knie tat immer noch weh, aber der Schnee sorgte dafür, dass das Tempo der übrigen Welt jetzt seinem entsprach. Miss Brocklehurst hatte er nie in weniger als zehn Zentimeter hohen High Heels gesehen. Unter den gegenwärtigen Umständen wäre sie so garantiert noch stärker gehandicapt als er selbst.

In der Vorwoche hatte die Fahndung nach Quines Mörder Strikes andere Fälle in den Hintergrund treten lassen, aber es war wichtig, sie nicht gänzlich zu vernachlässigen, wenn er die Aufträge nicht verlieren wollte. Miss Brocklehursts Liebhaber war ein reicher Mann, der Strike bestimmt noch häufig beauftragen würde, wenn ihm die Arbeit des Detektivs gefiel. Der Geschäftsmann hatte eine Vorliebe für jugendliche Blondinen. Schon eine ganze Reihe von ihnen hatte ihn (wie er bei der ersten Besprechung freimütig bekannt hatte) um hohe Geldbeträge und alle möglichen teuren Geschenke erleichtert, nur um ihn dann zu betrügen oder sitzen zu lassen. Weil er keine Anzeichen erkennen ließ, dass seine Menschenkenntnis sich bessern würde, rechnete Strike damit, noch viele weitere lukrative Stunden mit der Beschattung zukünftiger Miss Brocklehursts zu verbringen. Vielleicht brauchte sein Klient den Kick, betrogen zu werden, überlegte Strike, während sein Atem in der eisigen Luft Dampfwolken bildete. Er kannte Männer dieser Art. Die stärkste Ausprägung fand ihr Geschmack bei denjenigen, die sich in Nutten verliebten.

Um 8.50 Uhr bewegten sich die Vorhänge leicht. Schneller,

als man jemandem in scheinbar so entspannter Haltung zugetraut hätte, riss Strike die Nachtsichtkamera hoch, die er an seiner Seite verborgen gehalten hatte.

Für einen kurzen Augenblick zeigte sich Miss Brocklehurst der verschneiten Straße in Slip und BH, obwohl ihr Busen nach einer Schönheitsoperation eine Stütze gewiss nicht mehr nötig hatte. Dann trat ein schmerbäuchiger, bis zur Taille nackter Mann aus dem Dunkel des Schlafzimmers. Er legte die Hand auf ihre Brust, was ihm eine kichernde Zurechtweisung eintrug. Danach zogen beide sich wieder ins Schlafzimmer zurück.

Strike ließ die Kamera sinken und überprüfte die Aufnahmen. Das belastendste Foto, das er geschossen hatte, zeigte deutlich die Konturen von Hand und Arm eines Mannes, während Miss Brocklehursts lachendes Gesicht ihm halb zugewandt war. Leider lag das Gesicht des Kerls, der sie umarmt hatte, im Schatten. Weil Strike vermutete, dass der Mann alsbald zur Arbeit fahren würde, steckte er die Kamera ein, um für eine langsame, schwerfällige Verfolgung bereit zu sein, und machte sich über den dritten McMuffin her.

Tatsächlich ging um fünf vor neun Miss Brocklehursts Haustür auf, und ihr Liebhaber – ihrem Boss abgesehen vom Alter und dem offensichtlichen Reichtum in nichts ähnlich – trat auf die Straße. Eine teure Messenger Bag aus Glattleder hing diagonal vor seiner Brust: reichlich Platz für ein frisches Hemd und eine Zahnbürste. Strike hatte diese Taschen in letzter Zeit so oft gesehen, dass er sie insgeheim inzwischen Beischlafutensilienkoffer nannte. Auf der Schwelle verabschiedete sich das Paar mit einem Zungenkuss, der durch die eisige Kälte und die Tatsache abgekürzt wurde, dass Miss Brocklehurst nur einen Hauch von nichts am Leib trug. Dann verschwand sie wieder im Haus, und Schmerbauch machte sich auf den Weg zur Haltestelle Clapham Junction. Das Smartphone hatte er bereits gezückt – bestimmt, um im Büro Bescheid zu geben, dass er sich witterungsbedingt verspäten werde. Strike wartete, bis er rund zwanzig Meter Vorsprung hatte, dann verließ er sein Versteck auf den Stock gestützt, den Robin ihm am Nachmittag des Vortags freundlicherweise vom Denmark Place heraufgeholt hatte.

Die Beschattung war einfach, weil Schmerbauch sich einzig und allein auf das Telefonat konzentrierte. Sie marschierten den sanft abfallenden Lavender Hill hinab: mit zwanzig Metern Abstand voneinander, immer noch bei leichtem Schneefall. Mit seinen handgenähten Schuhen kam Schmerbauch mehrmals ins Rutschen. Als sie die Haltestelle erreichten, konnte Strike dem immer noch telefonierenden Mann mit Leichtigkeit in seinen U-Bahn-Wagen folgen und ihn sogar unter dem Vorwand, eine SMS lesen zu müssen, mehrmals mit seinem Handy fotografieren.

Währenddessen ging eine echte SMS von Robin ein:

Fancourts Agent hat gerade zurückgerufen: MF sei gern bereit, sich mit Ihnen zu treffen. Er ist in Deutschland, kommt aber am 6. zurück. Schlägt Groucho Club vor – Zeit bestimmen Sie. Rx

Wirklich außergewöhnlich, dachte Strike, als seine U-Bahn in den Bahnhof Waterloo ratterte, wie viele Leute, die *Bombyx Mori* gelesen hatten, mit ihm reden wollten. Wann hatte er jemals erlebt, dass Verdächtige so eifrig die Gelegenheit ergriffen, einem Detektiv gegenüberzusitzen? Und welchen Vorteil versprach sich der berühmte Michael Fancourt von einem Gespräch mit dem Privatdetektiv, der Owen Quines Leiche gefunden hatte?

Strike ließ Schmerbauch zuerst aussteigen und folgte ihm durch die Menge über die nassen, rutschigen Fliesen der Waterloo Station, deren Decke aus cremeweißen Stahlträgern und Glas ihn an Tithebarn House erinnerte. Wieder ging es in die Kälte hinaus, während Schmerbauch weiter in sein Handy salbaderte, ohne auch nur im Geringsten von seiner Umgebung Notiz zu nehmen. Strike folgte ihm über schneematschbedeckte, rutschige Gehwege, die von dreckigen Schneeklumpen gesäumt waren, und zwischen quadratischen Büroblocks aus Beton und Glas hindurch, in die Scharen von Bankangestellten in tristen grauen Mänteln wie Ameisen hinein- und wieder heraushasteten, bis Schmerbauch endlich auf den Parkplatz eines der größten Bürogebäude zusteuerte und offenbar auf seinen Wagen zuhielt. Anscheinend hatte er es für klüger erachtet, den BMW auf dem Firmenparkplatz stehen zu lassen, statt ihn vor Miss Brocklehursts Haus abzustellen. Während Strike ihn aus guter Deckung hinter einem passend abgestellten Range Rover beobachtete, spürte er das Handy in seiner Tasche vibrieren, ließ es aber stecken, weil er nicht auf sich aufmerksam machen wollte. Schmerbauch hatte einen festen, auf seinen Namen reservierten Parkplatz. Nachdem er ein paar Sachen aus dem Kofferraum geholt hatte, verschwand er in dem Gebäude, sodass Strike in aller Ruhe zu dem Mäuerchen schlendern konnte, an der Vor- und Zuname des Verwaltungsrats standen, um zur besseren Information seines Klienten Schmerbauchs Namensschild zu fotografieren.

Danach machte Strike sich auf den Rückweg ins Büro. In der U-Bahn sah er auf sein Handy und stellte fest, dass der ignorierte Anrufer sein ältester Freund, der durch eine Haiattacke versehrte Dave Polworth, gewesen war.

Polworth hatte die uralte Angewohnheit, Strike »Diddy« zu nennen. Die meisten Leute hielten dies für eine ironische

Anspielung auf seine Größe (in der Grundschule war Strike der größte Junge seines Jahrgangs gewesen – zumeist auch des Jahrgangs darüber), doch in Wirklichkeit spielte er auf Strikes häufiges Kommen und Gehen in der Schule an, das durch die unstete Lebensweise seiner Mutter bedingt gewesen war. Diese hatte vor vielen Jahren dazu geführt, dass der kleine dreiste Dave Strike erklärt hatte, er sei ein richtiger *Didicoy* – im Kornischen die Bezeichnung für Zigeuner.

Strike rief ihn zurück, sobald er die U-Bahn verlassen hatte, und sie unterhielten sich noch immer, als er zwanzig Minuten später sein Büro betrat. Robin blickte auf und wollte schon etwas sagen; als sie jedoch sah, dass Strike in ein Gespräch vertieft war, lächelte sie nur und wandte sich wieder ihrem Bildschirm zu.

»Kommst du an Weihnachten heim?«, fragte Polworth, während Strike durchs Vorzimmer in sein Büro ging und die Tür hinter sich zumachte.

»Vielleicht«, sagte Strike.

»Ein paar Pints im Victory?«, drängte Polworth. »Und noch mal Gwenifer Arscott bumsen?«

»Gwenifer Arscott«, sagte Strike (diesen alten Scherz grub Dave immer wieder aus), »hab ich im Leben nicht gebumst.«

»Na, dann versuch's doch noch mal, Diddy, vielleicht hast du ja diesmal Glück. Wird eh Zeit, dass jemand sie entjungfert. Und wo wir gerade bei Mädchen sind: Wir haben's beide nie geschafft...«

Ihr Gespräch artete in eine Folge anzüglicher und überaus witziger Anekdoten aus, die Polworth bezüglich der Eskapaden gemeinsamer Freunde aus St Mawes zum Besten gab. Dabei musste Strike so sehr lachen, dass er das Anklopfen in der Leitung ignorierte und sich auch nicht die Mühe machte nachzusehen, wer ihn sprechen wollte.

»Du bist doch hoffentlich nicht wieder mit Milady Berserko zusammen, Junge?«, fragte Dave, der Charlotte immer schon so genannt hatte.

»Ach was«, sagte Strike. »Sie heiratet in… vier Tagen«, überschlug er auf die Schnelle.

»Sieh einer an. Pass bloß auf, Diddy, dass sie nicht plötzlich wieder über den Horizont galoppiert kommt. Würd mich nicht wundern, wenn sie vorm Altar die Biege macht. Kannst echt aufatmen, wenn das klappt, Kumpel.«

»Ja«, sagte Strike. »Wirklich wahr.«

»Dann bleibt's also dabei?«, fragte Polworth. »Weihnachten daheim? Bier im Victory?«

»Klar, warum nicht«, sagte Strike.

Nach einigen weiteren deftigen Wortwechseln kehrte Dave zurück an die Arbeit, und Strike – immer noch mit einem Grinsen im Gesicht – warf einen Blick auf das Handydisplay und stellte überrascht fest, dass er einen Anruf von Leonora Quine versäumt hatte.

Während er die Mailbox aufrief, ging er ins Vorzimmer zurück.

»Ich habe mir diese Fancourt-Doku noch mal angesehen«, sagte Robin aufgeregt, »und weiß jetzt, was Sie…«

Strike hob eine Hand, um sie zu stoppen, als er Leonoras sonst so ausdruckslose Stimme vernahm, die jetzt erregt und desorientiert klang.

»Cormoran, verdammt, ich bin verhaftet worden! Ich weiß nicht, warum – keiner sagt mir was –, aber sie behalten mich auf dem Revier. Sie warten auf irgendeinen Anwalt oder so. Ich weiß nicht, was ich tun soll… Orlando ist bei Edna, aber… Jedenfalls bin ich jetzt hier…«

Dann einige Sekunden lang Schweigen, bevor die Verbindung abbrach.

»Scheiße!«, sagte Strike so laut, dass Robin zusammenzuckte. »*SCHEISSE!*«

»Was ist denn los?«

»Leonora ist verhaftet worden. Aber wieso ruft sie mich an und nicht Ilsa? *Scheiße*...«

Er rief Ilsa Herberts Nummer auf und wartete.

»Hi, Corm.«

»Leonora Quine ist verhaftet worden.«

»*Was?*«, rief Ilsa. »*Weshalb?* Doch nicht wegen dieses blutigen ollen Lappens aus dem Schuppen?«

»Vielleicht haben sie ja noch was anderes gegen sie in der Hand.«

(Kath hat einen Beweis dafür...)

»Wo ist sie, Corm?«

»Polizeirevier... Bestimmt Kilburn, das liegt am nächsten.«

»Herr im Himmel, wieso hat sie denn nicht *mich* angerufen?«

»Weiß der Geier. Sie hat irgendwas von einem Anwalt gesagt, den die Polizei...«

»Mich hat niemand verständigt... Gott, kann sie denn nicht *denken?* Warum hat sie ihnen nicht meinen Namen genannt? Ich fahre sofort los, Corm. Den Kram auf meinem Schreibtisch muss ein Kollege übernehmen. Die schulden mir sowieso noch einen Gefallen.«

Er hörte Türen knallen, entfernte Stimmen und Ilsas eilige Schritte.

»Ruf mich an, wenn du weißt, was da vor sich geht«, sagte er.

»Könnte eine Weile dauern.«

»Macht nichts. Ruf mich an.«

Sie legte auf. Strike drehte sich nach Robin um, die sichtlich entsetzt war.

»Oh nein!«, flüsterte sie.

»Ich rufe Anstis an«, sagte Strike und tippte seine Nummer ein.

Doch sein alter Freund war nicht in der Laune, sich gefällig zu erweisen.

»Ich hab dich gewarnt, Bob, genau davor hab ich dich gewarnt. Sie war's, Kumpel.«

»Was habt ihr denn gegen sie in der Hand?«, wollte Strike wissen.

»Das darf ich dir nicht sagen, Bob. Sorry.«

»Habt ihr's von Kathryn Kent bekommen?«

»Darf ich nicht sagen, Kumpel.«

Strike, der auf Anstis' konventionelle Abschiedsfloskeln verzichten konnte, legte ohne ein weiteres Wort auf.

»Arschloch!«, knurrte er. »Verdammtes *Arschloch!*«

Leonora befand sich jetzt an einem Ort, an dem sie für ihn nicht länger greifbar war. Strike machte sich Sorgen, wie die mürrische Art und ihre feindselige Haltung der Polizei gegenüber auf die Ermittler wirken würden. Er glaubte beinahe zu hören, wie sie sich darüber beschwerte, dass Orlando allein sei, zu wissen verlangte, wann sie zu ihrer Tochter heimkehren dürfe, und empört darüber war, dass die Polizei die tägliche Mühsal ihrer elenden Existenz durcheinandergebracht hatte. Er fürchtete ihren mangelnden Selbsterhaltungstrieb; er wollte, dass Ilsa so schnell wie möglich dort eintraf, bevor Leonora sich in aller Unschuld selbst belastete, indem sie auf ihren Mann, der die Familie vernachlässigt hatte, und seine Freundinnen schimpfte; bevor sie ihre verdächtige, fast unglaubwürdige Behauptung wiederholen konnte, sie habe die Bücher ihres Mannes immer erst dann gelesen, wenn sie als gebundene Ausgaben vorlagen; bevor sie zu erklären versuchte, weshalb sie vorübergehend »vergessen« hatte, dass sie einen Anteil desjenigen Hauses besaßen, in dem die verwesenden Überreste ihres Mannes gelegen hatten.

Um fünf Uhr nachmittags hatte er immer noch keine Nachricht von Ilsa erhalten. Mit einem Blick auf die herabsinkende Dämmerung und den Schnee bestand Strike darauf, dass Robin nach Hause fuhr.

»Aber Sie rufen mich an, wenn Sie etwas hören?«, bat sie ihn, als sie in ihren Mantel schlüpfte und sich einen dicken Schal um den Hals wickelte.

»Selbstverständlich«, sagte Strike.

Ilsa rief erst gegen halb sieben zurück.

»Könnte nicht schlimmer sein«, lauteten ihre ersten Worte. Ihre Stimme klang müde und gestresst. »Sie können beweisen, dass mit der gemeinsamen Kreditkarte der Quines Folgendes gekauft wurde: Chemieschutzanzüge, Gummistiefel, Handschuhe und Seile. Alles aus dem Internet und mit Visa bezahlt. Oh … und eine Burka.«

»Willst du mich verarschen?«

»Kein bisschen. Ich weiß, dass du sie für unschuldig hältst …«

»Ja, das tue ich«, sagte Strike – eine deutliche Warnung vor jeglichem Versuch, ihn umstimmen zu wollen.

»Also gut«, sagte Ilsa müde, »du sollst deinen Willen haben, aber eins sage ich dir: Sie macht ihre Lage durch ihr Verhalten nur noch schlimmer. Sie ist aggressiv wie der Teufel und beharrt darauf, dass Quine das ganze Zeug selbst gekauft haben muss. Eine Burka, um Himmels willen … Es sind die gleichen Seile, mit denen das Opfer gefesselt wurde. Und auf die Frage, wozu Quine denn eine Burka oder Plastikoveralls gegen ätzende Chemikalien gebraucht habe, sagte sie nur: ›Woher soll ich das denn wissen, verdammt?‹ Mit jedem zweiten Satz fragt sie, wann sie zu ihrer Tochter nach Hause dürfe; sie begreift den Ernst der Lage einfach nicht. Das Zeug ist vor einem halben Jahr gekauft und in die Talgarth Road geschickt worden. Noch vorsätzlicher würde nur noch ein von ihr selbst verfasster Plan in ihrer eigenen Handschrift aussehen. Sie behauptet, keine Ahnung zu haben, wie Quine in seinem Roman endet, aber dein Kumpel Anstis ...«

»Persönlich anwesend, oder?«

»Ja, hat sie persönlich vernommen. Er hat mehrfach nachgefragt, ob sie wirklich glaube, dass sie ihr abnähmen, Quine hätte zu Hause nie über seine aktuellen Bücher gesprochen, und da sagt sie: ›War mir ziemlich egal.‹ Er fragt: ›Ach, er hat also doch über seine Bücher gesprochen?‹ Und so ging's endlos weiter. Er wollte sie zermürben, und am Ende sagt sie allen Ernstes: ›Na ja, er hat mal erzählt, dass ein Seidenspinner gekocht wird.‹ Mehr brauchte Anstis nicht, um zu dem Schluss zu kommen, dass sie die ganze Zeit gelogen hatte und die gesamte Geschichte kennt. Oh, und sie haben im Garten hinter ihrem Haus aufgeschüttete Erde entdeckt ...«

»Ich wette, dass sie dort einen toten Kater namens Mr. Poop finden«, knurrte Strike.

»Das wird Anstis nicht stoppen«, prophezeite Ilsa. »Er ist felsenfest überzeugt, dass sie es war, Corm. Die Polizei darf sie bis morgen um elf Uhr in Gewahrsam behalten und wird anschließend ganz sicher Anklage gegen sie erheben.«

»Sie haben nicht genug in der Hand«, sagte Strike grimmig. »Wo ist der DNS-Abgleich? Wo sind die Zeugen?«

»Das ist genau das Problem, Corm. Es gibt keine, aber die Kreditkartenabrechnung belastet sie sehr. Hör zu, ich bin auf deiner Seite. Willst du meine ehrliche Meinung hören? Anstis setzt alles auf diese Karte, weil er hofft, dass er recht behalten wird. Die Medien machen Druck. Und offen gesagt regt es ihn auf, dass du in diesem Fall herumstocherst. Er will die Sache allein durchziehen.«

Strike ächzte.

»Woher haben sie diese ewig alte Visa-Abrechnung? Haben sie echt so lange gebraucht, um das Material aus seinem Arbeitszimmer zu sichten?«

»Nein«, sagte Ilsa. »Sie war auf der Rückseite eines der Bilder seiner Tochter. Das Mädchen scheint es vor Monaten einer Freundin geschenkt zu haben, und diese Freundin ist heute Morgen damit zur Polizei gegangen und hat behauptet, sie habe jetzt erst gesehen, was sich auf der Rückseite befand. Was hast du eben gesagt?«

»Nichts.« Strike seufzte.

»Es klang wie ›Taschkent‹.«

»Kommt hin. Das war's vorläufig, Ilsa... Vielen Dank für alles!«

Einige Sekunden lang saß Strike frustriert da und schwieg.

»Scheiße«, sagte er schließlich leise zu seinem dunklen Büro.

Er wusste genau, wie es abgelaufen war. In ihrer Hysterie und ihrem Verfolgungswahn war Pippa Midgley – überzeugt davon, Strike wäre von Leonora engagiert worden, um jemand anderem den Mord anzuhängen – aus seinem Büro geradewegs zu Kathryn Kent geflüchtet. Sie hatte ihr gestanden, dass deren Behauptung, *Bombyx Mori* nie gelesen zu haben, durch ihre Schuld nicht mehr haltbar war, und sie dazu gedrängt, jenen Beweis gegen Leonora auszuspielen. Und so hatte Kathryn Kent das von der Tochter ihres Liebhabers gemalte Bild heruntergenommen (es war, so stellte Strike es sich vor, mit einem Magneten am Kühlschrank befestigt gewesen) und war damit zur Polizei gerannt.

»*Scheiße*«, wiederholte er ein wenig lauter. Dann wählte er Robins Nummer.

39

Mit Verzweiflung bin ich so wohlbekannt,
Dass ich nicht zu hoffen weiß …

THOMAS DEKKER UND THOMAS MIDDLETON,
DIE EHRBARE DIRNE

Wie von ihrer Anwältin vorausgesagt, wurde Leonora Quine am folgenden Vormittag um elf Uhr wegen Mordes an ihrem Ehemann angeklagt. Telefonisch alarmiert, verfolgten Strike und Robin, wie die Nachricht sich im Internet verbreitete, wo die Story von Minute zu Minute weiterwucherte wie sich wild vermehrende Bakterien. Schon um halb zwölf brachte die Webseite der *Sun* unter der Schlagzeile ROSE-WEST-NACHAHMERIN LERNTE BEIM SCHLACHTER einen langen Artikel über Leonora.

Die Journalisten hatten für Quines schlechten Leumund als Ehemann eifrig Beweise gesammelt. Sein häufiges Verschwinden wurde auf Affären mit anderen Frauen zurückgeführt, die sexuellen Aspekte seiner Bücher seziert und ausgewalzt. Kathryn Kent war ausfindig gemacht, belauert, fotografiert und charakterisiert worden als »Quines kurvenreiche rothaarige Geliebte, die erotische Romane schreibt«.

Kurz vor Mittag rief Ilsa wieder an.

»Sie wird morgen dem Haftrichter vorgeführt.«

»Wo?«

»Wood Green, elf Uhr. Und dann direkt nach Holloway, fürchte ich.«

Mit seiner Mutter und Lucy hatte Strike einmal in einem Haus gewohnt, das nur drei Gehminuten von dem Frauengefängnis im Norden Londons entfernt gestanden hatte.

»Ich will sie sprechen.«

»Du kannst es versuchen, aber ich bezweifle, dass die Polizei dich zu ihr lässt. Als ihre Anwältin muss ich dir sagen, Corm, dass es vielleicht eher nachteilig sein könnte, wenn du …«

»Ilsa, ich bin die einzige Chance, die sie noch hat!«

»Danke für dein Zutrauen«, sagte sie trocken.

»Du weißt, was ich meine.«

Er hörte sie seufzen.

»Ich denke auch an *dich*. Willst du die Polizei wirklich gegen dich …«

»Wie geht es ihr?«, fiel Strike ihr ins Wort.

»Nicht gut«, antwortete Ilsa. »Die Trennung von Orlando macht ihr schwer zu schaffen.«

Am Nachmittag kamen immer wieder Anrufe von Journalisten und Leuten, die Quine gekannt hatten – beides Gruppen, die geradezu verzweifelt nach Insiderinformationen lechzten. Elizabeth Tassels Stimme klang am Telefon so tief und rau, dass Robin sie für einen Mann hielt.

»Wo ist Orlando?«, wollte die Agentin von Strike wissen, als er endlich das Gespräch entgegennahm, als wäre ihm die Verantwortung für sämtliche Mitglieder der Familie Quine übertragen worden. »Wer hat sie?«

»Sie ist bei einer Nachbarin, denke ich.«

Er hörte sie durch die Leitung keuchen.

»Mein Gott, was für ein Irrsinn«, krächzte die Agentin. »Leonora … Die Raupe, die sich nach all den Jahren doch noch entpuppt … Einfach unglaublich.«

Nina Lascelles reagierte – was Strike nicht sonderlich überraschte – mit nur unzureichend getarnter Erleichterung. Das Verbrechen war auf den ihm gebührenden Platz am diffusen Rand der Realität zurückgewichen. Sein Schatten berührte sie nicht mehr; die Mörderin war niemand, den sie gekannt hatte.

»Aber seine Frau sieht wirklich ein bisschen aus wie Rose West, findest du nicht?«, fragte sie Strike am Telefon. Er wusste, dass sie die Webseite der *Sun* vor sich hatte. »Nur mit langen Haaren.«

Sie schien ihn zu bemitleiden. Es war ihm nicht gelungen, den Fall zu lösen. Die Polizei war ihm zuvorgekommen.

»Hör zu, ich will am Freitag ein paar Leute einladen. Hättest du Lust zu kommen?«

»Ich kann nicht, tut mir leid«, sagte Strike. »Bin zum Essen mit meinem Bruder verabredet.«

Er wusste genau, dass sie das für eine Lüge hielt. Er hatte fast unmerklich gezögert, bevor er »mit meinem Bruder« gesagt hatte – als hätte er sich auf die Schnelle eine Ausrede zurechtgelegt. Strike konnte sich nicht daran erinnern, Al je zuvor als seinen Bruder bezeichnet zu haben. Er sprach nur selten über seine Halbgeschwister väterlicherseits.

Bevor Robin am Abend das Büro verließ, stellte sie ihm einen Becher Tee hin, während er über der Akte Quine brütete. Sie konnte den Zorn, den Strike zu verbergen versuchte, deutlich spüren und vermutete, dass er sich ebenso gegen ihn selbst wie gegen Anstis richtete.

»Wir sind noch nicht am Ende«, sagte sie, während sie sich ihren Schal um den Hals wickelte. »Wir werden ihnen beweisen, dass es nicht sie war.«

Schon einmal hatte Robin die Wir-Form benutzt, als Strikes Selbstvertrauen einen Tiefpunkt erreicht hatte. Er wusste ihre moralische Unterstützung wirklich zu schätzen.

Trotzdem überflutete ein Gefühl von Machtlosigkeit seine Denkprozesse. Strike hasste es, an der Peripherie eines Falls herumdümpeln und zusehen zu müssen, wie andere nach Hinweisen, Fährten und Informationen tauchten.

An diesem Abend brütete er noch lange über der Akte, las die Notizen durch, die er sich nach all den Gesprächen gemacht, und betrachtete nochmals seine Handyaufnahmen, die er ausgedruckt hatte. In der Stille schien der verstümmelte Körper Owen Quines an ihn zu appellieren, wie Leichen es häufig taten, und stumm um Gerechtigkeit und Mitleid zu flehen. Mitunter transportierten die Toten eine Botschaft ihrer Mörder, als hätte man ihnen eine Spruchtafel in die leblos starren Hände gedrückt. Lange sah Strike auf den verätzt klaffenden leeren Brustraum hinab, auf die eng um Knöchel und Handgelenke geschlungenen Fesselstricke, den wie einen Truthahn ausgenommenen und verschnürten Leichnam, doch trotz alledem sagten ihm die Fotos nichts, was er nicht bereits gewusst hätte. Schließlich löschte er überall das Licht, ging nach oben und legte sich schlafen.

Den Donnerstagvormittag in der Kanzlei der exorbitant teuren Scheidungsanwälte seiner brünetten Klientin an den Lincoln's Inn Fields verbringen zu müssen erschien ihm wie eine bittersüße Erleichterung. Auch wenn Strike froh war, etwas zu tun zu haben, womit die Zeit verging, die er nicht darauf verwenden konnte, im Fall Quine zu ermitteln, hatte er das Gefühl, unter Vorspiegelung falscher Tatsachen zu dieser Besprechung gelockt worden zu sein. Die kokette Scheidungswillige hatte ihm zu verstehen gegeben, ihr Anwalt wolle von Strike höchstpersönlich hören, wie er das reichhaltige Beweismaterial für das Doppelspiel ihres Ehemanns zusammengetragen hatte. Er saß an einem glänzend polierten

Mahagonitisch, an dem zwölf Personen Platz gefunden hätten, direkt neben ihr. Während sie immerzu wiederholte, »wie Cormoran beobachtet hat, nicht wahr?«, und »was Cormoran in Erfahrung gebracht hat«, berührte sie gelegentlich sein Handgelenk. Strike brauchte nicht lange, um aus der kaum verhohlenen Gereiztheit ihres überaus verbindlich auftretenden Anwalts zu schließen, dass es nicht seine Idee gewesen war, ihn zu dieser Besprechung einzuladen. Aber wie von einem Mann mit einem Stundensatz von über fünfhundert Pfund zu erwarten war, ließ er nicht die Absicht erkennen, das Ganze zu beschleunigen.

Bei einem Ausflug zur Toilette warf Strike einen Blick auf sein Smartphone und sah in daumennagelgroßen Bildern, wie Leonora in den Wood Green Crown Court eskortiert und wieder hinausgeführt wurde. Nachdem die Anklage eröffnet worden war, wurde sie in einem Gefangenenkraftwagen der Met fortgebracht. Zahlreiche Pressefotografen waren anwesend – aber immerhin keine Gaffer, die grölend ihren Kopf forderten; Leonora hatte in ihren Augen offenbar niemanden ermordet, aus dem die Öffentlichkeit sich allzu viel gemacht hätte.

Kurz bevor er wieder in den Konferenzraum zurückkehrte, kam eine SMS von Robin:

Könnte heute 18 Uhr Besuchstermin bei Leonora vereinbaren?

Großartig, schrieb er zurück.

»Ich dachte mir«, führte seine kokette Klientin aus, als er wieder Platz genommen hatte, »Cormoran würde im Zeugenstand mächtig Eindruck machen.«

Strike hatte dem Anwalt die mit Fotos illustrierten, akribisch aufbereiteten Berichte längst vorgelegt, die Mr. Burnetts heimliche Transaktionen – auch den versuchten Verkauf des Apartments und die Entwendung der Smaragdkette – lückenlos dokumentierten. Zu Mrs. Burnetts offensichtlicher Enttäuschung hielt keiner der beiden Männer angesichts der Qualität des Belastungsmaterials Strikes Erscheinen vor Gericht für nötig. Tatsächlich konnte der Anwalt kaum mehr verbergen, wie zuwider es ihm war, dass sie sich so sehr auf den Privatdetektiv zu verlassen schien. Bestimmt fand er, die diskreten Liebkosungen und klimpernden Wimpern seiner reichen Mandantin sollten eher ihm in seinem maßgeschneiderten Nadelstreifenanzug und mit dem distinguierten grau melierten Haar gelten als einem Mann, der wie ein hinkender Preisboxer aussah.

Strike, der froh war, die exklusive Atmosphäre hinter sich lassen zu können, fuhr mit der U-Bahn zur Denmark Street zurück, war dankbar dafür, sich in seiner Wohnung wieder umziehen zu können, und genoss die Vorstellung, von diesem speziellen Fall bald befreit und im Besitz eines dicken Schecks zu sein – dem einzigen Grund dafür, dass er den Auftrag überhaupt angenommen hatte. Jetzt konnte er sich endlich auf die hagere grauhaarige Fünfzigerin im Frauengefängnis Holloway konzentrieren, der auf Seite zwei des *Evening Standard*, den er unterwegs gekauft hatte, in der Überschrift beschieden wurde: MAUSGRAUE AUTORENGATTIN EXPERTIN MIT DEM HACKEBEIL.

»War ihr Anwalt zufrieden?«, fragte Robin, als er ins Büro zurückkehrte.

»Einigermaßen«, sagte Strike und starrte den kleinen Flitter-Weihnachtsbaum an, den sie auf ihren aufgeräumten Schreibtisch gestellt hatte. Er war mit LED-Leuchten und winzigen Kugeln geschmückt.

»Warum?«, fragte er knapp.

»Weihnachten«, sagte Robin mit einem schiefen Lächeln, aber ohne sich zu entschuldigen. »Ich wollte ihn eigentlich schon gestern aufstellen, aber nachdem Leonora angeklagt wurde, war ich nicht mehr in Festlaune. Jedenfalls habe ich für Sie einen Besuchstermin um achtzehn Uhr vereinbart. Sie brauchen einen Lichtbildausweis ...«

»Gut gemacht, danke.«

»...und ich habe Ihnen Sandwiches besorgt und dachte, das hier könnte Sie vielleicht interessieren: Michael Fancourt hat ein Interview zu Quine gegeben.«

Sie reichte ihm eine Packung Sandwiches, belegt mit Käse und Essiggurken, und ein Exemplar der *Times* mit der entsprechend aufgeschlagenen Seite. Strike ließ sich auf das furzende Kunstledersofa fallen und kaute auf den Sandwiches herum, während er den Artikel las, der mit zwei Fotos illustriert war: Das linke zeigte Fancourt vor seinem Landhaus im elisabethanischen Stil. Weil er von unten aufgenommen war, wirkte sein Kopf ein bisschen weniger unproportioniert als sonst. Rechter Hand war Quine abgebildet: Exzentrisch und mit wild rollenden Augen unter seinem federgeschmückten Filzhut schien er in einem kleinen Zelt vor einem überschaubaren Publikum zu sprechen.

Der Verfasser des Artikels hatte sich auf die Tatsache kapriziert, dass Fancourt und Quine sich einst gut gekannt und sogar als vergleichbar große Talente gegolten hatten.

Nur wenige erinnern sich hoch an seinen Erstling *Hobarts Sünde* – ein Musterbeispiel für Quines »magischen Brutalismus«, wie Fancourt es anerkennend nennt. Obwohl er im Ruf steht, überaus nachtragend zu sein, erweist Fancourt sich in unserer Diskussion von Quines Œuvre als erstaunlich großzügig.

»Immer interessant, aber fast genauso oft unterschätzt«, sagt er. »Ich erwarte, dass zukünftige Kritiker ihn wohlwollender beurteilen werden als unsere Zeitgenossen.«
Umso überraschender ist diese unerwartete Großzügigkeit, wenn man bedenkt, dass Elspeth Kerr, Fancourts erste Frau, vor fünfundzwanzig Jahren Selbstmord verübte, nachdem sie eine beißende Parodie ihres ersten Romans gelesen hatte. Dieser üble Streich wurde damals fast unisono Fancourts engem Freund und literarischem Mitrebellen zugeschrieben: dem jüngst verstorbenen Owen Quine.
»Man wird fast unmerklich milder – ein Ausgleich fürs Alter. Zorn ist anstrengend. Viele meiner Gefühle im Zusammenhang mit Ellies Tod habe ich mir in meinem letzten Roman von der Seele geschrieben, der allerdings nicht autobiografisch gelesen werden sollte, obwohl…

Strike ließ die beiden folgenden Absätze aus, die einzig und allein Fancourts neuesten Roman zu bewerben schienen, und las an der Stelle weiter, wo ihm das Wort »Gewalt« ins Auge sprang.

Es ist schwierig, den in einem Tweedsakko vor mir sitzenden Fancourt mit dem selbst ernannten literarischen Punk von einst zu vereinbaren, dem die virtuose, willkürliche Gewalt seines Frühwerks viel Kritikerlob und -tadel eingetragen hat.
»Wenn Mr. Graham Greene recht hatte«, schrieb Harvey Bird über Fancourts Debüt, »und jeder Schriftsteller einen Splitter aus Eis im Herzen trägt, besitzt Michael Fancourt reichlich davon, und angesichts der Vergewaltigungsszene in *Bellafront* liegt die Vorstellung nahe, die Inne-

reien dieses jungen Mannes bestünden gänzlich aus Eis. Tatsächlich gibt es zwei Möglichkeiten, sich *Bellafront* anzunähern – einem zweifellos formvollendeten, originellen Roman: einerseits unter der Prämisse, dass Mr. Fancourt einen ungewöhnlich reifen Erstling geschrieben hat, in dem er der Versuchung der meisten Debütanten zu widerstehen vermochte, selbst in die Rolle des (Anti-) Helden zu schlüpfen. Seine Grotesken oder Moralbegriffe lassen uns vielleicht zusammenzucken, aber niemand kann leugnen, dass seine Prosa kraftvoll kunstfertig ist. Die verstörendere zweite Möglichkeit ist jedoch, dass Mr. Fancourt das Organ nicht besitzt, in dem jener Splitter aus Eis seinen Platz hätte, und diese einzigartig unmenschliche Geschichte seiner ureigenen Seelenlandschaft entspricht. Das wird die Zeit – und sein weiteres Werk – weisen.«

Fancourt stammt aus Slough, wo er als einziger Sohn einer alleinerziehenden Krankenschwester geboren wurde. Seine Mutter bewohnt immer noch das Haus, in dem er aufgewachsen ist. »Sie ist dort glücklich«, so Fancourt. »Sie besitzt eine beneidenswerte Gabe, Vertrautes zu genießen.«

Zwischen dem Reihenhäuschen in Slough und dem Landsitz des Schriftstellers liegen Welten. Unser Gespräch findet in einem geräumigen Salon voll Meißener Nippsachen und Aubusson-Teppichen statt, dessen riesige Fenster auf das weitläufige Gelände von Endsor Court hinausgehen.

»Dies alles hat meine Frau ausgesucht«, sagt Fancourt geringschätzig. »Mein Kunstgeschmack ist ein völlig anderer und auf den Außenbereich beschränkt.« Ein tiefer Graben neben dem Gebäude soll beispielsweise das Betonfundament für eine Skulptur aus rostigem Stahl aufnehmen, die die Rachegöttin Tisiphone darstellt, die er mit einem Lachen als »Impulskauf« beschreibt: »Genauer wird sie bezeichnet als ›die den Mord Rächende‹, wissen Sie... ein sehr kraftvolles Werk. Meine Frau verabscheut es.« Und so finden wir zum Ausgangspunkt des Interviews zurück: zu dem makaberen Ende Owen Quines. »Ich habe Owens Ermordung noch immer nicht verarbeitet«, sagt Fancourt ruhig. »Wie die meisten Autoren neige ich dazu, meine Gefühle zu einem Thema zu bilanzieren, indem ich darüber schreibe. So interpretieren wir die Welt, so geben wir ihr Sinn.«

Heißt das, dass wir mit einer romanhaften Darstellung des Mordes an Quine rechnen müssen?

»Ich höre bereits, wie mir Geschmacklosigkeit und Nutznießerei vorgeworfen werden«, sagt Fancourt mit einem Lächeln. »Ich vermute, dass Themen wie eine zerbrochene Freundschaft, die letzte Chance, miteinander zu reden, sich zu erklären und Abbitte zu leisten, zu gegebener Zeit aufscheinen könnten. Doch Owens Ermordung ist längst romanhaft dargestellt worden – und zwar von ihm selbst.«

Er gehört zu den wenigen Menschen, die das berüchtigte Manuskript gelesen haben, das als Vorlage für den Mord gedient zu haben scheint.

»Ich habe es an exakt jenem Tag gelesen, da Owens Leiche aufgefunden wurde. Mein Verleger wollte unbedingt, dass ich es lese – auch ich werde darin porträtiert, wissen Sie.« Dass er darin vorkommt, scheint ihm gleichgültig zu sein, so beleidigend sein Porträt auch sein mag. »Ich hatte kein Interesse daran, Anwälte einzuschalten. Ich verabscheue die Zensur.«

Wie findet er das Buch in literarischer Hinsicht?

»Es ist, was Nabokov das ›Meisterwerk eines Wahnsinnigen‹ genannt hat«, antwortet er lächelnd. »Vielleicht sollte man es irgendwann doch veröffentlichen, wer weiß?«

Ist das sein Ernst?

»Warum sollte es nicht veröffentlicht werden?«, erwidert Fancourt. »Kunst soll provozieren: Allein von dieser Warte aus hat *Bombyx Mori* seine Aufgabe mehr als erfüllt. Ja, warum eigentlich nicht?«, fragt der literarische Punk im behaglichen Umfeld seines elisabethanischen Landhauses.

»Mit einem Geleitwort von Michael Fancourt?«, schlage ich vor.

»Es sind schon seltsamere Dinge geschehen«, antwortet Michael Fancourt grinsend. »Weit seltsamere.«

»Allmächtiger«, murmelte Strike und warf die *Times* wieder auf Robins Schreibtisch, wobei er den Weihnachtsbaum nur knapp verfehlte.

»Haben Sie die Stelle gesehen, wo er behauptet, er habe *Bombyx Mori* erst an dem Tag gelesen, an dem Sie Quine gefunden haben?«

»Ja«, sagte Strike.

»Er lügt.«

»Wir *glauben*, dass er lügt«, korrigierte er sie.

Strike hielt an seinem Entschluss fest, kein Geld mehr für Taxis zu vergeuden, obwohl es weiter schneite, und fuhr mit dem Bus Nummer 29 durch den dunkler werdenden Nachmittag. Der Bus beförderte ihn zwanzig Minuten lang in nördlicher Richtung über frisch gestreute Straßen. An der Haltestelle Hampstead Road stieg eine verhärmt aussehende Frau mit einem quengelnden kleinen Jungen ein. Sein sechster Sinn sagte Strike, dass sie alle drei dasselbe Ziel hatten – und tatsächlich standen die beiden mit ihm auf, um auf der Camden Road an der kahlen Außenmauer von Her Majesty's Prison Holloway auszusteigen.

»Wir gehen jetzt Mami besuchen«, erklärte die Frau ihrem Schützling, der Strikes Einschätzung zufolge der Enkel sein musste, obwohl sie selbst erst um die vierzig zu sein schien.

Der Klinkerbau des von kahlen Bäumen und dick verschneiten Grünstreifen umgebenen Gefängnisses hätte zu einer Universität gehören können, wären nicht die autoritären Verbotsschilder in behördlichem Blau-Weiß und die fünf Meter hohen Stahltore für die Häftlingstransportfahrzeuge gewesen. Strike reihte sich in den dünnen Besucherstrom ein, zu dem auch mehrere mitgebrachte Kinder gehörten, die versuchten, Spuren im unberührten Schnee auf den Grünstreifen zu hinterlassen. Die Besucher schlurften an terrakottafarbenen Wänden mit Zementzierleisten und an herabhängenden Pflanzkörben vorbei, die an diesem eisigen Dezembertag nur mehr Schneehäufchen enthielten. Die meisten seiner Mitbesucher waren Frauen; unter den Männern war Strike nicht nur aufgrund seiner Größe, sondern auch deswegen einzigartig, weil er nicht den Eindruck erweckte, als hätte das Leben ihm eine stumme Benommenheit eingeprügelt. Ein über und über tätowierter Jugendlicher, der in einer viel zu weiten Jeans vor ihm herging, taumelte bei jedem Schritt ein wenig. Strike hatte damals in Selly Oak diverse neurologische Leiden gesehen, aber er vermutete, dass dieses hier nicht von Granatwerferfeuer herrührte.

Dann starrte die stämmige Uniformierte, deren Aufgabe es war, die Ausweise zu kontrollieren, zu ihm auf.

»Ich weiß, wer Sie sind«, sagte sie mit durchdringendem Blick.

Er fragte sich, ob Anstis darum gebeten hatte, verständigt zu werden, sobald Strike auftauchte, um Leonora zu besuchen. Das war durchaus möglich.

Er war absichtlich früh gekommen, um keine Minute der ihm zugebilligten Besuchszeit mit seiner Klientin zu verlieren. Dank dieser Voraussicht hatte er noch Zeit für einen Kaffee im Besucherzentrum, das von einer Kinderhilfsorganisation geführt wurde. Der Raum war hell, beinahe freundlich eingerichtet, und viele der Kinder begrüßten die Spielzeugautos und Teddybären wie alte Freunde. Strikes hagere Mitfahrerin aus dem Bus beobachtete verhärmt und teilnahmslos, wie der Junge, den sie mitgebracht hatte, mit einer Actionfigur um Strikes große Füße spielte und ihn wie eine Statue behandelte (*Tisiphone, die den Mord Rächende...*).

Um Punkt sechs Uhr wurde Strike in den Besucherraum gerufen. Seine Schritte echoten über den glänzend polierten Fußboden. Die Wände bestanden aus Hohlblocksteinen. Von Häftlingen geschaffene bunte Wandgemälde taten ihr Bestes, um den höhlenartigen Raum aufzuhellen, der von knallenden Türen, rasselnden Schlüsseln und murmelnden Stimmen widerhallte. Die Kunststoffsitze waren auf beiden Seiten eines niedrigen Mitteltischs fest montiert – alle unbeweglich, um jeglichen Kontakt zwischen Häftling und Besucher zu erschweren und die Weitergabe von Schmuggelware zu verhindern. Ein Kleinkind weinte. Vor den Wänden hielten Wärterinnen Aufsicht. Strike, der bislang immer nur mit männlichen Häftlingen zu tun gehabt hatte, empfand dieser Umgebung gegenüber einen für ihn ungewöhnlichen Widerwillen. Die ihre verbitterten Mütter anstarrenden Kinder, die subtilen Anzeichen psychischer Erkrankungen in dem Fummeln und Zucken von Händen mit abgekauten Fingernägeln und die auf ihren Kunststoffsitzen kauernden, benommenen, oft mit Medikamenten ruhiggestellten Frauen waren ihm – anders als die Männergefängnisse, die er besucht hatte – gänzlich unvertraut.

Leonora saß bereits da und wartete: winzig, zerbrechlich und mitleiderregend erleichtert, ihn zu sehen. Sie trug ihre eigene Kleidung: ein weites Sweatshirt und eine Hose, in der sie wie zusammengeschrumpft aussah.

»Orlando war hier«, sagte sie. Ihre Augen waren stark gerötet. Strike konnte ihr ansehen, dass sie lange geweint hatte. »Sie wollte gar nicht mehr weg. Sie mussten sie rausschleppen. Ich durfte sie nicht mal beruhigen.«

Wo sie sonst wütend und trotzig reagiert hätte, hörte er bereits die ersten Anzeichen anstaltsbedingter Hoffnungslosigkeit heraus. Nur achtundvierzig Stunden hatten sie gelehrt, dass sie kein Selbstbestimmungsrecht mehr besaß.

»Leonora, wir müssen über diese Kreditkartenabrechnung sprechen.«

»Ich hab die Karte nie gehabt«, sagte sie mit zitternden Lippen. »Owen hatte sie immer in seiner Geldbörse. Ich hatte sie ganz selten, nur wenn ich in den Großmarkt musste. Er hat mir sonst immer Bargeld gegeben.«

Strike erinnerte sich daran, dass sie ursprünglich zu ihm gekommen war, weil das Geld knapp geworden war.

»Ich hab Owen unsere Finanzen überlassen, weil er's so wollte. Aber er war schlampig, hat die Rechnungen und Kontoauszüge nie kontrolliert, sondern sie bloß in seinem Arbeitszimmer gestapelt. Ich hab oft zu ihm gesagt: ›Prüf sie lieber nach, die zocken dich sonst ab‹, aber er hat's trotzdem nie getan. Er hat Orlando immer alles Mögliche gegeben, wenn sie malen wollte. Bestimmt ist so ihr Bild auf die Rückseite gekommen…«

»Das Bild tut nichts zur Sache. Außer Owen und Ihnen muss noch jemand anders Zugang zu dieser Kreditkarte gehabt haben. Wir sprechen jetzt ein paar Leute durch, okay?«

»Okay«, murmelte sie eingeschüchtert.

»Elizabeth Tassel hat Arbeiten an dem Haus in der Talgarth Road beaufsichtigt, stimmt's? Wie sind die bezahlt worden? Hatte sie vielleicht eine Partnerkarte?«

»Nein«, sagte Leonora.

»Wissen Sie das ganz bestimmt?«

»Klar, das weiß ich, weil wir ihr so eine Zweitkarte angeboten hatten und sie gesagt hat, es wär einfacher, die Summe von Owens nächsten Tantiemen abzuziehen, die damals fällig waren. In Finnland verkauft er sich ganz gut – ich weiß auch nicht, warum, aber denen gefällt sein …«

»Sie erinnern sich an *keinen* Zeitpunkt, zu dem Elizabeth Tassel irgendetwas für das Haus getan und die Visa-Karte in ihrer Obhut gehabt hätte?«

»Nein«, sagte sie und schüttelte den Kopf. »Niemals.«

»Okay«, sagte Strike. »Können Sie sich daran erinnern – und lassen Sie sich Zeit –, ob Owen bei Roper Chard je irgendetwas mit der Karte bezahlt hat?«

Und zu seiner Verblüffung sagte sie: »Nicht direkt bei Roper Chard, aber … Ja. Alle waren da. Ich war auch dabei. Das war … weiß nicht mehr … vor zwei Jahren? Vielleicht weniger … Irgend so ein großes Verlegerdinner, das war's. Im Dorchester. Owen und mich hatten sie an einen Tisch mit Nachwuchsleuten gesetzt. Daniel Chard und Jerry Waldegrave waren nicht mal in unserer Nähe. Jedenfalls gab es damals so eine Stille Auktion, wissen Sie, bei der man sein Gebot schriftlich …«

»Ja, ich weiß, wie so etwas abläuft«, sagte Strike, der Mühe hatte, seine Ungeduld zu verbergen.

»Der Erlös sollte an irgendeine Hilfsorganisation gehen, die versucht, Schriftsteller aus dem Gefängnis zu holen. Owen hat auf ein Wochenende in einem Landhotel geboten und den Zuschlag bekommen und musste dann seine Kreditkartendetails angeben. Ein paar aufgebrezelte Mädels aus dem Verlag sind rumgegangen und haben abkassiert. Einer von denen hat er seine Karte gegeben. Das weiß ich noch, weil er angetrunken war«, sagte sie mit dem Anflug ihrer früheren Mürrischkeit, »und er hat achthundert Pfund dafür gezahlt. Aus reiner Angeberei. Weil alle denken sollten, dass er genauso viel Geld verdient wie die anderen.«

»Er hat seine Karte einer jungen Frau vom Verlag gegeben«, wiederholte Strike. »Hat sie gleich am Tisch kassiert, oder…«

»Sie konnte diese kleine Maschine nicht in Gang bringen«, sagte Leonora. »Sie ist mit der Karte weggegangen und hat sie irgendwann wieder zurückgebracht.«

»War sonst noch jemand da, den Sie kannten?«

»Michael Fancourt war mit seinem Verleger da«, sagte sie. »Auf der anderen Seite des Saals. Das war vor seinem Wechsel zu Roper Chard.«

»Haben Owen und er miteinander gesprochen?«

»Unwahrscheinlich«, sagte sie.

»Okay, was ist mit…«, begann er und zögerte. Sie hatten Kathryn Kents Existenz bisher mit keinem Wort erwähnt.

»Aber seine Freundin wäre jederzeit drangekommen, oder nicht?«, sagte Leonora, als könnte sie Gedanken lesen.

»Sie wussten von ihr?«, fragte er ganz neutral.

»Die Polizei hat so was gesagt«, antwortete Leonora mit trübseliger Miene. »Er hatte immer eine. So war er eben. Hat sie in seinen Schreibkursen aufgegabelt. Ich hab ihm dafür immer wieder die Leviten gelesen. Als sie gesagt haben, er wär… Als sie gesagt haben, er wär… er wär gefesselt gewesen…«

Sie hatte wieder begonnen zu weinen.

»…da wusst ich gleich, dass eine Frau das gemacht haben musste. Das mochte er. Hat ihn angetörnt.«

»Sie wussten nichts von Kathryn Kent, bevor die Polizei sie erwähnt hat?«

»Ich hab den Namen mal in einer SMS auf seinem Handy gesehen, aber er hat gesagt, da wär nichts. Hat gesagt, sie wär bloß eine seiner Schülerinnen. Das hat er immer gesagt. Und dass er uns nie verlassen würde, mich und Orlando.«

Sie fuhr sich mit ihrer schmalen, zittrigen Hand über die Augen. Dann rückte sie die altmodische Brille wieder zurecht.

»Aber Sie haben Kathryn Kent erstmals gesehen, als sie an Ihre Haustür kam, um ihm zu sagen, dass ihre Schwester gestorben sei?«

»Ach, das war sie?«, fragte Leonora schniefend und wischte sich erneut über die Augen. »War die nicht fett? Sei's drum, die hätte seine Kreditkarte wahrscheinlich jederzeit in die Finger kriegen können, stimmt's? Musste ihm bloß die Karte aus der Geldbörse ziehen, als er geschlafen hat.«

Es würde schwierig werden, Kathryn Kent aufzuspüren und zu befragen, das wusste er. Sie war bestimmt aus ihrer Wohnung geflüchtet, um den Reportern zu entkommen.

Strike wechselte das Thema. »Die Sachen, die der Mörder mit der Karte gekauft hat«, sagte er, »sind online bestellt worden. Sie haben zu Hause keinen Computer, richtig?«

»Owen hat Computer nie gemocht, er hat seine alte Schreibma…«

»Haben *Sie* jemals übers Internet eingekauft?«

»Ja«, sagte sie, und sein Herz sank ein wenig. Er hatte gehofft, Leonora würde sich als eines jener sagenumwobenen Fabelwesen erweisen, als Computerjungfrau.

»Und wo haben Sie das gemacht?«

»Bei Edna. Sie hat mich ihren benutzen lassen, damit ich Orlando zum Geburtstag einen Farbenkoffer bestellen konnte, ohne in die Stadt zu müssen.«

Bestimmt würde die Polizei den Computer der großherzigen Edna alsbald beschlagnahmen und auseinandernehmen.

Am nächsten Tisch begann eine Frau mit kahl rasiertem Schädel, Piercings und Tattoos, eine Wärterin anzuschreien, die sie ermahnt hatte, auf ihrem Platz sitzen zu bleiben. Leonora wich erschrocken vor ihr zurück, als sie in einen Schwall von Obszönitäten ausbrach, während die Aufseherin auf sie zustürzte.

»Leonora, noch eine letzte Frage«, sagte Strike laut, während das Gekreisch am Nebentisch immer mehr Dynamik aufnahm. »Hat Owen je erwähnt, dass er verreisen wollte? Eine Zeit lang ausspannen? Bevor er am Fünften aus dem Haus gegangen ist?«

»Nein«, sagte sie. »'türlich nicht.«

Die Frau am Nebentisch ließ sich tatsächlich wieder beruhigen. Ihre Besucherin, eine ganz ähnlich tätowierte, kaum weniger aggressiv wirkende Frau, zeigte der Aufseherin den Finger, als sie davonging.

»Hat Owen, soweit Sie sich erinnern können, irgendetwas gesagt oder getan, das darauf hätte schließen lassen, dass er sich für einige Zeit zurückziehen wollte?«, hakte Strike nach, während Leonora ihre Nachbarin mit ängstlichen Eulenaugen anstarrte.

»Was?«, fragte sie geistesabwesend. »Nein... Er sagt mir nie... Er hat nie was gesagt... Ist einfach abgehauen... Wenn er wirklich vorgehabt hätte zu gehen, warum hat er sich dann nicht verabschiedet?«

Mit einer mageren Hand vor dem Mund fing sie wieder an zu weinen.

»Was soll bloß aus Dodo werden, wenn sie mich hierbehalten?«, fragte sie ihn zwischen zwei Schluchzern. »Bei Edna kann sie ja nicht ewig bleiben. Die kommt nicht mit ihr zurecht. Sie hat Cheeky Monkey nicht mitgenommen – dabei hatte Dodo ein paar Bilder für mich gemalt …« Nach ein paar verständnislosen Augenblicken erriet Strike, dass sie von dem Orang-Utan sprach, den Orlando während seines Besuchs bei den Quines im Arm gehalten hatte. »Wenn sie mich dabehalten …«

»Ich hole Sie hier raus«, sagte Strike zuversichtlicher, als ihm zumute war; aber was konnte es schaden, ihr etwas zu geben, woran sie sich klammern konnte; das ihr half, die kommenden vierundzwanzig Stunden zu überstehen?

Die Besuchszeit war abgelaufen. Als er den Saal verließ, ohne sich umzusehen, fragte er sich, was Leonora – verblasst und mürrisch, fünfzig Jahre alt, mit einer geistig behinderten Tochter und einem hoffnungslosen Leben – an sich hatte, das in ihm diese wilde Entschlossenheit geweckt hatte, diesen blinden Zorn …

Sie war es nicht, lautete die einfache Antwort. *Sie ist unschuldig.*

In den vergangenen acht Monaten hatte ein Strom von Klienten die Tür mit der Milchglasscheibe aufgestoßen, die seinen Namen trug, und die Gründe für ihre Besuche hatten sich immerzu frappierend geähnelt. Sie alle kamen, weil sie einen Spion, eine Waffe oder ein Mittel suchten, um irgendein Gleichgewicht zu ihren Gunsten zu verändern oder sich aus lästigen Verbindungen zu lösen. Sie kamen, weil sie ihren Vorteil suchten, weil sie das Gefühl hatten, einen Anspruch auf Vergeltung oder Entschädigung zu haben. Weil sie praktisch alle mehr Geld wollten.

Aber Leonora hatte ihn aufgesucht, weil sie wollte, dass ihr Mann wieder heimkam. Ein aus Ermattung und Liebe geborener, schlichter Wunsch – wenn schon nicht um des fremdgehenden Quine, dann um der Tochter willen, die sich nach ihm sehnte. Strike hatte das Gefühl, ihr ob der Reinheit dieses Wunsches sein Bestes schuldig zu sein.

Die kalte Luft außerhalb des Gefängnisses schmeckte anders. Es war lange her, dass Strike in einer Umgebung gewesen war, in der Gehorsam das Rückgrat des Alltags gebildet hatte. Er konnte seine Freiheit regelrecht spüren, als er, schwer auf seinen Stock gestützt, zur Bushaltestelle zurückhumpelte.

Weiter hinten im Bus sangen drei betrunkene junge Frauen mit Haarreifen, aus denen Rentiergeweihe aufragten:

»They say it's unrealistic,
But I believe in you Saint Nick...«

Scheißweihnachten, dachte Strike, und ihm kamen all die Geschenke in den Sinn, die er für seine Neffen und Patenkinder, deren Alter er sich nie merken konnte, würde besorgen müssen.

Der Bus ratterte weiter durch Matsch und Schnee. Lichter in allen Farben leuchteten Strike durch die beschlagenen Scheiben verschwommen an. Mit finsterer Miene, in Gedanken bei Ungerechtigkeit und Mord, schreckte er mühelos und schweigend jeden ab, der sich vielleicht neben ihn hätte setzen wollen.

40

Sei froh, dass du namenlos bist; es ist nicht wert,
einen zu besitzen.

FRANCIS BEAUMONT UND JOHN FLETCHER,
DIE VERWECHSLUNG

Am folgenden Tag prasselten nacheinander Eisregen, Regen
und Schnee gegen die Bürofenster. Miss Brocklehursts Boss
erschien gegen Mittag, um sich die Beweise für ihre Untreue
vorlegen zu lassen. Kurz nachdem Strike ihn verabschiedet
hatte, traf Caroline Ingles ein. Sie war in Eile, weil sie die
Kinder von der Schule abholen musste, wollte Strike zuvor jedoch unbedingt die Karte eines neu eröffneten Etablissements
namens Golden Lace Gentlemen's Club & Bar überreichen,
die sie in der Geldbörse ihres Mannes gefunden hatte. Mr.
Ingles' Versprechen, künftig einen weiten Bogen um Poledan-
cer, Callgirls und Stripperinnen zu machen, war eine Bedin-
gung für ihre Versöhnung gewesen. Strike erklärte sich bereit,
das Golden Lace unter die Lupe zu nehmen und auszukund-
schaften, ob Mr. Ingles wieder der Versuchung erlegen war.
Als Caroline Ingles ging, hatte Strike einen Heißhunger auf
die Packung Sandwiches, die auf Robins Schreibtisch schon
für ihn bereitlag. Er hatte kaum einen Bissen genommen, als
sein Telefon klingelte.
    Seine brünette Klientin, der bewusst war, dass ihre professi-

onelle Beziehung sich dem Ende zuneigte, schlug alle Diskre-
tion in den Wind und lud Strike ein, mit ihr zum Abendessen
auszugehen. Strike glaubte, Robin lächeln zu sehen, während
sie ihr Sandwich aß und unverwandt auf ihren Bildschirm
starrte. Er versuchte, höflich abzulehnen, indem er erst seine
Arbeitsbelastung geltend machte – und schließlich vorgab, in
einer festen Beziehung zu leben.

»Das haben Sie mir nie erzählt«, sagte sie jäh erkaltet.

»Ich halte mein Privat- und Berufsleben gern getrennt«, erklärte er.

Sie legte auf, bevor er mit seiner höflichen Verabschiedung
halb fertig war.

»Vielleicht hätten Sie mit ihr ausgehen sollen«, sagte Robin unschuldig. »Nur um sicherzustellen, dass sie ihre Rechnung bezahlt.«

»Verdammt, sie wird zahlen.« Gerade als Strike sich ein
halbes Sandwich auf einmal in den Mund stopfte, um die verlorene Zeit wettzumachen, vibrierte sein Handy. Er blickte
laut ächzend nach unten, um zu sehen, wer ihm eine SMS
geschickt hatte – und seine Magennerven verkrampften sich.

»Leonora?«, fragte Robin, als sie Strikes langes Gesicht sah.
Er schüttelte nur den Kopf, weil er den Mund voll hatte.
Die SMS bestand aus drei Wörtern:

Es war deins.

Er hatte sich keine neue Telefonnummer zugelegt, nachdem
er sich von Charlotte getrennt hatte. Zu viel Stress, nachdem
hundert berufliche Kontakte bereits die alte hatten. Dies war
das erste Mal seit acht Monaten, dass Charlotte sie wieder benutzt hatte.

Strike erinnerte sich an Dave Polworths Warnung: *Pass bloß*

auf, Diddy, damit sie nicht plötzlich wieder über den Horizont ga-
loppiert kommt. Würd mich nicht wundern, wenn sie vorm Altar
die Biege macht.

Heute ist der Dritte, erinnerte er sich. Am Vierten sollte sie heiraten.

Erstmals, seit Strike ein Smartphone besaß, wünschte er sich, es könnte anzeigen, von wo aus die SMS abgeschickt worden war. Hatte sie die Nachricht aus dem beschissenen Castle of Croy geschickt, während sie gerade mal nicht nach den Kanapees oder dem Blumenschmuck in der Kapelle gesehen hatte? Oder stand sie unten an der Ecke der Denmark Street und beobachtete sein Büro wie Pippa Midgley? Vor einer groß angekündigten Märchenhochzeit wie ihrer wegzulaufen wäre ein krönender Abschluss für Charlotte: der absolute Höhepunkt ihrer Karriere aus Chaos und Zerrüttung.

Strike steckte sein Handy wieder ein und machte sich über das zweite Sandwich her. Robin, die daraus schloss, dass sie wohl nicht erfahren würde, weshalb seine Miene derart versteinert war, knüllte ihre leere Chipspackung zusammen, warf sie in den Papierkorb und sagte: »Sie treffen sich heute Abend mit Ihrem Bruder, richtig?«

»Was?«

»Treffen Sie sich nicht mit Ihrem Bruder?«

»Oh«, sagte Strike. »Ja.«

»Im River Café?«

Es war deins.

»Warum?«

Meins. Na, klar doch. Wenn es überhaupt existiert hat.

»Was?«, fragte Strike, dem vage bewusst war, dass Robin ihn etwas gefragt hatte.

»Alles okay mit Ihnen?«

»Ja, mir geht's gut«, sagte er und bemühte sich um Beherrschung. »Was haben Sie mich gefragt?«

»Warum gehen Sie ins River Café?«

»Oh. Na ja«, sagte Strike und griff nach seinen Chips, »es ist eigentlich nur ein Schuss ins Blaue, aber ich will mit jemandem reden, der beobachtet hat, wie Quine und Tassel sich gestritten haben. Ich möchte herauskriegen, ob er den Streit nur inszeniert hat. Ob sein Verschwinden geplant war.«

»Sie hoffen, jemanden vom Personal zu finden, der am besagten Abend da war?«, fragte Robin hörbar skeptisch.

»Deswegen nehme ich Al mit«, sagte Strike. »Er kennt jeden Kellner in jedem angesagten Londoner Restaurant. Das tun alle Kinder meines Vaters.«

Als er mit dem Lunch fertig war, nahm er sich einen Kaffee mit in sein Büro und schloss die Tür. Immer noch prasselte Schneeregen an sein Fenster. Er konnte der Versuchung nicht widerstehen, einen Blick auf die eisige Straße zu werfen, weil er halb erwartete (hoffte?), sie dort zu sehen: wie sie mit langem schwarzem Haar, das um ihr blasses, perfektes Gesicht wehte, zu ihm heraufstarrte, ihn mit ihren braungefleckten grünen Augen anflehte … Aber auf der Straße war niemand – nur ein paar Unbekannte, die sich gegen das unbarmherzige Wetter dick eingemummt hatten.

Er war in jeder Hinsicht verrückt. Sie war in Schottland, und das war auch viel, viel besser so.

Später, als Robin gegangen war, zog er den italienischen Anzug an, den Charlotte ihm vor über einem Jahr gekauft hatte, bevor sie in genau jenem Restaurant diniert hatten, um seinen fünfunddreißigsten Geburtstag zu feiern, schloss die Wohnungstür ab und machte sich – erneut auf seinen Stock gestützt – bei Minusgraden auf den Weg zur U-Bahn.

Weihnachten fiel Strike aus allen Fenstern an, an denen

er vorbeikam: Leuchten in Sternform, ganze Berge von fabrikneuen Produkten, von Spielsachen und Schnickschnack, Kunstschnee auf Glas und etliche Ankündigungen vorweihnachtlicher Ausverkäufe, die dem Ganzen auf dem Höhepunkt der Rezession eine traurige Note verliehen. In der U-Bahn waren am Freitagabend weitere vorweihnachtlich Feiernde unterwegs: Mädchen in absurd kurzen Glitzerkleidchen, die eine Unterkühlung riskierten, nur um sich von irgendeinem Kerl aus der Poststelle befummeln zu lassen. Strike fühlte sich müde und deprimiert. Der Weg von der U-Bahn-Haltestelle Hammersmith war länger, als er ihn in Erinnerung gehabt hatte. Als er die Fulham Palace Road entlangging, fiel ihm auf, wie nah Elizabeth Tassels Haus lag. Bestimmt hatte sie das meilenweit von Quines U-Bahn-Haltestelle Ladbroke Grove entfernte River Café nur deshalb vorgeschlagen, weil es für sie bequem zu erreichen gewesen war.

Nach zehn Minuten bog Strike rechts ab und ging im Halbdunkel zur Thames Wharf hinab: durch leere Straßen, auf denen seine Schritte hallten, während sein Atem weiße Dampfwolken bildete. Die Gartenterrasse am Fluss, die im Sommer voller Gäste auf Stühlen mit weißen Hussen gewesen wäre, lag unter einer dicken Schneeschicht. Jenseits dieses blassen Teppichs glitzerte eiskalt und bedrohlich die dunkle Themse. Strike betrat den Klinkerbau des ehemaligen Lagerhauses und war sofort von Licht, Wärme und Stimmengewirr umgeben.

Gleich hinter der Tür lehnte Al an der Bar, hatte einen Ellbogen auf die glänzende Edelstahltheke gestützt und war in ein freundliches Gespräch mit dem Barkeeper vertieft.

Er war keinen Meter achtzig groß, was für eins von Rokebys Kindern klein war, und leicht übergewichtig. Sein mausbraunes Haar war nach hinten gegelt; er hatte den schmalen

Unterkiefer seiner Mutter, aber auch das leichte Auswärts-
schielen geerbt, das Rokebys attraktivem Gesicht eine faszinierende Fremdartigkeit verlieh und Al unverwechselbar als
Sohn seines Vaters kennzeichnete.

Sowie er Strikes ansichtig wurde, entfuhr ihm ein Will-
kommensschrei. Er kam herangesprungen und umarmte ihn.
Strike erwiderte die Umarmung kaum, weil sein Stock und
der Mantel, den er soeben versucht hatte abzulegen, ihn behinderten. Al trat einen Schritt zurück. Er wirkte verlegen.

»Wie geht's dir, *bruv*?«

Trotz des komischen Anglizismus war sein Akzent ein ei-
gentümlich mittelatlantischer Zwitter – die Folge vieler teils
in Europa, teils in Amerika verbrachter Jahre.

»Nicht schlecht«, sagte Strike. »Selbst?«

»Yeah, nicht schlecht«, echote Al. »Nicht schlecht. Könnte
schlimmer sein.«

Begleitet wurden seine Worte von einem leicht übertriebenen Schulterzucken mit defensiv erhobenen Händen. Al war in
Le Rosey zur Schule gegangen, einem internationalen Schwei-
zer Internat, und seine Körpersprache enthielt noch immer
Spuren jener kontinentalen Manieren, die er dort kennengelernt hatte. Seine Reaktion war allerdings auch noch mit etwas anderem unterlegt, das Strike bei jeder ihrer Begegnungen
spürte: mit Schuldgefühlen, einer Abwehrhaltung, einer Bereit-
schaft, sich gegen den Vorwurf zu wehren, im Vergleich zu seinem älteren Bruder ein leichtes und bequemes Leben zu führen.

»Was magst du trinken?«, fragte Al. »Bier? Wie wär's mit
einem Peroni?«

Sie setzten sich nebeneinander an die dicht besetzte Theke
mit Aussicht auf gläserne Regale voller Flaschen und warteten auf ihren Tisch. Bei einem Blick in das lang gestreckte,
voll besetzte Restaurant mit seiner Industriestahldecke in sti-

lisierten Wellen, dem himmelblauen Teppichboden und dem Holzofen am anderen Ende, der einem riesigen Bienenstock glich, entdeckte Strike einen berühmten Bildhauer, eine Stararchitektin und mindestens einen prominenten Schauspieler.

»Hab von Charlotte und dir gehört«, sagte Al. »Schade.«

Strike fragte sich, ob Al wohl jemanden kannte, der mit Charlotte befreundet war. Er verkehrte durchaus mit Angehörigen jenes Jetsets, der ohne Weiteres auch die zukünftige Viscountess of Croy umfassen konnte.

»Ja, sei's drum«, sagte Strike mit einem Schulterzucken. »Besser so.«

(Charlotte und er hatten hier, in diesem wundervollen Restaurant am Fluss, gesessen und ihren allerletzten glücklichen Abend miteinander genossen. Es hatte noch vier Monate gedauert, bis ihre Beziehung vollends aus den Fugen geraten und implodiert war; vier jammervolle Monate voller strapaziöser Aggressionen ... *Es war deins.*)

Eine gut aussehende junge Frau, die Al mit Namen begrüßte, brachte sie an ihren Tisch; ein ebenso attraktiver junger Mann legte ihnen die Speisekarten vor. Strike wartete, bis Al Wein bestellt hatte und der Kellner gegangen war, bevor er den Zweck ihres Treffens ansprach.

»Vor vier Wochen«, begann er, »hat sich hier ein Schriftsteller namens Owen Quine mit seiner Agentin gestritten. Offenbar hat das ganze Restaurant ihren Krach mitbekommen. Er ist hinausgestürmt und wenig später, vermutlich binnen Tagen, vielleicht noch in derselben Nacht ...«

»... ermordet worden«, sagte Al, der Strike mit offenem Mund zugehört hatte. »Ich hab's in der Zeitung gelesen. Du hast die Leiche gefunden.«

Sein Tonfall verriet den Wunsch nach Details. Strike entschied sich, darüber hinwegzugehen.

»Vielleicht ist hier gar nichts rauszukriegen, aber ...«

»Es war doch seine Frau«, sagte Al verständnislos. »Sie haben sie.«

»Sie war's nicht«, sagte Strike und schlug die Speisekarte auf. Ihm war schon früher hin und wieder aufgefallen, dass Al, der inmitten unzähliger falscher Medienberichte über seinen Vater und seine Familie aufgewachsen war, sein gesundes Misstrauen gegenüber der britischen Boulevardpresse nie auf andere Themen auszudehnen schien.

(Seine Schulausbildung hatte an zwei Orten stattgefunden: im Frühjahr und Herbst Unterricht am Genfer See, dann für den Winter hinauf nach Gstaad, wo nachmittags Ski und Schlittschuh gelaufen worden war. Durch die Gesellschaft von Kindern anderer Berühmtheiten abgeschirmt, war Al in sündhaft überteuerter Bergluft aufgewachsen. Das ferne Knurren der Boulevardmedien war in seinem Leben nur ein Hintergrundmurmeln gewesen ... zumindest interpretierte Strike das bisschen, was Al ihm aus seiner Jugend erzählt hatte, auf diese Weise.)

»Die Ehefrau war's nicht?«, fragte Al, als Strike wieder aufsah.

»Nein.«

»Wow, willst du etwa 'ne zweite Lula Landry abreißen?«, fragte er mit einem breiten Grinsen, das seinem leichten Schielen Charme verlieh.

»Genau das ist der Plan«, sagte Strike.

»Und ich soll das Personal für dich aushorchen?«

»Ganz genau.«

Er war amüsiert und gerührt, wie begeistert Al darüber zu sein schien, ihm einen Dienst erweisen zu können.

»Kein Problem. Kein Problem. Muss versuchen, jemand Guten für dich zu finden. Wo ist Loulou? Sie ist ein heller Kopf.«

Nachdem sie bestellt hatten, schlenderte Al in Richtung Toiletten, um zu sehen, ob er die clevere Loulou irgendwo entdecken konnte. Strike blieb allein am Tisch zurück, trank den von Al bestellten Tignanello und beobachtete die weiß gekleideten Köche, die in der offenen Küche vor sich hin werkelten. Sie waren allesamt jung, behände und effizient. Flammen schlugen hoch, Messer blitzten, schwere Eisenpfannen wurden hin- und hergeschoben.

Dumm ist er nicht, dachte Strike über seinen Halbbruder, als er beobachtete, wie Al sich auf dem Rückweg mit einer weiß beschürzten, dunkelhaarigen jungen Frau im Schlepptau zwischen den Tischen hindurchschlängelte. *Er ist nur...*

»Das ist Loulou«, sagte Al und setzte sich wieder. »Sie war an dem besagten Abend hier.«

»Sie erinnern sich an die Auseinandersetzung?«, fragte Strike. Sofort hatte er all seine Konzentration auf die junge Frau gerichtet, die keine Zeit zu haben schien, sich zu setzen, sondern stehen blieb und ihn unverbindlich anlächelte.

»Oh ja«, sagte sie. »Sie war auch wirklich laut. Hat den ganzen Betrieb lahmgelegt.«

»Können Sie sich noch daran erinnern, wie der Mann ausgesehen hat?«, sagte Strike, der sich vergewissern wollte, dass sie den richtigen Streit beobachtet hatte.

»Ein übergewichtiger Mann mit Hut, ja«, sagte sie. »Hat eine grauhaarige Frau angeschrien. Ja, die beiden hatten einen Riesenkrach. Sorry, ich muss wieder...«

Fort war sie und nahm an einem anderen Tisch Bestellungen auf.

»Wir schnappen sie uns auf dem Rückweg«, versicherte Al. »Schönen Gruß übrigens von Eddie. Er wäre auch gern gekommen.«

»Wie geht's ihm?«, fragte Strike mit geheucheltem Interesse. Während Al sich aufrichtig um ein freundschaftliches Verhältnis zu ihm bemüht hatte, schien dessen jüngerer Bruder Eddie kein bisschen daran interessiert zu sein. Er war vierundzwanzig und der Leadsänger einer eigenen Band. Strike hatte sich ihre Musik noch nie angehört.

»Ihm geht's großartig«, sagte Al.

Es entstand eine kurze Pause. Die Vorspeisen kamen, und schweigend fingen sie an zu essen. Strike wusste, dass Al sein Internationales Bakkalaureat mit Auszeichnung abgelegt hatte. In Afghanistan hatte Strike eines Abends in einem Militärzelt den achtzehnjährigen Al auf einem Computermonitor gesehen: in einem cremeweißen Blazer mit Schulwappen auf der Brusttasche, das lange Haar zur Seite gekämmt und in der hellen Genfer Sonne glänzend. Rokeby, der vor Vaterstolz schier überlief, hatte ihm einen Arm um die Schultern gelegt. Das Foto war nachrichtenwürdig gewesen, weil es Rokeby erstmals in Anzug und Krawatte gezeigt hatte.

»Hallo, Al«, sagte plötzlich eine vertraute Stimme.

Zu Strikes Verblüffung stand Daniel Chard an Krücken neben ihnen. Sein kahler Schädel reflektierte die winzigen Lichtpunkte aus den Stahlwellen über ihnen. Der Verleger, der zu einem grauen Anzug ein offenes dunkelrotes Hemd trug, wirkte inmitten des restlichen, eher unkonventionellen Publikums unverhältnismäßig elegant.

»Oh«, sagte Al, und Strike merkte, dass er darum kämpfte, Chard einzuordnen, »äh ... hi ...«

»Dan Chard«, sagte der Verleger. »Wir haben uns kennengelernt, als ich mit Ihrem Vater über seine Autobiografie gesprochen habe.«

»Oh ... Oh yeah!«, sagte Al, stand auf und schüttelte ihm die Hand. »Das hier ist mein Bruder Cormoran.«

Strikes Verblüffung darüber, dass der Mann Al angesprochen hatte, war nichts im Vergleich zu dem Schock, der sich bei Strikes Anblick auf Chards Gesicht abzeichnete.

»Ihr … Ihr *Bruder*?«

»Halbbruder«, sagte Strike, den Chards offenkundige Bestürzung insgeheim amüsierte. Wie konnte dieser Handlanger von einem Detektiv mit dem Playboy-Sprössling verwandt sein?

Die Anstrengung, die es ihn gekostet haben musste, den Sohn eines potenziell lukrativen Autors anzusprechen, schien ihm die Kraft für ein dreiseitig verlegenes Schweigen geraubt zu haben.

»Bein wieder besser?«, fragte Strike in die Stille hinein.

»Oh ja«, sagte Chard. »Viel besser. Also, ich … Ich lasse Sie jetzt wohl lieber weiteressen.«

Er entfernte sich, wand sich geschickt zwischen Tischen hindurch und nahm wieder seinen Platz ein, an dem Strike ihn nicht mehr beobachten konnte. Auch Strike und Al setzten sich wieder, und Strike dachte darüber nach, wie klein London doch sein musste, sobald man eine gewisse Flughöhe erreicht hatte; sobald man diejenigen hinter sich gelassen hatte, die nicht mühelos in den besten Clubs und Restaurants Tische bekamen.

»Wusste nicht mehr, wer das war«, sagte Al und grinste verlegen.

»Er denkt darüber nach, eine Autobiografie zu schreiben?«, fragte Strike.

Er sprach von Rokeby nie als Dad, bemühte sich aber, ihn vor Al auch nicht Rokeby zu nennen.

»Yeah« sagte Al. »Sie haben ihm richtig viel Geld geboten. Ich weiß allerdings nicht, ob er bei diesem Kerl oder bei einem der anderen unterschreibt. Vermutlich setzen sie einen Ghostwriter dran.«

Strike fragte sich flüchtig, wie Rokeby in solch einem Buch die versehentliche Zeugung und umstrittene Geburt seines ältesten Sohnes abhandeln würde. Vielleicht, dachte er, erwähnt Rokeby sie gar nicht erst. Das wäre Strike eindeutig am liebsten.

»Er möchte dich trotzdem mal treffen, weißt du«, sagte Al mit der Miene eines Mannes, der dazu seinen ganzen Mut zusammengenommen hatte. »Er ist wirklich stolz auf dich ... hat alles über den Fall Landry gelesen.«

»Ach ja?«, fragte Strike und sah sich im Restaurant nach Loulou um, der Bedienung, die sich an Quine hatte erinnern können.

»Yeah«, sagte Al.

»Was hat er denn getan – bei Verlagen angefragt?«, erkundigte sich Strike und musste an Kathryn Kent denken, die keinen Verlag hatte finden können, an Quine selbst, den seine Verlage allesamt früher oder später vor die Tür gesetzt hatten, und den alternden Rockstar, der die freie Wahl zu haben schien.

»Yeah, irgendwie schon«, sagte Al. »Ich weiß allerdings nicht, ob er's wirklich macht. Dieser Kerl, dieser Chard, ist ihm empfohlen worden, glaube ich.«

»Von wem?«

»Michael Fancourt«, sagte Al und wischte seinen Risottoteller mit einem Stück Brot sauber.

»Rokeby kennt Fancourt?«, fragte Strike und schlug prompt seinen Vorsatz in den Wind.

»Yeah«, sagte Al und runzelte leicht die Stirn, und dann: »Machen wir uns nichts vor, Dad kennt jeden.«

Das wiederum erinnerte Strike an die Art, wie Elizabeth Tassel gesagt hatte: »Ich dachte, das wüsste jeder«, als es darum gegangen war, warum sie Fancourt nicht mehr vertrat.

Aber es gab einen Unterschied. Für Al bedeutete »jeder« vielmehr gewisse Jemande: die Reichen, die Berühmten, die Einflussreichen. Die armen Trottel, die die Musik seines Vaters kauften, waren Niemande, genau wie Strike ein Niemand gewesen war, ehe er schlagartig Prominenz erlangt, indem er einen Mörder gefasst hatte.

»Wann hat Fancourt ihm Roper Chard... wann hat er Chard empfohlen?«, fragte Strike.

»Weiß nicht – vor ein paar Monaten?«, sagte Al unsicher. »Er hat Dad erzählt, dass er selbst gerade erst dorthin gewechselt sei. Halbe Million Vorschuss.«

»Nett«, sagte Strike.

»Er meinte, Dad solle in den Nachrichten verfolgen, wie bekannt der Verlag würde, sobald sie seinen Wechsel öffentlich machen.«

Bedienung Loulou kam wieder in Sicht. Al winkte sie zu sich heran; sichtlich gestresst arbeitete sie sich zu ihrem Tisch vor.

»Geben Sie mir zehn Minuten«, sagte sie, »dann kann ich reden. Zehn Minuten.«

Während Strike sein Schweinefleisch aufaß, fragte Al nach seiner Arbeit. Strike war überrascht, wie ehrlich sein Interesse dafür zu sein schien.

»Fehlt dir die Army?«, fragte Al.

»Manchmal«, gab Strike zu. »Was treibst du dieser Tage?«

Er hatte ein schlechtes Gewissen, weil er sich nicht längst danach erkundigt hatte. Als er jetzt darüber nachdachte, war ihm nicht einmal klar, wie und ob sich Al den Lebensunterhalt je selbst verdient hatte.

»Will mich vielleicht mit einem Freund selbstständig machen«, sagte Al.

Also arbeitet er nicht, dachte Strike.

»Dienstleistungen nach Maß ... Freizeitaktivitäten«, murmelte Al.

»Großartig«, sagte Strike.

»Klar, falls was daraus wird.«

Wieder eine Pause. Strike sah sich erneut nach Loulou um, deretwegen er überhaupt hergekommen war, aber sie war irgendwo außer Sichtweite beschäftigt und schuftete, wie Al vermutlich nie im Leben geschuftet hatte.

»Du bist wenigstens glaubwürdig«, sagte er unvermittelt.

»Hm?«, fragte Strike.

»Hast's aus eigener Kraft geschafft.«

»Was?«

Strike erkannte mit einem Mal, dass sich an ihrem Tisch eine einseitige Krise abzuspielen drohte. Al betrachtete ihn mit einer Mischung aus Trotz und Neid.

»Na ja, also«, sagte Strike und zuckte mit seinen breiten Schultern.

Ihm fiel keine aussagekräftige Antwort ein, die nicht überheblich oder beleidigt geklungen hätte, und er wollte Al erst recht nicht bei dem Versuch unterstützen, das Gespräch in persönlichere Bahnen zu lenken denn je.

»Du bist der Einzige von uns, der keinen Nutzen daraus schlägt«, sagte Al. »Aber in der Army hätte es dir ohnehin nicht geholfen, hab ich recht?«

Es war sinnlos, so zu tun, als wüsste er nicht, was »es« war.

»Wahrscheinlich nicht«, sagte Strike (und tatsächlich war er bei den wenigen Gelegenheiten, als Kameraden auf seine Herkunft aufmerksam geworden waren, auf nichts als Ungläubigkeit gestoßen – vor allem weil er Rokeby überhaupt nicht ähnlich sah).

Er musste an seine Wohnung in diesem eiskalten Winter denken: zweieinhalb beengte Zimmer und nur unzureichend schließende Fenster. Al würde die Nacht in Mayfair im Haus ihres gemeinsamen Vaters verbringen, wo Personal ihn umsorgen würde. Vielleicht wäre es gut, ihm die Realität seiner Unabhängigkeit vor Augen zu führen, bevor er sie allzu sehr überhöhte …

»Du hältst das alles für beschissenes, selbstmitleidiges Gejammer, was?«, wollte Al wissen.

Das Foto von Als Diplomverleihung hatte Strike im Internet kaum eine Stunde nach der Befragung eines untröstlichen neunzehnjährigen Gefreiten gesehen, der seinen besten Kameraden versehentlich mit einem MP-Feuerstoß in Brust und Hals getroffen und tödlich verwundet hatte.

»Jeder darf mal jammern«, sagte Strike.

Al machte ein Gesicht, als wollte er ihm das übel nehmen. Dann grinste er widerstrebend.

Plötzlich stand Loulou wieder an ihrem Tisch. Sie hatte ein Glas Wasser mitgebracht und band sich mit einer Hand geschickt die Schürze ab, bevor sie sich zu ihnen setzte.

»Okay, ich hab fünf Minuten Zeit«, sagte sie ohne Vorrede zu Strike. »Al sagt, dass Sie alles über diesen Schriftstellerarsch wissen wollen.«

»Ja«, sagte Strike und war sofort hoch konzentriert. »Wie kommen Sie darauf, dass er ein Arsch war?«

»Er hat's genossen«, sagte sie und nippte an ihrem Wasser.

»Genossen?«

»Ihr eine Szene zu machen. Er hat getobt und geschrien. Alles nur Show, das hat man gemerkt. Er wollte, dass jeder ihn hört. Er wollte ein Publikum. Er war kein guter Schauspieler.«

»Wissen Sie noch, was er gesagt hat?«, fragte Strike und zog sein Notizbuch heraus. Al beobachtete ihn aufgeregt.

»Das war nicht wenig. Er hat die Frau eine Schlampe genannt, ihr vorgeworfen, ihn belogen zu haben, und damit gedroht, sie zu linken und das Buch selbst rauszubringen. Aber es hat ihm Spaß gemacht«, sagte sie. »Sein Zorn war nur gespielt.«

»Und was war mit Eliz... der Frau?«

»Oh, die war verdammt wütend«, sagte Loulou erheitert, »und die hat nicht bloß so getan. Je mehr er sich aufgespielt, die Arme geschwenkt und sie angeschrien hat, umso röter ist sie geworden – hat vor Wut gezittert, konnte sich kaum noch beherrschen. Sie hat irgendwas davon gesagt, ›dieses verdammte blöde Weib zur Vernunft zu bringen‹, und ich glaube, gleich danach ist er rausgestürmt und hat sie mit der Rechnung sitzen lassen, während alle sie angestarrt haben – es war echt demütigend. Sie hat mir wirklich leidgetan.«

»Hat sie versucht, ihm nachzulaufen?«

»Nein, sie hat gezahlt und ist dann eine Zeit lang auf der Toilette verschwunden. Ich habe mich gefragt, ob sie sich dort ausweinen wollte. Dann ist sie gegangen.«

»Das war sehr hilfreich«, sagte Strike. »Fällt Ihnen sonst noch etwas ein, was sie zueinander gesagt haben?«

»Ja«, sagte Loulou gelassen, »er hat geschrien: ›Alles nur wegen Fancourt und seinem verdammten Schlappschwanz!‹«

Strike und Al starrten sie an.

»Alles nur wegen Fancourt und seinem verdammten Schlappschwanz‹?«, wiederholte Strike.

»Exakt«, sagte Loulou. »Daraufhin war es im Restaurant mucksmäuschenstill.«

»Kann ich mir vorstellen«, kommentierte Al und kicherte.

»Sie hat versucht, ihn niederzuschreien, sie hat vor Wut gekocht, aber er hat sie ignoriert. Er hat die Aufmerksamkeit genossen. Hat sie richtig gierig aufgesogen. Hören Sie, ich muss wieder... Sorry.« Sie stand auf und band sich die Schürze wieder um. »Bis bald, Al.«

Strikes Namen kannte Loulou nicht, aber sie lächelte ihm zu, ehe sie wieder davonhastete.

Dann tauchte Daniel Chards kahler Schädel über der Menge auf. Er war von einer Gruppe von Leuten umgeben, die ebenso alt und elegant gekleidet waren wie er und sich beim Hinausgehen unterhielten und einander zunickten. Strike beobachtete sie, war in Gedanken aber ganz woanders. Er merkte nicht einmal, dass sein leerer Teller abgetragen wurde.

Alles nur wegen Fancourt und seinem verdammten Schlappschwanz…

Merkwürdig.

Ich kann mich einfach nicht von dieser verrückten Idee befreien, dass Owen sich das selbst angetan hat. Dass er es inszeniert hat…

»Alles okay, *bruv*?«, fragte Al.

Eine Notiz mit einem blutigen Kuss: *Tag der Rache für uns beide…*

»Ja«, sagte Strike.

Literweise Blut, dieser kryptische Symbolismus… Wenn man nur seiner Eitelkeit geschmeichelt hat, konnte man alles von ihm haben… Zwei Hermaphroditen, zwei blutige Säcke… Schöne verlorene Seele, das hat er zu mir gesagt… Der Seidenspinner ist eine Metapher für den Autor, der Höllenqualen erleiden muss, um etwas Gutes hervorzubringen…

Wie ein Schraubdeckel, der endlich sein Gewinde fand, kreisten unzusammenhängende Tatsachen in Strikes Kopf und fielen urplötzlich an ihren Platz: unbestreitbar korrekt, unangreifbar richtig. Er konnte seine Theorie drehen und wenden, wie er wollte: Sie blieb perfekt, stimmig und solide.

Das Problem war nur, dass er noch nicht wusste, wie er das alles beweisen sollte.

41

Du hältst meine Gedanken für Wahnwitze der Liebe?
Nein, Feuerbrände sind sie aus Plutos Schmiede…

ROBERT GREENE, *ORLANDO FURIOSO*

Nach einer unruhig verbrachten Nacht stand Strike am folgenden Morgen müde, frustriert und angespannt auf. Vor dem Duschen und nach dem Anziehen kontrollierte er sein Handy auf eingegangene Nachrichten, dann ging er in sein leeres Büro hinunter, war verdrossen darüber, dass Robin samstags nicht da war, und empfand ihre Abwesenheit unvernünftigerweise als Indiz für ihr mangelndes Engagement. Strike hätte nach den Enthüllungen des Vorabends gern Gesellschaft gehabt, und sie hätte an diesem Morgen eine nützliche Sparringspartnerin für ihn dargestellt. Er dachte darüber nach, ob er sie anrufen sollte, aber es wäre weit befriedigender gewesen, ihr alles von Angesicht zu Angesicht zu erzählen, statt nur mit ihr zu telefonieren – vor allem, wenn Matthew mithörte.

Strike machte sich einen Tee und ließ ihn kalt werden, während er über der Akte Quine brütete.

Das Gefühl von Ohnmacht schien sich in der Stille aufzublähen. Immer wieder sah er auf sein Smartphone.

Er wollte etwas unternehmen, doch ihm waren aufgrund seines fehlenden offiziellen Status, der ihm kein Recht gab, privates Eigentum zu durchsuchen oder die Aussagebereitschaft von Zeugen zu erzwingen, die Hände gebunden. Bis zu seinem Gespräch mit Michael Fancourt am Montag gab es für ihn nichts zu tun, es sei denn… Sollte er Anstis anrufen und ihm seine Theorie unterbreiten? Strike runzelte die Stirn, fuhr sich mit den kräftigen Fingern durch das dichte Haar, stellte sich Anstis' gönnerhafte Antwort vor. Es gab nicht den Hauch eines Beweises. Alles nur Vermutungen – *aber ich habe recht*, dachte Strike mit lässiger Arroganz, *und er hat Mist gebaut*. Anstis besaß weder die Intelligenz noch die Fantasie, eine Theorie zu würdigen, die alle Merkwürdigkeiten des Mordfalls erklären würde, ihm aber unglaubwürdig erscheinen musste, wenn er sie mit seiner simplen Lösung verglich – auch wenn die Anklage gegen Leonora von Widersprüchen und unbeantworteten Fragen nur so strotzte.

Erklär mir, forderte Strike einen imaginären Anstis auf, *weshalb eine Frau, die clever genug ist, um seine Eingeweide spurlos verschwinden zu lassen, so dämlich gewesen sein sollte, mit ihrer eigenen Kreditkarte Seile und eine Burka zu bestellen. Erklär mir, weshalb eine Mutter ohne weitere Angehörige, deren einziger Lebenszweck das Wohlergehen der behinderten Tochter ist, riskieren sollte, lebenslänglich einzufahren. Erklär mir, weshalb sie plötzlich beschlossen hatte, Quine zu ermorden, nachdem sie seine Untreue und sexuellen Eskapaden jahrelang ertragen hatte, um die Familie zusammenzuhalten.*

Die letzte Frage würde Anstis womöglich sogar plausibel beantworten können: weil Quine im Begriff gewesen war, seine Frau wegen Kathryn Kent zu verlassen. Der Autor hatte eine gute Lebensversicherung gehabt; Leonora mochte zu dem Schluss gekommen sein, dass finanzielle Sicherheit als Witwe der unsicheren Von-der-Hand-in-den-Mund-Existenz vorzuziehen war, die ihr bevorgestanden hätte, wenn ihr nichtsnutziger Ex sein Geld für seine zweite Frau verschleudert hätte. Eine Geschworenenbank würde dieser Version der Ereignisse mit Sicherheit Glauben schenken, vor allem wenn Kathryn Kent im Zeugenstand auch noch bestätigen würde, dass Quine ihr die Ehe versprochen habe.

Strike fürchtete, seine Chancen bei Kathryn Kent verspielt zu haben, als er unerwartet bei ihr aufgekreuzt war – aus der Rückschau betrachtet ein plumper, ungeschickter Schachzug. Er hatte aus der Dunkelheit vor ihrer Wohnung aufgeragt und Kathryn so sehr erschreckt, dass Pippa Midgley ihn nur allzu leicht als Leonoras finsteren Schergen hatte darstellen können. Statt wie ein Büttel vor ihrer Tür aufzumarschieren, hätte er mit Finesse vorgehen und sich ihr Vertrauen erschleichen müssen, wie er es bei Lord Parkers Sekretärin getan hatte, um unter der Einwirkung besorgten Mitgefühls Geständnisse wie Zähne ziehen zu können.

Noch einmal kontrollierte er sein Handy. Keine Nachrichten. Er sah auf die Uhr. Es war erst kurz nach halb neun. Widerwillig gestand er sich ein, dass seine Aufmerksamkeit sich dagegen sträubte, bei jenem Thema zu bleiben, bei dem er sie wollte und dringend benötigte – bei Quines Mörder und den Dingen, die getan werden mussten, um diesen seiner Verhaftung zuzuführen –, und dass sie stattdessen immer wieder zu jener Kapelle aus dem siebzehnten Jahrhundert wanderte, die zum Castle of Croy gehörte …

Sie würde sich jetzt ankleiden und zweifellos ein Brautkleid tragen, das Tausende von Pfund gekostet hatte. Er stellte sie sich vor, wie sie nackt vor dem Spiegel stand und sich schminkte. Das hatte er hundertmal beobachtet: wie sie vor Toilettentischen oder Hotelspiegeln ihre Make-up-Pinsel benutzte und sich dabei der eigenen Attraktivität so absolut sicher war, dass sie fast unbefangen wirkte.

Sah Charlotte auf ihr Handy, während die Minuten verstrichen und der Weg zum Altar immer kürzer wurde und sich anfühlte, als ginge sie über die Planke? Wartete, hoffte sie weiter auf eine Reaktion von Strike auf ihre aus drei Wörtern bestehende Nachricht vom Vortag?

Und wenn er ihr jetzt eine Antwort schickte … Was würde sie dazu bringen, dem Hochzeitskleid (er konnte sich vorstellen, wie es wie ein Gespenst in einer Ecke ihres Zimmers hing) den Rücken zu kehren, in ein Paar Jeans zu schlüpfen, eine Handvoll Klamotten in eine Reisetasche zu werfen und durch die Hintertür zu entwischen? In ihrem Wagen, das Gaspedal durchgetreten, südwärts zurück zu dem Mann, der für sie immer einen Ausstieg bedeutet hatte …

»Scheiß drauf«, murmelte Strike.

Er stand auf, steckte das Handy in die Tasche, kippte den restlichen kalten Tee hinunter und zog seinen Mantel an. Tätig zu bleiben war die einzige Lösung. Beschäftigung war schon immer die Droge seiner Wahl gewesen.

Obwohl er zu wissen glaubte, dass Kathryn Kent bei Freunden Unterschlupf gesucht haben würde, nachdem die Medien sie aufgespürt hatten, und obwohl er es mittlerweile bedauerte, unangemeldet bei ihr aufgekreuzt zu sein, kehrte er zum Clement Attlee Court zurück, nur um seinen Verdacht bestätigt zu sehen. Niemand machte ihm auf, in der Wohnung brannte kein Licht, drinnen war alles still.

Über den geklinkerten Laubengang pfiff ein eisiger Wind. Als Strike sich abwandte, erschien die missmutige Frau von nebenan, die diesmal allerdings redseliger war.

»Sie is' weggefah'n. Sie sind von der Presse, was?«

»Ja«, sagte Strike, weil er der Nachbarin ansah, dass sie die Vorstellung aufregend fand – und weil Kent nicht erfahren sollte, dass er zurückgekommen war.

»Diese Sachen, die ihr Typen geschrieben habt«, sagte sie

mit kaum verhohlenem Entzücken. »Die Sachen, die ihr über sie gesagt habt! Nein, sie is' weg.«

»Haben Sie eine Ahnung, wann sie wiederkommt?«

»Nö«, sagte die Nachbarin bedauernd. Unter ihrem schütteren, straff dauergewellten Haar schimmerte die rosige Kopfhaut durch.

»Ich könnt Sie anrufen«, schlug sie vor. »Falls sie wiederkommt.«

»Das wäre sehr hilfreich«, sagte Strike.

Sein Name hatte in letzter Zeit ein bisschen zu oft in den Zeitungen gestanden, als dass er ihr eine seiner Visitenkarten hätte geben wollen. Er riss ein Blatt aus seinem Notizbuch, schrieb seine Telefonnummer darauf und überreichte es ihr mitsamt einem Zwanziger.

»Passt«, sagte sie geschäftsmäßig. »Bis dann.«

Auf dem Rückweg nach unten kam er an einer Katze vorbei – an demselben Tier, dessen war er sich sicher, dem Kathryn Kent einen Tritt versetzt hatte. Es beobachtete ihn mit wachsamem, aber überheblichem Blick, als er vorbeiging. Die jugendlichen Horden von neulich waren verschwunden; es war schlichtweg zu kalt, wenn das wärmste Kleidungsstück, das man besaß, ein Sweatshirt war.

Durch den rutschigen grauen Schnee zu hinken erforderte eine körperliche Anstrengung, die mithalf, seinen beschäftigten Verstand abzulenken. Sie ließ die Frage, ob er diese Runde zu den Verdächtigen um Leonoras oder Charlottes willen machte, irrelevant erscheinen. Sollte Letztere doch in ihr selbst gewähltes Gefängnis wandern: Er würde nicht anrufen, und er würde auch keine SMS schreiben.

Als er die U-Bahn erreichte, zog er sein Handy heraus und rief Jerry Waldegrave an. Er glaubte zu wissen, dass der Lektor über die Informationen verfügte, die er benötigte, auch wenn er bis zu dem Augenblick seiner Erleuchtung im River Café nicht gewusst hatte, dass er sie brauchen würde. Aber Waldegrave hob nicht ab. Das überraschte Strike nicht. Waldegrave hatte ganz eigene Probleme: eine scheiternde Ehe, eine todgeweihte Karriere und seine Tochter; wozu sollte er auch noch die Anrufe eines Detektivs entgegennehmen? Wozu sein Leben unnötig verkomplizieren, wenn man die Wahl hatte?

Die Kälte, das Klingeln unbesetzter Telefone, stille Wohnungen hinter verschlossenen Türen; er konnte heute nicht mehr tun. Strike kaufte sich eine Zeitung, ging ins Tottenham und setzte sich unter eine jener von einem viktorianischen Bühnenbildner gemalten üppigen Frauen, die in hauchdünnen Gewändern durch die Flora tollten. Strike hatte das merkwürdige Gefühl, in einem Wartezimmer zu sitzen und dort Zeit totzuschlagen. Erinnerungen wie Granatsplitter, die sich auf ewig in ihn hineingebohrt, aber erst durch spätere Ereignisse entzündet hatten ... Worte von Liebe und unsterblicher Hingabe, Zeiten höchster Glückseligkeit, Lügen über Lügen über Lügen ... Er konnte sich einfach nicht auf die Meldungen konzentrieren, die er vor sich sah.

Seine Schwester Lucy hatte ihn einmal verärgert gefragt: »Warum lässt du dir das gefallen? Warum? Nur weil sie schön ist?«

Und er hatte geantwortet: »Es hilft.«

Sie hatte natürlich erwartet, dass er Nein sagen würde. Obwohl sie so viel Zeit darauf verwandten, sich schön zu machen, durfte man Frauen gegenüber nicht eingestehen, dass Schönheit wichtig war. Charlotte *war* schön, die schönste Frau, die er je kennengelernt hatte, und er hatte stets eine tiefe Bewunderung für ihr Aussehen, Dankbarkeit und Stolz auf seine Verbindung mit ihr empfunden.

Die Liebe, hatte Michael Fancourt gesagt, *ist eine Illusion.*

Strike blätterte um und blickte auf ein Foto des mürrisch dreinblickenden Schatzkanzlers, ohne es wirklich wahrzunehmen. Hatte er Dinge in Charlotte hineingeheimnisst, die es nie gegeben hatte? Hatte er Tugenden für sie erfunden, um ihrer atemberaubenden Schönheit Schmelz zu verleihen? Als sie sich kennengelernt hatten, war er neunzehn gewesen. Unfassbar jung, dachte Strike, während er mit gut zwölf Kilo Übergewicht und einem fehlenden halben Bein im Pub saß.

Vielleicht hatte er wirklich eine ganz eigene Charlotte erschaffen, die außerhalb seines betörten Verstands nie existiert hatte – aber selbst wenn? Er hatte auch die wahre Charlotte geliebt: die Frau, die sich vor ihm entblößt und ihn gefragt hatte, ob er sie noch lieben könne, wenn sie *dies* tue, wenn sie *jenes* beichte, wenn sie ihn *so* behandle... bis sie endlich an seine Grenzen gelangt war, wo Schönheit, Wut und Tränen nicht mehr ausgereicht hatten, um ihn zu halten, und sie in die Arme eines anderen geflüchtet war.

Vielleicht ist das ja Liebe, dachte er und schloss in Gedanken mit Michael Fancourt einen Pakt gegen die unsichtbare, kritische Robin, die aus irgendeinem Grund über ihn zu urteilen schien, während er dasaß und Doom Bar trank und so tat, als läse er Berichte über den schlimmsten Winter seit Beginn der Wetteraufzeichnungen. *Matthew und sie...* Strike hatte es erkannt, auch wenn Robin es nicht sehen konnte: Ihr Zusammenleben mit Matthew setzte voraus, dass sie nicht sie selbst war.

Gab es ein Paar, bei dem jeder den anderen so sah, wie er wirklich war? Vielleicht in der immerwährenden Demonstration suburbaner Konformität, die Lucys und Gregs Ehe auszumachen schien? In den ermüdenden Variationen von Verrat und Enttäuschung, die ihm einen nie versiegenden Strom von Klienten zuführten? In der willentlich blinden Treue Leonora

Quines zu einem Mann, dem jeder Fehler verziehen worden war, weil »er Schriftsteller ist« – oder der Heldenverehrung, die Kathryn Kent und Pippa Midgley demselben Trottel entgegengebracht hatten, bis er wie ein Truthahn ausgenommen und verschnürt worden war?

Strike war von sich selbst deprimiert. Er nahm einen Schluck von seinem halb leeren dritten Pint und fragte sich, ob er ein viertes trinken sollte, als sein Handy auf dem Tisch vibrierte, wo er es mit dem Display nach unten hingelegt hatte.

Während sich der Pub um ihn herum füllte, trank er langsam sein Bier aus, betrachtete das Mobiltelefon und wettete mit sich selbst. *Vor der Kapelle, um mir eine letzte Chance zu geben, es zu verhindern? Oder sie hat's getan und will es mich wissen lassen?*

Er trank sein Bier aus, bevor er das Handy umdrehte.

Gratulier mir. Mrs. Jago Ross.

Strike starrte die Mitteilung einige Sekunden lang an, dann steckte er das Handy in die Tasche, klemmte die zusammengefaltete Zeitung unter den Arm und machte sich auf den Heimweg.

Als er mithilfe seines Stocks in die Denmark Street zurückhinkte, erinnerte er sich an eine Stelle aus seinem Lieblingsbuch, in dem er sehr lange nicht mehr geblättert hatte, weil es auf dem Treppenabsatz in dem Karton mit seinen Habseligkeiten ganz unten lag.

... difficile est longum subito deponere amorem,
difficile est, verum hoc qua libet efficias ...
Schwer ist es, eine lange Liebe plötzlich abzulegen.
Schwer ist es, aber egal wie, führ es aus.

Die Unruhe, die ihn den ganzen Tag über geplagt hatte, war verflogen. Er war hungrig und brauchte Entspannung. Um 15 Uhr spielte Arsenal gegen Fulham; er hatte gerade noch Zeit, sich vor dem Anpfiff ein verspätetes Mittagessen zu machen.

Und nach dem Spiel würde er vielleicht Nina Lascelles besuchen. Dies war keine Nacht, die er gern allein verbringen wollte.

42

Matheo: ...ein seltsam Spielzeug.
Giuliano: O ja, so recht, um einen Aff' zu foppen.

BEN JONSON, *JEDER NACH SEINEM TEMPERAMENT*

Als Robin am Montag ins Büro kam, war sie zwar müde und einigermaßen abgekämpft, aber stolz auf sich.

Sie und Matthew hatten fast das ganze Wochenende damit verbracht, über ihren Job zu sprechen. In gewisser Hinsicht (eine merkwürdige Erkenntnis, nachdem sie schon seit neun Jahren ein Paar waren) war es das tiefgründigste und ernsthafteste Gespräch gewesen, das sie je geführt hatten. Warum hatte sie ihm so lange verschwiegen, dass sie sich schon vor der Begegnung mit Cormoran Strike heimlich für die Detektivarbeit interessiert hatte? Matthew hatte sie fassungslos angesehen, als sie ihm offenbart hatte, dass sie bereits als Teenager davon beseelt gewesen war, später einmal in irgendeiner Form bei der Verbrechensaufklärung mitzuwirken.

»Ich hätte nie gedacht, dass ausgerechnet du...« Auch wenn Matthew den gemurmelten Satz nicht beendet hatte, war Robin klar, dass er damit indirekt Bezug auf ihren Studienabbruch genommen hatte.

»Ich wusste einfach nicht, wie ich es dir hätte erklären sollen«, gestand sie ihm. »Ich dachte, du würdest mich auslachen. Dass ich geblieben bin, hatte nichts mit Cormoran zu tun oder mit ihm als … als Mensch.« (Um ein Haar hätte sie »als Mann« gesagt, konnte sich aber gerade noch korrigieren.) »Sondern mit mir. Ich will diese Arbeit machen. Ich liebe sie. Und jetzt hat er mir versprochen, dass er mich ausbildet, Matt. Genau das habe ich mir immer gewünscht.«

Die Diskussion hatte den ganzen Sonntag über angehalten, wobei sich Matthew trotz seiner Verunsicherung ganz allmählich bewegt hatte wie ein ins Rutschen geratener Fels.

»Und wie oft würdest du am Wochenende arbeiten?«, hatte er argwöhnisch gefragt.

»Das weiß ich nicht; wenn es eben nötig ist. Matt, ich liebe diesen Job, verstehst du das nicht? Ich will mich nicht mehr verstellen. Ich will das einfach, und ich würde mir wünschen, dass du mich dabei unterstützt.«

Irgendwann hatte er sie in die Arme genommen und sich einverstanden erklärt. Sie hatte sich bemüht, nicht allzu dankbar dafür zu sein, dass seine Mutter gerade gestorben war und er deshalb, wie sie insgeheim vermutete, ein wenig zugänglicher war als sonst.

Robin hatte es kaum erwarten können, Strike von dieser reifen Entwicklung in ihrer Beziehung zu erzählen, doch als sie ins Büro kam, war er nicht da. Auf ihrem Schreibtisch lag neben dem Flitter-Weihnachtsbaum eine kurze Nachricht in seiner unverkennbaren, kaum entzifferbaren Handschrift:

Keine Milch da, bin frühstücken, danach bei Hamleys, will vor dem Ansturm dort sein.
PS: Weiß jetzt, wer Quine ermordet hat.

Robin schnappte nach Luft, griff zum Telefon und wählte Strikes Handynummer, doch es war besetzt.

Hamleys öffnete erst um zehn, und Robin glaubte nicht,

dass sie es so lange aushalten würde. Während sie die Post öffnete und sortierte, drückte sie in unregelmäßigen Abständen die Wahlwiederholung, aber Strikes Anschluss blieb besetzt. Den Hörer zwischen Ohr und Schulter geklemmt, öffnete sie E-Mails; eine halbe Stunde verging, dann eine volle, und noch immer war unter Strikes Nummer nur das Besetztzeichen zu hören. Allmählich wurde sie wütend und begann zu argwöhnen, dass er sie absichtlich hinzuhalten versuchte.

Um halb elf traf mit einem leisen Ping aus dem Computer eine E-Mail ein, die von einem unbekannten Absender namens Clodia2@live.com stammte und nur aus einem Anhang mit dem Dateinamen »FYI« bestand.

Das Besetztzeichen immer noch im Ohr, klickte Robin auf das Dokument. Ein riesiges Schwarz-Weiß-Bild füllte ihren Computermonitor aus.

Der Hintergrund wirkte spröde; ein bedeckter Himmel und die Außenfront eines alten Gebäudes mit Natursteinfassade. Alles auf dem Bild war verschwommen – außer der Braut, die sich zur Seite gedreht hatte und direkt in die Kamera blickte. Sie trug ein langes, schlichtes, eng anliegendes weißes Kleid mit bodenlangem Schleier, der von einem dünnen Diamantreif gehalten wurde. Ihr schwarzes Haar wehte, genau wie der gefältelte Tüll, in einer steifen Brise. Die eine Hand lag fest im Griff einer unscharf aufgenommenen, aber offenbar lachenden Gestalt in einem Cut, doch ihre Miene war anders als die jeder sonstigen Braut, die Robin je gesehen hatte. Sie sah gebrochen, verletzt, gehetzt aus. Ihre Augen sahen Robin direkt an, als hätte die Fremde außer ihr keinen Freund, als wäre Robin der einzige Mensch, der sie vielleicht verstehen könnte.

Robin ließ das tutende Handy sinken und betrachtete das Bild nachdenklich. Sie hatte dieses ungewöhnlich schöne Gesicht schon einmal gesehen. Und einmal hatten sie sich am Telefon unterhalten: Robin erinnerte sich an eine tiefe, verführerisch raue Stimme. Es war Charlotte, Strikes Exverlobte: die Frau, die sie einst aus diesem Gebäude hatte rennen sehen.

Sie war unglaublich schön. Gegenüber dieser Frau kam Robin sich eigenartig unzulänglich vor, und gleichzeitig wirkte die tiefe Trauer in ihrem Blick einschüchternd. Sechzehn Jahre mit Strike, wenn auch mit Unterbrechungen – Strike mit dem krausen Schamhaarschopf, dem Boxerprofil und dem halben Bein... Nicht dass solche Dinge zählten, sagte sich Robin und starrte weiter wie gebannt auf diese unvergleichlich begehrenswerte, traurige Braut...

Die Tür ging auf, und plötzlich stand Strike neben ihr, zwei Plastiktüten voller Geschenke in den Händen, und Robin, die ihn nicht gehört hatte, schreckte auf, als hätte er sie beim Griff in die Kaffeekasse erwischt.

»Morgen«, sagte er.

Sie griff nach der Computermaus und versuchte, das Bild zu schließen, bevor er es sah, aber ihre hektischen Bemühungen, ihm zu verheimlichen, was sie sich gerade angesehen hatte, lenkten seinen Blick erst recht zum Bildschirm. Robin erstarrte und wurde rot.

»Sie hat es gerade erst geschickt. Ich habe es geöffnet, ohne zu wissen, was es ist. Es... Es tut mir leid.«

Strike starrte das Bild einen Moment lang an, wandte sich dann ab und stellte die Tüten mit dem Spielzeug neben ihrem Schreibtisch auf den Boden.

»Löschen Sie es«, sagte er nur. Er klang weder traurig noch zornig, nur entschlossen.

Robin zögerte, schloss dann die Datei, löschte die E-Mail und leerte zusätzlich den Papierkorb.

»Danke«, sagte er, während er sich aufrichtete, und sein

Tonfall sagte unmissverständlich, dass sie kein Wort mehr über Charlottes Hochzeitsbild verlieren würden. »Ich habe ungefähr dreißig unbeantwortete Anrufe von Ihnen auf meinem Handy.«

»Was erwarten Sie denn?«, erwiderte Robin streitlustig. »Ihre Nachricht – Sie haben geschrieben…«

»Ich musste mit meiner Tante telefonieren«, sagte Strike. »Eine Stunde und zehn Minuten über sämtliche Zipperlein von ganz St Mawes – und alles nur, weil ich ihr angekündigt habe, dass ich über Weihnachten komme.«

Er lachte, als er sah, wie deutlich ihr die Spannung ins Gesicht geschrieben stand.

»Na schön, aber wir müssen uns beeilen. Mir ist eben klar geworden, dass wir heute Vormittag noch eine Sache erledigen können, bevor ich mich mit Fancourt treffe.«

Immer noch im Mantel ließ er sich auf dem Sofa nieder und legte ihr dann volle zehn Minuten lang detailliert seine Theorie dar.

Als er fertig war, blieb es lange still. Während Robin Strike ungläubig anstarrte, kam ihr das dunstige, mystische Bild des Engelsknaben aus ihrer Heimatkirche in den Sinn.

»Womit haben Sie Probleme?«, fragte Strike freundlich.

»Äh…«

»Wir waren uns doch einig, dass Quine möglicherweise nicht spontan abgetaucht ist, richtig?«, fragte Strike. »Wenn Sie die Matratze in der Talgarth Road – die praktischerweise in einem seit fünfundzwanzig Jahren leer stehenden Haus lag – zu der Tatsache addieren, dass Quine eine Woche vor seinem Verschwinden diesem Kerl in der Buchhandlung erklärt hat, er wolle sich eine Auszeit nehmen und benötige Lesestoff, und dann noch die Aussage der Bedienung aus dem River Café dazunehmen, dass Quine nicht wirklich wütend war, als er Tassel anschrie, sondern sich regelrecht wohlfühlte, können wir wohl die Hypothese aufstellen, dass die ganze Sache inszeniert war.«

»Okay«, sagte sie. Dieser Teil von Strikes Theorie erschien ihr noch am wenigsten abwegig. Sie wusste nicht, wo sie ansetzen sollte, um ihm klarzumachen, wie unglaubwürdig sie alles andere fand. Allein der Drang, eine Schwachstelle in seiner Theorie zu finden, ließ sie einwenden: »Hätte er Leonora nicht in seine Pläne eingeweiht?«

»Auf gar keinen Fall. Sie könnte nicht mal schauspielern, wenn es um Leben und Tod ginge. Er *wollte*, dass sie sich Sorgen machte. Sie sollte überzeugend wirken, wenn sie loszog und überall herumerzählte, dass er verschwunden sei. Vielleicht würde sie sich an die Polizei wenden. Vielleicht seinem Verleger einheizen. Für Aufruhr sorgen.«

»Aber das hat doch noch nie funktioniert«, entgegnete Robin. »Schließlich ist er oft genug abgehauen, ohne dass es jemanden gekümmert hätte – selbst ihm muss doch klar gewesen sein, dass sich der Trubel in Grenzen halten würde, wenn er ein weiteres Mal Reißaus nehmen und sich in seinem alten Haus verstecken würde.«

»Oh, aber diesmal ließ er ein Buch zurück, über das seiner Überzeugung nach das gesamte literarische London reden würde, oder nicht? Er hatte schon so viel Aufmerksamkeit wie möglich erzeugt, indem er sich mitten in einem überfüllten Restaurant mit seiner Agentin gestritten und ihr damit gedroht hatte, es selbst zu veröffentlichen. Danach fährt er heim, inszeniert für Leonora einen furiosen Abgang und schleicht in die Talgarth Road. Und als er dort am Abend Besuch bekommt, öffnet er völlig arglos die Tür, weil er überhaupt nicht damit rechnet, dass ihm irgendwas passieren könnte.«

Nach langer Stille sagte Robin tapfer (weil sie es nicht gewohnt war, Strikes Schlussfolgerungen anzuzweifeln, die ihres Wissens noch nie falsch gewesen waren): »Aber Sie haben keinen einzigen Beweis dafür, dass sie das zu zweit geplant hatten, ganz zu schweigen davon, dass… Ich meine… Das sind alles nur… Mutmaßungen.«

Er begann, noch einmal die Argumente aufzuzählen, die er bereits vorgebracht hatte, doch sie brachte ihn mit erhobener Hand zum Schweigen.

»Das habe ich alles verstanden, aber… Sie schließen dies alles aus den Aussagen anderer Zeugen. Es gibt keinen… keinen einzigen *physischen* Beweis.«

»Natürlich gibt es den«, widersprach Strike. »*Bombyx Mori.*«

»Das ist kein…«

»Es ist das beste Beweisstück, das wir haben.«

»Erklären Sie selbst mir nicht immer: Mittel und Möglichkeiten?«, fragte Robin. »Sie sagen doch immer, Motive sind nicht…«

»Ich habe kein Wort über ein Motiv verloren«, rief Strike ihr ins Gedächtnis. »Tatsächlich bin ich mir nicht einmal sicher, welches Motiv die Tat letztlich ausgelöst hat, obwohl ich schon ein paar Ideen hätte. Und wenn Sie mehr Beweise wollen, können Sie jetzt mitkommen und mir helfen, sie zu finden.«

Sie sah ihn argwöhnisch an. In all den Monaten, die sie inzwischen für ihn arbeitete, hatte er sie nie gebeten, Beweisstücke zu beschaffen.

»Ich möchte, dass Sie mich begleiten und mir helfen, mit Orlando zu sprechen«, sagte er und stemmte sich aus dem Sofa. »Ich will das nicht allein machen, sie ist… Na schön, sie ist heikel. Sie mag meine Haare nicht. Zurzeit ist sie bei der Nachbarin in Ladbroke Grove, wir sollten uns also lieber beeilen.«

»Ist das die Tochter mit der Entwicklungsstörung?«, fragte Robin verwirrt.

»Genau«, sagte Strike. »Sie hat diesen Affen – ein Plüschtier, das ihr immerzu um den Hals hängt. Ich habe gerade einen ganzen Haufen davon bei Hamleys gesehen – eigentlich sind es Aufbewahrungsbeutel für Schlafanzüge. Die Dinger heißen Cheeky Monkeys.«

Robin starrte ihn an, als wäre sie um seine geistige Gesundheit besorgt.

»Als ich ihr das erste Mal begegnet bin, hing dieser Affe um ihren Hals, und ständig zauberte sie irgendwelche Sachen hervor: Bilder, Buntstifte und eine Karte, die sie heimlich vom Küchentisch stibitzt hatte. Erst jetzt ist mir klar geworden, dass sie das alles aus diesem Schlafanzugbeutel gezogen haben muss. Sie lässt für ihr Leben gern Sachen mitgehen«, fuhr Strike fort, »und sie war ständig im Arbeitszimmer ihres Vaters, als er noch am Leben war. Er gab ihr immer Malpapier.«

»Und Sie hoffen, dass Sie in Orlandos Plüschaffen einen Hinweis darauf finden, wer ihren Vater umgebracht hat?«

»Nein, aber so, wie ich es sehe, besteht zumindest die Möglichkeit, dass sie bei ihren Besuchen in Quines Arbeitszimmer ein paar Seiten aus *Bombyx Mori* eingesteckt oder dass er ihr einen frühen Entwurf überlassen hat, damit sie die Rückseiten bemalen kann. Ich suche nach Zetteln mit Anmerkungen, nach gestrichenen Absätzen, was weiß ich. Hören Sie, ich weiß, dass es sich ziemlich abwegig anhört«, sagte Strike, der ihren Gesichtsausdruck ganz richtig interpretiert hatte, »aber in Quines Arbeitszimmer kommen wir nicht, außerdem hat es die Polizei schon durchsucht, ohne irgendwas zu finden, und ich würde darauf wetten, dass sämtliche Notizbücher und Entwürfe, die Quine mitgenommen hat, längst vernichtet wurden. Cheeky Monkey ist der letzte Ort, an dem wir noch suchen können, und« – er sah auf die Uhr – »wir haben nicht mehr viel Zeit, wenn wir nach Ladbroke Grove und wieder zurück fahren wollen, bevor ich mich mit Fancourt treffe. Wobei mir einfällt…«

Er verschwand aus dem Büro. Robin hörte, wie er die Treppe hinaufstieg, und dachte schon, er wolle in seine Wohnung gehen, doch dann verriet ihr ein lautes Klappern, dass er auf dem Treppenabsatz die Kartons mit seinen Besitztümern durchwühlte. Als er zurückkam, hatte er eine Schachtel mit Latexhandschuhen dabei, die er offenkundig vor seinem Ausscheiden von der SIB hatte mitgehen lassen, und dazu einen durchsichtigen Beweismittelbeutel, der exakt so groß war wie die Klarsichttüten, die von Fluggesellschaften zur Aufbewahrung von Toilettenartikeln ausgegeben wurden.

»Es gibt noch ein anderes wichtiges Beweisstück, das ich gern hätte.« Er zupfte ein Paar Handschuhe aus der Schachtel und reichte es Robin, die es verständnislos entgegennahm. »Ich dachte, vielleicht könnten Sie versuchen, es in die Finger zu bekommen, während ich mich heute Nachmittag mit Fancourt unterhalte.«

In wenigen knappen Worten erklärte er ihr, was sie für ihn beschaffen sollte und warum.

Es überraschte Strike nicht besonders, dass seine Anweisungen mit fassungslosem Schweigen entgegengenommen wurden.

»Sie machen Witze«, sagte Robin schließlich kraftlos.

»Keineswegs.«

Unwillkürlich führte sie eine Hand vor den Mund.

»Es ist nicht gefährlich«, versicherte Strike.

»Das macht mir weniger Sorgen. Cormoran, das ist… Das ist *widerlich*. Und… Und Sie meinen das wirklich ernst?«

»Das würden Sie nicht fragen, wenn Sie Leonora Quine

letzte Woche in Holloway gesehen hätten«, erwiderte Strike düster. »Wir werden verflucht gerissen vorgehen müssen, wenn wir sie da rausholen wollen.«

Gerissen?, dachte Robin, während sie benommen innehielt und die Handschuhe in ihren Fingern baumelten. Seine Vorschläge für ihre heutigen Aktivitäten erschienen ihr wild, bizarr und, was den letzten anging, ekelerregend.

»Hören Sie«, sagte er und wurde plötzlich ernst. »Ich weiß nicht, wie ich es Ihnen erklären soll, außer dass ich es spüre. Ich kann es *riechen*, Robin. Hinter alldem steckt ein wahnsinniger, extrem gefährlicher, aber äußerst gewiefter Geist, der diesen Idioten Quine mit seinem Narzissmus geködert und ihn wie eine Marionette manipuliert hat – und mit dieser Überzeugung bin ich nicht allein.«

Strike warf Robin ihren Mantel zu, und sie zog ihn über; er stopfte ein paar Beweismittelbeutel in seine Innentasche.

»Ständig bekomme ich zu hören, dass Quine mit jemandem zusammengearbeitet hätte: Chard verweist auf Waldegrave, Waldegrave auf Tassel, Pippa Midgley ist zu dämlich, um zu sehen, was ihr ins Auge springen müsste, und Christian Fisher… Also, nachdem er im Buch nicht auftaucht, kann er alles mit mehr Abstand betrachten«, sagte Strike. »Er hat, ohne es zu ahnen, sozusagen mit dem Finger auf die Lösung gezeigt.«

Darum bemüht, Strikes Gedankensprüngen zu folgen, und immer noch skeptisch gegenüber allem, was sie nur widerwillig nachzuvollziehen bereit war, folgte Robin ihm die Metalltreppe hinunter und hinaus in die Kälte.

»Dieser Mord«, sagte Strike und zündete sich eine Zigarette an, während sie gemeinsam die Denmark Street entlanggingen, »wurde monate-, wenn nicht jahrelang geplant. An sich ein Geniestreich – aber letztlich viel zu verkünstelt, und genau darum wird alles auffliegen. Man kann einen Mord nicht wie einen Roman planen. Im wahren Leben bleiben immer offene Fragen.«

Robin war immer noch nicht überzeugt, aber das bereitete ihm kein Kopfzerbrechen. Er hatte schon häufig mit zweifelnden Untergebenen gearbeitet. Gemeinsam stiegen sie zur U-Bahn hinab und nahmen den nächsten Zug der Central Line.

»Was haben Sie denn für Ihre Neffen besorgt?«, fragte Robin nach langem Schweigen.

»Tarnanzüge und Spielzeuggewehre«, sagte Strike, der sich bei der Entscheidung ausschließlich daran orientiert hatte, wie er am ehesten seinen Schwager auf die Palme bringen konnte, »und für Timothy Anstis eine riesige verdammte Trommel. Darüber werden sie sich am Weihnachtsmorgen um fünf Uhr früh besonders freuen.«

Trotz aller Beklommenheit musste Robin lachen.

Die stille Häuserreihe, aus der Owen Quine einen Monat zuvor geflüchtet war, lag wie das restliche London unter einer dicken Schneedecke, die jungfräulich rein auf den Dächern ruhte, sich auf den Gehwegen jedoch inzwischen in grauen Matsch verwandelt hatte. Als sie unter dem Fassadenschild des Pubs hindurchgingen, lächelte der glückliche Inuk auf sie herab, als wäre er die höchste Gottheit der verschneiten Straße.

Dieses Mal stand ein anderer Polizist vor dem Haus der Quines, und am Straßenrand parkte ein weißer Lieferwagen mit offenen Türen.

»Sie graben den Garten nach Eingeweiden um«, raunte Strike, als sie sich dem Wagen näherten und auf dem Boden des Lieferwagens mehrere Spaten liegen sahen. »In Mucking Marshes hatten sie wohl kein Glück, aber in Leonoras Blumenbeeten werden sie genauso wenig finden.«

»Das behaupten *Sie*«, erwiderte Robin *sotto voce* und leicht eingeschüchtert von dem streng dreinblickenden und ziemlich gut aussehenden Polizisten.

»Und *Sie* werden mir das heute Nachmittag beweisen helfen«, erwiderte Strike ebenso leise. »Morgen!«, rief er dem wachsamen Schutzmann zu, der darauf nicht im Geringsten reagierte.

Strikes verrückte Theorie schien ihn schier zu elektrisieren, aber falls er wider jede Wahrscheinlichkeit recht behalten sollte, dann hatte der Mord noch weitaus groteskere Züge, dachte Robin, als es der ausgeweidete Leichnam hatte vermuten lassen.

Sie gingen den Weg zur Tür des Nachbarhauses hinauf und kamen dabei auf Armeslänge an dem wachsamen Polizisten vorbei. Strike klingelte, kurz darauf ging die Tür auf, und eine kleine, verängstigt aussehende Frau von Anfang sechzig in einem Hauskittel und wollgefütterten Pantoffeln stand vor ihnen.

»Sind Sie Edna?«, fragte Strike.

»Ja«, antwortete sie zaghaft und sah zu ihm auf.

Nachdem Strike sich und Robin vorgestellt hatte, glätteten sich die Falten über Ednas Stirn ein wenig, und es war fast rührend, wie sich ihr Gesicht aufhellte.

»Ach, *Sie* sind das, von *Ihnen* habe ich ja schon *so* viel gehört! Sie helfen Leonora, Sie holen sie da raus, ja?«

Robin war sich der Anwesenheit des gut aussehenden Polizisten, der jedes ihrer Worte mit anhören konnte, nur zu deutlich bewusst.

»Kommen Sie rein, kommen Sie rein.« Edna trat von der Tür zurück und winkte sie enthusiastisch ins Haus.

»Mrs.... Verzeihung, ich kenne Ihren Nachnamen nicht«, setzte Strike an und wischte sich die Schuhe auf der Fußmatte ab (in ihrem Haus war es angenehm warm, sauber und trotz des identischen Grundrisses wesentlich gemütlicher als bei den Quines).

»Nennen Sie mich Edna«, sagte sie strahlend zu ihm.

»Edna, vielen Dank – wissen Sie, Sie sollten sich einen Ausweis zeigen lassen, bevor Sie Fremde ins Haus lassen.«

»Ach, aber«, erwiderte Edna nervös, »Leonora hat mir doch schon so viel über Sie erzählt ...«

Trotzdem bestand Strike darauf, ihr seinen Führerschein zu zeigen, ehe er ihr durch den Flur in eine blau-weiß dekorierte Küche folgte, die viel heller wirkte als die von Leonora.

»Sie ist oben«, sagte Edna, nachdem Strike ihr erklärt hatte, dass sie mit Orlando sprechen wollten. »Sie hat heute keinen guten Tag ... Möchten Sie einen Kaffee?«

Während sie durch die Küche huschte und Tassen zusammensuchte, plapperte sie ohne Punkt und Komma in der gehetzten Art der Gestressten und Einsamen vor sich hin.

»Verstehen Sie mich nicht falsch, es stört mich nicht, wenn sie hier ist, das arme Lämmchen, aber ...« Sie sah verzweifelt abwechselnd Strike und Robin an, bis es aus ihr herausplatzte: »Aber wie lange noch? Sie haben keine Verwandten, wissen Sie? Gestern war eine Sozialarbeiterin hier und hat nach ihr gesehen. Sie meinte, wenn ich sie nicht mehr bei mir behalten kann, kommt sie in ein Heim oder so. Ich hab gesagt: Das können Sie Orlando nicht antun, sie waren noch nie getrennt, sie und ihre Mum, nein, natürlich kann sie bei mir bleiben, aber ...«

Edna sah zur Decke hoch.

»Aber sie ist im Moment völlig durcheinander und schrecklich aufgeregt. Sie will nur, dass ihre Mum wieder nach Hause kommt, aber was soll ich da sagen? Die Wahrheit kann ich ihr ja schlecht zumuten, oder? Und jetzt sind sie alle nebenan und graben den ganzen Garten um. Den armen Mr. Poop haben sie auch schon ausgebuddelt ...«

»Ein toter Kater«, flüsterte Strike Robin zu, während sich unter Ednas Brillengläsern Tränen sammelten und im nächsten Augenblick über ihre runden Wangen kullerten.

»Das arme Lämmchen«, sagte sie wieder.

Nachdem sie Strike und Robin Kaffee gemacht hatte, ging Edna nach oben, um Orlando zu holen. Sie brauchte zwar zehn Minuten, bis sie Orlando überredet hatte, mit hinunterzukommen, aber zu seiner Freude sah Strike, als das Mädchen in einem fleckigen Jogginganzug und mit mürrischer Miene in der Küche erschien, Cheeky Monkey in ihren Armen.

»Er heißt wie ein Riese«, erklärte sie bei Strikes Anblick niemandem im Speziellen.

»Stimmt.« Strike nickte. »Gut gemerkt.«

Den Orang-Utan fest umklammert, rutschte Orlando auf den Stuhl, den Edna für sie herausgezogen hatte.

»Ich bin Robin«, sagte Robin und lächelte sie an.

»Wie das Rotkehlchen«, sagte Orlando sofort. »Dodo ist auch ein Vogel.«

»So haben ihre Mum und ihr Dad sie genannt«, erläuterte Edna.

»Dann sind wir ja beide Vögel«, sagte Robin.

Orlando sah sie nachdenklich an, stand dann auf und spazierte wortlos aus der Küche.

Edna seufzte tief. »Zurzeit regt sie alles auf. Man weiß nie, was sie ...«

Doch Orlando kehrte mit Buntstiften und einem Zeichenblock mit Spiralbindung zurück, den – da war sich Strike sicher – Edna gekauft hatte, um sie bei Laune zu halten. Orlando setzte sich an den Küchentisch und schenkte Robin ein aufrichtiges, offenes Lächeln, das Robin unerklärlich traurig machte.

»Ich mal dir ein Rotkehlchen«, verkündete sie.

»Das fände ich *echt* toll«, sagte Robin.

Mit der Zunge zwischen den Zähnen machte Orlando sich an die Arbeit. Schweigend sah Robin zu, wie sich das Bild entwickelte. Strike, der zu ahnen schien, dass Robin bereits jetzt eine engere Verbindung zu Orlando aufgebaut hatte, als er es je vermocht hätte, mümmelte ein von Edna angebotenes Schokoladenplätzchen und plauderte mit ihr über den Schnee.

Schließlich hatte Orlando ihr Bild fertig gemalt, riss das Blatt vom Block und schob es Robin zu.

»Das ist aber schön«, strahlte Robin sie an. »Ich wollte, ich könnte dir einen Dodo malen – aber so was kann ich leider nicht.«

Das war, wie Strike wusste, gelogen. Robin konnte sehr gut zeichnen; er hatte schon mehrere ihrer kleinen Skizzen gesehen.

»Trotzdem will ich dir was dafür schenken.«

Unter Orlandos gespanntem Blick wühlte sie in ihrer Tasche und zog schließlich einen kleinen runden Schminkspiegel hervor, auf dessen Rückseite ein stilisierter rosafarbener Vogel eingeprägt war.

»Hier«, sagte Robin, »siehst du? Das ist ein Flamingo. Noch ein Vogel. Behalte ihn.«

Orlando nahm das Geschenk entgegen und starrte es mit offenem Mund an.

»Sag Danke zu der Lady«, drängte Edna.

»Danke«, sagte Orlando und schob den Spiegel in ihren Schlafanzugbeutel.

»Ist das eine Tasche?«, fragte Robin begeistert.

»Mein Affe«, sagte Orlando und umklammerte den Orang-Utan noch fester. »Daddy hat ihn mir geschenkt. Mein Daddy ist tot.«

»Das tut mir sehr leid«, sagte Robin leise und wünschte sich, ihr wäre dabei nicht sofort das Bild von Quines Leichnam durch den Kopf geschossen, dessen Bauch ausgeräumt worden war wie ein Schlafanzugbeutel …

Strike sah verstohlen auf die Uhr. Der Termin mit Fancourt rückte unerbittlich näher. Robin nahm einen Schluck Kaffee und fragte: »Hast du noch mehr Sachen in deinem Affen?«

»Ich mag deine Haare«, sagte Orlando. »Die sind so gelb und glänzig.«

»Danke«, sagte Robin. »Hast du da drin noch mehr Bilder?«

Orlando nickte.

»Kann ich einen Keks?«, fragte sie Edna.

»Darf ich deine anderen Bilder auch sehen?«, fragte Robin, während Orlando auf einem Keks kaute.

Und nach kurzem Überlegen öffnete Orlando ihren Orang-Utan.

Zum Vorschein kam ein Stapel zerknüllter Bilder, die auf unterschiedlich großen und verschiedenfarbigen Papieren angefertigt worden waren. Bis Orlando sie alle auf dem Tisch ausgebreitet hatte, drehten weder Strike noch Robin die Zeichnungen um, sondern ließen sich bewundernd darüber aus, wobei Robin sich eingehend nach dem bunten Seestern und den tanzenden Engeln erkundigte, die Orlando mit Bunt- und Filzstiften gemalt hatte. Orlando sonnte sich regelrecht in der Anerkennung und wühlte weitere Arbeitsmaterialien aus den Tiefen des Beutels. Dabei förderte sie auch die gebrauchte Farbbandkassette einer Schreibmaschine zutage, länglich und grau, auf deren dünnem Streifen jedes zuvor getippte Wort in Spiegelschrift abzulesen war. Strike widerstand der Versuchung, sie sofort in seiner Faust verschwinden zu lassen, bevor sie unter einem Haufen von Buntstiften und einer Dose mit Minzbonbons begraben wurde, sondern sah weiter dabei zu, wie Orlando das Bild eines Schmetterlings ausbreitete, auf dessen Rückseite Spuren einer krakeligen Erwachsenenhandschrift zu erkennen waren.

Ermutigt durch Robins Lob, zog Orlando jetzt noch mehr aus ihrem Beutel: ein Blatt voller Aufkleber, eine Postkarte von den Mendip Hills, einen runden Kühlschrankmagneten mit dem Aufdruck *»Vorsicht! Du könntest in meinem Roman enden!«* und zuletzt noch drei Bilder auf Papier von besserer Qualität: zwei Digitalabzüge von Buchillustrationen und einen Umschlag-Andruck.

»Die hat mein Daddy mir im Verlag geschenkt«, sagte Orlando. »Als ich das da haben wollte, hat Dannulchar mich *angefasst*«, sagte sie und deutete auf ein buntes Bild, das Strike bereits kannte: *Kyla, das Känguru, das so gern hüpfte.* Orlando hatte Kyla mit Hut und Handtasche ausstaffiert und die Umrisszeichnung einer Prinzessin, die sich mit einem Frosch unterhielt, mit neonfarbenen Filzstiften ausgemalt.

Froh, Orlando so redselig zu sehen, machte Edna mehr Kaffee. Robin und Strike war nur zu bewusst, dass ihnen die Zeit davonlief, doch weil sie um jeden Preis vermeiden wollten, dass Orlando verärgert ihre Schätze wieder zusammenraffte, plauderten sie fröhlich weiter, nahmen jedes einzelne Papier auf dem Tisch in die Hand und untersuchten es. Immer wenn Robin glaubte, irgendetwas könnte nützlich sein, schob sie es Strike zu.

Auf die Rückseite des Schmetterlingsbildes waren ein paar Namen gekritzelt:

Sam Breville. Eddie Boyne? Edward Baskinville? Stephen Brook?

Die Postkarte von den Mendip Hills war knapp beschrieben und im Juli abgeschickt worden:

Wetter toll, Hotel enttäuschend, hoffe, das Buch geht voran! V xx

Abgesehen davon gab es keine handschriftlichen Aufzeichnungen. Ein paar von Orlandos Bildern erkannte Strike von seinem letzten Besuch wieder. Eines war auf der Rückseite einer Kinderspeisekarte aus einem Restaurant gemalt worden, ein weiteres auf der Gasrechnung der Quines.

»Wir müssen jetzt leider weiter«, sagte Strike und trank mit angemessen bedauernder Miene seinen Kaffee aus. Scheinbar gedankenverloren behielt er dabei das Umschlagbild zu Dorcus Pengellys *Auf dem Fels der Sünde* in der Hand. Auf dem mit Steinen gesprenkelten Sandstrand einer von Klippen umschlossenen Bucht lag hingestreckt eine durchnässte Frau, über deren Taille der Schatten eines Mannes fiel. Orlando hatte mit fetten Umrissen schwarze Fische in das aufschäumende blaue Meer gemalt. Die Farbbandkassette hatte Strike ganz unauffällig unter das Bild geschoben.

»Ich will nicht, dass du gehst«, sagte Orlando ängstlich und mit bebender Stimme zu Robin.

»Es war wirklich nett, nicht wahr?«, sagte Robin. »Wir sehen uns ganz bestimmt wieder. Du behältst den Flamingospiegel und ich mein Rotkehlchenbild, in Ordnung?«

Aber Orlando stampfte bereits heulend mit dem Fuß auf. Sie wollte nicht schon wieder Abschied nehmen müssen. Strike nutzte den eskalierenden Aufruhr, um die Farbbandkassette unauffällig in das Umschlagbild des sündigen Felsens zu wickeln und sie, ohne dass er sie berührt hätte, in seine Jackentasche gleiten zu lassen.

Fünf Minuten später standen sie wieder auf der Straße, Robin noch immer leicht erschüttert, weil die heulende Orlando versucht hatte, sie auf dem Weg zur Haustür festzuhalten. Edna hatte das Mädchen mit aller Kraft davon abhalten müssen, ihnen nach draußen zu folgen.

»Armes Ding«, sagte Robin so leise, dass der Polizist, der neugierig zu ihnen herübersah, sie nicht hören konnte. »Oh Gott, das war schrecklich.«

»Aber nützlich«, sagte Strike.

»Haben Sie das Farbband?«

»Ja.« Strike drehte sich unauffällig um, um sicherzugehen, dass der Polizist außer Sichtweite war, und holte dann die in den Schutzumschlag eingeschlagene Farbbandkassette heraus, um sie in einen Beweismittelbeutel fallen zu lassen. »Und noch ein bisschen mehr.«

»Wirklich?«, fragte Robin überrascht.

»Es könnte eine Spur sein«, sagte Strike. »Vielleicht führt sie aber auch in die Irre.«

Er sah wieder auf, beschleunigte seinen Schritt und verzog das Gesicht, als sein Knie pochend Protest einlegte.

»Ich muss mich beeilen, wenn ich nicht zu spät zu Fancourt kommen will.« Als sie zwanzig Minuten später in der überfüllten U-Bahn saßen, die sie zurück ins Stadtzentrum brachte, sagte Strike: »Und Ihnen ist klar, was Sie heute Nachmittag zu tun haben?«

»Glasklar«, antwortete Robin, allerdings leicht reserviert.

»Ich weiß, es ist nicht wahnsinnig spaßig...«

»Das macht mir weniger zu schaffen.«

»...und es dürfte wie gesagt auch nicht gefährlich sein«, fuhr er fort und machte sich bereit aufzustehen, weil sie sich der Tottenham Court Road näherten. »Allerdings...«

Im selben Moment schien ihm ein neuer Gedanke zu

kommen, und eine Falte grub sich zwischen seine dichten Brauen.

»Ihre Haare«, sagte er.

»Was ist damit?«, fragte Robin und hob verunsichert die Hand.

»Die sind zu auffällig«, sagte Strike. »Einen Hut haben Sie nicht zufällig, oder?«

»Ich … Ich kann mir einen kaufen.«

Robin fühlte, wie sie in Verlegenheit geriet.

»Nehmen Sie sich das Geld dafür aus der Kaffeekasse«, sagte er. »Vorsicht ist die Mutter der Porzellankiste.«

43

Heisa, ein Schwarm von Eitelkeit bricht ein!

WILLIAM SHAKESPEARE, *TIMON VON ATHEN*

Von Weihnachtsliedern aus der Konserve und, der Jahreszeit entsprechend, schmalzigen Popsongs beschallt, spazierte Strike die überfüllte Oxford Street hinauf und bog dann links ab in die stillere, schmalere Dean Street. Hier gab es keine Ladengeschäfte, nur gedrängt stehende Gebäudeblocks mit Fronten in Weiß, Rot und Graubraun und Eingangstüren zu Büros, Bars, Pubs und Bistro-Restaurants. Strike blieb kurz stehen, bis mehrere Kartons Wein aus einem Kleintransporter in einen Lieferanteneingang geschafft worden waren. Hier in Soho, wo sich die Kunstwelt, die Werbeleute und Verleger trafen, wurde Weihnachten subtiler gefeiert, doch nirgends so subtil wie im Groucho Club.

Untergebracht war er in einem schmucklosen grauen Bau mit schwarz gerahmten Fenstern und kleinen Formschnittpflanzen hinter schlichten halbrunden Fenstergeländern im ersten Stock. Sein Prestige verdankte er nicht etwa seiner Fassade, sondern der Tatsache, dass kaum jemand in den nur Mitgliedern vorbehaltenen Club für Kunstschaffende eingelassen wurde. Strike humpelte über die Schwelle und fand sich in einem kleinen Eingangsbereich wieder, wo ihn eine junge Frau hinter einer Empfangstheke höflich fragte: »Kann ich Ihnen helfen?«

»Ich bin mit Michael Fancourt verabredet.«

»Ach ja – Mr. Strick?«

»Ebender«, sagte Strike.

Sie wies ihm den Weg durch eine lang gestreckte Bar mit Ledersitzen, auf denen sich die Mittagstrinker niedergelassen hatten, und dann eine Treppe hinauf. Beim Aufstieg kam Strike beileibe nicht zum ersten Mal in den Sinn, dass ihn sein Training bei der Special Investigation Branch nicht darauf vorbereitet hatte, Vernehmungen ohne behördliche Unterstützung und Befugnisse durchzuführen – noch dazu auf dem Terrain des Verdächtigen, wo der Vernommene das Gespräch jederzeit ohne Grund und jegliche Entschuldigung abbrechen konnte. Die SIB verlangte von ihrem Personal, Befragungen nach einem festen Schema von *Menschen, Orten, Dingen* zu organisieren… Strike hatte diese effektive, straffe Methodik immer noch verinnerlicht, doch inzwischen durfte er sich unter keinen Umständen mehr anmerken lassen, dass er die verschiedenen Fakten im Kopf in Schubladen sortierte. Bei der Befragung von Menschen, die glaubten, einem einen Gefallen zu tun, musste man andere Techniken anwenden.

Er entdeckte seine Zielperson, sowie er in eine weitere, mit Holzdielen ausgelegte Bar trat. An der Wand unter Gemälden moderner Künstler standen Sofas in Primärfarben. Fancourt saß seitlich auf einer knallroten Couch, einen Arm auf der Rückenlehne, das Bein in einer exaltiert entspannten Pose leicht angewinkelt. Über seinem übergroßen Schädel hing wie ein neonfarbener Heiligenschein ein Pünktchenbild von Damien Hirst.

Der Autor hatte einen dichten, dunklen, ergrauenden Haarschopf, seine Gesichtszüge wirkten schwerfällig, und beiderseits seines großen Mundes hatten sich tiefe Falten eingegraben. Als Strike auf ihn zukam, lächelte er. Es war eher kein Lächeln, das er jemandem geschenkt hätte, den er für ebenbürtig hielt (unmöglich, nicht in diesen Dimensionen zu denken – bei dieser einstudierten, gespreizten Lässigkeit und der notorisch sauertöpfischen Miene), sondern vielmehr eine Geste, die man jemandem zukommen ließ, der einem Dankbarkeit schuldete.

»Mr. Strike …«

Vielleicht hatte er kurz mit dem Gedanken gespielt, zum Händeschütteln aufzustehen, aber Strikes Größe und Masse hielten kleinere Männer oft davon ab, sich zur Begrüßung zu erheben. Sie reichten sich über den kleinen Holztisch hinweg die Hände. Weil er nicht neben Fancourt auf dem Sofa Platz nehmen wollte – eine viel zu vertrauliche Position, vor allem nachdem der Autor sofort wieder seinen Arm über die Rückenlehne gelegt hatte –, ließ sich Strike widerwillig auf einem harten runden Puff nieder, der entschieden zu niedrig war für seine Größe und sein schmerzendes Knie.

Am Nebentisch saß ein kahl rasierter Exstar aus einer Fernsehserie, der jüngst in einem BBC-Drama einen Soldaten gespielt hatte. Ihm gegenüber saßen zwei Männer, denen er lautstark von sich erzählte. Fancourt und Strike bestellten etwas zu trinken, lehnten aber die angebotene Speisekarte ab. Strike war froh, dass Fancourt nicht hungrig war. Noch mehr Essenseinladungen konnte er sich nicht leisten.

»Wie lange sind Sie hier schon Mitglied?«, fragte er Fancourt, nachdem der Kellner gegangen war.

»Seit der Eröffnung. Ich war einer der Ersten, die in den Club investiert haben«, sagte Fancourt. »Der einzige Club, den ich je gebraucht habe. Ich übernachte hier, wenn es nötig ist. Oben gibt es ein paar Zimmer.«

Er fixierte Strike mit einem affektiert eindringlichen Blick.

»Ich war sehr gespannt auf dieses Treffen. Der Held meines nächsten Romans ist ein Veteran aus dem sogenannten

Kampf gegen den Terror mit all seinen Nebenkriegsschauplätzen. Wenn wir mit Owen Quine fertig sind, würde ich gern Ihr Gedächtnis anzapfen.«

Zufällig wusste Strike einiges darüber, über welche Mittel berühmte Menschen verfügten, wenn sie jemanden manipulieren wollten. Lucys Vater, der Gitarrist Rick, war zwar nicht so berühmt wie Strikes Vater oder Fancourt, aber immerhin noch so bekannt, dass eine mittelalte Frau nach Luft geschnappt und zitternd gestammelt hatte: »Omeingott – *was machen Sie denn hier?*«, als sie ihn in St Mawes in der Warteschlange vor einer Eisdiele hatte stehen sehen. Rick hatte dem halbwüchsigen Strike damals anvertraut, dass man praktisch jede Frau ins Bett bekommen konnte, wenn man ihr nur erzählte, dass man einen Song über sie schreiben würde. Michael Fancourts Ankündigung, dass er gern ein paar von Strikes Erlebnissen in seinem nächsten Roman verewigen wollte, kam ihm wie eine Variation desselben Themas vor. Fancourt hatte ganz eindeutig nicht damit gerechnet, dass es für Strike weder neu noch besonders erstrebenswert war, seinen Namen gedruckt zu sehen. Er quittierte die Bitte mit einem wenig begeisterten Nicken und zückte sein Notizbuch.

»Stört es Sie, wenn ich mitschreibe? Es hilft mir, im Kopf zu behalten, was ich Sie fragen möchte.«

»Nur zu«, sagte Fancourt und sah ihn amüsiert an. Er legte den *Guardian* beiseite, in dem er geblättert hatte. Strike sah das Bild eines ergrauten, aber ehrwürdig aussehenden alten Mannes, der ihm selbst auf dem Kopf stehend vertraut vorkam. Die Bildunterschrift lautete: »Pinkelman feiert den Neunzigsten.«

»Der gute alte Pinks«, sagte Fancourt, dem Strikes Blick nicht entgangen war. »Nächste Woche geben wir für ihn eine kleine Party im Chelsea Arts Club.«

»Ach ja?«, fragte Strike und suchte nach einem Stift.

»Er kannte meinen Onkel. Sie waren zusammen in der Army«, sagte Fancourt. »Als ich damals meinen ersten Roman schrieb, *Bellafront* – ich war gerade in Oxford fertig geworden –, schickte mein armer alter Onkel, um mir zu helfen, eine Kopie davon an Pinkelman, den einzigen Schriftsteller, dem er bis dato begegnet war.«

Er sprach in gemessenen Sätzen, als würde ein unsichtbarer Dritter jedes Wort mitstenografieren. Die Anekdote klang eingeübt, so als hätte er sie schon oft erzählt, und vielleicht hatte er das auch; er hatte schließlich schon zahllose Interviews gegeben.

»Pinkelman – damals Autor der bahnbrechenden Serie *Buntys große Abenteuer* – verstand kein Wort von dem, was ich geschrieben hatte«, fuhr Fancourt fort, »aber um meinem Onkel den Gefallen zu tun, schickte er das Manuskript weiter an Chard Books, wo es durch einen überaus glücklichen Zufall auf dem Schreibtisch des einzigen Menschen im ganzen Haus landete, der etwas damit anfangen konnte.«

»Glückstreffer«, sagte Strike.

Der Kellner kehrte mit einem Glas Wein für Fancourt und einem Glas Wasser für Strike zurück.

»Also«, fragte der Detektiv, »haben Sie sich bei Pinkelman quasi revanchiert, indem Sie ihn Ihrer Agentin vorstellten?«

»In der Tat«, sagte Fancourt, und in seinem Nicken lag ein Anflug von lehrerhafter Herablassung, als wäre er hochzufrieden darüber, dass sein Schüler aufgepasst hatte. »Zu jener Zeit war Pinks bei einem Agenten, der ständig ›vergaß‹, seine Tantiemen auszuzahlen. Man kann über Elizabeth Tassel so manches sagen, aber sie ist ehrlich … In Geschäftsdingen ist sie ehrlich«, schränkte Fancourt ein und nippte an seinem Wein.

»Sie kommt auch zu Pinkelmans Feier, nicht wahr?«, fragte

Strike und achtete dabei genau auf Fancourts Reaktion. »Sie vertritt ihn doch immer noch, oder nicht?«

»Mir ist es gleich, ob Liz dort ist oder nicht. Bildet sie sich etwa ein, in mir würde immer noch der alte Zorn schwären?«, fragte Fancourt mit säuerlichem Lächeln. »Mir ist Liz Tassel winters wie sommers keinen Gedanken wert.«

»Warum hat sie sich geweigert, Quine rauszuwerfen, als Sie sie vor die Wahl gestellt haben?«, fragte Strike.

Strike sah keinen Grund, warum er gegenüber einem Mann, der ihm Sekunden nach dem Händeschütteln seine wahren Beweggründe für dieses Treffen offenbart hatte, nicht direkt zur Sache kommen sollte.

»Es war nicht so, als hätte ich sie *gebeten,* Quine fallen zu lassen«, antwortete Fancourt, immer noch in abgemessenen Kadenzen, als spräche er zu seinem unsichtbaren Amanuensis. »Ich erklärte ihr, dass ich mich nicht länger von ihr vertreten lassen könne, sofern er ihr Klient bleibe, und bin gegangen.«

»Verstehe«, sagte Strike, der solche Haarspaltereien gewohnt war. »Und warum hat sie Sie Ihrer Meinung nach ziehen lassen? Sie waren doch der größere Fisch, habe ich recht?«

»Ich glaube, man kann mit Fug und Recht behaupten, dass ich im Vergleich zum Stichling Quine ein Barrakuda war«, erwiderte Fancourt schmunzelnd, »aber dazu muss man wissen, dass Liz und Quine damals miteinander schliefen.«

»Wirklich? Das wusste ich nicht«, sagte Strike und klickte die Spitze seines Kugelschreibers heraus.

»Als Liz nach Oxford kam«, begann Fancourt, »war sie ein strammes, patentes Mädel, das seinem Vater geholfen hatte, auf den Höfen im Norden Bullen zu kastrieren und dergleichen, und das nun *verzweifelt* darauf hoffte, endlich flachgelegt zu werden, was sich allerdings niemand antun wollte. Sie stand auf mich, und zwar *ungeheuer* – wir waren Tutorial-Part-

ner, und das Tutorial in Oxford ist eine einzige saftige elisabethanische Intrige: ausschließlich darauf angelegt, Mädchen
klarzumachen. Dennoch brachte ich nie den Altruismus auf,
sie von ihrer Jungfernschaft zu erlösen. Wir blieben Freunde«,
sagte Fancourt, »und als sie ihre Agentur eröffnete, machte ich
sie mit Quine bekannt, der dafür berüchtigt war, gern die un-
tersten Fässer anzustechen, sexuell gesprochen. Und das Unvermeidliche geschah.«

»Sehr interessant«, sagte Strike. »Ist das allgemein bekannt?«

»Wohl kaum«, sagte Fancourt. »Quine war damals schon
verheiratet mit ... mit seiner Mörderin, müssen wir jetzt wohl
sagen, oder?«, räsonierte er. »Ich würde doch meinen, dass die
›Mörderin‹ die ›Ehefrau‹ sticht, wenn man eine enge Beziehung definieren will? Und Liz hätte ihm schmerzhafte Konsequenzen angedroht, wenn er, wie für ihn typisch, mit ihren
Schlafzimmerkapriolen geprahlt hätte. Sie wollte sich nicht
die winzige Hoffnung nehmen lassen, dass ich doch noch
überredet werden könnte, mit ihr zu schlafen.«

War das blinde Eitelkeit, rätselte Strike, eine Tatsache oder
eine Mischung aus beidem?

»Immerzu sah sie mich mit diesen riesigen Kuhaugen an,
sie wartete und hoffte ...«, fuhr Fancourt mit einem kleinen
grausamen Lächeln fort. »Nach Ellies Tod begriff sie schließlich, dass ich ihr nicht einmal im Zustand tiefster Trauer gefällig sein würde. Ich nehme an, sie konnte den Gedanken, die
nächsten Jahrzehnte in zölibatärer Keuschheit zu verbringen,
nicht ertragen und stand darum ihrem Galan zur Seite.«

»Haben Sie je wieder mit Quine gesprochen, nachdem Sie
die Agentur verlassen hatten?«, fragte Strike.

»In den ersten paar Jahren nach Ellies Tod stahl er sich aus
jeder Kneipe, sobald ich durch die Tür kam«, sagte Fancourt.

»Irgendwann brachte er immerhin den Mumm auf, sitzen zu bleiben, behielt mich aber nervös im Blick. Nein, ich denke nicht, dass wir je wieder ein Wort gewechselt haben«, schloss Fancourt, als würde ihn die Sache nicht weiter interessieren. »Sie wurden in Afghanistan verwundet, meine ich mich zu entsinnen?«

»Stimmt«, sagte Strike.

Vielleicht wirkte dieser kalkuliert eindringliche Blick bei Frauen, dachte Strike. Vielleicht hatte Owen Quine Kathryn Kent und Pippa Midgley mit dem gleichen hungrigen, vampirhaften Blick fixiert, als er ihnen erklärt hatte, dass er ihnen Rollen in *Bombyx Mori* zugedacht habe … und sie waren ganz begeistert gewesen, dass sie beide, dass ihrer beider Leben, für alle Zeiten im Bernstein eines schriftstellerischen Werks eingeschlossen werden sollten.

»Wie ist es passiert?«, fragte Fancourt und starrte dabei auf Strikes Beine.

»Sprengfalle«, sagte Strike. »Was ist mit dem Haus in der Talgarth Road? Sie haben es zusammen mit Quine geerbt. Mussten Sie deswegen nie etwas besprechen? Sind Sie sich dort nie über den Weg gelaufen?«

»Niemals.«

»Waren Sie nie dort, um mal nach dem Rechten zu sehen? Es gehört Ihnen seit – wie lange schon?«

»Seit zwanzig, fünfundzwanzig Jahren, so was in dem Dreh«, antwortete Fancourt gleichgültig. »Nein, seit Joes Tod habe ich das Haus nicht mehr betreten.«

»Ich nehme an, die Polizei hat Sie auf die Frau angesprochen, die meint, Sie am achten November vor dem Haus gesehen zu haben?«

»Ja«, antwortete Fancourt knapp. »Sie hat sich getäuscht.«

Der Schauspieler neben ihnen schwang weiter lautstark

seine Reden: »…dachte, diesmal bin ich echt geliefert, ich konnt echt nichts sehen, keine Ahnung, wo ich hinrennen sollte, nur Sand in den verfluchten Augen…«

»Sie waren also seit Sechsundachtzig nicht mehr in dem Haus?«

»Nein«, antwortete Fancourt ungeduldig. »Weder ich noch Owen wollte es damals haben.«

»Warum nicht?«

»Weil unser Freund Joe unter den erbärmlichsten Umständen darin gestorben war. Er hatte Krankenhäuser gehasst und jede Behandlung verweigert. Als er schließlich das Bewusstsein verlor, war das Haus in einem ekelerregenden Zustand, und er selbst, einst das Abbild eines Apollo, war zu einem Gerippe zusammengeschrumpft, mit einer Haut… Es war ein grauenvolles Ende«, sagte Fancourt, »und dann überschattete auch noch Daniel Ch…«

Fancourts Miene erstarrte. Er machte eine eigenartige Kaubewegung, als wollte er die letzten, unausgesprochenen Worte hinunterschlucken. Strike wartete ab.

»Ein interessanter Mann, Dan Chard.« Fancourt war spürbar bemüht, aus der Sackgasse zurückzusetzen, in die er sich manövriert hatte. »Für mich ist Owens Darstellung von ihm in *Bombyx Mori* die größte verpasste Gelegenheit von allen – obwohl zukünftige Gelehrte auf der Suche nach subtilen Charakterisierungen wohl kaum *Bombyx Mori* zurate ziehen werden, meinen Sie nicht auch?«, ergänzte er mit einem kurzen Lachen.

»Wie hätten Sie Daniel Chard denn angelegt?«, fragte Strike, womit er Fancourt offenbar überraschte.

Nachdem er kurz nachgedacht hatte, antwortete er: »Dan ist der *unerfüllteste* Mensch, der mir je begegnet ist. Er bearbeitet ein Feld, auf dem er zwar kompetent ist, das ihn aber nicht glücklich macht. Er verzehrt sich nach den Körpern junger Männer, bringt es aber nicht über sich, mehr zu tun, als sie zu zeichnen. Er ist voller Hemmungen und Selbstekel, was seine unkluge und hysterische Reaktion auf Owens Karikatur von ihm erklärt. Dan wurde von einer übermächtigen Mutter beherrscht, einer Gesellschaftslöwin, die von ihrem patholo-gisch schüchternen Sohn verlangte, das Familienunternehmen zu übernehmen. Ich glaube«, sagte Fancourt, »ich wäre durch-aus dazu in der Lage gewesen, all das zu etwas Interessante-rem zu verarbeiten.«

»Warum lehnte Chard Norths Buch damals ab?«, fragte Strike.

Fancourt begann wieder zu kauen und sagte dann: »Ich mag Daniel Chard, müssen Sie wissen.«

»Ich hatte den Eindruck, dass Sie zeitweise nicht allzu gut auf ihn zu sprechen gewesen waren«, sagte Strike.

»Wie kommen Sie darauf?«

»Sie sagten in Ihrer Ansprache bei der Feier zum Verlags-jubiläum, Sie hätten ›nie erwartet‹, sich bei Roper Chard wie-derzufinden.«

»Sie waren dort?«, fragte Fancourt scharf und dann, auf Strikes Nicken hin: »Warum?«

»Ich war auf der Suche nach Quine. Seine Frau hatte mich beauftragt, ihn zu finden.«

»Dabei wusste sie, wie wir inzwischen erfahren haben, ganz genau, wo er war.«

»Nein, ich glaube nicht.«

»Sie glauben das *wirklich* nicht?«, fragte Fancourt und legte den übergroßen Kopf schief.

»Ganz richtig«, sagte Strike.

Fancourt zog die Brauen hoch und betrachtete Strike wie ein Ausstellungsstück in einem Kuriositätenkabinett.

»Sie haben es Chard also nicht verübelt, dass er damals Norths Buch abgelehnt hat?«, kehrte Strike zum ursprünglichen Thema zurück.

Fancourt dachte einen Augenblick nach. »Doch, schon«, sagte er schließlich, »ich habe es ihm verübelt. Warum genau Dan es urplötzlich nicht mehr veröffentlichen wollte, kann Ihnen nur Dan selbst erklären, aber ich glaube, dass es mit ein paar Zeitungsartikeln zusammenhing, in denen Joes Gesundheitszustand thematisiert wurde und die in der englischen Mittelschicht Abscheu gegenüber jenem reulosen Werk geschürt hatten, das Dan veröffentlichen wollte, wodurch er in Panik geriet, vor allem weil er bis dato nicht geahnt hatte, dass Joe AIDS-krank war. Er wollte nicht mit Saunaclubs und HIV in Verbindung gebracht werden und erklärte Joe daher, dass er das Buch doch nicht verlegen könne. Es war ein ungemein feiger Akt, und Owen und ich ...«

Er stockte wieder. Wann hatte Fancourt sich und Quine wohl das letzte Mal im Gespräch zu einem Freundespaar zusammengefügt?

»Owen und ich glaubten, dass das Joe letztlich den Todesstoß versetzte. Er konnte kaum mehr einen Stift halten, er war praktisch blind, und trotzdem versuchte er verzweifelt, das Buch vor seinem Tod fertigzustellen. Wir hatten das Gefühl, dass das allein ihn noch am Leben hielt. Dann bekam er den Brief, in dem Chard von dem Vertrag zurücktrat. Joe hörte auf zu arbeiten. Keine achtundvierzig Stunden später war er tot.«

»Es gibt Parallelen«, sagte Strike, »zu dem, was Ihrer ersten Frau widerfahren ist.«

»Das ist nicht miteinander zu vergleichen«, beschied ihm Fancourt knapp.

»Warum nicht?«

»Weil Joes Buch unvergleichlich besser war.«

Wieder blieb es still, diesmal aber viel länger.

»Das heißt, wenn man die Angelegenheit«, legte Fancourt nach einer Weile nach, »aus einer rein literarischen Perspektive betrachtet. Natürlich kann man das auch ganz anders sehen.«

Er leerte sein Weinglas und bedeutete dem Kellner, ihm noch ein Glas zu bringen. Der Schauspieler neben ihnen redete immer noch in einem fort: »...sag ich: ›Drauf geschissen, ob's authentisch ist. Was soll ich denn machen, mir den eigenen Scheißarm absägen?‹«

»Das war sicherlich eine sehr schwierige Zeit für Sie«, sagte Strike.

»Ja«, fauchte Fancourt zurück. »Ja, ich glaube, das kann man mit Fug und Recht ›schwierig‹ nennen.«

»Sie verloren einen guten Freund und Ihre Frau innerhalb von – wie war das? Wenigen Monaten?«

»Wenigen Monaten, genau.«

»Und die ganze Zeit über schrieben Sie weiter?«

»Ja.« Fancourt lachte. Es klang wütend und verächtlich zugleich. »*Die ganze Zeit über* schrieb ich weiter. Das ist mein Beruf! Würde irgendjemand fragen, ob Sie *weiter in der Army blieben*, als Sie private Schwierigkeiten hatten?«

»Wahrscheinlich nicht«, sagte Strike ohne jeden Groll. »Woran arbeiteten Sie damals?«

»Es wurde nie veröffentlicht. Ich gab das Buch auf, mit dem ich angefangen hatte, um Joes Manuskript fertig zu schreiben.«

Der Kellner stellte ein zweites Glas vor Fancourt ab und verschwand.

»War an Norths Buch noch viel zu tun?«

»Nein«, sagte Fancourt. »Er war ein brillanter Schriftsteller. Ich musste lediglich ein paar Unebenheiten glätten und den Schluss aufpolieren. Er hatte Notizen hinterlassen, wie er es hatte haben wollen. Dann ging ich damit zu Jerry Waldegrave, der damals bei Roper arbeitete.«

Strike musste daran denken, was Chard über Fancourts allzu große Nähe zu Waldegraves Frau gesagt hatte, und tastete sich darum besonders behutsam vor.

»Hatten Sie schon früher mit Waldegrave zusammengearbeitet?«

»Nein, damals nicht, aber ich kannte ihn vom Hörensagen. Er galt als begnadeter Lektor, und ich wusste, dass er Joe gemocht hätte. *Das Ziel vor Augen* haben wir gemeinsam vollendet.«

»Er hat gute Arbeit geleistet, nicht wahr?«

Fancourts Zorn hatte sich wieder halbwegs verflüchtigt. Wenn überhaupt, schienen ihn Strikes Fragen mittlerweile eher zu unterhalten.

»Ja«, sagte er und nahm einen Schluck Wein. »Sehr gute sogar.«

»Aber jetzt, da Sie zu Roper Chard gewechselt sind, wollten Sie nicht wieder mit ihm zusammenarbeiten?«

»Nicht unbedingt«, sagte Fancourt und lächelte. »Inzwischen trinkt er mir zu viel.«

»Was hat Quine Ihrer Meinung nach dazu getrieben, in *Bombyx Mori* über Waldegrave herzuziehen?«

»Woher in aller Welt soll ich das wissen?«

»Waldegrave scheint es immer gut mit Quine gemeint zu haben. Es leuchtet nicht recht ein, warum Quine ihn derart angreifen musste.«

»Ach?«, fragte Fancourt und sah Strike scharf an.

»Jeder, mit dem ich rede, scheint die Figur des Schnittmeisters in *Bombyx Mori* anders zu interpretieren.«

»Wirklich?«

»Die meisten Menschen verübeln Quine die Attacke auf

Waldegrave. Sie verstehen nicht, womit Waldegrave so etwas verdient haben könnte. Und Daniel Chard zufolge spricht der Schnittmeister dafür, dass Quine einen Koautoren hatte«, sagte Strike.

»Wer sollte denn verflucht noch mal mit Quine an *Bombyx Mori* zusammengearbeitet haben?«, fragte Fancourt und lachte kurz auf.

»Er hat da so seine Ideen«, sagte Strike. »Waldegrave hingegen glaubt, dass der Schnittmeister eigentlich ein Angriff gegen Sie sei.«

»Aber ich bin Prahlhans«, widersprach Fancourt lächelnd. »Das weiß doch jeder.«

»Wie kommt Waldegrave darauf, dass der Schnittmeister etwas mit Ihnen zu tun haben könnte?«

»Das müssen Sie Jerry Waldegrave fragen«, sagte Fancourt immer noch lächelnd. »Aber ich habe das unbestimmte Gefühl, dass Sie die Antwort zu kennen glauben, Mr. Strike. Und lassen Sie sich eins gesagt sein: Quine liegt voll und ganz daneben – das hätte er wirklich wissen müssen.«

Festgefahren.

»Sie haben in all den Jahren das Haus in der Talgarth Road nie verkaufen können …«

»Es war wirklich schwierig, einen Käufer zu finden, der den Bestimmungen in Joes Nachlass entsprochen hätte. Dieses Testament war eine völlig weltfremde Geste. Joe war ein Romantiker, ein Fantast. In *Haus der Leere* habe ich verarbeitet, was das alles für mich bedeutete – sein Vermächtnis, die Belastung, die Schmerzhaftigkeit seines Legats.« Fancourt klang wie ein Dozent, der eine Zusatzlektüre empfahl. »Owen legte seine Sicht der Dinge, wenn man so will«, ergänzte er mit dem Schatten eines Schmunzelns, »in den *Brüdern Balzac* dar.«

»Die *Brüder Balzac* drehten sich also um das Haus in der

Talgarth Road?« Dieser Eindruck hatte sich Strike auf den fünfzig Seiten, die er gelesen hatte, nicht gerade aufgedrängt.

»Die Handlung ist dort angesiedelt. Im Kern geht es darin um die Beziehung zwischen uns dreien«, führte Fancourt aus. »Joe tot in der Ecke, während Owen und ich versuchen, in seine Fußstapfen zu treten und seinem Tod einen Sinn abzuringen. Der Roman spielt in dem Atelier, in dem Sie wohl – nach dem, was ich gelesen habe – Quines Leichnam gefunden haben?«

Strike antwortete nicht, sondern machte sich weiter Notizen.

»Der Kritiker Harvey Bird bezeichnete die *Brüder Balzac* als ›furchteinflößend, atemraubend, rektumkrampfend schrecklich‹.«

»Ich kann mich nur noch daran erinnern«, warf Strike ein, »dass ständig irgendwer mit seinen Eiern spielte«, und Fancourt stieß ein überraschend gelöstes, mädchenhaftes Kichern aus.

»Sie haben es also gelesen? Oh ja, Owen war ganz besessen von seinen Eiern.«

Der Schauspieler neben ihnen hatte endlich eine Atempause einlegen müssen, und Fancourts Worte hallten durch die Stille. Grinsend verfolgte Strike, wie der Schauspieler und seine zwei Begleiter Fancourt fassungslos anstarrten und dieser sie mit einem säuerlichen Lächeln bedachte. Eilig nahmen die drei Männer ihre Unterhaltung wieder auf.

»Das war eine echte *Idée fixe* von ihm«, wandte sich Fancourt wieder an Strike. »Die picassoeske Vorstellung, dass seine Hoden der Quell seiner Kreativität seien. Er war im Leben wie in seinem Werk besessen von Machismo, Männlichkeit, Fruchtbarkeit. Man könnte eine solche Fixierung bei einem Mann, der sich gern fesseln und dominieren ließ, für befremdlich halten, aber für mich ist das nur eine natürliche Konsequenz... das Yin und Yang von Owens sexueller Persona. Ihnen ist doch aufgefallen, welche Namen er uns in dem Buch gab?«

»Vas und Varikozele«, antwortete er und registrierte erneut Fancourts leises Erstaunen, dass ein Mann wie Strike Bücher las oder auf ihren Inhalt achtete.

»Vas, Quine, der Samenleiter zwischen Hoden und Penis: die gesunde, potente, kreative Kraft. Die Varikozele: eine schmerzhafte Krampfader im Hoden, die bisweilen zur Unfruchtbarkeit führt. Eine typisch quineeske, derbe Anspielung darauf, dass ich kurz nach Joes Tod an Mumps erkrankte – und tatsächlich zu geschwächt war, um zu seiner Beerdigung zu erscheinen –, aber auch darauf, dass ich – wie Sie selbst angemerkt haben – zu jener Zeit unter schwierigen Umständen arbeitete.«

»Sie waren zu der Zeit noch befreundet?«, versuchte Strike klarzustellen.

»Als er das Buch zu schreiben begann, waren wir – zumindest theoretisch – noch befreundet«, bestätigte Fancourt mit einem grimmigen Lächeln. »Aber Autoren sind eine gnadenlose Brut, Mr. Strike. Wer lebenslange Freundschaft und selbstlose Kameraderie sucht, sollte zur Armee gehen und das Töten lernen. Wer sich ein Leben voller temporärer Allianzen mit Kollegen wünscht, die sich im Versagen des anderen sonnen, muss Romane schreiben.«

Strike lächelte.

Mit distanziertem Wohlgefallen fuhr Fancourt fort: »Die *Brüder Balzac* provozierten einige der schlimmsten Verrisse, die ich je gelesen habe.«

»Haben Sie das Buch ebenfalls rezensiert?«

»Nein.«

»Sie waren damals mit Ihrer ersten Frau verheiratet…«

»Genau«, sagte Fancourt. Das Flackern in seinem Gesicht war wie das Zittern in der Flanke eines Tieres, nachdem eine Fliege darauf gelandet war.

»Ich versuche nur, das alles chronologisch einzuordnen – aber Sie haben sie kurz nach Norths Tod verloren?«

»Interessant, welche Euphemismen es für das Sterben gibt, nicht wahr?«, fragte Fancourt leichthin. »Ich habe sie keineswegs ›verloren‹. Ganz im Gegenteil, ich bin buchstäblich über ihren Leichnam gestolpert – in unserer dunklen Küche, wo sie mit dem Kopf im Backofen lag.«

»Das tut mir leid«, sagte Strike förmlich.

»Je nun…«

Fancourt bestellte noch einen Wein. Strike spürte, dass ein sensibler Punkt erreicht war, an dem ein neuer Informationsfluss angezapft werden oder aber endgültig versiegen konnte.

»Haben Sie mit Quine je über die Parodie gesprochen, die Ihre Frau in den Tod getrieben hatte?«

»Ich habe Ihnen doch schon erklärt, dass ich nach Ellies Tod nie wieder mit ihm gesprochen habe«, antwortete Fancourt in aller Ruhe. »Also nein.«

»Aber Sie waren sich sicher, dass er sie geschrieben hatte?«

»Ohne jede Frage. Wie so viele Autoren, die selbst nicht viel zu sagen haben, war Quine tatsächlich ein guter literarischer Parodist. Ich weiß noch, wie er ein paar Sachen von Joe auf die Schippe nahm, und das Ergebnis war wirklich lustig. Natürlich hätte er nie *öffentlich* gegen Joe gestichelt, dazu profitierte er viel zu sehr von unserer Freundschaft.«

»Hat irgendjemand je zugegeben, die Parodie vor der Veröffentlichung gelesen zu haben?«

»Zugegeben hat das nie jemand, aber das wäre auch überraschend gewesen, wenn man bedenkt, was sie auslöste, oder nicht? Liz Tassel bestritt mir gegenüber, dass Owen sie ihr gezeigt hätte, aber ich habe läuten hören, dass sie den Text vorab in Händen hatte. Bestimmt hat sie ihn auch noch zur Veröffentlichung ermuntert. Liz war wahnwitzig eifersüchtig auf Ellie.« Es wurde kurz still, und dann erklärte Fancourt mit aufgesetzter Leichtigkeit: »Heutzutage kann man sich kaum noch vorstellen, dass es einmal eine Zeit gab, da man noch auf gedruckte Kritiken warten musste, um sein Werk zerpflückt zu sehen. Seit der Erfindung des Internets kann jeder subliterate Kretin eine Michiko Kakutani geben.«

»Quine hat immer abgestritten, dass er die Parodie geschrieben hat...«

»Das hat er – und für diese Feigheit hätte man ihn massakrieren sollen«, sagte Fancourt, ohne sich seiner Geschmacklosigkeit gewahr zu sein. »Wie so viele *soi-disantes* Rebellen war Quine ein neidischer, unendlich missgünstiger Mensch, der sich danach verzehrte, vergöttert zu werden. Er hatte schreckliche Angst, dass er nach Ellies Tod geächtet werden könnte. Natürlich«, fuhr Fancourt mit unverkennbarem Wohlgefallen fort, »kam es trotzdem so. Als Teil des Triumvirats mit Joe und mir hatte er lange im Abglanz unseres Ruhms gebadet. Als Joe starb und ich die Bande zu Owen kappte, sah man ihn endlich als das, was er tatsächlich war: als einen Mann mit einer schmutzigen Fantasie und einem interessanten Schreibstil, der praktisch keine Idee hervorbrachte, die nicht pornografisch gewesen wäre. Manche Autoren«, dozierte Fancourt, »tragen nur ein einziges gutes Buch in sich. Owen war so jemand. Mit *Hobarts Sünde* hatte er sein Pulver verschossen – ein Ausdruck im Übrigen, der ihm gut gefallen hätte. Alles, was danach kam, war witzlos und aufgewärmt.«

»Aber haben Sie nicht gesagt, Sie hielten *Bombyx Mori* für das ›Meisterwerk eines Wahnsinnigen‹?«

»Sie haben den Artikel tatsächlich gelesen?« Fancourt war überrascht und geschmeichelt. »Ja, das ist es auch – eine wahre literarische Kuriosität. Ich habe nie bestritten, dass Owen schreiben konnte, verstehen Sie? Nur gelang es ihm nie, tiefgründige oder interessante Themen zu verarbeiten. Dieses Phänomen ist überraschend weit verbreitet. Doch in *Bombyx Mori* hatte er endlich sein Thema gefunden, nicht wahr? Alle hassen mich, alle sind gegen mich, ich bin ein Genie, aber niemand erkennt es. Das Ergebnis ist grotesk und komisch, es riecht nach Verbitterung und Selbstmitleid und strahlt trotzdem eine unbestreitbare Faszination aus. Und die Sprache«, erklärte Fancourt mit mehr Enthusiasmus, als er im ganzen bisherigen Gespräch aufgebracht hatte, »ist bewundernswert. Einige Passagen zählen mit zum Besten, das er je geschrieben hat.«

»Das hilft mir alles sehr«, sagte Strike.

»Inwiefern?«, fragte er vergnügt.

»Ich habe das Gefühl, dass *Bombyx Mori* eine entscheidende Rolle bei diesem Fall spielt.«

»›Fall‹?« Fancourt musste lächeln.

Es blieb kurz still.

»Wollen Sie mir *ernsthaft* erklären, Sie glauben, dass der Mörder von Owen Quine noch immer auf freiem Fuß ist?«

»Ganz genau«, sagte Strike.

»Dann«, sagte Fancourt und lächelte noch breiter, »wäre es doch bestimmt hilfreicher, die Schriften des Mörders zu analysieren als die des Opfers, oder nicht?«

»Vielleicht«, sagte Strike, »nur wissen wir nicht, ob der Mörder ebenfalls schreibt.«

»Ach, heutzutage schreibt doch jeder«, sagte Fancourt. »Die ganze Welt schreibt Romane, nur liest sie keiner mehr.«

»*Bombyx Mori* würden die Menschen bestimmt lesen, vor

allem, wenn Sie ein Vorwort dazu schreiben würden«, sagte Strike.

»Da haben Sie wahrscheinlich recht.« Fancourts Lächeln wurde nochmals breiter.

»Wann genau haben Sie das Manuskript eigentlich gelesen?«

»Das war am ... Lassen Sie mich überlegen ...«

Fancourt schien im Geist nachzurechnen.

»Nicht vor, äh, Mitte der Woche, nachdem Quine es abgeliefert hatte«, sagte Fancourt. »Dan Chard rief mich an, um mir zu erzählen, Quine habe anzudeuten versucht, dass ich selbst die Parodie auf Ellies Buch verfasst hätte, und wollte mich dazu überreden, mich seiner Klage gegen Quine anzuschließen. Ich habe mich geweigert.«

»Hat Chard Ihnen aus dem Manuskript vorgelesen?«

»Nein«, sagte Fancourt und lächelte wieder. »Wie Sie bestimmt verstehen, hatte er Angst, seine berühmte Neuerwerbung gleich wieder zu verlieren. Nein, er umriss lediglich die Unterstellungen, die Quine erhoben hatte, und bot mir die Dienste seiner Anwälte an.«

»Wann hat dieser Anruf stattgefunden?«

»Am Abend des ... Siebten muss das gewesen sein«, sagte Fancourt. »Sonntagnacht.«

»Am selben Tag, an dem Sie ein Interview über Ihren neuen Roman gegeben hatten?«, fragte Strike.

»Sie sind gut informiert.« Fancourt sah ihn aus schmalen Augen an.

»Ich habe die Sendung gesehen.«

»Wissen Sie«, sagte Fancourt mit nadelspitzer Bosheit, »auf den ersten Blick wirken Sie nicht wie ein Mann, der Kulturprogramme genießt.«

»Ich habe nie behauptet, dass ich die Sendung genossen

hätte«, sagte Strike und stellte wenig überrascht fest, dass Fancourt sich über seine schlagfertige Erwiderung zu freuen schien. »Aber mir ist Ihr Versprecher aufgefallen, als Sie vor der Kamera den Namen Ihrer ersten Frau aussprechen wollten.«

Fancourt sah Strike schweigend über sein Weinglas hinweg an.

»Sie begannen mit ›Eff...‹ und korrigierten sich sofort zu ›Ellie‹«, sagte Strike.

»Nun, wie Sie selbst sagten – es war ein Versprecher. Wie er den berufensten Rednern unterlaufen kann.«

»In *Bombyx Mori* heißt Ihre verstorbene Frau...«

»Effigie.«

»Ein Zufall?«

»Ganz eindeutig.«

»Denn Sie hätten am Siebten unmöglich schon wissen können, dass Quine sie ›Effigie‹ genannt hatte.«

»Ganz eindeutig nicht.«

»Quines Geliebter hat man direkt nach seinem Verschwinden eine Kopie des Manuskripts durch den Briefschlitz geschoben«, erzählte Strike. »Sie haben nicht zufällig ebenfalls eine Vorabkopie bekommen?«

Die Pause, die daraufhin eintrat, wurde lang und länger. Strike spürte, wie der dünne Faden, den er zwischen ihnen gesponnen hatte, riss. Doch das tat nichts mehr zur Sache. Er hatte sich diese Frage für den Schluss aufgespart.

»Nein«, sagte Fancourt schließlich. »Habe ich nicht.«

Dann zückte er seine Brieftasche. Dass er vorgehabt hatte, Strike im Hinblick auf eine Figur aus seinem nächsten Roman auszufragen, war offenkundig vergessen, was Strike nicht weiter bedauerte. Strike zog ein paar Scheine aus der Tasche. Fancourt hob die Hand und erklärte unüberhörbar beleidigend: »Nein, nein, das übernehme ich. Schließlich wird in den Artikeln über Sie regelmäßig hervorgehoben, dass Sie Ihre besten Zeiten hinter sich haben. Tatsächlich fühle ich mich an Ben Jonson erinnert: ›Ich bin ein armer Herr von Stand, ich bin Soldat; und hätt', als mein Vermögen besser stand, ein elendes Asyl wie dies verschmäht.‹«

»Wirklich?«, erwiderte Strike freundlich und steckte sein Geld wieder ein. »Mir kommt da nämlich etwas ganz anderes in den Sinn:

sicine subrepsti mi, atque intestina perurens
ei misero eripuisti omnia nostra bona?
Eripuisti, eheu, nostrae crudele venenum
vitae, eheu nostrae pestis amicitiae.«

Ohne zu lächeln, sah er in Fancourts verblüfftes Gesicht. Doch der Schriftsteller hatte sich schnell wieder gefangen.

»Ovid?«

»Catull«, sagte Strike und zog sich am Tisch von seinem niedrigen Puff hoch. »Frei übersetzt:

So hast du dich in mich eingeschlichen und mir,
das Innere verbrennend, all unsre Güter geraubt?
Oh ja, du hast sie geraubt: grausames Gift im Blut
unseres Lebens, o du Pest unserer Freundschaft.

Nun, ich nehme an, wir sehen uns bald wieder«, verabschiedete sich Strike freundlich. Dann hinkte er – mit Fancourts Blick im Rücken – in Richtung Treppe davon.

44

Wütenden Sturzbächen gleich
strömen all seine Freunde und Verbündeten
zu den Fahnen.

THOMAS DEKKER, *DER EDLE SPANISCHE SOLDAT*

An diesem Abend saß Strike lange auf dem Sofa in seinem Wohn-Esszimmer, aber er hörte weder das Rumoren des Verkehrs auf der Charing Cross Road noch die gedämpften Rufe der Passanten, die zu den ersten Weihnachtsfeiern unterwegs waren. Die Prothese hatte er abgelegt und es sich in Boxershorts gemütlich gemacht, das Ende des amputierten Beines befreit von jedem Druck und das pochende Knie durch eine weitere doppelte Dosis Schmerzmittel stillgestellt. Reglos, aber hellwach saß Strike da, während neben ihm kalte Nudeln auf einem Teller gelierten und der Himmel hinter dem kleinen Fenster das tiefe, samtige Dunkelblau der Nacht annahm.

Eine Ewigkeit schien vergangen zu sein, seit er das Bild von Charlotte in ihrem Hochzeitskleid betrachtet hatte. Den ganzen Tag über hatte er nicht einen einzigen Gedanken an sie verschwendet. War das der Beginn der Heilung? Sie hatte Jago Ross geheiratet, und er saß allein im Halbdunkel seiner ausgekühlten Dachwohnung und brütete über den Komplexitäten eines ausgefeilten Mordes. Vielleicht waren sie beide endlich dort angekommen, wo sie hingehörten.

Auf dem Tisch vor ihm lag – in einem durchsichtigen Beweismittelbeutel und immer noch zur Hälfte in den Schutzumschlag von *Auf dem Fels der Sünde* gewickelt – die dunkelgraue Farbbandkassette, die er von Orlando mitgenommen hatte. Seit einer gefühlten halben Stunde starrte er inzwischen darauf und kam sich dabei vor wie ein Kind, das am Weihnachtsmorgen vor einem geheimnisvollen, verlockenden Paket stand – dem größten unter dem Baum. Eigentlich durfte er es nicht untersuchen oder auch nur berühren, damit er nicht die Spuren kontaminierte, die vielleicht noch darauf zu finden waren. Jeder noch so leise Verdacht der Manipulation …

Er sah auf die Uhr. Er hatte sich selbst auferlegt, nicht vor halb zehn anzurufen. Erst mussten die Kinder in die Betten verfrachtet und die Frau nach einem weiteren langen Arbeitstag besänftigt werden. Strike wollte genug Zeit haben, um alles ausführlich darzulegen …

Doch seine Geduld hatte Grenzen. Unter großer Anstrengung stand er auf, nahm den Büroschlüssel und arbeitete sich mühsam die Treppe hinab, indem er sich am Geländer festkrallte, von Stufe zu Stufe hopste und sich immer wieder hinsetzte. Zehn Minuten später war er mit seinem Taschenmesser und übergestreiften Latexhandschuhen, wie er sie zuvor auch Robin mitgegeben hatte, zurück in seiner Wohnung, wo er sich erneut auf der noch warmen Stelle auf dem Sofa niederließ.

Behutsam nahm er das Farbband mitsamt der verknitterten Umschlagillustration aus dem Beutel und legte die Kassette – immer noch auf dem Papier – auf die Resopalfläche des klapprigen Tischs. Mit angehaltenem Atem zog er den Zahnstochereinsatz aus seinem Messer und führte ihn langsam hinter das auf der Vorderseite der Kassette rund fünf Zentimeter breit sichtbare Band. Durch sanftes Zupfen zog er es ein Stück weiter heraus, und ein paar Worte kamen darauf zum Vorschein, wenn auch spiegelverkehrt und in umgekehrter Reihenfolge.

NENNEK YOB EIDDE EDRÜW HCI ,ETHCAD HCI DN

Der Adrenalinstoß, der ihn durchschoss, äußerte sich lediglich in einem leisen zufriedenen Seufzer. Geschickt zog er das Band wieder an, indem er den Schraubenzieher an seinem Taschenmesser in das Rädchen oben in der Kassette einführte, ohne sie dabei auch nur ein einziges Mal mit den Händen zu berühren, und schob sie zurück in den Beweismittelbeutel. Wieder sah er auf die Uhr. Schließlich hielt er es nicht mehr aus und rief von seinem Handy aus Dave Polworth an.

»Ist es gerade ungelegen?«, fragte er, als sein alter Freund am Apparat war.

»Nein.« Polworth klang neugierig. »Was liegt an, Diddy?«

»Du musst mir einen Gefallen tun, Captain. Einen großen.«

Ohne Strike zu unterbrechen, hörte der Ingenieur von seinem hundert Meilen entfernten Wohnzimmer in Bristol aus zu, während der Detektiv darlegte, was er von ihm wollte. Als Strike endlich fertig war, blieb es eine Weile still.

»Ich weiß, dass es eine große Bitte ist«, sagte Strike und lauschte nervös dem Knistern in der Verbindung. »Ich weiß nicht mal, ob es bei diesem Wetter überhaupt möglich ist.«

»Klar ist es das«, sagte Polworth. »Allerdings weiß ich noch nicht genau, wann ich dazu komme, Diddy. Ich hab zwar demnächst zwei Tage frei… Keine Ahnung, ob Penny das gern sieht…«

»Ja, ich dachte mir schon, dass das problematisch sein könnte«, sagte Strike. »Und mir ist klar, dass es gefährlich werden kann.«

»Beleidige mich nicht, ich hab schon ganz andere Sachen gemacht«, sagte Polworth. »Nein, sie wollte mit mir und ihrer Mutter Weihnachtseinkäufe machen… Scheiß drauf, Diddy, es geht um Leben und Tod, hast du gesagt?«

»So gut wie«, sagte Strike und schloss lächelnd die Augen. »Um Leben oder Knast.«

»Und die Weihnachtseinkäufe fallen damit auch flach, was deinem alten Kumpel nur in den Kram passt. Die Sache ist so gut wie erledigt. Wenn sich was dabei ergibt, ruf ich dich an, okay?«

»Pass auf dich auf, Alter.«

»Halt die Klappe.«

Mit einem breiten Lächeln ließ Strike das Handy aufs Sofa fallen und massierte sich das Gesicht. Vielleicht hatte er Polworth eben zu etwas noch Verrückterem und Sinnloserem angestiftet, als nach einem vorbeischwimmenden Hai zu greifen, doch Polworth genoss die Gefahr, und inzwischen war die Zeit reif für verzweifelte Maßnahmen.

Bevor Strike das Licht löschte, überflog er ein letztes Mal die Notizen seines Gesprächs mit Fancourt und unterstrich dabei so vehement das Wort »Schnittmeister«, dass der Stift das Papier zerriss.

45

Du hörtest ja den Scherz über die Seidenraupe...

JOHN WEBSTER, *DIE WEISSE TEUFELIN*

Das Haus der Quines und das in der Talgarth Road wurden weiterhin nach Beweisstücken durchforstet. Leonora war immer noch in Holloway. Die Sache artete zur Geduldsprobe aus.

Stundenlang in der Kälte zu stehen, dunkle Fenster anzustarren und gesichtslosen Fremden zu folgen war Strikes täglich Brot; genauso wie vergebliche Anrufe und verschlossene Türen, verständnislose Mienen und ahnungslose Zeugen sowie erzwungene, frustrierende Tatenlosigkeit. Was diesmal anders war, war das leise, ängstliche Wimmern, das er bei allem, was er tat, im Hintergrund wahrzunehmen meinte.

Trotz aller Anstrengungen, Distanz zu wahren, gab es immer wieder Menschen, die einen anrührten, Ungerechtigkeiten, die einen nicht losließen. Leonora im Gefängnis, weinend und mit kalkweißem Gesicht; ihre Tochter verstört, verletzlich und beider Eltern beraubt. Robin hatte Orlandos Bild über ihrem Schreibtisch aufgehängt, sodass ein fröhlicher rotbauchiger Vogel auf den Detektiv und seine Assistentin herabsah, wann immer sie sich mit anderen Fällen befassten, wie um sie daran zu erinnern, dass in Ladbroke Grove ein lockiges Mädchen darauf wartete, dass seine Mutter wieder nach Hause kam.

Wenigstens Robin hatte etwas Sinnvolles zu tun; allerdings hatte sie dabei das Gefühl, Strike zu enttäuschen. Zwei Tage in Folge war sie ohne vorzeigbares Ergebnis und mit leerem Beweismittelbeutel von ihren Exkursionen zurückgekehrt. Der Detektiv hatte sie beschworen, kein Risiko einzugehen und sich sofort aus dem Staub zu machen, sobald das geringste Anzeichen dafür sprach, dass man sie bemerkt haben oder sich an sie erinnern könnte. Er ließ sich lieber nicht darüber aus, für wie einprägsam er ihre Erscheinung hielt, selbst wenn sie ihr rotblondes Haar unter eine Wollmütze stopfte. Sie sah einfach zu gut aus.

»Ich weiß nicht, ob ich wirklich so vorsichtig sein muss«, sagte sie, nachdem sie seine Anweisungen wortgetreu ausgeführt hatte.

»Wir sollten nicht vergessen, mit wem wir es hier zu tun haben, Robin«, fuhr er sie an, weil er die Angst weiter in seiner Magengrube winseln spürte. »Quine hat sich die Därme nicht selbst aus dem Bauch gerissen.«

Zum Teil waren seine Ängste eigenartig unbestimmt. Natürlich machte er sich Sorgen, dass ihre Bemühungen vergebens sein könnten, vor allem, weil in dem fragilen Gespinst der Beweisführung, das er zusammenzuweben suchte, immer noch riesige Löcher klafften; zudem beruhte es bisher hauptsächlich auf seiner rekonstruktiven Fantasie und musste mit aussagekräftigen Beweisen untermauert werden, wenn die Polizei und der Anwalt der Verteidigung das Gewebe nicht in der Luft zerreißen sollten. Aber daneben plagten ihn noch andere Sorgen.

Sosehr ihm der Spitzname »Mystic Bob« missfiel, den Anstis ihm angehängt hatte, spürte Strike die nahende Gefahr inzwischen fast genauso stark wie damals, als ihm ohne den Hauch eines Zweifels klar gewesen war, dass der Viking in die Luft fliegen würde. Die anderen hatten es als Intuition bezeichnet, aber Strike wusste, dass es in Wahrheit darum ging, subtile Hinweise zu deuten und einzelne Punkte miteinander zu verbinden. Ganz allmählich schälte sich aus der Masse unzusammenhängender Hinweise ein immer klareres und vor allem ebenso brutales wie beängstigendes Bild heraus: das eines Mordes aus Besessenheit, aus erbarmungslosem Zorn, begangen von einem berechnenden, brillanten und zutiefst gestörten Geist.

Je länger er ermittelte, je erbitterter er sich festbiss, je enger er seine Kreise zog, je zielgerichteter er seine Fragen stellte, umso größer war das Risiko, dass die sich zuziehende Schlinge bemerkt würde. Strike vertraute auf seine Fähigkeiten, einen Angriff zu erahnen und zu parieren, aber er konnte sich beim besten Willen nicht gleichmütig ausmalen, welche Lösungen ein kranker Verstand ersinnen mochte, der schon einmal unter Beweis gestellt hatte, zu welch byzantinischen Grausamkeiten er fähig war.

Polworths Urlaubstage kamen und verstrichen ohne greifbares Ergebnis.

»Wirf nicht gleich die Flinte ins Korn, Diddy«, erklärte er Strike am Telefon. Die Fruchtlosigkeit seiner Bemühungen schien Polworth wie üblich eher zu stimulieren als zu entmutigen. »Ich melde mich am Montag krank, dann starte ich noch einen Versuch.«

»Das kann ich unmöglich von dir verlangen«, murmelte Strike frustriert. »Die Fahrt …«

»Sag einfach Danke, du undankbarer holzbeiniger Bastard.«

»Penny wird dich umbringen. Was ist mit euren Weihnachtseinkäufen?«

»Und was ist mit meiner Chance, diesen Großstadtbullen

mal eins reinzuwürgen?« Polworth hasste London und seine Bewohner aus Prinzip, und das schon lange.

»Du bist ein echter Freund, Captain«, sagte Strike.

Als er aufgelegt hatte, sah er Robin grinsen.

»Was ist denn so komisch?«

»›Captain‹«, wiederholte sie. Es hatte nach Jachtclub und so gar nicht nach Strike geklungen.

»Es ist nicht so, wie Sie glauben«, sagte Strike. Er hatte ihr die Geschichte von Dave Polworth und dem Hai gerade erst zur Hälfte erzählt, als sein Handy wieder klingelte. Er nahm das Gespräch entgegen.

»Ist dort Cameron – äh – Strike?«

»Am Apparat.«

»Hier is' Jude Graham, Kath Kents Nachbarin. Sie is' wieder da«, erklärte die Frauenstimme selbstzufrieden.

»Das sind gute Neuigkeiten.« Strike reckte den Daumen in Robins Richtung.

»Ja, sie is' heut Morgen heimgekommen. Hat wen dabei. Ich hab sie gefragt, wo sie gesteckt hat, aber sie wollt nichts sagen«, erzählte die Nachbarin.

Strike fiel wieder ein, dass Jude Graham ihn für einen Journalisten hielt.

»Hat sie einen Mann oder eine Frau dabei?«

»Frau«, antwortete sie bedauernd. »Großes, dürres, dunkles Ding, hängt immer bei Kath rum.«

»Das hilft uns wirklich weiter, Miss Graham«, sagte Strike. »Ich – äh – stecke Ihnen später was in den Briefschlitz, zum Dank für Ihre Bemühungen.«

»Super«, sagte die Nachbarin glücklich. »Bis dann!«

Und schon hatte sie wieder aufgelegt.

»Kath Kent ist wieder zu Hause«, verkündete Strike. »Und es klingt so, als hätte sie Pippa Midgley im Schlepptau.«

»Oh«, sagte Robin und verkniff sich ein Grinsen. »Ich, äh, nehme an, es tut Ihnen inzwischen leid, dass Sie Pippa in den Schwitzkasten genommen haben?«

»Sie werden nicht mit mir reden wollen«, sagte er und lächelte reumütig.

»Nein«, stimmte Robin ihm zu. »Das glaube ich auch nicht.«

»Denen passt es doch gut, dass Leonora einsitzt.«

»Wenn Sie den beiden Ihre ganze Theorie darlegen, würden sie vielleicht kooperieren«, schlug Robin vor.

Strike strich sich übers Kinn und starrte durch Robin hindurch.

»Das kann ich nicht«, entschied er schließlich. »Falls durchsickern sollte, dass ich an diesem Baum geschnuppert habe, kann ich von Glück reden, wenn ich nachts kein Messer zwischen die Rippen gerammt bekomme.«

»Ist das Ihr Ernst?«

»Robin«, sagte Strike und klang leicht verärgert, »Quine wurde gefesselt und ausgeweidet.«

Er setzte sich auf die Armlehne des Sofas, die zwar weniger quietschte als die Polsterkissen, dafür aber unter seinem Gewicht ächzte, und stellte fest: »Pippa Midgley mochte Sie.«

»Ich fahre«, sagte Robin sofort.

»Aber nicht allein!«, wandte er ein. »Allerdings könnten Sie mir vielleicht Zutritt verschaffen ... Wie wär's mit heute Abend?«

»Natürlich!«, rief sie begeistert.

Hatten sie und Matthew nicht neue Regeln aufgestellt? Es wäre das erste Mal, dass sie ihn auf die Probe stellte. Zuversichtlich griff sie zum Hörer. Als sie ihm erklärte, dass sie nicht wisse, wann sie am Abend heimkommen werde, reagierte er zwar nicht gerade enthusiastisch, nahm die Nachricht aber widerspruchslos entgegen.

Und so machten sich Strike und Robin, nachdem sie ihre Taktik bis ins Detail besprochen hatten, um sieben Uhr einzeln auf den Weg zum Stafford Cripps House, Robin als Erste, gefolgt von Strike mit zehn Minuten Abstand.

Auf dem betonierten Vorplatz des Blocks stand auch diesmal ein Grüppchen Jugendlicher herum. Doch Robin ließen sie nicht mit dem gleichen argwöhnischen Respekt passieren, den sie zwei Wochen zuvor Strike erwiesen hatten. Während sie auf den Treppenaufgang zumarschierte, tänzelte ein Junge rückwärts vor ihr her, forderte sie auf, mit ihnen zu feiern, erklärte ihr, wie schön sie sei, und lachte verächtlich, als sie schwieg, während seine Kumpels ihr in der Dunkelheit hinterherjohlten und sich über ihre Rückansicht auslie-ßen. Als sie das betonierte Treppenhaus erreicht hatten, hallten die Spötteleien ihres Begleiters beklemmend laut von den Wänden wider. Sie schätzte ihn auf höchstens siebzehn Jahre.

»Ich muss da hoch«, erklärte sie mit fester Stimme, als er sich zur großen Erheiterung seiner Kumpels vor ihr auf die Treppenstufen lümmelte. Doch auf ihrer Kopfhaut perlte der Schweiß. *Er ist nur ein Kind*, mahnte sie sich zur Ruhe. *Und Strike ist dicht hinter mir.* Der Gedanke verlieh ihr Mut. »Lass mich bitte vorbei«, sagte sie.

Er zögerte kurz, kommentierte dann höhnisch ihren Körperbau, gab ihr jedoch den Weg frei. Sie rechnete fast schon damit, dass er sie festhalten würde, als sie an ihm vorbeiging, aber stattdessen schlenderte er zu seinen Freunden zurück, die ihr allesamt obszöne Beleidigungen nachriefen, während sie – erleichtert, dass ihr niemand folgte – die Treppe hinaufeilte und den Durchgang zu Kathryn Kents Wohnung betrat.

Drinnen brannte Licht. Robin wartete kurz ab, bis sie sich wieder gesammelt hatte, und klingelte.

Nach ein paar Sekunden ging die Tür einen vorsichtigen Spaltbreit auf, und vor ihr stand eine Frau mittleren Alters mit langen, zerzausten roten Haaren.

»Kathryn?«

»Ja?«, fragte die Frau misstrauisch.

»Ich habe Ihnen etwas sehr Wichtiges mitzuteilen«, sagte Robin. »Etwas, was Sie unbedingt hören sollten.«

(»Sagen Sie nicht: ›Ich muss mit Ihnen sprechen‹«, hatte Strike ihr geraten, »und auch nicht: ›Ich habe ein paar Fragen.‹ Es muss so klingen, als wäre das Gespräch zu ihrem Vorteil. Tasten Sie sich so weit wie möglich vor, ohne ihr zu erklären, wer Sie sind; stellen Sie es so hin, als wäre es dringend und als könnte Kathryn etwas verpassen, wenn sie Sie nicht hereinließe. Am besten sollten Sie in der Wohnung sein, noch ehe sie die Sache richtig durchdacht hat. Sprechen Sie sie mit ihrem Namen an. Versuchen Sie, eine persönliche Bindung aufzubauen. Reden Sie auf sie ein.«)

»Was denn?«, wollte Kathryn Kent wissen.

»Darf ich reinkommen?«, fragte Robin. »Es ist kalt.«

»Wer sind Sie?«

»Sie sollten es unbedingt erfahren, Kathryn.«

»Wer ...«

»Kath?«, fragte jemand hinter ihr.

»Sind Sie von der Zeitung?«

»Ich bin eine Freundin«, entgegnete Robin spontan und schob die Zehen über die Türschwelle. »Ich will Ihnen helfen, Kathryn.«

»He ...«

Neben Kath tauchte ein vertrautes, längliches, blasses Gesicht mit großen braunen Augen auf.

»Das ist die, von der ich dir erzählt hab!«, rief Pippa. »Die arbeitet mit diesem ...«

»Pippa.« Robin sah das große Mädchen eindringlich an. »Sie wissen, dass ich auf Ihrer Seite bin – ich muss Ihnen beiden etwas Wichtiges sagen, es ist dringend ...«

Ihr Fuß war jetzt zu zwei Dritteln über der Schwelle. Robin legte alle Überzeugungskraft in ihre Miene und blickte tief in Pippas schreckgeweitete Augen.

»Pippa, ich wäre nicht hierhergekommen, wenn ich es nicht für wirklich wichtig halten würde ...«

»Lass sie rein«, sagte Pippa zu Kathryn. Sie klang verängstigt.

Der Flur war eng und schien von Mänteln vollzuhängen. Kathryn führte Robin in ein kleines Wohnzimmer mit blanken, in schlichtem Altweiß gestrichenen Wänden. Nur eine Stehlampe brannte. Vor den Fenstern hingen braune Vorhänge, die so dünn waren, dass die Scheinwerfer der vorbeifahrenden Autos und die Lichter aus den Häusern gegenüber, aber auch diejenigen aus weiter entfernten Gebäuden hindurchschienen. Ein leicht angeschmutzter orangefarbener Überwurf lag über dem alten Sofa, das auf einem Teppich mit abstraktem Wirbelmuster stand, und auf dem billigen Kiefernholztisch sah sie die Reste einer chinesischen Take-away-Mahlzeit. In der Ecke stand ein windschiefer Computertisch mit einem Laptop. Die beiden Frauen waren, wie Robin mit leichten Gewissensbissen bemerkte, gerade dabei gewesen, einen kleinen künstlichen Weihnachtsbaum zu schmücken. Eine Lichterkette lag ausgebreitet auf dem Boden und auf dem einzigen Sessel der übrige Weihnachtsschmuck, darunter auch eine Porzellanscheibe mit dem Aufdruck »Zukünftige Bestsellerautorin«.

»Also, was gibt's?«, wollte Kathryn Kent wissen und ver-

schränkte die Arme. Sie fixierte Robin mit zornig zusammengekniffenen Augen.

»Darf ich mich setzen?«, fragte Robin und tat es, ohne
Kathryns Antwort abzuwarten. (»Machen Sie es sich gemütlich, aber ohne dass es unhöflich wirkt, so kann man Sie nicht
so leicht wieder aus der Wohnung werfen«, hatte Strike ihr
eingebläut.)

»Was gibt's?«, wiederholte Kathryn Kent.

Pippa stand vor dem Fenster und starrte Robin an, die ihrerseits zur Kenntnis nahm, dass Pippa einen Baumschmuck
in den Händen hin- und herdrehte: eine als Nikolaus verklei-
dete Maus.

»Sie wissen, dass Leonora Quine wegen Mordes verhaftet
wurde?«, fragte Robin.

»Klar weiß ich das. Schließlich war ich es« – Kathryn tippte
sich auf die breite Brust –, »die die Visa-Abrechnung mit den
Abbuchungen für die Seile, die Burka und die Overalls gefunden hat.«

»Ja«, sagte Robin. »Das weiß ich.«

»Seile und eine Burka!«, brach es aus Kathryn Kent heraus. »Damit hat er nicht gerechnet, was? Die ganzen Jahre
hat er immer gedacht, sie wär bloß eine blasse kleine … lang-
weilige kleine … kleine *Kuh*. Und dann hat sie sich *so* gerächt!«

»Ja«, sagte Robin, »ich weiß, dass es danach aussieht.«

»Was soll das heißen, ›aussieht‹?«

»Kathryn, ich bin hergekommen, um Sie zu warnen: Die
glauben nicht, dass es Leonora war.«

(»Bloß nicht genau werden. Nehmen Sie nicht das Wort
›Polizei‹ in den Mund, wenn Sie es vermeiden können. Legen
Sie sich auf nichts fest, was sich irgendwie überprüfen ließe.
Bleiben Sie vage«, hatte Strike ihr erklärt.)

»Was soll das heißen?«, wiederholte Kathryn scharf. »Glaubt die Polizei etwa…«

»Sie hätten an seine Karte kommen können. Sie hatten die Gelegenheit dazu, sie zu kopieren…«

Kathryn sah fassungslos von Robin zur bleichgesichtigen Pippa, die sich an ihrer Nikolausmaus festhielt.

»Strike glaubt nicht, dass Sie es waren«, sagte Robin.

»Wer?«, fragte Kathryn. Sie war allem Anschein nach zu verwirrt, zu verängstigt, um noch einen vernünftigen Gedanken zu fassen.

»Ihr Boss«, soufflierte Pippa.

»*Der!*«, sagte Kathryn und drehte sich wieder zu Robin um. »Der arbeitet doch für *Leonora!*«

»Er glaubt nicht, dass Sie es waren«, wiederholte Robin, »trotz der Kreditkartenabrechnung… oder allein der Tatsache, dass sie sich bei Ihnen befand. Ich meine, es macht natürlich schon einen merkwürdigen Eindruck, aber er ist überzeugt davon, dass Sie die Rechnung nur zufällig…«

»Die hat *sie* mir gegeben!« Kathryn Kent fuchtelte aufgeregt mit den Armen. »Seine Tochter – die hat *sie* mir gegeben! Ich hab wochenlang nicht mal einen Blick auf die Rückseite geworfen. Ich bin gar nicht auf die Idee gekommen. Ich wollte nur *nett* sein, als ich das dämliche Scheißbild genommen und so getan hab, als wär's was Tolles – ich wollte nur *nett* sein!«

»Das verstehe ich ja«, sagte Robin. »Wir glauben Ihnen, Kathryn, das versichere ich Ihnen. Strike will den wahren Mörder finden, er ist nicht wie die Polizei.« (»Nur Andeutungen, keine festen Behauptungen.«) »*Er* ist nicht daran interessiert, einfach die nächstbeste Frau einzusperren, von der sich Quine gern… Sie wissen schon…«

»Fesseln ließ«, hing es unausgesprochen in der Luft.

Pippa war leichter zu lesen als Kathryn. Gutgläubig und einfach einzuschüchtern, wie sie war, sah sie ängstlich zu Kathryn hinüber, die ihrerseits vor Wut zu kochen schien.

»Vielleicht ist es mir ja scheißegal, wer ihn umgebracht hat«, fauchte sie, die Zähne fest zusammengebissen.

»Aber Sie wollen doch bestimmt nicht verhaftet …«

»Bis jetzt hab ich nur Ihr Wort dafür, dass die sich für mich interessieren! In den Nachrichten war davon nichts zu hören.«

»Na ja … Das würden sie auch kaum publik machen, oder?«, entgegnete Robin sanft. »Die Polizei gibt garantiert keine Pressekonferenzen, um zu verkünden, dass sie womöglich die Falsche verhaf…«

»Wer hatte denn die Kreditkarte? *Sie!*«

»Normalerweise hatte Quine sie selbst«, sagte Robin. »Aber seine Frau ist nicht die Einzige, die darauf Zugriff hatte.«

»Woher wollen Sie denn besser wissen als ich, was die Polizei vorhat?«

»Strike hat gute Kontakte zur Met«, sagte Robin ruhig. »Er war mit Richard Anstis, der den Fall leitet, in Afghanistan.«

Der Name des Mannes, der sie vernommen hatte, schien bei Kathryn Wirkung zu zeigen. Sie sah wieder Pippa an.

»Warum erzählen Sie mir das alles?«, wollte Kathryn wissen.

»Weil wir nicht wollen, dass noch mal eine Unschuldige verhaftet wird«, erklärte Robin. »Weil wir glauben, dass die Polizei ihre Zeit vergeudet, wenn sie die falschen Leuten ausschnüffelt, und weil …« (»Werfen Sie ein bisschen Eigennutz in die Waagschale, sobald sie den Köder geschluckt hat, das macht das Ganze glaubwürdiger.«) »Weil es Cormoran natürlich gute Presse bringen würde«, schloss sie scheinbar verlegen, »wenn er derjenige wäre, der den Mord aufklärt. Mal wieder«, setzte sie nach.

»Aha«, sagte Kathryn und nickte heftig. »Das steckt also dahinter, nicht wahr? Er will Publicity.«

Jede Frau, die zwei Jahre lang mit Owen Quine zusammen gewesen war, musste einfach der Überzeugung sein, dass Publicity an sich ein reiner Segen war.

»Hören Sie, wir wollten Ihnen nur deutlich machen, was man unter Umständen glauben könnte«, sagte Robin, »und Sie um Ihre Hilfe bitten. Aber wenn Sie das nicht möchten…«

Robin erhob sich halb. (»Wenn Sie alles vorgebracht haben, tun Sie so, als läge die Entscheidung allein bei ihr. Wenn sie Ihnen nachläuft, haben Sie es geschafft.«)

»Ich hab der Polizei alles erzählt, was ich weiß«, sagte Kathryn, die auf einmal verunsichert wirkte, nachdem Robin, die größer war als sie, aufgestanden war. »Mehr hab ich nicht zu sagen.«

»Na ja, wir sind uns nicht sicher, ob man Ihnen wirklich die richtigen Fragen gestellt hat.« Robin ließ sich wieder aufs Sofa sinken und sah auf den Laptop in der Ecke. »Sie sind Schriftstellerin«, bog sie unvermittelt von der Route ab, die Strike ihr vorgezeichnet hatte. »Sie haben einen scharfen Blick. Sie haben ihn und seine Arbeit besser verstanden als jeder andere.«

Der unerwartete Schwenk zur Schmeichelei hatte zur Folge, dass die zornige Erwiderung, die Kathryn ihr an den Kopf hatte schleudern wollen (und sie hatte den Mund schon aufgemacht), noch in ihrer Kehle erstarb.

»Na und?«, fragte sie, doch ihre Aggression wirkte plötzlich aufgesetzt. »Was hätten Sie denn wissen wollen?«

»Würden Sie Strike hierherkommen lassen, damit er sich anhört, was Sie zu sagen haben? Er kommt nicht, wenn Sie es nicht möchten«, versicherte Robin (ein Angebot, das ihr

Boss bestimmt nicht gutgeheißen hätte). »Er respektiert Ihr Recht zu schweigen.« (Nichts dergleichen hatte Strike gesagt.) »Trotzdem würde er das alles gern von Ihnen persönlich hören.«

»Ich wüsste nicht, dass ich noch irgendwas Wichtiges mitzuteilen hätte.« Kathryn verschränkte erneut die Arme, doch die befriedigte Eitelkeit war ihr anzuhören.

»Ich weiß, es ist eine große Bitte«, sagte Robin, »aber wenn Sie uns helfen, den Mord aufzuklären, Kathryn, dann kommen Sie vielleicht aus den *richtigen* Gründen in die Zeitung.«

Das Versprechen legte sich sacht über das Wohnzimmer – Kathryn im Gespräch mit arbeitsamen Journalisten, die voll des Lobes waren und sie nach ihrer Arbeit befragten, vielleicht: *Erzählen Sie uns etwas über* Melinas Opfer…

Kathryn sah kurz zu Pippa, die protestierte: »Das Arschloch hat mich *entführt*!«

»Du hast versucht, ihn zu überfallen, Pip«, sagte Kathryn. Sie wandte sich leicht verunsichert an Robin. »Ich hab sie nicht auf die Idee gebracht. Sie war… Als wir gesehen haben, was er in dem Buch geschrieben hatte… da waren wir beide… und wir dachten, *er* – Ihr Boss – hätte den Auftrag, uns das alles in die Schuhe zu schieben.«

»Das kann ich gut verstehen«, log Robin, die diesen Gedankengang zwar absurd und paranoid fand, aber vielleicht wurde man ja so, wenn man zu viel Zeit mit Owen Quine verbracht hatte.

»Sie hat sich hinreißen lassen, ohne dass sie nachgedacht hätte«, sagte Kathryn und sah ihre Protegée gleichzeitig liebevoll und tadelnd an. »Pip hat Probleme, ihr Temperament im Zaum zu halten.«

»Verständlich«, heuchelte Robin. »Darf ich Cormoran – ich meine Strike – anrufen? Ihn bitten hierherzukommen?«

Sie hatte das Handy schon aus der Tasche gezogen und warf einen Blick darauf. Strike hatte ihr eine SMS geschickt:

Stehe draußen. Erfriere!

Sie simste zurück:

Noch 5 Min.

Tatsächlich brauchte sie nur drei Minuten. Erweicht durch Robins Beschwörungen und deren verständnisvolle Art und durch die verängstigte Pippa ermutigt, Strike in die Wohnung zu lassen, damit sie endlich das Schlimmste erführen, marschierte Kathryn, als er schließlich anklopfte, so eilig an die Tür, dass es schon fast an Eifer grenzte.

Sobald Strike eintrat, wirkte der Raum viel kleiner. Neben Kathryn sah Strike riesig und beinahe unnötig männlich aus; der einsame Sessel – vom Weihnachtsschmuck befreit – verschwand regelrecht unter seinem massigen Körper. Pippa zog sich ans andere Ende des Sofas zurück, wo sie sich auf der Armlehne niederließ und teils trotzige, teils bange Blicke auf Strike abfeuerte.

»Wollen Sie was trinken oder so?«, blaffte Kathryn in Strikes Richtung, der in seinem schweren Mantel dasaß und seine riesigen Schuhe auf das Wirbelmuster ihres Teppichs gepflanzt hatte.

»Eine Tasse Tee, wenn's keine großen Umstände macht«, antwortete er.

Sie verschwand in die winzige Küche. Pippa – allein mit Strike und Robin – geriet in Panik und eilte ihr nach.

»Sie haben verflucht gute Arbeit geleistet«, raunte Strike Robin zu. »Wenn sie uns sogar Tee anbieten ...«

»Sie ist *sehr* stolz darauf, Schriftstellerin zu sein«, erwiderte Robin flüsternd, »denn das bedeutet, dass sie ihn besser verstehen konnte als jeder andere...«

Im selben Moment kehrte Pippa mit einer Schachtel billiger Kekse zurück, und Strike und Robin verstummten. Pippa nahm ihren Platz am Ende des Sofas wieder ein und warf Strike aus dem Augenwinkel argwöhnische Blicke zu, in denen genau wie damals, als sie in seinem Büro gekauert hatte, ein Hauch theatralischer Lust lag.

»Sie tun das Richtige, Kathryn«, sagte er, als sie wiederkam und ein Tablett mit Teegeschirr auf dem Tisch abstellte. Einer der Becher, erkannte Robin, trug die Aufschrift »Ruhe bewahren und Korrektureseln«.

»Das werden wir ja sehen«, gab Kent zurück, verschränkte die Arme und sah ihn skeptisch von oben herab an.

»Setz dich hin, Kath«, bat Pippa, und Kathryn ließ sich widerwillig zwischen Pippa und Robin auf dem Sofa nieder.

Strike war vor allen Dingen darauf bedacht, das zarte Vertrauen, das Robin gesät hatte, zu nähren; ein direkter Angriff wäre jetzt verheerend. Also setzte er zu einer Rede an, in der er mehr oder weniger das wiederholte, was Robin bereits gesagt hatte: nämlich dass die Behörden nach Leonoras Verhaftung Bedenken bekommen hätten und darum das vorliegende Beweismaterial erneut sichteten, wobei er, ohne die Polizei ausdrücklich zu nennen, mit jedem Wort unmissverständlich andeutete, dass sich die Met jetzt für Kathryn Kent interessieren würde. Noch während seiner Ansprache heulte in der Ferne eine Polizeisirene auf. Strike versicherte Kent, dass er sie für absolut unschuldig halte, sie aber als Informationsquelle ansehe, die man nicht richtig verstanden oder angezapft hatte.

»Na gut, da könnten Sie recht haben«, sagte sie. Unter seinen beschwichtigenden Worten war sie zwar nicht direkt aufgeblüht, hatte sich jedoch sichtlich entspannt. Sie griff nach dem Becher mit dem »Korrektureseln«-Aufdruck und erklärte mit gespieltem Abscheu: »Die haben sich nur für unser Sexleben interessiert.«

So wie Anstis es erzählt hatte, entsann sich Strike, hatte Kathryn sich geradezu bereitwillig über dieses Thema ausgelassen, ohne dass man sie unter Druck hatte setzen müssen.

»Ihr Sexleben interessiert mich nicht«, sagte Strike. »Es ist ganz offensichtlich, dass er – unverblümt gesagt – zu Hause nicht das bekam, was er brauchte.«

»Er hatte seit Jahren nicht mit ihr geschlafen«, sagte Kathryn.

Robin musste an die Fotos des gefesselten Quine in Leonoras Schlafzimmer denken, senkte den Blick und starrte auf ihren Tee.

»Sie hatten nichts gemeinsam. Über seine Arbeit konnte er mit ihr nicht reden, dafür hat sie sich nicht interessiert, die war ihr scheißegal. Er hat uns erzählt – stimmt doch?« – sie sah zu Pippa auf, die neben ihr auf der Armlehne thronte –, »dass sie keines seiner Bücher je richtig gelesen hat. Er brauchte jemanden, mit dem er sich auf Augenhöhe unterhalten konnte. Mit mir konnte er wirklich über Literatur sprechen.«

»Und mit mir«, mischte sich Pippa ein und setzte sofort zu einer Rede an: »Er hat sich wirklich für Identitätsfragen interessiert, und er hat stundenlang mit mir darüber gesprochen, wie es ist, wenn man sozusagen im falschen Körper geboren wird …«

»Ja, er hat mir immer wieder gesagt, dass es für ihn ein Segen sei, sich mit jemandem unterhalten zu können, der seine Arbeit wirklich versteht«, erklärte Kathryn laut, um Pippa zu übertönen.

»Das dachte ich mir«, warf Strike ein und nickte. »Liege ich richtig mit der Annahme, dass die Polizei nicht daran gedacht hat, Sie danach zu fragen?«

»Die wollten nur wissen, wo wir uns kennengelernt haben, und das hab ich ihnen auch erzählt: in seinem Schreibkurs«, sagte Kathryn. »Es entwickelte sich ganz langsam, wissen Sie, er interessierte sich für meine Arbeiten…«

»Unsere Arbeiten«, korrigierte Pippa leise.

Während Kathryn weitersprach, bekundete Strike mit eifrigem Nicken sein Interesse am allmählichen Übergang der Lehrer-Schülerinnen-Beziehung zu einer engeren Verbindung, wobei Pippa allem Anschein nach den beiden von Anfang an hinterhergelaufen war und Quine und Kathryn erst an der Schlafzimmertür allein gelassen hatte.

»Ich schreibe Fantasy der anderen Art«, sagte Kathryn, und Strike stellte überrascht und leicht amüsiert fest, dass sie auf einmal wie Fancourt sprach: in eingeübten Phrasen und einprägsamen Schlagworten. Er fragte sich kurz, wie viele Menschen, die Stunde um Stunde allein damit zubrachten, ihre Geschichten niederzuschreiben, während ihrer Kaffeepausen über ihr Werk zu sprechen übten, und ihm fiel wieder ein, was Waldegrave über Quine gesagt hatte: dass dieser einmal offen zugegeben habe, mit einem Kugelschreiber Interview-Rollenspiele zu machen.

»Eigentlich ist es Fantasy-Schrägstrich-Erotik – aber mit Anspruch. Und das ist genau das Problem bei den traditionellen Verlagen, wissen Sie? Die wollen kein Risiko eingehen und was rausbringen, was es noch nie gab. Bei denen muss alles in irgendwelche Vertriebskategorien passen, und wenn man mehrere Genres mischt, wenn man etwas ganz Neues erschafft, trauen sie sich nicht… Ich weiß, dass *Liz Tassel*« – Kathryn sprach den Namen aus, als wäre es ein medizinischer Befund – »Owen erklärt hat, meine Arbeiten wären zu *speziell.* Aber das ist ja das Tolle am Selbstverlegen: die Freiheit ...«

»Genau«, sagte Pippa, die es kaum hatte erwarten können, wieder ihren Senf dazuzugeben. »Das stimmt. Ich glaube ja, für bestimmte Genres ist der Selbstverlag die Zukunft ...«

»Nur dass ich in kein Genre passe«, sagte Kathryn mit einem Stirnrunzeln. »Darum geht es ja gerade.«

»...aber Owen meinte, dass ich mit meinen Memoiren besser den traditionellen Weg einschlagen sollte«, sagte Pippa. »Wissen Sie, er interessierte sich wirklich für Gender-Fragen und war ganz fasziniert von dem, was ich durchgemacht habe. Ich hab ihn auch noch mit ein paar anderen Transgendern zusammengebracht, und er hat mir versprochen, mit seinem Lektor über mich zu sprechen, weil er meinte, dass mit der richtigen Werbung und so einer Geschichte, die noch nie wirklich erzählt wurde ...«

»Owen liebte *Melinas Opfer*. Er konnte es gar nicht erwarten, endlich weiterzulesen. Er riss es mir jedes Mal aus der Hand, sobald ich ein Kapitel beendet hatte«, erklärte Kathryn laut, »und erklärte mir ...«

Sie hielt jäh inne, und auch Pippas sichtliche Verärgerung darüber, dass Kathryn sie unterbrochen hatte, erlosch fast grotesk schnell. Beiden war, wie Robin ihnen ansehen konnte, mit einem Schlag wieder eingefallen, dass Quine sie zwar mit Ermutigungen, Interesse und Lob überschüttet hatte, gleichzeitig jedoch, abgeschirmt vor ihren neugierigen Blicken, auf seiner alten elektrischen Schreibmaschine den Figuren der Harpyie und Epicoene ihre obszöne Gestalt gegeben hatte.

»Er hat mit Ihnen also auch über seine eigene Arbeit gesprochen?«, fragte Strike.

»Manchmal«, antwortete Kathryn Kent knapp.

»Wissen Sie zufällig, wie lange er an *Bombyx Mori* gearbeitet hat?«

»Fast die ganze Zeit, seit wir uns kannten«, sagte sie.

»Und was hat er darüber erzählt?«

Es blieb kurz still. Kathryn und Pippa sahen einander an.

»Ich hab ihm längst gesagt«, erklärte Pippa Kathryn mit einem vielsagenden Seitenblick auf Strike, »dass er uns was ganz anderes erzählt hat, als dann dabei herausgekommen ist.«

»Oh ja«, sagte Kathryn mit Bestimmtheit und verschränkte die Arme. »Dass er so was schreiben würde, hat er nicht gesagt.«

So was … Strike musste an die braune zähflüssige Masse denken, die aus Harpyies Brüsten leckte. Für ihn war das eine der abstoßendsten Szenen im Manuskript gewesen. Immerhin war Kathryns Schwester an Brustkrebs gestorben.

»Was hat er denn über das Buch erzählt?«, fragte Strike.

»Er hat gelogen«, sagte Kathryn schlicht. »Er hat gesagt, es würde die Reise des Autors beschreiben oder so, aber er meinte … Er hat uns erklärt, wir wären darin …«

»›Schöne verlorene Seelen‹«, ergänzte Pippa, bei der diese Phrase anscheinend tiefen Eindruck hinterlassen hatte.

»Genau«, bestätigte Kathryn nachdrücklich.

»Hat er Ihnen je etwas daraus vorgelesen, Kathryn?«

»Nein«, sagte sie. »Er meinte, es sollte eine … eine …«

»Oh, *Kath*«, flüsterte Pippa theatralisch. Kathryn hatte die Hände vors Gesicht geschlagen.

»Hier«, sagte Robin mitfühlend und wühlte aus ihrer Handtasche ein paar Taschentücher hervor.

»Nein«, lehnte Kathryn schroff ab, drückte sich aus dem Sofa hoch und verschwand in die Küche. Sie kehrte mit ein paar Blatt Küchenpapier zurück. »Er meinte, dass es eine

Überraschung werden sollte. Dieses Schwein«, sagte sie und setzte sich wieder. »Dieses *Schwein*.«

Während Pippa ihr den Rücken tätschelte, tupfte sie sich die Augen und schüttelte den Kopf, sodass die lange rote Mähne hin- und herschwang.

»Pippa hat mir erzählt«, sagte Strike, »dass Quine Ihnen eine Kopie des Manuskripts durch den Briefschlitz geschoben habe.«

»Stimmt«, sagte Kathryn.

Offensichtlich hatte Pippa ihr diese Indiskretion bereits gebeichtet.

»Jude von nebenan hat ihn dabei beobachtet. Die neugierige Schlampe führt praktisch Buch über mich.«

Strike, der gerade einen weiteren Zwanziger durch den Briefschlitz der wissbegierigen Nachbarin geschoben hatte, um ihr dafür zu danken, dass sie ihn über Kathryns Kommen und Gehen auf dem Laufenden gehalten hatte, fragte: »Und wann?«

»Früh am Sechsten«, sagte Kathryn.

Strike meinte zu spüren, wie sich Robin gespannt aufsetzte.

»Hat da die Lampe über Ihrer Wohnungstür noch gebrannt?«

»Die ist schon seit Monaten hinüber.«

»Hat Ihre Nachbarin mit ihm gesprochen?«

»Nein, sie hat bloß aus dem Fenster geguckt. Es war zwei Uhr morgens oder so, da wollte sie nicht im Nachthemd vor die Tür. Aber sie hatte ihn auch so schon oft genug kommen und gehen sehen. Sie wusste, wie er a-aussah«, schluchzte Kathryn, »mit seinem bescheuerten U-Umhang und dem Hut.«

»Pippa hat erwähnt, dass eine Nachricht dabeigelegen habe«, sagte Strike.

»Genau. ›Tag der Rache für uns beide‹«, sagte Kathryn.

»Haben Sie die noch?«

»Ich hab sie verbrannt«, sagte Kathryn.

»War sie an Sie persönlich gerichtet? Vielleicht mit ›Liebe Kathryn‹?«

»Nein«, sagte sie. »Es war nur dieser eine Satz und dazu ein beschissener Kuss. Dieses *Schwein*!«, schluchzte sie.

»Soll ich uns was Richtiges zu trinken holen?«, meldete sich Robin unvermittelt zu Wort.

»In der Küche ist was.« Kathryns Antwort drang gedämpft durch das Küchenpapier über ihrem Mund und ihren Wangen. »Pip, geh du.«

»Aber Sie sind sich sicher, dass die Nachricht von ihm stammte?«, fragte Strike, während Pippa sich auf die Suche nach Alkohol machte.

»Ja, sie war in seiner Handschrift. Die würde ich jederzeit wiedererkennen«, sagte Kathryn.

»Wie haben Sie die Nachricht verstanden?«

»Ich weiß nicht genau«, sagte Kathryn schwach und tupfte sich die tränenden Augen. »Vielleicht hat er gemeint, dass ich mich gerächt fühlen würde, weil er sich so über seine Frau ausgelassen hat? Dabei hat er sich an allen gerächt... sogar an mir. Ich hätt ihn massakrieren können«, zitierte sie unwissentlich Michael Fancourt. »Er hätte mir doch einfach sagen können, dass er nicht mehr... Wenn er hätte Schluss machen wollen... warum dann so? *Warum?* Und er hat ja nicht nur mich getroffen... Pip hat er vorgespielt, dass er sich für sie interessieren würde, er hat mit ihr über ihr Leben geredet... Sie hat so sehr gelitten... Ich meine, ihre Autobiografie ist keine hohe Literatur oder so, aber...«

Pippa kehrte mit klirrenden Gläsern und einer Flasche Brandy zurück, und Kathryn verstummte.

»Den haben wir uns fürs Weihnachtsessen aufgehoben«,

sagte Pippa und entkorkte geschickt die Flasche. »Hier, nimm, Kath.«

Kathryn nahm ihr das gut gefüllte Glas aus der Hand und leerte es in einem Zug. Es schien den gewünschten Effekt zu haben. Schniefend richtete sie sich auf. Robin nahm nur einen Fingerbreit. Strike lehnte ganz ab.

»Wann haben Sie das Manuskript gelesen?«, fragte er Kathryn, während sie sich nachschenkte.

»Gleich nachdem ich es gefunden hatte, am Neunten, als ich kurz nach Hause kam, um frische Klamotten zu holen. Ich war bei Angela im Hospiz gewesen, wissen Sie … Seit dem Fünften hatte er auf keinen meiner Anrufe mehr reagiert, auf keinen einzigen, dabei hatte ich ihm erzählt, dass es Angela wirklich schlecht ging, und ihm auf die Mailbox gesprochen. Und dann komme ich nach Hause und sehe dieses Manuskript verstreut am Boden liegen. Ich dachte noch: Geht er deshalb nicht ans Telefon, soll ich erst das hier lesen? Also hab ich es mit ins Hospiz genommen und dort gelesen, während ich an Angelas Bett saß.«

Robin konnte sich kaum ausmalen, was für ein Gefühl es gewesen sein musste, am Bett der sterbenden Schwester zu sitzen und lesen zu müssen, wie ihr Liebhaber sie dargestellt hatte.

»Ich hab Pip angerufen – hab ich doch, oder?«, sagte Kathryn, und Pippa nickte, »und ihr erzählt, was er getan hatte. Ich hab immer wieder bei ihm angerufen, aber er ging immer noch nicht dran. Aber als Angela gestorben war, dachte ich mir: Leck mich doch. Ich werd dich schon finden.« Der Brandy hatte Kathryns bleichen Wangen ein wenig Farbe zurückgegeben. »Ich bin zu ihrem Haus gefahren, aber als ich dann vor ihr stand – vor seiner Frau –, da wusste ich irgendwie, dass sie die Wahrheit sagte. Er war nicht da. Also hab ich sie gebeten, ihm auszurichten, dass Angela gestorben war. Er kannte Angela«, sagte Kathryn, und ihr Gesicht fiel wieder in sich zusammen. Pippa stellte ihr Glas ab und legte die Arme um Kathryns bebende Schultern. »Ich dachte, dann würde ihm wenigstens aufgehen, was er mir angetan hat, als ich ... als ich am Bett meiner sterbenden ...«

Minutenlang hörte man nur Kathryns Schluchzen und das ferne Gejohle der Jugendlichen unten im Hof.

»Mein Beileid«, sagte Strike förmlich.

»Es muss furchtbar für Sie gewesen sein«, sagte Robin.

Inzwischen verband die vier ein zerbrechliches Gemeinschaftsgefühl. Zumindest in einem waren sie einer Meinung: dass Owen Quine sich extrem schlecht benommen hatte.

»Ehrlich gesagt bin ich wegen Ihrer Fähigkeiten in der Textanalyse gekommen«, erklärte Strike Kathryn, als sie ihre zu Schlitzen verquollenen Augen getrocknet hatte.

»Wieso das?«, fragte sie, doch Robin konnte den Stolz hinter der knappen Antwort hören.

»Manches von dem, was Quine in *Bombyx Mori* geschrieben hat, ergibt für mich keinen Sinn.«

»Das ist nicht besonders schwer«, sagte sie und wiederholte dabei erneut Fancourt, ohne es zu ahnen: »Für seine Feinsinnigkeit wird das Buch ganz bestimmt nicht in den Lehrbüchern landen.«

»Keine Ahnung«, sagte Strike. »Allerdings gibt es da eine sehr faszinierende Figur ...«

»Den Prahlhans?«, fragte sie.

Natürlich, dachte er, musste sie zu diesem Schluss kommen. Fancourt war berühmt.

»Ich dachte eher an den Schnittmeister.«

»Darüber will ich nicht reden«, sagte sie mit einer Schärfe, die Robin verblüffte. Kathryn sah verstohlen zu Pippa hinüber, und Robin entdeckte in beiden Gesichtern das schlecht verhohlene Glühen eines geteilten Geheimnisses.

»Er hat immer so getan, als wäre er zu gut für so was«, sagte Kathryn. »Er hat immer so getan, als gäbe es ein paar Sachen, die ihm heilig sind. Und dann hat er rücksichtslos ...«

»Den Schnittmeister scheint niemand für mich interpretieren zu wollen«, sagte Strike.

»Weil einige von uns immer noch einen Funken Anstand haben«, sagte Kathryn.

Strike warf Robin einen auffordernden Blick zu. Sie sollte übernehmen.

»Jerry Waldegrave hat Cormoran schon erzählt, dass er der Schnittmeister ist«, brachte sie zaghaft vor.

»Ich mag Jerry Waldegrave«, erklärte Kathryn trotzig.

»Sie kennen ihn?«

»Owen hat mich vorletztes Weihnachten auf eine Party mitgenommen«, sagte sie. »Waldegrave war auch da. Ein netter Mann. Er hatte schon ein paar Gläser intus«, sagte sie.

»Er hat schon damals getrunken?«, warf Strike ein.

Ein grober Fehler; er hatte Robin ermutigt, für ihn einzuspringen, weil er geglaubt hatte, dass sie weniger angsteinflößend wirkte. Prompt hatte seine Bemerkung Kathryn verstummen lassen.

»War sonst noch jemand Interessantes auf der Feier?«, fragte Robin und nippte an ihrem Brandy.

»Michael Fancourt«, antwortete Kathryn sofort. »Die Leute behaupten immer, er wäre arrogant, aber ich fand ihn wirklich charmant.«

»Ach – haben Sie mit ihm gesprochen?«

»Owen wollte, dass ich mich von ihm fernhalte«, sagte sie, »aber dann musste ich aufs Klo, und auf dem Rückweg hab ich ihm gesagt, wie gut mir *Haus der Leere* gefallen hat. Das hätte

Owen bestimmt nicht gewollt«, sagte sie mit geradezu mitleiderregender Selbstzufriedenheit. »Ständig ließ er sich darüber aus, dass Fancourt überschätzt würde, aber *ich* finde ihn fantastisch. Jedenfalls haben wir uns ein bisschen unterhalten – bis jemand ihn wegzog. Aber ja«, wiederholte sie trotzig, als hinge Owen Quines Geist über dem Raum und könnte hören, wie sie seinen Rivalen lobte, »zu *mir* war er charmant. Wünschte mir Glück beim Schreiben«, sagte sie und nahm einen Schluck Brandy.

»Haben Sie ihm erzählt, dass Sie Owens Freundin waren?«, fragte Robin.

»Ja«, sagte Kathryn mit einem schmerzerfüllten Lächeln, »aber er lachte nur und meinte: ›Mein aufrichtiges Beileid.‹ Es störte ihn überhaupt nicht. Ihm war Owen inzwischen völlig egal, das war ganz offensichtlich. Nein, ich halte ihn für einen netten Menschen und für einen exzellenten Schriftsteller. Die Menschen werden nun mal neidisch, wenn einer Erfolg hat, oder nicht?«

Sie schenkte sich noch mehr Brandy ein. Sie hielt sich erstaunlich gut. Abgesehen von den leicht geröteten Wangen war ihr nichts anzumerken.

»Und Jerry Waldegrave mochten Sie auch«, bemerkte Robin fast gedankenverloren.

»Oh, der ist ganz bezaubernd.« Kathryn war jetzt voll in Fahrt und hätte jeden gelobt, den Quine möglicherweise attackiert hatte. »Ein ganz bezaubernder Mann! Allerdings war er sehr, *sehr* betrunken. Er saß in einem Nebenzimmer, und die Leute machten einen Bogen um ihn. Diese Schlampe Tassel meinte, wir sollten ihn lieber allein lassen, weil er bloß noch unzusammenhängendes Zeug redete.«

»Wieso Schlampe?«, fragte Robin.

»Diese hochnäsige alte Kuh!«, schimpfte Kathryn. »Wie sie

mit mir gesprochen hat – und mit jedem anderen auch! Aber ich weiß genau, woran das lag. Sie war nervös, weil Michael Fancourt auch da war. Ich sagte zu ihr … Owen war losgezogen, um nachzusehen, ob mit Jerry alles in Ordnung war. Er würde ihn ganz sicher nicht bewusstlos in einem Sessel sitzen lassen, egal, was die alte Kuh gesagt hatte. Also, ich sagte zu ihr: ›Ich habe gerade mit Fancourt geredet, er war wirklich charmant.‹ Das hat ihr gar nicht gefallen«, stellte Kathryn zufrieden fest. »Es hat ihr gar nicht gefallen, dass er zu mir so charmant war, während er auf sie gar nicht gut zu sprechen war. Owen hat mir erzählt, dass sie früher mal in Fancourt verknallt war und er sie nicht mal mit dem Arsch angeguckt hat.«

Sie schwelgte regelrecht in den alten Klatschgeschichten. Wenigstens in dieser einen Nacht hatte sie zum Kreis der Eingeweihten gehört.

»Nachdem ich mich kurz mit ihr unterhalten hatte, ist sie ziemlich bald gegangen«, fuhr Kathryn zufrieden fort. »Eine schreckliche Frau!«

»Michael Fancourt meinte«, sagte Strike, und sofort hefteten sich Kathryns und Pippas Blicke auf ihn, als könnten beide es kaum erwarten zu erfahren, was der berühmte Schriftsteller von sich gegeben hatte, »dass Owen Quine und Elizabeth Tassel mal etwas miteinander gehabt hätten …«

Für einen Moment herrschte fassungsloses Schweigen. Dann begann Kathryn Kent, laut zu lachen, und zweifelsohne war ihr Lachen echt: Heiseres, fast fröhliches Quieken erfüllte den Raum.

»*Owen* und Elizabeth *Tassel?*«

»Das hat er zumindest erzählt.«

Pippa strahlte, als sie Kathryn Kents unerwarteten, überschwänglichen Freudenausbruch sah und hörte. Kathryn ließ sich gegen die Rückenlehne des Sofas fallen und versuchte, wieder zu Atem zu kommen; Brandy kleckerte auf ihre Hose, so heftig erbebte sie unter dem offenherzigen Lachanfall. Pippa ließ sich von ihr anstecken und begann ebenfalls zu lachen.

»Niemals«, keuchte Kathryn, »nicht… in… einer… *Million*… Jahren…«

»Es muss schon lange her sein«, sagte Strike, aber sie schüttelte bloß die lange rote Mähne und lachte erneut auf.

»Owen und *Liz*… niemals! Im Leben nicht… Das verstehen Sie nicht«, sagte sie und tupfte sich die diesmal vor Lachen tränenden Augen. »Er fand sie *grässlich*. Das hätte er mir bestimmt erzählt… Owen hat sich über alle ausgelassen, mit denen er geschlafen hatte, in dieser Hinsicht war er leider absolut kein *Gentleman*, nicht wahr, Pippa? Ich hätte es gewusst, wenn sie irgendwann… Keine Ahnung, wo Michael Fancourt *das* herhat. *Niemals*«, wiederholte Kathryn Kent mit aufrichtiger Fröhlichkeit und absoluter Überzeugung.

Das Lachen hatte sie entspannt.

»Sie wissen also nicht, wer wirklich hinter dem Schnittmeister steckt?«, fragte Robin und stellte ihr leeres Glas mit der Endgültigkeit eines Gastes im Aufbruch auf den Tisch zurück.

»Das hab ich nicht behauptet«, meinte Kathryn, von ihrem langen Lachanfall immer noch außer Atem. »Ich weiß es sehr wohl. Es war einfach schrecklich gemein gegenüber Jerry. So ein verfluchter Heuchler… Erst erklärt er mir, dass ich es niemandem erzählen dürfte, und dann zieht er in *Bombyx Mori* darüber her…«

Robin hätte auch ohne Strikes Blick gewusst, dass sie jetzt schweigen musste, damit Kathryns brandybeflügelte Fröhlichkeit, die Freude an der ungeteilten Aufmerksamkeit ihrer

Zuhörer und der Abglanz des Stolzes, ein heikles Geheimnis über Persönlichkeiten aus der Literatur zu hüten, ihre Wirkung tun konnten.

»Na schön«, sagte sie. »Na schön, die Sache ist die … Owen hat es mir auf dem Heimweg von der Feier erzählt. Jerry war damals total betrunken, und seine Ehe liegt, wie jeder weiß, schon seit Jahren in Scherben … Er und Fenella hatten sich am Abend vor der Party ganz fürchterlich gestritten, und da hat sie ihm wohl an den Kopf geworfen, dass seine Tochter womöglich nicht von ihm wäre. Dass sie …«

Strike wusste, was jetzt kommen würde.

»… Fancourts Kind sein könnte«, fuhr Kathryn nach einer angemessen dramatischen Pause fort. »Die Zwergin mit dem riesigen Kopf – das Baby, das sie fast abgetrieben hätte, weil sie nicht wusste, von wem es war. Verstehen Sie? Der Schnittmeister mit den Hörnern – der betrogene Ehemann … Und Owen sagte noch zu mir, dass ich den Mund halten müsste. ›Das ist nicht komisch‹, sagte er. ›Jerry liebt seine Tochter, sie ist das einzig Gute in seinem Leben.‹ Trotzdem redete er den ganzen Heimweg darüber. Und die ganze Zeit über hatte er es mit Fancourt: wie schlimm es für den wäre, wenn ihm eine Tochter angehängt würde, weil er Kinder nicht leiden kann … Dieser ganze Scheiß, dass er Jerry beschützen wollte! Er hätte einfach *alles* getan, um sich an Michael Fancourt zu rächen. Einfach *alles*.«

46

Leander schwamm; doch stiegen schon die Wogen
Und zogen ihn erbarmungslos hinab, dort wo der Boden
Mit Perlen dicht bestreut...

CHRISTOPHER MARLOWE, *HERO UND LEANDER*

Froh über die Wirkkraft von billigem Brandy und über die einzigartige Kombination von klarem Kopf und menschlicher Wärme, über die Robin verfügte, verabschiedete sich Strike eine halbe Stunde später von ihr, nicht ohne ihr wiederholt gedankt zu haben. Als Robin heim zu Matthew fuhr, strahlte sie vor Genugtuung und Begeisterung. Sie sah Strikes Theorie über den Mord an Owen Quine nicht mehr annähernd so kritisch wie zuvor – zum einen, weil nichts von dem, was Kathryn Kent gesagt hatte, Strikes Gedankenkonstrukt widersprochen hatte, hauptsächlich aber, weil sie sich ihrem Boss nach der gemeinsamen Befragung auf besondere Weise verbunden fühlte.

Strike kehrte weniger euphorisch in seine Dachkammer zurück. Er hatte ausschließlich Tee getrunken und war überzeugter von seiner Theorie denn je, doch bislang hatte er als Beweismittel lediglich eine Farbbandkassette vorzuweisen: keinesfalls genug, um die polizeiliche Untersuchung gegen Leonora zu stoppen.

Am Samstag und Sonntag gab es schweren Nachtfrost, doch

tagsüber durchbrachen immer wieder vereinzelte Sonnenstrahlen die Wolkendecke. Der Regen verwandelte einen Teil des im Rinnstein abgelagerten Schnees in rutschigen Matsch. Strike brütete still in seinem Zimmer und seinem Büro vor sich hin, ließ Nina Lascelles Anruf unbeantwortet und lehnte eine Essenseinladung bei Nick und Ilsa ab, vorgeblich weil er Papierkram erledigen müsse, in Wahrheit jedoch, weil er allein sein wollte, um in aller Ruhe den Fall Owen Quine durchzugehen.

Ihm war klar, dass er sich benahm, als müsste er immer noch den professionellen Standards entsprechen, an die er nicht mehr gebunden war, seit er der Special Investigation Branch den Rücken gekehrt hatte. Obwohl es ihm niemand verbieten konnte, nach Belieben über seine Mutmaßungen zu plaudern, behandelte er sie weiterhin vertraulich. Teils war es langjährige Angewohnheit, hauptsächlich aber wollte er die Möglichkeit ausschließen (auch wenn das viele für absurd gehalten hätten), dass die falschen Ohren hörten, was er dachte und unternahm. So wie Strike es sah, ließ sich immer noch am sichersten unterbinden, dass geheime Informationen durchsickerten, indem man mit niemandem darüber sprach.

Am Montag wurde er erneut vom Chef und Geliebten der treulosen Miss Brocklehurst heimgesucht, dessen Masochismus inzwischen so weit ging, dass er zu wissen wünschte, ob sie, wie er stark vermutete, noch einen dritten heimlichen Liebhaber hatte. Strike hörte nur mit halbem Ohr hin, während er in Gedanken bei Dave Polworth war, der ihm allmählich wie seine letzte Hoffnung erschien. Robins Unternehmungen blieben weiterhin fruchtlos, trotz der vielen Stunden, die sie inzwischen darauf verwandt hatte, um die von ihm gewünschten Beweise aufzutreiben.

Als er um halb sieben abends wieder in seiner Wohnung saß und den Wetterbericht sah, der zum Wochenende die

Rückkehr arktischer Temperaturen prophezeite, klingelte unvermutet das Telefon.

»Sag schön Danke, Diddy«, hörte er Polworth am anderen Ende der knisternden Leitung.

»Du machst Witze«, sagte Strike, dem plötzlich vor Anspannung die Brust eng wurde.

»Es war alles da, Alter.«

»Heilige Scheiße«, hauchte Strike.

Er hatte die Theorie selbst aufgestellt. Trotzdem war er so überrascht, als hätte Polworth ohne sein Wissen gehandelt.

»Es liegt alles hier und wartet auf dich.«

»Ich schicke gleich morgen jemanden runter ...«

»Und ich fahr jetzt heim und nehm ein schönes heißes Bad«, fiel Polworth ihm ins Wort.

»Captain, du bist ein verfluchter ...«

»Ich weiß, ich weiß. Wir unterhalten uns später darüber, was ich dafür bei dir guthabe. Ich bin am Erfrieren, Diddy, ich fahr jetzt heim.«

Umgehend rief Strike Robin an und teilte ihr die Neuigkeiten mit. Sie war genauso enthusiastisch wie er selbst.

»Also, dann morgen!«, erklärte sie entschieden. »Morgen krieg ich's, und ich werde ganz bestimmt ...«

»Werden Sie nicht unvorsichtig«, bremste Strike sie. »Das ist kein Wettlauf.«

In dieser Nacht schlief er kaum.

Robin erschien erst um ein Uhr nachmittags im Büro, doch sowie er die Glastür zuschlagen hörte und sie nach ihm rief, wusste er Bescheid.

»Sie haben doch nicht etwa ...«

»Oh doch«, hauchte sie atemlos.

Im ersten Moment glaubte sie, dass er ihr um den Hals fallen wollte, womit er eine Grenze überschritten hätte, der er bislang nicht einmal nahe gekommen war, aber die stürmische Bewegung, die sie auf sich bezogen hatte, zielte in Wahrheit auf das Handy auf seinem Schreibtisch.

»Ich rufe Anstis an. Wir haben es geschafft, Robin.«

»Cormoran, ich glaube ...«, setzte Robin an, aber er hörte ihr nicht mehr zu. Er war schon in sein Büro geeilt und hatte die Tür hinter sich zugezogen.

Robin ließ sich mit einem unguten Gefühl auf ihren Schreibtischstuhl sinken. Hinter der geschlossenen Tür war mal leiser, mal lauter Strikes gedämpfte Stimme zu hören. Rastlos stand sie wieder auf und ging hinaus zur Toilette, wo sie sich die Hände wusch, in den gesprungenen, fleckigen Spiegel über dem Waschbecken starrte und das vermaledeite Gold ihres Haares betrachtete. Sie kehrte ins Büro zurück, setzte sich wieder hin, konnte sich auf nichts konzentrieren, stellte stattdessen fest, dass sie ihren kleinen Flitter-Weihnachtsbaum nicht eingeschaltet hatte, tat es und blieb sitzen, kaute gedankenverloren auf ihrem Daumennagel, was sie seit Jahren nicht mehr getan hatte, und wartete.

Zwanzig Minuten später kam Strike mit vorgeschobenem Kinn und finsterem Gesicht aus seinem Arbeitszimmer.

»Dieser dämliche, verbohrte Arsch!«, waren seine ersten Worte.

»Nein!«, entfuhr es Robin.

»Er will nichts davon hören.« Strike war zu aufgebracht, um sich zu setzen, und humpelte neben ihrem Schreibtisch auf und ab. »Er hat diesen Dreckslappen aus dem Schuppen analysieren lassen, und sie haben Quines Blut darauf gefunden – na toll, er hätte sich auch vor Monaten geschnitten haben können! Er ist so verliebt in seine beschissene Theorie ...«

»Haben Sie ihm gesagt, dass er wenigstens einen Haftbefehl ...«

»Dieser *ARSCH*!«, röhrte Strike und schlug so fest auf das Metallregal, dass es schepperte und Robin zusammenzuckte.

»Aber er kann doch nicht abstreiten... Wenn die Spuren erst einmal analysiert sind...«

»Genau darum geht es, verflucht noch mal, Robin!«, sagte er und fuhr zu ihr herum. »Wenn er die Durchsuchung nicht anordnet, *bevor* er alles analysieren lässt, gibt es vielleicht nichts mehr zu finden!«

»Haben Sie ihm von der Schreibmaschine erzählt?«

»Wenn die schlichte Tatsache, dass sie dort war, diesem Volltrottel nicht die Tomaten von den Augen nimmt...«

Sie verkniff sich alle weiteren Vorschläge, sondern sah nur mehr zu, wie er mit gerunzelter Stirn auf und ab marschierte. Im Moment war sie zu eingeschüchtert, um ihm von ihren Befürchtungen zu erzählen.

»Drauf geschissen«, knurrte Strike schließlich, als er zum sechsten Mal auf ihren Schreibtisch zukam. »Dann eben ein Überraschungsangriff. Bleibt ja nichts anderes. Al«, grummelte er und zog das Handy wieder heraus, »und Nick.«

»Wer ist Nick?« Robin versuchte angestrengt, aus seinem Brummeln schlau zu werden.

»Der Mann von Leonoras Anwältin«, sagte Strike und hieb auf sein Handy ein. »Ein alter Freund... und Gastroenterologe...«

Er verschwand wieder in seinem Büro und knallte die Tür hinter sich zu.

Weil Robin nichts Wichtiges einfiel, was sie sonst hätte tun können, füllte sie den Wasserkocher und machte ihnen beiden Tee. Ihr Herz klopfte wie wild. Sie wartete und wartete, und beide Becher kühlten unberührt wieder ab.

Als Strike fünfzehn Minuten später endlich wieder auftauchte, kam er ihr deutlich ruhiger vor.

»Na schön«, sagte er, griff nach einem Becher und nahm einen großen Schluck. »Ich habe einen Plan, aber dafür werde ich Sie brauchen. Sind Sie dabei?«

»Natürlich!«

Er umriss knapp, was er von ihr wollte. Es war ein ehrgeiziges Unterfangen und würde einiges Glück erfordern.

»Und?«, fragte Strike schließlich.

»Kein Problem«, sagte Robin.

»Vielleicht werden wir Sie gar nicht brauchen.«

»Richtig«, sagte Robin.

»Andererseits könnten Sie der Schlüssel zu allem sein.«

»Genau«, sagte Robin.

»Und das ist ganz bestimmt in Ordnung für Sie?«, fragte Strike und sah sie eindringlich an.

»Gar kein Problem«, sagte Robin. »Ich will dabei sein, ehrlich – es ist nur so, dass ...« Sie zögerte. »Ich glaube, er ...«

»Was?«, fragte Strike scharf.

»Ich glaube, ich sollte das vorher noch mal ausprobieren«, sagte Robin.

»Ach so.« Strike sah sie prüfend an. »Ja, gute Idee. Wir haben bis Donnerstag Zeit, glaube ich. Ich muss das Datum gleich noch mal überprüfen ...«

Er verschwand zum dritten Mal in sein Büro. Robin setzte sich wieder auf ihren Schreibtischstuhl.

Sie wollte unbedingt dabei sein, wenn der Mord an Owen Quine aufgeklärt wurde, aber eigentlich hatte sie, bevor sie vor Strikes scharfer Reaktion zurückgeschreckt war, etwas ganz anderes sagen wollen: »Ich glaube, er hat mich gesehen.«

47

Haha! ... Du hast dich in den eigenen Kokon versponnen, du Seidenwurm!

JOHN WEBSTER, *DIE WEISSE TEUFELIN*

Das Licht der altmodischen Straßenlaterne verlieh den zeichentrickartigen Gestalten auf der Fassade des Chelsea Arts Club etwas merkwürdig Gespenstisches. Auf eine lange Reihe normalerweise weißer Häuser, die in Regenbogenfarben abgetönt und zu einem einzigen vereint worden waren, hatte man Zirkusfiguren gemalt: ein vierbeiniges blondes Mädchen, einen Elefanten, der seinen Wärter verspeiste, einen fahlen Schlangenmenschen in gestreifter Gefängniskluft, dessen Kopf in seinem eigenen Anus zu verschwinden schien. Die grüne, verschlafene und vornehme Straße, in der der Club lag, ruhte still unter dem mit Macht zurückgekehrten Schnee, der in dichten Flocken fiel und sich auf Dächern und Gehwegen häufte, als hätte es die kurze Verschnaufpause vor der neuerlichen arktischen Kälte nie gegeben. Den ganzen Donnerstag über hatte sich der Schneesturm gesteigert, und der alte Club wirkte – durch einen gekräuselten, laternenbeleuchteten Vorhang von eisigen Flocken betrachtet – in seinen frischen Pastellfarben merkwürdig substanzlos, wie eine Pappkulisse oder das Trompe-l'Œil eines Festzelts.

Strike stand im Schatten einer Gasse abseits der Old

Church Street und beobachtete, wie ein Gast nach dem anderen zu der kleinen Feier eintrudelte. Er sah, wie Jerry Waldegrave mit versteinerter Miene dem gealterten Pinkelman aus dem Taxi half, während Daniel Chard unter seinem Pelzhut auf seinen Krücken lehnte, dem Autor zunickte und ihn verlegen lächelnd willkommen hieß. Elizabeth Tassel kam allein in einem Taxi, wühlte das Geld für die Fahrt aus ihrer Tasche und bibberte in der Kälte. Zuletzt erschien in einem Wagen mit Chauffeur Michael Fancourt. Er ließ sich Zeit beim Aussteigen und zog seinen Mantel zurecht, bevor er die Stufe zur Eingangstür hinaufschritt.

Der Detektiv, in dessen dichten Locken sich die Flocken festsetzten, zückte sein Handy und rief seinen Halbbruder an.

»Hey.« Al war die Aufregung anzuhören. »Sie sind jetzt alle im Speiseraum.«

»Wie viele sind es?«

»Etwa zwölf.«

»Ich komme jetzt rein.«

Strike hinkte an seinem Stock über die Straße. Nachdem er seinen Namen genannt und erklärt hatte, dass er als Duncan Gilfedders Gast hier sei, wurde er sofort eingelassen.

Al und Gilfedder, ein Promifotograf, dem Strike nie zuvor begegnet war, standen ein paar Schritte hinter dem Eingang. Gilfedder hatte offenbar keine Ahnung, wer Strike war oder warum sein Bekannter Al ihn als Mitglied dieses exzentrischen und charmanten Clubs gebeten hatte, einen ihm unbekannten Gast einzuladen.

»Mein Bruder«, stellte Al Strike vor. Er klang stolz.

»Aha«, sagte Gilfedder verständnislos. Er trug die gleiche Brille wie Christian Fisher und hatte die strähnigen Haare zu einem struppigen, schulterlangen Bob geschnitten. »Ich dachte, Ihr Bruder wäre jünger.«

»Sie meinen Eddie«, sagte Al. »Das hier ist Cormoran. Er war in der Army. Jetzt ist er Detektiv.«

»Aha«, sagte Gilfedder erneut und sah ihn noch verständnisloser an.

»Vielen Dank dafür«, sagte Strike zu beiden Männern gleichermaßen. »Darf ich die nächste Runde ausgeben?«

Der Club war laut und so voll, dass man, abgesehen von ein paar weichen Sofaecken und einem knisternden Kaminfeuer, kaum etwas davon sehen konnte. Die Wände unter der niedrigen Decke der Bar waren scheinbar willkürlich mit Drucken, Gemälden und Fotografien verziert; alles strahlte das Flair eines gemütlichen und leicht unordentlichen Landhauses aus. Als größter Mann im Raum konnte Strike über die Köpfe der übrigen Gäste bis zu den Fenstern auf der Rückseite des Hauses sehen. Dahinter lag ein großer Garten, der stellenweise von ein paar Laternen erhellt wurde. Eine dicke jungfräuliche Schneeschicht lag rein und glatt wie Zuckerguss über dem immergrünen Buschwerk und den daraus aufragenden Steinskulpturen.

Strike erreichte die Bar, bestellte Wein für seine Begleiter und warf dabei unauffällig einen Blick in den Speisesaal.

Es wurde an mehreren langen Holztischen gegessen. Die Gäste von Roper Chard hatte man neben zwei Terrassentüren platziert, hinter denen eisig weiß und geisterhaft der Garten lag. Ein Dutzend Personen, die Strike nur zum Teil kannte, hatte sich dort versammelt, um den neunzigjährigen Pinkelman zu ehren, der am Kopf der Tafel saß. Wer immer die Sitzordnung erstellt haben mochte, hatte Elizabeth Tassel und Michael Fancourt weit voneinander weg platziert. Fancourt saß Chard gegenüber und brüllte in Pinkelmans Ohr. Elizabeth Tassel saß neben Jerry Waldegrave. Die beiden wechselten kein Wort miteinander.

Strike brachte Al und Gilfedder die Weingläser und ging dann an die Bar zurück, um sich selbst einen Whisky zu holen, wobei er darauf achtete, freien Blick auf den Tisch der Roper-Chard-Gesellschaft zu haben.

»Was«, sagte plötzlich eine glockenklare Stimme irgendwo schräg unter ihm, »machst *du* denn hier?«

Direkt neben seinem Ellbogen stand Nina Lascelles in demselben schwarzen Trägerkleid, das sie auch zu seinem Geburtstagsessen getragen hatte. Doch anders als damals schien sie im Augenblick kein bisschen aufgekratzt und kokett. Stattdessen sah sie vorwurfsvoll zu ihm hoch.

»Hi«, sagte Strike überrascht. »Dich hätte ich hier nicht erwartet.«

»Ich dich auch nicht«, erwiderte sie.

Er hatte seit über einer Woche keinen ihrer Anrufe erwidert, nicht seit der Nacht, in der er mit ihr geschlafen hatte, um die Gedanken an Charlotte und deren Hochzeit aus seinem Kopf zu vertreiben.

»Du kennst Pinkelman?« Trotz der ihm entgegenschlagenden Feindseligkeit versuchte Strike, Small Talk zu betreiben.

»Jetzt, da Jerry aufhört, übernehme ich ein paar seiner Autoren. Unter anderem Pinks.«

»Meinen Glückwunsch«, sagte Strike. Sie lächelte immer noch nicht. »Waldegrave durfte trotzdem zu der Feier kommen?«

»Pinks mag ihn. Was«, wiederholte sie, »*tust* du hier?«

»Das, wofür ich bezahlt werde«, antwortete Strike. »Ich versuche herauszufinden, wer Owen Quine umgebracht hat.«

Sie verdrehte die Augen, als würde sie diese Beharrlichkeit nicht mehr lustig finden.

»Wie bist du hier reingekommen? Hier haben nur Mitglieder Zutritt.«

»Ich kenne jemanden«, sagte Strike nur.

»Du hast also nicht überlegt, ob du mich ein weiteres Mal ausnutzen könntest?«, fragte sie.

Das Bild seiner selbst, das er in ihren großen Mausaugen sah, gefiel ihm nicht sonderlich. Er konnte nicht abstreiten, dass er sie mehrmals benutzt hatte. Irgendwann war es billig geworden und beschämend, und sie hatte Besseres verdient.

»Ich dachte, das hätte sich ein bisschen totgelaufen«, sagte Strike.

»Stimmt«, sagte Nina. »Da hast du richtig gedacht.«

Sie drehte ihm den Rücken zu, ging an den Tisch zurück und setzte sich auf den letzten freien Platz zwischen zwei Verlagsangestellten, die er nicht kannte.

Strike befand sich genau in Jerry Waldegraves Blickfeld. Als Waldegrave ihn bemerkte, sah Strike, wie die Augen des Lektors hinter der Hornbrille sich weiteten. Aufgeschreckt durch Waldegraves gebannten Blick, drehte sich Chard in seinem Stuhl um und erkannte Strike ebenfalls.

»Wie läuft's?«, fragte Al aufgeregt neben Strikes Ellbogen.

»Super«, sagte Strike. »Wo ist dieser Gilsonstwas hin?«

»Hat seinen Wein ausgetrunken und sich verzogen. Er begreift nicht, was zur Hölle wir hier wollen«, sagte Al.

Auch Al wusste nicht, weswegen sie hier waren. Strike hatte ihm lediglich mitgeteilt, dass er heute Abend in den Chelsea Arts Club eingelassen werden müsse und möglicherweise eine Fahrgelegenheit benötige. Ein knallroter Alfa Romeo Spider parkte ein Stück weiter an der Straße. Es hatte Strikes Knie Höllenqualen bereitet, in das niedrige Gefährt und wieder heraus zu klettern.

Genau wie er beabsichtigt hatte, schien der halbe Tisch inzwischen seine Anwesenheit bemerkt zu haben. Strike hatte sich so positioniert, dass er die Spiegelbilder in den dunklen Terrassentüren sehen konnte. Zwei Elizabeth Tassels sahen ihn finster über zwei Speisekarten hinweg an, zwei Ninas ignorierten ihn demonstrativ, und zwei glatzköpfige Chards holten je einen Kellner herbei und flüsterten ihnen etwas in die Ohren.

»Ist das derselbe Kahlkopf, den wir im River Café gesehen haben?«, fragte Al.

»Ja«, sagte Strike und grinste, als sich der undurchsichtige Kellner von seinem gespiegelten Gespenst löste und auf sie zukam. »Ich glaube, gleich wird man uns fragen, ob wir überhaupt hier sein dürfen.«

»Ich bedaure aufrichtig, Sir«, setzte der Kellner halblaut an, als er Strike erreicht hatte. »Aber dürfte ich fragen …«

»Al Rokeby – mein Bruder und ich sind mit Duncan Gilfedder hier«, antwortete Al liebenswürdig, noch ehe Strike reagieren konnte. Al war die Überraschung, überhaupt gefragt worden zu sein, deutlich anzuhören. Er war ein charmanter, privilegierter junger Mann mit exzellenten Referenzen, der überall willkommen war und der, indem er Strike ganz beiläufig unter seine Familienfittiche nahm, diesem den gleichen selbstverständlichen Anspruch vermittelte. Aus seinem schmalen Gesicht blickten unverkennbar Jonny Rokebys Augen. Der Kellner entschuldigte sich leise und zog sich hastig zurück.

»Willst du sie einfach nur kirre machen?«, fragte Al und blickte zum Tisch des Verlegers hinüber.

»Kann nicht schaden«, antwortete Strike lächelnd, nahm einen Schluck Whisky und beobachtete, wie Daniel Chard zu einer eindeutig gestelzten Ansprache zu Pinkelmans Geburtstag ansetzte. Eine Karte und ein Geschenk wurden unter dem Tisch hervorgezaubert. Jeder Augenkontakt mit dem alten Schriftsteller, jedes Lächeln war begleitet von einem nervösen Seitenblick auf den großen dunklen Mann, der sie von der Bar aus anstarrte. Allein Michael Fancourt hatte sich noch nicht umgedreht. Entweder hatte er die Anwesenheit des Detektivs noch nicht bemerkt, oder aber er störte sich nicht daran.

Nachdem allen die Vorspeise serviert worden war, erhob sich Jerry Waldegrave und kam hinter dem Tisch hervor zur Bar. Ninas und Elizabeths Blicke folgten ihm. Auf dem Weg zu den Toiletten nickte Waldegrave Strike nur zu. Erst auf dem Rückweg blieb er kurz bei ihm stehen.

»Bin überrascht, Sie hier zu sehen.«

»Wirklich?«, fragte Strike.

»Wirklich«, sagte Waldegrave. »Sie – äh – machen die Leute nervös.«

»Daran kann ich nichts ändern«, sagte Strike.

»Sie könnten aufhören, uns so anzustarren.«

»Das ist mein Bruder Al«, sagte Strike, als hätte er den letzten Satz nicht gehört.

Al streckte strahlend die Hand vor, und Waldegrave schüttelte sie sichtlich verdattert.

»Sie verärgern Daniel«, erklärte Waldegrave und sah dem Detektiv dabei in die Augen.

»Zu schade«, sagte Strike.

Der Lektor fuhr sich durch das wirre Haar.

»Also, wenn Sie das so sehen …«

»Es überrascht mich, dass es Sie noch interessiert, was Daniel Chard empfindet.«

»Nicht besonders«, sagte Waldegrave, »aber er kann seiner Umgebung das Leben zur Hölle machen, wenn er schlecht gelaunt ist. Ich möchte, dass Pinkelman den Abend genießt. Ich verstehe nicht, was Sie hier wollen.«

»Ich bin nur hier, um etwas abzugeben«, sagte Strike.

Er zog einen unbeschrifteten weißen Umschlag aus einer Innentasche.

»Was ist das?«

»Das ist für Sie«, sagte Strike.

Verblüfft nahm Waldegrave den Umschlag entgegen.

»Etwas, worüber Sie sich Gedanken machen sollten«, sagte Strike und schob sich im Lärm der Bar dichter an den verwirrten Lektor heran. »Fancourt hatte Mumps, müssen Sie wissen, bevor seine Frau starb.«

»Wie bitte?«, fragte Waldegrave verständnislos.

»Er hat keine Kinder. Er ist ziemlich sicher unfruchtbar. Ich dachte, das würde Sie vielleicht interessieren.«

Waldegrave starrte ihn an, klappte den Mund auf, wusste nichts zu sagen und ging wortlos davon. Den weißen Umschlag hielt er immer noch in der Hand.

»Was war das denn?«, fragte Al ungläubig.

»Plan A«, sagte Strike. »Wir werden sehen.«

Waldegrave setzte sich wieder an den Verlagstisch. Zusammen mit seinem Spiegelbild im schwarzen Fenster öffnete er den Umschlag, den Strike ihm gegeben hatte. Ungläubig zog er einen zweiten Umschlag aus dem ersten. Diesmal war ein Name daraufgekrakelt.

Der Lektor sah zu Strike auf, der die Brauen hochzog.

Jerry Waldegrave zögerte, wandte sich dann an Elizabeth Tassel und übergab ihr den Umschlag. Stirnrunzelnd las sie die Beschriftung. Ihr Blick zuckte zu Strike herüber. Er prostete ihr lächelnd mit seinem Glas zu.

Im ersten Moment schien sie nicht zu wissen, wie sie reagieren sollte; dann stupste sie die junge Frau an ihrer Seite an und reichte den Umschlag weiter.

Der Umschlag reiste den ganzen Tisch hinauf und ums Kopfende bis in die Hände von Michael Fancourt.

»Das wäre geschafft«, sagte Strike. »Ich gehe in den Garten, eine rauchen, Al. Bleib hier und lass dein Handy an.«

»Handys sind hier nicht erlaubt...«

Dann sah Al in Strikes Gesicht und korrigierte sich hastig: »In Ordnung.«

48

Wendet die Seidenraupe fürwahr ihr gelbes Müh'n
Auf für Euch? Für Euch gibt sie ihr Leben hin?

THOMAS MIDDLETON, *DIE TRAGÖDIE VOM RÄCHER*

Der Garten war verlassen und bitterkalt. Strike versank bis
zum Knöchel im Schnee, allerdings spürte er die durch sein
rechtes Hosenbein sickernde Kälte nicht. Die Raucher, die
sich normalerweise auf den gemähten Rasenflächen versammelt hätten, hatten heute allesamt der Straße den Vorzug
gegeben. Umgeben von stiller Schönheit, pflügte Strike eine
einsame Spur durch das gefrorene Weiß, bis er neben einem
kleinen runden Teich stehen blieb, der sich in eine dicke graue
Eisscheibe verwandelt hatte. In der Mitte saß ein rundlicher
Bronze-Eros auf einer übergroßen Muschel. Er trug eine
Schneeperücke und zielte mit Pfeil und Bogen hoch in den
dunklen Himmel und somit nirgendshin, wo er ein menschliches Wesen hätte treffen können.

Strike zündete sich eine Zigarette an und drehte sich wieder zu den hell erleuchteten Fenstern des Clubs um. Die
Gäste und Kellner wirkten wie bewegte Schattenfiguren auf
einer beleuchteten Leinwand.

Wenn Strike den Mann richtig einschätzte, würde er
kommen. War dies nicht eine unwiderstehliche Verlockung
für jeden Autor, für einen Menschen, der zwanghaft Erfah-

rungen in Worte webte, der das Makabere und Abseitige liebte?

Und tatsächlich hörte Strike nur Minuten später eine Tür aufgehen, ein paar hastig wieder gedämpfte Gesprächs- und Musikfetzen und dann dumpfe Schritte im Schnee.

»Mr. Strike?« In der Dunkelheit sah Fancourts Kopf noch größer aus. »Wäre es nicht einfacher, auf die Straße zu gehen?«

»Ich ziehe hierfür den Garten vor«, sagte Strike.

»Verstehe.«

Fancourt klang halb amüsiert, als wollte er – wenigstens vorübergehend – Strike gewähren lassen. Vermutlich, dachte der Detektiv, sprach es die dramatische Ader des Autors an, dass ausgerechnet er von dem Tisch voll zappeliger Gäste weggerufen worden war, um mit dem Mann zu sprechen, der sie alle so nervös machte.

»Worum geht es?«, fragte Fancourt.

»Mich interessiert Ihre Meinung«, sagte Strike. »Es geht um eine kritische Analyse von *Bombyx Mori*.«

»Schon wieder?«, fragte Fancourt. Seine Leutseligkeit kühlte ebenso schnell ab wie seine Füße. Er zog den Mantel fester um sich und sagte unter den dicht und schnell fallenden Schneeflocken: »Ich habe über dieses Buch alles gesagt, was ich darüber zu sagen habe.«

»Gleich bei meinem ersten Gespräch über *Bombyx Mori* hat man mir erklärt«, sagte Strike, »dass es an Ihre frühen Arbeiten erinnern würde. ›Literweise Blut‹ und ›kryptischer Symbolismus‹ waren die dabei verwendeten Vokabeln, wenn ich mich recht entsinne.«

»Und?«, fragte Fancourt, die Hände in den Hosentaschen.

»Tja, und mit je mehr Menschen ich sprach, die Quine gekannt hatten, umso deutlicher wurde, dass das Buch, das am

Ende alle gelesen haben, nur wenig mit demjenigen gemein hatte, das zu schreiben er behauptet hatte.«

Fancourts Atem stieg in einer Dampfwolke vor ihm auf und verdeckte das wenige, was Strike von seinen schwerfälligen Gesichtszügen erkennen konnte.

»Ich habe sogar eine junge Frau getroffen, die mir erzählt hat, sie hätte einen Abschnitt aus dem Manuskript vorgelesen bekommen, der in der Endfassung überhaupt nicht auftaucht.«

»Autoren streichen mitunter ganze Passagen.« Die Schultern fast bis zu den Ohren hochgezogen, trat Fancourt von einem Fuß auf den anderen. »Ehrlich gestanden hätte es Owen gut angestanden, sein Werk noch wesentlich energischer zu straffen. Um den einen oder anderen Roman, genauer gesagt.«

»Außerdem sind da all die Doppelungen aus seinen früheren Werken«, fuhr Strike fort. »Zwei Hermaphroditen. Zwei blutige Säcke. Der ganze unnötige Sex.«

»Er war ein Mann von begrenzter Fantasie, Mr. Strike.«

»Er hinterließ einen Zettel, auf dem er handschriftlich offenbar eine Reihe möglicher Namen notiert hatte. Einer dieser Namen taucht auf einem benutzten Schreibmaschinenfarbband auf, das aus seinem Arbeitszimmer mitgenommen wurde, ehe die Polizei es versiegelte. Im fertigen Manuskript ist dieser Name allerdings nirgends zu finden.«

»Dann hat er es sich eben anders überlegt«, entgegnete Fancourt gereizt.

»Es ist ein ganz alltäglicher Name, nicht annähernd so symbolisch oder archetypisch wie die Namen im fertigen Manuskript«, sagte Strike.

Jetzt, da sich seine Augen allmählich an die Dunkelheit gewöhnt hatten, entdeckte Strike einen Anflug von Neugier in Fancourts trägen Gesichtszügen.

»Ein ganzes Restaurant wurde Zeuge von Quines – wie ich meine – letzter Mahlzeit und seinem letzten öffentlichen Auftritt«, fuhr Strike fort. »Eine glaubwürdige Zeugin behauptet, Quine habe durch das ganze Restaurant gebrüllt, dass Tassel nur deshalb zu feige sei, das Buch zu vertreten, weil es darin unter anderem um ›Fancourts Schlappschwanz‹ gehe.«

Er bezweifelte, dass die zappeligen Gäste am Tisch des Verlags ihn und Fancourt erkennen konnten. Bestimmt verschwanden ihrer beider Silhouetten zwischen den Bäumen und Statuen, doch die wahrhaft Entschlossenen oder Verzweifelten konnten ihren Standort trotzdem an dem winzigen Leuchtfeuer von Strikes glühender Zigarette ausmachen wie den Laser eines Scharfschützengewehrs.

»Die Sache ist nur, dass in *Bombyx Mori* nichts über Ihren Schwanz zu lesen steht«, fuhr Strike fort. »Genauso wenig, wie Quines Geliebte oder ihre junge Transgender-Freundin als ›schöne verlorene Seelen‹ beschrieben werden, so wie er es ihnen versprochen hatte. Und Seidenraupen werden auch nicht mit Säure überschüttet; man kocht sie, um den Kokon zu erhalten.«

»*Und?*«, wiederholte Fancourt.

»Und so sehe ich mich zu dem Schluss gezwungen«, sagte Strike, »dass das *Bombyx Mori*, das alle gelesen haben, ein anderes Buch ist als jenes *Bombyx Mori*, das Quine geschrieben hatte.«

Fancourt hörte auf, von einem Fuß auf den anderen zu treten. Vorübergehend erstarrt, machte er den Eindruck, als dächte er ernsthaft über Strikes Schlussfolgerung nach.

»Ich – nein«, sagte er fast zu sich selbst, wie es schien. »Das Buch hat Quine geschrieben. Es ist sein Stil.«

»Komisch, dass Sie das sagen, denn alle anderen, die ein gutes Ohr für Quines speziellen Stil hatten, meinten, in dem

Manuskript eine fremde Stimme zu hören. Daniel Chard schrieb sie Waldegrave zu. Waldegrave vermutete Elizabeth Tassel dahinter. Und Christian Fisher glaubte, Sie zu hören.«

Fancourt hob mit seiner üblich lässigen Arroganz die Schultern. »Vielleicht wollte Quine einen besseren Schriftsteller imitieren.«

»Finden Sie nicht, dass er die lebenden Vorbilder für seine Figuren eigenartig ungerecht behandelt hat?«

Fancourt nahm die Zigarette entgegen, die Strike ihm anbot, ließ sich Feuer geben und lauschte interessiert, ohne ein Wort zu sagen.

»Er erklärt seine Frau und seine Agentin zu Parasiten«, sagte Strike. »Das ist nicht gerade fein, aber es ist kein besonders origineller Vorwurf gegenüber den beiden Frauen, die, wenn man so will, von seinen Einkünften lebten. Er deutet an, dass seine Geliebte kein großer Tierfreund ist, und streut dabei etwas ein, was entweder ein verschleierter Hinweis darauf sein könnte, dass sie literarischen Dünnpfiff produziert, oder aber eine ziemlich gestörte Anspielung auf eine Brustkrebs-Erkrankung. Seine Transgender-Freundin kommt mit einem Seitenhieb auf ihre Stimmübungen weg – und das, nachdem sie behauptet hat, sie habe ihm die Memoiren gezeigt, an denen sie schrieb, und ihm gegenüber ihre intimsten Geheimnisse offenbart. Er beschuldigt Chard, Joe North umgebracht zu haben, und lässt dann eine derbe Anspielung fallen, was Chard viel lieber mit ihm gemacht hätte. Und dann wäre da noch der Vorwurf, dass Sie schuld am Tod Ihrer ersten Frau seien. All das sind entweder bekannte Tatsachen, weit verbreitete Gerüchte oder wohlfeile Anschuldigungen.«

»Die deshalb nicht weniger schmerzen«, sagte Fancourt leise.

»Zugegeben«, sagte Strike. »Das Buch gab vielen Leuten

Anlass, sauer auf ihn zu sein. Aber die einzige wirkliche Enthüllung in dem Buch ist die Andeutung, dass Sie der Vater von Joanna Waldegrave sein könnten.«

»Ich habe Ihnen schon bei unserer letzten Begegnung – wenn auch nicht ausdrücklich – erklärt«, sagte Fancourt hörbar angespannt, »dass dieser Vorwurf nicht nur falsch, sondern völlig abwegig ist. Ich bin unfruchtbar, wie Quine …«

»Wie Quine hätte wissen müssen«, stimmte Strike ihm zu, »weil Sie beide immer noch miteinander befreundet waren, als Sie Mumps bekamen, und weil er in den *Brüdern Balzac* schon einmal darauf angespielt hatte. Aber das macht die Anschuldigung gegen den Schnittmeister nur umso seltsamer, finden Sie nicht? So als wäre die Passage von jemandem geschrieben worden, der nicht wusste, dass Sie unfruchtbar sind. Ist Ihnen das nicht aufgefallen, als Sie das Buch gelesen haben?«

Der Schnee fiel in dichten Flocken auf die Häupter und Schultern der beiden Männer.

»Ich denke, es war Owen egal, ob irgendetwas davon stimmte oder nicht«, sagte Fancourt langsam und stieß eine Rauchwolke aus. »Dreck bleibt immer kleben, und er schleuderte wild damit herum. Ich denke, er wollte einfach so viel Unheil stiften wie nur möglich.«

»Glauben Sie, er hat Ihnen deswegen eine Vorabkopie des Manuskripts geschickt?« Als Fancourt stumm blieb, fuhr Strike fort: »Das lässt sich leicht nachprüfen, wissen Sie? Ob Kurier oder Post – bestimmt gibt es irgendwo Aufzeichnungen. Sie können es mir ruhig erzählen.«

Es blieb lange still.

»Na schön«, sagte Fancourt schließlich.

»Wann haben Sie es bekommen?«

»Am Morgen des Sechsten.«

»Was haben Sie damit gemacht?«

»Es verbrannt«, erklärte Fancourt knapp, genau wie Kathryn Kent. »Mir war klar, was er damit bezwecken wollte: Er versuchte, einen öffentlichen Skandal zu provozieren, um möglichst viel Publicity zu bekommen. Der letzte Ausweg eines Versagers – aber diesen Gefallen wollte ich ihm nicht tun.«

Offenbar öffnete und schloss jemand die Tür zum Garten, denn für einen Moment drangen erneut fröhliche Gesprächsfetzen aus dem Haus zu ihnen herüber. Unsichere Schritte tappten durch den Schnee, dann ragte ein breiter Schatten aus der Dunkelheit auf.

»Was«, krächzte Elizabeth Tassel, die sich in einen schweren Mantel mit Pelzkragen gehüllt hatte, »ist denn hier draußen los?«

Sobald Fancourt ihre Stimme hörte, schickte er sich an, ins Haus zurückzugehen. Strike fragte sich, wann sich die beiden das letzte Mal in einer Gruppe von weniger als hundert Leuten begegnet waren.

»Könnten Sie noch ganz kurz warten?«, fragte Strike den Schriftsteller.

Fancourt zögerte, und mit ihrer tiefen, rauen Stimme wandte sich Tassel an Strike. »Pinks sehnt sich nach Michael.«

»Das können Sie ihm bestimmt sehr gut nachfühlen«, sagte Strike.

Der Schnee legte sich flüsternd auf das Laub und den gefrorenen Teich, in dem der Eros saß und mit seinem Pfeil himmelwärts zielte.

»Sie fanden Elizabeths Schriften ›beklagenswert unoriginell‹, war es nicht so?«, fragte Strike Fancourt. »Sie studierten beide elisabethanische Rachedramen, was die Ähnlichkeit Ihrer beider Schreibstile erklärt. Aber Sie«, wandte sich Strike an Tassel, »sind noch besser darin, fremde Schreibstile zu imitieren, glaube ich.«

Er hatte gewusst, dass sie zu ihnen stoßen würde, sobald er Fancourt aus der Gruppe entfernte. Ihm war klar gewesen, dass es ihr keine Ruhe lassen würde, was er dem Schriftsteller in der Dunkelheit wohl erzählte. Jetzt stand sie reglos vor ihm, während der Schnee auf ihrem Pelzkragen und ihrem stahlgrauen Haar landete. Im schwachen Licht aus den fernen Fenstern des Clubs konnte Strike gerade noch ihre Züge ausmachen. Ihr Blick war bemerkenswert eindringlich und leer. Sie hatte die toten, ausdruckslosen Augen eines Hais.

»Elspeth Fancourts Stil haben Sie beispielsweise perfekt nachgeahmt.«

Stumm klappte Fancourt den Mund auf. Sekundenlang war außer dem leise fallenden Schnee nur das Pfeifen aus Elizabeth Tassels Lunge zu hören.

»Ich hatte von Anfang an das Gefühl, dass Quine etwas gegen Sie in der Hand hatte«, sagte Strike. »Sie kamen mir nicht vor wie die Art Frau, die sich als Privatbank und Dienstmädchen missbrauchen und die einen Fancourt ziehen lässt und stattdessen Quine als Klienten behält. Dieser ganze Mist von wegen künstlerischer Freiheit… *Sie* haben die Parodie geschrieben, die Elspeth Fancourt in den Selbstmord getrieben hat. Über die Jahre hatten alle ausschließlich Ihr Wort, dass Owen das Stück geschrieben und es Ihnen sogar gezeigt hätte. Tatsächlich verhielt es sich genau andersherum.«

Wieder herrschte bis auf das Rascheln des Schnees und das leise, gespenstische Pfeifen in Elizabeth Tassels Brust vollkommene Stille. Mit offenem Mund drehte Fancourt sich von der Agentin weg und wandte sich Strike zu.

»Die Polizei hatte den Verdacht, dass Quine Sie erpresste«, sagte Strike, »aber Sie haben sie mit dem Rührstück eingewickelt, dass Sie ihm Geld für Orlando geliehen hätten. Sie zahlen inzwischen seit über einem Vierteljahrhundert an Owen, habe ich recht?«

Er versuchte, sie aus der Reserve zu locken, doch sie blieb stumm und starrte ihn nur aus ihren dunklen, leeren Augen an, die wie Löcher in ihrem ausdruckslosen, bleichen Gesicht lagen.

»Wie haben Sie sich selbst beschrieben, als wir zusammen beim Mittagessen waren?«, fragte Strike sie. »Als ›Inbegriff der unbescholtenen alten Jungfer‹? Aber dann fanden Sie ein Ventil für Ihre Frustrationen, nicht wahr, Elizabeth?«

Die irren, leeren Augen richteten sich unvermittelt auf Fancourt, der unruhig sein Gewicht von einem Fuß auf den anderen verlagerte.

»War es ein gutes Gefühl, sich durch Ihren gesamten Bekanntenkreis zu schänden und zu morden, Elizabeth? Eine einzige gewaltige Explosion der Bösartigkeiten und Obszönitäten, mit der Sie sich an allen rächen und sich selbst als unverstandenes Genie darstellen konnten, mit der Sie Seitenhiebe auf all diejenigen mit einem erfüllteren Liebesleben austeilen und...«

Eine leise Stimme drang durch die Dunkelheit, und im ersten Moment begriff Strike überhaupt nicht, woher sie kam. Sie klang unheimlich, fremd, unnatürlich hoch und kränklich – die Stimme einer Irren, die sich bemühte, unschuldig und freundlich zu klingen.

»Nein, Mr. Strike«, flüsterte sie wie eine Mutter, die einem einschlafenden Kind zuredet, sich nicht aufzusetzen, sich nicht zu wehren. »Sie armer, dummer Mann. Sie armes Ding.«

Sie quälte sich ein Lachen ab, das ihre Brust zum Beben und ihre Lunge erneut zum Pfeifen brachte.

»Er wurde in Afghanistan schwer verletzt«, erklärte sie Fancourt mit ihrer gespenstischen Säuselstimme. »Ich glaube, er hat ein Trauma erlitten. Einen Hirnschaden – genau wie Orlando. Er braucht Hilfe, der arme Mr. Strike.«

Ihr Atem ging immer schwerer, und das Pfeifen wurde lauter.

»Sie hätten sich eine Maske kaufen sollen, nicht wahr, Elizabeth?«, fragte Strike.

Er meinte zu sehen, wie ihre Augen dunkler und größer wurden, wie sich die Pupillen unter dem einschießenden Adrenalin weiteten. Die klobigen, männlichen Hände hatten sich zu Klauen gekrampft.

»Sie dachten, Sie hätten alles berücksichtigt, stimmt's? Seile, Verkleidung, Overalls zum Schutz gegen die Säure – aber Ihnen war nicht klar, dass Ihre Atemwege durch die Dämpfe geschädigt würden.«

Die kalte Luft verschlimmerte ihre Kurzatmigkeit. In ihrer Panik klang sie fast, als würde sie vor Erregung keuchen.

»Ich glaube«, erklärte Strike mit berechnender Grausamkeit, »dass Sie das im wahrsten Sinn verrückt gemacht hat, Elizabeth, nicht wahr? Jedenfalls sollten Sie lieber hoffen, dass Ihnen die Geschworenen diese Erklärung abkaufen. Was für ein vergeudetes Leben. Geschäftlich am Ende, kein Mann, keine Kinder... Sagen Sie, kam es zwischen Ihnen beiden je zu einem erfolglosen Kopulationsversuch?«, fragte Strike unverblümt und beobachtete dabei die beiden Profile. »Diese ›Schlappschwanz‹-Geschichte... Für mich klingt das so, als hätte Quine im wahren *Bombyx Mori* darüber schreiben wollen.«

Weil sie mit dem Rücken zum Licht standen, konnte er ihre Mienen nicht lesen, aber ihre Körpersprache war Antwort genug: Die abrupte Bewegung voneinander weg und zu ihm hin beschwor den Geist einer vereinten Front herauf.

»Wann war das?«, fragte Strike, den Blick auf Elizabeths

dunkle Silhouette gerichtet. »Nach Elspeths Tod? Aber dann haben Sie sich lieber Fenella Waldegrave zugewandt, nicht wahr, Michael? Und bei ihr hatten Sie keine Probleme, ihn hochzukriegen, nehme ich doch an?«

Elizabeth schnappte hörbar nach Luft. Es war, als hätte er sie geschlagen.

»Herrgott noch mal«, knurrte Fancourt. Inzwischen war er wütend auf Strike. Strike ignorierte den unausgesprochenen Tadel. Er würde jetzt nicht von Elizabeth ablassen, er wollte sie weiter vor sich hertreiben, während ihre Lunge im Schneetreiben nach Sauerstoff lechzte.

»Bestimmt waren Sie stinkwütend, als Quine sich hinreißen ließ und im River Café anfing, den Inhalt des wahren *Bombyx Mori* auszuplaudern, oder nicht? Nachdem Sie ihn gewarnt hatten, kein Sterbenswort darüber zu verlieren?«

»Irrsinnig. Sie sind ja irrsinnig«, flüsterte sie und zwang sich unter den Haiaugen zu einem Lächeln, bei dem ihre großen gelben Zähne aufblitzten. »Der Krieg hat Sie nicht nur zum Krüppel gemacht …«

»Sehr nett«, meinte Strike lobend. »Da ist sie ja, die tyrannische Bulldogge, von der mir alle erzählt haben.«

»Sie humpeln durch ganz London, nur weil Sie um jeden Preis in die Zeitung kommen wollen«, keuchte sie. »Sie sind genau wie der arme Owen, genau wie er … Er hat die Presse ja so geliebt, nicht wahr, Michael?« Flehend wandte sie sich an Fancourt. »War Owen nicht ganz wild auf jede Publicity? Wie ein kleiner Junge ist er losgerannt und hat Verstecken gespielt …«

»Sie haben Quine dazu ermuntert, sich in der Talgarth Road zu verstecken«, sagte Strike. »Es war allein Ihre Idee.«

»Das muss ich mir nicht länger anhören«, flüsterte sie und nahm mit pfeifender Lunge einen tiefen Zug Winterluft, um dann die Stimme anzuheben: »*Das muss ich mir nicht länger anhören, Mr. Strike, oh nein. Niemand hört Ihnen zu, Sie armer Trottel...*«

»Sie haben mir selbst erzählt, dass Quine nach Lob lechzte«, erhob Strike seinerseits die Stimme über den hohen Singsang, mit dem sie ihn zu übertönen versuchte. »Ich glaube, er hat Ihnen schon vor Monaten den Inhalt von *Bombyx Mori* geschildert, und ich glaube, es ging darin auch um Michael – nicht in so derber Form wie beim Prahlhans, aber vielleicht hat er sich ja darüber lustig gemacht, dass er ihn nicht hochbekommt? ›Tag der Rache für uns beide‹, richtig?«

Genau wie er es erwartet hatte, schnappte sie kurz nach Luft, und ihr irrer Gesang verstummte.

»Sie haben Quine erklärt, dass *Bombyx Mori* brillant klinge, dass es das beste Buch sei, das er je geschrieben habe, dass es sein Durchbruch werden könne, dass er jedoch kein Wort über den Inhalt verlieren dürfe, um keinen Rechtsstreit zu riskieren und damit der Knall bei der Veröffentlichung umso lauter würde. Und währenddessen schrieben Sie die ganze Zeit an Ihrer eigenen Version. Sie hatten reichlich Zeit zum Üben, nicht wahr, Elizabeth? Sechsundzwanzig Jahre voller einsamer Abende. Sie hätten nach Ihrem ersten Werk in Oxford noch reihenweise Bücher schreiben können... Aber worüber hätten Sie schreiben sollen? Sie hatten nicht gerade ein erfülltes Leben, oder?«

Nackter Zorn blitzte in ihrem Gesicht auf. Ihre Finger krümmten sich, aber noch konnte sie sich beherrschen. Strike wollte erreichen, dass ihre Fassade bröckelte, dass sie einknickte, aber die Haifischaugen schienen nur darauf zu warten, dass er eine Schwäche, eine Angriffsstelle zeigte.

»Sie haben aus einem Mordplan einen Roman geschmiedet. Dass die Eingeweide entfernt und der Leichnam mit

Säure übergossen wurden, war keine Symbolik. Damit sollten die Rechtsmediziner in die Irre geführt werden – und doch hat jeder es für Fiktion gehalten. Und dann haben Sie diesen dämlichen, egoistischen Bastard auch noch dazu gebracht, bei der Planung seines eigenen Todes mitzuwirken. Sie haben ihm erzählt, Ihnen sei etwas Großartiges eingefallen, um die mediale Aufmerksamkeit und die Profite zu maximieren: Erst würden Sie beide in aller Öffentlichkeit einen Streit anzetteln – wobei Sie behaupten würden, das Buch sei zu anstößig, um veröffentlicht zu werden –, und dann müsse er verschwinden. Sie würden Gerüchte über den Inhalt des Buches in die Welt setzen, und zu guter Letzt würden Sie Quine, wenn er sich endlich finden ließe, einen dicken, fetten Deal sichern.«

Sie schüttelte den Kopf, und ihre Lunge ackerte hörbar, aber ihr toter Blick wich keine Sekunde lang von seinem Gesicht.

»Er lieferte das Buch ab. Sie behielten es ein paar Tage – bis zur Bonfire Night, um sicherzugehen, dass es draußen laut genug war. Dann schickten Sie Kopien des gefälschten *Bombyx* an Fisher – um das Buch ordentlich ins Gespräch zu bringen –, an Waldegrave und an Michael. Sie inszenierten Ihren öffentlichen Streit, und danach folgten Sie Quine zur Talgarth Road...«

»Nein«, sagte Fancourt, der offenkundig nicht länger schweigen konnte.

»Doch«, erwiderte Strike gnadenlos. »Quine kam gar nicht auf den Gedanken, dass er von Elizabeth etwas zu befürchten haben könnte – doch nicht von seiner Mitverschwörerin beim Comeback des Jahrhunderts. Ich glaube, er hatte komplett vergessen, dass er Sie jahrelang mehr oder weniger erpresst hatte, nicht wahr?«, fragte er Tassel. »Inzwischen war es ihm einfach zur Gewohnheit geworden, Geld von Ihnen zu bekommen, wenn er danach fragte. Ich bezweifle, dass Sie je wieder über diese Parodie gesprochen haben, die Ihr Leben ruinierte. Und wissen Sie, was meiner Ansicht nach passierte, nachdem er Sie ins Haus gelassen hatte, Elizabeth?«

Unwillkürlich tauchte die Szene vor Strikes innerem Auge auf: das große Rundbogenfenster, der im Zentrum des Raums wie für ein grauenvolles Stillleben ausgelegte Leichnam.

»Ich glaube, Sie haben diesen armen, naiven, narzisstischen Tropf überredet, für ein Werbefoto zu posieren. Musste er sich dafür hinknien? Hat der Held in seinem Buch gefleht oder gebetet? Oder wurde er gefesselt wie *Ihr* Bombyx? Das hätte Quine bestimmt gefallen, oder? Gefesselt zu posieren? Auf diese Weise konnte man leicht und problemlos hinter ihn treten und ihm mit einem eisernen Türstopper den Schädel einschlagen, nicht wahr? Inmitten des Feuerwerkslärms in der Nachbarschaft schlugen Sie Quine k. o., fesselten ihn, schnitten ihn auf und...«

Fancourt stieß ein ersticktes Stöhnen aus. Tassel hatte indes die Sprache wiedergefunden und gurrte ihm in einer Travestie des Trostes zu: »Sie sollten einen Arzt aufsuchen, Mr. Strike. *Armer* Mr. Strike«, und dann legte sie zu seiner Überraschung eine große Hand auf seine verschneite Schulter. Bei dem Gedanken, was diese Hände getan hatten, trat Strike unwillkürlich einen Schritt zurück, woraufhin ihr Arm schwer nach unten fiel und sich die Finger wie im Reflex zusammenkrallten.

»Sie packten Owens Magen und Därme und das Originalmanuskript in eine Reisetasche«, fuhr der Detektiv fort. Sie hatte sich so nahe an ihn herangeschoben, dass er wieder die Kombination von Parfüm und kaltem Zigarettenrauch riechen konnte. »Dann zogen Sie Quines Umhang und Hut an und gingen aus dem Haus. Unterwegs schoben Sie eine vierte Kopie des gefälschten *Bombyx-Mori*-Manuskripts durch

Kathryn Kents Briefschlitz, um den Kreis der Verdächtigen zu erweitern und um eine weitere Frau zu belasten, die das bekommen hatte, was Sie nie hatten – Sex. Gemeinschaft. Wenigstens einen Freund.«

Sie täuschte wieder ein Lachen vor, aber diesmal klang es manisch. Ihre Finger krallten sich immer noch in regelmäßigen Abständen zusammen.

»Sie hätten sich fantastisch mit Owen verstanden«, flüsterte sie. »Nicht wahr, Michael? Wäre er nicht großartig mit Owen ausgekommen? Kranke Fantasten... Die Leute werden Sie auslachen, Mr. Strike.« Sie keuchte schwerer als je zuvor, und die toten, leeren Augen starrten ihn aus ihrem verhärteten, weißen Gesicht an. »Ein armer Krüppel, der sich noch einmal wichtig machen will, nur um seinem berühmten Vater...«

»Haben Sie auch nur einen Beweis für Ihre Behauptungen?«, fragte Fancourt durch das Schneegestöber. Seine Stimme war rau, als wünsche er sich, all das nicht glauben zu müssen. Dies hier war keine Tragödie aus Tinte auf Papier, keine Sterbeszene auf einer Theaterbühne. Hier neben ihm stand seine Freundin aus Studienzeiten, und was immer ihnen in der Folgezeit auch widerfahren sein mochte, ertrug er die Vorstellung kaum, dass das große, unansehnliche, in ihn verknallte Mädchen von einst sich in eine Frau verwandelt hatte, die zu einem derart grotesken Mord fähig war.

»Ja, ich habe Beweise«, sagte Strike ganz ruhig. »Zum Beispiel eine zweite elektrische Schreibmaschine – exakt das gleiche Modell, mit dem Quine geschrieben hatte –, die in eine schwarze Burka und mehrere Overalls mit Salzsäureflecken gewickelt und zusätzlich mit Steinen beschwert wurde. Ein mir bekannter Hobbytaucher hat sie vor ein paar Tagen aus dem Meer gezogen. Sie lag unter ein paar berüchtigten Klippen bei Gwithian: Hell's Mouth – eine Stelle, die auf Dorcus

Pengellys Buchumschlag abgebildet ist. Ich nehme an, sie hat Ihnen die Stelle gezeigt, als Sie bei ihr zu Besuch waren, nicht wahr, Elizabeth? Sind Sie später dorthin zurückgekehrt – unter dem Vorwand, dass Sie im Haus keinen Handyempfang hätten?«

Sie stieß ein tiefes, gespenstisches Stöhnen aus, als hätte sie einen Schlag in die Magengrube bekommen. Eine Sekunde lang bewegte sich keiner von ihnen, dann machte Tassel unbeholfen kehrt und stürmte und stolperte von ihnen weg auf das Gebäude zu. Ein helles gelbes Rechteck zitterte auf und verblasste wieder, als die Tür auf- und wieder zuging.

»Aber«, sagte Fancourt, lief ihr ein paar Schritte nach und drehte sich dann konsterniert zu Strike um, »Sie können sie doch nicht … Sie müssen sie aufhalten!«

»Ich kann sie nicht einholen«, sagte Strike und warf den Zigarettenstummel in den Schnee. »Das macht mein Knie nicht mit.«

»Sie könnte weiß Gott was tun …«

»Wahrscheinlich will sie sich umbringen«, stimmte Strike ihm zu und zog sein Handy heraus.

Der Schriftsteller starrte ihn an.

»Sie … Sie kaltblütiger Bastard!«

»Sie sind nicht der Erste, der das sagt«, stellte Strike fest und drückte eine Nummernkombination auf seinem Handy. »Fertig?«, sprach er hinein. »Es geht los.«

49

Wie Sterne leuchten Gefahren in dunklem Streben am
hellsten.

THOMAS DEKKER, *DER EDLE SPANISCHE SOLDAT*

An den Rauchern vor dem Club drängte sich blindlings und
durch den Schnee schlitternd eine große Frau vorbei. Mit wehendem pelzbesetztem Mantel begann sie, die dunkle Straße
hinaufzulaufen.

Aus einer Seitenstraße rollte ein Taxi mit eingeschaltetem
Schild heran, das sie wild mit den Armen rudernd anhielt.
Das Taxi kam rutschend zum Stehen; vor den Wagen warfen die Scheinwerfer zwei vom dicht fallenden Schnee abge-
schnittene Lichtkegel.

»Fulham Palace Road«, sagte die heisere, tiefe Stimme
schluchzend.

Sie fuhren vom Bordstein weg. Das Taxi war alt, die Trennscheibe verkratzt und leicht fleckig, weil der Besitzer jahrelang im Wagen geraucht hatte. Als das Licht der Straßenlaterne über sie hinwegzog, war im Rückspiegel zu sehen, wie
Elizabeth stumm und am ganzen Leib zitternd in ihre großen
Hände schluchzte.

Aber statt zu fragen, was geschehen sei, warf die Taxifahrerin über den Fahrgast hinweg einen Blick zurück dorthin,
wo die kleiner werdenden Gestalten zweier Männer zu sehen

waren, die jetzt über die verschneite Straße zu einem abseits geparkten roten Sportwagen eilten.

Als das Taxi links abbog, weinte Elizabeth Tassel immer noch in ihre Hände. Die dicke Wollmütze der Fahrerin kratzte, auch wenn sie während der stundenlangen Wartezeit ausgesprochen dankbar dafür gewesen war. Inmitten des unnachgiebigen Schneegestöbers, das die Straßen in Rutschbahnen verwandelt hatte, beschleunigte das Taxi die King's Road hinauf über den dicken Pulverschnee, der sich den Versuchen der Reifen, ihn zu Matsch zu zerquetschen, störrisch widersetzte.

»Wohin fahren Sie denn?«

»Straßensperren«, log Robin. »Wegen des Schnees.«

Kurz sah sie Elizabeth im Rückspiegel in die Augen. Die Agentin drehte sich um. Der rote Alfa Romeo war zu weit hinter ihnen, als dass sie ihn hätte sehen können. Wild flitzte ihr Blick über die vorüberziehenden Gebäude. Robin konnte das gespenstische Pfeifen aus ihrer Brust hören.

»Aber das ist die entgegengesetzte Richtung…«

»Ich biege gleich ab«, sagte Robin.

Sie sah zwar nicht, wie Elizabeth Tassel am Türgriff zog, aber sie hörte es. Sämtliche Türen waren verriegelt.

»Sie können mich hier absetzen«, sagte sie laut. »Lassen Sie mich sofort aussteigen!«

»Bei diesem Wetter bekommen Sie kein anderes Taxi«, sagte Robin.

Sie hatten darauf gesetzt, dass Tassel in ihrer Verzweiflung nicht so schnell merken würde, wohin sie unterwegs waren. Sie waren gerade mal am Sloane Square. Bis zum New Scotland Yard war es noch über eine Meile. Robin warf einen weiteren kurzen Blick in den Rückspiegel. Der Alfa Romeo war nur ein winziger roter Punkt in der Ferne.

Elizabeth hatte den Sicherheitsgurt gelöst.

»Halten Sie sofort an!«, brüllte sie. »Halten Sie an und lassen Sie mich aussteigen!«

»Hier kann ich nicht anhalten«, erklärte Robin ruhiger, als sie sich fühlte. Die Agentin hatte inzwischen die Rückbank verlassen und kratzte mit ihren großen Händen an der Trennscheibe. »Ich muss Sie bitten, sich wieder zu setzen, Madam...«

Die Scheibe glitt zur Seite. Elizabeths Hand packte Robins Mütze und eine Handvoll Haare, ihr Kopf schob sich nach vorn, bis er fast auf einer Höhe mit dem von Robin war. Ihr Gesicht war giftig verzerrt.

Robins Haar fiel ihr in verschwitzten Strähnen ins Gesicht. »Lassen Sie los!«

»Wer sind Sie?«, kreischte Tassel und schüttelte mit den Haaren in ihrer Faust Robins Kopf. »Ralph hat gesagt, er hätte eine Blondine im Müll wühlen sehen... *Wer sind Sie?*«

»Lassen Sie mich los!«, schrie Robin, während sich Tassels andere Hand um ihren Hals legte.

Zweihundert Meter hinter ihnen brüllte Strike Al an: »Gib Gas, verfluchte Scheiße, da stimmt was nicht, sieh doch nur...«

Das Taxi vor ihnen schleuderte quer über die Straße.

»Auf Eis ist der Wagen einfach Scheiße«, stöhnte Al, als der Alfa ins Schlittern kam, während das Taxi am Sloane Square mit Tempo um die Ecke bog und aus ihrem Blickfeld verschwand.

Tassel hing mittlerweile halb über dem Vordersitz und kreischte aus ihrer verätzten Kehle – Robin versuchte, sie mit einer Hand abzuwehren, während sie mit der anderen das Lenkrad umklammert hielt. Vor lauter Haaren und Schnee sah sie nicht mehr, wohin sie fuhr, und jetzt hatten sich beide Hände der Agentin um ihre Kehle geschlossen und drückten zu – Robin versuchte, die Bremse zu finden, doch als das Taxi stattdessen einen Satz nach vorn machte, begriff sie, dass sie aufs Gas gestiegen war. Sie bekam keine Luft mehr, musste beide Hände vom Steuer nehmen, um sich von Tassels Würgegriff zu befreien – Schreie von draußen, dann ein riesiger Satz durch die Luft, gefolgt von dem ohrenbetäubend lauten Splittern von Glas, dem Knirschen von Metall über Beton, dann der brennende Schmerz des einschneidenden Sicherheitsgurts, als das Taxi aufprallte, doch da sackte sie bereits weg, und um sie herum wurde alles schwarz …

»Scheiß auf den Wagen, halt an, wir müssen da hin!«, brüllte Strike über das Heulen der Alarmsirene aus dem Ladengeschäft und über die Schreie der wenigen Fußgänger hinweg. Al brachte den Alfa schleudernd zum Stehen, mitten auf der Straße und knapp hundert Meter von der Stelle entfernt, wo das Taxi die Schaufensterscheibe durchstoßen hatte. Al sprang aus dem Wagen, während Strike sich mühsam aufrichtete. Ein paar Passanten, zum Teil Heimkehrer von einer Weihnachtsfeier, die in ihrer Abendgarderobe zur Seite gesprungen waren, als das Taxi über den Bordstein gesetzt hatte, sahen fassungslos zu, wie Al rutschend und strauchelnd über den Schnee zur Unfallstelle rannte.

Die Tür im Fond des Taxis ging auf. Elizabeth Tassel kletterte vom Rücksitz und begann zu rennen.

»Halt sie auf, Al!«, bellte Strike, der sich immer noch durch den Schnee kämpfte. »Halt sie auf!«

Le Rosey hatte ein exzellentes Rugby-Team, und Al war es gewohnt, Befehle zu befolgen. Ein kurzer Sprint, dann hatte er sie mit einem perfekten Tackle zu Fall gebracht. Unter den entsetzten Protestschreien mehrerer Beobachterinnen schlug sie hart auf der verschneiten Straße auf, und gleich darauf hatte er die fluchende, um sich schlagende Agentin unter

Kontrolle, während er gleichzeitig die Versuche einiger Kavaliere abwehrte, seinem Opfer zu Hilfe zu kommen.

All das nahm Strike kaum wahr: Er schien sich in Zeitlupe zu bewegen und mühte sich verzweifelt ab, nicht hinzufallen, während er auf das unheilverheißend reglose, stille Taxi zustolperte. Al und seine fluchende, um sich schlagende Gefangene hatten alle so abgelenkt, dass niemand daran gedacht hatte, nach der Taxifahrerin zu sehen.

»Robin!«

Sie war seitlich auf dem Sitz zusammengesackt und hing in ihrem Sicherheitsgurt. Ihr Gesicht war blutig, aber als er sie ansprach, reagierte sie mit einem dumpfen Stöhnen.

»Scheiße, verdammt... dem Himmel sei Dank...«

Schon heulten Polizeisirenen über den Platz. Sie lärmten gegen die Alarmanlage und die immer lauter werdenden Proteste der schockierten Londoner an; Strike löste Robins Gurt, schob sie, als sie versuchte auszusteigen, sanft auf ihren Sitz zurück und sagte: »Bleiben Sie sitzen!«

»Sie hat gemerkt, dass wir nicht zu ihr nach Hause fuhren«, murmelte Robin. »Hat sofort gemerkt, dass ich den falschen Weg eingeschlagen hatte.«

»Völlig egal«, keuchte Strike. »Dafür ist Scotland Yard jetzt hier.«

Wie Diamanten flimmerten die Lichter in den nackten Bäumen rund um den Platz. Schnee fiel auf die wachsende Schar der Schaulustigen, auf das aus dem Schaufenster ragende Taxi und auf den mitten auf der Straße stehenden Sportwagen, während rundum Streifenwagen zum Stehen kamen, deren blitzende Blaulichter die überall verstreuten Glasscherben zum Funkeln brachten und deren Sirenen im Heulen der Alarmanlage untergingen.

Während sein Halbbruder lautstark zu erklären versuchte,

warum er mitten auf der Straße auf einer Sechzigjährigen lag, sank der erleichterte, erschöpfte Detektiv neben seiner im Taxi sitzenden Partnerin auf den Boden und hörte sich – wider Willen und gegen jedes Gebot des guten Geschmacks – laut lachen.

EINE WOCHE SPÄTER

50

Cynthia: Wie sagst du, Endymion, all dies war um der Liebe willen?
Endymion: Ich sage, Herrin, dann mögen mir die Götter die Rachsucht einer Frau bescheren.

JOHN LYLY, *ENDYMION ODER DER MANN IM MOND*

Strike hatte Robin und Matthew noch nie in ihrer Wohnung in Ealing besucht. Obwohl sie es nicht besonders gut aufgenommen hatte, hatte er darauf bestanden, dass sie sich freinahm, bis sie sich von der leichten Gehirnerschütterung und dem Strangulationsversuch erholt hatte.

»Robin«, hatte er ihr geduldig am Telefon erklärt, »ich muss das Büro ohnehin vorübergehend schließen. Die Denmark Street wimmelt nur so von Reportern … Ich bleibe vorerst bei Nick und Ilsa.«

Doch er konnte nicht nach Cornwall verschwinden, ohne sie vorher zu besuchen. Als sie die Haustür öffnete, stellte er erleichtert fest, dass die Blutergüsse an ihrem Hals und auf ihrer Stirn bereits zu schwachem Gelb und Blau verblasst waren.

»Wie geht es Ihnen?«, fragte er und putzte seine Schuhe an der Fußmatte ab.

»Ausgezeichnet!«, sagte sie.

Die Wohnung war klein, aber gemütlich, und sie roch nach ihrem Parfüm, das ihm bis dahin kaum je aufgefallen war.

Vielleicht war er empfindsamer für den Duft geworden, nachdem er ihn eine ganze Woche lang nicht gerochen hatte. Sie führte ihn durchs Wohnzimmer, das im gleichen Altweiß gestrichen war wie das von Kathryn Kent und in dem er interessiert eine Ausgabe von *Investigative Befragungen: Psychologie und Praxis* mit dem Umschlag nach oben auf einem Sessel liegen sah. In der Ecke stand ein kleiner Weihnachtsbaum, weiß und silbern geschmückt wie die Bäume am Sloane Square, die den Hintergrund für die Pressefotos des verbeulten Taxis gebildet hatten.

»Ist Matthew schon darüber hinweg?«, fragte Strike und ließ sich auf das Sofa sinken.

»Ich kann nicht behaupten, dass ich ihn noch nie so glücklich erlebt hätte«, erwiderte sie grinsend. »Tee?«

Sie wusste, wie er ihn gern trank: dunkel wie Kreosot.

»Ihr Weihnachtsgeschenk«, erklärte er ihr, als sie mit dem Tablett zurückkam, und überreichte ihr einen unbeschrifteten weißen Umschlag. Neugierig riss Robin ihn auf und zog mehrere zusammengeheftete Seiten heraus.

»Ein Überwachungskurs im Januar«, sagte Strike. »Damit Sie beim nächsten Mal keiner sieht, wenn Sie einen Beutel Hundescheiße aus dem Mülleimer ziehen.«

Sie lachte glücklich.

»Danke! *Danke!*«

»Die meisten Frauen hätten Blumen erwartet.«

»Ich bin nicht wie die meisten Frauen.«

»Ja, das ist mir auch schon aufgefallen«, sagte Strike und nahm sich ein Schokoladenplätzchen.

»Wurde er schon analysiert?«, fragte sie. »Der Hundehaufen?«

»Ja. Voll von Spuren menschlicher Eingeweide. Sie hat sie portionsweise aufgetaut. Sie haben Teile davon im Futternapf des Dobermanns und den Rest in ihrer Tiefkühltruhe gefunden.«

»Oh Gott.« Das Lächeln schien Robin vom Gesicht zu rutschen.

»Ein kriminelles Genie«, sagte Strike. »Sich in Quines Arbeitszimmer zu schleichen und zwei ihrer eigenen gebrauchten Farbbandkassetten hinter seinen Schreibtisch fallen zu lassen … Inzwischen hat sich Anstis dazu herabgelassen, sie ebenfalls testen zu lassen. Auf keiner davon ist Quines DNS zu finden. Er hat sie nie angerührt – ergo hat er auch nicht geschrieben, was darauf abgebildet ist.«

»Anstis redet also noch mit Ihnen?«

»Ungern. Aber es fällt ihm schwer, das Band zu zerschneiden. Schließlich hab ich ihm mal das Leben gerettet.«

»Richtig, das würde ziemlich merkwürdig aussehen«, stimmte Robin ihm zu. »Und die Polizei hat Ihre Theorie inzwischen übernommen?«

»Seit sie wissen, wonach sie suchen müssen, ist der Fall glasklar. Tassel hat die zweite Schreibmaschine vor knapp zwei Jahren gekauft. Die Burka und die Seile bestellte sie über Quines Kreditkarte und ließ sie in die Talgarth Road liefern, während die Arbeiter dort waren. Sie hatte mit den Jahren reichlich Gelegenheit, an seine Visa-Karte zu kommen: Vielleicht hat sie sie in ihrer Agentur aus seinem Mantel geholt, wenn er kurz pinkeln war … ihm die Brieftasche aus der Hosentasche gezogen, als sie ihn von irgendeiner Party heimfuhr und er besoffen oder eingeschlafen war … Sie kannte ihn gut genug, um zu wissen, dass er viel zu schludrig war, um seine Kreditkartenabrechnungen zu kontrollieren. Sie hatte Zugriff auf den Schlüssel zur Talgarth Road – leicht nachzumachen. Sie kannte sich im Haus aus, wusste, dass die Säure da war. Brillant – aber zu kompliziert«, urteilte Strike und nahm einen

Schluck von seinem dunkelbraunen Tee. »Offenbar liegt sie zurzeit auf der Suizidstation. Aber das Verrückteste haben Sie noch gar nicht gehört.«

»Das ist noch nicht alles?«, fragte Robin erstaunt.

Sosehr sie sich darauf gefreut hatte, Strike wiederzusehen, so dünnhäutig war sie nach den Ereignissen der Vorwoche immer noch. Sie setzte sich auf, sah ihn an, war auf alles gefasst.

»Sie hat das verfluchte Buch behalten.«

Robin sah ihn fragend an. »Was für ein …«

»Es lag bei den Eingeweiden in der Tiefkühltruhe. Voller Blutflecken, weil sie es zu seinen Därmen in die Tüte gepackt hatte. Das echte Manuskript. Das *Bombyx Mori*, das Quine geschrieben hatte.«

»Aber … Warum in aller Welt …«

»Weiß der Himmel. Fancourt meint …«

»Sie haben ihn getroffen?«

»Nur kurz. Er ist inzwischen zu dem Schluss gekommen, er hätte von Anfang an gewusst, dass es Elizabeth war. Dreimal dürfen Sie raten, wovon sein nächster Roman handeln wird. Jedenfalls meint er, sie habe es garantiert einfach nicht übers Herz gebracht, ein Originalmanuskript zu vernichten.«

»Um Gottes willen – sie hatte kein Problem damit, den *Autor* zu vernichten!«

»Ja, aber das war *Literatur*, Robin«, erklärte Strike und grinste. »Und wissen Sie was? Roper Chard will es um jeden Preis veröffentlichen. Fancourt wird das Vorwort schreiben.«

»Sie machen doch Witze!«

»Nein. Quine wird endlich seinen Bestseller bekommen. Sehen Sie mich nicht so an«, sagte Strike nachdrücklich, als sie ungläubig den Kopf schüttelte. »Es gibt einen Haufen zu feiern. Wenn *Bombyx Mori* erst mal in die Läden kommt, werden Leonora und Orlando in Geld schwimmen ... Da fällt mir ein, dass ich noch was für Sie habe.«

Er schob die Hand in die Innentasche des Mantels, der neben ihm auf dem Sofa lag, und überreichte ihr eine zusammengerollte Zeichnung, die er darin aufbewahrt hatte. Robin entrollte sie und lächelte. Tränen stiegen ihr in die Augen. Unter der sorgfältig ausbuchstabierten Überschrift *Für Robin alles Liebe Dodo* tanzten zwei lockige Engel.

»Wie geht es den beiden?«

»Gut«, sagte Strike.

Er hatte sie auf Leonoras Einladung hin in ihrem Haus in der Southern Row besucht. Sie und Orlando hatten ihn Hand in Hand an der Tür empfangen, und Orlando hatte wie üblich Cheeky Monkey um ihren Hals getragen.

»Wo ist Robin?«, hatte sie sofort wissen wollen. »Robin soll auch kommen. Ich hab ihr ein Bild gemalt.«

»Robin hatte einen Unfall«, rief Leonora ihrer Tochter in Erinnerung und trat in den Flur zurück, um Strike ins Haus zu lassen, wobei sie Orlandos Hand eisern festhielt, als hätte sie Angst, dass man sie noch einmal trennen könnte. »Ich hab dir doch erzählt, Dodo, dass sie etwas sehr Tapferes getan hat und einen Autounfall hatte.«

»Tante Liz war *böse*«, erklärte Orlando Strike, während sie rückwärts den Flur entlangging, immer noch Hand in Hand mit ihrer Mutter, aber ohne die klaren grünen Augen auch nur ein einziges Mal von Strike abzuwenden. »Sie hat meinen Daddy tot gemacht.«

»Ja, ich – äh ... Ich weiß«, erwiderte Strike mit jenem vertrauten Gefühl der Unzulänglichkeit, das Orlando immer bei ihm auszulösen schien.

Am Küchentisch saß Edna von nebenan.

»Ach, Sie waren ja so klug!«, erklärte sie ihm immer wieder.

»Aber war das alles nicht *grässlich*? Wie geht es Ihrer armen Partnerin? War das nicht *schrecklich*?«

»Die Guten«, sagte Robin jetzt, nachdem er ihr die Szene ausführlich geschildert hatte, und breitete Orlandos Bild auf dem Couchtisch neben den Unterlagen für den Überwachungskurs aus, sodass sie sich über beides gleichzeitig freuen konnte. »Und wie geht es Al?«

»Er ist komplett aus dem Häuschen«, erklärte Strike düster. »Wir haben ihm ein völlig falsches Bild davon vermittelt, wie spannend das Arbeitsleben ist.«

»Ich mag ihn«, sagte Robin lächelnd.

»Na klar, Sie hatten auch eine Gehirnerschütterung«, sagte Strike. »Und Polworth ist in Ekstase, weil er es der Met mal so richtig gezeigt hat.«

»Sie haben ein paar sehr interessante Freunde«, sagte Robin. »Wie viel müssen Sie für die Reparatur des Taxis von Nicks Vater bezahlen?«

»Ich hab die Rechnung noch nicht bekommen«, seufzte er. »Ich nehme an«, ergänzte er ein paar Plätzchen später und blickte dabei auf sein Geschenk für Robin hinab, »ich werde eine neue Aushilfe einstellen müssen, während Sie das Beschatten lernen.«

»Ja, das werden Sie wohl«, pflichtete Robin ihm bei und ergänzte nach kurzem Zögern: »Hoffentlich ist sie eine totale Niete.«

Strike stand lachend auf und griff nach seinem Mantel.

»Da würde ich mir keine allzu großen Sorgen machen. Der Blitz schlägt nicht zweimal am selben Fleck ein.«

»Hat Sie eigentlich noch niemand so genannt – obwohl Sie so viele Spitznamen haben?«, dachte sie laut nach, während sie durch den Flur zur Haustür gingen.

»Wie denn?«

»›Lightning Strike‹?«

»›Blitzschlag‹? Eher nicht«, sagte er und deutete auf sein Bein. »Na dann, frohe Weihnachten, Partner.«

Kurz hing die Idee einer Umarmung in der Luft, doch dann streckte sie spielerisch kumpelhaft die Hand aus, und er schüttelte sie.

»Schöne Tage in Cornwall.«

»Und Ihnen in Masham.«

Noch ehe er ihre Hand wieder losließ, drehte er sie schnell zur Seite. Bevor sie wusste, wie ihr geschah, hatte er ihr einen Kuss auf den Handrücken gedrückt. Dann war er, nach einem kurzen Grinsen und Winken, verschwunden.

DANKSAGUNG

Es ist die reine Freude, als Robert Galbraith zu schreiben, und dazu haben die folgenden Menschen viel beigetragen, denen mein tief empfundener Dank gilt:

SOBE, Deeby und dem Back Door Man, weil ich ohne euch nie so weit gekommen wäre. Als Nächstes sollten wir gemeinsam einen Bankraub planen.

David Shelley, meinem unvergleichlichen Lektor, unerschütterlichen Unterstützer und INFJ-Gefährten. Danke, dass du so brillante Arbeit leistest, dass du alles Wichtige ernst nimmst und den Rest genauso komisch findest wie ich.

Meinem Agenten Neil Blair, der mir begeistert seine Hilfe anbot, als ich unbedingt noch einmal ein unbekannter Autor werden wollte. Einen wie dich gibt es kein zweites Mal.

Allen bei Little, Brown, die so engagiert und begeistert daran gearbeitet haben, Roberts ersten Roman zu veröffentlichen, ohne dass sie eine Ahnung hatten, wer er war. Mein ganz besonderer Dank gilt dem Hörbuch-Team, das Robert noch vor seiner Enttarnung an die Spitze der Bestsellerliste brachte.

Lorna und Steve Barnes, die es mir ermöglicht haben, im Bay Horse zu trinken, das Grab von Sir Marmaduke Wyvill zu besuchen und die mir beibrachten, dass man Robins Heimatstadt nicht »Mäsch-em«, sondern »Mass-em« ausspricht, womit sie mir so manche Peinlichkeit erspart haben.

Fiddy Henderson, Christine Collingwood, Fiona Shapcott, Angela Milne, Alison Kelly und Simon Brown, ohne deren harte Arbeit ich nicht die Zeit gehabt hätte, den *Seidenspinner* oder überhaupt irgendetwas zu schreiben.

Mark Hutchinson, Nicky Stonehill und Rebecca Salt, denen ich zu einem Gutteil zu verdanken habe, dass ich noch nicht völlig durchgedreht bin.

Meiner Familie, vor allem Neil, für viel mehr, als ich je in ein paar Zeilen ausdrücken könnte, aber in diesem Fall vor allem für seine Beihilfe zu einem blutigen Mord.

William Congreve, *Doppelspiel (The Double Dealer)*. Freie deutsche Fassung von Lida Winiewicz. Gustav Kiepenheuer Bühnenvertriebs G.m.b.H., Berlin [1971].

William Congreve, *Liebe für Liebe. Ein Lustspiel in fünf Aufzügen. Aus dem Englischen des Herrn William Congreve.* Leipzig 1766, bey Joh. Gottl. Rothe, Buchhändler in Kopenhagen.

William Congreve, *Der Lauf der Welt. Ein Lustspiel des Herrn Wilhelm Congreve.* Rostock und Wismar 1757, bey Joh. Andr. Berger und Jacob Boedner.

John Gay, *Die Bettleroper.* Übersetzt von Hans Magnus Enzensberger. Mit einem dokumentarischen Anhang. Sammlung insel (984). Frankfurt am Main 1966, Suhrkamp Verlag.

Ben Jonson, *Epicoene oder Das stille Frauenzimmer. Ein Lustspiel in fünf Akten.* Uebersetzt 1800 von Ludwig Tieck. In: *Ludwig Tieck's Schriften* (Zwölfter Band). Berlin 1829, Georg Reimer.

William Shakespeare, *Timon von Athen.* In: *Shakespeare's dramatische Werke übersetzt von Aug. Wilh. von Schlegel und Ludwig Tieck*; 10. Band. Berlin 1839, Georg Reimer.

John Webster, *Die Herzogin von Amalfi*. In: *Shakespeare's Zeit-genossen und ihre Werke*, Bd. 1: John Webster »In Charakteris-tiken und Uebersetzungen von Friedrich Bodenstedt«, Berlin 1858, Verlag der Königlichen Geheimen Ober-Hofbuchdru-ckerei (R. Decker).

John Webster, *Die weiße Teufelin (The White Divel)*. Tragö-die in fünf Aufzügen (1609). Aus dem Englischen von Alfred Marnau. Krater Bibliothek. Verlegt bei Franz Greno, Nörd-lingen 1986.

Die Originaltitel der nicht in deutscher Übersetzung erschienenen Werke (auf Deutsch zitiert an den Kapitelanfängen) lauten:

Francis Beaumont und John Fletcher, *The False One*
Francis Beaumont und Philip Massinger, *The Little French Lawyer*
George Chapman, *The Revenge of Bussy d'Ambois*
William Congreve, *The Mourning Bride*
William Congreve, *The Old Bachelor*
Thomas Dekker, *The Noble Spanish Soldier*
Thomas Dekker und Thomas Middleton, *The Honest Whore*
John Fletcher, *The Bloody Brother*
Robert Greene, *Orlando Furioso*
Ben Jonson, *Every Man in His Humour*
Thomas Kyd, *The Spanish Tragedie*
John Lyly, *Endymion: or, the Man in the Moon*
Christopher Marlowe, *Hero and Leander*
Thomas Middleton, *The Revenger's Tragedy*

Leseprobe aus

DIE ERNTE DES BÖSEN

Lesen Sie vorab die ersten Kapitel von *Die Ernte des Bösen* –
der dritte Fall für Cormoran Strike und
seine entschlossene Assistentin Robin Ellacott!

Gebundene Ausgabe,
ca. 640 Seiten, erscheint im Februar 2016.
Deutsch von Wulf Bergner,
Christoph Göhler und Kristof Kurz

I choose to steal what you choose to show
And you know I will not apologize –
You're mine for the taking.

I'm making a career of evil…

Blue Öyster Cult, »Career of Evil«
Text von Patti Smith

I

THIS AIN'T THE SUMMER OF LOVE

Es war ihm nicht gelungen, ihr Blut vollständig zu entfernen. Unter dem Nagel seines linken Mittelfingers zeichnete sich eine dunkle, sichelförmige Linie ab. Er würde sie herausschaben müssen, obwohl ihm der Anblick eigentlich ganz gut gefiel: eine Erinnerung an die Freuden des vergangenen Tages. Nachdem er eine Minute lang vergeblich an dem blutigen Nagel herumgekratzt hatte, steckte er den Finger in den Mund und lutschte daran. Der metallische Geschmack erinnerte ihn an den Geruch der Fontäne, die auf den Fliesenboden und über die Wände gespritzt war, seine Jeans durchnässt und die pfirsichfarbenen, flauschigen, sorgfältig zusammengefalteten Handtücher in blutgetränkte Lumpen verwandelt hatte.

An diesem Morgen erschienen ihm die Farben kräftiger und die Welt ein angenehmerer Ort als sonst. Er war heiter und gelassen. Als hätte er sie absorbiert, ihr Leben in sich aufgesaugt. Wenn man tötete, nahm man komplett Besitz von seinen Opfern. Dann stellte sich eine Verbundenheit ein, die selbst durch Sex nicht zu erreichen war. Der Anblick im Moment ihres Todes war von einer Intimität, die zwei lebendige Körper auf anderem Wege nie erfuhren.

Eine gewisse Erregung erfasste ihn, als er sich wieder in Erinnerung rief, dass niemand ahnte, was er getan hatte oder was er als Nächstes plante. Glücklich und in aller Seelenruhe saugte er an seinem Mittelfinger, lehnte sich gegen die von der schwachen Aprilsonne warme Mauer und betrachtete das Haus gegenüber.

Das nicht besonders ansprechend aussah. Gewöhnlich. Zugegeben, dort ließ es sich garantiert besser leben als in der kleinen Wohnung, wo die blutige Kleidung von gestern in schwarzen Müllsäcken darauf wartete, verbrannt zu werden. Wo er seine Messer – mit Bleiche gesäubert und auf Hochglanz poliert – hinter dem Abflussrohr der Küchenspüle versteckt hatte.

Um den kleinen Vorgarten des Hauses verlief ein schwarzer Zaun. Der Rasen musste dringend gemäht werden. Die beiden schmalen, direkt nebeneinanderliegenden Eingangstüren ließen darauf schließen, dass das dreistöckige Gebäude inzwischen als Mietshaus für mehrere Parteien diente. Im Erdgeschoss wohnte eine Frau namens Robin Ellacott. Obwohl er enorme Anstrengungen unternommen hatte, um ihren Namen in Erfahrung zu bringen, nannte er sie insgeheim immer noch »die Sekretärin«. Gerade war sie am Erkerfenster vorübergegangen. Er hatte sie deutlich an ihrem blonden Haar erkannt.

Die Sekretärin zu beobachten war eine nette Zugabe, ein vergnüglicher Bonus. Er hatte ein paar Stunden zur freien Verfügung gehabt und beschlossen, herzufahren und sie zu observieren. Zwischen seiner gestrigen Großtat und der morgigen, zwischen der Befriedigung über das Geleistete und der Vorfreude auf das Kommende war der heutige Tag der Ruhe gewidmet.

Plötzlich öffnete sich die rechte Eingangstür. Die Sekretärin verließ in Begleitung eines Mannes das Haus.

Mit dem Rücken an der warmen Mauer starrte er quer über die Straße zu ihnen hinüber. Er hatte den Kopf zur Seite gedreht, damit es so aussah, als würde er auf einen Bekannten warten. Keiner der beiden würdigte ihn auch nur eines Blickes. Seite an Seite gingen sie die Straße hinauf. Er ließ ihnen eine Minute Vorsprung, dann folgte er ihnen.

Sie trug Jeans, eine leichte Jacke und Stiefel mit flachen Absätzen. Im Sonnenlicht schimmerte ihr Haar rötlich. Das Pärchen machte einen seltsam reservierten Eindruck. Sie wechselten kein Wort.

Andere Menschen zu durchschauen fiel ihm leicht. So wie er auch das Mädchen, das gestern zwischen den blutdurchtränkten Pfirsichhandtüchern gestorben war, durchschaut und verführt hatte.

Mit den Händen in den Taschen schlenderte er dem Pärchen die lange Wohnstraße hinauf nach, als wäre er zu einem Einkaufsbummel aufgebrochen. Seine Sonnenbrille fiel an diesem hellen Morgen nicht weiter auf. Die Bäume wiegten sich sanft in der leichten Frühlingsbrise. Das Pärchen bog nach links in eine breite, stärker befahrene und von Bürogebäuden gesäumte Durchfahrtsstraße ein. Sonnenlicht spiegelte sich in den Glasfassaden hoch über ihm, als sie am Gebäude der Gemeindeverwaltung von Ealing vorübergingen.

Der adrette junge Mann mit dem edlen Profil – Mitbewohner, Freund oder was auch immer er sein mochte – sagte irgendwas. Die Sekretärin antwortete kurz angebunden und mit versteinertem Gesichtsausdruck.

Frauen waren dumm, gemein, schmutzig und schwach. Launische Zicken allesamt, die wie selbstverständlich von ihren Männern erwarteten, dass sie jedes ihrer Bedürfnisse befriedigten. Erst wenn sie tot und leer vor einem lagen, waren sie geheimnisvoll, rein und sogar wunderschön. Erst dann besaß man sie vollends. Dann konnten sie weder keifen noch sich wehren noch weglaufen. Man konnte mit ihnen machen, was immer man wollte. Der Körper gestern war schwer und schlaff gewesen, nachdem er ihn hatte ausbluten lassen: sein ganz persönliches lebensgroßes Spielzeug.

Er folgte der Sekretärin und ihrem Freund durch das belebte Arcadia-Einkaufszentrum, schwebte hinter ihnen her wie ein Gespenst oder ein göttliches Wesen. Nahmen ihn die morgendlichen Shopper überhaupt zur Kenntnis? Oder hatte er sich verwandelt, hatte ihm die verdoppelte Lebenskraft die Gabe der Unsichtbarkeit verliehen?

Vor einer Bushaltestelle blieben sie stehen. Er hielt sich in ihrer Nähe, tat so, als würde er sich für ein indisches Restaurant interessieren, für das vor einem Supermarkt aufgestapelte Obst und die Pappmasken von Prince William und Kate Middleton in einem Kioskfenster. Insgeheim beobachtete er jedoch das Spiegelbild der beiden in der Schaufensterscheibe.

Sie warteten auf die Linie 83. Er hatte kaum Bargeld bei sich, fühlte sich aber zu wohl in seiner Rolle als Beobachter, um die Observierung jetzt schon zu beenden. Als er hinter ihnen einstieg, hörte er, wie der Mann »Wembley Central« sagte. Er löste eine Fahrkarte bis zu derselben Haltestelle und folgte ihnen aufs Oberdeck des Busses.

Das Pärchen setzte sich direkt in die erste Reihe. Er nahm neben einer mürrischen Frau Platz, die seinetwegen ihre Einkaufstaschen beiseiteschieben musste. Hin und wieder vernahm er ihre Stimmen über dem Gemurmel der anderen Fahrgäste. Wenn die Sekretärin nicht gerade etwas sagte, blickte sie missmutig aus dem Fenster. Ganz offensichtlich hatte sie keine allzu große Lust auf diese Unternehmung. Als sie sich eine Haarsträhne aus dem Gesicht strich, entdeckte er den Verlobungsring. Sie würde also heiraten ... glaubte sie zumindest. Er verbarg sein Lächeln hinter dem hochgeklappten Kragen seiner Jacke.

Die warme Mittagssonne fiel durch die mit Dreckspritzern übersäten Busfenster. Eine Gruppe von Männern stieg ein und belegte die umliegenden Plätze. Ein paar von ihnen trugen rot-schwarze Rugbytrikots.

Mit einem Mal schien es dunkler um ihn herum zu werden. Die Trikots mit dem Halbmond und dem Stern darauf weckten unliebsame Assoziationen an frühere Zeiten, als er sich noch nicht wie ein göttliches Wesen gefühlt hatte. Seine gute Laune war auf einen Schlag dahin, der Freudentag besudelt von alten, schlimmen Erinnerungen. Ein Teenager aus der Gruppe warf ihm einen Blick zu und sah schnell wieder weg; wütend stand er auf und ging zur Treppe.

Unten hielten ein Mann und sein kleiner Sohn die Haltestange zwischen den Bustüren fest umklammert. Der Zorn explodierte regelrecht in seinen Eingeweiden: Er sollte ebenfalls einen Sohn haben. Oder besser: Er sollte *immer noch* einen Sohn haben. Er stellte sich vor, wie der Junge neben ihm stand, zu seinem großen Vorbild aufsah – aber sein Sohn war lange tot. Und das war einzig und allein die Schuld eines gewissen Cormoran Strike.

Er würde sich an Cormoran Strike rächen. Er würde dessen Welt zum Einsturz bringen.

Nachdem er ausgestiegen war, erhaschte er durch die Frontscheibe des Busses noch einen letzten Blick auf das goldene Haar der Sekretärin. In weniger als vierundzwanzig Stunden würde er sie wiedersehen. Der Gedanke daran linderte die durch den Anblick der Saracens-Trikots heraufbeschworene Wut ein wenig. Der Bus rumpelte davon. Er wandte sich in die entgegengesetzte Richtung und versuchte, wieder zur Ruhe zu kommen.

Er hatte einen genialen Plan. Niemand wusste davon. Niemand ahnte etwas. Und zu Hause im Kühlschrank wartete etwas ganz Besonderes auf ihn.

A rock through a window never comes with a kiss.

Blue Öyster Cult, »Madness to the Method«

Robin Ellacott war sechsundzwanzig Jahre alt und seit mehr als einem Jahr verlobt. Die Hochzeit hätte eigentlich vor drei Monaten stattfinden sollen, doch der unerwartete Tod ihrer zukünftigen Schwiegermutter hatte zu einer Verschiebung der Feierlichkeiten geführt. In der Zwischenzeit war viel geschehen. Sie fragte sich, ob sie und Matthew sich wieder zusammenraufen würden, wenn sie erst einmal ihren Eheschwur abgelegt hätten. Würden sie weniger streiten, wenn neben dem saphirbesetzten Verlobungsring, der mittlerweile ein bisschen zu locker an ihrem Finger saß, ein goldener steckte?

Es war Montagmorgen. Sie kämpfte sich durch den Schutt der Baustellen entlang der Tottenham Court Road und ließ die Auseinandersetzung vom Vorabend noch einmal Revue passieren. Das Ganze hatte begonnen, noch ehe sie zum Rugbyspiel aufgebrochen waren. Wann immer sie Sarah Shadlock und ihren Freund Tom trafen, war dicke Luft vorprogrammiert – eine Tatsache, die Robin während ihres Streits, der nach dem Match entbrannt war und bis in die späte Nacht angedauert hatte, nicht unerwähnt gelassen hatte.

»Himmelherrgott, *sie* hat doch in einer Tour gestichelt, hast du das nicht gemerkt? *Sie* hat mich über ihn ausgequetscht. Ich hab nicht von ihm angefangen ...«

Die nicht enden wollenden Straßenbauarbeiten entlang der Tottenham Court Road behinderten Robins Weg zur Arbeit seit ihrem ersten Tag bei der kleinen Privatdetektei in der Denmark Street. Dass sie jetzt über einen großen Schuttbrocken stolperte, besserte ihre Laune mitnichten; erst nach ein paar wackligen Schritten erlangte sie das Gleichgewicht zurück. Ein Chor aus anerkennenden Pfiffen und anzüglichen Bemerkungen ertönte aus einer Grube in der Straße, in der sich Bauarbeiter mit Helmen und Warnwesten drängten. Verlegen warf sie das lange rotblonde Haar zurück und bemühte sich, so gut es ging, die Männer zu ignorieren. Unwillkürlich kehrten ihre Gedanken zu Sarah Shadlock und ihren unaufhörlichen hinterlistigen Fragen über Robins Chef zurück.

»Auf *gewisse Art* ist er echt attraktiv, oder nicht? Ein bisschen zerknittert vielleicht, aber mir würde das nichts ausmachen. Ist er im richtigen Leben auch so sexy? Er ist ziemlich groß, oder?«

Robin hatte knapp und nüchtern geantwortet, doch Matthews angespannte Kiefermuskeln waren ihr nicht entgangen.

»Seid ihr eigentlich alleine im Büro? Echt? Sonst niemand?«

Schlampe, dachte Robin. Ihr sonst so gutmütiges Naturell war bei Sarah Shadlock von jeher an seine Grenzen gestoßen. *Sie wusste ganz genau, was sie da tat.*

»Stimmt es, dass er in Afghanistan einen Orden bekommen hat? Wirklich? Ein richtiger Kriegsheld, ja?«

Robin hatte nach Kräften versucht, Sarahs überschwänglichen Lobeshymnen auf Cormoran Strike Einhalt zu gebieten – vergebens. Als das Spiel vorbei war, hatte Matthew für seine Verlobte nur mehr kühle Verachtung übrig gehabt. Seine Verstimmung hatte ihn allerdings nicht daran gehindert, auf dem Rückweg vom Vicarage-Road-Stadion mit Sarah zu lachen und zu scherzen. Tom, den Robin für sterbenslangweilig und etwas schwer von Begriff hielt, hatte munter mitgekichert, ohne den ungemütlichen Unterton auch nur ansatzweise wahrzunehmen.

Unter diversen Remplern von Passanten, die sich ebenfalls um die Löcher in der Straße herumschlängelten, erreichte sie schließlich die andere Straßenseite. Im Schatten des waffelähnlichen Betonklotzes, der den Centre-Point-Bürokomplex beherbergte, fiel ihr wieder ein, was Matthew ihr gegen Mitternacht an den Kopf geworfen hatte, um so erneut Öl ins Feuer zu gießen. Und wieder stieg Zorn in ihr auf.

»Musst du ständig über ihn reden? Ich hab doch gehört, wie du Sarah…«

»Ich habe *überhaupt nicht* über ihn geredet, sondern *sie*. Hättest du zugehört…«

»*Ach, er hat so tolle Haare*«, hatte Matthew sie mit jener hohen, debil klingenden Stimme nachgeäfft, mit der das weibliche Geschlecht oft diffamiert wurde.

»Du bist doch völlig paranoid!«, hatte Robin ihn angeschrien. »Sarah hat Jacques Burgers verfluchte Haare gemeint, nicht die von Cormoran. Und ich hab nur gesagt, dass…«

»*Nicht die von Cormoran*«, hatte er mit dieser idiotischen Quietschstimme wiederholt. Als Robin in die Denmark Street einbog, hatte sie wieder genauso viel Wut im Bauch wie vor acht Stunden, als sie aus dem Schlafzimmer gestürmt war und ihr Lager auf dem Sofa aufgeschlagen hatte.

Sarah Shadlock. Diese verdammte Sarah Shadlock, die mit Matthew studiert und alles darangesetzt hatte, ihn seiner Freundin Robin auszuspannen, die allein in Yorkshire zurückgeblieben war ... Am liebsten hätte Robin sie ein für alle Mal aus ihrem Leben verbannt. Doch bedauerlicherweise würde sie zu ihrer Hochzeit im Juli erscheinen und auch danach nicht aufhören, ihnen das Eheleben zu versauern. Wahrscheinlich würde sie eines Tages sogar unter irgendeinem bescheuerten Vorwand in Robins Büro auftauchen, um Strike kennenzulernen. Vorausgesetzt, dass ihr Interesse an ihm echt war und sie ihn nicht nur als Mittel zum Zweck benutzte, um Zwietracht zwischen Robin und Matthew zu säen.

Darauf kann sie lange warten, dachte Robin und marschierte auf einen Motorradkurier zu, der vor der Eingangstür stand. Er trug Handschuhe, hielt ein Klemmbrett in der einen und ein langes, rechteckiges Paket in der anderen Hand.

»Ist das für Ellacott?«, fragte Robin, sowie sie sich in Hörweite befand. Sie erwartete einen ganzen Schwung mit elfenbeinfarbenem Karton verkleideter Einwegkameras, die bei der Hochzeit verteilt werden sollten. In letzter Zeit waren ihre Arbeitszeiten so unregelmäßig gewesen, dass sie sich die Online-Bestellungen lieber ins Büro als nach Hause schicken ließ.

Der Kurierfahrer nickte und reichte ihr das Klemmbrett, ohne den Helm abzusetzen. Robin unterzeichnete und nahm das längliche Paket entgegen, das wesentlich schwerer war, als sie erwartet hatte. Sobald sie es sich unter den Arm geklemmt hatte, rutschte ein größerer Gegenstand darin herum.

»Danke«, sagte sie, doch der Kurierfahrer hatte sich bereits umgedreht und war auf das Motorrad gestiegen. Noch während sie die Tür aufsperrte, bretterte er davon.

Sie ging die Treppe hinauf, die sich um den Gitterkäfig des defekten Aufzugs wand. Ihre Absätze klapperten auf den Metallstufen. Als sie das Büro aufschloss, fiel Licht auf die Glastür, auf der sich dunkel der eingravierte Schriftzug *C. B. Strike, Privatdetektiv* abhob.

Sie war absichtlich so früh gekommen. Momentan ertranken sie förmlich in Aufträgen, und sie wollte Ordnung in den Papierkram bringen, bevor sie sich der täglichen Observierung einer russischen Stripperin widmete. Nach den schweren Schritten zu urteilen, die sie von oben hörte, war Strike noch in seiner Wohnung.

Robin legte das sperrige Paket auf den Schreibtisch, zog den Mantel aus, hängte ihn zusammen mit ihrer Handtasche an den Haken hinter der Tür, machte das Licht an, befüllte den Wasserkocher und schaltete ihn ein. Dann griff sie nach dem Brieföffner. Matthew hatte ihr einfach nicht glauben wollen, dass sie die lockige Mähne des Stürmers Jacques Burger und nicht Strikes kurzen und offen gestanden an Schamhaar erinnernden Schopf bewundert hatte. Wütend stieß sie den Brieföffner in das Paket, schlitzte es auf und klappte den Karton auseinander.

Ein abgetrenntes Frauenbein lag seitlich in der Schachtel. Die Zehen waren nach oben gebogen worden, damit es hineinpasste.